LE ROYAUME DE TOBIN

L'INTÉGRALE 1

Du même auteur
aux Éditions J'ai lu

Le royaume de Tobin

1 – Les jumeaux, *J'ai lu* 7876
2 – Les années d'apprentissage, *J'ai lu* 8089
3 – L'éveil du sang, *J'ai lu* 8224
4 – La révélation, *J'ai lu* 8410
5 – La troisième Orëska, *J'ai lu* 8730
6 – La reine de l'oracle, *J'ai lu* 9019

LYNN

FLEWELLING

LE ROYAUME DE TOBIN

L'INTÉGRALE 1

Traduit de l'américain par Jean Sola

J'AI LU

Titre original :
THE BONE DOLL'S TWIN
Cet ouvrage a paru en langue française sous les titres suivants :
Les jumeaux, Paris, 2006
Les années d'apprentissage, Paris, 2006

Texte intégral

Pour les bouts de chou
perchés en haut de l'escalier magique
il y a une éternité

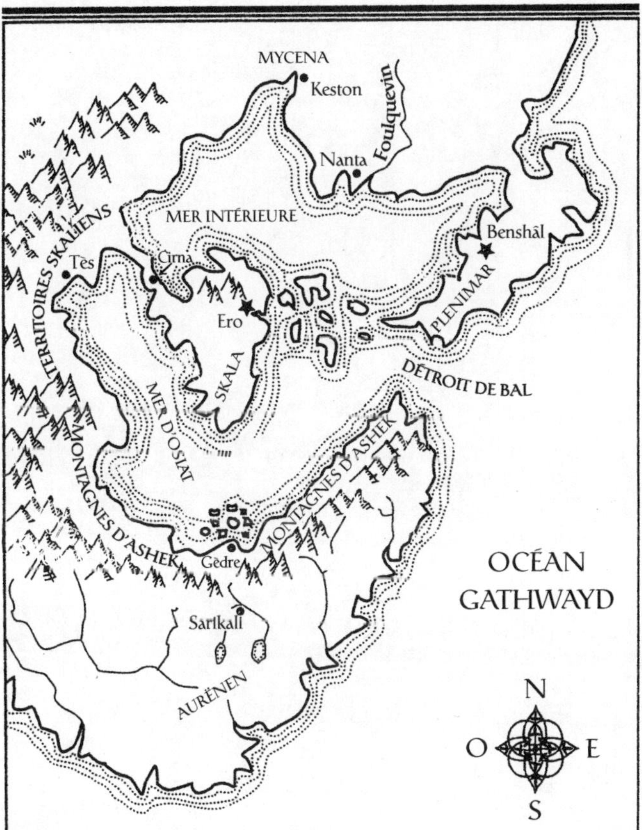
MYCENA
Keston
Foulquevin
Nanta
MER INTÉRIEURE
Benshâl
TERRITOIRES SKALIENS
Tes
Cirna
Ero
PLENIMAR
SKALA
DÉTROIT DE BAL
MER D'OSIAT
MONTAGNES D'ASHEK
MONTAGNES D'ASHEK
Gedre
Sarikali
AURËNEN
OCÉAN
GATHWAYD
N
O
E
S
Carte par James Sinclair

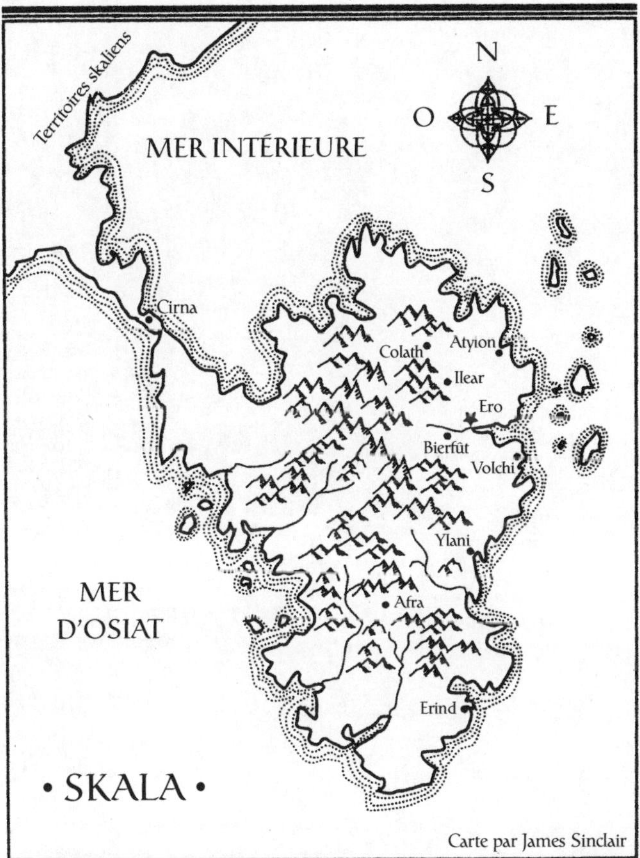

Territoires skaliens
N
O
E
S
MER INTÉRIEURE
Cirna
Colath
Atyion
Ilear
Ero
Bierfût
Volchi
Ylani
MER
D'OSIAT
Afra
Erind
• SKALA •
Carte par James Sinclair

L'ANNÉE SKALIENNE

I. SOLSTICE D'HIVER – Nuit du Deuil et Fête de Sakor ; observance de la nuit la plus longue et célébration du rallongement des jours ultérieurs.

1. Sarisin : mise bas.

2. Dostin : entretien des haies et des fossés. Semailles des fèves et des pois destinés à nourrir le bétail.

3. Klesin : semailles de l'avoine, du froment, de l'orge (destinée au maltage), du seigle. Début de la saison de pêche. Reprise de la navigation en pleine mer.

II. ÉQUINOXE DE PRINTEMPS – Fête des Fleurs à Mycena. Préparatifs en vue des plantations, célébration de la fertilité.

4. Lithion : fabrication du beurre et du fromage (de préférence au lait de brebis). Semailles du chanvre et du lin.

5. Nythin : labourage des terres en jachère.

6. Gorathin : désherbage du maïs. Toilettage et tonte des moutons.

III. SOLSTICE D'ÉTÉ

7. Shemin : au début du mois, fauchage des foins ; à la fin, puis le mois suivant, pleine période des moissons.

8. Lenthin : moissons.

9. Rhythin : engrangement des récoltes. Labourage des champs et semailles du blé d'hiver ou du seigle.

IV. PLEINS GRENIERS – Fin des récoltes, temps des gratitudes.

10. Erasin : on expédie les cochons dans les bois se gorger de glands et de faines.

11. Kemmin : nouveaux labourages en vue du printemps. Abattage des bœufs et autres bêtes de boucherie, préparation des viandes. Fin de la saison de pêche. Les tempêtes rendent dangereuse la navigation hauturière.

12. Cinrin : travaux d'intérieur, battage inclus.

PREMIÈRE PARTIE

Fragment de document découvert dans la tour est de la maison d'Orëska

Un vieillard, voilà ce qui me regarde, maintenant, dans mon miroir. Je ne suis, même ici, à Rhíminee, parmi les autres magiciens, qu'un dernier vestige de temps oubliés.

Mon nouvel apprenti, le petit Nysander, ne saurait se faire la moindre idée de ce à quoi pouvait ressembler un magicien indépendant de la Deuxième Orëska. À sa naissance, il y avait déjà deux siècles que cette belle cité se dressait au-dessus de son havre profond. Alors qu'elle sera toujours et à jamais pour moi « la nouvelle capitale ».

Au temps de ma jeunesse, un étron de putain de l'espèce de Nysander serait resté en friche. Avec un peu de chance, il aurait fini ses jours dans la peau d'un devin ou conjure-pluie de village. Le plus probable est qu'il aurait tué quelqu'un par mégarde et péri lapidé pour sorcellerie. L'Illuminateur seul sait combien se perdirent ainsi d'enfants dieu-touchés, avant l'avènement de la Troisième Orëska.

Avant que ne fût édifiée cette cité-ci, avant que son fondateur ne nous fît don de cette grande maison d'apprentissage, nous autres, magiciens de la Deuxième Orëska, nous frayions nous-mêmes nos propres voies, et nous vivions selon nos propres lois.

Eh bien, ce sont les services rendus à la Couronne qui nous ont valu d'avoir à présent cette maison, avec ses bibliothèques, ses archives et son histoire. Il n'y a plus que moi de survivant pour savoir le prix exorbitant qu'elle a coûté.

Deux siècles. Trois ou quatre vies, pour la plupart des gens ; une simple saison, pour ceux d'entre nous que l'Illuminateur a gratifiés du don. « Nous autres, magiciens, sommes à part, Arkoniel », m'apprit mon propre professeur, Iya, quand je n'étais guère plus vieux que ne l'est Nysander. « Nous sommes des pierres dressées en pleine rivière, à contempler le flot de la vie qui s'écoule en tourbillonnant. »

Cette nuit, debout sur le seuil de Nysander que je regardais dormir, je me suis figuré que le spectre d'Iya se tenait à mes côtés, et cela m'a, pendant un moment, fait l'effet de me scruter moi-même plus jeune ; un fils de noble, franc, timide, et qui s'était révélé posséder du talent pour charmer les bêtes. Durant un séjour qu'elle fit au manoir de mon père, Iya s'avisa de mes dons magiques et les dévoila à ma famille. Je pleurai, le jour où elle m'emmena de la maison.

Comme il serait aisé de qualifier ces pleurs de prophétiques – ainsi que se délecteraient de le faire les dramaturges d'aujourd'hui ! Mais je n'ai jamais tout à fait cru dans la fatalité, malgré tous les oracles et toutes les prophéties qui façonnèrent mon existence. Toujours se trouve là-dedans, quelque part, un choix. J'ai par trop vu de quelle manière les gens fabriquaient leur propre avenir par la balance quotidienne entre petites bontés et méchancetés.

J'avais choisi de partir avec Iya.

Plus tard, j'ai choisi d'ajouter foi aux visions que l'Oracle nous accorda, à elle et à moi.

Par mon propre choix, je contribuai à ranimer la puissance de cet énergique et bon pays-ci, de sorte que je puis légitimement me flatter d'avoir aidé les belles tours blanches de Rhíminee à se découper comme elles le font contre l'azur de l'occident.

Mais pendant les rares nuits où je dors profondément, de quoi rêvé-je ?

Du cri d'un nouveau-né. Coupé court.

On pourrait croire, après tant d'années, qu'accepter serait plus facile ; cet unique acte indispensable de cruauté pouvait modifier le cours de l'histoire comme un tremblement de terre modifie le cours d'une rivière. Seulement, cet acte et ce cri gisent au cœur de tout le bien qui survint après, tel un grain de sable au cœur des chatoiements nacrés d'une perle.

Je suis seul à porter la mémoire de ce bref vagissement d'enfant, voilà tant d'années.

Je suis seul à savoir l'immondice au cœur de cette perle-ci.

1

Iya retira le chapeau de paille qui la protégeait en voyage pour s'en éventer, tandis que son cheval s'échinait à grimper le chemin rocailleux d'Afra. Le soleil au zénith flamboyait dans un bleu sans nuages. On n'en était qu'à la première semaine de Gorathin, soit beaucoup trop tôt pour qu'il se montrât si chaud. Tout semblait indiquer que la sécheresse allait durer une saison de plus.

Néanmoins, de la neige scintillait encore là-haut, sur les cimes. De temps à autre, le vent y ébouriffait un plumet blanc qui, se détachant sur le ciel bleu cru, suscitait une illusion cruelle de fraîcheur, alors qu'ici dessous la passe étroite suffoquait, sans la moindre brise pour la rafraîchir. En n'importe quel autre lieu, Iya n'aurait pas manqué d'évoquer un soupçon de vent, mais aucune magie n'avait licence de s'exercer à moins d'une journée de chevauchée d'Afra.

Devant elle, Arkoniel roulait sur sa selle, telle une cigogne hirsute et dégingandée. La sueur trempait tout le long du dos la tunique en lin du jeune magicien que maculait l'équivalent gris d'une semaine de poussière accumulée par les chemins. Jamais il ne se plaignait ; l'unique concession qu'il eût faite à la canicule était d'avoir sacrifié les bribes éparses de barbe noire qu'il cultivait depuis le dernier Erasin, date de ses vingt et un ans.

Pauvre garçon, songea affectueusement Iya ; la peau tout juste rasée se montrait déjà sévèrement rôtie par le soleil.

Du fait que l'Oracle d'Afra, leur destination, se trouvait en plein cœur des montagnes épineuses de Skala, s'y rendre était une épreuve exténuante en toute saison. Ce long pèlerinage, Iya l'avait accompli déjà par deux fois, mais jamais en été.

Les parois de la passe étranglaient à présent le chemin, et des siècles de quémandeurs avaient écorché la roche noire en y traçant leurs patronymes et leurs suppliques à Illior l'Illuminateur. Certains s'étant contentés d'y graver le fin croissant de lune du dieu, celui-ci bordait la route comme autant d'innombrables sourires en biais. Arkoniel y était allé du sien, dans la matinée, pour commémorer sa première visite.

Le cheval d'Iya trébucha, et ce qui motivait le voyage rebondit durement contre sa cuisse. À l'intérieur du sac de cuir usé qu'elle avait suspendu à l'arçon de sa selle se trouvait, minutieusement emmitouflé de linges et de magie, un vilain bol tout de traviole en terre brûlée. Il n'avait rien de remarquable, hormis que pour peu qu'on le laissât à découvert en irradiait une effroyable aura de malignité. Certes, Iya ne s'était pas fait faute, et cent fois pour une, au fil des ans, de se figurer qu'elle le jetait du haut d'une falaise ou dans les flots d'une rivière, mais elle en aurait été aussi incapable, à la vérité, que de se trancher un bras. Elle était le Gardien ; ce que contenait le sac, elle en avait la charge depuis plus d'un siècle.

À moins que l'Oracle ne me dise le contraire. Après s'être noué sur le sommet du crâne ses maigres cheveux grisonnants, elle éventa de nouveau sa nuque en nage.

Arkoniel se retourna sur sa selle pour s'inquiéter d'elle. La sueur emperlait ses boucles noires et rebelles, sous les bords flapis de son couvre-chef.

« Vous avez le visage tout rouge. Nous ferions mieux de nous arrêter de nouveau pour nous reposer.

— Non, nous sommes presque arrivés.

— Dans ce cas, reprenez au moins un peu d'eau. Et remettez donc votre chapeau !

— Tu me donnes le sentiment que je suis vieille. Je n'ai que deux cent trente ans, sais-tu ?

— Deux cent trente-deux », rectifia-t-il avec une grimace pince-sans-rire. C'était un de leurs vieux jeux.

Elle prit un air revêche.

« Attends seulement d'avoir atteint ton troisième âge, mon gars. Tenir le compte, ça devient plus dur. »

À dire vrai, c'est chevaucher dur qui la fatiguait désormais plus que dans ses primes centaines, mais elle n'était pas près d'en convenir, toujours. Elle s'offrit une bonne lampée de sa gourde et fit jouer ses épaules.

« Tu as été bien silencieux, aujourd'hui. Tu tiens ta question, à la fin ?

— Je crois que oui. J'espère que l'Oracle la trouvera digne d'attention. »

Tant de sérieux fit sourire Iya. À ce qu'en savait Arkoniel, ce voyage n'était qu'une leçon de plus. Elle ne lui avait pas touché mot de ce en quoi consistait sa véritable quête à elle.

Le sac de cuir heurta de nouveau sa cuisse à la manière d'un gosse obsédant. *Pardonnez-moi, Agazhar*, songea-t-elle, trop assurée que son propre maître, le premier Gardien, disparu depuis des lustres, aurait désapprouvé.

Traître entre tous était le dernier tronçon du chemin. Sur leur droite, la paroi rocheuse faisait place à un à-pic vertigineux pendant que, de-ci de-là, leur genou gauche frôlait la falaise.

Arkoniel venait de disparaître derrière un virage aigu quand il lança :

« La Serrure d'Illior, je la vois, ça y est, telle que vous me l'aviez décrite ! »

Après avoir à son tour contourné le saillant, Iya découvrit soudain, telle une apparition rutilante et bariolée, l'arche peinte qui enjambait la route. Des dragons stylisés en chamarraient de bleu, de rouge et d'or l'ouverture, juste assez large pour ne laisser passer qu'un seul cavalier. Afra se trouvait à moins d'un mille au-delà.

La sueur qui lui piquait les yeux faisait papilloter Iya. Il neigeait, la première fois où Agazhar l'avait conduite ici.

Iya était venue aux arts magiques beaucoup plus tard qu'il n'était ordinaire. Elle avait grandi dans une métairie plantée sur la frontière des possessions continentales de Skala. Le bourg le plus proche étant Mycena, sur l'autre rive de la Keela, c'est avec ce marché que commerçaient les siens. À l'instar de nombre de frontaliers, son père avait épousé une Mycenoise, et ses offrandes, il les faisait plus volontiers au Créateur, Dalna, qu'à Sakor ou Illior.

Ainsi advint-il qu'Iya, sitôt que se manifestèrent les premiers symptômes de ses dons magiques, fut expédiée par-delà la rivière étudier avec un vieux prêtre dalnien qui s'efforça de faire d'elle une guérisseuse drysienne. Mais si elle s'attira des éloges pour ses talents d'herboriste, à peine le vieil ignare eut-il en revanche découvert qu'elle n'avait qu'à y penser pour allumer le feu que, lui attachant au poignet une breloque de sorcière, il la réexpédia chez elle de manière infamante.

Juste équipée du sceau d'infamie qu'il fallait pour n'être pas précisément reçue à bras ouverts dans son village et pour désespérer de jamais trouver un mari.

Aussi était-elle une vieille fille de vingt-quatre ans déjà lorsque Agazhar la croisa d'aventure sur la place du marché, où elle se tenait à débattre du prix de ses chèvres avec un négociant.

« C'est ta breloque qui m'a d'abord attiré l'œil », lui confia-t-il par la suite.

Pour sa part, elle n'avait guère pris garde à lui que pour se dire que ce devait encore être là l'un de ces vieux soldats qui rentraient chez eux, vannés de guerroyer. Il était en effet aussi hâve et miteux que n'importe lequel de ces derniers, et vide en plus pendait la manche gauche de sa tunique.

Mais force fut à Iya de le regarder plus attentivement lorsqu'il se dirigea vers elle et, lui pressant la main, se fit reconnaître par un doux sourire. Après quelques mots de conversation, elle liquida ses chèvres et, dans les pas du vieux magicien, prit la route du sud sans un seul regard en arrière. Et l'unique trace qu'on eût trouvée d'elle, si quiconque s'en était soucié, c'était, dans les folles herbes, près de la porte du marché, sa breloque de sorcière.

Ses feux n'avaient pas excité les risées d'Agazhar, loin de là, car ce qu'ils signifiaient avant toute chose, lui avait-il expliqué, c'est qu'elle faisait partie des dieu-touchés d'Illior. Puis les pouvoirs inconnus qu'elle possédait, il lui apprit à les maîtriser pour accéder à la puissante magie des magiciens d'Orëska.

En sa qualité de magicien indépendant, Agazhar ne devait rien à personne. Plutôt que de s'accorder les aises d'un seul et unique patron, il vagabondait à sa guise, aussi bienvenu dans les nobles demeures que dans les plus humbles. De conserve avec lui, Iya sillonna les Trois Terres comme les contrées au-delà, et elle fit voile à l'ouest jusqu'à Aurënen, où les gens même du commun détenaient la magie et vivaient aussi longtemps que des magiciens. Elle y apprit que les Aurënfaïes étaient les premiers orëskiens ; c'était leur sang, mêlé à celui de sa propre race, qui avait donné la magie aux élus de Plenimar et de Skala.

Ce don se payait son prix, puisqu'aux magiciens humains était interdit d'engendrer des enfants comme d'en porter. Mais Iya considérait avoir été amplement dédommagée de ce sacrifice tout à la fois par la pratique de la magie et, plus tard, par la compagnie de disciples aussi aimables et doués qu'Arkoniel.

Par Agazhar, elle en avait encore bien plus appris sur la Grande Guerre que par aucune des ballades ou des légendes paternelles, car lui s'était trouvé du nombre des magiciens qui s'étaient battus pour Skala sous la bannière de la reine Ghërilain.

« Jamais il n'y eut de guerre semblable à cette guerre-là, disait-il, les yeux fixés sur leur feu de camp, la nuit, comme s'il y voyait ses compagnons morts. Et prie Sakor qu'elle n'ait plus jamais lieu. Car ce fut une époque atrocement brillante que celle où, épaule contre épaule avec les guerriers, les magiciens livrèrent bataille aux nécromanciens noirs de Plenimar. »

Les récits qu'Agazhar lui faisait de ces jours lointains peuplaient les nuits d'Iya de cauchemars. N'était-ce pas un démon de nécromancien – un *dyrmagnos*, comme il l'appelait –, qui lui avait arraché le bras gauche ?

Et pourtant, tout épouvantables que fussent ces récits, Iya s'y cramponnait encore, parce qu'eux seuls recelaient l'unique aperçu qu'Agazhar lui eût jamais livré sur les origines du bol.

C'était lui qui le portait, alors, et pas une seconde il ne s'en était dessaisi, durant toutes les années où elle l'avait connu. « Dépouilles de guerre », avait-il dit avec un rire sombre, la première fois qu'il avait ouvert son sac pour le lui montrer.

Là s'arrêtait la confidence, à ce détail près que, précisait-il, le bol était indestructible, et que son existence ne pouvait être révélée à personne d'autre qu'au Gardien suivant. Elle ne s'était vu que plus rigoureusement initier au réseau de charmes complexe qui le protégeait, et elle n'avait cessé de le tisser, détisser qu'une fois à même de renouveler l'opération en un clin d'œil.

« Après moi, c'est toi qui seras le Gardien, lui rappelait Agazhar quand elle se montrait impatientée par le secret. Alors, tu comprendras. Assure-toi de bien choisir ton successeur.

— Mais comment saurai-je sur qui jeter mon dévolu ? »

Avec un sourire, il avait pris sa main comme le jour de leur rencontre, sur le marché. « Aie foi en l'Illuminateur. Tu sauras. »

Et elle avait su.

Au début, elle ne pouvait s'empêcher de le presser de questions pour en apprendre davantage sur le fameux bol – où il l'avait trouvé, qui l'avait façonné et pourquoi, mais Agazhar était demeuré inflexible :

« Pas avant que ne soit arrivé le jour où tu devras en assumer pleinement la charge. Tu sauras alors de moi tout ce qu'il en faut savoir. »

Hélas, ce jour-là les avait pris tous deux à l'improviste. Elle venait à peine d'avoir ses premiers cent ans quand Agazhar, par une belle journée de printemps, s'était effondré, raide mort, dans les rues d'Ero. L'instant d'avant l'entendait disserter sur la beauté de la nouvelle formule de transformation qu'il venait tout juste de créer, l'instant d'après le voyait s'affaisser, une main crispée contre sa poitrine, avec un air de vague stupeur dans ses prunelles fixes et mortes.

À peine entrée dans son deuxième âge, Iya se retrouvait ainsi brusquement le Gardien sans savoir ni ce qu'elle gardait ni dans quel but. Elle tint le serment fait à son maître et attendit qu'Illior lui révèle son propre successeur. L'attente avait duré le temps de deux vies humaines, tandis que survenaient puis s'évaporaient des disciples prometteurs auxquels elle ne soufflait mot du sac et de ses secrets.

Toutefois, conformément à la promesse d'Agazhar, elle avait reconnu Arkoniel dès la seconde où elle l'avait aperçu jouant dans le verger de son père, quinze ans plus tôt. Il était déjà capable de prolonger la rotation d'une pomme en l'air et d'éteindre une chandelle rien qu'en y pensant.

Aussi patienta-t-elle à peine jusqu'à ce qu'on le lui eût confié pour lui dévoiler, si jeune qu'il fût, le peu qu'elle savait du bol. Puis, dès qu'il fut suffisamment fort, elle lui enseigna comment tisser les préservations. Ce qui ne l'empêcha pas pour autant de réserver tout le fardeau pour ses propres épaules, ainsi qu'Agazhar l'en avait instruite.

Avec les années, elle en était cependant venue à considérer le bol comme un peu plus qu'un tracas sacré, quand, voilà un mois, tout avait changé radicalement, le maudit objet s'étant arrogé ses rêves. Et c'était cet abominable écheveau de cauchemars, des cauchemars d'une crudité jusqu'alors inconnue d'elle, et où lui apparaissait invariablement le bol, brandi au-dessus d'un champ de bataille par une monstrueuse figure noire qu'elle était incapable de nommer, qui l'avait finalement conduite ici.

« Iya ? Iya, vous vous sentez bien ? » demanda Arkoniel.

Elle secoua la songerie qui l'avait submergée pour le rassurer d'un sourire. « Ah, nous y voici tout de même, à ce que je vois. »

Profondément resserrée dans une faille rocheuse, Afra méritait à peine, par ses dimensions, l'appellation de village, et son existence ne se justifiait que par le service de l'Oracle et des pèlerins venus consulter celui-ci. L'hostellerie des voyageurs et les cellules des prêtres excavaient, tels des nids d'hirondelle, les deux parois de la falaise de part et d'autre d'une modeste place pavée. Le cadre des embrasures de portes et de fenêtres, très en retrait, s'ornait de guipures sculptées et de pilastres à l'ancienne. La place se trouvait déserte, actuellement, mais du fond ténébreux de certaines fenêtres s'agitaient des mains à leur intention.

Au milieu de la place se dressait une stèle de jaspe rouge aussi grande qu'Arkoniel et au bas de laquelle bouillonnait une source dont l'eau se déversait dans un bassin de pierre et, de là, courait emplir un abreuvoir.

« Lumière divine ! » Après avoir mis pied à terre et rendu la bride à son cheval pour lui permettre de se désaltérer, le jeune homme s'approcha de la stèle pour l'examiner. Flattant de sa paume l'inscription gravée en quatre langues, il se mit à lire à haute voix le message qui, voilà trois siècles, avait modifié le cours de l'histoire skalienne : « "Tant qu'une fille issue de la lignée de Thelátimos la gouverne et défend, Skala ne court aucun risque de jamais se voir asservir." » Il secoua la tête, émerveillé. « C'est bien le monument original, n'est-ce pas ? »

Iya acquiesça d'un hochement navré. « Élevé là par son donateur, la reine Ghërilain en personne, juste après la guerre, en action de grâces. Ce qui lui valut alors le surnom de reine de l'Oracle. »

Aux jours les plus sombres de la guerre, alors que Plenimar semblait assurée de dévorer les terres de Skala et de Mycena, le roi de Skala, Thelátimos, avait délaissé les champs de bataille pour venir en ces lieux consulter l'Oracle. En retournant au combat, il se fit escorter de sa fille Ghërilain, âgée de seize ans pour lors, et, ainsi que l'Oracle le lui avait ordonné, la sacra reine et lui transmit, sous les yeux des troupes épuisées, sa couronne ainsi que son épée.

À en croire Agazhar, la décision du roi n'avait guère suscité d'enthousiasme, au sein des généraux. En tant que guerrier, la jeune fille ne s'en était pas moins révélée dieu-touchée dès le début, et il lui avait suffi d'une année pour conduire ses alliés à la victoire et pour tuer en combat singulier le Suzerain de Plenimar, au cours de la bataille d'Isil. Elle s'était tout autant illustrée comme souveraine en temps de paix durant ses plus de cinquante ans de règne. Agazhar s'était trouvé à ses funérailles.

« Il y avait des stèles analogues dans toute Skala, n'est-ce pas ? s'enquit Arkoniel.

— En effet. À tous les principaux carrefours du pays. Tu vagissais encore quand le roi Erius les fit toutes abattre. » Elle démonta puis toucha la pierre avec vénération. Chaude elle était sous la paume, et aussi lisse que le jour où elle avait quitté l'atelier du tailleur. « Erius lui-même n'a pas osé s'en prendre à celle-ci.

— Pourquoi donc ?

— Lorsqu'il expédia l'ordre de la supprimer, les prêtres lui opposèrent un refus formel. Trancher dans le vif aurait fatalement conduit à investir Afra même, et c'est le sol le plus inviolable de Skala tout entière. Erius céda donc ici de bonne grâce, et il se contenta de faire jeter toutes les autres à la mer. L'inscription figurait aussi, dans la salle du trône du Palais Vieux, sur une plaque d'or. Que sera-t-elle devenue ? Je me le demande... »

Le jeune mage avait des soucis plus urgents. Une main en visière, il scrutait la falaise.

« Où se trouve le sanctuaire de l'Oracle ?

— Plus haut dans la vallée. Bois tout ton soûl maintenant. C'est à pied qu'il nous faut effectuer le restant du trajet. »

Laissant leurs montures à l'hostellerie, ils empruntèrent un sentier battu et rebattu qui s'enfonçait plus avant dans la faille. La pente de plus en plus raide rendit au fur et à mesure la montée plus malaisée. Il n'y avait pas là pour vous ombrager le moindre arbre, et pas la moindre humidité pour fixer la poussière blanche qui flottait dans l'air suffocant de midi. Le chemin ne tarda guère à se réduire à une vague piste qui grimpait en sinuant parmi les rochers, et que le polissage de la pierre par des siècles de pieds fervents avait rendu des plus traîtres.

Ils rencontrèrent au cours de leur ascension deux groupes de pèlerins qui eux redescendaient. Le premier se composait d'une bande de jeunes soldats qui s'esclaffaient et jasaient bravement, tandis qu'en arrière traînait un de leurs compagnons dans les yeux duquel se lisait ouvertement la terreur de la mort. Au centre du second se trouvait une marchande âgée qui pleurait silencieusement, soutenue dans sa marche par les hommes les moins cacochymes de son entourage.

Ce n'est pas sans nervosité qu'Arkoniel les considéra tour à tour. Pour sa part, Iya préféra attendre que tous les compagnons de la marchande aient disparu derrière un tournant pour s'asseoir sur une pierre et se reposer. Tout juste assez large en cet endroit pour deux personnes de front, le passage emmagasinait la chaleur avec autant d'efficacité qu'un four. Elle sirota une gorgée à la gourde qu'Arkoniel avait remplie à la fontaine, et l'eau s'en révéla suffisamment glacée encore pour lui faire mal aux yeux.

« On est encore loin ? demanda-t-il.

— Plus beaucoup. »

Le bain froid qu'elle se promettait de prendre à l'hostellerie lui donna le courage de se lever pour se remettre en route.

« Vous avez connu la mère du roi, n'est-ce pas ? reprit Arkoniel qui la talonnait. Elle était aussi méchante qu'on le prétend ? »

La stèle avait dû l'y faire penser.

« Pas au début. Agnalain la Juste, on l'appelait. Mais elle avait un côté sombre que l'âge empira. D'aucuns l'imputaient au sang de son père. D'autres à tout le mal que lui donnèrent ses grossesses. De son premier consort, elle avait eu deux fils. Puis elle sembla frappée de stérilité pendant des années et se prit d'un goût de plus en plus prononcé pour les jeunes consorts et pour les exécutions publiques. Le propre père d'Erius connut le supplice du billot pour trahison. Dès lors, plus personne ne fut en sécurité. Les Quatre m'en soient témoins, je sens toujours la puanteur qu'exhalaient les cages à corbeaux qui bordaient les routes tout autour d'Ero ! Nous espérions tous que son état s'améliorerait quand elle finit par avoir une fille, mais non, cela ne servit qu'à la rendre encore plus mauvaise. »

En ces jours de noirceur, il avait été relativement facile au fils aîné d'Agnalain, le prince Erius – un guerrier chevronné déjà, et la coqueluche du peuple –, de soutenir qu'on avait déformé les paroles de l'Oracle, que la prophétie se référait exclusivement à la véritable fille du roi Thelátimos, sans impliquer le moins du monde un mode de succession d'ordre matriarcal. À n'en point douter, le valeureux prince Erius était mieux fait pour le trône que l'unique héritière directe, sa demi-sœur Ariani, qui venait juste de fêter son troisième anniversaire.

Point n'importait que Skala eût joui sous ses reines d'une prospérité sans exemple ; point n'importait que le seul homme à s'être jusqu'alors emparé du trône, le propre fils de Ghërilain, Pelis, eût vu son bref règne assombri par les deux fléaux de la peste et de la sécheresse ; et point n'importait qu'il eût suffi que sa sœur le remplace pour qu'Illior protège à nouveau le pays comme l'avait promis l'Oracle.

Jusqu'à présent.

À la disparition pour le moins subite d'Agnalain, il se chuchota que le prince Erius et son frère, Aron, n'y étaient pas forcément étrangers. La rumeur murmura toutefois la chose avec moins de réprobation que de soulagement ; nul n'était sans savoir qu'Erius avait de fait sinon en titre intégralement assumé le gouvernement durant les ultimes et tragiques années du naufrage maternel. Les grondements renouvelés en provenance de Plenimar se faisaient trop forts pour que les nobles s'aventurent dans une guerre civile en faveur d'une reine enfant. Ainsi la couronne échut-elle à Erius sans compétition. La même année vit Plenimar assaillir les ports méridionaux, mais comme le nouveau roi rejeta les envahisseurs à la mer et incendia leurs noirs vaisseaux, l'événement parut devoir mettre en veilleuse la prophétie.

Et pourtant, il s'était accumulé plus de maux et d'intempéries au cours des dix-neuf années écoulées depuis que n'en contenait toute la mémoire des plus vieux magiciens eux-mêmes. La sécheresse actuelle en était à sa troisième année dans certaines régions du pays, et elle avait anéanti des villages entiers, déjà décimés par le feu du ciel et par des vagues de pestilence déferlées du nord par toutes les voies de commerce. C'est d'une épidémie de ce genre qu'avaient péri peu d'années plus tôt les parents d'Arkoniel. En l'espace de quelques mois y avait succombé un quart de la population d'Ero, y inclus le prince Aron, l'épouse d'Erius, ses deux filles et deux de ses fils, n'étant épargné que le cadet de ces derniers, Korin. Et les paroles de l'Oracle se chuchotaient à nouveau depuis lors dans certains quartiers.

Le coup d'État d'Erius, Iya ne manquait pas de motifs personnels pour le déplorer. Son patron, le puissant duc Rhius d'Atyion, n'avait-il pas fini par épouser la propre demi-sœur du roi, la princesse Ariani ? Et le couple n'attendait-il pas son premier enfant pour l'automne ?

Les magiciens se trouvaient tous deux hors d'haleine et en nage lorsqu'ils atteignirent le cul-de-sac au fond duquel était enserré le sanctuaire.

« Voilà qui ne répond pas exactement à mon attente », maugréa Arkoniel en lorgnant ce qui présentait l'aspect d'un large puits de pierre.

Iya émit un gloussement. « N'en juge pas trop vite. »

À l'ombre d'un appentis de bois, près de la margelle, étaient assis deux robustes gaillards de prêtres à robe rouge poussiéreuse et masque d'argent. Iya gagna leur abri et se laissa pesamment tomber sur une banquette de pierre. « Il me faut du loisir pour mettre de l'ordre dans mes pensées, dit-elle à Arkoniel. Passe le premier. »

Munis d'un fort rouleau de corde, les prêtres, approchant du puits, convièrent d'un geste le jeune magicien à les rejoindre. Pendant qu'ils la lui arrimaient à la taille, il gratifia sa compagne d'un sourire plutôt crispé. Quant à eux, toujours aussi taciturnes, ils entreprirent ensuite de l'introduire dans l'enceinte de pierre et de le guider jusqu'à l'entrée de la chambre aux oracles. Laquelle entrée n'était rien d'autre, au niveau du sol, qu'un trou de quelque quatre pieds de diamètre.

Si l'acte de foi et de reddition qui consistait à s'y précipiter avait toujours quelque chose d'impressionnant, d'autant plus affolante en était la première épreuve. Mais Arkoniel se montra aussi résolu qu'à son ordinaire. Sitôt assis sur le rebord, les pieds dans le vide, il agrippa la corde et, d'un hochement, invita les prêtres à le faire descendre. Après qu'il eut disparu, ceux-ci la laissèrent peu à peu filer jusqu'au moment où elle se détendit.

Toujours réfugiée sous l'appentis, Iya s'efforçait d'apaiser les galopades de son cœur. Elle avait évité de son mieux durant des journées entières de s'appesantir trop directement sur l'action qu'elle allait accomplir. À présent qu'elle se trouvait là, voilà qu'elle se repentait brusquement de sa décision. Fermant les yeux, elle essaya de sonder sa peur, mais sans parvenir à lui découvrir le moindre fondement. Oui, elle était en train, bel et bien, de désobéir à son maître et d'enfreindre ses injonctions, mais ce n'était pas ça. Voici plutôt que la poignait, sur le seuil même de l'Oracle, une prémonition. Quelque chose était sur le point de surgir, quelque chose de noir et de menaçant. Elle se mit à prier silencieusement. Quoi qu'Illior lui révèle en ce jour, puisse-t-elle avoir l'énergie d'y faire face, puisqu'il lui était de toute manière impossible de se dérober.

La brève traction qu'exerçait Arkoniel sur la corde pour qu'on le remonte intervint beaucoup plus tôt qu'elle ne l'avait prévu. Hissé par les prêtres, il se dépêcha d'enjamber la margelle et vint s'écrouler aux pieds d'Iya. Il avait l'air passablement abasourdi.

« Je viens de faire la plus étrange…, commença-t-il, mais elle leva la main pour repousser la confidence, ajoutant :

— Nous aurons bien assez le temps plus tard… » Si elle n'y allait pas tout de suite, en effet, jamais elle ne le ferait.

À son tour, elle se laissa harnacher par les prêtres et, les pieds pendants au rebord du trou, le souffle presque arrêté, saisit la corde d'une main, le sac en cuir de l'autre avant de leur indiquer qu'elle était prête par un hochement.

La descente oscillante dans les ténèbres et la fraîcheur lui procura les crispations d'entrailles familières. Bien qu'elle n'eût jamais été capable d'en évaluer les dimensions réelles, la chambre souterraine devait être immense, à en juger d'après l'imperceptible vent coulis qui vous effleurait le visage et d'après le silence qui y régnait. Sur la partie du sol, en bas, que frappaient les rayons du soleil, la roche présentait l'aspect lisse et les ondulations légères d'un ancien lit de rivière.

Peu d'instants après, ses pieds rencontrèrent un appui solide, et, s'affranchissant de la corde, elle sortit du cercle que formait la lumière du jour. Le temps que ses yeux s'adaptent aux ténèbres, et elle discerna, plutôt proche, une faible lueur et se dirigea de ce côté-là. À aucune de ses visites, elle n'avait vu celle-ci apparaître dans une même direction. Et néanmoins, lorsqu'elle aborda finalement l'Oracle, tout était exactement tel qu'en ses souvenirs.

Juché sur un trépied d'argent, un globe de cristal diffusait un large cercle lumineux. L'Oracle trônait auprès, sur un tabouret bas d'ivoire sculpté en forme de dragon accroupi.

Si jeune… ! songea Iya, frappée d'une tristesse inexplicable. Les deux Oracles précédents étaient de vieilles femmes à la peau blanchie jusqu'à l'exsangue par des décennies dans le noir. Celle d'aujourd'hui n'avait pas plus de quatorze ans, mais elle était déjà d'une pâleur extrême. Vêtue d'une simple chemise de lin qui ne lui couvrait ni les bras ni les pieds, elle était là, paumes aux genoux. Elle avait un visage quelconque et rond, l'œil vide. Les sibylles d'Afra ne sortaient pas plus indemnes que les magiciens du toucher d'Illior.

Iya s'agenouilla aux pieds de l'Oracle. Portant à bout de bras un grand plateau d'argent, un prêtre masqué pénétra dans le cercle de lumière, et le silence de la grotte engloutit le soupir de la visiteuse tandis qu'elle extirpait le bol de ses enveloppes et le déposait sur le plateau.

Après le lui avoir présenté, le prêtre plaça celui-ci sur les genoux de l'Oracle dont le visage, loin de rien trahir, demeura vacant.

Est-ce qu'elle perçoit la malignité de l'objet ? se demanda Iya. Le pouvoir qui en émanait désormais sans voile lui donnait, à elle, mal au crâne.

Finissant quand même par remuer, la fillette abaissa les yeux vers le bol. Aussi brillant qu'un clair de lune sur la neige se forma tout autour de sa tête et de ses épaules un halo de lumière argentée. Un frisson de terreur parcourut Iya. Illior venait de s'emparer de son instrument.

« Je vois des démons se repaître de morts. Je vois le dieu-dont-on-ne-prononce-pas-le-nom », déclara tout doucement l'Oracle.

En s'entendant confirmer ses pires craintes, Iya sentit son cœur se pétrifier dans sa poitrine. Il s'agissait donc bien de Seriamaïus, du noir dieu de la nécromancie adoré par les Plenimariens qui, durant la Grande Guerre, n'avaient manqué que de fort peu de détruire Skala. « J'ai fait le rêve que voici, j'ai rêvé d'une guerre et de désastres infiniment pires qu'aucun de ceux qu'a jamais subis Skala.

— Tu vois trop loin, magicienne. » À deux mains, l'Oracle éleva le bol, et il résulta de quelque jeu de lumière pervers que ses yeux sombrèrent au fond de deux grands trous noirs. Et, sans qu'Iya l'eût entendu se retirer, le prêtre n'était plus visible nulle part.

L'Oracle fit lentement tourner le bol entre ses mains. « Le noir fait le blanc. L'immonde fait le pur. Le mal crée la grandeur. De Plenimar vient le salut présent tout autant que le péril futur. Voici une graine qui doit être arrosée de sang. Mais tu vois trop loin. »

L'Oracle inclina le bol vers l'avant, et il en déborda du sang d'un rouge éclatant, beaucoup trop de sang pour un récipient de taille si modeste, et, non content d'éclabousser le sol, tout ce sang forma sur la roche une mare ronde aux pieds de l'Oracle. Y plongeant ses regards, Iya distingua le reflet d'un visage de femme encadré par la visière d'un heaume de guerre sanglant. L'en frappèrent surtout les prunelles d'un bleu intense et, par-dessus le menton pointu, le dessin ferme de la bouche. Rébarbative une seconde, l'expression se faisait navrée celle d'après, et si familiers étaient les traits que la magicienne en avait mal au cœur, tout incapable qu'elle se trouva sur le moment de savoir qui ces yeux lui rappelaient. Des flammes se réverbéraient sur le heaume, et quelque part au loin se percevait un fracas de bataille.

Progressivement l'apparition s'estompa, remplacée par celle d'un palais d'une blancheur éblouissante qui se dressait en haut d'une formidable falaise ; un dôme étincelant le surmontait, et de chacun de ses quatre angles jaillissait une fine tour.

« La Troisième Orëska, murmura l'Oracle. C'est là que tu pourras déposer ton fardeau. »

Terriblement impressionnée, Iya se pencha. Le palais avait des centaines de fenêtres, et à chacune de ces fenêtres se tenait un magicien qui dirigeait ses regards vers elle. Et, dans la plus haute fenêtre de la tour la plus proche s'encadrait Arkoniel, vêtu d'une robe bleue et portant le bol entre ses mains. À ses côtés se trouvait un garçonnet blond tout bouclé.

En dépit de l'énorme distance qui la séparait d'Arkoniel, elle pouvait à présent le voir de la manière la plus distincte. Il était un vieillard, et sa figure ravinée confessait une lassitude inexprimable. En dépit de quoi sa seule vue gonflait de joie le cœur d'Iya.

« Questionne, souffla l'Oracle.

— Qu'est le bol ? interpella-t-elle Arkoniel.

— Il ne nous est pas réservé de le savoir, mais lui le saura », répondit Arkoniel en remettant le bol au petit garçon. Celui-ci posa sur Iya un regard de vieil homme et sourit.

« Tout est inextricablement tissé, Gardien, reprit l'Oracle, alors que cette vision-là se résolvait en quelque chose de plus sombre. Voici la contribution qui vous est offerte, à toi-même et à ton espèce. Une avec la reine authentique. Une avec Skala. Vous serez soumis à l'épreuve du feu. »

Iya discerna le symbole de son art – le fin croissant de lune d'Illior – se détachant sur un cercle ardent et, juste au-dessous, le nombre 222, tracé en caractères de flammes si blancs, si fulgurants qu'elle en avait les yeux blessés.

Devant elle s'étendit ensuite Ero, la capitale, embrasée du port à la citadelle et dominée par une lune ballonnée. Une armée l'avait investie, sur laquelle flottait la bannière de Plenimar, une armée trop nombreuse pour se dénombrer. Iya sentit le souffle de l'incendie sur sa figure lorsqu'à la tête de ses troupes Erius sortit affronter l'assiégeant, sans seulement s'apercevoir que la carcasse de son destrier se décharnait à chaque foulée, lambeau par lambeau, et que dans son sillage s'écroulaient ses soldats, morts. Telle une meute de loups, les gens de Plenimar l'assaillirent de toutes parts, et il se perdit de vue. À nouveau, la vision se modifia de manière vertigineuse, et du néant surgit, gisant dans un champ stérile et tordue, ternie, la couronne de Skala.

« Tant qu'une fille issue de la lignée de Thelátimos la gouverne et défend, Skala ne court aucun risque de jamais se voir asservir », murmura l'Oracle.

« Ariani ? » demanda Iya, quitte à se dire au moment même où elle posait la question que le visage qui s'était encadré dans la visière du heaume n'était nullement celui de la princesse.

L'Oracle se mit à geindre et à se balancer. Élevant le bol, elle en déversa l'inépuisable écoulement sur sa propre tête à la manière d'une libation, se faisant de la sorte un masque sanglant. Puis, tombant à genoux, elle empoigna la main d'Iya, et un tourbillon les emporta toutes deux, frappant la magicienne de cécité.

Des vents déchaînés la cernèrent en hurlant, qui finirent par lui vriller le sommet du crâne pour y pénétrer puis plongèrent droit au cœur de son être, tel un foret de charpentier naval. Des images fusaient de partout comme une tornade de feuilles mortes : l'écusson frappé de l'étrange nombre et la femme au heaume, sous toutes sortes de formes et d'aspects – vieille, jeune, en haillons, couronnée, nue et pendue à un gibet, parée de guirlandes et parcourant à cheval de larges rues inconnues… Elle, Iya la voyait nettement, maintenant, elle en distinguait très bien les traits, les yeux bleus, la chevelure noire et les membres déliés, similaires à ceux d'Ariani – mais ce n'était pas la princesse.

La voix de l'Oracle émergea du maelström. « La voici, ta reine, magicienne, la voici, la véritable fille de Thelátimos. Elle tournera sa face en direction de l'ouest. »

Se sentant tout à coup les bras alourdis d'un paquet, Iya baissa les yeux sur le nouveau-né mort que venait de lui donner l'Oracle.

« D'autres voient, mais seulement au travers, eux, de ténèbres enfumées, poursuivit l'Oracle. C'est par la volonté d'Illior que le bol est parvenu entre tes mains. De ta lignée, Gardien, il est le fardeau long, et entre tous amer. Mais de cette génération-ci va sortir l'enfant sur qui se fonde l'à-venir et qui est ton legs. Deux enfants, une reine marquée par le sang de passage. »

En voyant le nouveau-né mort lever vers elle de noires prunelles fixes, Iya sentit une douleur fulgurante lui déchirer la poitrine. Elle sut de qui il était l'enfant.

Sa vision dissipée, elle se retrouva agenouillée devant l'Oracle, son sac non ouvert dans les bras. Il n'y avait pas de nouveau-né mort, pas de sang sur le sol. L'Oracle trônait toujours sur son tabouret, chemise et cheveux nullement souillés.

« Deux enfants, une reine », souffla l'Oracle en dardant sur Iya les prunelles blanches étincelantes d'Illior.

Toute tremblante sous ce regard, Iya tâcha de se raccrocher à tout ce qu'elle avait vu et entendu. « Les autres qui rêvent de cette enfant, Votre Révérence… – c'est du bien qu'ils lui veulent, ou du mal ? Vont-ils m'aider à son élévation ? »

Mais le dieu s'était retiré, et ce n'était pas de la fillette effondrée sur le tabouret que pouvait s'espérer la moindre réponse.

L'éclat du soleil l'aveugla lorsqu'elle ressortit de la caverne, la chaleur lui coupa la respiration, ses jambes n'avaient plus la force de la soutenir, et Arkoniel n'eut que le temps de la saisir à bras-le-corps quand elle s'écroula contre la clôture de pierre. « Iya ! Que s'est-il passé ? Qu'y a-t-il ?

— Un… – un moment, s'il te plaît », coassa-t-elle en étreignant le sac contre son cœur.

Une graine arrosée de sang.

Arkoniel n'eut aucune peine à la soulever pour la transporter à l'ombre. Il lui approcha la gourde des lèvres, et elle but, pesamment appuyée sur lui. Il lui fallut un bon bout de temps pour se sentir en état de redescendre à l'hostellerie. Encore Arkoniel avait-il passé un bras autour de sa taille pour la soutenir, ce qu'elle souffrit sans protestation. Et ils se trouvaient en vue de la stèle lorsqu'elle finit par s'évanouir.

Quand elle rouvrit les yeux, elle gisait étendue sur un matelas moelleux, dans une chambre d'hôte sombre et fraîche. Les rayons de soleil qui filtraient par une fente du volet poussiéreux projetaient des ombres en travers du mur sculpté, près du lit. À son chevet campait Arkoniel, manifestement inquiet.

« Que s'est-il passé avec l'Oracle ? » demanda-t-il.

Illior a parlé, et ma question a obtenu réponse, songea-t-elle avec amertume. *Que n'ai-je écouté Agazhar… !*

Elle lui prit la main. « Plus tard, quand je me sentirai assez vigoureuse. Parle-moi de ta propre vision. Ta requête a-t-elle été satisfaite ? »

C'était là le laisser bien évidemment sur sa faim, mais à quoi rimait de la harceler ? « Je n'en suis pas sûr, dit-il. Je désirais savoir quel genre de magicien j'allais devenir et quelles seraient mes voies. L'Oracle m'a bien montré une vision en l'air, mais je n'en ai saisi en tout et pour tout qu'une image de moi tenant un petit garçon dans les bras.

— Avait-il les cheveux blonds ? s'enquit-elle, pensant à l'enfant discerné dans la magnifique tour blanche.

— Non, noirs. En toute honnêteté, je suis dépité d'avoir fait toute cette route rien que pour cela. Probablement que je n'avais pas très bien formulé ma demande…

— Il faut patienter, parfois, pour que se révèle le sens. » Iya détourna sa vue de ce jeune visage sérieux, trop navrée que l'Illuminateur ne l'eût pas gratifiée pour sa part d'un pareil répit. Le soleil embrasait toujours la place, sous la fenêtre, mais la magicienne ne voyait plus que ce qui désormais l'attendait : la route du retour à Ero, et, tout au bout, les ténèbres.

2

En cette dix-neuvième nuit d'Erasin, une lune des moissons rouge faisait de la capitale endormie une fantastique mosaïque d'ombre et de lumière. Ero la Biscornue, la surnommait-on. Bâties sur une hauteur tout accidentée qui surplombait les îles de la mer Intérieure, ses rues filaient au hasard des pentes, comme une dentelle mal crochetée, depuis les murs du cercle Palatin jusqu'aux bas quartiers, aux quais et aux chantiers navals. Opulence et misère y vivaient fanon contre joue, et chacune des maisons qui donnaient sur le port possédait au moins une fenêtre ouvrant à l'est, vers Plenimar, tel un œil au guet.

Les prêtres affirment que la Mort entre par la porte occidentale, songea lamentablement Arkoniel alors que son cheval, derrière ceux de la sorcière et d'Iya, franchissait la poterne ouest. La nuit prochaine allait voir culminer le cauchemar qui avait débuté voilà près de cinq mois à Afra.

Les deux femmes chevauchaient silencieusement, visage enfoui sous leur vaste capuche. Le cœur soulevé par la seule pensée de la besogne qui les attendait, Arkoniel conjurait Iya de parler, de se raviser, de tourner bride, mais elle ne pipait mot, et il ne pouvait pas seulement voir ses yeux pour y lire quoi que ce soit. Alors que cela faisait plus de la moitié de son existence qu'il l'avait pour maître, pour mentor et pour seconde mère, elle était devenue, depuis Afra, une maison toute en portes closes.

Lhel aussi était désormais frappée de mutisme. Il y avait des générations que son engeance était malvenue ici. Comme se reployait sur eux la puanteur de la ville, elle plissa le nez. « Toi géant bourg ? Ha ! Trop beaucoup.

— Pas si fort ! » Arkoniel jeta un regard nerveux à la ronde. Ici, les magiciens errants étaient moins bienvenus que jamais par le passé. Et il leur en cuirait à tous les trois si l'on découvrait que leur groupe comprenait une sorcière des monts.

« Sent comme *tok* », marmonna Lhel.

Iya rejeta sa capuche en arrière avec un petit sourire qui surprit Arkoniel. « Elle dit que ça sent la merde, et le fait est que ça le sent. »

Lhel est bien placée pour parler, songea Arkoniel. Depuis le jour de leur rencontre, il s'était épuisé en subterfuges pour s'épargner la fétidité de cette sorcière des monts.

Après leur étrange visite à Afra, ils s'étaient d'abord rendus à Ero et y avaient été les hôtes du duc et de son adorable et fragile princesse. Dans la journée, on montait à cheval, on jouait. La nuit voyait, elle, les conciliabules secrets du duc et d'Iya.

Après cette étape, elle et son disciple consacrèrent le restant de ce maussade été caniculaire à sillonner les vallées de montagne les plus perdues de la province septentrionale en quête d'une sorcière susceptible de les seconder, car aucun magicien d'Orëska n'était à même de pratiquer les sortilèges qu'exigeait la tâche imposée par Illior. Le temps d'en découvrir une, et les feuilles des trembles étaient déjà festonnées d'or.

Repoussés des basses terres fertiles par les premières incursions de colons skaliens, les gens des monts, petits et basanés, se cantonnaient à leurs vallées hautes et ne se montraient pas accueillants pour les voyageurs. À chaque village, c'étaient des aboiements d'alerte furibonds qui saluaient du plus loin l'approche d'Arkoniel et d'Iya, des cris de mères appelant leurs gosses ; et s'y présentaient-ils que seuls s'apercevaient des hommes en armes çà et là. Lesquels ne proféraient aucune menace mais se gardaient aussi d'offrir la moindre hospitalité.

La réception de Lhel, lorsqu'ils étaient d'aventure tombés sur sa cahute isolée, les avait en revanche laissés pantois. Car, non contente de les recevoir convenablement, de leur servir de l'eau, du cidre et du fromage, elle avait déclaré s'attendre à leur visite.

Iya parlait la langue de leur hôtesse, qui avait quant à elle appris quelque part des bribes de skalien. À ce qu'Arkoniel put saisir de la conversation, la sorcière n'était pas plus surprise par leur requête que par leur aspect, sa déesse lunaire l'en ayant, disait-elle, avertie par un rêve prémonitoire.

Toujours est-il qu'elle le rendait terriblement pataud, lui. Par la magie qui irradiait de tout son être à l'instar de la chaleur musquée que dégageait son corps, mais ce n'était pas tout. Elle était en plus dans la fleur de l'âge. Ses noirs cheveux bouclés lui cascadaient en une masse hirsute jusqu'à la ceinture, et sa robe flottante en laine ne parvenait pas à camoufler la courbe des hanches et des seins qui d'une allure nonchalante allaient et venaient sous le nez d'Arkoniel dans l'étroite cabane afin de servir le repas ou de préparer le couchage. Il n'eut que faire d'interprète pour comprendre qu'elle interrogeait Iya sur la possibilité de dormir avec lui cette nuit, et qu'au terme du conciliabule elle estimait tout à la fois offensante et cocasse la chasteté des magiciens d'Orëska afin de consacrer intégralement leur vitalité à l'exercice de la magie.

Aussi craignait-il qu'elle n'en tire prétexte pour changer d'avis, mais quand Iya et lui se réveillèrent, le lendemain matin, Lhel se trouvait devant la porte à les attendre, et son baluchon de voyage était déjà jeté en travers de la selle de son petit canasson poilu.

Non moins scabreux pour le jeune homme avait été chaque instant de l'interminable retour à Ero. Lhel se délectait à lui faire des agaceries, elle s'assurait d'être vue de lui lorsqu'elle retroussait ses jupes pour se laver, et elle ne ratait pas une occasion de lui rentrer dedans, le soir, quand, rôdant aux abords du camp, elle glanait les dernières herbes de l'année avec ses doigts sales et noueux. Vœux ou pas, comment ne pas s'apercevoir de ces manigances, alors que celles-ci le mettaient mal à l'aise et remuaient quelque chose en lui ?

Une fois terminée, cette nuit, leur affaire d'Ero, plus jamais il ne reverrait Lhel, et cela, vraiment, serait une bénédiction !

Comme on traversait une place, Lhel brandit l'index vers la lune rouge en son plein puis clappa du bec. « Lune réclamer bébé, toute graisse et sang. Se dépêcher, nous. Pas *shaïmari.* »

Elle pointa deux doigts vers ses narines, en un geste des plus gracieux, pour simuler l'inspiration. Arkoniel frissonna.

En voyant Iya se plaquer une main sur les yeux, il faillit se reprendre une seconde à espérer. Après tout, peut-être allait-elle céder… Mais non, elle expédiait tout simplement un charme voyeur au Palatin, là-haut.

Au bout d'un moment, elle secoua la tête. « Non. Nous avons le temps. »

Un petit vent froid et salé tirailla leurs manteaux lorsque, atteignant le côté de la citadelle qui faisait face à la mer, ils s'approchèrent de la porte Palatine. Arkoniel inhala profondément pour essayer de repousser son oppression croissante. Escortée de porte-lampions, une bande de fêtards les dépassa, et, à la faveur des lumières, Arkoniel jeta un regard furtif sur Iya. La figure pâle et carrée de la magicienne ne trahissait rien.

Telle est la volonté d'Illior, se répéta-t-il en silence. Il était impossible de s'y soustraire.

Depuis la disparition de la descendance féminine personnelle du roi, ses plus proches parentes – les femmes et filles de sang royal – s'étaient mises à mourir à un rythme alarmant. Si l'on n'osait guère en parler haut et fort dans la ville, force était néanmoins de constater que dans trop de cas ce n'étaient ni la peste ni la faim qui expédiaient les malheureuses à la porte de Bilairy.

Une cousine du roi prit mal au sortir d'un banquet en ville et ne se réveilla point le lendemain matin. Une autre trouva le moyen de tomber par la fenêtre de sa tour. Ses deux ravissantes nièces, filles de son propre frère, se noyèrent au cours d'une promenade en barque par un temps radieux. On découvrit morts dans leur berceau des nouveau-nés, tous de sexe féminin, survenus à des parents plus lointains. Leurs nourrices parlèrent tout bas d'esprits nocturnes. Et comme le nombre des prétendantes potentielles au trône ne cessait de s'amenuiser, le peuple d'Ero finit par tourner des regards inquiets vers la toute jeune et charmante demi-sœur du roi et vers l'enfant qu'elle portait encore en son sein.

L'époux de cette dernière, le duc Rhius, avait quinze ans de plus qu'elle et des châteaux, des terres en quantité. La plus vaste de ses propriétés se trouvait à Atyion, à une demi-journée de cheval au nord d'Ero. Il y avait des gens pour prétendre que le mariage s'était fait par amour entre le Trésor royal et les apanages ducaux, mais tout autre était l'opinion d'Iya.

Quand Rhius n'était pas de service à la cour, le couple demeurait au magnifique château d'Atyion. Mais la grossesse d'Ariani les avait amenés à venir résider chez elle, à Ero, près du Palais Vieux.

Iya subodorait là le bon plaisir du roi plutôt qu'une idée d'Ariani, et celle-ci le lui avait d'ailleurs confirmé durant son séjour, l'été précédent.

« Puissent Illior et Dalna nous accorder un fils », avait-elle chuchoté, les mains pressées sur son ventre arrondi, lors d'un tête-à-tête dans la cour-jardin de la maison.

Enfant, elle avait adoré ce frère aîné si beau qui s'était toujours plutôt comporté comme un père. Maintenant, elle ne le comprenait que trop bien, sa vie tenait à un caprice. En ces temps incertains, toute fille issue du sang de Ghërilain représentait une menace pour la nouvelle ligne – mâle – de succession, même si le parti d'Illior était obligé de se battre pour rétablir l'autorité sacrée d'Afra. À chaque nouvel accès de peste ou de famine se renforçaient les murmures dubitatifs.

Dans un coin sombre de la rue menant à la porte Palatine, Iya se drapa avec Lhel d'invisibilité, et Arkoniel aborda les gardes comme s'il était seul.

Il y avait encore, à cette heure-là, des tas de gens dehors, mais le sergent d'armes n'en repéra pas moins l'amulette d'argent qu'il portait au col et l'interpella :

« Quelle affaire t'amène si tard ici, magicien ?

— Je suis attendu. Je viens voir mon patron, le duc Rhius.

— Ton nom ?

— Arkoniel de Rhemair. »

Après qu'un scribe eut inscrit cela sur une tablette de cire, Arkoniel entra comme en flânant dans le dédale de maisons et de jardins qui ceinturait cette partie du Palatin. À droite se dressait l'énorme masse du Palais Neuf, entrepris par la reine Agnalain, et qu'était en train d'achever son fils. Sur la gauche se détachait la silhouette fantaisiste du Palais Vieux.

Si puissante était la magie d'Iya qu'Arkoniel lui-même aurait été fort en peine de dire si ses deux compagnes se trouvaient encore avec lui, mais il n'osa se retourner ni leur souffler mot.

La belle demeure d'Ariani était entourée de ses propres cours et enceinte ; Arkoniel y pénétra par la porte de devant, qu'il barra dès qu'il sentit Iya lui toucher le bras. Nerveusement, il jeta un coup d'œil alentour, s'attendant plus ou moins à surprendre la Garde royale aux aguets parmi les bosquets dénudés et dans l'ombre de chaque statue, à y voir en tout cas les têtes familières des gardes personnels du duc, mais il n'y avait là personne, pas même une sentinelle ou un portier. Le silence régnait dans le jardin, le parfum capiteux de quelque ultime floraison d'automne épaississait l'air.

Les deux femmes réapparurent auprès de lui et, ensemble, ils traversèrent la cour vers l'arceau de l'entrée. Mais ils n'avaient pas fait trois pas qu'une chouette à cornes fondit des nues et s'abattit à moins de dix pieds d'eux sur un jeune rat. Tout en préservant son équilibre à grands coups d'ailes, elle expédia le rongeur sans s'émouvoir de ses couinements puis darda sur les trois intrus les sesterces d'or de ses yeux. L'espèce avait beau n'être pas des plus rares à Ero, la vue de l'oiseau fit frémir Arkoniel : les chouettes étaient les messagers d'Illior.

« Heureux présage », murmura Iya tandis que, délaissant le rat mort, se renvolait l'oiseau.

À peine eut-elle frappé que parut l'intendant du duc, Mynir. Un vieux bonhomme fluet, voûté, solennel qui faisait toujours penser Arkoniel à une sauterelle. Et qui serait des rares à aider son maître à porter son fardeau, les années venant.

« Loué soit le Créateur ! souffla-t-il en saisissant la main d'Iya. Le duc est à demi fou de... » La vue de Lhel lui coupa le sifflet.

Ses pensées, Arkoniel les devinait sans mal : une sorcière, impure et trafiquant des morts, une de ces nécromanciennes qui vous évoquaient les spectres et les démons !

Iya toucha l'épaule du vieillard. « Sois en paix, Mynir, ton maître est au courant. Où se trouve-t-il ?

— En haut, Maîtresse. Je vais vous le chercher. »

Elle le retint. « Un instant. Et le capitaine Tharin ? » Chef des gardes privés, ce noble serviteur s'éloignait rarement de Rhius. Sans qu'Illior se fût prononcé sur son cas, elle et le duc étaient d'emblée tombés d'accord sur la nécessité de le tenir à l'écart, cette nuit.

« Expédié avec ses hommes à Atyion pour les fermages. » Mynir les introduisit dans la salle d'audience. On y voyait à peine. « On a expédié toutes les femmes coucher au Palais, pour éviter qu'elles ne dérangent la princesse durant son travail. Il n'y a dans la maison que votre Nari et moi, Maîtresse, cette nuit. Je monte chercher le duc. » Il disparut à toutes jambes dans l'escalier.

Un feu brûlait dans l'immense cheminée, tout au fond de la pièce, mais aucune lampe n'était allumée. Pivotant lentement, Arkoniel essaya de discerner les formes familières des meubles et des tentures. La demeure toujours si gaie, si pleine de musique et si animée lui faisait là l'effet d'un tombeau.

« Vous voilà donc, Iya ? » lança une voix grave. Rhius s'avança vers eux à longues foulées. Âgé de près de quarante ans, c'était un beau guerrier puissamment bâti, bras et mains noueux d'avoir toute leur vie manié les rênes et l'épée. Mais il avait une mine cireuse, aujourd'hui, sous sa barbe noire, et sa tunique courte était aussi trempée de sueur qu'au terme d'une galopade ou d'une bataille. Et, tout soldat qu'il était, il puait la peur.

Il appesantit son regard sur Lhel puis parut flancher. « Vous en avez trouvé une. »

Iya tendit son manteau à Mynir. « Bien sûr, messire. »

Un cri déchirant retentit au-dessus d'eux. Le poing de Rhius se convulsa contre son cœur. « On n'a eu que faire d'herbes pour déclencher les douleurs de l'enfantement. Elle a perdu les eaux dans la matinée. Et elle est dans cet état depuis le coucher du soleil. Elle continue de réclamer ses propres femmes et... »

Lhel marmonna quelque chose à l'intention d'Iya, qui traduisit à celle de Rhius : « Elle demande s'il s'est produit le moindre écoulement de sang.

— Non. À en croire votre bonne femme, tout va bien, mais... »

Le nouveau cri qu'Ariani poussait, là-haut, souleva l'estomac d'Arkoniel. La malheureuse était loin de se douter de ce qui se trouvait désormais chez elle. Si elle avait solennellement donné sa parole aux époux de protéger toute fille qui leur naîtrait, Iya s'était gardée de révéler à la future mère les moyens que lui avait donnés l'Illuminateur pour tenir ses engagements. Seul Rhius était au courant. L'ambition l'avait fait consentir à tout.

« Venez, il est temps. » Elle s'apprêtait à monter l'escalier quand le duc lui saisit le bras.

« Vous êtes sûre que c'est la seule voie ? Vous ne pourriez pas vous contenter d'en soustraire un ? »

Elle le dévisagea froidement. Elle se trouvait deux marches plus haut que lui, et, durant un instant, l'éclairage lui donna l'aspect d'une statue de pierre. « L'Illuminateur veut une reine. Vous voulez, vous, que votre enfant règne. Tel est le prix. La faveur d'Illior nous est acquise en cela. »

Rhius la lâcha et soupira d'un air accablé : « Eh bien, allons, et finissons-en. » Les deux femmes le précédèrent, et Arkoniel lui emboîta le pas d'assez près pour l'entendre ronchonner : « Des enfants, il y en aura d'autres. »

L'atmosphère était étouffante, dans la chambre de la princesse. Les autres s'approchèrent du lit, mais Arkoniel s'immobilisa juste après le seuil, suffoqué par les lourds relents qu'exhalaient les couches.

Cette partie de la maison, jamais encore il n'y était venu. En d'autres circonstances, il aurait trouvé la pièce jolie. Des tentures vives, brodées de scènes aquatiques pleines de fantaisie, tapissaient les murs et le lit sculpté, des dauphins de marbre ornaient le manteau de la cheminée. Sur un fauteuil, près de la fenêtre aux volets fermés, reposait une corbeille à ouvrage familière ; de son couvercle à demi soulevé dépassaient une tête et un bras de tissu... – une poupée, inachevée, du genre de celles qui avaient si bien rendu célèbre Ariani par leur délicatesse d'exécution qu'il en fallait une coûte que coûte à toutes les grandes dames d'Ero, voire à certains lords.

Mais, cette nuit, la vue de celle-ci nouait les tripes d'Arkoniel.

Les rideaux à demi tirés lui permettaient d'apercevoir le ventre ballonné de la parturiente et l'une de ses mains, chargée de bagues rutilantes et durement crispée. Une servante grassouillette aux doux traits s'inclinait sur elle pour lui bassiner le visage en l'encourageant tout bas. Nommée Nari, c'était une veuve de la parenté d'Iya qu'on avait choisie pour nourrir l'enfant. Il avait d'abord été entendu qu'elle viendrait avec le sien propre, et que celui-ci serait le compagnon de son frère de lait, mais c'était compter sans les plans des dieux. Une pneumonie avait emporté son petit quelques semaines auparavant mais, en dépit de tout son chagrin, Nari s'était loyalement pressé les seins pour empêcher le lait de se tarir. Le corsage de sa robe flottante en était maculé.

Lhel se mit à l'œuvre et, tout en donnant tranquillement des ordres, disposa au pied du lit tout ce dont elle avait besoin : bottes d'herbes, mince canif d'argent, aiguilles en os, ainsi qu'un écheveau de fil de soie d'une finesse invraisemblable.

Ariani eut un soubresaut suivi d'un nouveau cri, et Arkoniel entrevit ses yeux, des yeux que, derrière le jais luisant de mèches enchevêtrées, les drogues rendaient à présent vitreux.

Elle n'était guère plus âgée que lui, et il avait beau ne pas souvent se permettre d'y penser, il n'avait en secret cessé de lui vouer une fervente admiration depuis qu'il vivait dans son orbite, grâce au mariage de Rhius. Elle était la plus belle de toutes les femmes qu'il eût jamais vues, et elle l'avait toujours traité de la manière la plus gracieuse. Et voilà comment se récompensait sa bonté. Le chaud de la honte le submergea.

Iya ne se retourna que trop tôt pour l'inviter du geste à la rejoindre auprès du lit. « Viens, Arkoniel, nous avons besoin de toi, maintenant. »

Nari et lui devaient maintenir les pieds pendant que la sorcière tâtonnerait entre les cuisses. Ariani gémit et tenta faiblement de se dérober. Cramoisi jusqu'aux yeux, Arkoniel garda la tête détournée jusqu'à ce que Lhel en eût terminé de son examen, puis il battit en retraite précipitamment.

Lhel se lava les mains dans une bassine puis se pencha pour tapoter la joue d'Ariani. « Être bon, *keesa*.

— Il y en a… Il y en a bien deux, n'est-ce pas, sage-femme ? » hoqueta tout bas la princesse.

Arkoniel décocha un regard inquiet à Iya, mais elle haussa simplement les épaules. « Les femmes n'ont que faire des accoucheuses pour savoir combien d'enfants elles ont dans le ventre. »

Après avoir fait infuser toute une platée de certaines des herbes de la sorcière, Nari aida la patiente à l'ingurgiter. Peu d'instants suffirent pour qu'Ariani commence à respirer moins vite et à se calmer. Alors, Lhel se percha sur le lit et, sans cesser de chantonner tout bas des choses apaisantes, se mit à lui masser le ventre.

« Le premier enfant doit être retourné pour faire en bonne position son entrée dans le monde et permettre au second de suivre », traduisit Iya pour le duc qui se tenait à la tête du lit, pétrifié d'angoisse.

Tout en massant toujours, Lhel s'arrangea finalement pour se retrouver à genoux entre les genoux d'Ariani. Peu après, elle émit une exclamation de triomphe. Du coin de l'œil, Arkoniel la vit soulever d'une seule main un petit crâne tout poisseux, tandis que de l'autre elle en maintenait les narines et la bouche fermées jusqu'à ce que l'enfant soit entièrement né.

« Fille *keesa* », annonça-t-elle en lui délivrant le visage.

Arkoniel lâcha un soupir de soulagement quand la petite aspira goulûment sa première lampée d'air, le *shaïmari*, le « souffle d'âme » dont la sorcière était si fort préoccupée.

Elle trancha le cordon avec son canif d'argent puis brandit l'enfant bien haut pour que tous le voient. Parfaitement formé, tout souillé qu'il était encore, et le crâne englué d'une toison noire.

« Béni soit l'Illuminateur ! s'écria Rhius en s'inclinant pour baiser au front sa femme assoupie. Une fille pour premier-né, exactement comme l'avait promis l'Oracle !

— Et regardez…, dit Nari, qui se pencha pour toucher une minuscule tache de vin sur l'avant-bras gauche de la petite. Elle porte une marque de faveur, en plus, on jurerait un bouton de rose. »

Iya fit à Arkoniel un demi-sourire triomphant. « Notre future reine, mon garçon. »

Il en eut la gorge nouée, tandis que des pleurs de joie lui brouillaient la vue, mais le seul fait de savoir qu'on n'en avait pas terminé, loin de là, lui gâcha cet instant de grâce.

Pendant que Nari baignait la petite fille, Lhel entreprit de faire naître le jumeau. La tête d'Ariani reposait, inerte, sur l'oreiller. Rhius, la bouche réduite à un sombre trait, se réfugia près de la cheminée.

Des larmes d'une autre espèce piquèrent les yeux d'Arkoniel. *Pardonnez-nous, ma gente dame*, pria-t-il, incapable de se détourner.

En dépit des efforts de Lhel, le second enfant se présentait dans le mauvais sens, un pied en avant. Sans cesser de ronchonner dans sa propre langue, elle s'employa à délivrer l'autre jambe, et le corps finit par s'évacuer tout entier d'une seule glissade.

« Garçon *keesa* », dit-elle à voix basse, main prête à se plaquer sitôt qu'apparaîtrait la face, afin de prévenir ce premier souffle on ne peut plus crucial, puisque lui seul permettait aux âmes de se fixer dans une chair.

Or soudain retentit dans la rue, dehors, une cavalcade effrénée, suivie de la clameur : « Ouvrez, au nom du roi ! », qui médusa Lhel autant que le reste de l'assistance, et ce fut en cette seconde d'inadvertance que, sa tête émergeant enfin du sein maternel, l'enfant pompa haut et clair la goulée fatale.

« Lumière divine ! » s'étrangla Iya, tout en fondant sur la sorcière. Mais celle-ci secoua la tête et se courba sur les contorsions du petit. Incapable d'assister à ce qui devait forcément s'ensuivre, Arkoniel se recula précipitamment, les yeux si violemment fermés qu'il avait les paupières tout éclaboussées de fusées lumineuses, mais il lui fut aussi impossible en revanche de ne pas entendre le cri puissant, strident poussé par l'enfant que d'ignorer sa brusque interruption. Sans parler du silence, après, qui l'emplit de vertiges et de haut-le-cœur.

Ce qui suivit fit l'effet de prendre un temps infini, alors qu'on n'eut à la vérité que quelques minutes à y consacrer. Lhel reprit à Nari le bébé vivant et le déposa sur le lit côte à côte avec son jumeau mort. Tout en psalmodiant sur eux deux, elle dessinait des figures en l'air, et l'enfant en vie s'immobilisa. En la voyant saisir aiguille et canif, Arkoniel fut une fois de plus forcé de se détourner. Il percevait derrière lui les pleurs étouffés du duc.

Puis Iya fut à ses côtés, qui le poussa dans le corridor froid. « Descends faire patienter le roi. Retiens-le aussi longuement que tu le pourras ! Je vous enverrai Nari quand il n'y aura plus aucun risque.

— Le faire patienter..., comment ? »

La porte lui claqua au nez, la clef tourna dans la serrure.

« Eh bien, soit. » Arkoniel s'épongea la figure d'un revers de manche et se passa les mains dans les cheveux pour les relever. En haut de l'escalier, il fit une pause et, levant les yeux vers la lune invisible, il adressa une prière muette à Illior. *Aidez ma langue balbutiante, Illuminateur, ou bien brouillez le jugement du roi. Plutôt les deux, si ce n'est trop vous demander.*

Il aurait donné cher, maintenant, pour que le capitaine Tharin soit là. Ce grand diable paisible de chevalier avait l'art et la manière de mettre à son aise n'importe qui. Avec à son compte toute une existence passée à chasser, à se battre et à louvoyer parmi les intrigues de cour, il était autrement mieux qualifié qu'un jeune bleu de magicien pour amuser un homme tel qu'Erius.

Dans la grande salle, Mynir avait allumé les lampes en bronze suspendues entre les piliers de pierre peinte et mis au feu bûches de cèdre et douces résines afin d'obtenir une capiteuse flambée. Campée près du feu se détachait à contre-jour la haute silhouette intimidante du roi. Arkoniel lui fit une profonde révérence. Ainsi que celui de Rhius, l'aspect d'Erius avait été façonné par une vie consacrée tout entière à la guerre, mais son visage, toujours beau, débordait d'une aménité juvénile qui ne s'était jamais démentie, en dépit de l'enfance pourtant passée à la cour de la reine mère. C'était assez récemment, au fil des années qui venaient de voir toute sa parenté féminine engloutie par la nécropole royale, que certains en étaient venus à considérer ces dehors aimables comme le masque d'un cœur plein de noirceur et qui avait peut-être, après tout, retenu les leçons maternelles.

Ainsi qu'Arkoniel l'avait soupçonné, le roi n'était pas venu seul. Son magicien de cour, lord Nyrin, était là, aussi près de lui que son ombre. Un vilain bonhomme plus ou moins dans son deuxième âge et que ses dons, quels qu'ils fussent, avaient fait grimper vite et haut. Après avoir eu, des années durant, aussi peu d'emploi que sa mère pour les magiciens, Erius avait totalement changé d'attitude depuis la mort de son épouse et de ses enfants. De là datait la faveur de Nyrin, de là son ascension constante au firmament des courtisans. Quant à cette grosse barbe rouge et fourchue, voilà peu de temps qu'il s'était mis à l'arborer, tout comme à parader avec ces somptueuses robes blanches brodées d'argent.

Il marqua d'un maigre hochement qu'il reconnaissait Arkoniel, qui, eu égard à la différence d'âge, s'inclina respectueusement.

Erius s'était également fait escorter d'un prêtre de Sakor, ainsi que d'une douzaine de ses propres gardes, avec leurs insignes d'or et leurs éperons de cérémonie. Arkoniel discerna sous les tuniques rouges un scintillement de maille, et la vue de grands coutelas pendus aux ceinturons acheva de lui barbouiller l'estomac. Curieuse idée, tout de même, que d'introduire compagnie pareille et en telles circonstances dans une demeure royale, non ?

Il se contraignit à sourire d'un air déférent, quand il se demandait avec amertume qui avait bien pu alerter le roi. L'une des femmes de la maisonnée, peut-être ? En dépit de l'heure, la visite n'avait à l'évidence rien eu d'impromptu.

La barbe grisonnante d'Erius et ses boucles noires étaient parfaitement peignées. Ses robes de velours étaient aussi fraîches que s'il gagnait en cet instant même la salle d'audience. Il portait au côté l'épée de Ghërilain, symbole du pouvoir skalien.

« Mon roi », Arkoniel s'inclina de nouveau, « votre honorée sœur se trouve encore dans les douleurs. Le duc Rhius me prie de vous transmettre ses respects et de vous tenir compagnie jusqu'à ce qu'il soit en mesure de vous accueillir en personne. »

Erius dressa un sourcil surpris. « Arkoniel..., que diantre faites-vous ici ? Aux dernières nouvelles, ni vous ni votre maîtresse ne pratiquiez l'art des sages-femmes, que je sache.

— Non, mon roi. Il se trouve que j'étais ici comme hôte, cette nuit, et que j'essaie de me rendre utile. » Il prit brusquement conscience du fait que l'autre magicien ne le lâchait pas des yeux. Des yeux bruns et brillants qui, légèrement protubérants, donnaient à Nyrin un air de stupeur perpétuelle qu'Arkoniel jugeait déconcertant. Aussi se voila-t-il soigneusement l'esprit, tout en priant d'être assez fort pour en interdire l'accès sans que l'adversaire s'en doute.

« Le travail de votre honorée sœur n'est pas des plus faciles, je le crains, mais sa délivrance ne tardera pas », reprit-il en se repentant aussitôt de sa gaffe. Comme Erius avait assisté à la naissance de tous ses enfants, si la fantaisie lui prenait de monter, rien ne pourrait l'empêcher de le faire, hormis la magie, mais, en présence de Nyrin, courir le risque de s'en servir était formellement exclu.

Peut-être Illior avait-il été touché par les prières d'Arkoniel, au fond, car le roi haussa les épaules d'un air affable et s'assit à une table de jeu près du feu. « Si vous me montriez votre force aux galets ? suggéra-t-il en lui désignant le siège opposé. Cela prend ordinairement, les couches, et surtout les premières, plus de temps que prévu. Tant vaut que nous le passions de façon plaisante. »

Tout en espérant que son soulagement ne se voie pas trop, Arkoniel dépêcha Mynir chercher du vin et des friandises puis s'apprêta à perdre de son mieux.

Nyrin prit place à leurs côtés, sous couleur de suivre la partie, mais sans que son regard cesse de peser sur son jeune collègue. Dans quel but ? Que voulait-il ? Se doutait-il de quelque chose ? La sueur perlait sous les bras d'Arkoniel et lui dégoulinait dans le dos. Et il faillit laisser tomber ses galets quand tout à coup l'autre lui demanda : « Vous faites des rêves, jeune homme ?

— Non, messire, répondit-il. Ou bien, si j'en fais, je ne me rappelle rien d'eux quand je me réveille. »

Ce qui était assez véridique ; des rêves, au sens banal, il en faisait rarement ; quant aux rêves prémonitoires, il s'y était révélé jusque-là totalement inapte. Alors qu'il s'attendait à devoir subir tout un interrogatoire, l'autre se cala simplement dans son fauteuil et se mit à lisser, d'un air accablé d'ennui, les pointes de sa barbe.

On était au beau milieu de la troisième partie de cases-aux-oies quand se présenta Nari.

« Le duc Rhius présente ses respects à Votre Majesté, dit-elle avec une profonde révérence. Il demande s'il vous agréerait que l'on apporte en bas votre neveu pour vous le montrer.

— Sornettes ! s'exclama le roi tout en repoussant les pions. Dis à ton maître que son frère se fait un bonheur d'aller le rejoindre. »

Arkoniel eut derechef le sentiment désagréable que ces paroles étaient lourdes de sous-entendus.

Sentiment qui se renforça lorsqu'il vit que Nyrin et le prêtre les accompagnaient à l'étage. Comme il leur emboîtait le pas, son regard croisa celui de Nari, qui hocha vivement la tête ; Iya et Lhel devaient donc avoir déjà pris le large et se trouver en sécurité. Il ne perçut, en pénétrant dans la chambre d'Ariani, aucune trace, orëskienne ou autre, de magie.

Debout de l'autre côté du lit, le duc Rhius tenait la main de son épouse. Par bonheur, la princesse dormait encore, assurément sous l'effet des drogues. Avec ses cheveux noirs mollement coiffés en arrière et une touche de couleur fiévreuse sur chaque pommette, elle ressemblait à l'une de ses poupées.

Rhius préleva sur le lit le nouveau-né tout emmailloté puis vint le présenter au roi. Il s'était suffisamment remis pour jouer son rôle avec toute la dignité requise.

« Votre neveu, mon seigneur et maître, dit-il en déposant l'enfant dans les bras d'Erius. Avec votre permission, il sera nommé Tobin Erius Akandor, en l'honneur de votre lignée paternelle.

— Un fils, Rhius ! » Erius dénoua les langes d'une main douce et experte.

Arkoniel retint son souffle et vida son esprit pendant que Nyrin et le prêtre étendaient les mains par-dessus l'enfant assoupi. Aucun des deux ne parut noter rien de louche ; la magie de Lhel avait recouvert toute trace de l'abomination qu'elle avait opérée sur le petit corps. Puis qui donc irait s'aviser de chercher des sortilèges de sorcière des monts dans la chambre de la propre sœur du roi ?

« Un beau garçon, Rhius, digne d'un tel nom », déclara Erius. La tache de naissance attira son œil. « Et voyez-moi cette marque de faveur qu'il a. Et sur le bras gauche, en plus. Nyrin, vous savez lire ces choses-là, vous. Que signifie celle-ci ?

— Sagesse, Votre Majesté, dit le magicien. Un trait des plus fastes dans le caractère du futur compagnon de votre propre fils.

— En effet, reconnut le roi. Oui, vous avez ma permission, frère, ainsi que ma bénédiction. Et j'ai amené un prêtre pour faire une offrande en faveur de notre petit guerrier.

— Soyez-en remercié, frère », dit Rhius.

Le prêtre s'approcha de l'âtre et, tout en jetant dans le feu des résines et de petites figurines en cire, se mit à débiter ses prières d'un ton monocorde.

« Par la Flamme, il fera d'ici peu d'années un fameux compagnon de jeux pour mon Korin, poursuivit le roi. Imaginez-les juste un peu tous les deux, tenez, chassant ensemble et s'initiant ensemble à l'épée, quand votre Tobin en viendra à rejoindre les Compagnons. Exactement comme vous et moi, hein ? Mais, au fait, il y avait un jumeau, je crois ? »

Oui, songea Arkoniel, *c'étaient des gens méticuleux, tout compte fait, que les mouchards du roi.*

Nari se baissa pour ramasser, derrière le lit, un second ballot, minuscule, et, sans cesser de tourner systématiquement le dos à la princesse, vint l'apporter au roi. « Une malheureuse petite fille, Sire. Qui n'a jamais pris son souffle. »

Erius et ses compères examinèrent l'enfant mort avec la même minutie que précédemment, secouant ses membres tout flasques, vérifiant son sexe et lui palpant la poitrine et le col en quête de signes de vie. Du coin de l'œil, Arkoniel surprit le roi qui décochait un regard interrogateur et furtif à son magicien.

Ils savent quelque chose. Ils sont à la recherche de quelque chose, songea-t-il avec un vertige. La question sur les rêves prenait tout à coup une résonance sinistre. Nyrin avait-il eu des visions, personnellement ? Des visions de cet enfant-là ? Si tel était le cas, toujours est-il que de nouveau la magie de Lhel se montra efficace, car la réponse au roi fut un imperceptible signe de tête négatif. Ce qu'ils cherchaient, quoi que ce fût, ils ne l'avaient pas trouvé ici. Arkoniel se détourna bien vite, de peur que son regard ne risque de trahir une expression quelconque de soulagement.

Après avoir rendu le corps à Nari, le roi empoigna Rhius par les épaules. « C'est une rude épreuve de perdre un enfant. Sakor sait que je pleure encore ceux qui sont morts et leur chère mère. Ce vous sera d'un piètre réconfort, pour sûr, mais il vaut mieux que ça lui arrive avant que vous ne vous y soyez attachés tous les deux.

— Certainement », répondit le duc à mi-voix.

Erius lui tapota fraternellement l'épaule une dernière fois puis s'approcha du lit pour baiser sa sœur tendrement, au front.

À cette vue, Arkoniel se souvint des soudards en bas, dans la salle, et le sang vint lui marteler la cervelle. Cet usurpateur, cet assassin de fillettes et de femmes pouvait bien aimer suffisamment sa petite sœur pour ne pas attenter à sa vie, mais cette tolérance-là ne s'étendrait pas jusqu'à celle de ses enfants, l'Illuminateur l'avait révélé. Pendant que se retiraient le roi et ses conseillers, le jeune homme garda son regard attaché au plancher, non sans imaginer quel tout autre drame se serait joué si les visiteurs avaient trouvé là une petite fille en vie.

Aussitôt la porte refermée sur eux, ses genoux se changèrent en gélatine, et il s'effondra sur le premier siège venu.

Toutefois, l'épreuve n'était pas encore terminée. En rouvrant les yeux, Ariani aperçut l'enfant mort que tenait Nari et, se hissant sur les oreillers, tendit les bras pour le recevoir. « Louée soit la Lumière ! Le second cri, je savais l'avoir entendu, mais j'ai fait un rêve si épouvantable… »

Le duc et la nourrice échangèrent un regard qui fit vaciller son sourire. « Qu'y a-t-il ? Donnez-moi mon enfant !

— Il était mort-né, mon amour, dit Rhius. Laisse-le en paix. Regarde plutôt notre fils…, vois comme il est beau…

— Non, maintint Ariani, je l'ai entendu crier ! »

Rhius lui présenta le petit Tobin, mais elle ignora celui-ci, les yeux fixés plus que jamais sur l'enfant que tenait la nourrice. « Donne-le-moi, femme ! C'est un ordre ! »

Il fut impossible de la dissuader. Ignorant les doux vagissements du bébé vivant, elle prit le mort dans ses bras, et sa figure devint plus livide encore.

Arkoniel le comprit à l'instant, la magie de Lhel ne réussirait pas à tromper la mère comme elle avait trompé les visiteurs. Modelant son esprit de manière à voir par ses yeux à elle, il discerna les bandes de peau que la sorcière avait prélevées juste au-dessus du cœur de chaque enfant puis exactement transférées sur chaque plaie jumelle et cousues avec des points d'une finesse arachnéenne, échange de chair qui avait scellé la métamorphose. La petite fille garderait ainsi des dehors de mâle aussi longtemps qu'Iya l'estimerait nécessaire, tandis que le frère mort avait endossé son apparence à elle afin d'abuser le roi.

« Qu'avez-vous fait ? hoqueta la princesse en dévisageant son époux.

— Plus tard, mon amour, quand vous vous serez reposée… Rendez donc cela à Nari, et prenez votre fils. Voyez comme il est fort ! Et il a vos yeux bleus…

— Un fils, ça ? Ce n'est pas un fils ! » le coupa-t-elle avec un regard venimeux. Aucun raisonnement n'y fit. Et lorsque Rhius essaya de lui reprendre le petit mort, elle sauta du lit se réfugier dans l'angle opposé de la chambre, étreignant sa proie contre sa chemise souillée.

« C'en est trop, pour le coup ! » grommela Arkoniel, qui s'en fut tout droit s'agenouiller devant la princesse éperdue.

Elle eut l'air étonnée de le voir. « Arkoniel ? Regardez, j'ai un fils. N'est-il pas mignon ? »

Il s'efforça de sourire. « Oui, Votre Altesse, il… il est parfait. » Il lui toucha doucement le front pour lui obscurcir l'esprit et la faire à nouveau dormir d'un profond sommeil. « Pardonnez-moi. » Il allait porter la main sur le cadavre quand la peur le glaça.

Les yeux du petit mort étaient ouverts. Un instant bleus comme ceux d'un chaton, leurs iris noircirent au vu d'Arkoniel et se firent fixement accusateurs. Quant au corps, il s'en dégageait un froid indiscutable qui menaçait peu à peu d'envelopper le magicien.

Tel était le coût de ce premier souffle. L'esprit de l'enfant assassiné s'était suffisamment incorporé pour tenir ferme et devenir un fantôme – ou pire.

« Par les Quatre, que se passe-t-il ? s'étrangla Rhius en se penchant sur le jeune homme.

— Il n'y a rien à craindre », s'empressa de répondre celui-ci, bien qu'il se sentît à la vérité terrifié jusqu'au fond du cœur par cette minuscule créature contre-nature.

Nari se mit à genoux près de lui et souffla : « La sorcière a dit de l'emporter vite. Elle a expliqué que tu devais l'enfouir au pied d'un gros arbre. Il y a un très grand châtaignier dans la cour de derrière, près de la cuisine d'été. Ses racines retiendront le démon dans le trou. Hâte-toi donc ! Plus il restera ici, plus il deviendra fort ! »

Arkoniel n'eut pas trop de tout son courage pour se résoudre à toucher le petit cadavre. Le prélevant dans les bras d'Ariani, il lui rabattit un pan des langes sur la figure et se rua hors de la pièce. Nari avait raison, les vagues de froid glacial qui déferlaient du corps sans vie forcissaient sans cesse et, tandis qu'il se précipitait dans l'escalier puis dans le passage extérieur qui menait à l'arrière de la maison, lui endolorissaient les articulations.

Tel un œil accusateur, la lune le regarda déposer son fardeau maudit sous le gigantesque châtaignier tout en marmonnant : *Pardonnez-moi*, pour la centième fois. Il escomptait d'ailleurs si peu de pardon pour la besogne de cette nuit qu'il n'arrêta pas de pleurer pendant qu'il tramait le charme. Et ses larmes inondèrent le petit ballot, lorsqu'il se pencha pour s'assurer que l'étreinte glacée de la terre se reployait bien dessus parmi les racines noueuses.

Porté par l'air froid de la nuit lui parvint pour lors, presque inaudible, un vagissement de nouveau-né, et il frissonna, fort en peine de dire s'il émanait de l'enfant mort ou bien du vivant.

3

En dépit de tous leurs pouvoirs, ces magiciens d'Orëska sont décidément stupides, songea Lhel pendant qu'Iya lui faisait dévaler un escalier dérobé pour quitter précipitamment la maison maudite. *Et d'une arrogance… !*

Elle cracha par trois fois vers la gauche dans l'espoir de rompre le mauvais sort qui n'avait cessé de les lier l'une à l'autre toutes ces semaines. Un vrai corbeau de calamité, cette magicienne. Mais elle-même, aussi, comment ne s'en était-elle pas avisée plus tôt ?

À peine avait-elle eu le loisir d'achever de coudre le dernier point sur l'enfant vivant que déjà la vieille magicienne la pressait de déguerpir.

« Mais je n'en ai pas fini ! L'esprit…

— Le roi est en bas ! » avait sifflé Iya. Comme s'il y avait là de quoi vous impressionner si fort… « Qu'il vous trouve ici, et nous serons tous des esprits. Je vous forcerai à filer, s'il le faut. »

Quel choix lui restait-il, dans ce cas ? Elle s'était donc laissé entraîner, non sans penser : *Que cela soit porté sur votre compte, alors.*

Mais plus on s'éloignait de cette fatale maison, plus elle en avait le cœur lourd. Traiter les morts d'une manière aussi brutale, c'était faire un dangereux affront à la Mère – ainsi qu'à son art personnel. Non, décidément, cette magicienne n'avait pas d'honneur, pour abandonner comme ça l'esprit d'un enfant. Il n'aurait pas été impossible de se faire écouter d'Arkoniel, mais Arkoniel n'avait jamais voix au chapitre, cela faisait belle lurette que Lhel s'en était aperçue. Leur dieu avait parlé à Iya, et Iya n'écoutait que lui.

Lhel cracha de nouveau. Rien que pour faire bonne mesure.

La visite des deux magiciens, elle l'avait rêvée un bon mois avant qu'ils ne se présentent dans son village : un homme à peine adulte et une vieille femme charriant un sac alourdi d'un fardeau bizarre. Et chacune des séances divinatoires auxquelles elle s'était livrée en les attendant avait indiqué que la volonté de la Mère était de la voir exaucer toutes leurs requêtes. Et, lorsqu'ils avaient fini par arriver, ils s'étaient prétendus envoyés vers elle par leur dieu lunaire à la suite d'une vision. Ce qu'elle avait trouvé de bon augure.

Quitte à être tout de même abasourdie par la nature de leurs demandes. La magie d'Orëska devait être une magie bien pâle et nourrie seulement de lait pour que deux êtres détenteurs d'âmes aussi puissantes ne possèdent pas l'art d'opérer une simple liaison de peau. Eût-elle dès ce moment saisi la véritable profondeur de leur ignorance, elle aurait pu tenter de leur faire partager davantage de son savoir avant que ne soit venue l'heure de s'en servir.

Mais elle n'avait compris que lorsqu'il était trop tard, après que sa main défaillante avait laissé le petit garçon prendre son premier souffle. Et Iya s'était refusée à attendre le temps de l'indispensable sacrifice de purification. Il n'y avait de temps pour rien, sauf pour achever la liaison puis fuir, fuir en laissant tout seul et perdu le nouvel esprit en fureur.

La porte de la ville venait de se matérialiser sous leurs yeux, là-bas devant, quand Lhel regimba de nouveau : « Un esprit pareil, vous ne pouvez pas le lier à la terre ! répéta-t-elle, tout en se débattant pour libérer son poignet de l'étreinte d'Iya. Il atteindra la taille d'un démon avant que vous vous en rendiez compte, et que ferez-vous alors, vous qui n'étiez déjà pas capable de le lier là où il était avant ?

— J'en fais mon affaire.

— Vous êtes folle. »

Iya se retourna pour l'affronter, presque nez à nez. « Je suis en train de vous sauver la vie, femme, et de sauver celles de la petite et de sa famille ! Que le magicien du roi subodore ne serait-ce que *ça* de votre présence, et c'est nous tous qu'on exécute, à commencer par la nouveau-née. Or il n'y a qu'elle qui compte à présent, pas vous ni moi ni quiconque d'autre dans tout ce satané pays. Telle est la volonté d'Illior. »

Une fois de plus, Lhel perçut la puissance énorme dont la magicienne était parcourue. Différente pouvait être Iya, différente d'elle et détentrice d'une magie dont la sorcière ignorait tout, mais elle bénéficiait indiscutablement du toucher divin et n'était pas rien qu'un adversaire. Et voilà pourquoi Lhel s'était laissé emmener, abandonnant l'enfant comme son jumeau peau-lié dans cette cité puante. Restait à espérer qu'Arkoniel ait découvert un arbre assez robuste pour immobiliser l'esprit.

Après avoir acheté des chevaux, elles voyagèrent de conserve deux jours durant. Lhel parlait peu, mais elle priait silencieusement la Mère de la guider. Une fois atteints les confins des hautes terres, elle consentit à se laisser confier par la magicienne aux bons soins d'une troupe de caravaniers qui gagnaient les montagnes à l'ouest. Au moment de la séparation, Iya se mit même en tête de faire la paix.

« Vous avez fait du bon travail, mon amie », dit-elle. Il y avait comme une tristesse dans ses yeux noisette quand elle lui prit les mains. « Restez bien à l'abri dans vos montagnes, et tout ira bien. Nous ne devons pas nous revoir. Jamais. »

Lhel préféra ignorer la menace à peine voilée. Du fond d'une bourse attachée à sa ceinture elle retira une petite amulette d'argent ciselée en forme d'une pleine lune flanquée de deux fins croissants. « Pour quand le petit reprendra l'aspect d'une femme. »

Iya la reçut dans sa paume. « Le Bouclier de la Mère.

— Tenez-le caché. C'est uniquement pour les femmes. En tant que garçon, elle devra porter ceci. » Elle remit à Iya une courte baguette de noisetier dont chaque extrémité se trouvait encapuchonnée de cuivre bruni.

Iya secoua la tête. « C'est trop dangereux. Vos usages, d'autres magiciens que moi les ont étudiés.

— Alors, gardez-les-lui ! insista Lhel d'un ton suppliant. Il va lui falloir beaucoup de magie pour survivre. »

Iya referma sa main sur les deux talismans, baguette de bois tout autant qu'amulette d'argent. « Je les lui garderai, je vous le promets. Adieu. »

Lhel passa trois jours avec la caravane et, de jour en jour, plus pesant se fit sur son cœur le poids noir et froid de l'esprit du nouveau-né mort. De nuit en nuit se firent aussi plus forts les cris qu'elle entendait en rêve. « Pourquoi m'avoir envoyée fabriquer une créature pareille ? demandait-elle à la brillante Mère dans ses prières. Que me faut-il faire pour mettre le monde à nouveau d'aplomb ? »

La Mère finit par répondre et, la troisième nuit, Lhel dansa pour ses guides la danse du sommeil songeux, qui leur déroba juste assez de jugeote pour qu'ils ne conservent aucun souvenir ni de sa personne ni des affaires à eux qu'elle emportait.

Et puis, à la faveur d'un blanc copeau de lune décroissante, elle jeta son barda de voyage en travers du garrot de son cheval et rebroussa chemin vers la cité puante.

4

Durant les jours scabreux qui suivirent les couches, seuls Rhius et Nari assistèrent Ariani. Un message expédia même le capitaine Tharin visiter les domaines du duc à Cirna, ce à seule fin de le tenir au loin quelque temps encore.

Un silence affreux s'était abattu sur la maisonnée ; au faîte des toits flottaient des bannières noires qui proclamaient le deuil de la prétendue mort-née. Après y avoir déposé une cuvette d'eau fraîche, Rhius brûla sur l'autel domestique les herbes consacrées à Astellus et qui, tout en aplanissant la route aquatique de la naissance et de la mort, protègent les nouvelles mères des fièvres de l'enfantement.

À force de camper à son chevet, Nari ne pouvait s'y méprendre, ce n'était pas de ces fièvres-là que souffrait Ariani, mais d'une insondable dépression. Étant bien assez vieille pour se rappeler les derniers jours de la reine mère Agnalain, elle priait que la fille n'eût pas hérité de son infernale démence.

Jour après jour, nuit après nuit, Ariani persistait à se démener sur les oreillers, ne s'éveillant que pour crier : « L'enfant, Nari ! Tu n'entends pas qu'il pleure ? Il a si froid !

— Tobin va bien, Votre Altesse, lui disait Nari chaque fois. Il est dans son berceau, près de vous, voyez… Voyez donc ce qu'il est dodu ! »

Mais Ariani n'accordait pas un seul coup d'œil à l'enfant vivant. « Non, je l'entends pleurer, s'obstinait-elle, en jetant de tous côtés des regards éperdus. Pourquoi l'as-tu enfermé dehors ? Fais-le rentrer tout de suite !

— Il n'y a pas d'enfant dehors, Votre Altesse. Vous venez de rêver, c'est tout, une fois de plus. »

En quoi Nari disait la stricte vérité, car elle n'avait rien entendu, pour sa part, mais il se trouvait que, dans la domesticité, certains juraient que des cris de nouveau-né leur étaient parvenus de par là, dehors, dans le noir. Et la rumeur ne tarda pas à se répandre dans la maison qu'à sa naissance le second enfant, le mort-né, avait les yeux ouverts ; nul n'ignorait que les démons venaient au monde comme ça. Nombre de serviteurs s'étaient déjà fait renvoyer pour ces commérages à Atyion et vu intimer de les garder pour eux. Seuls Mynir et Nari savaient ce que cachait en fait la mort du jumeau puîné.

La loyauté de Mynir envers le duc garantissait qu'il se tairait. Nari, elle, devait allégeance à Iya. Cela faisait trois générations que la magicienne était la bienfaitrice de sa famille, et il ne fallut rien de moins que ce lien, durant ces premiers jours de cauchemar, pour empêcher cent fois la nourrice de déguerpir se réfugier dans son village d'origine. Elle s'était engagée à servir, après tout, sans qu'Iya lui parle si peu que ce soit de démons…

Finalement, pourtant, l'intérêt de l'enfant la décida à rester. Son lait ne demanda qu'à couler d'abondance aussitôt qu'elle eut offert le sein, et avec lui rejaillit toute la tendresse qu'elle avait crue morte à jamais en elle après la mort de son mari et de son propre petit. Surtout que, Créateur savait… ! ni la princesse ni son époux n'en avaient à perdre, de la tendresse, pour ce pauvre chou de brunet.

Pour parler de Tobin, tout le monde devait désormais dire « il » et « lui ». Au demeurant, grâce à l'étrange sortilège qu'avaient ouvragé le canif et les aiguilles de la sorcière, Tobin était, selon toute apparence, un beau gars de bébé bien sain. Il dormait comme un loir, tétait goulûment, semblait heureux de la moindre attention prêtée à sa personne, prêt qui ne risquait pas de ruiner ses propres parents, pourtant…

« Ils y viendront, mon petit chou d'amour à moi, lui ronronnait Nari pendant qu'il s'assoupissait comblé dans ses bras. Comment qu'ils ne le feraient pas, quand tu es si mignon ? »

Pendant que Tobin prospérait, sa mère sombrait de plus en plus vite dans les ténèbres de l'esprit. Une fois révolue la période fébrile, elle persista quand même à garder le lit. Elle refusait toujours de toucher son enfant vivant, et elle ne voulait pas même jeter les yeux sur son époux, pas plus d'ailleurs que sur son frère, lorsqu'il venait lui faire une visite.

Le duc Rhius était au bord du désespoir. Il passait auprès d'elle des heures entières à endurer son silence. Il lui amena la fine fleur des drysiens du temple de Dalna, mais les guérisseurs ne trouvèrent en elle aucun mal physique à soigner.

Le douzième jour après la naissance, elle commença toutefois à présenter quelques symptômes d'amélioration. Durant l'après-midi, Nari la découvrit pelotonnée auprès du feu dans un fauteuil et en train de coudre une poupée. Tout autour, le sol était jonché de mousseline effilochée, de flocons de bourre de laine, de bribes de fil et de soies à broder.

La nouvelle poupée – un garçon dépourvu de bouche – se trouva terminée vers la tombée du jour. Une autre suivit, tout à fait pareille, le lendemain, puis une autre, et une autre. La princesse ne se souciait pas de les habiller, elle les mettait successivement de côté, sitôt le dernier point noué, puis en entreprenait une nouvelle sur-le-champ. Si bien qu'au bout d'une semaine, il y en eut une demi-douzaine alignées sur le manteau de la cheminée.

« Elles sont bien jolies, mon amour, mais pourquoi ne pas leur terminer le visage ? lui demanda le duc Rhius, un soir où il était fidèlement, comme chaque soir, installé à son chevet.

— Pour qu'elles ne crient pas, siffla-t-elle, tandis que son aiguille volait coudre un bras sur un corps boudiné de laine. Les cris, ça finit par me rendre folle ! »

Nari se détourna pour ne pas embarrasser le duc en le voyant pleurer. C'était la première fois depuis la naissance que sa femme lui adressait la parole.

Cela eut néanmoins l'air de rendre courage à Rhius. Il n'attendit même pas le matin pour mander au capitaine Tharin de revenir, et il se mit à parler de fêter la présentation de l'enfant.

Ariani ne disait mot à personne des rêves qui la suppliciaient. À qui l'aurait-elle pu ? On avait éloigné Lachi, sa propre nourrice et femme de confiance, pour la remplacer par cette Nari, cette étrangère qui ne la quittait pas d'une semelle et qu'elle exécrait d'autant plus que, d'après ce qu'avait dit Rhius, c'était une vague parente d'Iya. Trahie, ils l'avaient tous trahie, tous tant qu'ils étaient, le duc son époux comme le roi son frère, et les magiciens comme cette femme. Lorsqu'elle repensait à cette épouvantable nuit, la seule chose qui lui revenait en mémoire, c'étaient leurs visages en rond penchés sur elle, impitoyablement. Oh, qu'elle les méprisait !

La douleur et l'épuisement l'avaient d'abord écrasée comme un entassement d'édredons trop lourds, faisant dériver son esprit dans un brouillard gris. La lumière du jour autant que le noir avaient l'air de se jouer d'elle ; jamais elle ne savait ce qui l'attendait quand elle ouvrait les yeux, jamais si elle était éveillée ou si elle rêvait.

Sa première pensée fut que l'abominable sage-femme amenée par Iya était revenue. Mais elle ne fut pas longue à comprendre que ce devait être un rêve ou une vision éveillée qui, chaque nuit, plantait à son chevet la petite créature sombre. Car elle la voyait toujours apparaître comme nimbée d'un halo mouvant, elle l'entendait lui marmonner des phrases silencieuses et lui signifier par gestes, de ses mains souillées, qu'elle devait boire ou manger. Cela dura des jours et des jours, cette pantomime muette, si bien qu'elle finit par s'accoutumer à la présence de la créature. Même, elle en vint à saisir peu à peu, finalement, certaines des choses que l'autre lui chuchotait, des mots qui faisaient couler dans ses veines la glace et le feu.

Ce fut sur ces entrefaites qu'elle se remit à coudre et qu'elle se contraignit à ingurgiter les bouillons et le pain que lui servait Nari. Elle aurait besoin de forces pour accomplir la tâche que la sorcière lui avait assignée.

La présentation de l'enfant eut lieu quinze jours après la naissance. Ariani refusa de descendre, et Nari trouva que c'était tout aussi bien ainsi. La princesse avait beau recouvrer ses forces, elle demeurait encore par trop étrange pour se montrer en société. Elle ne voulait pas s'habiller, ne desserrait guère les dents. Naguère si luisants, ses cheveux noirs étaient, faute de soins, ternes et hirsutes, et ses yeux bleus fixes et bizarres comme s'ils voyaient quelque chose d'invisible aux autres. Elle dormait, elle mangeait, et elle cousait poupée sur poupée sans bouche. Le duc Rhius fit en sorte qu'avec l'annonce de ses couches difficiles se répande sur le Palatin le bruit qu'elle se montrait inconsolable d'avoir perdu sa petite fille.

Son absence ne gâcha pas trop la cérémonie. La grande salle se retrouva si bien bondée, ce soir-là, par tout ce que la noblesse d'Ero pouvait comprendre de plus éminent qu'elle ne fut plus, sous le scintillement des lampes, que pierreries étincelantes et brocarts chatoyants. Cela n'empêcha pas Nari, qui se tenait avec les serviteurs près du buffet des vins, d'apercevoir des gens qui chuchotaient sous main, d'en surprendre une poignée d'autres qui, tout en évoquant la démence d'Agnalain, s'étonnaient tout de même que la fille ait pu, comme ça, si vite et sans le moindre signe précurseur, prendre le chemin de la mère.

La chaleur qu'il faisait n'était pas de saison, et les fenêtres ouvertes laissaient pénétrer le doux clapotis de la pluie d'automne. Au garde-à-vous des deux côtés de l'escalier, les hommes de la garde personnelle du duc resplendissaient dans leurs habits vert et bleu neufs. Campé à la gauche des marches dans son élégante tunique relevée de gemmes, ce grand flandrin blond de sieur Tharin se montrait aussi épanoui que si l'enfant était de lui. Il lui avait déjà suffi de découvrir Tobin dans les bras de son père pour s'illuminer, l'autre jour, et Nari, qui s'était au premier contact senti beaucoup de sympathie pour lui, ne l'en avait aimé que mieux.

À la droite de l'escalier, à la place d'honneur, se tenait le roi, massif, son propre fils juché sur une épaule. Le prince Korin, un marmot de trois ans vif et rondouillard, avait les boucles noires de son père et ses pétillants yeux bruns. Excité comme une puce, il n'arrêtait pas de bouger, et il se démancha le cou pour lorgner son petit cousin quand Rhius fit son apparition là-haut, sur le palier. En sa robe brodée, le front ceint du bandeau, ce dernier avait de quoi vous éblouir. À peine si se discernait, dans l'entrebâillement de toutes les soieries qui l'empaquetaient, le crâne noiraud de Tobin.

« Salut et bienvenue à vous, Sire, ainsi qu'à vous tous, mes amis ! lança le duc avant de descendre s'agenouiller devant Erius et de lui tendre à bout de bras l'enfant. Daignez, mon roi, me permettre de vous présenter mon fils et héritier, le prince Tobin Erius Akandor. »

Après avoir déposé Korin à ses côtés, Erius enleva Tobin dans ses bras pour le montrer aux prêtres et aux nobles de l'assistance. « Voici reconnu votre fils et héritier, mon frère, en présence d'Ero. Puisse l'énoncé de son nom retentir avec honneur au sein de la lignée royale de Skala. »

Et c'en fut fait, même si les belles parlotes, les toasts et les beuveries devaient encore se poursuivre une bonne moitié de la nuit. Au grand dam de Nari qui ne tenait pas en place. Il était plus que temps de nourrir Tobin, et ses seins la faisaient souffrir. Le sourire lui revint quand elle entendit les pleurnicheries familières entrecoupées de hoquets. Puisqu'il piaillait après son souper, le petit ne tarderait pas à se voir accorder la permission de se retirer, et elle-même à retrouver le calme de sa chambre, dans les combles de la maison.

Or, juste au même instant, l'une des filles de service émit un piaulement d'effroi et pointa l'index vers le buffet des vins. « Le hanap… ! Les Quatre me sont témoins qu'il vient de se renverser tout seul ! »

Et, de fait, le hanap d'argent réservé aux toasts de Rhius gisait sur le flanc. Son contenu avait éclaboussé tout le bois sombre et poli du meuble jusqu'aux parages du gâteau de miel.

« J'avais justement les yeux fixés dessus ! poursuivit la fille, dont la voix commençait à grimper dangereusement, et il n'y avait pas âme qui vive à côté !

— Je vois bien ! » souffla Nari, qui, tout en la foudroyant du regard et en la pinçant pour la faire taire, lui raflait son tablier pour éponger la flaque de vin. Ce qui macula le tissu d'un rouge aussi vif que celui du sang.

À son tour, Mynir le lui arracha pour se le fourrer sous le bras de manière à cacher la tache. « Par la Lumière ! Empêchez-moi les autres de voir ça ! leur dit-il tout bas, c'était du vin blanc ! »

Examinant furtivement ses mains, Nari les aperçut rougies, elles aussi, par le contact du vin. Or, les gouttelettes encore en suspens sur le bord du hanap avaient une robe d'or pâle.

On n'eut que le temps d'expédier la fille affolée chercher un hanap bien propre avant que les nobles ne viennent porter leurs toasts. Tobin gigotant de plus en plus belle, Nari le maintint pendant que le duc brandissait le récipient, déversait un soupçon de vin sur lui puis un tout petit peu sur le gâteau de miel, selon le rite de l'offrande traditionnelle aux Quatre. « À Sakor, pour faire de mon fils un guerrier grand et juste au cœur plein de feu. À Illior, pour la sagesse et les rêves véridiques. À Dalna, pour une descendance nombreuse et une longue vie. À Astellus, pour des voyages sans encombre et une mort prompte. »

Nari et l'intendant ne purent s'empêcher d'échanger un coup d'œil soulagé quand la croûte gluante du gâteau eut absorbé le vin sans en demeurer tachée.

Enfin, sitôt terminée cette brève cérémonie, Nari se hâta de remporter Tobin à l'étage. Il se tortillait, grognait, lui fourgonnait à l'aveuglette le corsage.

« Oui, mon chou, tu es un chou », lui murmura-t-elle, la tête ailleurs, encore sous le choc de ce dont elle venait d'être le témoin. Les bâtonnets magiques laissés par Iya, fallait-il, se demandait-elle, en utiliser un pour la faire revenir d'urgence ? Mais la magicienne s'était exprimée sans ambages à cet égard ; il ne fallait recourir à eux que dans les circonstances les plus dramatiques. Avec un gros soupir, Nari resserra son étreinte angoissée sur Tobin. À quoi cela mènerait-il, de pareils présages ?

Elle dépassait la porte d'Ariani, dans le corridor du premier étage, quand sa vue tomba sur une menue marque rouge, tout en bas du mur, juste au-dessus des joncs qui tapissaient le sol. Elle se baissa, pour mieux se rendre compte, et dut se plaquer la main sur la bouche.

C'était l'empreinte ensanglantée, doigts écartés en étoile de mer, d'une main de nouveau-né. Encore humide, le sang n'avait rien perdu de son éclat.

« Créateur nous garde, *ça* se trouve dans la maison ! »

En bas explosèrent des bravos, des applaudissements. Erius appela de vibrantes bénédictions sur la santé de Tobin. D'une main tremblante, Nari frotta l'empreinte enfantine avec le pan de sa jupe jusqu'à ce que ne se voie plus là qu'une vague traînée rosâtre qu'elle recouvrit ensuite en repoussant la jonchée contre la paroi. Après quoi, elle se glissa dans la chambre de la princesse, d'avance effarée par ce qu'elle risquait d'y trouver.

Installée près du feu, Ariani cousait cousait cousait, cousait plus follement que jamais. Pour la première fois depuis la naissance, elle avait remis ses bagues et troqué sa chemise de nuit contre une robe flottante. Le bas de la robe était mouillé, moucheté de boue. Les cheveux trempés de la jeune femme pendaient lamentablement sur son visage. La fenêtre était comme toujours sévèrement fermée, mais sur sa personne flottait – Nari la sentait très bien – l'odeur de la nuit, plus celle, un soupçon, de quelque chose d'autre. Le nez froncé, Nari s'efforça de situer ce relent fade, répugnant.

« Votre Altesse est allée dehors ? »

Ariani sourit à son ouvrage. « Un tout petit peu, nourrice. Cela ne vous fait pas plaisir ?

— Si fait, madame, hormis que si vous aviez attendu, je vous aurais accompagnée. Vous êtes un peu faible encore pour sortir toute seule. Que dirait le duc ? »

Ariani continua de coudre et continua de sourire sur son ouvrage.

« Est-ce que Votre Altesse n'aurait par hasard rien remarqué de… d'inhabituel, dehors ? » hasarda finalement Nari.

Ariani préleva un bouchon de laine dans le sac placé à ses côtés et en bourra le bras de mousseline qu'elle venait de coudre. « Rien du tout. Mais assez jacassé, allez donc plutôt me chercher à manger, je suis affamée ! »

Cette vivacité subite n'était pas de nature à leurrer Nari. Pendant qu'elle se retirait, elle entendit la malade se fredonner tout bas un air qu'elle finit par identifier comme celui d'une berceuse.

Elle se trouvait à mi-chemin des cuisines quand elle lâcha un reniflement soulagé : ah, quand même, le fameux relent, elle venait de le resituer. Il lui faudrait, demain, penser à dire aux domestiques d'amener l'un des chiens de chasse dans le couloir d'en haut pour qu'il y déniche cette souris morte qui devait pourrir dans un coin.

5

Arkoniel quitta Ero sans savoir quand il reverrait la princesse ou son fils. Il rejoignit Iya dans une auberge de Sylara d'où ils partirent entamer tous deux la longue suite de leur mission.

En dépit des appréhensions poignantes qui le tenaillaient, elle avait décidé que le plus sûr pour tout le monde était qu'eux-mêmes se tiennent à l'écart du petit. Et elle en démordit d'autant moins quand il lui eut fait part de sa conversation bizarre avec le magicien du roi. Le duc et Nari pouvaient d'ailleurs maintenir le contact en leur adressant des messages dans plusieurs auberges où descendait Iya durant ses déplacements. Pour les cas d'urgence, elle avait remis à Nari quelques petits trucs – des brindilles peintes qui libéreraient un charme chercheur pur et simple dès qu'on les briserait. Si loin qu'Iya pût demeurer, leur magie lui restait perceptible, et elle accourrait au plus tôt.

« Mais si nous nous trouvons trop loin pour arriver à temps ? s'était tourmenté Arkoniel, que chagrinait on ne peut plus la situation. Puis comment les abandonner dans ces conditions ? Tout est allé de travers à la fin, Iya. Vous ne l'avez pas vu, vous, le démon, dans les yeux de l'enfant mort ! Que se passera-t-il si l'arbre ne parvient pas à le retenir ? »

Mais elle ne se laissa pas ébranler pour si peu. « Ils sont d'autant plus en sécurité que nous sommes davantage au diable. »

Et c'est ainsi que débuta leur longue quête vagabonde. Laquelle consistait à dénicher quiconque recelait une étincelle de magie, à sonder les loyautés, à écouter les peurs et à donner en partage – aux rares êtres retenus – un aperçu de la vision d'Iya : une nouvelle confédération d'orëskiens. La magicienne était patiente et, sourcilleuse dans ses choix, démêlait aussi bien les goinfres et les fols que les par trop féaux du roi. Même avec ceux qu'elle estimait fiables, elle n'avait garde de révéler son véritable but, quitte à leur remettre un modeste truc – un caillou ramassé sur la route – avec la promesse qu'elle reviendrait les voir.

Tout au long des quelques années qui s'ensuivirent, ils ne manquèrent pas d'être obsédés par les paroles de Nyrin, car selon toute apparence ils n'étaient pas les seuls à propager la notion d'unité. Et telles de leurs rencontres en route leur confirmèrent que le magicien du roi était en train de concentrer à la cour une troupe de ses adeptes. Quelle réponse avaient-ils bien pu faire à l'oblique question de Nyrin, eux ? se demandait souvent Arkoniel, et en quoi pouvaient bien consister leurs rêves ?

La sécheresse qui avait présidé à la naissance de Tobin ne s'acheva que pour reprendre de plus belle l'année suivante. Plus nos magiciens s'enfonçaient dans le sud, plus ils voyaient de greniers vides et de bétail efflanqué. Mille maux arpentaient le pays dans le sillage de la faim, qui traquaient les faibles et fondaient sur eux comme les loups sur les moutons. Le pire de tous était une fièvre importée par les négociants. Son premier symptôme était une sueur de sang, suivie dans bien des cas par un gonflement noir de l'aine et des aisselles. Présenter les deux ne laissait que fort peu de chances d'en réchapper. Une nuit suffisait à la *rouge-et-noir*, ainsi qu'on l'appela finalement, pour frapper des villages entiers sans qu'il y reste assez de vivants pour brûler les morts.

Sur la côte orientale s'abattit une calamité d'un genre différent : des raids plenimariens. Des villes y furent livrées au pillage et aux flammes, les vieilles femmes massacrées, les plus jeunes emmenées comme esclaves, ainsi que les enfants, par les bateaux noirs. Quant aux survivants des combats, souvent les guettait une fin plus cruelle encore.

À leur entrée dans un village qui venait tout juste d'être attaqué, Arkoniel et Iya découvrirent ainsi une demi-douzaine de jeunes gens cloués par les mains au mur d'une étable et qu'on avait tous étripés. L'un d'entre eux était encore en vie, qui d'un souffle à l'autre demandait tantôt à boire et tantôt à mourir. Iya ne se fit pas faute de l'exaucer pleinement.

En route, elle continuait à faire l'éducation d'Arkoniel, qui l'enchantait par le constant épanouissement de ses dons. De tous les élèves qu'elle avait jamais pu avoir, il était le plus fin, le plus curieux aussi, car toujours s'esquissaient devant lui des perspectives nouvelles, toujours l'appâtait la maîtrise de nouveaux charmes. Iya pratiquait ce qu'elle nommait par plaisanterie la magie « portable », c'est-à-dire axée plus volontiers sur les baguettes et les incantations que sur les composantes et les instruments lourds. Arkoniel y déployait des talents naturels qui lui permettaient de créer déjà, chose exceptionnelle de la part d'un sujet si jeune, des sorts de son propre cru. La sollicitude que lui inspirait le couple ducal l'incitait à expérimenter inlassablement des charmes chercheurs susceptibles d'élargir le champ de leurs propres pouvoirs. En vain d'ailleurs, mais l'insuccès ne l'y faisait pas renoncer, pas plus que les leçons d'Iya répétant que la magie d'Orëska elle-même avait ses limites.

Chez les magiciens plus riches, plus sédentaires, et notamment chez ceux qui bénéficiaient de nobles patrons, Iya le voyait attarder ses pas, plein de convoitise, dans les ateliers, tout yeux pour leurs équipements étranges et pour les instruments d'alchimie qu'il y découvrait. Leur séjour s'y prolongeait-il suffisamment, toujours il se débrouillait pour apprendre de ses hôtes quelque nouveauté, et cette soif inextinguible de compléter l'enseignement qu'elle lui dispensait ravissait Iya.

Ainsi, plus satisfaite que jamais de leurs vagabondages, elle en venait presque à oublier parfois la responsabilité qui pesait sur eux.

Presque.

À vivre sans cesse par les chemins, ils avaient les oreilles battues de nouvelles, mais la plupart de celles-ci ne leur faisaient ni chaud ni froid. Au premier vent qui leur parvint des Busards du Roi, « contes à dormir debout », rétorqua Iya. Elle eut le dédain moins facile, toutefois, quand un prêtre d'Illior rencontré par hasard jura les avoir vus de ses propres yeux.

« Ils ont la sanction du roi, dit-il en tripotant nerveusement l'amulette qu'il portait sur sa poitrine et qui ressemblait à s'y méprendre aux leurs. Ils forment une garde spéciale, composée tout à la fois de soldats et de magiciens, et ils ont pour tâche de traquer les traîtres au trône. Ero les a déjà vus brûler un magicien et jeter en prison des prêtres illiorains.

— Des prêtres et des magiciens ? ricana Arkoniel. Jamais aucun magicien de Skala ne fut exécuté, aucun du moins depuis les purges nécromanciennes de la Grande Guerre ! Puis des magiciens qui traqueraient leur propre espèce…, allons donc ! »

En revanche, Iya était ébranlée. « N'oublie pas à qui nous avons affaire, l'avisa-t-elle une fois seule avec lui dans leur chambre et les verrous dûment tirés. Le fils d'Agnalain la Folle a déjà liquidé sa propre parentèle afin d'assurer le trône à sa seule lignée. Il tient peut-être de sa mère encore plus que nous ne l'avions craint.

— Et le chef des Busards, repartit Arkoniel, ressongeant au regard dardé sur lui la nuit de la naissance de Tobin, c'est Nyrin. »

Le magicien aurait donc recruté dès cette époque des partisans ? Mais, dans ce cas, que cherchait-il en eux dont il l'avait trouvé dépourvu, lui ?

DEUXIÈME PARTIE

Extrait du journal intime de la reine Tamir II récemment découvert dans les archives du palais (*Passage non daté*, note de l'archiviste)

C'est peu de temps après ma naissance que mon père nous emmena dans ce château fort isolé en pleine montagne. Il eut beau pour ce faire invoquer les soins que nécessitait la santé de ma mère, je suis persuadée que toute Ero la savait déjà frappée de démence comme l'avait été sa propre mère auparavant. Quand il m'arrive de repenser à elle si peu que ce soit, je me la rappelle comme une espèce d'apparition, avec des mains tremblantes et des yeux d'étrangère (les miens ont la même couleur).

Ce château-là, mes ancêtres paternels l'avaient édifié à l'époque où les gens des monts venaient encore par les cols fondre sur les basses terres. Il avait des murailles de pierre massives et des ouvertures étroites fermées de volets vermoulus rouge et blanc. Je me rappelle m'être amusée à faire sauter les écailles de leur peinture tout en guettant par la fenêtre de ma chambre le retour de Père.

Sur l'arrière du château jaillissait, près de la rivière, une haute tour de guet carrée. Je croyais que le démon s'y tenait tapi et ne cessait de me guigner, pour peu que les hommes ou Nari m'emmènent jouer dehors, dans les cours ou dans la prairie que dominaient les casernements. Mais on me gardait dedans la plupart du temps. À peine eus-je appris à marcher que je connaissais chacune des pièces poussiéreuses et sombres des étages inférieurs. Cette antiquité de baraque croulante résuma tout ce que je savais du monde, durant mes premiers sept ans. Je n'y avais pour toute compagnie, quand Père et ses hommes se trouvaient au loin, ce qui n'arrivait que trop fréquemment, que ma nourrice et une poignée de serviteurs.

Et le démon, bien entendu. Il me fallut encore bien des années pour commencer à me douter que les maisonnées ne ressemblaient pas toutes à la mienne – qu'il était assez peu banal de se faire souffleter, pincer par des mains invisibles, ou de voir se déplacer tout seuls les meubles d'une pièce. Dans l'un de mes tout premiers souvenirs, je me trouve assise dans le giron de Nari qui m'apprend à ployer mes doigts minuscules en un signe censé garantir ma propre sauvegarde.

6

S'agenouillant sur le plancher de sa chambre aux joujoux, Tobin fit nonchalamment contourner au petit bateau le havre peint de la ville miniature. C'était la caraque au mât de travers, celle qu'avait abîmée le démon.

Tobin n'était pas vraiment en train de jouer, du reste. Il était en train d'attendre, les yeux attachés sur la porte fermée de la chambre de Père, de l'autre côté du couloir. Quand ils étaient entrés pour causer, eux deux, Nari l'avait fermée, la porte, et, du coup, pas un traître mot n'arrivait à lui.

Sur un gros soupir qui produisit comme un nuage de vapeur blanche, Tobin se baissa pour redresser la voile du pauvre bateau. Il faisait froid, aujourd'hui. La brise du petit matin qui pénétrait par la fenêtre ouverte sentait le givre. Tobin arrondit la bouche et, soufflant vivement à plusieurs reprises, fabriqua des nuages éphémères au-dessus de la citadelle.

La ville miniature, un cadeau de Père pour sa dernière fête, était celui de ses trésors qu'il chérissait le plus. Presque aussi haute que lui-même, elle occupait une moitié de cette chambre désaffectée contiguë de la sienne. Et puis ce n'était pas rien qu'un joujou non plus. C'était un modèle réduit de la capitale elle-même, et fait par Père tout exprès pour lui.

« Comme tu es trop jeune pour aller à Ero, voici Ero venue à toi ! avait-il dit en le lui donnant. Comme il se peut que tu aies à y vivre un jour, ou même à la défendre, il faut absolument que tu la connaisses. »

Ils avaient depuis lors passé bien des heures heureuses à en détailler ensemble les rues et les postes. Réalisées avec des pavés de bois, les maisons s'agglutinaient pour escalader les versants abrupts de la citadelle, et de la peinture verte signalait par-ci par-là les jardins publics et les prés communaux. Sur l'immense place du marché, le temple des Quatre était entouré d'échoppes faites de planchettes et de chiffons multicolores. Toutes sortes de bêtes en terre cuite peuplaient les petits enclos. D'un bleu pimpant, la rade en saillie sur l'un des côtés de la ville, au-delà du rempart ponctué de portes, foisonnait de jolis navires qui pouvaient s'animer à l'aide d'une perche.

Le plateau couronnant la colline était lui-même ceint d'un mur qu'on appelait le cercle Palatin, malgré sa rondeur pour le moins approximative. À l'intérieur se pressaient pêle-mêle des maisons, des palais, des temples que distinguaient chacun telle histoire et tel nom. Il y avait là davantage de jardins, ainsi qu'un étang vivier, figuré par un miroir d'argent, et un terrain d'exercice pour les Compagnons royaux. Ce dernier surtout fascinait Tobin, car les fameux Compagnons qui s'y entraînaient aux arts de la guerre et qui logeaient au Palais Vieux avec son cousin le prince Korin étaient tous des petits garçons. Père et Tharin en avaient fait partie, eux aussi, quand ils étaient jeunes, avec l'actuel roi Erius. Il avait suffi à Tobin d'entendre parler de ça pour avoir envie d'y aller tout de suite, mais voilà, il s'était entendu répondre, comme toujours, qu'il devrait attendre d'être plus vieux.

Le Palais Vieux, c'était le plus gros des édifices du Palatin. Il avait un toit qui se retirait, et puis plein de pièces dedans. On y voyait une salle du trône avec un trône, bien sûr, tout petit, en bois, et une toute petite plaque en vrai or, à côté, dans un petit cadre de bois.

Tobin préleva celle-ci et loucha sur la belle formule qui s'y trouvait gravée. Il n'était pas capable de la lire mais la connaissait par cœur. « Tant qu'une fille issue de la lignée de Thelátimos la gouverne et défend, Skala ne court aucun risque de jamais se voir asservir. » Et il connaissait également par cœur la légende du roi Thelátimos et de l'Oracle. C'était l'une des histoires préférées de Père.

La ville était sillonnée par des dizaines de minuscules bâtonnets humains. C'était à eux qu'allait indiscutablement sa prédilection. Il en exportait en catimini des familles entières à destination de son lit pour avoir à qui parler, le soir, sous les couvertures, en attendant que Nari vienne se coucher. Il remit la plaque à sa place avant d'aligner une douzaine de bâtonnets sur le champ de manœuvres et s'imagina être l'un des Compagnons. Ouvrant la boîte plate et doublée de velours rapportée par Père d'un autre voyage, il en sortit les personnages dignes d'assister, une fois alignés sur le toit du palais, aux exercices des Compagnons. Ces personnages-là, dits Ceux-qui-sont-venus-avant, étaient beaucoup plus luxueux que les bâtonnets, puisque tous sauf un étaient en argent. On leur avait peint des visages et des vêtements, et chacun d'eux portait au côté la même petite épée, l'Épée de la reine Ghërilain. Père lui avait appris leurs noms et leurs histoires aussi. L'homme d'argent, c'était le roi Thelátimos, et sa voisine, dans la boîte, c'était sa fille, Ghërilain la Fondatrice – faite reine de Skala à cause des paroles en or de l'Oracle. Après Ghërilain venait la reine Tamir, empoisonnée par son frère qui voulait être roi, puis une Agnalain et une nouvelle Ghërilain, puis six autres dont il mélangeait encore l'ordre et les noms, et puis Grand-Maman Agnalain Deux. La première et la dernière reine étaient ses favorites. Ghërilain Première avait la plus belle couronne ; Grand-Maman Agnalain avait les plus jolies peintures sur son manteau.

La dernière figurine de la boîte était un homme en bois sculpté. Il avait une barbe noire comme le papa de Tobin, et il portait une couronne et deux noms : Ton-oncle-Erius et Le-roi-actuel.

Tobin le fit tourner entre ses mains. Celui-là, le démon adorait le casser. Que le petit bonhomme en bois repose à sa place dans la boîte ou se tienne debout sur le toit du palais n'y changeait rien, voilà qu'il risquait tout à coup de se fendre du haut en bas ou bien sa tête de voler. Toujours est-il qu'à force de réparations Ton-oncle-Erius était difforme.

Non sans pousser un nouveau soupir, Tobin les replaça tous dans leur boîte, soigneusement. Aujourd'hui, même la ville était incapable de retenir son attention. Il se retourna pour fixer la porte : alors, elle allait s'ouvrir ? Ça faisait une éternité que Nari était là-dedans ! N'y tenant plus d'impatience, il finit par se faufiler dans le corridor afin d'écouter.

Il avait beau n'avancer qu'avec la dernière circonspection, la vétusté des joncs qui couvraient le sol les rendait craquants sous ses babouches. Deux coups d'œil lui suffirent pour examiner les abords immédiats. À gauche, l'escalier menant en bas dans la grande salle. On entendait par là rire le vieux Mynir et le capitaine Tharin. À droite, la porte après celle de Père était close, bien close, et il espérait qu'elle reste ainsi ; sa maman avait encore une de ses crises.

Satisfait pour l'heure de se trouver seul, il colla l'oreille contre le vantail de bois sculpté et écouta.

« Quel mal peut-il en arriver, messire ? » Ça, c'était Nari. Il en gloussa de ravissement. Ça faisait des semaines qu'il la bassinait pour qu'elle bataille en sa faveur.

Père grommela quelque chose, et puis ce fut à nouveau la voix de Nari, douce et enjôleuse comme elle se faisait, des fois. « Je sais bien ce qu'elle a dit, messire, mais si je puis me permettre, il en est bizarre, à la fin, tenu à l'écart comme ça. Je ne puis pas croire qu'elle veuille ça ! »

Qui ça est bizarre ? se demanda-t-il. Et qui ça pouvait bien être, cette mystérieuse « elle » qui risquait de faire des histoires s'il allait à la ville avec Père ? C'était son anniversaire, après tout. Sept ans aujourd'hui, c'était assez vieux, sans doute, pour faire enfin ce voyage, non ? Puis Bierfût n'était pas si loin que ça. Quand ils pique-niquaient, lui et Nari, là-haut, sur la terrasse, il suffisait de regarder à l'est, par-dessus la vallée, pour voir se presser tous ces toits derrière la forêt. Même qu'on apercevait la fumée des feux dans les cheminées, les jours où il faisait froid. Ça semblait peu de chose, demander ça comme cadeau, d'y aller, juste, et il n'avait envie de rien d'autre…

Les voix allaient toujours, mais trop bas maintenant pour qu'il distingue un traître mot.

S'il vous plaît ! bredouilla-t-il, muet, tout en adressant aux Quatre un signe de chance.

Le frôlement de doigts glacés contre sa joue le fit se retourner en sursaut, et il fut consterné de découvrir sa mère plantée juste derrière lui. Elle avait presque l'air d'un fantôme, elle aussi, d'un fantôme qu'il pouvait voir. Elle était maigre, elle était pâle, elle avait des mains tremblantes qui palpitaient comme des oiseaux moribonds quand elle n'était pas en train de coudre les jolies poupées de chiffon, ou bien quand elle n'étreignait pas la vieille et laide dont elle ne se séparait jamais. Cette horreur était fourrée sous son bras, là, tiens, et elle avait l'air, quoique sans visage, de le dévisager, lui.

Que sa mère ait renoncé à sa réclusion le suffoquait autant que sa présence à ses côtés. Il suffisait que Père se trouve à la maison pour qu'elle l'évite en se renfermant chez elle. Et Tobin pensait toujours que c'était tant mieux.

Il avait désormais comme une seconde nature qui le poussait à jeter un coup d'œil furtif aux yeux de sa maman. Il avait appris dès son plus jeune âge à jauger les humeurs de son entourage, et les humeurs de celle-ci en particulier. D'ordinaire, elle se contentait de le regarder comme on regarde un étranger, froidement, de façon distante. Le démon s'avisait-il de lancer des choses à la tête de Tobin ou de le pincer, elle ne faisait rien d'autre que détourner ses regards et serrer dans ses bras cette horreur de vieille poupée. Tobin, lui, elle ne l'embrassait à peu près jamais. Mais, les jours où elle allait très mal, elle lui parlait comme s'il était encore un bébé, ou comme s'il était une petite fille. Ces jours-là, Père la faisait enfermer dans sa chambre, et Nari lui préparait les infusions spéciales.

Or, elle avait l'œil clair, là, constata-t-il. Et c'est presque en souriant qu'elle lui tendit la main. « Viens, mon petit chéri. »

Jamais elle ne lui avait parlé de cette manière, avant. Il jeta un coup d'œil nerveux vers la porte de Père, mais elle se baissa, lui saisit la main, la serrant juste un tout petit peu trop, et l'entraîna vers la porte verrouillée qui, tout au bout du corridor, permettait d'accéder à l'étage supérieur.

« Il ne m'est pas permis de monter », objecta-t-il d'une voix à peine plus forte qu'un couinement. À en croire Nari, les planchers étaient vermoulus, là-haut, puis ça pullulait de rats et d'araignées « grosses comme ton poing ».

« Avec moi, si, tu peux », répliqua-t-elle en tirant de ses jupes une grande clef qui, de fait, ouvrit la porte interdite.

Un escalier les mena dans un corridor tout à fait semblable, avec ses portes de part et d'autre, à celui d'en dessous, sauf qu'il sentait le moisi, qu'il était plein de poussière, et que des volets aveuglaient les fenêtres, étroites et haut perchées.

Une porte ouverte permit à Tobin d'entr'apercevoir au passage un lit défoncé, des tentures en loques mais aucun rat. Au bout du corridor, Mère poussa une porte plus basse au-delà de laquelle grimpait un escalier très raide et très exigu qu'éclairaient vaguement des archères de loin en loin. À peine y voyait-on suffisamment pour discerner les marches élimées, mais Tobin savait où l'on se trouvait.

Dans la tour de guet.

Il s'appuya d'une main contre le mur pour assurer son équilibre mais la retira vivement quand ses doigts tombèrent sur quelque chose de rugueux qui formait des plaques et qui s'écaillait. La peur le taraudait, maintenant, et il n'avait plus qu'une envie, redévaler vers la partie claire, saine et sûre de la maison. Seulement, Mère le tenait toujours.

Comme ils continuaient leur escalade, quelque chose fouetta tout à coup les ténèbres, au-dessus – le démon, sans doute, ou quelque horreur encore pire. Tobin essaya bien de se dégager, mais Mère le serrait solidement, et elle lui sourit par-dessus l'épaule tout en l'emmenant vers une porte étroite, tout en haut.

« Ce sont mes oiseaux, simplement. Ils ont ici leurs nids, comme moi le mien, mais eux, un coup d'aile leur permet d'entrer comme de sortir à leur guise. »

Elle ouvrit cette porte étroite, et le soleil inonda tout, faisant papilloter Tobin qui franchit en trébuchant le seuil.

Il s'était toujours figuré que la tour était vide et abandonnée, sauf, à la rigueur, du démon, et voici qu'il se trouvait devant un ravissant petit salon plus joliment meublé qu'aucune des pièces d'en bas. Il jeta un regard circulaire émerveillé. Jamais il n'aurait imaginé Mère en possession d'un paradis secret.

Des tapisseries aux couleurs passées masquaient les fenêtres sur trois côtés, mais le mur de l'ouest était nu, et par les volets massifs grands ouverts se voyaient au loin, éclatants de soleil, les pics tout couverts de neige, et l'on entendait galoper la rivière invisible, en bas.

« Viens t'asseoir, Tobin, fit-elle en gagnant une table près de la fenêtre. Tu me tiendras bien compagnie un moment le jour de ton anniversaire… »

Une petite étincelle d'espoir fusa dans le cœur de Tobin, et il se risqua plus avant dans la pièce. Son anniversaire, c'était la première fois qu'elle s'en souvenait.

L'ambiance était ici douillette et confortable. Une longue table encombrée des matériaux nécessaires à la fabrication de poupées était adossée au mur opposé. Sur une autre trônaient, calées contre le mur, deux rangées de poupées achevées – brunes et sans bouche, comme toujours, mais parées de tuniques de velours et de soie plus élégantes qu'aucune de celles que possédait Tobin.

Peut-être qu'elle m'a amené ici pour m'offrir une de ses poupées pour mon anniversaire, songea-t-il. Elles étaient, même sans bouche, tout à fait mignonnes. Il se tourna, plein d'espoir, vers Mère. Pendant une seconde, il faillit presque voir le sourire qu'elle aurait en lui disant de prendre en cadeau spécial, juste d'elle à lui, celle qui lui plaisait le plus. Mais sa maman se contenta de rester debout près de la fenêtre et, tout en ne cessant pas de brosser fébrilement le devant de sa robe avec sa main libre, de fixer la table déserte en face d'elle. « Je devrais avoir des gâteaux, n'est-ce pas ? Des gâteaux au miel et du vin…

— On nous en sert toujours dans la grande salle, lui rappela-t-il, tout en attardant un nouveau regard mélancolique sur les poupées. Vous étiez là, l'année dernière, vous vous souvenez ? Jusqu'à ce que le démon jette le gâteau par terre et… »

La voix lui manqua pour continuer, d'autres souvenirs de cette journée venaient d'affluer : les sanglots de Mère, lorsque le démon s'était manifesté, puis ses hurlements, Père et Nari contraints de l'emmener, tandis que lui-même allait se réfugier dans la cuisine pour y manger son gâteau en miettes, en compagnie de Cuistote et Tharin.

« Le démon ? » Une larme roula sur la joue pâle de Mère, qui étreignit plus fort encore sa poupée. « Comment peuvent-ils l'appeler ainsi ? »

Glissant un œil vers la porte ouverte, Tobin évalua ses chances d'évasion. Oui, que Mère se mette à hurler, brusquement, et il n'aurait qu'à dégringoler l'escalier pour se retrouver avec des êtres qui l'aimaient, qui ne faisaient jamais que ce qu'il attendait d'eux. Mais Nari ne serait-elle pas fâchée d'apprendre qu'il était monté ?

Finalement, Mère ne hurla pas. Mère se laissa simplement tomber dans un fauteuil et se mit à pleurer, cette horreur de poupée serrée contre son cœur.

Il entreprit, mine de rien, de se rapprocher de la porte, mais sa maman avait un air si affreusement désolé qu'au lieu de se ruer dehors il finit par aller la rejoindre et par poser la tête sur son épaule comme il le faisait avec Nari quand elle était triste et qu'elle avait le mal du pays.

Ariani l'enlaça d'un bras puis l'attira contre elle et caressa ses boucles noires échevelées. Comme d'habitude, elle serrait trop fort, elle caressait trop violemment, mais il restait, par gratitude de se voir manifester si peu que ce soit d'affection. Pour une fois, le démon lui ficha la paix.

« Mes pauvres petits bébés, chuchota-t-elle en le berçant. Que nous faut-il faire ? » Elle fouilla dans son corsage et en retira une minuscule pochette. « Tends la main. »

Il obéit, et elle lui fit tomber dans la paume deux menus objets : un charme de lune en argent et un brin de bois couvert aux deux extrémités par un embout de ce métal rouge qu'il avait souvent vu au revers des boucliers.

Elle cueillit l'un puis l'autre et les lui plaqua tous deux sur le front comme s'il en devait résulter quelque chose. Comme rien ne se produisait, elle poussa un soupir et les rempocha.

Sans cesser de le serrer contre elle, elle se leva, l'entraîna vers la fenêtre et, le soulevant de terre avec une surprenante vigueur, le planta sur le large entablement de pierre. Un coup d'œil suffit à Tobin pour apercevoir, entre ses babouches, en bas, la course écumante de la rivière sur les rochers, et, apeuré de nouveau, il se cramponna d'une main au chambranle de la fenêtre, de l'autre à la frêle épaule de Mère.

« Lhel ! vociféra-t-elle aux montagnes. Que nous faut-il faire ? Pourquoi ne viens-tu pas ? Tu avais promis de venir ! »

Tout en poussant imperceptiblement Tobin, elle agrippa le dos de sa tunique, au risque de lui faire perdre l'équilibre.

« Maman, je n'ai pas envie de tomber ! » souffla-t-il en se cramponnant à elle de plus belle.

Il tourna la tête, et son regard plongea dans des yeux redevenus durs et glacés. Un moment, elle eut l'air de ne pas savoir qui il était ni ce qu'ils étaient en train de fabriquer là, tous les deux, à cette fenêtre si haut perchée par rapport au sol. Tobin se cogna salement le coude et poussa un glapissement.

« Pauvre bébé ! Maman navrée ! » hoqueta Mère, mais ce qu'elle se mit à bercer dans ses bras tout en s'affaissant à terre, ce fut cette horreur de poupée, pas lui.

« Maman ? » Il se coula près d'elle, elle l'ignora.

Le cœur brisé, l'esprit perdu, il se précipita dans l'escalier, n'ayant qu'un seul et unique désir, ne plus entendre Mère sangloter. Et il se trouvait presque au bas de la tour quand quelque chose le poussa si rudement dans le dos qu'il dévala cul par-dessus tête les dernières marches en s'y esquintant paumes et tibias.

Sombre silhouette flottant juste au bord de son champ de vision, le démon ne le lâchait pas. Sans arriver à se rappeler depuis quand au juste il avait commencé à le voir,

Tobin savait du moins que ce n'avait pas toujours été le cas. L'autre lui fonça dessus, lui tira une mèche folle.

Tobin riposta sur un ton farouche : « Je te hais ! *Je te hais je te hais je te hais !* »

Te hais ! répétèrent en écho les ombres d'au-dessus.

Tobin redescendit en boitillant vers la chambre aux joujoux, mais même là le jour lui parut terni. De l'excitation délectable de tout à l'heure ne subsistait strictement plus rien, et il avait mal aux jambes et aux mains. Son seul désir était d'aller se fourrer sous ses couvertures et d'y retrouver les petits bouts de bois qui lui tenaient lieu de famille courante et d'amis. Il tournait les talons pour filer quand Père parut.

« Enfin, te voilà ! » s'écria Rhius en le soulevant dans ses bras puissants pour lui donner un gros baiser. Il avait la barbe piquante, et le jour eut subitement l'air un petit peu moins gris. « J'ai remué ciel et terre pour te trouver ! Où étais-tu passé ? Et comment t'es-tu débrouillé pour te cochonner comme ça ? »

En songeant à sa désastreuse visite, la honte étouffa Tobin. « J'étais juste en train de jouer », dit-il, les yeux résolument baissés sur la lourde broche d'argent agrafée à l'épaule de Père.

D'un index calleux, celui-ci lui releva le menton pour examiner va savoir quelle marque sur sa joue. Il pensait au démon, bien sûr ; ça leur faisait au moins un sujet sur lequel s'entendre, eux deux, sans avoir besoin de discours.

« Bon, puis peu importe, hein ? fit-il en emportant Tobin dans la chambre voisine, où Nari s'affairait à étaler un costume neuf sur le lit. Nari prétend que tu es assez vieux pour m'accompagner à Bierfût et t'y choisir un cadeau d'anniversaire. Qu'en dis-tu, toi ?

— Je peux y aller ? » glapit Tobin, ses idées noires toutes balayées pour l'instant.

« Ça non, pas dans cet état ! » s'insurgea la nourrice qui déjà remplissait la cuvette posée sur la toilette. « Comment t'es-tu débrouillé pour être si crasseux de si bon matin ? »

Père lui fit un clin d'œil avant de se diriger vers la porte. « Rejoins-moi dans la cour de devant lorsque tu seras présentable. »

En se récurant consciencieusement les pattes et le museau, Tobin acheva de tout oublier, tibias éraflés, coude gourd, puis il s'immobilisa de son mieux pendant que Nari tâchait de le coiffer en démêlant ce qu'elle nommait ses nids de rats.

Lorsqu'il se vit enfin revêtu d'une belle tunique neuve de laine vert tendre et de culottes propres, il vola vers la cour où, comme promis, l'attendait Père, entouré de toute la maisonnée.

« Béni soyez-vous en ce jour, petit prince ! » l'ovationna-t-on, parmi les rires et les accolades.

Et il en fut d'abord tellement étourdi qu'il ne remarqua même pas Tharin qui, légèrement à l'écart, tenait par la bride un hongre bai jamais vu avant.

Or, ce cheval, de quelques empans plus petit que le palefroi noir de Père, et dont on avait étrillé la crinière et la robe d'hiver bourrue jusqu'à ce qu'elles étincellent comme des miroirs, était équipé d'une selle d'enfant.

« Béni sois-tu, mon fils, lui dit Rhius en le soulevant de terre pour l'y jucher. Quand on est assez vieux pour se rendre en ville, il faut avoir une monture à soi. Voilà qui est fait. À toi maintenant d'en prendre soin et de lui donner un nom. »

Avec un sourire épanoui, Tobin tira sur les rênes et fit faire au bai un petit tour de cour. « Je vais l'appeler Marron. Parce qu'il a l'air d'un marron, c'est juste la même couleur.

— Alors, tu pourrais aussi bien l'appeler Gosi, dit Père, l'œil pétillant de malice.

— Pourquoi cela ?

— Parce qu'il est tout sauf n'importe quel cheval. Il vient rien de moins que de la lointaine Aurënen, exactement comme mon propre noir. Il n'existe pas de meilleurs coursiers. La noblesse de Skala ne monte plus que des aurënfaïes. »

Aurënfaïes. Tobin sentit comme un déclic dans sa mémoire. Des négociants aurënfaïes s'étaient présentés devant la poterne un soir de tempête... Des gens à l'aspect bizarre, fantastique, avec le crâne enturbanné de longues écharpes rouges et les joues toutes tatouées. Ce soir-là, Nari l'avait expédié se coucher trop tôt, mais il s'était caché en haut de l'escalier pour ne rien perdre du spectacle et avait vu les étrangers faire de la musique avec des instruments étranges et exécuter de pittoresques tours de magie. Mais le démon les avait mis en fuite, excitant l'affreuse hilarité de Mère tapie, elle, avec son horreur de poupée, dans l'ombre de l'ancienne tribune aux ménestrels. Et c'était en cette occasion que Tobin s'était rendu compte que sa maman, peut-être bien qu'il la détestait...

Il repoussa ces pensées noires, une fois de plus ; il s'était écoulé une éternité, depuis cette histoire, près de deux ans. Ça ne signifiait que magie, Aurënen, et des gens étranges élevant des chevaux au gré des nobles de Skala. Rien de plus.

Il s'inclina pour flatter l'encolure du hongre. « Merci, Père ! Je vais l'appeler Gosi. Je pourrai y aller, un jour, à Aurënen ?

— Aurënen, tout le monde devrait y aller. C'est un bel endroit.

— Prends-moi toujours ça, tiens, comme offrandes d'anniversaire au temple. » Nari lui remit tout un tas de petits paquets noués dans un linge immaculé, et il les déposa d'un air rengorgé dans ses fontes de selle neuves.

« Moi aussi, j'ai un cadeau pour toi, Tobin. » Tharin tira de sa ceinture une longue chose enveloppée de tissu et la lui tendit.

C'était, découvrit-il, une épée de bois presque aussi grande que son bras. La lame en était massive et sans pointe, mais la poignée d'un joli travail, et la garde en bronze, en bronze vrai de vrai. « Elle est magnifique ! Merci ! »

Tharin cligna de l'œil. « On verra bien si tu continues à me remercier quand nous aurons commencé à l'utiliser. Tu vas m'avoir pour maître d'armes. Il nous en faudra pas mal d'autres avant d'être au bout de nos peines, je crois, mais c'est la première, toujours. »

C'était là un présent aussi essentiel que le cheval, même si la lame n'était que factice. Il essaya de la brandir bien haut, mais elle se révéla plus lourde que prévu.

Père se mit à glousser. « N'aie crainte, mon garçon, Tharin ne tardera pas à te mettre à l'épreuve. De toute manière, il vaut mieux remettre ton arme à Mynir pour l'instant. Nous n'avons pas la moindre envie de te laisser dès ta première sortie t'embarquer dans aucun duel. »

Non sans rechigner, Tobin se soumit, mais sa rancœur s'évapora comme par enchantement lorsqu'il franchit la poterne puis le pont derrière Père et Tharin. Loin d'avoir à s'arrêter au bout du tablier pour leur faire des adieux en gesticulant, il traversait la prairie avec eux, pour la première fois de son existence, et cela lui donnait l'impression d'être un guerrier, déjà, un guerrier partant à la découverte du vaste monde.

Juste avant de pénétrer dans les bois, cependant, il sentit comme un froid soudain lui courir entre les omoplates, à la façon d'une fourmi qui serait tombée dans son col. Il se retourna pour jeter un coup d'œil furtif, et comme il lui sembla bien voir bouger les volets méridionaux de la tour de guet, il se dépêcha de regarder droit devant.

Des feuilles semblables à des écus d'or tapissaient le chemin forestier. D'autres s'agitaient, là-haut, pareilles à des mains orange ou rouges, et celles des chênes étaient aussi brunes et brillantes que du cuir ciré.

Tobin se faisait un plaisir de mettre à sa guise Gosi au pas ou au trot par le simple jeu des rênes et des genoux.

« Ton fils monte déjà comme un soldat, Rhius », observa Tharin, et l'orgueil enfla le cœur de Tobin.

« C'est à cheval que vous affrontez les Plenimariens, Père ? demanda-t-il.

— Pour les combats sur terre, oui, mais je monte alors un destrier noir gigantesque qui s'appelle *Feu de Sakor* et qui porte des sabots de fer que les forgerons lui affûtent avant chaque bataille.

— Pourquoi je ne l'ai jamais vu ? s'étonna Tobin.

— Il est à Atyion. Ce type de cheval n'est bon que pour la bataille. Il est aussi puissant que rapide, et il ne redoute ni le sang ni le feu, mais l'effet qu'il te ferait plutôt, c'est que tu chevauches une caisse à roues carrées. Mon vieux Majyer que voici et ton Gosi, tiens, voilà de vrais chevaux de selle.

— Pourquoi je ne peux jamais aller à Atyion ? » reprit Tobin, qui posait la question pour la centième fois.

La réponse variait pas mal. Aujourd'hui, Père se contenta de sourire en disant : « Ça viendra. Un jour ou l'autre. »

Tobin soupira. Maintenant qu'il était assez vieux pour monter son propre cheval, peut-être que « un jour ou l'autre », ça serait bientôt ?

Le voyage pour se rendre en ville fut beaucoup plus court que ne se l'était figuré Tobin. Le soleil avait progressé de moins de deux heures dans le ciel quand on dépassa les premières chaumières plantées sur le bas-côté.

Le sous-bois – composé de chênes et de trembles surtout – se faisant moins dense, on apercevait au travers des branches des bandes de porcs reniflant la glandée. Au bout d'un mille environ, la forêt laissa place à des prairies où paissaient des troupeaux de chèvres et de moutons, sous l'œil vigilant de bergers pas plus vieux que Tobin. Ils agitèrent la main pour le saluer, et lui fit de même, timidement.

Sur la route, on croisa bientôt de plus en plus de gens. Certains menaient des carrioles attelées de chèvres ou de bœufs, d'autres charriaient de lourdes hottes sur leur dos. Un trio de gamines en jupons courts crasseux lorgna Tobin et, tout en le suivant des yeux, se mit à chuchoter des choses en catimini.

« Rentrez chez vos mères ! » gronda Tharin d'une voix que Tobin ne lui connaissait pas. Les gamines bondirent comme des lapins surpris et filèrent au-delà du fossé, mais leur sillage n'était que rires.

Descendue des collines surgit la rivière qui baignait Bierfût, et la route dut décrire un coude avant d'en longer la berge. Des champs découpés en larges bandes encerclaient la ville. Certains étaient labourés en prévision du printemps, d'autres hérissés de chaumes d'automne jaunes et bruns.

Père pointa l'index sur un groupe qui, dans un champ d'orge, s'affairait autour des dernières gerbes de la moisson. « Nous avons eu de la chance, ici. Il y a des quantités d'endroits où la peste a fait tellement de victimes qu'on a dû laisser les terres à l'abandon, faute de bras. Et ceux que le mal ne tue pas crèvent de faim. »

Tobin savait ce que c'était que la peste. Il avait entendu les hommes en parler, dans la cour des casernes, quand ils se croyaient à l'abri des oreilles indiscrètes. Elle vous faisait saigner la peau, puis il vous poussait des grosseurs noires sous les bras. *Heureusement qu'elle n'était pas venue rôder par ici*, se dit-il.

Lorsqu'on fut sur le point d'aborder l'enceinte en bois de la ville, il avait les yeux comme des soucoupes. Les gens se faisaient plus nombreux que jamais, et il les saluait tous d'un geste, émerveillé d'en voir tant à la fois. Et si beaucoup d'entre eux, non contents de témoigner leur respect à Père, le saluaient lui-même en retour, quelques-uns le dévisagèrent aussi crûment que l'avaient fait les trois gamines.

À deux pas en deçà des portes de la ville, au bord de la rivière, se dressait un moulin. Auprès se trouvait un grand chêne dans lequel des nuées de mioches, filles et garçons, se balançaient au-dessus de l'eau, cramponnés à de longues cordes attachées aux branches.

« On va les pendre ? » s'étrangla Tobin comme on les dépassait. Il avait entendu parler de ce genre de châtiment mais ne se l'était pas représenté tout à fait comme ça. Puis ces mioches avaient l'air de se régaler…

Père se mit à rire. « Non… ! Ils s'amusent à la balançoire.

— Je pourrais, moi ? »

Les deux hommes échangèrent un drôle de regard qu'il fut incapable de déchiffrer.

« Ça te plairait ? » demanda Tharin.

Tobin jeta un regard en arrière vers les mioches qui grimpaient de branche en branche comme autant d'écureuils. « Peut-être bien. »

Devant la poterne, une pique s'avança, mit la main sur son cœur et s'inclina bien bas : « Le bonjour à vous, duc Rhius.

— Bonjour à toi, Lika.

— Dites donc, ce jeune et beau gaillard, ça serait-y pas votre fils, des fois ?

— En effet. Venu en visite, finalement. »

Tobin se redressa un brin sur sa selle.

« Bienvenue à vous, petit prince, reprit Lika en lui faisant sa révérence. Venu voir les plaisirs de la ville ? C'est jour de marché, et y a tout plein de choses à regarder.

— C'est mon anniversaire..., fit Tobin tout intimidé.

— Béni soyez-vous, alors, par les Quatre ! »

Pour n'être guère qu'un gros bourg, Bierfût n'en fit pas moins figure de grande ville aux yeux de Tobin. Des maisons basses à toit de chaume bordaient les rues crottées, et partout pullulaient bêtes et gosses. Des porcs pourchassaient des chiens, des chiens pourchassaient des chats ou des poulets, et des marmots se pourchassaient les uns les autres ou donnaient la chasse à tout ce qui bougeait. Tobin en était tout ébahi, jamais il n'avait vu pareille réunion d'enfants. Ceux qui remarquaient sa présence s'arrêtant net pour bader devant lui ou le montrer du doigt, il commença à se sentir de nouveau mal à l'aise. Une fillette qui baladait un pantin de bois coincé sous son bras le regarda d'un air si ahuri qu'il finit par froncer des sourcils fâchés jusqu'à ce qu'elle se détourne.

La place étant trop bondée pour qu'y circulent des cavaliers, les montures furent confiées à un palefrenier, et l'on poursuivit à pied. De peur de se perdre à jamais dans la foule s'il se retrouvait séparé de lui, Tobin se cramponna à la main de Père.

« Tiens-toi bien droit, lui murmura celui-ci. Ce n'est pas tous les jours que le marché de Bierfût reçoit la visite d'un prince. »

Ils gagnèrent d'abord la chapelle des Quatre, qui occupait le milieu de la place. Celle du château n'était jamais qu'une niche de pierre contenant des effigies peintes, dans la grande salle. Celle d'ici ressemblait plutôt à la cuisine d'été de Cuistote. Quatre poteaux, chacun peint d'une couleur distincte : blanc pour Illior, rouge pour Sakor, bleu pour Astellus et jaune pour Dalna, supportaient un toit de chaume. Au pied de chacun brûlait un petit brasero d'offrande. À l'intérieur trônait sur un tabouret une vieille prêtresse entourée de couffins et de pots. Elle reçut les offrandes de Tobin et, tout en jetant des pincées de sel, d'herbes et d'encens sur les divers braseros, marmotta les patenôtres appropriées.

« Vous plairait-il de formuler une prière particulière, mon prince ? » s'enquit-elle, une fois sa tâche accomplie.

Tobin regarda Père, qui se mit à sourire et puis donna à la prêtresse un sester d'argent.

« Auquel des Quatre adressez-vous votre requête ? » reprit-elle en posant la main sur la tête de Tobin.

« À Sakor. Pour que je puisse être un grand guerrier, comme mon papa.

— Parole de preux ! Eh bien, soit, il nous faut donc faire l'offrande guerrière, afin de charmer le dieu. »

S'armant d'un couteau d'acier, la prêtresse coupa l'une des mèches de Tobin, la pétrit avec un morceau de cire, ainsi que du sel et quelques gouttes d'eau, sans compter des poudres qui conférèrent au tout un rouge éclatant.

« À vous, maintenant, fit-elle en lui déposant au creux de la main la cire amollie. Donnez-lui la forme d'un cheval. »

Tout en la travaillant, modelant, Tobin trouva plaisant le contact moelleux de la cire. La pensée de Gosi vint l'inspirer pendant qu'il façonnait l'animal, que quelques coups d'ongle dotèrent à la fin d'un semblant de crinière et de queue.

« Houlà ! s'écria la prêtresse en tournant la statuette entre ses doigts. Voilà de la fine ouvrage pour un aussi jeune gaillard ! Et j'ai vu des adultes faire beaucoup moins bien. Sakor va être ravi. » Du bout de l'ongle, elle traça deux ou trois signes dans la cire avant de rendre à Tobin le cheval. « À vous maintenant de formuler votre prière, et ensuite offrez-le au dieu. »

Il se pencha sur le brasero qui se trouvait au pied du poteau de Sakor pour en inhaler la fumée piquante. « Faites que je sois un grand guerrier pour la défense de Skala », chuchota-t-il, et il jeta sur les charbons la figurine qui se mit à fondre en produisant d'âcres flammèches vertes.

Au sortir de la chapelle, la cohue du marché les submergea de nouveau. Mais si Tobin se gardait toujours de lâcher la main de Père, la curiosité ne tarda pas à supplanter l'effroi.

Il reconnut par-ci par-là des têtes familières, celles de gens qui venaient dans la cour des cuisines proposer leurs produits à Cuistote. En l'apercevant, le rémouleur Balus, lui, se toucha le front en guise de salutation.

Des fermiers vendaient à l'arrière de leurs charrettes des fruits, des légumes. Il y avait là des monceaux de navets, d'oignons, de raves et de citrouilles, puis des paniers débordant de pommes qui vous mettaient l'eau à la bouche. Dans une carriole à l'odeur aigre se pressaient des formes cirées de fromage et des seaux de beurre et de lait. Sa voisine était pleine de jambons. Un rétameur qui vendait des pichets neufs et réparait les vieux faisait dans son coin, près du puits public, un boucan du diable. Des camelots qui portaient sur l'épaule des paniers suspendus au bout d'une perche criaient qui : « Lait d'amande ! », et qui : « Os à moelle, un régal ! », qui : « Chandelles et pierres à feu ! », ou : « Perles de corail, et ça porte bonheur ! », ou : « Aiguilles et fil ! »

Ça doit être tout à fait pareil, Ero ! songea Tobin, époustouflé.

« De quoi aurais-tu envie, comme cadeau ? » lui demanda Père en haussant la voix pour se faire entendre en dépit du chahut.

« Je ne sais pas », répondit-il. Il n'avait eu qu'une envie, en réalité, venir ici, et non seulement il était exaucé mais il s'était vu offrir un cheval et une épée par-dessus le marché.

« Eh bien, voyons voir en faisant un tour. »

Pendant que Tharin courait à ses propres affaires, Père tombait constamment sur des gens qui avaient à lui dire un mot. Tobin subit d'abord patiemment les nouvelles et les doléances d'une flopée de métayers, et il ne prêtait qu'une oreille des plus distraites à un éleveur de brebis qui jacassait de pis coincés quand il repéra, pas bien loin de là, des mioches agglutinés autour d'une table. Plus hardi, maintenant, il planta là Père et se faufila dans la presse pour aller voir en quoi consistait l'attraction.

C'était l'étal d'une bonne femme qui fabriquait des jouets. S'y exposaient des toupies, des totons et des bilboquets, des sacs de billes en terre cuite rouge, et quelques planches à savon bariolées. Mais ce qui captiva le regard de Tobin, ce furent les poupées.

À en croire Cuistote et Nari, les plus jolies poupées de Skala, c'était Mère qui les faisait, et celles qu'il avait à présent sous les yeux n'y contredisaient en rien. Certaines, composées de lattes de bois, ressemblaient au pantin de la fillette vue tout à l'heure. D'autres étaient en tissu rembourré, comme celles de Mère, mais leur tournure n'était pas si bien ni leurs atours si élégants. Restait néanmoins que chacun de leurs visages brodés avait une bouche – et une bouche tout sourires – qui leur donnait un air amical et très rassurant. Tobin en attrapa une et la pelota. Le rembourrage grossier crissait plaisamment sous les doigts. Il se mit à sourire, se voyant déjà glisser ce drôle de petit copain sous ses couvertures avec la famille en bois. Peut-être que Nari lui ferait une garde-robe spéciale et…

Levant tout à coup les yeux, il s'aperçut que tout le monde, les mioches et la marchande aussi, le dévisageait. L'un des garçons les plus vieux ricana.

Et voilà que Père se trouva de nouveau près de lui, voilà que, tout pâle, il lui arracha la poupée des mains, l'œil dur et flambant de colère. Tobin se ratatina contre la table, jamais il n'avait vu Père lui faire cette mine-là, c'était le genre de mine que lui faisait Mère dans ses pires jours…

Déjà cette mine avait disparu, remplacée par un sourire tellement crispé que c'en était encore plus pénible.

« Qu'est-ce que c'est que ces âneries ! s'exclama Père en rejetant la poupée sur le tas, voilà ce qu'il nous faut ! »

Et il attrapa quelque chose qu'il fourra dans les mains de Tobin – c'était un sac de billes.

« Le capitaine Tharin va vous régler ça, ma bonne. Assez lambiné, Tobin, il nous reste encore mille choses à voir. »

Et de l'entraîner par un bras qu'il serrait trop fort. Dans son dos, Tobin entendit les mioches éclater méchamment de rire et une voix d'homme marmonner : « Te l'avais bien dit, moi, qu'il était demeuré, ce môme ! »

Tobin ne leva plus la tête, après ça, pour cacher les larmes de honte qui lui brûlaient les yeux. Ça, c'était pire, infiniment pire que la scène avec Mère, ce matin. Il n'arrivait pas à comprendre ce qui avait pu rendre Père tellement furieux et les villageois tellement méchants, mais ce qu'il savait avec cette certitude claire et soudaine qu'ont les enfants, c'est que c'était sa faute à lui.

Ils retournèrent tout droit réclamer leurs montures au palefrenier. La ville, terminé pour lui. Au moment de se mettre en selle, il se rendit compte qu'il tenait toujours les billes. Il n'en voulait pas, mais comme il redoutait d'aggraver la colère de Père en les jetant, il les enfourna dans le col de sa tunique. Elles dégringolèrent jusqu'à la ceinture qui lui serrait la taille et qui les y coinça, gênantes et lourdes contre son flanc.

« Allons, rentrons à la maison », dit Père qui se mit en route sans attendre seulement Tharin.

Un silence affreux les sépara, l'un derrière l'autre, durant le trajet du retour. Tobin avait la gorge aussi douloureuse que si l'étranglait une invisible main. Il avait dès longtemps appris à pleurer sans bruit. On se trouvait déjà à mi-chemin quand Père se retourna et s'en aperçut.

« Ah, Tobin ! » Il tira sur les rênes afin de lui laisser le temps de se porter à sa hauteur. Il n'avait plus du tout l'air fâché, il parut juste triste et las quand il désigna d'un geste flou la direction de la ville, derrière, et dit : « Les poupées… Rien que des bêtises et des saletés. Les garçons ne jouent pas avec ces trucs-là, surtout les garçons qui veulent devenir de braves guerriers. Tu comprends ? »

La poupée ! Une nouvelle vague de honte déferla sur lui. C'était donc à cause de ça que Père avait été tellement furieux ? Il sentit son cœur chavirer lorsqu'il comprit encore une autre chose, c'est que ça expliquait aussi pourquoi Mère ne lui en avait pas donné une, ce matin. C'était honteux à lui d'en avoir envie.

Il était trop outré contre lui-même pour s'étonner de ce que personne, pas même Nari, n'avait eu l'idée de lui en parler.

Père lui tapota l'épaule. « Rentrons chez nous tâter de ton gâteau. Demain, Tharin commencera à t'entraîner. »

Hélas, quand ils furent arrivés, Tobin se sentit trop barbouillé pour avaler si peu que ce soit de gâteau de miel ou de vin. Après avoir touché son front, Nari le décréta souffrant et le mit au lit.

Il attendit qu'elle soit partie pour tâtonner sous son oreiller en quête des quatre petits bonshommes en bois dissimulés là. Ce qui avait été jusque-là un bonheur secret lui mettait désormais le feu aux joues. C'étaient des poupées, ça aussi. Après les avoir regroupés, il se glissa dans la pièce voisine et alla les planter sur l'un des marchés de la ville miniature. C'était là leur place. Puisque Père les avait fabriqués puis mis là, eh bien, c'est que là, ça ne devait pas poser de problème, jouer avec eux.

De retour dans sa chambre, il planqua l'odieux sac de billes au fin fond de sa garde-robe. Puis il se faufila dans le froid des draps et, dans une seconde prière à Sakor, demanda à être un meilleur garçon pour faire la fierté de Père.

Or, même après avoir encore un peu pleuré, il eut du mal à s'endormir. Son lit lui faisait l'effet d'un désert, à présent. Alors, il finit par prendre l'épée de bois que lui avait donnée Tharin, et c'est contre elle qu'il se pelotonna.

7

Les mauvais souvenirs de ce jour d'anniversaire-là, Tobin ne les oublia pas, simplement, il préféra ne pas plus y toucher qu'à cet importun de sac de billes sur lequel s'accumulait la poussière, tout au fond du placard. Ses autres cadeaux suffirent à l'occuper joyeusement pendant toute l'année suivante.

Il se fit initier par Tharin au maniement de l'épée et de l'arc dans la cour des casernes, il montait Gosi chaque jour. Il n'appesantissait plus de regard mélancolique sur la route de Bierfût. Les quelques négociants qu'il croisait sur le chemin des cols le saluaient avec déférence ; ici, personne ne s'avisait de le montrer du doigt ou de chuchoter discrètement.

Le plaisir éprouvé à modeler le cheval de cire dans la chapelle lui demeurait si présent à l'esprit qu'il finit par demander de ces bouts de chandelle que Cuistote gardait dans son fourre-tout, et l'entablement de la fenêtre de sa chambre fut bientôt peuplé de tout petits quadrupèdes et volatiles jaunes. Si Père et Nari vantaient beaucoup ceux-ci, c'est Tharin qui eut l'idée de lui procurer des pains de cire toute neuve et propre qui lui permettent de façonner des figurines plus importantes. Et Tobin en fut si content qu'il débuta par un cheval fait spécialement à l'intention du capitaine.

Le jour de son huitième anniversaire, on alla faire un nouveau tour en ville, mais il eut grand soin, cette fois, de se comporter avec toute la dignité d'un jeune guerrier. À la chapelle, il façonna de beaux chevaux de cire, et personne ne ricana lorsqu'il se choisit ensuite comme cadeau un beau coutelas de chasse.

Peu après, Père décida qu'il était temps de lui apprendre son b.a.-ba.

Les premières leçons ravirent Tobin, mais surtout parce qu'il adorait se trouver dans la chambre de Père. Elle sentait le cuir, et puis il y avait, suspendus aux murs, des cartes et des poignards fascinants.

« Aucun noble de Skala ne devrait accepter d'être à la merci de scribes », expliqua Père en déposant sur une petite table près de la fenêtre un flacon d'encre et des parchemins. Puis il tailla une plume d'oie qu'il lui fit admirer. « Ceci est une arme, mon fils, et d'aucuns savent s'en servir avec autant d'adresse que d'une dague ou d'une épée. »

Tobin ne voyait pas trop bien ce que Père entendait par là, mais il n'avait, comme toujours, qu'un seul et unique désir, lui faire plaisir. Il y réussit assez mal, néanmoins. Malgré tous ses efforts, il n'arrivait tout bonnement pas à comprendre la correspondance qu'il y avait, paraît-il, entre les pattes de mouche noires que Père faisait courir sur la page blanche et tels ou tels sons. Pire encore, ses doigts, pourtant si habiles à modeler la cire ou la glaise du bord de la rivière, se révélaient incapables de maîtriser cette maudite écorcheuse de plume folâtre. Elle faisait des pâtés. Elle vagabondait. Elle se plantait dans le parchemin et crachait de l'encre dans tous les sens. Elle lui faisait tracer des lignes aussi onduleuses que des couleuvres, faire des boucles démesurées, achever des lettres entières devant derrière ou tête en bas. Et si Père était patient, lui pas du tout. Se démener jour après jour pour n'aboutir qu'à des griffures et des barbouillages, c'était trop insupportable, et les séances s'achevaient toutes dans les larmes.

« Peut-être vaut-il mieux remettre à plus tard… », concéda finalement Père.

Et Tobin, cette nuit-là, rêva qu'il brûlait toutes les plumes de la maison, juste en prévision du cas où Père changerait d'avis.

Par bonheur, l'apprentissage de l'épée ne lui réserva pas ce genre de mécomptes. Tharin avait respecté sa parole et, chaque fois qu'il se trouvait au château, se chargeait de son entraînement dans la cour des casernes ou dans la grande salle. Épées et boucliers de bois lui servirent à enseigner les rudiments des coups portés comme ceux du blocage, de l'offensive et de la défensive. En dépensant des trésors d'ardeur sous sa férule, Tobin tenait l'engagement pris au fond de son cœur vis-à-vis des dieux et de Père, celui de devenir un grand guerrier.

Il n'y avait aucune peine, car il adorait les armes et leur exercice. Tout petit déjà, il était souvent allé avec Nari admirer les hommes s'affronter. Maintenant, c'est eux qui se massaient pour le regarder, eux qui se penchaient aux fenêtres des baraquements ou qui sortaient s'asseoir, le long de la façade, sur des caisses et des billots de bois. Ils donnaient leur avis, blaguaient avec lui, se faisaient un plaisir de lui montrer leurs petits trucs et combines à eux. Si bien qu'il ne tarda pas à avoir autant de maîtres qu'il en voulait. Tharin lui faisait parfois affronter les gauchers Maniès ou Aladar, pour qu'il sache à quel point c'était différent d'avoir pour adversaire quelqu'un qui tenait son arme du même côté que la vôtre. Il n'était évidemment pas question qu'aucun d'eux se batte avec lui pour de vrai, petit comme il était, mais ils détaillaient les figures, au cours de ces duels fictifs, et lui montraient ce qu'ils savaient. En sa qualité de plus jeune et plus petit des gardes, Koni le fléchier était le plus proche de lui par la taille. Et il s'intéressait à lui tout spécialement à cause de leur goût commun pour fabriquer des choses. Tobin fit exprès pour lui des animaux de cire et, en retour, Koni lui apprit à empenner des flèches et à tailler des sifflets de bois.

Quand Tobin en avait terminé avec l'exercice de la journée, les autres tiraient à l'arc en sa compagnie, ou bien ils lui contaient mille anecdotes sur leurs batailles contre les Plenimariens. Son père était le prodigieux héros de toutes ces histoires, toujours en première ligne et toujours le plus brave des combattants. Tharin y faisait grande figure aussi, toujours aux côtés de Rhius d'ailleurs.

« Tu as toujours été avec Père ? » demanda-t-il à celui-ci par une journée d'hiver, tandis qu'ils se reposaient entre deux assauts. Il avait neigé, la nuit d'avant. La barbe de Tharin était toute blanche autour de la bouche, son haleine l'avait givrée.

Il hocha la tête. « Toute ma vie. Mon père était l'un des vassaux de ton grand-père. J'étais son troisième fils, et je suis né à Atyion la même année que ton père à toi. Nous avons été élevés ensemble, comme des frères, quasiment.

— Tu es quasiment mon oncle, alors ? » dit Tobin, à qui l'idée plaisait beaucoup.

Tharin lui ébouriffa les cheveux. « Autant que pour de bon, mon prince. Une fois que je fus assez vieux, on fit de moi son écuyer, puis c'est lui qui me fit chevalier, plus tard, et qui me donna mes terres de Fauconport. Sur le champ de bataille, jamais nous ne nous sommes lâchés d'une semelle. »

Tobin soupesa longuement tous ces détails avant de demander :

« Pourquoi n'ai-je pas d'écuyer, moi ?

— Oh, mais tu es encore trop jeune pour ça ! Tu en auras sûrement un quand tu seras un peu plus vieux.

— Mais pas un avec qui j'aurai grandi, signala-t-il d'un ton morose. Il n'est pas né de garçon, ici. Ici, des enfants, il n'y en a aucun autre que moi. Pourquoi ne pouvons-nous pas aller vivre à Atyion, comme vous le faisiez, Père et toi ? Pourquoi est-ce que les enfants du village me montrent du doigt et me dévisagent ? »

Il s'attendait plus ou moins à ce que Tharin lui donne le change et parle d'autre chose, comme ne manquaient jamais de le faire Père et Nari, mais pas du tout, lui secoua simplement la tête et soupira : « À cause du démon, je suppose, et à cause de ta maman qui est si malheureuse. Ton père a le sentiment que c'est mieux ainsi, mais moi, moi je ne sais pas… »

Il avait l'air si triste en disant ça que Tobin fut à deux doigts de lui raconter ce qui s'était passé le fameux jour dans la tour. Il n'en avait jamais soufflé mot à personne.

Mais il n'en eut pas le loisir, Nari vint le chercher. Il se promit bien d'en parler quand même à Tharin le lendemain, pendant leur balade à cheval, mais le vieux Lethis et Koni les accompagnèrent, et il eut l'impression qu'il ne fallait mêler personne d'autre à sa confidence. Et puis il se passa un jour ou deux, et il oublia de le faire, mais sa confiance en Tharin demeura totale.

Cinrin allait sur sa fin quand il y eut un peu de neige, à peine assez pour poudrer la prairie, mais le temps devint d'un froid mordant. Tharin occupa les hommes à rapporter de la forêt du bois de chauffage, et tout ce monde-là couchait dans la grande salle, où brûlait du feu nuit et jour. Même dedans, Tobin portait deux tuniques sous son manteau. Pendant la journée, Cuistote entretenait un brasero dans la chambre aux joujoux pour qu'il puisse quand même s'y amuser, mais ça ne l'empêchait pas de voir son haleine fumer au contact de l'air.

La rivière gela suffisamment fort pour qu'on marche dessus, et il se trouva, parmi les plus jeunes, des serviteurs et des soldats pour y patiner, mais Nari ne permit à Tobin que de les regarder du bord.

Il jouait tout seul à l'étage, un beau matin, quand il entendit galoper un cheval sur la route glacée. Bientôt parut un cavalier solitaire à cape rouge flottante et qui remonta la prairie puis emprunta le pont. En se penchant à la fenêtre, Tobin vit Père sortir à la rencontre de l'homme et le faire entrer. Il ne reconnut que trop bien l'insigne rouge et or ; c'était un messager du roi, et son irruption signifiait d'habitude une seule chose…

L'intrus ne s'attarda guère, d'ailleurs, et il eut tôt fait de reprendre la route. Aussitôt que Tobin l'eut entendu marteler le pont, il se précipita en bas.

Assis sur un banc près de la cheminée, Père étudiait un long rouleau qu'alourdissaient les sceaux royaux et des rubans. Tobin prit place à côté de lui et se mit à guigner la chose, fort penaud pour le coup de ne pas savoir lire. Non qu'il en eût besoin pourtant, car la teneur du message, il la connaissait déjà.

« Il vous faut de nouveau partir, Père, n'est-ce pas ?

— Oui, et très bientôt, je crains. Plenimar met à profit la sécheresse de cet hiver pour lancer des raids contre la côte mycenoise. Mycena a appelé Erius au secours.

— Mais vous ne pourrez pas appareiller, à cette époque de l'année ! Il y a trop de tempêtes, non ?

— En effet, il faudra nous y rendre à cheval », répondit Père d'un air absent.

Il avait déjà son regard vide et lointain, il pensait déjà en termes de fournitures, d'hommes et de chevaux, Tobin le savait. Comme il savait qu'il ne serait plus question de rien d'autre, au coin du feu, le soir, entre Tharin et lui, jusqu'à leur départ.

« Pourquoi est-ce que Plenimar fait toujours la guerre ? » demanda-t-il, tout en colère contre ces étrangers qui n'arrêtaient pas de causer des troubles et de lui enlever son père. La Fête de Sakor aurait lieu dans quelques semaines à peine, et le duc Rhius était sûr et certain de partir avant.

Il leva les yeux vers lui. « Tu te rappelles, sur la carte que je t'ai montrée, de quelle façon les Trois Terres sont disposées tout autour de la mer Intérieure ?

— Oui.

— Eh bien, elles n'en formaient jadis qu'une seule, gouvernée par des prêtres-rois appelés hiérophantes. Ils avaient pour capitale Benshâl, à Plenimar. Voilà fort longtemps, le dernier des hiérophantes divisa ces terres en trois pays distincts, mais cela n'a jamais été du goût des Plenimariens, et ils ont toujours revendiqué l'ensemble du territoire.

— Quand est-ce que je pourrai aller à la guerre avec vous ? demanda Tobin. Tharin dit que je sais très bien mes leçons !

— C'est ce qui m'est revenu aux oreilles. » Père le serra très fort, en souriant de ce sourire qui signifiait *non.* « Je vais te dire quoi, moi. Dès que tu seras assez grand pour porter mon second haubert, il te sera permis de m'accompagner. Viens, qu'on voie s'il te va. »

Sa pesante cotte de mailles se trouvait accrochée sur un portant, dans sa chambre. Elle était infiniment trop vaste, bien entendu, et, non contente de se répandre comme une flaque autour des pieds de Tobin, elle le figeait désespérément sur place. Quant à la coiffe, elle lui descendait en dessous des yeux. En riant, Père l'équipa du casque d'acier. Tobin eut alors l'impression de porter l'une des marmites à soupe de Cuistote. Et le bas du nasal lui pendouillait sous le menton. Il n'en eut pas moins le cœur tout battant, à s'imaginer quel grand et vigoureux gaillard il ferait, le jour où il arriverait à remplir correctement tout ça.

« Eh bien…, je vois que tu risques d'en avoir besoin dans plus très très longtemps », gloussa Père. Et là-dessus, il traîna le portant de l'autre côté du couloir, dans la chambre de Tobin, et il passa le reste de l'après-midi à lui montrer comment on huilait la maille afin de la trouver toujours prête à servir.

Quelques jours plus tard, Tobin se cramponnait encore à l'espoir que son père et les autres pourraient rester jusqu'à la Fête de Sakor quand survinrent avec leurs propres troupes les hommes liges du duc, lord Nyanis et lord Solari. La prairie s'emplit alors de tentes et de soldats, mais une semaine ne s'était pas écoulée que tout ce beau monde partit pour Atyion, abandonnant au petit prince et à ses serviteurs le soin des célébrations.

Tobin s'en morfondit deux ou trois jours, mais Nari l'arracha à son humeur sombre à force de cajoleries et en l'associant à la décoration de la maison. Il aida à suspendre au-dessus de chaque porte des guirlandes de sapin, et à accrocher aux piliers de la grande salle des boucliers peints en noir et or. En l'honneur de Sakor, il peupla la tablette aux offrandes de la chapelle domestique avec toute une harde de chevaux de cire. Seulement, le lendemain matin, il les trouva tous éparpillés dans la jonchée. Sur l'autel les avaient équitablement supplantés tout autant de morceaux de racines tordus.

C'était là l'un des méchants tours préférés du démon, et l'un de ceux que Tobin détestait le plus. Détestait d'autant plus, en fait, que Père s'en montrait singulièrement bouleversé. La seule vue de ce genre de forfaits le faisait blêmir. Et puis il lui fallait absolument purifier l'autel en y brûlant des herbes odoriférantes et en disant plein de prières. Si par hasard Tobin était le premier à découvrir les racines, il se dépêchait de les jeter puis d'essuyer la tablette d'un revers de manche. Comme ça, Père n'en savait rien et n'était pas triste.

Là, Tobin se renfrogna pour lui tout seul avant de courir flanquer toutes ces saletés au feu et d'aller fabriquer de nouveaux chevaux.

À l'occasion de la Nuit du Deuil, Cuistote éteignit tous les feux, hormis celui d'un garde-braises, afin de symboliser la mort de Vieux Sakor, et tout le monde fit des parties de croc-en-jambe-à-l'aveugle, dans la cour des casernes, au clair de la lune.

Tobin était en train de se cacher derrière un char à foin quand d'aventure il leva les yeux vers la tour. Au travers des volets se discernait une vague lueur des lumières interdites. Cela faisait des jours et des jours qu'il n'avait pas vu Mère, et il était loin de s'en plaindre. Un frisson lui frôla néanmoins l'échine tout du long quand il se la figura, là-haut, qui l'épiait.

Tout à coup, quelque chose de lourd le jeta par terre, et une douleur fulgura dans sa joue droite et s'épanouit, juste en dessous de l'œil. L'agresseur invisible s'évapora aussi vite qu'il était survenu, et Tobin, sanglotant de douleur et d'effroi, se tira comme il put de derrière le char à foin.

« Qu'y a-t-il, mon chou ? » s'écria Nari en le recueillant dans ses bras.

Trop secoué pour répondre, il nicha sa joue pantelante au creux de l'épaule aimante et se laissa emporter dans la grande salle.

« Qu'on me fasse de la lumière ! ordonna-t-elle.

— Pas la Nuit du Deuil…, objecta la femme de chambre, Sarilla, qui tournicotait auprès d'elle.

— Apporte alors les braises de réserve et fais-les-moi flamber assez haut, que j'y voie. Le petit est blessé ! »

Tobin se pelotonna contre elle, les yeux bien clos. De la douleur initiale ne subsistait plus guère qu'un mal diffus, mais il demeurait sous le choc de l'attaque et tremblait toujours. Il entendit Sarilla revenir puis grincer le couvercle du brasero.

« Là, mon chou, là…, montre voir à Nari, un peu… »

Il releva la tête et se la laissa tourner vers le rougeoiement des charbons. Autour d'eux, Mynir et les autres formaient un cercle attentif et navré.

« Lumière divine, il a été mordu ! s'exclama le vieil intendant. Va nous chercher une cuvette et un linge propre, ma fille, va ! »

Sarilla avait déjà filé.

Tobin se tâta furtivement la joue et la trouva toute gluante.

Armée du linge que lui présentait Sarilla, Nari lui essuya la figure et les doigts. Le linge reparut tout rougi de sang.

« C'est l'un des chiens qui t'aurait fait ça, Tobin ? s'inquiéta Mynir. Un qui dormait, peut-être, sous la charrette ? »

Les chiens ne pouvaient en effet souffrir le petit. Ils détalaient en grondant dès qu'ils le voyaient. Il n'en restait plus au château que quelques-uns, d'ailleurs, des vieux, et Nari leur interdisait l'entrée de la maison.

« Ça n'est pas une morsure de chien, murmura Sarilla. Regardez, on voit bien que…

— C'était le démon ! » se mit à pleurer Tobin. Avec un pareil clair de lune, il n'aurait eu aucune peine à distinguer un véritable corps à ses côtés, derrière le char à foin. « C'est lui qui m'a jeté par terre et puis qui m'a mordu !

— Ça ne fait rien, dit Nari d'un ton apaisant, tout en retournant le linge du côté propre pour essuyer ses larmes. Ne t'en fais pas, toi. Nous en parlerons demain. Au lit, maintenant, Nari tiendra à distance ce vieux démon-là. »

Pendant qu'elle l'emmenait en haut, il entendit très bien que les autres, en bas, continuaient à se murmurer des choses.

« C'est vrai, quoi, ce qu'on dit ! finit par hennir Sarilla. Qui c'est qu'y a d'autre que ce diable attaque comme ça, hein ? Maudit, qu'il est né !

— Assez, ma fille ! riposta Mynir en un sifflement. Il y a dehors une route froide et solitaire pour ceux qui ne sont pas capables de tenir leur langue ! »

Le petit prince frissonna. Ainsi, même ici, les gens chuchotaient…

Il dormit comme une masse, Nari contre lui, se retrouva seul au réveil mais parfaitement bordé, et on devait être au milieu de la matinée, à en juger d'après le rayon de soleil fissurant les volets.

Le dépit balaya d'un coup toutes les terreurs de la nuit précédente. À l'aube de Jour-Sakor, c'était toujours lui et Mynir qui réveillaient la maisonnée pour ouvrir l'an neuf en martelant le bouclier-gong près de la chapelle. C'est sans lui, cette année, que l'intendant avait dû le faire, et sans qu'il l'ait même entendu !

Il courut nu-pieds sur le sol glacé inspecter sa joue dans le petit miroir de bronze placé au-dessus de la cuvette. Oui, ça s'y trouvait bien : une double rangée d'empreintes de dents rouges et arrondies comme un contour d'œil. Il se mordit l'avant-bras juste assez fort pour que ça y laisse une trace et constata que les deux marques étaient tout à fait semblables. Il jeta un nouveau regard au miroir et, plongeant dans le bleu de ses propres yeux, se demanda quel genre de corps invisible pouvait bien avoir le démon. Ce qu'il avait parfois entrevu du coin de l'œil n'avait été jusque-là qu'une vague nuée sombre. Or voici qu'il en venait à se l'imaginer comme un de ces gobelins dont parlaient les contes de Nari, le soir – de ceux qui, disait-elle, ressemblaient à des petits garçons tout rôtis de partout. Un gobelin qui avait les mêmes dents que lui. Était-ce ça qui n'avait jamais cessé de rôder sur l'extrême bord de son univers ?

Il jeta nerveusement un coup d'œil autour de la chambre et fit à trois grandes reprises le signe de sauvegarde avant de se sentir assez brave pour s'habiller.

Il était assis sur le bord du lit pour nouer les lacets de cuir sur ses jambes de pantalons quand il entendit le loquet de la porte se soulever. Il dressa un œil, s'attendant à voir entrer Nari.

Au lieu de quoi c'est Mère qui s'encadra dans le chambranle avec sa poupée. « J'ai entendu Mynir et Cuistote parler de ce qui s'est passé la nuit dernière, dit-elle tout doucement. Tu as dormi tard, en ce Jour-Sakor. »

C'était la première fois depuis plus d'un an qu'ils se retrouvaient rien qu'eux deux. Depuis le fameux jour de la tour.

Il fut incapable de bouger. Il resta juste à l'observer, doigts entamés par le lacet de cuir, à la regarder s'avancer, tendre la main pour lui toucher la joue.

Elle avait aujourd'hui les cheveux peignés et nattés. Et sa robe était toute propre, et toute sa personne exhalait un imperceptible parfum de fleurs. Et c'est d'une main fraîche et délicate qu'elle lui repoussa les mèches du visage pour examiner le bourrelet de chair qui cernait la morsure. Et il n'y avait pas d'ombres sur sa figure, aujourd'hui, pas d'ombres visibles. Et elle avait simplement l'air triste. Elle déposa la poupée sur le lit avant de prendre à deux mains la tête de Tobin comme pour la bercer, puis elle le baisa au front.

« Je suis tellement désolée », murmura-t-elle. Ensuite, elle lui releva sa manche gauche et baisa la marque de sagesse sur son avant-bras. « Nous vivons dans un rêve de mauvaise étoile, toi et moi. Je dois m'occuper mieux de toi. Qu'avons-nous de plus que nous deux, l'un et l'autre ?

— Sarilla dit que je suis maudit », ronchonna Tobin, que ravageait tant de tendresse.

Les yeux de Mère se rétrécirent dangereusement, mais sans que ses mains perdent leur délicatesse. « Sarilla est une paysanne ignare. N'écoute jamais des propos pareils. »

Elle ramassa sa poupée, puis saisit la main de Tobin et dit en souriant : « Venez, mes amours, allons voir un peu ce que nous a concocté Cuistote comme petit déjeuner. »

8

Depuis cet étrange matin de Jour-Sakor, la princesse Ariani cessa d'être un fantôme à l'intérieur de sa propre maison.

Ses deux premiers actes furent de renvoyer Sarilla puis d'expédier Mynir lui dénicher en ville une remplaçante de qualité. Lequel reparut le lendemain flanqué d'une veuve facile et placide qu'elle adopta d'emblée pour camériste.

Le renvoi de Sarilla effara Tobin. S'il ne s'était jamais beaucoup soucié d'elle, il n'empêchait qu'elle avait toujours fait partie de la maisonnée, si loin qu'il remonte dans ses souvenirs. Et puis comme l'antipathie de Mère pour Nari n'était un secret pour personne, la seule idée qu'elle pourrait aussi congédier sa nourrice achevait de le terrifier. Mais Nari demeura et continua à s'occuper de lui comme au premier jour, et en toute souveraineté.

Maintenant, Mère descendait presque tous les matins, vêtue comme il convenait, ses brillants cheveux noirs coiffés en natte ou flottant tel un voile souple sur ses épaules. Elle se mettait même un parfum qui évoquait les fleurs printanières de la prairie. Elle consacrait encore une grande partie de ses jours à coudre des poupées dans sa chambre, au coin du feu, mais elle prenait à présent le temps de contrôler les comptes avec Mynir et d'escorter Cuistote dans la cour des cuisines quand s'y présentaient fermiers et camelots. Tobin l'y suivait aussi, et c'est là qu'il apprit avec stupéfaction que la famine et la maladie sévissaient dans des bourgs voisins. Alors que ces calamités n'avaient jusque-là, semblait-il, frappé que l'autre bout du monde…

Cependant, tout éclatante que fût Mère dans la journée, sitôt que commençaient à s'allonger les ombres de l'après-midi, la lumière avait également l'air de se retirer d'elle, et elle montait se réfugier à l'étage interdit, le second. Tobin s'en affligea d'abord, mais jamais au point d'être tenté d'aller l'y retrouver. Le lendemain matin la verrait reparaître, à nouveau souriante.

Le jour semblait aussi régler les allées et venues du démon, qui se montrait de préférence actif dans le noir.

Si les marques laissées par ses dents sur la joue de Tobin ne furent pas longues à guérir et à s'estomper, il n'en fut pas de même pour la terreur suscitée par son agression. Nuit après nuit près de Nari, Tobin resta malgré lui hanté par l'image d'une forme noire et ratatinée qui rôdait dans l'ombre et qui, brandissant des serres crochues, babines retroussées sur des dents aiguës, pinçait, tiraillait, s'apprêtait à le mordre et à le remordre. Il vécut couvertures tirées jusqu'aux yeux et apprit à ne plus jamais rien boire après le souper, pour n'avoir pas à se lever dans les ténèbres et à courir après le pot de chambre.

La paix fragile avec Mère tenait déjà bon depuis plusieurs semaines quand, pénétrant un beau jour dans la chambre aux joujoux, Tobin l'y trouva qui l'attendait, installée devant une table inconnue.

« Pour nos leçons », expliqua-t-elle en l'invitant d'un geste à prendre l'autre siège.

Il eut le cœur chaviré lorsqu'il aperçut tout un attirail d'écriture et des parchemins. « Père a déjà essayé de m'enseigner, dit-il. Je n'ai pas été capable d'apprendre. »

La mention de Père la fit légèrement sourciller, mais son front redevint vite lisse. Elle trempa une plume dans l'encrier, la lui tendit, disant : « Essayons de nouveau, veux-tu ? Peut-être ferai-je un meilleur professeur ? »

On ne peut plus sceptique, il prit la plume et s'efforça d'écrire le seul mot qu'il connût, son nom. Elle le regarda se débattre un petit moment, puis récupéra gentiment la plume.

Il demeura comme pétrifié. Devait-il s'attendre à quelque explosion ? Or, loin d'exploser, Mère se leva, gagna la fenêtre sur l'appui de laquelle étaient sagement rangées quelques-unes des figurines de cire et de bois. Elle s'empara d'un renard avant de se retourner pour dire : « C'est bien toi qui l'as fait, n'est-ce pas ? »

Il acquiesça d'un hochement.

Elle les examina toutes, une à une : le faucon, l'ours, l'aigle, un cheval au galop, le Tharin armé d'une écharde-épée qui n'était qu'un essai grossier.

« Ce ne sont pas mes meilleurs, plaida-t-il avec timidité. Mais les meilleurs, je les distribue.

— À qui ? »

Il haussa les épaules. « À tout le monde. » Les domestiques et les soldats s'étaient toujours récriés devant ses ouvrages, allant même jusqu'à le prier d'exécuter telle ou telle bête. Ainsi Maniès avait-il eu envie d'une loutre, et Laris d'un ours. Koni, qui préférait les oiseaux, lui, l'avait remercié d'un aigle en lui donnant l'un de ses petits couteaux pointus et en s'arrangeant pour lui procurer des morceaux de bois tendre faciles à travailler.

Cependant, tout content qu'il fût de leur faire plaisir à tous, il réservait toujours à Père et à Tharin ses œuvres les mieux réussies. L'idée d'en offrir une à Mère ne lui avait jamais traversé l'esprit. Se pouvait-il qu'elle en soit blessée ?

« Il vous ferait plaisir ? » demanda-t-il en désignant le renard qu'elle tenait toujours.

Elle lui fit une petite révérence en souriant. « Ma foi, je vous en remercie, messire. »

Une fois rassise à sa place, elle le posa sur la table entre eux puis, tendant la plume : « Tu peux me le dessiner ? »

Jamais il ne s'était avisé de rien dessiner, alors qu'il était tellement à l'aise pour modeler… ! Il baissa les yeux sur la page blanche en se taquinant le menton avec les barbes de la plume. Extraire une forme quelconque de la cire souple était enfantin, mais réaliser la même forme de cette façon-là…, ça, c'était une tout autre affaire. Il s'évoqua l'image d'une renarde surprise un beau matin dans la prairie, puis il essaya de tracer des traits qui attrapent et le dardé vigilant des oreilles et la ligne du museau pendant qu'elle chassait des campagnols dans l'herbe. Il la revoyait avec une incroyable netteté, mais fut incapable, en dépit de tous ses efforts, de forcer la plume à bien se tenir. Les gribouillages qu'elle faisait n'avaient rien d'un renard. La laissant tomber, il s'abîma, de nouveau vaincu, dans la contemplation de ses doigts tout barbouillés d'encre.

« Cela ne fait rien, mon amour, dit Mère. Tes statuettes valent n'importe quel dessin. Je voulais voir, c'est tout. Maintenant, voyons si nous pouvons un peu te faciliter l'alphabet. »

Retournant la feuille, elle écrivit quelques instants puis sabla la page et la fit pivoter pour que Tobin l'ait bien dessous les yeux. Tout en haut s'étalaient trois grands A, bien gros. Elle trempa la plume et la lui remit, puis se leva pour se tenir derrière lui. Lui couvrant la main de la sienne, elle la guida le long des lettres déjà tracées, de manière à lui enseigner les gestes appropriés. Après qu'ils l'eurent fait plusieurs fois ensemble, il s'y essaya tout seul et s'aperçut que ses propres gribouillis commençaient à ressembler à la lettre qu'il ambitionnait.

« Regardez, Maman, ça y est ! s'écria-t-il.

— C'est bien ce que je pensais, murmura-t-elle en traçant des lettres nouvelles pour qu'il s'entraîne. J'étais tout à fait pareille quand j'avais ton âge. »

Tout en la regardant procéder, il s'efforça de l'imaginer en petite fille à tresses et ne sachant pas écrire.

« Je faisais des petites sculptures, moi aussi, mais beaucoup moins jolies que les tiennes, poursuivit-elle sans cesser d'écrire. Et puis ma nourrice m'a appris à faire des poupées. Tu les as vues, mes poupées ? »

Tobin se sentait mal, rien que d'y penser, mais il se fit scrupule de sembler grossier en ne répondant pas. « Elles sont très jolies », dit-il. Ses yeux dérivèrent vers le vilain tas que faisait la favorite, affalée sur le coffre voisin, et le hasard voulut que Mère surprenne son regard. Trop tard, le mal était fait. Elle avait su ce qu'il regardait, peut-être même ce qu'il en pensait.

Elle attrapa l'horrible chose avec un sourire fondant qui lui adoucit le visage et, l'installant dans son giron, lui ordonna les membres, tant bien que mal. « C'est la plus réussie que j'aie jamais faite.

— Mais… bon, mais comment se fait-il qu'elle n'ait pas de figure ?

— Mais, gros bêta, bien sûr qu'*il* a une figure ! » Elle éclata de rire tout en câlinant du bout des doigts l'ovale de tissu vierge. « La plus jolie figure que j'aie jamais vue ! »

Dans ses yeux flamba un moment la même folie farouche que le fameux jour de la tour. Tobin ne put s'empêcher de tressaillir en la voyant se pencher vers lui, mais c'était simplement pour tremper la plume avant de recommencer à écrire.

« J'étais capable de façonner n'importe quoi avec mes mains, mais je ne parvenais ni à écrire ni à lire. Mon père – ton grand-papa, le cinquième consort, Tanaris – me montra comment m'y prendre pour que ma main apprenne les formes, et cela tout à fait comme je te le montre maintenant.

— J'ai un grand-papa ? Je ferai sa connaissance un jour ?

— Non, mon chéri, ta grand-maman l'a empoisonné voilà bien des années », répondit-elle, toujours aussi affairée à ses écritures. Au bout d'un moment, elle plaça la feuille devant lui. « Et voilà pour toi, toute une nouvelle rangée à tracer. »

Ils passèrent sur les parchemins tout le reste de la matinée. Une fois qu'il se sentait plus à l'aise avec les tracés, elle lui faisait prononcer les sons que représentait chacune des lettres pendant qu'il recopiait celle-ci. Tant et si bien qu'à force de tracer et de répéter purement par cœur il finit par ne pas s'en tirer trop mal, et qu'à l'heure où Nari leur monta le plateau du déjeuner l'étrange fin du grand-papa lui était totalement sortie de l'esprit.

À partir de ce jour, ils consacrèrent à ces leçons une partie de chaque matinée, et Mère y déploya une patience si stupéfiante que ce qu'il s'était figuré parfaitement incompréhensible au premier abord se mit à lui entrer peu à peu dans la tête.

Retenu à Mycena par la campagne aux côtés du roi, le duc Rhius ne reparut pas de l'hiver. Ses lettres, où foisonnaient les récits de batailles, étaient censées servir de leçons pour Tobin. Parfois les accompagnaient en cadeaux des trophées de guerre : poignard ennemi autour de la poignée duquel s'enroulait un serpent, anneau d'argent, sac de pions en pierre ou grenouille taillée dans une goutte d'ambre… Un émissaire apporta même un heaume cabossé que faîtait un panache de crin pourpre.

Les plus petits de ces trésors, Tobin les aligna sur une étagère dans la chambre aux joujoux, non sans se demander à quel genre d'hommes ils avaient bien pu appartenir. Quant au heaume, il le jucha sur le dossier d'une cathèdre qui, drapée d'un manteau, fut son adversaire au cours de maints duels à l'épée de bois. Des fois, il s'imaginait bataillant aux côtés de Père et du roi. D'autres fois, le soldat-cathèdre devenait son écuyer, et ils se mettaient ensemble à la tête d'armées à eux.

De tels jeux ne laissaient pas que d'aviver sa nostalgie de Père, mais il savait qu'un jour ou l'autre ils se battraient côte à côte, puisque aussi bien Père l'avait promis.

Durant les dernières semaines grises de cet hiver-là, Tobin se mit à vraiment bien aimer la compagnie de Mère. Au début, il la retrouvait dans la grande salle après sa chevauchée matinale avec Mynir. Une fois ou deux, elle consentit même à se joindre à eux, et elle l'abasourdit par sa magnifique assiette en selle et par la façon dont sa chevelure flottait derrière elle, telle une bannière de brocart noir.

Elle avait eu beau changer radicalement de comportement vis-à-vis de lui, son attitude à l'endroit du reste de la maisonnée demeurait en revanche immuable. Elle n'adressait la parole à Mynir que de loin en loin et à Nari quasiment jamais. Quant à la nouvelle femme de chambre, Tyra, qui était aux petits soins pour elle et qui se montrait également gracieuse pour Tobin, elle avait filé sans même un adieu le jour où le démon l'avait fait tomber dans l'escalier. Et depuis l'on se passait de camériste.

Mais le plus consternant de tout, c'était la froideur que Mère persistait à marquer à l'égard de Père. Jamais elle ne le mentionnait, jamais elle n'acceptait un présent de lui, jamais elle ne restait avec eux, le soir, au coin du feu, quand Tobin se faisait lire une lettre de lui par Mynir. Or, personne n'était en mesure de lui dire d'où venait cette haine-là, et il n'osait pas interroger Mère à ce sujet. Il se prit néanmoins à espérer. Quand Père reviendrait et verrait comme elle allait mieux, qui sait ? Les choses finiraient peut-être par s'aplanir entre eux… Après tout, elle en était bien venue à l'aimer, lui. Dans son lit, la nuit, il imaginait leurs chevauchées dans la montagne, ensemble, par les sentiers, souriant tous trois.

9

Mère lui donnait sa leçon, par un matin froid de la fin de Klesin, quand ils entendirent un cavalier au galop s'approcher du château.

Tobin courut à la fenêtre, le cœur battant d'espoir que Père enfin soit de retour chez lui. Mère le suivit et lui posa une main sur l'épaule.

« Je ne connais pas ce cheval », dit-il en mettant sa main en visière. L'homme était quant à lui trop emmitouflé contre le froid pour se reconnaître d'aussi loin. « Je peux aller demander qui c'est ?

— Pourquoi pas ? Et tant que tu y es, passe donc par chez Cuistote voir si elle n'a rien de friand pour nous dans son garde-manger. Je ne bouderais pas une pomme. Mais fais vite. Nous n'en avons pas terminé pour aujourd'hui.

— Promis ! » cria-t-il en filant comme un dard.

Ayant trouvé la grande salle vide, il se rendit aux cuisines et fut enchanté de découvrir que c'était Tharin qu'entouraient Nari et les autres. Au cours de l'hiver, sa barbe s'était allongée. Il avait les bottes crottées de neige et de boue, et le poignet tout enveloppé dans un pansement.

« Ça y est, la guerre est finie ? Père va revenir ? » piailla Tobin en se jetant dans les bras du capitaine.

Celui-ci le souleva de terre à bras-le-corps et, nez contre nez : « Oui aux deux, petit prince, et il amène des invités.

Ils sont juste sur mes talons. » Il le replanta sur ses pieds. Il avait beau sourire de son mieux, quelque chose autour de ses yeux n'était pas d'accord quand il se tourna vers la nourrice et l'intendant. « Ils arriveront sous peu. Cours t'amuser, Tobin, allez. Cuistote ne va pas avoir besoin de toi dans ses jambes. Il y a fort à faire.

— Mais…

— Suffit ! dit Nari d'un ton sec. Tharin t'emmènera faire un tour à cheval plus tard. Débarrasse-nous le plancher ! »

Il n'avait pas l'habitude de se faire renvoyer ainsi. Assez vexé, il retourna vers la grande salle d'un pas traînant. Tharin n'avait même pas dit de qui Père s'était fait suivre. Tobin espéra qu'il s'agissait de lord Nyanis ou du duc Archis. De tous les vassaux de Père, ces deux-là étaient ses préférés.

Il se trouvait à mi-chemin quand il se rappela que Mère aurait volontiers croqué une pomme. On n'oserait quand même pas le rabrouer s'il revenait en arrière pour ça.

La porte de la cuisine était ouverte, et il en approchait quand il entendit Nari dire : « Mais qu'est-ce qu'il vient fiche ici, le roi, après tant d'années ?

— Chasser, du moins à ce qu'il prétend, répondit Tharin. Nous étions sur le point de rentrer chez nous, l'autre jour, presque en vue d'Ero, quand Rhius a parlé comme ça, par hasard, des belles chasses au cerf que nous avons ici. Et voilà le roi qui se met dans la tête que c'est une invitation. Il en a maintenant de plus en plus souvent, de ces lubies bizarres, et… »

Le roi ! Sans plus se souvenir des pommes, Tobin se rua au premier étage. Ce qui lui trottait dans la cervelle, à présent, c'était le petit bonhomme en bois de la boîte – Le-roi-actuel, Ton-oncle. Est-ce qu'il porterait sa couronne d'or ? se demandait-il au comble de l'excitation. Est-ce qu'il lui permettrait de tenir l'épée de Ghërilain ?

Mère se trouvait toujours auprès de la fenêtre. « Alors, c'était qui, sur la route, enfant ? »

Il se précipita à la fenêtre, mais on ne voyait encore venir personne. Il se laissa tomber dans son fauteuil, hors d'haleine. « Tharin, que Père a envoyé en avant… Le roi… C'est le roi qui vient… ! Père et lui sont…

— Erius ? » Ariani recula d'un air terrifié jusqu'au mur, les poings serrés sur sa poupée. « Il vient ici ? Tu es certain ? »

La présence agressive et glacée du démon se referma sur Tobin avec une puissance telle qu'il avait du mal à respirer. Encriers et parchemins volèrent de la table et s'éparpillèrent dans la poussière.

« Qu'est-ce qu'il y a, Maman ? » souffla-t-il, brusquement affolé par ce qu'il lui voyait dans les yeux.

Avec un cri étouffé, elle bondit sur lui et, le traînant à demi, le portant à demi, quitta la chambre en coup de vent. La fureur du démon s'exerçait autour d'eux, soulevant les joncs secs en véritables tourbillons, faisant valser les lampes sur leur support. Une fois dans le corridor, Mère se pétrifia pour jeter des coups d'œil fébriles en tous sens comme s'il lui fallait à toute force trouver une issue. Tobin faisait de son mieux pour ne pas gémir, malgré les ongles enfoncés dans son bras.

« Non, non, non ! » marmonna-t-elle. De sous son aisselle émergeait la poupée dont l'horrible tête crasseuse et sans traits épiait Tobin.

« Maman…, vous me faites mal ! Où est-ce que nous allons ? »

Mais elle ne l'écoutait pas. « Pas deux fois ! Non ! » murmura-t-elle en l'entraînant vers le second étage.

Il essaya bien de se dégager, mais il n'était pas de force contre elle. « Non, Maman, non…, je ne veux pas aller là-haut !

— Il faut nous cacher ! » siffla-t-elle en l'agrippant cette fois par les deux épaules. « Je n'ai pas pu, la dernière fois ! J'aurais voulu... ! Les Quatre sont témoins que j'aurais voulu ! Mais on m'a empêchée ! Par pitié, Tobin, viens avec Maman, viens, il n'y a pas un instant à perdre ! »

Et elle le hissait cependant à sa suite dans l'escalier puis le traînait le long du couloir jusqu'à l'escalier de la tour. Et quand il essaya de se libérer, cette fois, des mains invisibles le poussèrent dans le dos. La porte s'ouvrit toute seule à la volée, et elle cogna contre le mur avec tant de violence qu'un de ses panneaux se fendit.

Des oiseaux effarés battirent des ailes en piaillant tout autour d'eux pendant que Mère le faisait grimper de vive force vers la chambre de la tour. La porte en claqua sur leurs talons, la crédence prit son vol à travers la pièce et manqua de peu l'épaule de Tobin avant d'aller s'écraser en travers du seuil, interdisant la fuite. Une bourrasque emporta des tapisseries poussiéreuses accrochées aux murs et ouvrit à grand fracas les fenêtres aux volets fermés. Le soleil eut beau affluer dans la pièce de toutes parts, elle n'en resta pas moins sombre et d'un froid mortel. Du dehors provenait à présent le bruit d'une cavalcade nombreuse remontant la route.

Ariani ne relâcha Tobin que pour se mettre à tournicoter frénétiquement dans la pièce, en larmes et un poing crispé sur la bouche. Tobin se recroquevilla près de la crédence démantibulée. La Mère qu'il avait sous les yeux était celle qu'il connaissait le mieux – virulente et imprévisible. L'autre n'avait été rien de plus qu'un mensonge.

« Que faire ? pleurnicha-t-elle. Il nous a retrouvés. Il pourra nous dénicher n'importe où. Nous échapper, il faut nous échapper ! Ah, Lhel, chienne de Lhel, tu m'avais promis... »

Comme les cliquetis de harnais se faisaient de plus en plus nets, dehors, elle courut à la fenêtre qui surplombait la cour d'entrée. « Trop tard ! le voici… Comment peut-il ? Comment peut-il ? »

Tobin se rapprocha furtivement, juste assez pour jeter un œil par-dessus le rebord. Père et un groupe d'inconnus en manteau écarlate étaient en train de démonter. L'un de ceux-ci portait un heaume doré qui brillait au soleil comme une couronne.

« C'est lui, le roi, Maman ? »

Elle le tira violemment en arrière et l'étreignit si fort qu'il avait la figure plaquée contre la poupée – ça sentait l'aigre et le moisi.

« Regarde-le bien, chuchota-t-elle, et il la sentit toute pantelante. Regarde-le bien, l'assassin ! Et c'est ton père qui nous l'amène ici… Mais il ne t'aura pas, cette fois ! »

Elle le traîna jusqu'à la fenêtre opposée, celle qui donnait sur les montagnes, à l'ouest. Le démon culbuta une seconde table, ce qui joncha le sol de poupées sans bouche. Le boucan fit virevolter Mère, et le crâne de Tobin heurta suffisamment fort l'angle de l'appui de pierre pour que celui-ci en fût étourdi. Il se sentit tomber, se sentit tirer par Mère une fois de plus, se sentit le visage baigné de soleil et de vent. Rouvrant les yeux, il se découvrit suspendu dans le vide en travers de l'entablement et regardant la rivière gelée.

Exactement comme la dernière fois où Mère l'avait amené ici.

Sauf que cette fois elle se tenait accroupie près de lui sur la pierre et que, son visage barbouillé de larmes tendu du côté des montagnes, elle l'agrippait par l'arrière de sa tunique et tirait, tirait de toutes ses forces.

Sentant qu'il perdait l'équilibre, il se débattit comme un forcené, prêt à se cramponner à n'importe quoi – au chambranle de la fenêtre, au bras de Mère, à la robe qu'elle portait –, mais il avait déjà les pieds qui basculaient par-dessus sa tête. Sous la glace, en bas, se discernait la course de l'eau, noire comme de l'encre. Il anticipa mentalement la chute – est-ce que la glace allait se briser quand il atterrirait ?

Et là-dessus Mère poussa un cri strident et le dépassa en trombe, enveloppée dans un tourbillon démentiel de jupes et de cheveux noirs. Le temps d'un éclair, ils se regardèrent les yeux dans les yeux, et il eut l'impression que se passait entre eux quelque chose de foudroyant qui les joignit, juste un instant, les yeux dans les yeux, cœur à cœur.

Et puis il y eut quelqu'un qui le tenait par une cheville et qui le hissait sans ménagement dans la tour. Son menton heurta le rebord extérieur de l'entablement, et il plongea en vrille dans les ténèbres avec sur la langue le goût du sang.

Rhius et le roi s'apprêtaient à mettre pied à terre quand de l'arrière du château leur parvint l'écho d'un hurlement.

« Par la Flamme ! Est-ce un coup de ton fameux démon ? » s'écria Erius en jetant alentour un coup d'œil inquiet.

Mais Rhius savait trop que le démon n'avait pas de voix. Bousculant les autres cavaliers, il refranchit à toutes jambes la poterne, voyant par avance en esprit ce à quoi il aurait dû s'attendre et qu'il allait voir et revoir en rêve aussi longtemps qu'il lui faudrait vivre : Ariani plantée là-haut près d'une fenêtre qui aurait dû être aveuglée de volets, Ariani distinguant le heaume doré de son frère au bas de la prairie et se figurant…

Il longea la rivière en trébuchant, contourna l'enceinte jusqu'à l'angle et, se figeant là, ne put réprimer un cri de détresse à la vue des jambes blanches que semblaient désarticuler deux rochers de la berge. Il se précipita pour rabattre les jupes que la chute avait refoulées autour de la tête. Il leva les yeux vers la tour qui l'écrasait de sa masse. Il n'y avait pas d'autre ouverture sur cette face que la fenêtre carrée, là, juste à l'aplomb. Et ses volets étaient ouverts.

Elle s'était rompu l'échine contre un rocher, et fracassé le crâne en heurtant la glace. Le noir des cheveux et le rouge du sang répandus autour du visage lui faisaient une auréole d'épouvante. Ses beaux yeux, grands ouverts, fixaient Rhius avec une expression d'angoisse et d'indignation qui l'accusait toujours, par-delà la mort.

Ce regard le fit reculer en titubant, mais ce fut pour tomber dans les bras du roi.

« Par la Flamme ! » s'étrangla Erius en contemplant la morte. « Ma pauvre sœur, qu'as-tu fait là ? »

Le duc se comprima les tempes à deux poings, tant le taraudait le désir de rattraper d'un coup tout le temps perdu en lui cassant la gueule, au cher beau-frère.

« Mon roi, finit-il par articuler en se laissant tomber près d'elle, votre sœur est morte. »

Tobin se rappelait sa chute. Au fur et à mesure que la conscience lui revenait, il s'avisa que se trouvait sous lui de la terre ferme et, d'instinct, s'y plaqua de tout son ventre, trop terrifié encore pour bouger. Quelque part dans les environs résonnaient des voix qui parlaient toutes à la fois sans qu'il puisse comprendre un mot. Il ne savait ni où il était ni comment il y était arrivé.

Il finit par soulever ses paupières lourdes et par se rendre compte qu'il gisait dans la chambre de la tour. Il y régnait un grand silence.

Le démon se trouvait là aussi. Jamais sa présence n'avait été aussi sensible. Il s'en dégageait pourtant quelque chose de différent, mais quoi au juste, Tobin n'arrivait pas à le définir.

Il se sentait dans un état des plus bizarres, comme s'il rêvait, mais le mal que lui faisaient sa bouche et son menton l'avertissait qu'il ne rêvait pas. Il essaya bien de se rappeler comment il était monté là, mais sa cervelle se fit alors toute cotonneuse et aussi bruyante qu'une ruche pleine d'abeilles.

La partie de sa joue qui touchait les dalles de pierre lui faisait mal aussi. Il tourna la tête de l'autre côté et se trouva presque nez à nez avec l'affreuse poupée sans visage de sa maman, car elle gisait juste à deux ou trois pouces hors de sa portée.

Où pouvait bien être Mère ? Jamais elle ne se séparait de sa poupée. Jamais.

Père ne me permettra pas de la garder, songea-t-il. Mais c'était de ça justement qu'il avait envie, tout à coup, la garder, plus envie que de rien d'autre au monde. Oui, elle était affreuse, et il l'avait détestée toute sa vie, mais il tendit la main quand même en se souvenant de l'incroyable tendresse avec laquelle sa maman disait : *C'est la plus réussie que j'aie jamais faite.* Il lui sembla presque qu'elle venait précisément de le dire tout haut.

Où est-elle ?

Dans sa cervelle, le bourdonnement se fit encore plus fort quand il se mit sur son séant et serra la poupée dans ses bras. Elle était petite et rêche et grumeleuse, mais elle avait aussi quelque chose de solide et de réconfortant. Comme il jetait tout autour des regards inquiets, il eut la stupeur de se voir lui-même à l'autre bout de la pièce, accroupi près d'une table démantibulée. Seulement, ce Tobin-là était tout nu, tout sale, et il avait l'air irascible et les joues sillonnées de larmes. Puis cet autre lui-même ne tenait pas de poupée ; et il se bouchait encore les oreilles à deux mains pour refouler quelque chose dont ils n'avaient ni l'un ni l'autre envie de se souvenir.

Nari ne laissa s'échapper qu'un seul cri d'horreur avant de se plaquer la main sur la bouche lorsque le duc pénétra dans la grande salle en titubant, le corps désarticulé d'Ariani dans ses bras. Il lui avait suffi du premier coup d'œil pour la savoir morte. Les oreilles et la commissure des lèvres saignaient, les yeux ouverts avaient la fixité de la pierre.

Tharin et le roi le talonnaient. Erius persistait à vouloir toucher le visage de sa sœur, mais Rhius le lui interdisait, qui s'avança jusqu'à la cheminée avant que ses genoux ne cèdent. En s'affaissant, il ne fit même que la blottir plus étroitement contre sa poitrine avant d'enfouir sa figure dans l'opulente chevelure noire.

C'était probablement la première fois depuis la naissance de Tobin qu'il pouvait embrasser sa femme, songea Nari.

Erius se laissa pesamment tomber sur l'un des bancs de l'âtre puis leva les yeux vers elle et vers ceux de ses familiers qui l'avaient suivi. Il avait le teint gris, ses mains s'entrechoquaient.

« Sortez », commanda-t-il sans adresser cet ordre à personne en particulier. Ce n'était pas nécessaire. Chacun s'éclipsa, Tharin excepté. D'après la dernière image qu'eut de lui Nari, il se trouvait toujours debout, légèrement en retrait des deux autres qu'il contemplait d'un air totalement inexpressif.

Ce n'est qu'au beau milieu de l'escalier qu'elle recouvra soudain ses esprits. Et Tobin ? il prenait ses leçons avec sa mère, tout à l'heure… !

Elle acheva de grimper l'escalier quatre à quatre et enfila le corridor en courant. Son cœur fit un bond pénible quand elle aperçut les débris des lampes sur le sol. Vide était la chambre à coucher du petit, vide aussi la pièce aux joujoux. Quant au matériel d'écriture, la jonchée en était semée, et l'un des fauteuils gisait sur le flanc.

La peur referma son poing sur le cœur de Nari. « Ô Illior, faites qu'il n'ait rien ! »

Elle se rua de nouveau dans le corridor et, tout au bout, vit que la porte menant au second étage était ouverte.

« Miséricorde du Créateur, oh non, pas ça ! » souffla-t-elle en se précipitant.

À l'étage au-dessus, des lambeaux de tentures éparpillés sur le dallage humide et froid se firent comme un plaisir d'entraver Nari dans sa course éperdue vers la porte abîmée donnant sur l'étroit escalier de la tour. Du vivant d'Ariani, jamais ces lieux ne l'avaient accueillie volontiers, aussi se faisait-elle l'effet d'une intruse. Mais lorsqu'elle atteignit le palier supérieur, ce qu'elle vit anéantit d'un seul coup ses scrupules.

La chambre de la tour était encombrée de débris de meubles et de poupées démantibulées. Les quatre fenêtres en étaient ouvertes, et cependant régnaient là des ténèbres fétides. Puanteur connue.

« Tobin, où es-tu, mon petit ? »

Sa voix lui parut achopper sur l'espace exigu, mais elle entendit avec assez de netteté un halètement saccadé pour s'en laisser guider jusqu'à l'angle le plus éloigné de la fenêtre fatale. À demi dissimulé sous une tapisserie décrochée, Tobin était pelotonné contre le mur, ses maigres bras enserrant ses genoux, le regard agrandi sur rien.

« Oh, mon pauvre petit chou ! » hoqueta Nari, tombant à genoux près de lui.

En voyant les traînées de sang qui lui maculaient le visage et la tunique, elle eut peur d'abord qu'Ariani ne lui ait tranché la gorge et qu'il ne meure dans ses bras, là, et qu'en définitive tant de souffrances et tant de mensonges et tant d'attente et tant de patience n'aient servi à rien.

Elle essaya de le soulever, mais il se dégagea et se recroquevilla davantage encore dans son coin, le regard plus désert que jamais.

« Tobin, mon chou, c'est moi. Viens, maintenant, retournons dans ta chambre… »

Il ne bougea pas, ne manifesta pas qu'il s'apercevait de sa présence. Elle se serra tout contre lui, lui caressa les cheveux. « S'il te plaît, mon chou. Il fait fichtrement froid ici, pour y rester. Allons à la cuisine prendre un bon bol de bonne soupe de Cuistote. Tobin ? Regarde-moi, mon petit. Tu es blessé ? »

Des pas pesants ébranlaient l'escalier de la tour, et Rhius finit par surgir, Tharin sur ses talons.

« As-tu… ? Oh, louée soit la Lumière ! » Le duc enjamba vaille que vaille le capharnaüm et s'agenouilla auprès de la nourrice. « Est-il grièvement blessé ?

— Non, messire, rien que terrifié », chuchota-t-elle sans cesser de caresser les cheveux de Tobin. « Il doit avoir vu… »

Rhius se pencha, cueillit tendrement le menton de son fils dans l'espoir de lui faire lever la tête, mais il ne suscita qu'une réaction de rejet violente.

« Que s'est-il passé ? interrogea-t-il néanmoins de sa plus douce voix. Pourquoi ta mère t'avait-elle amené ici ? »

Tobin demeura muet.

« Regardez donc autour de vous, messire ! » Nari repoussa les mèches noires qui ombrageaient la figure du petit pour examiner la grosse ecchymose qui s'y épanouissait. Le sang qui lui barbouillait les joues et la tunique ne venait pas de là mais d'une plaie en forme de croissant qu'il avait au bout du menton. Une plaie pas très étendue mais profonde. « La princesse a dû voir le roi survenir en votre compagnie. C'était leur première rencontre depuis… Enfin bref, vous savez comment elle était. »

Elle examina plus attentivement le visage exsangue de Tobin. Pas une larme, mais l'œil aussi fixe et rond que s'il était encore en train de contempler quelque chose d'ahurissant.

Il n'opposa pas de résistance lorsque son père le prit dans ses bras pour le redescendre jusqu'à sa chambre, mais il ne se détendit pas non plus, demeura si recroquevillé qu'il ne pouvait être pour l'instant question de lui retirer ses vêtements souillés. Aussi Nari se contenta-t-elle de le déchausser, de lui laver le museau puis de le fourrer au lit sous des tas de couvertures supplémentaires. Agenouillé près de lui, le duc lui prit une main dans les siennes et se mit à lui murmurer des douceurs sans le lâcher des yeux, si pâle sur l'oreiller, dans l'espoir de surprendre une quelconque réaction.

En se détournant, Nari découvrit Tharin planté juste en deçà du seuil, et blanc comme le lait. Elle alla le rejoindre et lui trouva les mains glacées.

« Il en sera quitte pour la peur, dit-elle afin de le réconforter. Il a été terriblement secoué, mais c'est tout.

— Elle s'est jetée par la fenêtre de la tour, chuchota-t-il sans détacher son regard du père et de l'enfant. Et elle y avait emmené Tobin… Regarde-le, Nari. Tu ne crois pas qu'elle a voulu… ?

— Aucune mère au monde ne ferait une chose pareille ! » Elle n'en était pourtant pas tellement certaine, au fond de son cœur.

Ils restèrent là quelque temps, figés comme sur les tréteaux d'un tableau vivant. Enfin, Rhius se releva et brossa d'une main absente le devant de sa tunique tout ensanglantée. « Il me faut assister le roi. Il compte la remmener à Ero pour l'ensevelir dans la nécropole royale. »

Nari noua rageusement ses mains dans son tablier. « Et le petit ? Par égard pour lui, ne devrait-on pas attendre que… ? »

Rhius lui répliqua par un regard si chargé d'amertume qu'elle sentit les mots se figer dans sa gorge. « Le roi a parlé. » Et il quitta la pièce en brossant sa tunique avec le même geste machinal. Non sans un dernier coup d'œil affligé vers l'enfant assoupi, Tharin lui emboîta aussitôt le pas.

Nari attira un siège auprès du lit puis tapota la frêle épaule de Tobin enfouie sous les couvertures. « Mon pauvre pauvre petit chéri, soupira-t-elle. Ils ne te laisseront même pas la pleurer ! »

Tout en lui caressant tendrement le front, elle se vit aussi net que ça te l'empaqueter et te l'emporter bien loin de cette maison de misère. Les paupières closes, elle s'imagina également très bien te l'élever comme le sien propre dans quelque chaumière de rien du tout mais au diable des rois, des fantômes et des bonnes femmes frappées de folie.

Les gémissements qu'il avait déjà perçus se faisant plus forts, Tobin se pelotonna davantage encore. Puis la voix désolée se modifia progressivement pour devenir le vacarme d'un vent d'est violent qui se fracassait contre les murailles du château. En dépit des lourdes couvertures qu'il sentait peser sur son corps, il avait froid, tellement froid !

Il ouvrit les yeux et lorgna la petite lampe de nuit qui gouttait sur le guéridon placé à la tête du lit. Juste à côté, Nari s'était endormie dans un fauteuil.

Elle l'avait mis au lit tout habillé. Dépliant lentement ses membres ankylosés, il se laissa rouler sur le flanc face au mur et retira de sa tunique la poupée de chiffon.

Il ne savait pas pourquoi il l'avait. Il était arrivé quelque chose de vilain, quelque chose de si vilain qu'il ne pouvait pas s'imposer de se demander ce que c'était.

Ma maman est…

Il ferma les yeux le plus serré qu'il put tout en étreignant follement la poupée.

Si j'ai la poupée, c'est parce que ma maman…

Il ne se rappelait pas avoir caché la poupée sous sa tunique, il ne se rappelait rien, vraiment, mais cela ne l'empêcha pas de la cacher de nouveau, maintenant sous les couvertures, puis de la repousser avec les pieds jusqu'au fond du lit, tout en sachant pertinemment qu'il faudrait très bientôt lui trouver une cachette moins incertaine. Il savait que c'était très mal d'avoir envie d'une poupée, que c'était une honte, pour un garçon, pour un futur guerrier, d'en éprouver le besoin, mais il ne l'en cacha pas moins, débordant de vergogne et de convoitise.

Après tout, peut-être bien que sa maman la lui avait donnée.

Glissant à nouveau dans un sommeil inquiet, il rêva une fois et une autre et une autre encore que sa mère lui confiait la poupée. Et chaque fois, elle souriait en lui disant : « C'est la plus réussie que j'aie jamais faite. »

10

Tobin dut garder le lit deux jours. Il passa d'abord la plupart du temps à dormir, bercé par le bruit têtu de la pluie qui battait les volets tandis que la débâcle de ses glaces, en bas, faisait maugréer et gronder la rivière.

Il lui arrivait, à demi éveillé, de croire que sa maman se trouvait avec lui dans la chambre et, debout au pied de son lit, se tordait les mains comme elle l'avait fait en voyant le roi remonter la colline. Oui, elle était là, il en aurait juré, même il l'entendait respirer, mais, lorsqu'il ouvrait les yeux pour voir, elle n'y était pas.

Le démon, lui, si. Tobin le sentait maintenant rôder sans trêve autour de lui. La nuit, il se collait davantage contre Nari et se faisait accroire tant bien que mal qu'il ne sentait aucun regard s'appesantir sur lui. En tout cas, tout puissant qu'il était, l'autre ne le touchait plus, ne brisait plus rien.

L'après-midi du second jour le vit tout à fait réveillé et nerveux. Tharin et Nari lui tinrent compagnie dans la journée, lui contant des histoires et l'entourant de petits joujoux comme s'il avait été un bébé. Les autres domestiques vinrent aussi lui tapoter la main, lui poutouner le front.

Tout le monde lui rendit visite – hormis Père. Et quand Tharin finit par expliquer que Père avait été contraint de repartir avec le roi pour Ero mais qu'il n'y resterait pas bien longtemps, Tobin eut très mal à la gorge mais sans réussir à trouver des larmes à verser.

Personne ne lui disait mot de Mère. Il se demanda bien ce qu'elle avait pu devenir après avoir quitté la tour, mais il ne pouvait se résoudre à poser la question. En fait, il ne se sentait pas d'humeur à parler si peu que ce soit. Aussi s'en garda-t-il bien, même quand les autres se mirent à le cajoler. À la place, il jouait avec sa cire ou se tapissait sous ses couvertures en attendant que tout le monde s'en aille. Les rares fois où on le laissa bien seul, il sortit la poupée de chiffon de sa nouvelle cachette, derrière l'armoire, et se contenta de la tenir, les yeux fixés sur l'ovale de tissu totalement vierge qui lui tenait lieu de figure.

Mais bien sûr qu'il a une figure ! La plus jolie que…

Jolie, non, elle n'était pas jolie, pas du tout. Elle était affreuse, cette poupée. Et son rembourrage faisait comme des grumeaux, dedans, comme des boulettes, et on sentait sous les doigts dans les jambes et les bras pas même assortis des petits machins pointus comme des échardes. Sa peau de mousseline épaisse était tachée, crasseuse, défraîchie. Il lui découvrit toutefois quelque chose de nouveau, c'est qu'elle portait autour du cou une fine cordelette noire et satinée, mais nouée si serré qu'on ne pouvait la voir qu'à condition de démancher carrément la tête.

Au demeurant, tout affreuse qu'elle était, Tobin trouvait qu'émanait d'elle ce parfum de fleurs que Mère s'était mis durant ces ultimes semaines de bonheur, et cela suffisait. Il montait donc jalousement la garde, et, lorsqu'on lui permit finalement de se lever, le troisième jour, il se dépêcha d'aller cacher la poupée dans la pièce voisine au fond du vieux coffre.

Le temps s'était remis au froid, et l'on entendait chuinter dehors des averses de neige fondue. Le jour pauvre donnait un air sombre et morne à la chambre aux joujoux.

Il y avait des moutons sur les dalles et sur les toits en terrasse des immeubles de la ville en bois ; les petits bonshommes de bois gisaient éparpillés sur le Palatin comme ces victimes de la peste qu'avait évoquées Père dans une de ses lettres. Dans son coin, le guerrier-cathèdre plenimarien avait si bien l'air de se moquer de lui que Tobin finit par le réduire en pièces en jetant le manteau dans l'armoire vide et en fourrant le heaume dans le coffre.

S'approchant de la table aux écritures près de la fenêtre, il toucha d'un doigt circonspect les objets qu'ils avaient partagés, Mère et lui – les parchemins, le flacon d'encre et son sablier, les grattoirs, les plumes… Ils avaient ensemble défriché près de la moitié de l'alphabet. Des pages de lettres nouvelles hardiment tracées de sa grande écriture à elle attendaient simplement qu'il s'exerce. Il en prit une et la flaira dans l'espoir qu'elle aurait *son* parfum, elle aussi, mais elle ne sentait que l'encre.

À la neige fondue avait succédé depuis quelques jours une pluie de printemps précoce quand Père revint. Il avait un air bizarre et navré, et il semblait que personne, pas même Tharin, ne savait quoi lui dire. Après le souper dans la grande salle, ce soir-là, il renvoya tout son petit monde puis s'installa au coin du feu et prit Tobin sur ses genoux avant de retomber dans un long mutisme.

Finalement, il lui souleva son menton meurtri et le regarda dans les yeux. « Il t'est impossible de parler, petit ? »

Tobin fut scandalisé de voir son brave papa pleurer. *Ne pleurez pas !* songea-t-il, également affolé par les larmes qui ruisselaient dans la barbe poivre et sel, *les guerriers ne pleurent pas*. Les mots, il les entendait dans sa tête, mais il était encore incapable de proférer le moindre son.

« Alors tant pis. » Père l'attira tout contre sa large poitrine, et il y appuya sa tête, l'oreille attentive aux battements réconfortants que faisait le cœur, et trop aise aussi de n'avoir plus à regarder couler ces terribles larmes. Peut-être que c'était pour ça que Père avait renvoyé tout le monde, pour que personne ne les voie ?

« Ta mère… Elle n'allait pas bien. Tôt ou tard, tu entendras dire ici ou là qu'elle était folle, et elle l'était. » Il marqua une pause, et Tobin le sentit pousser un énorme soupir. « Ce qu'elle a fait dans la tour… C'était la folie. Sa mère en était atteinte, elle aussi. »

Il s'était passé quoi, dans la tour ? Tobin ferma les yeux. Il se sentait tout chose. Les abeilles s'étaient remises à bourdonner dans sa cervelle. Est-ce que ça rendait fou, faire des poupées ? Il se ressouvint de la faiseuse de joujoux qu'il avait vue en ville. Il n'avait rien remarqué en elle de détraqué. Et Grand-Maman, est-ce qu'elle aussi faisait des poupées ? Non, elle avait empoisonné son mari, elle, et…

Rhius poussa un nouveau soupir. « Je ne crois pas que ta maman avait l'intention de te faire du mal. Quand elle avait ses crises, elle ne savait pas ce qu'elle faisait. Tu comprends ce que je te dis ? »

Tobin ne comprenait rien du tout, mais il n'en hocha pas moins la tête, dans l'espoir que Père serait content. Ça ne lui plaisait pas, de penser à Mère, pour le moment. Lorsque ça lui arrivait, il avait l'impression de voir deux personnes différentes, et ça lui faisait trop peur. La première, la femme mauvaise et distante, celle qui avait « ses crises », il en avait toujours eu peur. L'autre – celle qui lui avait appris à tracer les lettres, qui montait à califourchon, ses cheveux déployés au vent comme une bannière, et qui sentait les fleurs –, l'autre était une étrangère qui était venue en visite pour pas bien longtemps puis qui l'avait abandonné. Dans l'esprit de Tobin, elle avait disparu de la tour comme un de ses oiseaux.

« Tu comprendras, un jour ou l'autre », ajouta Père. Il remonta Tobin pour le regarder bien en face, une nouvelle fois. « Tu es très singulier, mon enfant. »

À ces mots, le démon, qui s'était jusque-là tenu si tranquille, empoigna si méchamment une tapisserie du mur opposé qu'elle se déchira en plein milieu et que la tringle qui la portait se brisa net. Le tout s'affala par terre à grand fracas, mais Père n'en tint aucun compte. « Tu es trop jeune encore pour y penser, mais je te garantis qu'une fois grand tu seras un valeureux guerrier. Tu vivras à Ero, et tout le monde s'inclinera devant toi. Tout ce que j'ai fait, Tobin, je l'ai fait pour toi et pour Skala. »

Tobin fondit en larmes et enfouit à nouveau sa figure dans la poitrine de Père. Ça lui était égal, de vivre un jour à Ero, ça lui était égal comme tout le reste, il n'avait qu'une envie, qu'une seule, cesser de voir à Père cet air bizarre qui faisait de lui comme un autre homme et qui ressemblait beaucoup trop à celui de Mère.

À celui qu'elle avait pendant *ses crises.*

Le lendemain, Tobin rassembla pêle-mêle encriers, parchemins, plumes… et les entassa dans un coffre inutilisé de sa chambre puis glissa la poupée dessous, non sans l'avoir d'abord cachée dans un vieux sac à farine découvert dans la cour des cuisines. Cela n'allait pas sans risques, il en était conscient, mais l'idée qu'elle se trouvait à portée de main lui permit de se sentir un tout petit peu mieux.

Du coup, il trouva la force de sonder les ombres de ses propres yeux dans le miroir de sa toilette et d'articuler silencieusement : *Ma maman est morte*, sans rien ressentir du tout.

Et néanmoins, pour peu que son esprit tendît à s'égarer vers les motifs de cette mort ou vers ce qui s'était passé dans la tour ce jour-là, alors, chaque fois ses idées s'éparpillaient aussitôt comme une poignée de haricots lancés à la volée, tandis qu'un fer rougi à blanc se mettait à lui poindre le creux du sternum, et c'était si douloureux qu'il pouvait à peine respirer. Mieux valait ne pas du tout penser à tout ça.

La poupée, c'était une tout autre affaire. S'il n'osait en laisser connaître l'existence à qui que ce soit, il ne pouvait pas davantage l'abandonner dans son coin. Le besoin de la toucher le réveillait en pleine nuit et l'attirait du côté du coffre. Une fois, il se rendormit à même le sol et se réveilla juste à temps pour la recacher avant que Nari ne s'éveille elle-même et ne découvre le pot aux roses.

Cet incident l'ayant incité à chercher une nouvelle cachette, il finit par jeter son dévolu sur le coffre d'une des anciennes chambres d'amis abandonnées au second étage. Plus personne ne semblait se soucier de l'y voir monter. Père passait le plus clair de son temps enfermé dans sa chambre. À présent que la plupart des serviteurs avaient décampé ou reçu leur congé, Nari ne savait où donner de la tête au château pendant la journée, accablée de travail qu'elle était entre le ménage et le coup de main nécessaire aux cuisines. Comme toujours, il y avait bien Tharin, mais Tobin ne se sentait d'humeur ni à monter ni à tirer ni même à s'entraîner à l'épée.

L'unique compagnon qu'il eut durant les longues et mornes semaines de ce printemps-là fut le démon. Celui-ci le talonnait en permanence, il le guignait, blotti dans l'ombre et la poussière, en haut, lors des visites à la poupée. Tobin se sentait partout espionné par lui. Par lui qui savait son secret.

Tobin était en train de faire parcourir les rues de sa ville à un petit bonhomme en bois quand Tharin s'encadra sur le seuil de la porte.

« Comment va la vie à Ero, aujourd'hui ? » lança-t-il tout en s'asseyant près de lui pour l'aider à remettre sur pied quelques moutons de terre cuite dans leur enclos du marché. Il avait des gouttes de pluie dans sa courte barbe blonde, et il sentait les feuilles et le grand air. Apparemment, ça lui était égal, le mutisme de son vis-à-vis. Il maniait avec autant d'aisance la conversation pour eux deux que s'il connaissait la pensée de Tobin. « Ta mère doit bien te manquer. Elle était quelqu'un, de son temps. Nari me dit qu'elle allait beaucoup mieux, depuis quelques mois. Il paraît qu'elle t'enseignait tes lettres ? »

Tobin acquiesça d'un signe.

« J'en suis bien content. » Il s'interrompit le temps de disposer quelques moutons davantage à sa guise. « Elle ne te manque pas ? »

Tobin haussa les épaules.

« Par la Flamme ! à moi, si. »

Devant le regard étonné de Tobin, il hocha la tête. « J'étais là, quand ton père lui faisait la cour. Il l'aimait, à l'époque, et elle aussi. Oh, je sais bien qu'ils n'ont pas tellement dû te donner cette impression-là, mais c'était quand même comme je te dis, avant. Ils formaient le plus beau couple d'Ero – lui comme guerrier dans la fleur de l'âge, et elle en princesse éblouissante que vient tout juste d'effleurer la féminité. »

Tobin s'était mis à tripoter un petit bateau. Imaginer ses parents se comportant l'un vis-à-vis de l'autre différemment de ce qu'il avait toujours vu lui était impossible.

Tharin se releva et lui tendit la main. « Allons, viens, Tobin, ça fait assez longtemps que tu te morfonds dedans. Dehors, la pluie s'est arrêtée, et le soleil brille. Un temps idéal pour tirer à l'arc. Va donc prendre tes bottes et ton manteau. Tes armes sont toujours là où tu les as laissées, en bas. »

Tobin se laissa remettre sur pied et emmener dans la cour des casernements. Les hommes y fainéantaient au soleil, et c'est avec une jovialité factice qu'ils l'accueillirent.

« Enfin le voilà ! dit Laris dans sa barbe grise en le juchant sur son épaule. Tu nous as manqué, mon gars. Est-ce que Tharin va te remettre à tes leçons ? »

Tobin fit signe que oui.

« Hé là, petit prince, c'est quoi, ça ? blagua Koni d'un air espiègle en lui secouant le pied. Vous allez nous parler, j'espère !

— Il le fera quand il sera prêt, intervint Tharin. Va me chercher l'épée du prince, qu'on voie un peu de quoi il se souvient. »

Tobin le salua de sa lame et prit la position. Tout au long des premières passes, il se sentit raide et maladroit, mais quand on en vint au bouquet final des coups et des parades, les hommes s'étaient mis à l'ovationner.

« Pas mal, commenta Tharin. Mais je veux te revoir ici tous les jours. Un temps viendra où tu te féliciteras de t'être imposé tous ces exercices. Maintenant, voyons voir comment se comporte ton bras d'arc. »

Et il s'engouffra dans les baraquements pour en rapporter l'arc et les flèches d'entraînement du prince, ainsi que le sac de copeaux qui leur tenait lieu de cible. Il jeta celui-ci au milieu de la cour, à quelque vingt pas d'eux.

Tobin contrôla sa corde puis y ajusta une flèche qu'il décocha. La flèche s'envola de travers et trop haut pour aller se ficher dans la terre non loin du rempart.

« Surveille ton souffle et écarte un peu les pieds », lui rappela Tharin.

Tobin prit une profonde inspiration et expira lentement pendant qu'il décochait son deuxième trait. Lequel cette fois atteignit le but, embrochant le sac qui fit une embardée de plusieurs pieds.

« Correct. Suivante ? »

Tharin ne lui en permettait que trois à l'entraînement. Après les avoir épuisées, il était censé réfléchir au moyen d'améliorer son tir pendant qu'il s'occupait à les ramasser.

Mais il n'eut pas le loisir de le faire, en l'occurrence, que Tharin se tournait vers Koni : « Tu as par là ces nouvelles flèches que j'ai fait empenner pour le prince ?

— Ici même. » Koni plongea la main derrière le tonneau qui lui servait de siège et extirpa un carquois muni d'une demi-douzaine de flèches neuves empennées de plumes d'oie sauvage. « Avec mes souhaits qu'elles te portent chance, Tobin », dit-il en lui tendant le tout.

Tobin en sortit une et s'aperçut qu'elle avait pour tête une petite bille de pierre. Il gratifia Tharin d'un grand sourire : c'étaient en effet des flèches de chasse.

« Figure-toi que Cuistote meurt d'envie de rôtir une grouse ou un lapin, déclara Tharin. T'ennuierait, m'aider à trouver le souper ? Parfait. Laris, va donc demander au duc si ça lui dirait de se joindre à une partie de chasse. Maniès, fais seller Gosi. »

Laris eut beau faire diligence, c'est en faisant non de la tête, hélas, et seul qu'il reparut.

Tobin cacha de son mieux son désappointement pendant qu'il gravissait le chemin de montagne en compagnie de Tharin et Koni. Les arbres étaient encore dépouillés, mais de-ci de-là pointaient déjà quelques pousses vertes au travers du tapis de feuilles mortes. Il flottait dans l'air de vagues prémices de vrai printemps, et la forêt sentait le bois en putréfaction et l'humus mouillé. Lorsqu'on eut atteint la zone du couvert que Tharin estimait prometteuse, on mit pied à terre pour enfiler un sentier presque invisible et sinueux.

C'était la première fois que Tobin s'aventurait aussi loin dans les bois. Derrière, le chemin qu'ils avaient emprunté pour venir ne fut bientôt plus visible, tant la futaie s'épaississait, le terrain se faisant quant à lui de plus en plus accidenté. Et comme il n'y avait que leurs pas comptés pour froisser le silence, il percevait le grincement curieux que faisait la friction des branches et le crépitement de petites pattes détalant parmi les taillis. Enfin, bonheur suprême, le démon s'était abstenu de le suivre. Libre, il était libre.

Ses deux compagnons lui montrèrent comment s'y prendre pour attirer la grouse en piquant sa curiosité par l'imitation : *peuk peuk peuk*, de son propre cri. Il retroussa bien ses lèvres comme eux, mais ne réussit à émettre qu'une espèce de pétarade.

En revanche, plusieurs oiseaux répondirent à l'appel de Tharin en pointant le bec hors des fourrés ou en venant se percher sur des abatis pour mieux voir ce qui se passait. Les deux hommes laissèrent à Tobin l'honneur de les tirer tous, et il finit par en atteindre un qui se pavanait sur un tronc couché.

« Bravo ! » dit Tharin en lui bourrant l'épaule d'un air faraud. « Va maintenant ramasser ta proie. »

Sans lâcher son arc, Tobin se précipita et risqua un œil par-dessus l'arbre mort.

La grouse était bel et bien renversée sur le flanc, mais elle vivait encore. Sa tête rayée toute dévissée, elle darda sur lui une prunelle noire. Sa queue en éventail palpita vaguement lorsqu'il se pencha sur elle, mais il lui fut impossible de se déplacer. Une goutte de sang vermeil lui perla au bout du bec, du même vermeil que…

Un étrange bourdonnement assaillit Tobin. On aurait dit des abeilles, mais c'était trop tôt dans l'année. Quand il recouvra ses esprits, il se trouvait couché sur le sol mouillé, et Tharin lui frictionnait le torse et les poignets d'un air bouleversé.

« Tobin ! Qu'est-ce qui ne va pas, mon garçon ? »

Abasourdi, Tobin se mit sur son séant et promena son regard alentour. Son arc gisait par terre, au risque de se tremper, mais apparemment personne ne s'en inquiétait. Assis tout près de lui sur le tronc d'arbre mort, Koni tenait par les pattes la grouse inerte.

« L'avez bien eu, prince Tobin. Nous l'avez carrément décanillé de son perchoir, ce vieux master Coq. Pourquoi que c'est alors que vous vous êtes évanoui ? Z'êtes malade ? »

Tobin secoua la tête. Il ne savait pas du tout ce qui s'était passé. Tendant la main vers l'oiseau, il lui déploya la queue pour mieux en admirer l'éventail de plumes rayées.

« Un très joli coup, dit Tharin, mais ça devrait suffire pour aujourd'hui, je crois. »

Tobin secoua de nouveau la tête, mais avec une vigueur accrue, cette fois, puis sauta sur ses pieds pour bien montrer comme il était en forme.

Tharin eut un moment d'hésitation puis se mit à rire. « Eh bien soit, puisque tu le dis ! »

Tobin abattit une autre grouse avant la tombée du jour et, lorsqu'on prit le chemin du retour, plus personne ne se souvenait de son stupide évanouissement – pas même lui.

Au cours des semaines suivantes, les jours qui s'allongeaient leur permirent de passer davantage d'heures dans la forêt. Le printemps survint dans les montagnes, habillant les arbres de verts tout frais tout neufs et faisant surgir de la terre brune tendres pousses et champignons de toutes les couleurs. Des biches s'aventuraient dans les clairières pour apprendre à brouter à leurs faons mouchetés. Tharin se refusait à les tirer, n'admettant pour gibier que les grouses et les lapins.

Il leur arrivait de rester toute la journée dehors, à rôtir au-dessus du feu leurs prises enfilées sur des broches de fortune, quand la chasse était bonne, et à se contenter, quand elle était mauvaise, du fromage et du pain que Cuistote leur dépêchait. Tobin se montrait également satisfait de ces deux formules, dans la mesure où l'une et l'autre signifiaient la vie au grand air. Jamais il ne s'était trouvé à pareille fête.

Tharin et Koni lui enseignèrent à consulter la position du soleil par-dessus son épaule afin d'être toujours en mesure de s'orienter même au fin fond des bois. Lorsqu'ils tombèrent, dans un éboulis, sur un nid de serpents encore à demi léthargiques de leur long sommeil hivernal, Koni expliqua que la forme des têtes indiquait s'il s'agissait de vipères ou pas. Tharin lui apprit à relever les empreintes et les traces des divers hôtes de la forêt. Celles de renards, de cerfs ou de lapins pour la plupart. Un jour toutefois qu'on suivait une sente à gibier, le capitaine s'accroupit tout à coup auprès d'une flaque de terre meuble.

« Vois ça ? » lâcha-t-il en désignant une marque plus large que sa main. Ça ressemblait plus ou moins à celle d'un mâtin, mais en plus rond. « Un couguar, ça. À cause de ça que tu restes à jouer dans la cour, mon gars. Une grande femelle qui aurait des petits à nourrir te considérerait comme une véritable aubaine. »

La mine effarée du petit le fit pouffer, et il lui ébouriffa la tignasse. « Risques pas vraiment d'en voir un le jour et, l'été venu, ils remontent vers les sommets. Mais autant faire gaffe à ne jamais te trouver tout seul par ici la nuit. »

S'il retenait de bon cœur toutes ces leçons, Tobin n'en faisait pas moins des observations personnelles : cette crevasse hospitalière sous cet arbre abattu, ce cirque abrité de rochers, ce trou d'ombre au bas du surplomb…, autant de cachettes idéales pour la poupée si compromettante. Si bien qu'il en vint à se demander pour la première fois quel effet ça lui ferait de se balader dans ces parages sans mentor et d'en explorer par lui-même les petits secrets.

De temps en temps, Père se joignait bien à leurs parties de chasse, mais il se montrait trop taciturne pour que Tobin se sente à l'aise en sa compagnie. L'essentiel de ses journées, il le passait claquemuré dans sa chambre, exactement comme l'avait fait Mère, avant.

La porte de son père, Tobin s'en approchait plus qu'à son tour pour y coller l'oreille, tant lui faisait mal le désir que les choses soient de nouveau comme elles avaient été. Avant.

Nari l'y surprit, un après-midi, et s'agenouilla pour l'enlacer. « Ne t'inquiète pas, chuchota-t-elle en lui caressant la joue. Les hommes ont besoin de solitude pour épuiser leurs pleurs. Un peu de patience, et il sera remis. »

Mais les fleurs sauvages eurent beau émailler le gazon neuf de la prairie, le duc Rhius demeura comme une ombre dans la maison.

Vers la fin de Lithion, les routes furent assez sèches pour que l'on se rende en ville avec la carriole. Le jour du marché, Cuistote et Nari décidèrent que Tobin les escorterait à Bierfût. Ce serait une gâterie pour lui, se disaient-elles, que de monter Gosi à côté de la voiture. Or, il secoua la tête pour faire entendre à sa nourrice qu'il n'avait pas envie d'y aller, mais elle répliqua par un claquement de langue et jura ses grands dieux qu'il serait ravi de sa chevauchée.

Dans les prés environnant la ville, il y avait quelques agneaux et chevreaux nouvellement nés. Quant aux avoines et aux orges en herbe, elles faisaient penser à des couvertures de laine mollement jetées sur la campagne. Des crocus sauvages fleurissaient à foison sur les bas-côtés de la route, et on fit halte afin d'en cueillir d'énormes bouquets pour le sanctuaire.

Tobin ne trouva plus aucun charme à Bierfût. Il ignora les autres gosses et ne s'autorisa pas l'ombre d'un coup d'œil à quelque poupée que ce soit. Il ajouta ses propres fleurs aux monceaux odorants qui cernaient déjà le pilier de Dalna, puis il attendit stoïquement que les adultes en aient terminé avec leurs petites affaires.

À leur arrivée au château, le soir, ils trouvèrent Rhius et les autres affairés dans la cour à charger leurs montures en vue du départ. Tobin se laissa glisser à bas de Gosi et courut vers son père.

Rhius l'empoigna par les épaules. « On a besoin de moi à la cour. Je reviendrai le plus tôt possible.

— Et moi aussi, mon petit prince », promit Tharin. Il avait l'air plus affligé que Père de s'en aller.

Et moi, j'ai besoin de vous ici ! eut envie de hurler Tobin. Mais les mots refusèrent encore de sortir, et il fut obligé de se détourner pour qu'ils ne voient pas ses larmes. Ils étaient partis, quand la nuit tomba, partis, le laissant plus seul que jamais.

11

Iya et Arkoniel passèrent les derniers mois de l'hiver à trois pas des portes d'Ilear, grâce à l'hospitalité d'une magicienne du nom de Virishan. Celle-ci n'avait rien d'une visionnaire et ne se sentait appelée qu'à rechercher parmi les pauvres les enfants dieu-touchés pour leur procurer un abri. Des quinze élèves qu'elle hébergeait, beaucoup se trouvaient passablement infirmes ou en piteux état du fait des ignares auxquels ils avaient dû le jour. La plupart ne vaudraient jamais tripette comme magiciens, mais ce que l'on n'avait pas massacré en eux d'humbles pouvoirs se voyait chérir et cajoler dès le jour où la patiente Virishan les prenait sous son aile. Iya et Arkoniel la secondaient le plus possible en retour de son hospitalité et, lorsqu'ils se remirent en chemin, Iya lui laissa l'un de ses petits cailloux.

Le temps étant devenu plus clément, ils se dirigèrent vers Sylara, où devait s'effectuer leur passage en direction du sud. Comme ils y parvenaient, juste avant le coucher du soleil, ils trouvèrent contre toute attente la route encombrée par une foule qui dévalait vers le petit port.

« Que se passe-t-il ? s'enquit Arkoniel auprès d'un paysan. Il y a une foire ? »

L'homme lorgna d'un drôle d'air leurs amulettes d'argent.

« Non, y a un feu de joie que c'est votre espèce qu'en fait les fagots.

— Les Busards sont ici ? » demanda Iya.

Il cracha par-dessus son épaule.

« Oui-da, Maîtresse, et ils ont amené une bande de traîtres qu'osaient parler contre les décisions du roi. Faudrait mieux, jourd'hui, pas trop vous montrer dans le patelin, vous deux… »

Iya tourna bride vers le bas-côté de la route, et Arkoniel suivit le mouvement.

« Nous devrions peut-être écouter son conseil marmonna-t-il en jetant vers la cohue des coups d'œil nerveux. Nous sommes ici des étrangers, sans personne pour se porter garant de nous. »

Il avait évidemment raison, mais Iya secoua la tête.

« C'est à l'Illuminateur que nous devons de tomber sur cette occasion. Je veux me rendre compte de ce qu'ils font tant que nous sommes encore inconnus d'eux. Et voilà une chose dont mieux vaut aussi nous assurer. Ôte ton amulette. »

Délaissant la route, elle le précéda vers une colline voisine que couvrait un boqueteau de chênes et où, une fois placés sous la protection d'un cercle de pierres et de signes, ils se défirent de leurs amulettes et de tout ce qui les désignait comme magiciens. Iya ne conserva par-devers elle que le sac de cuir.

Après quoi, quitte à espérer que leur tenue de voyage on ne peut plus simple n'éveillerait aucun soupçon, ils repartirent pour Sylara.

Même sans amulette risquant de le dénoncer, Arkoniel se sentait si peu tranquille en pénétrant dans la ville qu'il ne put empêcher ses yeux de fureter de tous côtés. Étaient-ils capables, ces fameux Busards, de flairer un magicien grâce aux seuls effluves de ses pouvoirs ? À en croire certaines rumeurs entendues çà et là, les magiciens vêtus de blanc détenaient des pouvoirs absolument hors normes. Eh bien, si tel était le cas, alors ils avaient choisi un drôle d'endroit pour en faire l'exhibition, car Sylara n'était rien d'autre qu'une bourgade escarpée, crasseuse, éparpillée devant des quais.

Le bord de mer était déjà bondé de curieux. Il en montait des sifflets et des quolibets que réverbérait l'eau jusqu'en haut de la rue bourbeuse qui menait au port.

La foule étant trop dense pour s'y frayer passage, Iya donna la pièce à un tavernier pour jouir de la vue offerte sur la grève par une mansarde sordide. Entre deux appontements de pierre avait été lancée sur l'eau une vaste plateforme que bordaient, du côté de la terre, deux rangées de soldats en tabard gris sombre sur lequel se profilait en rouge, à hauteur du sein, le vol d'un faucon. Arkoniel dénombra quarante hommes en tout.

Derrière eux se dressait un long gibet. Un petit groupe de magiciens se tenait auprès de deux cadres de bois qui n'étaient pas sans évoquer, mais à l'envers et en plus grand, des sommiers de lit.

« Robes blanches, maugréa Iya, l'œil attaché sur les magiciens.

— Façon Nyrin. Il était accoutré comme ça, la nuit de la naissance de Tobin. »

À la poutre horizontale du gibet étaient déjà pendues six victimes. Quatre hommes d'abord, inertes au bout de leur corde, l'un d'entre eux portant encore ses robes de prêtre d'Illior. Puis une femme et un adolescent, si menus tous deux que leur poids n'avait pas suffi à leur rompre le col ; pieds et mains liés, ils se débattaient, se tordaient farouchement.

Est-ce pour vivre ou pour mourir qu'ils luttent ? se demanda Arkoniel, horrifié. Ils lui rappelaient de manière incongrue ce papillon qu'il avait un jour regardé émerger de sa chrysalide hivernale – qui, suspendu à une branche par un fil de soie, se trémoussait et tressautait dans son cocon brunâtre et translucide. Oui, ces deux-là le lui rappelaient étrangement, sauf que toute la peine qu'ils se donnaient là n'allait pas finalement aboutir à un déploiement d'ailes multicolores…

Des soldats finirent quand même par se décider à les empoigner par les jambes et à tirer dessus pour leur briser l'échine. De la foule s'élevèrent bien quelques bravos, mais la plupart des spectateurs s'étaient brusquement tus.

Pris de nausées, Arkoniel s'était agrippé au chambranle. Et le pire restait à venir, pourtant.

Les magiciens n'avaient entre-temps pas du tout bougé d'auprès des cadres de bois. Mais dès que le dernier des suppliciés se fut immobilisé, ils se déployèrent en une seule ligne sur la plate-forme, et cela révéla la présence de deux hommes nus et agenouillés qu'ils avaient jusqu'alors dissimulés au centre de leur groupe. L'un était un vieillard à cheveux blancs, l'autre un jeune homme brun. Tous deux portaient au col et aux poignets de gros anneaux de fer.

En louchant vers ces Busards de magiciens, Arkoniel ne put retenir un hoquet de consternation. S'il lui était impossible de distinguer d'aussi loin les traits de chacun, du moins venait-il de reconnaître à sa barbe rouge et fourchue celui qui se tenait le plus près des cadres.

« Mais c'est Nyrin en personne !

— En effet. Je ne me doutais pas qu'ils étaient si nombreux, mais il fallait peut-être s'y attendre… Ces prisonniers sont des magiciens. Tu vois ces anneaux de fer ? Magie d'une puissance énorme, ça. Brouillant totalement l'esprit. »

Des soldats relevèrent les prisonniers puis les ligotèrent écartelés sur les cadres à l'aide de câbles d'argent. De ce fait apparurent alors les motifs compliqués des sortilèges qui leur tapissaient le torse. Arkoniel n'eut pas le temps de la questionner sur leur signification qu'Iya lui saisissait la main en poussant un gémissement.

Une fois leurs proies immobilisées, les magiciens vinrent les flanquer sur deux lignes et commencèrent leurs incantations. Mais si le vieillard attacha d'un air stoïque ses regards au ciel, la panique s'empara de son compagnon qui se mit à hurler et à implorer la foule et Illior de le sauver.

« Ne pourrions-nous pas… ? » Arkoniel chancela, traversé par une douleur aveuglante derrière les yeux. « Qu'est-ce que c'est que ça ? Vous sentez ?

— Un cran d'arrêt, murmura-t-elle en se plaquant une main sur le front. Et un avertissement destiné à ceux d'entre nous qui se trouveraient dans l'assistance. »

Plus un son ne montait de la foule, et les litanies se firent de plus en plus bruyantes aux oreilles d'Arkoniel. Noyés dans une espèce de brouillard, les mots lui demeuraient toujours inintelligibles, mais les élancements de sa cervelle s'aggravaient et gagnaient si bien sa poitrine et ses bras qu'il finit par avoir l'impression qu'on lui écrasait le cœur entre deux pierres. Il s'affaissa lentement sur ses genoux devant la fenêtre mais sans parvenir à se détourner.

Les deux prisonniers se mirent d'abord à trembler violemment, puis ils poussèrent des cris stridents quand jaillirent de leur propre chair des flammes blanches qui finirent par les submerger. Il n'y avait pas de fumée. Le feu blanc brûlait avec une telle intensité qu'en un rien de temps ne resta plus rien d'autre à pendouiller sur les cadres que des mains et des pieds noircis et ratatinés maintenus par leurs liens d'argent. Iya marmonnait âprement la prière des morts depuis un bon moment quand Arkoniel réussit à se joindre à elle.

Lorsque tout fut terminé, elle s'affala sur l'étroite couchette et trama d'une main tremblante un charme de silence autour d'eux. Absolument incapable de remuer, lui demeura là où il était, sous la fenêtre. Et ils furent longtemps sans parler ni l'un ni l'autre.

Finalement, c'est elle qui souffla : « Nous n'aurions rien pu faire. Rien. À présent, je vois quel est leur pouvoir. Ils se sont mis en bande pour grouper leurs forces. Tandis que nous sommes, nous, si éparpillés…

— Et en plus ils ont l'aval du roi ! » Il lança un crachat. « Le digne fils de sa folle mère, après tout.

— Pire. Elle était malade, lui est assez intelligent pour retourner sans la moindre pitié des magiciens contre leur propre espèce. »

La peur les tint reclus dans leur minuscule mansarde jusqu'à la tombée de la nuit, moment où le taulier les flanqua carrément dehors au profit d'une putain et de sa pratique.

Les tavernes servaient toujours, et il y avait encore pas mal de monde dans la rue, mais personne ne s'aventurait du côté de la plate-forme. On y avait laissé des torches afin de l'éclairer. Ce qui permettait de bien voir la brise du soir balancer les pendus du gibet. Les cadres, eux, avaient toutefois disparu.

« On va y faire un tour, au cas où il s'y trouverait quelque chose à apprendre ?

— Non. » Iya l'entraîna précipitamment. « Trop dangereux. Risque d'être surveillé. »

Ils s'échappèrent de la ville en se faufilant par les venelles les plus noires puis retournèrent au boqueteau récupérer leur petit barda. Mais lorsque Arkoniel prétendit reprendre les amulettes, Iya fit un signe de dénégation. Ils les abandonnèrent donc sur place et chevauchèrent sans échanger un mot jusqu'à ce que la ville soit loin derrière.

« Et il a suffi de huit magiciens pour faire ça, huit, Arkoniel, pas plus ! explosa-t-elle à la fin, la voix vibrante de fureur. Et sans que nous puissions rien faire contre eux ! Je commence à y voir plus clair maintenant. La Troisième Orëska dont j'ai eu la révélation par le truchement de l'Oracle..., eh bien, c'était une grande confédération de magiciens logée dans un magnifique palais à elle au cœur d'une immense cité. S'il a suffi de huit pour perpétrer le forfait dont nous venons d'être les témoins, de quels bienfaits seraient alors susceptibles cent ! Et qui aurait les moyens de nous tenir tête ?

— Comme pendant la Grande Guerre, c'est cela ? » fit-il.

Elle secoua la tête.

« À cette époque-là, l'union ne dura que le temps de la guerre, et encore parce que l'on se trouvait confronté au plus horrible des conflits et des bouleversements. Imagine un peu ce que nous permettraient de réaliser la paix et le loisir ! Imagine... Imagine ce que nous avons toi et moi recueilli de savoir au cours de nos voyages combiné avec celui d'une centaine d'autres magiciens. Puis songe encore aux pauvres petits pensionnaires de Virishan. Imagine-les sauvés plus tôt puis élevés dans un tel palais, sous l'égide non pas d'un seul maître mais de dizaines, et disposant en outre de bibliothèques où puiser la science à pleines mains !

— Alors que ces mêmes pouvoirs, on en joue actuellement pour nous diviser... »

Le regard d'Iya se perdit au loin. Son visage était indéchiffrable à la clarté des astres.

« Famine. Maladie. Pillards. Et maintenant ça. Il m'arrive, Arkoniel, de voir Skala sous les espèces d'un taureau sacrificiel à la marée-Sakor. Seulement, au lieu d'être égorgé par un coup d'épée propre et net, c'est à coups redoublés de petits canifs qu'on le frappe et qu'on l'épuise afin de le mettre à genoux. » Elle se tourna vers lui pour ajouter d'un ton amer : « Et sur l'autre bord, juste en face, il y a Plenimar qui flaire le sang comme un loup !

— On jurerait presque que Nyrin a eu la même vision mais inversée, murmura Arkoniel. Pourquoi diable l'Illuminateur ferait-il une chose pareille ?

— Tu as vu le prêtre accroché au gibet, mon garçon. Sincèrement, tu crois que c'est Illior qui conduit Nyrin ? »

12

Le printemps devint l'été, la prairie ne fut plus, au bas du château, qu'une mer de marguerites et d'osier fleuri. Tobin mourait d'envie de sortir à cheval, mais comme il n'y avait personne d'autre que Mynir pour l'escorter et que Mynir était souffrant, force lui était de se contenter des promenades à pied avec Nari.

Il était désormais trop vieux pour se satisfaire de jouer dans les cuisines sous l'œil vigilant des femmes, mais Nari ne consentait à le laisser aller s'entraîner dans la cour des casernements que si quelque domestique se trouvait disponible pour l'accompagner. Or, Cuistote était la seule personne de la maisonnée qui s'y connaisse plus ou moins au tir ou à l'escrime, mais elle était trop grosse et trop âgée pour qu'il en attende plus que des conseils.

Il avait toujours l'encre et les parchemins que Mère lui avait offerts, mais leur vue remuait trop de sombres souvenirs. Du coup, il se mit à passer de plus en plus de temps claquemuré dans la chambre du second étage, sans autre compagnie que la poupée et le démon. Il lui arrivait aussi quelquefois d'utiliser le petit couteau pointu donné par Koni pour tailler des morceaux de pin tendre ou de cèdre qu'il piquait dans la pile du petit bois. Le bois embaumait sous ses doigts et semblait receler pour l'outil tout plein de formes à découvrir. Tant qu'il se trouvait occupé à deviner comment lui dérober une patte, une oreille ou une nageoire, il oubliait un peu l'excès de sa solitude.

Mais il restait souvent oisif, la poupée calée dans son giron comme l'y calait sa maman, à se demander quoi en faire. Elle n'avait aucune espèce d'utilité, contrairement à un arc ou à une épée. Son absence de figure était attristante. Il avait beau se rappeler de quel ton sa maman devisait avec elle, il n'était même pas capable d'en faire autant, puisqu'il n'avait toujours pas recouvré sa voix. Assis là, à pétrir le rembourrage des membres en quête des échardes et des mystérieux grumeaux qui s'y dissimulaient, il ne parvenait toujours pas à se rappeler pourquoi sa maman lui avait donné ce joujou bizarre et contrefait. Mais cela ne l'empêchait pas de s'y cramponner comme à la preuve bien tangible qu'elle l'avait quand même aimé un peu, finalement.

Quelqu'un avait remplacé la porte d'accès à la tour par une toute neuve et drôlement costaud, ce dont Tobin était bien aise, sans savoir au juste pourquoi. Chaque fois qu'il montait au second étage, il ne manquait jamais d'aller s'assurer qu'elle demeurait solidement verrouillée.

Il se tenait devant, un jour, quand il eut le sentiment on ne peut plus farfelu, soudain, que Mère se trouvait juste derrière et le dévisageait à travers le bois. Un frisson de crainte et de nostalgie le secoua, rien que d'y songer, mais cette lubie ne fit que se renforcer de jour en jour, et il finit par se persuader qu'il l'entendait bel et bien descendre et monter l'escalier de la tour, qu'il entendait froufrouter ses jupes sur la pierre et ses mains tâtonner sur les panneaux du vantail à la recherche du loquet. Il s'évertuait de son mieux à se la figurer gentille et heureuse, mais son impression la plus fréquente était qu'elle écumait de rage.

Cette vision noire s'enracina peu à peu dans son imagination et s'y développa, vénéneuse comme de la belladone. Une nuit, il rêva que Mère glissait la main par-dessous la porte pour le saisir et l'attirait de son côté comme une feuille de parchemin. Le démon était là, lui aussi, et, à eux deux, ils le hissaient de vive force dans l'escalier jusqu'à la fenêtre béant du côté des montagnes afin de le…

Il se réveilla pantelant dans les bras de Nari mais, prisonnier de son mutisme, fut incapable de lui expliquer pourquoi. En tout cas, il sut dès lors une bonne chose, c'est qu'il ne voulait plus jamais remettre les pieds là-haut.

Le lendemain après-midi, il y grimpa furtivement quand même une dernière fois, le cœur battant une folle chamade, et il n'eut garde, pour le coup, de s'aventurer du côté de la fatale porte. Il ne fit d'ailleurs qu'attraper la poupée puis redescendit à toutes jambes, sûr qu'il était d'entendre le fantôme de Mère griffer le seuil, là-bas derrière, et se faufiler pour courir lui mettre la main dessus.

Plus jamais, se jura-t-il tout en contrôlant qu'il avait bien verrouillé la porte, au bas de l'escalier. Et il n'eut rien de plus pressé, une fois dans la chambre aux joujoux, que d'aller se recroqueviller dans le coin formé par l'armoire et le mur, la poupée collée contre sa poitrine.

Il eut beau consacrer les quelques jours suivants à lui chercher une nouvelle cachette, il n'en trouva pas une seule qui lui semble suffisamment sûre. Toute sûre en fait que lui semblât chacune d'elles successivement, n'importe, il ne pouvait s'empêcher de s'inquiéter quand même.

Finalement, il se résolut à faire partager son secret à Nari. Elle l'aimait plus que quiconque maintenant, et peut-être bien qu'étant une femme elle ne le jugerait pas si sévèrement que ça… ?

Il décida donc qu'il lui montrerait la poupée quand elle monterait le chercher pour le souper. Il attendit d'entendre ses pas dans le corridor pour extraire la poupée de dessous l'armoire de la chambre aux joujoux, sa toute dernière cachette, et se posta face à la porte grande ouverte.

Pendant un instant, il crut avoir aperçu quelqu'un debout dans l'embrasure, et puis voilà que fut violemment claquée la porte, et que le démon entra en transe.

Les tapisseries s'envolèrent des murs et lui sautèrent au visage comme des créatures vivantes. La poussière le suffoqua lorsque, perdant l'équilibre, il se retrouva à genoux, complètement pris dans leurs plis épais qui interceptaient la lumière. Il lâcha la poupée et réussissait tout juste à sortir de là-dessous quand il vit la corniche de l'armoire basculer puis se fracasser dans un beau vacarme à deux doigts de lui. Le coffre se renversa, éparpillant de tous côtés jouets et flacons d'encre. Le couvercle d'un des plus grands se brisa, et une flaque noire et gluante alla s'élargissant sur les dalles de pierre.

Comme les cheveux de Maman sur la glace...

L'idée surgit et disparut comme une libellule effleurant les flots de la rivière.

Et puis le démon s'en prit à la cité.

Il arracha de leur emplacement des maisons de bois et les jeta en l'air. Des bonshommes et des bêtes volèrent contre le mur. Des petits bateaux valsèrent en tous sens, comme balayés par un ouragan.

« Non ! Arrête ! » se mit à glapir Tobin en se démenant pour se dépêtrer des tapisseries afin de courir protéger son jouet bien-aimé. Tout un troupeau de moutons en terre cuite lui frôla le crâne avant d'aller s'écraser en mille morceaux sur le mur. « Arrête ! C'est *à moi* ! »

Son champ de vision lui fit l'effet de se rétrécir jusqu'à ne plus former qu'un long tunnel sombre au bout duquel se trouvait le plus précieux de ses trésors qu'on s'acharnait à démolir. Il se mit à cogner de toutes ses forces en fustigeant l'air à deux poings pour chasser l'esprit haineux. Il entendit quelque chose tomber quelque part pesamment, tout près, et, fou de colère au point de ne plus rien voir, redoubla d'agressivité jusqu'à ce que sa main rencontre quelque chose de résistant. Un cri d'effroi lui perça les tympans. Et puis de solides mains l'empoignèrent et, malgré ses ruades, le plaquèrent au sol.

« Tobin ! Tobin ! C'est fini, oui ? »

Il avala une goulée d'air pour reprendre haleine et se découvrit maintenu par Nari. Des larmes sillonnaient ses bonnes grosses joues, et elle avait le nez en sang.

Une gouttelette écarlate au bec d'une grouse… Du même écarlate que sur la rivière gelée…

Sa vision sombra dans un noir total. Dans sa poitrine s'épanouit une douleur pareille à une fleur de feu, et des sanglots entrecoupés lui déchiquetèrent les poumons.

Les oiseaux de Mère se blessaient eux-mêmes aux murs de la tour, dans son dos, pendant qu'il regardait, en bas…

Non, n'y pense pas…

… son corps disloqué sur la berge…

Cheveux noirs sur la glace et sang écarlate.

L'atroce douleur disparut, le laissant vide, indifférent.

« Oh, Tobin ! Comment est-ce que tu as pu ? pleurnicha Nari, sans le libérer pour autant. Toutes tes jolies choses… ! Pourquoi ?

— Ce n'est pas moi, chuchota-t-il, trop las pour bouger.

— Oh, mon pauvre amour… – mais, miséricorde ! tu as parlé… » Elle l'enserra dans ses bras. « Oh, mon amour, enfin tu as retrouvé ta voix ! »

Elle l'emporta dans la chambre voisine et le fourra au lit, mais à peine s'il s'en avisa. Il gisait aussi flasque que la poupée, submergé par les souvenirs.

Il se rappelait pourquoi il était allé dans la tour.

Il se rappelait pourquoi sa maman était morte.

Pourquoi il avait la poupée.

Elle ne la lui avait pas donnée.

Un nouvel accès de douleur, vif et acéré, lui transperça la poitrine, et il se demanda si c'était de ça qu'il était question dans les histoires que Nari lui contait, le soir, pour l'endormir et où les gens avaient le cœur brisé.

Elle s'allongea près de lui et l'étreignit bien fort à travers les couvertures, tout en lui caressant les cheveux comme elle le faisait toujours. Il s'en trouva tout engourdi.

« Pourquoi ? parvint-il à bredouiller enfin. Pourquoi elle me détestait, Maman ? »

Mais si Nari sut jamais quoi répondre à cette question, il n'eut pas le temps de l'entendre, il dormait déjà.

La conscience d'avoir laissé la poupée par terre quelque part dans la chambre aux joujoux le fit se réveiller en sursaut durant la nuit.

Il se glissa hors du lit et courut en chemise de nuit réparer cette inadvertance, mais il constata dès le seuil que l'on avait déjà tout remis en ordre. Les tapisseries ornaient de nouveau les murs. L'armoire et le coffre se trouvaient de nouveau à leur place. La flaque d'encre avait disparu, ainsi que tous les jouets éparpillés. Sa cité en ruine occupait le milieu du dallage, et il se dit qu'il devrait se dépêcher de la réparer avant le retour de Père pour qu'il ne voie pas ça.

Mais la poupée demeura introuvable. Quittant les lieux, il visita toute la maison, pièce après pièce, casernements et écuries inclus.

Il n'y avait personne dans la maison. Aussi éprouvait-il une peur bleue, jamais on ne l'avait laissé si seul. Pire encore, le seul endroit qu'il lui restait à voir, c'était la tour, là-haut. Campé dans la cour, il leva les yeux vers les fenêtres aux volets clos qui dominaient le faîte des toits.

« Je ne peux pas, dit-il à haute voix. Je ne veux pas y monter. »

Or, comme afin de lui répondre, la porte de la cour s'ouvrit toute grande en faisant couiner ses gonds, et il entr'aperçut une silhouette sombre et menue qui s'éclipsa et franchit le pont-levis.

Il s'élança à sa poursuite, mais sitôt qu'il eut passé la poterne il se retrouva suivre en pleine forêt un sentier qui longeait le cours de la rivière. Loin devant, à demi caché par les branches, il surprit de nouveau un mouvement, et il comprit que c'était le démon.

Celui-ci se laissa talonner de la sorte jusqu'à une clairière où il s'évapora. Entre-temps, la lune s'était levée, ce qui permit à Tobin de voir deux biches brouter sur le gazon d'argent tout couvert de rosée. Son approche leur fit bien dresser les oreilles, mais sans qu'elles prennent la fuite. Il s'approcha d'elles et caressa leur doux mufle brun. Elles inclinèrent la tête sous sa main puis replongèrent dans les fourrés noirs. Dans la terre béait, juste à l'endroit où elles étaient en train de brouter l'instant d'avant, un trou semblable à l'entrée d'un terrier de renard et qui se révéla suffisamment grand pour qu'il y pénètre en rampant. Ce qu'il fit.

À force de se tortiller, il arriva dans une pièce basse qui rappelait énormément la chambre de Mère dans la tour. Les fenêtres en étaient ouvertes, mais condamnées par un conglomérat d'humus et de racines. Il y faisait clair néanmoins, grâce au bel et bon feu qui flambait dans l'âtre, en plein milieu. À côté se trouvait une table chargée de pains d'épice et de coupes de lait, puis, près d'elle, un fauteuil. Bien que celui-ci lui tournât le dos, il vit tout de même que quelqu'un l'occupait, quelqu'un qui avait de longs cheveux noirs.

« Maman ? » questionna-t-il, pris entre la terreur et la joie. La femme entreprit de se retourner…

Et Tobin se réveilla.

Il resta immobile un moment, à refouler ses larmes tout en prêtant l'oreille au léger ronflement de Nari couchée près de lui. Son rêve avait été tellement réel, et tellement violent son désir de revoir Mère. Il désirait si fort la voir gentille et souriante. Il désirait si fort s'asseoir avec elle à la petite table du coin du feu pour déguster les pains d'épice ensemble, il désirait si fort faire cette fois ce qu'ils n'avaient jamais fait tous les deux pour aucun de ses anniversaires…

Il s'enfouit plus profond sous les couvertures, et il se demandait s'il lui serait possible de se laisser à nouveau sombrer dans ce rêve-là quand subitement lui revint un détail de celui-ci qui le réveilla pour de bon.

La poupée, il l'avait *vraiment* laissée par terre dans la chambre aux joujoux.

Se glissant hors du lit, il prit sur son support la lampe de chevet puis fila dans la chambre voisine, non sans se demander si ç'allait maintenant se passer tout du long comme dans son rêve.

Mais non, à côté, tout se trouvait encore sens dessus dessous, chaque chose là où elle était tombée. Tout en s'efforçant de ne pas regarder les ruines de la ville, il hala de côté les pesantes tapisseries afin de remettre la main sur la poupée. C'était par là qu'il avait dû la lâcher…

Elle n'y était pas.

Accroupi misérablement les bras autour des genoux, il s'en représenta la découverte indignée par quelqu'un – Nari, voire Mynir, peut-être – qui, non sans branler véhémentement du chef, avait fini par l'emporter. Est-ce qu'on allait en avertir Père ? Est-ce qu'on allait la lui rendre ?

Quelque chose lui cogna tout à coup le crâne et le fit basculer sur le flanc, mais il sut étouffer son cri de détresse.

La poupée se trouvait à ses côtés, par terre. Là où, l'instant d'avant, il était sûr et certain qu'il n'y avait rien. Sans que le démon soit visible, Tobin en sentait la présence, là-bas, dans l'angle opposé, ainsi que le regard fixe.

Lentement, précautionneusement, il récupéra la poupée puis chuchota : « Je te remercie. »

13

N'osant courir le risque de la perdre à nouveau, Tobin remporta la poupée dans sa chambre et, non sans l'avoir bien renfermée dans son sac à farine, l'ensevelit dans le coffre à vêtements désaffecté sous des couches de parchemins et de vieux jouets qu'il recouvrit encore avec son pas-le-meilleur-mais-pas-loin manteau.

Cela fait, il se sentit un peu plus tranquille, mais le rêve de l'escapade en forêt revint le harceler à trois reprises au cours de la semaine, et ce d'une façon d'autant plus captivante qu'il s'achevait toujours avant que n'ait lieu le contact avec la femme du fauteuil. Et chaque fois le rêve fut point par point identique au premier – à ce détail près que Tobin rapportait désormais la poupée à Mère, bien tranquille qu'elle la lui garderait en sécurité dans sa chambre souterraine.

Il s'écoula une nouvelle semaine, et le rêve revint, tellement vrai aux yeux de l'esprit que Tobin ne douta plus finalement devoir aller se rendre compte par lui-même s'il existait véritablement de tels lieux. Cela impliquait qu'il désobéisse à tout le monde en partant sans personne en exploration, mais le rêve était trop puissant pour se laisser récuser.

Il guetta son heure et la pensa sonnée un jour de lessive à la mi-Gorathin. Chacun allait être occupé toute la journée dans la cour des cuisines. Le matin, il se rendit utile en puisant des seaux d'eau dans la rivière afin d'emplir la lessiveuse et en allant chercher au bûcher des fagots de petit bois pour allumer le feu. Vers l'orient, le ciel, si limpide à l'aube, s'assombrissait de manière inquiétante au-dessus des frondaisons, et l'on n'avait plus qu'une hâte, achever la besogne avant l'arrivée de la pluie.

Il déjeuna avec les autres, à midi, puis demanda la permission de se retirer.

Nari l'attira contre son cœur et lui planta un bécot sur le sommet du crâne. Elle n'arrêtait pas de l'embrasser depuis quelque temps. « Que vas-tu faire de ta personne, mon chou ? Reste un peu nous tenir compagnie…

— Je veux travailler à ma ville. » Il lui nicha son museau au creux de l'épaule pour l'empêcher de s'apercevoir qu'il mentait. « Est-ce que tu… tu crois que Père va se mettre en colère quand il verra ça ?

— Bien sûr que non. Ça me paraît inimaginable, à moi, qu'il se mette jamais en colère contre un aussi bon garçon que toi. Pas ton avis à toi, Cuistote ? »

La vieille hocha la tête par-dessus son fromage et son pain.

« Oh que si. Tu es sa lune et son soleil, petiot. »

La pelle à cendres du foyer se décrocha de son clou dans un beau tintamarre, mais sans que personne fît mine d'avoir entendu.

Se libérant des bras de Nari, Tobin courut à l'étage et se tint aux aguets près de sa fenêtre jusqu'au moment où il fut certain que chacun s'affairait de nouveau dans la cour. Alors, planquant la poupée sous son manteau le plus long, il redescendit en tapinois et se glissa dehors par la grande poterne. Il s'attendait presque à se retrouver aussitôt transporté par magie au cœur de la forêt, comme dans son rêve, mais il aboutit tout bêtement en dehors des murs. En entendant la porte se refermer toute seule derrière lui, il demeura d'abord médusé, tant le frappait soudain l'énormité de ce qu'il allait faire. Qu'arriverait-il, si Nari s'apercevait de son départ ? Ou bien s'il tombait sur un couguar, un loup ?

Une brise se levait, qui lui caressa le visage avec un parfum de pluie tandis qu'empruntant le passage entre l'enceinte et la rivière il se dirigeait furtivement vers la forêt. Des rouges-gorges chantaient l'orage, quelque part, tout près, et des tourterelles s'entr'appelaient d'un ton désolé dans les frondaisons.

La porte de la cour des cuisines étant restée ouverte, il aperçut au passage Cuistote et Nari qui touillaient en riant la lessive, armées de spatules en bois. Ça faisait un drôle d'effet, d'être planté là, dehors, à lorgner dedans.

Il poursuivit sa route le long du mur, dépassa le pied de la tour et garda les yeux baissés quand il lui fallut contourner les rochers sur lesquels Mère avait péri.

Il atteignit enfin le couvert des bois, et c'est seulement alors qu'il se rendit compte qu'il n'avait pas la plus petite idée de l'endroit où aller ; dans ses rêves, il avait eu le démon pour guide. Ses rêves comportaient toutefois une rivière, or une rivière, il y en avait une, aussi décida-t-il de la suivre et de ne s'inquiéter de rien. Il fit juste halte pour contrôler la position du soleil par-dessus son épaule, ainsi que Tharin lui avait appris à le faire. Ce n'était pas si facile, aujourd'hui. Le soleil n'était guère plus qu'un vague halo lumineux derrière les nuages.

La rivière est une piste tout aussi bonne, songea-t-il. *Et je n'aurai rien d'autre à faire qu'à la longer pour retourner à la maison.*

Il n'était jamais allé par là, auparavant. La berge était abrupte, et les arbres y poussaient jusqu'au bord de l'eau. Pour la suivre, il se vit contraint d'escalader des rochers, de s'entortiller dans des taillis touffus de saules et d'aulnes. Dans des creux boueux, il repéra des empreintes de bêtes sauvages et les examina fébrilement, de peur qu'elles ne soient de couguars en maraude. Quitte à conclure chaque fois que non, il n'en déplora pas moins de n'avoir pas pensé à emporter son arc.

Pendant qu'il peinait de la sorte, le ciel s'assombrissait de plus en plus, et le vent se mit à tourmenter la cime des arbres autant que leurs branches basses. Il n'entendait plus ni rouges-gorges ni tourterelles, seulement des croassements de corbeaux. Trimbaler la poupée finissait par lui ankyloser le bras. Il repensa à toutes les cachettes qu'il avait repérées pour elle au cours de ses randonnées à cheval, mais les anfractuosités qu'il découvrit se révélèrent toutes trop humides. Puis même s'il lui en trouvait une bien sèche, aurait-il l'audace de sortir pour venir très souvent la voir ? Il n'en était pas absolument certain… Et dans la foulée de cette réflexion surgit brusquement la conscience nette qu'il n'avait pas la moindre envie de se retrouver séparé d'elle si peu que ce soit.

Mieux valait continuer à chercher la chambre secrète, se dit-il.

La marche était à présent beaucoup plus facile. Des aiguilles odorantes et couleur de rouille faisaient sous le pied un tapis moelleux qui rendait les pas presque silencieux. Il prit une allure allègre, persuadé que son chemin le mènerait à la clairière aux daines. Or celui-ci devint de moins en moins visible et finit par disparaître tout à fait parmi les troncs roides et pressés d'une pinède. Il fit un demi-tour sur place et s'aperçut que le trajet qu'il avait suivi pour aboutir là n'était plus visible. Le tapis d'aiguilles n'avait conservé aucune empreinte de son passage. Il ne percevait même plus le bruit de la rivière, plus rien d'autre que le crépitement des premières gouttes de pluie sur les feuilles. De quelque côté qu'il se tourne, tout semblait pareil. Le lambeau de ciel qu'il discernait à travers les plus grosses branches était d'un gris uniforme et sans un soupçon de soleil.

Le vent était entièrement tombé, le temps était devenu lourd. Des mouches à gros yeux verts se mêlèrent à des nuées d'infimes moucherons pour lui bourdonner tout autour, le piquer derrière les oreilles et dans le cou. C'en était terminé de la grande aventure. Il était en nage, effaré, perdu.

Il eut beau se jeter frénétiquement tour à tour dans toutes les directions, ce fut en pure perte. Aussi finit-il par abandonner et par se laisser tomber sur une grosse pierre en se demandant si Nari s'était déjà aperçue de sa disparition.

Il régnait un silence inouï, par ici. Il entendit le trille exaspéré d'un écureuil rouge et la fuite furtive au fond des fourrés voisins de quelques bestioles. De petites fourmis noires s'activaient dans les aiguilles, autour de ses pieds, charriant qui son œuf qui son brin de feuille. Accablé de fatigue, il se pencha pour les observer. L'une d'elles portait entre ses mandibules une patte luisante de scarabée. Un long serpent noir et aussi gros que son poignet sortit de sous un arbre creux tout proche et lui sinua près du pied sans lui concéder la moindre attention. La pluie tombait doucement sur les bois, et il remarqua que les gouttes produisaient des sons différents selon qu'elles frappaient des feuilles mortes ou bien de la végétation, des rochers ou bien les aiguilles de pin qui jonchaient le sol. Il se demanda avec angoisse quel bruit faisaient sur un pareil tapis des pattes de couguar – si leurs pattes y faisaient aucun bruit…

« Je m'étais bien dit tu viens peut-être aujourd'hui. »

Tobin manqua tomber de sa pierre en virevoltant. Un petit bout de femme à cheveux noirs se trouvait assise à trois pas de lui sur une souche moussue, les mains jointes dans son giron. Elle était très sale et portait en guise de robe des haillons bruns décorés de dents de bêtes. Ses mains et ses pieds nus étaient tout tachés, et elle avait plein de débris de feuilles et de brindilles dans sa longue chevelure bouclée. Elle arborait un grand sourire, mais il n'y avait dans ses prunelles noires aucune espèce de raillerie.

Il planqua vivement la poupée dans son dos, honteux de s'être laissé surprendre avec elle, même par une étrangère. Il ne se sentait pas très faraud non plus, à cause du long coutelas qu'il lui voyait à la ceinture dans un fourreau. Elle ne ressemblait pas du tout aux tenanciers de Père, et puis elle parlait de façon bizarre.

Son sourire s'élargit encore, il lui manquait des tas de dents. « Regarde quoi je m'ai, *keesa.* » Elle écarta ses doigts, et il vit qu'elle avait sur ses genoux un petit lapin. Elle lui caressa les oreilles dans les deux sens. « Toi venir voir ? »

Il hésita, mais la curiosité l'emportant sur la prudence, il se leva et vint lentement se camper devant elle.

« Toi caresser lui, reprit-elle en joignant le geste à la parole pour lui montrer. Lui bien aimer. »

Il caressa le dos du lapin. La fourrure en était douce et chaude sous les doigts et, comme les daines du rêve, il ne se montrait pas le moins du monde effarouché.

« Lui bien aimer toi. »

Non, pensa Tobin, cette femme-là ne parlait décidément comme aucun des gens qu'il avait pu rencontrer à Bierfût. Et il se trouvait assez près maintenant pour affirmer qu'elle ne sentait pas très bon non plus, mais le fait est que pour une raison ou une autre il n'avait plus peur du tout.

Maintenant la poupée soigneusement cachée sous son manteau, il s'agenouilla pour faire au lapin quelques câlins de plus. « Il est doux. Les chiens ne me permettent pas de les cajoler. »

Elle fit claquer sa langue contre ses chicots. « Chiens pas bien comprenants. » Il n'eut pas le temps de lui demander ce qu'elle entendait par là qu'elle ajouta : « J'attendant toi longtemps, *keesa.*

— Mon nom n'est pas Keesa, c'est prince Tobin. Je ne vous connais pas, si ?

— Mais je connaissant toi, *keesa* nommé Tobin. Connaissant ta pauvre maman, aussi. Toi t'avoir une chose qui était à elle. »

Ainsi, elle avait vu la poupée. En rougissant, Tobin tira lentement celle-ci de dessous son manteau. La femme s'en saisit tout en lui donnant à tenir le lapin.

« Je Lhel. Toi pas avoir peur moi. » Elle installa la poupée sur ses genoux et la lissa de ses doigts tachés. « Je connais toi depuis né. Veillé pour toi. »

Lhel ? Il avait déjà entendu ce nom quelque part.

« Comment ça se fait que vous ne venez jamais au château ?

— Je venir. » Elle lui cligna de l'œil. « Pas être vue.

— Comment ça se fait que vous ne parlez pas comme il faut ? »

Lhel lui planta un index espiègle sur le nez.

« Peut-être toi enseigner ? Moi enseigner aussi. Je attendre tout ce temps dans les arbres pour enseigner toi. Tout ce temps solitude, mais je attendre. Toi prêt apprendre certaines choses ?

— Non. J'étais à la recherche de… de…

— Maman ? »

Il hocha la tête.

« Je l'ai vue en rêve. Dans une chambre souterraine. »

Elle secoua la tête tristement.

« Pas elle. Être moi. Cette maman pas être besoin maintenant. »

Le chagrin submergea Tobin.

« Je veux rentrer à la maison ! »

Elle lui tapota la joue. « Pas si loin. Mais toi pas venir juste être perdu, hein ? » Elle tapota la poupée. « Ça te donner des ennuis.

— Eh bien…

— Je sais. Toi venir, *keesa.* »

Elle se leva là-dessus et s'en fut à travers bois avec la poupée. N'ayant guère le choix, Tobin la suivit.

La lessive ne prenait pas tant de temps que ça quand Rhius et les hommes étaient absents. Puis, comme la pluie menaçait, Cuistote et Nari dépêchèrent en un tournemain le linge et les vêtements pendant que Mynir tendait des cordes dans la grande salle pour le séchage.

Ils finirent à temps pour s'atteler aux préparatifs d'un bon souper.

« Je vais me charger du pain, annonça Nari tout en lorgnant d'un air satisfait les rangées de linge qui s'égouttaient. Laissez-moi seulement monter voir si Tobin a envie d'aider. »

La vérité vraie, c'est que, depuis le saccage de la chambre aux joujoux, une inquiétude la tenaillait dès qu'elle le livrait à lui-même aussi longuement. Ça pouvait bien être l'esprit, le coupable de ce gâchis-là – à la seule idée de Tobin soulevant lui-même cette énorme armoire pour la renverser, Nari sentait son foie se liquéfier –, mais c'était quand même l'enfant qu'elle avait surpris en train de lancer à la ronde jouets et tapisseries déchirées, lui qui s'était rué sur elle et qui lui avait mis le nez en sang avant qu'elle ne parvienne à le maîtriser. Il devenait dès lors plus difficile de dire au juste quand incriminer l'esprit et quand quelque accès du petit. En se repliant sur lui-même et en agissant constamment comme s'il avait à garder un secret formidable, Tobin avait eu un comportement tellement bizarre depuis la mort de sa mère… !

Tout en grimpant les escaliers, Nari poussa un gros soupir. Jamais Ariani ne s'était montrée d'un grand secours en tant que mère, exception faite à la rigueur de ses tout derniers mois de paix. Quant à Rhius… Elle secoua la tête. Elle n'était jamais parvenue à le déchiffrer, celui-là, pas même – surtout pas ! – depuis son veuvage. Si Tobin était un tantinet bizarre…, eh bien, à qui la faute, hein ?

Elle le trouva agenouillé près de la ville miniature, à s'échiner sur un vaisseau brisé, ses cheveux noirs lui cascadant tout autour du visage comme une jungle inextricable.

« Ça te dirait d'aider à la boulange, mon chou ? » demanda-t-elle.

Il secoua la tête sans interrompre ses essais pour remettre le mât minuscule en place.

« Veux de l'aide pour faire ça ? »

Il secoua de nouveau la tête et se détourna pour attraper quelque chose à ses côtés.

« À votre aise, alors, master Silence. » Et la nourrice, après l'avoir enveloppé dans un dernier regard attendri, repartit pour les cuisines en ruminant déjà de quelle sorte de pain régaler tout son monde ce soir.

Si bien qu'elle n'entendit pas le bruit que faisait là-bas derrière le petit vaisseau en tombant par terre tout seul dans la pièce vide.

Tout en s'enfonçant de plus en plus dans la forêt sur les talons de Lhel, Tobin serrait sur son cœur le petit lapin. S'il était incapable, lui, de discerner le moindre sentier, elle avançait, elle, d'un pas aussi vif que s'il y en avait un d'évident au sein des taillis. Le sous-bois devenant de plus en plus sombre et les arbres plus gros que n'en avait jamais vu Tobin, ils marchèrent bientôt parmi des chênes et des pins-ciguë colossaux. De grandes flaques de calcéolaires jaunes, de vert-l'hiver et de trillium violacé fétide faisaient au sol comme une couverture à motifs pleins de fantaisie.

Tout en la suivant, Tobin examinait Lhel. Elle n'était pas beaucoup plus grande que lui. Ses cheveux étaient aussi noirs que ceux de sa maman, mais drus, bouclés et entremêlés de grosses mèches d'argent.

Ça faisait un temps fou qu'on marchait. Il n'avait aucune envie de s'enfoncer si avant dans la forêt, du moins avec elle, mais elle avait la poupée, et elle ne se retournait même pas pour voir s'il suivait. Tout en papillotant pour refouler de nouvelles larmes, il se jura de ne plus jamais s'aventurer dehors tout seul.

Enfin, Lhel s'arrêta près du chêne le plus gigantesque qu'eût jamais contemplé Tobin. Il vous surplombait d'aussi haut que la tour, et son tronc était presque aussi massif qu'elle. Des crânes de bêtes le décoraient, des andouillers, des peaux épinglées à sécher. Des petits poissons se trouvaient enfilés sur des cordes, à côté, puis il y avait des paniers tressés d'osier et de jonc. Deux pas plus loin jaillissait une source dont les eaux limpides alimentaient un bassin rond puis cascadaient en un mince filet le long de la colline. Après qu'ils se furent désaltérés en buvant dans leurs mains, Lhel ramena Tobin vers le chêne.

« Ma maison », dit-elle, et elle s'évapora dans le tronc.

La stupeur fit hoqueter Tobin. Avait-elle été dévorée par l'arbre ? Puis il la vit sur le côté, qui le guignait en lui faisant signe de venir.

Il s'approcha davantage et découvrit que béait dans le chêne une crevasse assez grande pour qu'il s'y faufile sans avoir à se baisser. À l'intérieur s'ouvrait un vide presque aussi spacieux que sa propre chambre et au sol bien sec en terre battue. De l'ombre émergèrent peu à peu sous ses yeux des parois argentées de bois lisse, et une seconde crevasse, quelques pieds au-dessus de l'entrée, laissait filtrer assez de lumière pour qu'il distingue des fourrures empilées sur une paillasse et un foyer creux près duquel trônait une petite marmite en fer. Cette dernière ressemblant à s'y méprendre à celles dont se servait Cuistote.

« C'est vous qui avez fait cet endroit ? » demanda-t-il, omettant de nouveau ses craintes au profit de sa curiosité.

Il le trouvait encore plus à son gré que n'importe quelle chambre souterraine.

« Non. Vieilles grand-mères arbres ouvrir cœurs, et ça faire bon endroit dedans. »

Elle s'embrassa la paume puis l'appliqua contre le bois comme pour remercier le chêne.

Après avoir invité Tobin à s'asseoir sur la paillasse, elle alluma une petite flambée. Il déposa le lapin, et celui-ci, planté près de lui, entreprit de se lustrer les moustaches avec ses pattes. Lhel alla fouiner dans le noir, du côté de la porte, et en rapporta une corbeille de fraises sauvages et un pain en forme de tresse.

« On dirait tout à fait celui que nous a fait Cuistote, l'autre jour, observa Tobin.

— Elle bonne faire ça, répliqua Lhel en plaçant le tout devant lui. Te dire je vais ta maison.

— Vous avez volé le pain ?

— Je gagner le, à attendre toi.

— Comment ça se fait, que je ne vous y ai jamais vue, alors ? insista-t-il. Comment ça se fait, que je n'ai jamais entendu parler de vous, alors que nous habitons si près ? »

Elle s'enfourna une poignée de fraises dans le bec et haussa les épaules.

« Je veux les gens pas voir moi, les gens pas voir moi. Maintenant, nous arranger cette *hekka*, oui ? »

Sans lui laisser le temps d'élever la moindre objection, elle dégaina son couteau et trancha le luisant cordon noir qui ceignait le col de la poupée. Sitôt coupé, le cordon se défit en un mince écheveau de cheveux noirs.

« À Maman. »

Lhel en taquina la joue de Tobin puis les jeta au feu. Toujours à l'aide de son couteau, elle décousit quelques points dans le dos de la poupée, la secoua au-dessus des flammes pour en faire tomber des espèces de miettes brunâtres qu'elle remplaça par des brins d'herbes tirés d'un panier. Tobin reconnut là-dedans des tiges aiguës de romarin et de rue.

Après avoir extrait de la pochette accrochée à sa ceinture une aiguille d'argent et du fil, elle tendit la main vers lui.

« Besoin petit peu rouge à toi, *keesa*, tenir charme. Faire ça toi *hekka*.

— Elle est déjà à moi », protesta-t-il avec un mouvement de recul.

Lhel secoua la tête.

« Non. »

Ne sachant que faire à la place, il la laissa lui piquer le doigt puis exprimer une goutte de son sang dans le corps même de la poupée. Après quoi, elle recousit celle-ci, la planta toute droite sur son genou et se tordit le nez en une grimace comique.

« Besoin figure, mais toi bon faire ça. Moi dernière chose, maintenant. Petite chose. »

En fredonnant tout bas, elle lui coupa une mèche, l'enduisit de cire comme une corde d'arc, puis la torsada de manière à en faire un nouveau collier pour la poupée. Pendant qu'elle s'activait à l'arrimer au col de celle-ci par un nœud fabuleux qui semblait une simple mise bout à bout, Tobin ne lâcha pas ses doigts des yeux.

« Vous êtes une magicienne ? »

Elle émit un reniflement puis lui tendit la poupée terminée.

« Quoi toi croire être ça ?

— Rien que… – rien qu'une poupée ? répondit-il, mais soupçonnant déjà que non. Elle est magique, maintenant ?

— Toujours être magique, dit-elle. *Hekkamari*, appeler ça mon peuple. Mis esprit dedans. Tu sais celui.

— Le démon ? »

Il abaissa un regard fixe sur la poupée. Elle lui adressa un sourire attristé.

« Démon, *keesa* ? Non. Esprit. Fantôme. Ça être ton frère.

— Je n'ai pas de frère !

— Si fait, *keesa*. Naître avec toi mais mourir. Je apprendre ta maman faire ça pour pauvre *mari* de lui. Lui attendre, aussi. Long long temps. Toi dire... » Elle s'arrêta comme pour réfléchir, le menton pris dans ses deux paumes. « Toi dire : "Sang mon sang. Chair ma chair. Os, mes os."

— Et ça fera quoi ?

— Attacher lui à toi. Toi voir ensuite. Lui besoin toi. Toi besoin lui.

— Je ne veux pas le voir ! » cria Tobin, en repensant à tous les monstres qu'il avait suscités par ses tentatives pour conférer une forme à la présence qui n'avait cessé de lui assombrir la vie.

Lhel tendit sa main rugueuse pour lui cueillir la joue. « Toi peur assez longtemps. Maintenant, être brave comme guerrier. Toi plein de choses venant de toi, toi pas connaître. Toujours toi être brave, tout le temps. »

Toujours être brave, comme un guerrier, songea-t-il. Comme il se sentait tout sauf brave, il ferma les yeux et mumura :

« Sang mon sang. Chair ma chair...

— Os, mes os, lui souffla tout bas Lhel.

— ... Os, mes os. »

Il sentit le démon pénétrer dans le chêne et venir tellement près de lui qu'il lui suffirait d'oser tendre la main pour le toucher. La main fraîche de Lhel se posa sur la sienne.

« Vois, *keesa*. »

Il rouvrit les yeux et en eut le souffle coupé. À moins d'un pas de lui était accroupi un petit garçon qui lui ressemblait étonnamment. Hormis que ce petit garçon-là était tout nu, d'une saleté repoussante, et qu'il avait la figure encadrée d'une tignasse noire hirsute aux mèches crasseuses et ternes.

C'est lui que j'avais vu ce jour-là – le jour où Maman… Il repoussa cette pensée. Il ne pensait pas à *ce jour-là*. Jamais.

L'autre petit garçon le dévisageait cependant avec des yeux si noirs qu'on n'y voyait pas la pupille.

« Il me ressemble, chuchota Tobin.

— Lui toi. Toi lui. Semblables.

— Jumeaux, vous voulez dire ? »

Il avait vu des jumeaux à Bierfût.

« Jumeaux, oui. »

Le démon dénuda ses dents à l'intention de Lhel en un sifflement muet puis fila s'accroupir de l'autre côté du feu. Le lapin rejoignit d'un bond la poupée dans le giron de Tobin et y poursuivit sa toilette.

« Il ne vous aime pas beaucoup, dit Tobin.

— Déteste, convint-elle. Ta maman avoir lui. Maintenant, toi avoir lui. Bien t'occuper *hekkamari*, ou lui se sentir perdu. Lui besoin toi, aider toi des fois. »

Décontenancé par le regard que le démon tenait attaché sans ciller sur lui, Tobin alla se blottir plus près de Lhel.

« Il est mort de quoi ? »

Elle haussa les épaules.

« *Keesa* mourir, des fois. »

Le fantôme se ramassa, prêt à lui sauter dessus. Elle l'ignora.

« Mais… mais comment ça se fait qu'il n'est pas allé chez Bilairy ? demanda Tobin. Nari dit qu'on se présente à la porte de Bilairy quand on meurt et qu'ensuite il vous amène à Astellus et qu'alors Astellus vous conduit au pays des morts. »

Elle haussa de nouveau les épaules.

Tobin se tortilla, fort peu satisfait de cette réponse.

« Enfin, c'est quoi, son nom ?

— Pas possible, nom sur morts.

— Il me faut bien l'appeler quelque chose !

— Appeler lui Frère. Ça lui est.

— Frère ? » Le fantôme ne faisant que le dévorer des yeux, Tobin frissonna de nouveau. C'était pire maintenant que lorsqu'il était quelque chose qu'on ne pouvait pas voir du tout. « Je ne veux pas qu'il me regarde tout le temps. Et il me fait du mal, aussi. Il m'a détruit ma ville !

— Lui ça maintenant fini, si toi garder *hekkamari*. Toi dire lui : "Va-t'en !", et en s'aller lui. Toi rappeler lui pareil, avec mots je apprendre toi. Toi dire, et moi savoir que toi savoir.

— Sang mon sang. Chair ma chair. Os, mes os. »

L'esprit petit garçon vacilla puis fit mine de vouloir se rapprocher de Tobin qui recula précipitamment, faisant choir le lapin.

Lhel le prit dans ses bras et se mit à rire. « Lui pas faire toi mal. Dis-lui partir.

— Va-t'en, Frère ! »

L'esprit disparut.

« Je peux le faire partir pour toujours ? »

Lhel lui saisit la main, brusquement grave.

« Non ! Toi besoin lui, je te dis. » Elle secoua la tête d'un air affligé. « Penses un peu comme seul lui être ? Maman manquer lui comme manquer toi. Elle faire cette *hekka*, soigner lui. Et elle mourir, plus soin. Toi soigner maintenant. »

Cette idée-là n'enchantait pas spécialement Tobin.

« Qu'est-ce que je fais ? Je dois lui donner à manger ? Je peux lui passer de quoi s'habiller ?

— Esprits manger avec l'œil. Besoin être avec les gens. Comme toi le voir, comme ça gardé par ta maman. Tout ce qu'elle pouvoir, cœur autant malade. Toi faire venir lui des fois, laisser lui regarder autour avec toi, qu'être pas tant seul, pas avoir tant faim. Toi faire ça, *keesa* ? »

Il se voyait assez mal convoquer un fantôme exprès, mais il comprenait trop bien de quoi parlait Lhel lorsqu'elle disait que Frère se sentait seul et perdu.

Non sans un gros soupir, il chuchota de nouveau la formule :

« Sang mon sang. Chair ma chair. Os, mes os. »

Frère reparut à ses côtés, l'air toujours aussi famélique.

« Bon ! dit Lhel. Toi et l'esprit… »

Elle entrelaça ses deux index.

Tobin détailla la morne figure si pareille à la sienne et pourtant pas vraiment.

« Il sera mon ami ?

— Non, juste faire comme faire là. Être beaucoup beaucoup pire avant ta maman faire *hekkamari*. » Elle refit avec ses deux doigts le geste précédent. « Vous parents.

— Et Nari et Père ? Il leur sera possible de le voir quand je l'appellerai ?

— Non… Moins d'avoir l'œil. Ou lui vouloir.

— Mais vous pouvez, vous. »

Elle se tapota le front.

« Je avoir l'œil. Toi aussi, hein ? Toi voir un peu lui, non ? » Il hocha la tête. « Eux connaître lui, sans voir. Père. Nari. Vieux homme à la porte. Eux connaître. »

Tobin se sentit comme si quelqu'un l'avait pressé jusqu'à ce qu'il ne contienne plus du tout d'air.

« Ils *savent* qui est le démon ? Que j'ai un frère ? Pourquoi est-ce qu'ils ne me l'ont pas dit ?

— Eux pas être prêts. Jusqu'à là, toi bien garder ton secret. » Elle lui tapota la poitrine à l'endroit du cœur. « Eux pas savoir *hekkamari*. Juste ta maman et je. Tu garder bien ça. Que pour toi. Pas montrer quelqu'un – *personne !*

— Mais comment faire ? » Tout ça le ramenait à son casse-tête initial. « Je n'arrête pas de chercher des cachettes pour elle, mais… »

Lhel se leva et se dirigea vers la porte.

« Ton, *keesa*. Toi porter. Rentrer maison, maintenant. »

Frère se mit en mouvement comme eux quand ils repartirent, les précédant tantôt et tantôt les suivant. Il marchait, selon toute apparence, encore que d'une façon pas tout à fait normale, sauf que Tobin aurait été fort en peine de préciser en quoi.

Au bout d'un temps étonnamment court, le toit de la tour de guet se détacha par-dessus les frondaisons.

« Mais vous n'habitez pas du tout si loin que ça de nous ! s'exclama-t-il. Je pourrai revenir vous voir ?

— Dans quelque temps, *keesa*. » Elle s'arrêta sous un bouleau pleureur. « Ton père, pas beaucoup aimer toi connaître moi. Et toi avoir bientôt nouvelles leçons. » Elle tendit la main pour lui cueillir une nouvelle fois la joue puis avec son pouce lui traça un motif au front. « Toi être grand guerrier, *keesa*. Je voir. Toi souvenir alors moi aider, oui ?

— Oui, promit-il. Et je vais prendre soin de Frère. »

Lhel lui tapota la joue sans tout à fait sourire, et ses lèvres eurent l'air de rester immobiles quand elle déclara : « Tu accompliras tout ce qui doit être accompli. »

Elle tourna les talons pour s'en aller et disparut si vite que Tobin n'aurait même pas pu dire quelle direction elle avait prise. Quant à Frère, il était toujours là, plus effrayant que jamais avec ses regards affamés. À présent qu'il n'avait plus Lhel, Tobin sentit ses vieilles terreurs affluer en force.

« Va-t'en, toi ! commanda-t-il précipitamment, *Sang mon sang. Chair ma chair. Os, mes os !* »

À son grand soulagement, l'esprit obéit, qui, telle une flamme de bougie soufflée, s'évanouit en un clin d'œil. Quitte à le talonner de façon parfaitement sensible tandis qu'il se dépêchait de rentrer.

En se guidant d'après la tour de guet, il retrouva le bord de la rivière et se hâta de le longer jusqu'à l'arrière de l'enceinte. Les cuisines comme la cour résonnaient des bruits familiers du soir quand il passa la poterne en douce, mais il n'y avait personne dans la grande salle. Il l'enfila comme une flèche et parvint jusqu'à sa chambre sans croiser quiconque.

La maison embaumait du haut en bas la cuisson du pain. Après avoir à nouveau dissimulé la poupée dans le coffre et fourré sous l'armoire ses souliers crottés, il se lava les mains et la figure, puis descendit pour le souper.

À se retrouver là, à la maison, en sécurité, il ne tarda guère à oublier qu'il avait eu si peur. Il avait été absent pendant des heures, il avait eu une aventure, et sans que personne se soit aperçu de rien. Même si il avait eu grand-peur, même si Frère n'allait pas être son ami, ni même beaucoup moins terrible, il se sentait plus vieux, plus près du grand guerrier qui endosserait un jour ou l'autre l'armure de Père.

Nari et Mynir étaient en train de disposer des cuillères sur la table de la cuisine, et Cuistote surveillait une marmite de quelque chose qui répandait un de ces fumets… !

« Ah te voilà, toi ! s'exclama Nari quand il entra. J'allais justement monter te chercher. On t'a si peu entendu, cet après-midi, qu'à peine si je t'aurais cru là ! »

Il rafla un petit pain tout chaud parmi la pile mise à refroidir sur le buffet, mordit dedans et puis sourit pardevers lui.

En voilà que Lhel allait bien aimer.

14

Le lendemain le vit assis près de la ville miniature, la poupée sur ses genoux, pendant que Nari s'était rendue en ville avec Mynir. Et Cuistote ne risquait pas de monter jusque-là pour s'inquiéter de lui.

Le puissant arôme d'herbes fraîches lui taquinait les narines, tandis qu'il scrutait la tête sans visage en se demandant une fois de plus ce que Mère pouvait bien y trouver quand elle la regardait. Et Frère, elle le voyait ? Il recourba l'un de ses doigts pour l'enfiler sous le cordon de cheveux qui ceignait le col de la poupée et, tout en tiraillant vaguement dessus, songea : *mes cheveux*, *mon sang*.

Et la responsabilité lui incombait, d'après ce que disait Lhel, une responsabilité qu'il n'avait pourtant aucune envie de porter si peu que ce soit. Ç'avait déjà été bien assez dur, d'appeler Frère, quand elle était là pour l'encourager… ! Alors le faire maintenant ? ici ? le cœur lui battait plus vite, rien que d'y penser.

À la place, il aima mieux retirer du coffre une plume et de l'encre, puis emporta la poupée près de la fenêtre, où la lumière était meilleure. Après avoir trempé la plume, il voulut dessiner un œil rond sur le tissu dépourvu de visage. Mais l'encre traversa si bien la mousseline qu'il se retrouva devant un gros pâté noir tout plein de pattes d'araignée. Non sans soupirs, une chiquenaude lui permit de faire tomber quelques gouttes d'encre du bec de la plume, et il renouvela sa tentative avec un point moins saturé. Cela marcha mieux, et il entoura la tache de manière à en adoucir les bords et à la transformer en un vaste iris noir qu'il renferma ensuite dans deux traits incurvés tenant lieu de paupières. Une fois tracé comme de juste un second œil, il se trouva que les prunelles d'encre qu'il scrutait ne différaient pas tellement de celles de Frère. Après s'être contenté d'esquisser les sombres sourcils et le nez, il s'attaqua à la bouche, et la fit résolument souriante ; ce qui n'allait pas du tout, parce que le regard n'en resta pas moins hostile, mais il était désormais impossible de le changer. Bref, tout ça ne faisait peut-être pas un visage bien joli ni très cohérent, mais c'était quand même nettement mieux que le pas-de-visage-du-tout qu'il avait toujours connu.

La poupée avait aussi l'air, ainsi, d'être un peu plus à lui, mais le courage d'appeler Frère n'en fut nullement plus vif. Il la transporta dans l'angle le plus éloigné de la porte et s'y assit le dos contre le mur. Qu'arriverait-il si Frère l'agressait de nouveau ? S'il se mettait à démolir de nouveau la ville ? Ou s'il volait pour blesser quelqu'un ?

Ce fut finalement ce que Lhel avait dit de la faim de Frère qui contraignit Tobin à prononcer les sommations. Après s'être le plus possible rencogné là où il était, il plissa les yeux jusqu'à les avoir à demi fermés puis souffla :

« Sang mon sang. Chair ma chair. Os mes os. »

Au chêne, la veille, c'est à ses pieds même que le démon s'était accroupi comme une bête sauvage, mais il ne le découvrit, cette fois, qu'à force de le chercher tout autour.

Il se dressait près de la porte, et l'air aussi vivant que vous et moi, comme s'il venait juste d'entrer. Il était toujours aussi maigre et sale, mais il portait la même tunique propre et unie que Tobin. Il ne semblait pas non plus si hostile, aujourd'hui. Il se tenait là, c'est tout, à le dévisager d'une façon totalement inexpressive et comme s'il attendait quelque chose.

Tobin se releva lentement, sans le lâcher un instant des yeux.

« Ça… ça te dirait de venir par ici ? »

Frère ne traversa pas la pièce. Il se trouva simplement là, tout à coup, près de lui, à le dévisager plus que jamais de ces prunelles noires qui ne cillaient pas. Lhel avait dit de le nourrir en lui procurant l'occasion de regarder des choses. Tobin lui tendit la poupée.

« Vois ? Je lui ai dessiné un visage. »

Frère ne manifestant pas plus d'intérêt que de compréhension, Tobin détailla son étrange figure en catimini. Hormis que lui manquait au menton la cicatrice en forme de croissant, Frère lui ressemblait trait pour trait, sans cependant lui ressembler du tout.

« Tu as faim ? » questionna-t-il.

Frère ne dit rien.

« Viens, alors. Je vais te montrer des choses. Et puis tu pourras t'en aller. »

Tobin se sentit un peu bête de faire faire le tour de la pièce à un fantôme silencieux et de lui faire admirer ses biens de prédilection. Il lui exhiba tour à tour ses sculptures et ses modelages, ainsi que les trésors envoyés par Père. Frère risquait-il d'en être jaloux ? se demanda-t-il. Il saisit une bosse de bouclier plenimarien et la lui tendit.

« Ça te ferait plaisir, de l'avoir à toi ? »

Frère la reçut d'une main qui semblait palpable, mais lorsque leurs doigts respectifs parurent se toucher, Tobin ne sentit que le froid d'une espèce de vent coulis.

Tobin s'accroupit près de la ville, et, sans lâcher la bosse, Frère l'imita.

« Je suis en train de réparer toutes les choses que tu m'as cassées l'autre jour », annonça-t-il, non sans laisser percer quelque ressentiment dans ses intonations. Il attrapa un bateau pour lui faire bien voir le mât recollé. « Nari croit que c'est moi qui l'avais cassé. »

Frère continua à se taire.

« Enfin, c'est normal, je suppose. Tu avais peur que je montre la poupée à Nari, n'est-ce pas ? »

Tu dois la garder.

Tobin en laissa tomber le bateau de stupéfaction. La voix de Frère était à peine audible, inexpressive, et ses lèvres ne bougeaient pas, mais il était incontestable qu'il avait parlé.

« Tu sais parler ! »

Frère le dévisagea. *Tu dois la garder.*

« Je le ferai, promis. Mais tu as parlé ! Tu peux dire autre chose ? »

Regard fixe.

Passablement déconcerté, Tobin se demanda un bon moment ce qu'on pouvait dire à un spectre. Or, tout à coup, il sut exactement ce qu'il avait envie de demander.

« Maman, tu la vois, dans la tour ? »

Frère hocha la tête.

« Tu lui rends visite ? »

Nouveau hochement.

« Est-ce que… est-ce qu'elle me veut du mal ? »

Des fois.

Un nœud de crainte et de chagrin obstrua la poitrine de Tobin. S'étreignant dans ses propres bras, il sonda la face du fantôme. S'y lisait-il véritablement une ombre de satisfaction ?

« Mais pour quelle raison ? »

Soit qu'il ne pouvait pas ou ne voulait pas le lui dire, Frère demeura muet.

« Et puis va-t'en ! Je ne veux plus de toi ici ! » s'emporta Tobin.

Frère disparut, et la bosse de cuivre dégringola sur les dalles avec un boucan d'enfer. Tobin la lorgna un instant puis la fit voler à travers la pièce.

Il s'écoula plusieurs jours avant que Tobin ne parvienne à rassembler assez de courage pour rappeler Frère mais, lorsqu'il finit par s'y résoudre, ce fut pour se rendre compte qu'il ne le redoutait plus autant.

Comme il était fort curieux de savoir si Nari se montrerait capable de voir celui-ci, il s'en fit escorter dans la chambre où elle s'affairait à changer les draps, mais elle eut beau l'avoir juste sous le nez, Frère lui demeura invisible.

Et il le resta pour tout le monde aussi lorsque, le soir même, Tobin l'emmena aux cuisines un moment, dans l'espoir que la vue de victuailles lui ferait perdre un peu de ses airs tellement affamés.

Une fois seul dans sa chambre, il le convoqua de nouveau, juste après le souper, pour voir s'il y avait une amélioration quelconque à cet égard, mais non, Frère semblait plus famélique que jamais.

« Tu n'as rien mangé, avec tes yeux ? » demanda-t-il à Frère qui se tenait immobile au pied du lit.

Frère inclina légèrement la tête comme pour y réfléchir. *Je mange tout avec mes yeux.*

Sous son regard fixe, Tobin frissonna.

« Est-ce que tu me détestes, Frère ? »

Long délai, puis : *Non.*

« Mais alors, pourquoi est-ce que tu es si méchant ? »

Cette question-là laissa Frère pantois. Mais en avait-il seulement compris la signification ?

« Ça te fait plaisir, que je t'appelle ? »

Même absence apparente de compréhension.

« Tu seras gentil avec moi, si je te fais prendre l'air tous les jours ? Tu feras ce que je te dirai ? »

Les paupières de Frère papillotèrent lentement. On aurait dit une chouette en plein soleil.

Cela devrait suffire en attendant.

« Il ne faut plus que tu casses des choses ou que tu fasses mal à qui que ce soit. C'est très vilain, ça. Père ne te permettrait jamais de te comporter comme ça si tu étais en vie. »

Père…

Cela fut chuchoté d'une façon si froide et sifflante que Tobin en eut les bras tout cloqués par la chair de poule. Après avoir congédié Frère, il tira les couvertures autour de sa tête en forme de capuche et n'arrêta de fixer les vacillations de la lampe de chevet qu'une fois Nari montée se coucher. Et il ne convoqua plus Frère que de jour, dorénavant.

15

En compagnie d'Arkoniel, Iya passa l'été dans les provinces les plus méridionales. Et elle finit par y découvrir, dans un infime hameau de pêcheurs au nord d'Erind, la résidence d'une très vieille magicienne appelée Ranaï qui toute jeunette s'était battue durant la Grande Guerre aux côtés de son maître et y avait reçu une blessure abominable. Quoique prévenu du spectacle qui l'attendait, le jeune homme ne put se défendre d'un mouvement de recul intérieur quand, répondant aux coups frappés à sa porte, celle-ci lui apparut pour la première fois.

Ce n'était guère qu'un brin de femme minuscule et plié en deux. Tout en la rendant infirme de la jambe gauche, le démon d'un nécromancien lui avait labouré le côté gauche du visage avec des griffes de feu, et la chair faisait sur les os des risées de cire blafardes qui demeuraient inertes lorsqu'elle souriait ou qu'elle parlait.

Peut-être était-ce à cause de cela, supposa-t-il, qu'elle était venue s'enterrer dans ce trou perdu. Il n'en avait pas moins le poil des bras tout hérissé par la puissance qui émanait d'elle.

« Salut à vous, maîtresse Ranaï, dit Iya en s'inclinant avec déférence. Vous souvenez-vous de moi ? »

La vieille la lorgna un moment avant de se décider à sourire.

« Hé, mais tu es la petiote d'Agazhar, si je ne m'abuse ? À part que tu n'es plus du tout petiote... Entre donc, ma chère. Et tu as un disciple à toi, maintenant, à ce que je vois. Entre et sois le bienvenu au coin de mon feu, jeune homme. »

Tandis qu'allant et venant cahin-caha de la table à l'âtre elle leur servait de la soupe et du pain, la pluie se mit à crépiter gaiement sur le toit de chaume. Du fromage et une gourde de bon vin achetés au village constituèrent leur contribution personnelle au souper. Par l'unique fenêtre de la masure pénétraient avec la brise nocturne un parfum d'églantines et l'odeur de la mer.

Il ne fut question durant le repas que de bagatelles mais, une fois la table desservie, Ranaï darda son œil valide sur sa visiteuse et lança :

« Ce n'est pas pour rien que tu es venue par ici, m'est avis. »

Arkoniel se cala, verre en main. La conversation qui s'annonçait là, c'est par cœur qu'il la connaissait.

« Vous arrive-t-il jamais, Ranaï, de vous demander ce que nous autres, magiciens, serions en mesure d'accomplir si nous groupions nos intelligences ? » s'enquit Iya.

Et voici la deux cent treizième fois qu'elle le fait, songea Arkoniel. Il en tenait un compte scrupuleux.

« Ce dont sont susceptibles des magiciens, pour le bien comme pour le mal, ton maître et moi l'avons vu de nos propres yeux, répondit Ranaï. N'as-tu parcouru tout ce long chemin que dans ce but ? Que pour me poser cette question-là ? »

Iya se mit à sourire.

« Rares sont ceux avec qui je puis m'épargner les ambages dans ce domaine, mais je ne vais pas en prendre avec vous. Quelle est votre position vis-à-vis du roi ? »

La partie intacte du visage de Ranaï prit un air bien connu de surprise et d'espoir. Sur un simple geste de sa main, la fenêtre se referma d'elle-même.

« Tu as rêvé d'elle !

— De qui ? » rétorqua Iya d'un ton placide qui n'empêcha pas Arkoniel de la sentir violemment émue.

Leurs pas les avaient menés auprès d'une recrue de plus…

« La reine Navrée, je l'appelle, souffla Ranaï. Les rêves ont débuté voilà quelque vingt ans, mais voici qu'Illior les dispense à présent plus souvent, surtout par les nuits d'entre-cycle lunaire. Des fois elle est jeune et des fois elle est vieille. Des fois victorieuse et des fois un cadavre. Jamais je ne vois nettement sa figure, mais toujours émane de sa personne une impression de chagrin profond. Elle existe réellement ? »

Iya ne répliqua pas. Elle se gardait aussi invariablement de répondre à ce genre de questions que d'exhiber le bol qu'elle trimbalait dans sa vieille sacoche de cuir.

« J'ai bénéficié d'une vision, à Afra. Arkoniel m'en sera témoin. Elle m'a permis de voir la destruction d'Ero, puis une cité nouvelle et une nouvelle ère de magiciens. Mais c'est une reine qui doit régir cette cité nouvelle. Jamais Erius n'admettra que cela se produise, vous le savez. Des Quatre, c'est de Sakor qu'il est le sectateur, alors que c'est Illior qui protégea Skala durant la Grande Guerre, et Illior qui l'a protégée depuis. Et que c'est également la main d'Illior qui s'étend sur les magiciens. Avons-nous si bien servi l'Illuminateur en restant, nous, les bras croisés, comme des fainéants, durant toutes ces années où se foulait aux pieds et se bafouait la grande prophétie révélée à Thelátimos ? »

Ranaï entreprit de tracer des sortes de figures dans un rond de vin qui maculait la table.

« Voilà une question que je me suis posée moi-même. Comparé à sa mère, Erius n'a toutefois pas été un souverain si calamiteux, il ne vivra pas éternellement. Même moi, je pourrais lui survivre. Quant à ces horreurs concernant les héritières présomptives..., elles ne sont hélas pas sans précédent. Pelis, le propre fils de Ghërilain, n'usurpa-t-il pas le trône à sa sœur ? et...

— Et la contrée se trouva frappée d'un fléau dont il fut victime avec des milliers d'autres dans l'année », estima devoir lui remémorer Arkoniel.

Elle n'eut qu'à hausser un sourcil pour qu'il ait un bref aperçu de la grande bonne femme qu'elle avait été.

« Ne me la fais pas sur l'histoire, jeune homme. J'étais là. Les dieux eurent tôt fait d'abattre Pelis. Mais voilà aujourd'hui plus de deux décennies que gouverne Erius. Peut-être est-il fondé à invoquer une mauvaise interprétation de l'Oracle. Et tu sais aussi bien que moi que sa mère avait beau descendre de Thelátimos, elle était mal bâtie pour régner.

— Peut-être avait-elle été envoyée pour nous éprouver », riposta-t-il, non sans s'efforcer de conserver le ton déférent qu'exigeait la différence d'âge. Mais cela faisait dix ans et des milliers de lieues qu'il ruminait ce sujet-là. « Le roi Pelis n'eut à subir que l'épouvante d'un seul fléau. Depuis qu'il s'est arrogé le trône, Erius en a essuyé, lui, des douzaines, encore, j'en conviens, que de moindre ampleur. Mais s'il s'agissait là d'avertissements ? S'ils indiquaient que la patience de l'Illuminateur finit par être à bout ? Ce qu'Iya a vu à Afra...

— As-tu entendu parler des Busards, jeune homme ? jappa Ranaï. Le sais-tu, que le magicien du roi s'est prescrit pour office la traque de sa propre espèce ?

— Oui, Ranaï, intervint Iya. Nous les avons vus à l'œuvre.

— Les avez-vous vus mettre à mort quelqu'un que vous connaissiez ? Non ? Eh bien, moi si. J'ai dû assister, impuissante, au supplice d'un ami très cher, un magicien qui, après avoir successivement servi quatre reines, fut brûlé sur un cadre d'if rien que pour avoir parlé tout haut d'un rêve fort semblable au mien – tout comme au tien, je gage. Brûlé vif pour s'être permis d'évoquer *un rêve* ! Figurez-vous, si vous pouvez, de quels pouvoirs doivent disposer les Busards pour se montrer capables d'assassinats aussi cruels. Surtout qu'ils ne persécutent pas que nous, mais quiconque ose se prononcer contre la succession des mâles. Les illiorains tout spécialement. Quant à sa propre sœur, s'il est vrai, par les Quatre, qu'Erius l'ait tuée lui-même… »

Arkoniel en lâcha sa coupe, et la table fut tout éclaboussée de vin.

« Ariani est morte ? »

Les courriers de Nari n'avaient cessé de leur parvenir aux adresses convenues et à intervalles réguliers. Comment pouvait-elle avoir négligé de les informer d'une telle nouvelle ?

« L'an passé, si ma mémoire est bonne, disait Ranaï. Vous la connaissiez ?

— Oui, répondit Iya avec un calme si invraisemblable qu'Arkoniel en demeura pantois.

— Dans ce cas, je suis désolée de vous avoir appris si brutalement sa disparition, s'excusa la vieille.

— Et c'est le roi qui l'a tuée ? » s'arracha de la gorge Arkoniel, tant le suffoquait l'émotion.

Elle haussa les épaules.

« Ça, je n'en suis pas certaine, mais les relations sont unanimes, il se trouvait là lorsqu'elle a péri. Ainsi, vous voyez, elle était la dernière, et le prince Korin héritera du trône. Peut-être est-ce lui qui nous engendrera notre reine Navrée.

— Peut-être bien », murmura Iya, et Arkoniel sut qu'elle ne dirait plus à leur hôtesse un traître mot de sa vision.

Un silence embarrassé s'abattit sur la pièce. Non sans refouler tant bien que mal ses larmes, Arkoniel évitait le regard vigilant d'Iya.

« J'ai loyalement servi Illior et Skala », reprit finalement Ranaï d'un ton accablé qui trahissait l'âge. Ses doigts effleurèrent son visage en ruine. « Un rien de paix, voilà le seul vœu que j'aie jamais fait… »

Iya hocha la tête.

« Pardon de vous importuner. Si les Busards se présentent ici, que leur direz-vous ? »

La vieille magicienne eut la bonne grâce de paraître honteuse.

« Je n'ai rien à leur dire. Je vous en donne ma parole.

— Merci. » La main d'Iya vint se poser sur la main ravagée de Ranaï. « La vie est longue, mon amie, et faite non pas de pierre mais d'eau et de fumée. Prions que des jours meilleurs président à nos prochaines retrouvailles. »

Un horrible soupçon s'enracina dans le cœur d'Arkoniel lorsque, au sortir de chez la magicienne, il emprunta sur les talons d'Iya le chemin bourbeux qui s'enfuyait loin du hameau. Il ne se sentait pas encore capable d'en parler ; il ne savait trop s'il aurait la force d'en supporter la confirmation.

Ils établirent leur camp sous un sapin colossal, non loin de la mer. Après qu'Iya eut chantonné un charme destiné à éloigner l'humidité, lui-même en fit agir un qu'il avait récemment peaufiné pour qu'à leurs pieds vienne flotter de façon stable une sphère de feu noir.

« Ah, que c'est agréable ! » Iya retira ses bottes crottées pour se réchauffer les orteils. « De la belle ouvrage. »

Ils demeurèrent assez longtemps à écouter sans bouger la rumeur de la pluie mêlée au battement régulier des vagues sur les récifs. Arkoniel brûlait d'aborder le sujet d'Ariani, il brûlait d'entendre de la propre bouche d'Iya qu'il était ridicule avec ses noirs soupçons, mais les mots nécessaires avaient l'air de se dérober, le chagrin lui obstruait la gorge comme un caillou.

« J'étais au courant, convint-elle enfin, lui réduisant le cœur en cendres.

— Depuis combien de temps ?

— Depuis que c'est arrivé. Nari me l'avait fait savoir.

— Et vous ne me l'avez pas dit ? »

Incapable de la regarder, il scrutait le ciel à travers les branches du sapin. Il n'avait cessé durant toutes ces années d'être hanté par le souvenir de la nuit terrible qui les avait vus conjurés pour fabriquer cet enfant bizarre et pour trahir cette femme adorable. Ils n'étaient pas revenus à Ero depuis – Iya l'interdisait encore –, mais lui s'était toujours imaginé qu'un jour ils y retourneraient, n'importe comment, mettre les choses à nouveau d'aplomb…

Il sentit une main lui presser l'épaule.

« Pourquoi ne me l'avoir pas dit ?

— Parce qu'il n'y avait rien à faire. Que l'enfant n'a pas encore atteint l'âge requis. Erius n'a pas tué sa sœur, du moins pas directement. Ariani s'est précipitée par la fenêtre d'une tour. Il semblerait qu'elle ait aussi voulu entraîner le petit dans la mort. Nous n'avons absolument rien à faire là-bas.

— C'est ce que vous n'arrêtez pas de répéter ! » Il essuya rageusement les larmes qui gonflaient ses yeux. « Je ne doute pas que nous agissions conformément à la volonté d'Illior. Jamais je n'en ai douté. Mais êtes-vous tout à fait sûre que nous sommes censés l'accomplir *comme ça* ? Près de dix ans se sont écoulés, Iya, et pas une seule fois nous ne sommes retournés nous assurer qu'elle allait bien, qu'elle s'en tirait, malgré le guêpier où l'avait laissée Lhel, ou la seconder, le cas échéant. Et maintenant que l'enfant ne l'a plus, vous persistez à prétendre que nous attendent des tâches plus importantes ? »

Trop bouleversé pour rester là comme une souche, il délaissa l'abri du sapin pour gagner la grève à grandes enjambées. C'était marée haute, et le miroir lisse des flots, qu'altérait seulement le crépitement capricieux de la pluie, reflétait comme un fil lumineux la lueur d'un fanal, au large. Arkoniel se vit en pensée nager jusqu'au navire et prier qu'on l'engage comme marin. À force de charger, décharger, manœuvrer les écoutes, il finirait bien par avoir les mains en sang et la cervelle à jamais délivrée de ces histoires de magie, d'esprits ou de femmes tombant dans le vide…

Ô Illior ! pria-t-il en silence, la face levée vers la gravitation de la lune au-delà des nuages, tout en arpentant le bord de la mer, *comment se peut-il que telle soit votre volonté, si j'en ai le cœur qui se brise ? Comment se peut-il que j'aime et suive pour maître un être capable de regarder sans sourciller des horreurs pareilles et d'établir un tel silence entre nous ?*

Au fond de son cœur, il n'ignorait nullement qu'il chérissait toujours Iya, qu'il lui faisait encore confiance, et pourtant il y avait un défaut d'équilibre fondamental entre les moyens et la fin qu'il semblait être seul à ressentir. Mais comment cela se pouvait-il, alors qu'il n'était rien d'autre que son disciple, un magicien de rien du tout ?

Il s'immobilisa puis, se laissant choir à genoux, se prit la figure à deux mains. *Il y a quelque chose qui cloche. Il y a quelque chose qui nous manque, sinon à elle, en tout cas à moi.*

Depuis Afra.

Il avait parfois l'impression que son existence avait connu un tout nouveau départ, en ce fatal jour d'été. Le front calé sur ses genoux, il s'imagina l'éclat du soleil, l'âcreté de la poussière, le contact lisse et brûlant de la stèle exposée à la canicule. Il revécut les fraîches ténèbres de l'antre où se tenait l'Oracle et où il s'était agenouillé pour recevoir l'étrange réponse qui n'avait rien eu d'une réponse et revit sa vision de lui-même tenant dans ses bras un garçonnet à cheveux sombres…

À ce souvenir, une paix bizarre s'empara de lui.

L'enfant. Lequel des deux ?

Du coup, ce qui l'empoigna, ce fut la fureur glacée de l'esprit du nouveau-né assassiné, et il en eut les mains toutes roidies, la carcasse tout endolorie. Pendant un instant, il crut se trouver à nouveau planté sous le châtaignier, l'œil attaché sur le pauvre petit corps qu'engloutissait peu à peu la terre.

La magie de la sorcière n'avait pas suffi pour retenir au fond du trou l'esprit furibond.

La vision cérébrale se fit de plus en plus vive en changeant de forme et de contours. Un enfant tâchait de s'arracher de la fosse, à ses pieds, malgré l'effroyable emprise des racines et de la terre battue. Arkoniel lui saisit les mains et, tout en tirant dessus, plongea ses regards dans des prunelles qui n'étaient pas noires mais d'un bleu très sombre. Cependant les racines refusèrent de lâcher leur proie, dont elles emprisonnaient toujours les bras et les jambes. L'une d'entre elles, qui lui avait perforé le dos, sortait de sa poitrine à l'endroit où le ruban de peau cousu par Lhel avec des points plus fins que des cils camouflait la plaie. L'arbre s'abreuvait du sang du petit. Et celui-ci se flétrissait visiblement sous les yeux d'Arkoniel.

Le froid monstrueux persistait à le tenailler si fort qu'il tremblait de tous ses membres et titubait comme un vieillard quand il finit par se résoudre à retourner, pas après pas, vers le sapin.

Les magiciens ont beau bénéficier d'une vue assez bonne dans le noir, ce que perçut Iya lorsqu'il s'approcha en trébuchant l'incita à battre le briquet.

Il avait le teint terreux sous sa maigre barbe, l'œil hagard et bordé de rouge.

« À Afra ! hoqueta-t-il en s'affaissant à genoux près d'elle. Ma vision. Celle que je n'ai pas su… Tobin est ma voie. C'est pour ça que… Oh, Iya, il faut que je parte ! Il nous faut partir !

— Que bafouilles-tu là ? Qu'y a-t-il, Arkoniel ? »

Elle lui prit la figure entre ses deux mains, colla son front contre le sien. Il tremblait comme un homme atteint des pestes de printemps, mais sans la moindre apparence de fièvre. Il avait la peau glacée. Elle tâtonna prudemment du côté de son esprit et, sur-le-champ, se vit accorder une vision : campé sur une haute falaise qui dominait des flots outremer, Arkoniel scrutait l'occident. Juste en avant de lui se tenaient, beaucoup trop près du bord, les jumeaux d'Ariani, désormais grands et sveltes. Des rayons d'or les enveloppaient avec le jeune magicien dans un même nimbe lumineux.

« Vous voyez ? » Il se recula, lui prit les mains, puis l'entretint de la vision macabre qui l'avait auparavant visité sur la grève. « Il me faut aller rejoindre l'enfant. Je dois coûte que coûte voir Tobin.

— Très bien. Pardonne-moi de ne pas te l'avoir dit. Ma propre vision… » Elle tendit ses mains vides, paumes en l'air. « Ce que j'ai devant moi est tellement limpide et néanmoins tellement obscur… Du moment que le petit vit, j'ai d'autres tâches qu'il me faut remplir. J'ai omis, sans doute, de me rappeler quel laps de temps s'était écoulé depuis la mort d'Ariani, omis de me rappeler que le temps passe infiniment plus vite pour toi que pour moi. Mais tu dois me croire quand je t'affirme que je n'ai nullement oublié l'enfant. C'est pour sa sécurité que nous avons gardé nos distances toutes ces années, et veiller à ne pas attirer l'attention d'Erius sur la demeure de Tobin me semble encore plus vital aujourd'hui, où il se défie de tous les magiciens qui ne sont ses sbires. »

Elle s'interrompit, subitement frappée par une réflexion nouvelle. À deux reprises elle avait entrevu posée sur Arkoniel la main de l'Illuminateur, mais alors que celui-ci apparaissait dans ses visions à elle, jamais elle n'apparaissait dans ses visions à lui. Elle fut attristée du constat, non sans une pointe d'effroi.

« Enfin bref…, apparemment il te faut y aller », conclut-elle.

Il lui baisa les mains.

« Soyez remerciée, Iya. Je ne resterai pas longtemps absent, je vous le promets. Je veux simplement m'assurer que l'enfant se porte bien et m'efforcer de déchiffrer le message qu'Illior s'évertue à me délivrer. S'il m'est possible de trouver un bateau demain, je serai de retour dans une semaine. Où devrai-je vous rejoindre ?

— Rien ne nécessite une telle hâte. Conformément à nos projets, je vais poursuivre vers Ylani. C'est là que tu m'enverras des nouvelles après avoir rencontré l'enfant… » Et voilà que ça la reprenait, ce serrement de cœur. « Puis nous verrons bien. »

16

Arkoniel se retourna pour jeter un dernier regard par-dessus son épaule au bout de quelques pas, le lendemain. Debout près du sapin, Iya semblait minuscule et banale. Elle agita la main, il agita la sienne et puis fit résolument face au village en tâchant d'ignorer ce qui l'étranglait, tout à coup. Ça faisait un drôle d'effet, de marcher seul, après tant d'années.

Ses affaires de magicien, il les avait soigneusement camouflées dans le couchage qu'il trimbalait en travers de l'épaule. Avec un peu de chance, quiconque poserait les yeux sur sa personne ne verrait en lui rien d'autre qu'un voyageur en bottes crottées sous les bords cassés d'un chapeau poudreux. Il n'en comptait pas moins éviter de son mieux les prêtres et ses collègues magiciens, selon les conseils d'Iya, ainsi que demeurer constamment vigilant pour être sûr de repérer quiconque arborerait le faucon tenant lieu de blason aux Busards du roi.

Il découvrit un pêcheur qui consentit à lui faire remonter la côte jusqu'à Ylani et, là, prit passage à bord d'un plus gros bateau en partance pour Volchi, au nord. Après y avoir débarqué, deux jours plus tard, il fit l'acquisition d'un robuste hongre alezan et se mit en selle à destination de Bierfût et des tâches inconnues que lui réservait par là l'Illuminateur.

Les lettres de Rhius et de Nari lui avaient appris que le duc avait, au cours du printemps suivant la naissance de Tobin, transporté les pénates de sa famille de la capitale à un vieux château fort ; Ero s'était en effet déjà complu à répandre un peu partout des tas d'histoires à propos du « démon ». Celui-ci, jasait-on, lançait des choses à la tête des visiteurs, les frappait, faisait s'évaporer joyaux et couvre-chefs. Quant aux racontars selon lesquels la belle Ariani, vêtue de sa robe sanglante et inséparable de son étrange poupée, hantait les corridors en quête de son enfant..., cela aussi défrayait les conversations.

Selon toute apparence, le roi n'avait pas été fâché de laisser s'éloigner Rhius. Contrairement au « démon », qui s'était débrouillé, lui, pour suivre le déménagement.

Rien qu'à tenter d'imaginer cet aspect des choses, Arkoniel sentait des sueurs froides lui dégouliner le long du dos. Les esprits inquiets étaient tellement faits pour susciter la honte et l'horreur que les négociations avec eux se déléguaient d'ordinaire aux prêtres et aux drysiens. Sachant que tôt ou tard ils se verraient forcés d'affronter le fantôme qu'ils avaient contribué à créer, Iya et lui s'étaient de leur mieux initiés à ces matières auprès de telles gens. Mais jamais il ne s'était attendu à devoir le rencontrer seul...

Il atteignit Bierfût le troisième jour de Shemin. C'était une petite ville-marché plaisante et prospère nichée dans les préalpes des Skaliennes. À quelques milles au-delà vers l'ouest se profilait sur l'azur sans nuages de l'après-midi une chaîne de pics déchiquetés. Il faisait plus frais par ici qu'auparavant sur la côte, et rien dans l'aspect des champs ne trahissait qu'ils aient souffert de la sécheresse.

Il fit halte sur la place auprès de la carriole d'une bonne femme qui vendait des fromages frais pour se renseigner sur la route à suivre.

« Le duc Rhius ? Tu le trouveras au vieux fort du col, là-haut, répondit-elle. Ça fait pas loin d'un mois qu'il est de retour, mais j'ai entendu dire qu'il ne doit plus y rester bien longtemps. Mais tu le verras au temple que voilà, demain, à recevoir les pétitions, si c'est pour ça que tu as besoin de lui.

— Non, c'est sa demeure que je cherche.

— Alors, t'as qu'à suivre tout le temps la grande route à travers les bois. Mais si tu fais du colportage, tant vaut que je t'épargne le déplacement. Vont te regarder d'un sale œil, moins qu'ils te connaissent. Z'ont pas commerce avec les étrangers, là-haut.

— Je ne suis pas un étranger », l'avisa-t-il avant de lui acheter quelques-uns de ses fromages puis de s'éloigner, le sourire aux lèvres, tant l'enchantait l'idée d'avoir été pris pour un chemineau.

Sa chevauchée lui fit dépasser des champs d'orge dorés et des prairies pullulant de moutons tondus et de cochons gras par-delà lesquels s'ouvraient de sombres forêts. La route préconisée par la bonne femme se révélait beaucoup moins fréquentée de ce côté-là de la ville. La folle avoine croissait dru dans l'intervalle entre les ornières creusées par les roues des charrois, et il releva sur le sol plus d'empreintes de porcs et de daims que de chevaux. Les ombres s'allongeant désormais à toute vitesse, il força sa monture en nage à piquer un galop, tout penaud de n'avoir pas songé à s'enquérir de la distance qui le séparait du castel.

Il émergea finalement à l'air libre auprès d'une rivière qui coulait au bas d'une prairie pentue. Tout en haut se dressait la masse grise d'un manoir adossé à une seule tour de guet carrée.

Précipitée par la fenêtre d'une tour...

Arkoniel frissonna. Comme il tournait la tête de son cheval vers la montée, il aperçut un petit paysan accroupi dans les herbes folles, au bord de la route, à moins de vingt pas de lui.

La tunique en loques du gamin laissait à nu ses bras et ses jambes maigres. Il avait la peau toute sillonnée de boue et plein de feuilles et de bardanes dans ses cheveux noirs.

Arkoniel était sur le point de le héler quand il se rappela qu'il n'y avait qu'un seul enfant dans la résidence du duc… – et que cet enfant avait les cheveux noirs. Scandalisé par la tenue du prince, il fit avancer sa monture au pas pour le saluer.

Le dos tourné à la route, Tobin scrutait passionnément quelque chose dans les longues herbes qui peuplaient la berge. L'approche d'Arkoniel ne lui fit pas lever les yeux. Déjà le magicien s'apprêtait à mettre pied à terre quand il se ravisa. Quelque chose dans l'immobilité du petit l'avertissait d'avoir à garder ses distances.

« Sais-tu qui je suis ? demanda-t-il finalement.

— Vous êtes Arkoniel, répliqua le gosse sans cesser de fixer la chose invisible qui le fascinait à l'évidence depuis un bon moment.

— Ton père ne sera pas content de te savoir si loin de la maison tout seul. Où se trouve ta nourrice ? »

Le gosse ignora la question.

« Elle va mordre, d'après vous ?

— Quoi va mordre ? »

La main de Tobin fusa dans la verdure et en extirpa une musaraigne attrapée par l'une de ses pattes arrière. Il la regarda se débattre une minute puis lui brisa l'échine, aussi nettement que l'aurait fait un braconnier. Le minuscule museau pointu de la bestiole s'emperla d'une goutte de sang.

« Ma maman est morte. »

Sur ces mots, il se tourna enfin vers le magicien dont le regard se noyait dans des prunelles aussi noires et vertigineuses que la nuit.

Et la voix lui mourut dans la gorge quand il comprit avec quoi il avait noué conversation.

« Je connais le goût de tes larmes », dit le démon.

Puis, sans lui laisser le moindre loisir de se protéger par un quelconque signe cabalistique, il se leva d'un bond et balança la musaraigne morte aux naseaux du cheval. En se cabrant, affolé, le hongre expédia baller son cavalier dans l'herbe haute, mais l'atterrissage y fut malencontreux, toute la masse d'Arkoniel porta sur sa main gauche, et il sentit au-dessus du poignet une douleur fulgurante qui, jointe à la violence de la chute, lui coupa si bien la respiration qu'il demeura boulé par terre, à refouler vaille que vaille et la peur et les haut-le-cœur.

Le démon. Jamais il n'avait eu vent d'aucun qui s'affiche avec tant d'impudence ou qui parle. Il redressa tant bien que mal la tête, quoiqu'il s'attendît à le découvrir accroupi près de lui, le dévisageant avec ces yeux noirs et morts qu'il avait… Au lieu de quoi il distingua son hongre qui, dans la prairie de l'autre rive, ruait comme un fou.

Il se mit lentement sur son séant, tout en soutenant son bras blessé. Sa main gauche pendouillait selon un sale angle, et elle était toute froide au toucher. Une nouvelle houle de nausées incendia son gosier, et il se laissa retomber sur le dos dans l'herbe. Le soleil tapait dur sur sa joue offerte, et des insectes lui exploraient les oreilles. L'œil attaché sur la verdure du seigle et des foins qui dansait sur le ciel, il s'efforça de se figurer faisant à pied le restant du chemin jusqu'au fort, tout là-haut là-haut…

N'y parvenant pas, il revint au démon. Dont il n'enregistrait véritablement les propos qu'à présent.

Ma maman est morte.

Je connais le goût de tes larmes.

Le tonitruant esprit frappeur escompté ne se trouvait nullement au rendez-vous. Après avoir mûri comme un enfant vivant, celui-ci s'était élevé jusqu'à une sorte de conscience. Jamais Arkoniel n'avait entendu parler d'une chose pareille.

« Ah, Lhel, Lhel, maudite nécromancienne, qu'as-tu fait là ? » gronda-t-il.

Qu'avons-nous fait là ?

Il avait dû s'assoupir quelque temps, car, lorsqu'il rouvrit les yeux, une tête et des épaules d'homme lui bouchaient la vue du soleil.

« Je ne suis pas un colporteur, marmonna-t-il.

— Arkoniel ? » Des mains vigoureuses se glissèrent pardessous ses épaules et te le replantèrent sur ses pieds. « Que fabriques-tu là, tout seul ? »

Cette voix, il la reconnut, comme il reconnut le visage raviné, barbu qui l'accompagnait, malgré la bonne dizaine d'années écoulées.

« Tharin ? Les Quatre m'en soient témoins, je suis bien heureux de vous retrouver ! »

Il se mit à tanguer, et le capitaine lui passa un bras autour de la taille pour le maintenir debout.

Non sans papilloter pas mal, il s'efforça d'examiner la figure beaucoup trop proche. Barbe et cheveux, la blondeur de Tharin s'était faite plus terne avec l'âge, et les rides s'étaient creusées autour de la bouche et des yeux, mais ses manières aisées, son calme étaient toujours les mêmes, et Arkoniel lui en sut gré. « Est-ce que Rhius est là ? Je dois…

— Il est là, oui, mais tu as du pot de nous tomber dessus. Nous partons demain pour Ero. Pourquoi n'avoir pas prévenu ? »

Les jambes d'Arkoniel flageolèrent, et il tituba.

Tharin le remit à nouveau d'aplomb en le soulevant.

« Enfin, n'importe. On va d'abord te grimper là-haut. »

Il le soutint jusqu'auprès d'un grand cheval gris, le jucha en selle.

« Qu'est-ce qui s'est passé ? Je t'ai vu planté là, d'abord, à fixer la rivière, et puis voilà ton canasson qui te flanque en l'air. Comme s'il était devenu dingue, tout à coup. Même que, depuis, Sefus se donne un tintouin du diable à essayer de te le rattraper. »

Il y avait en effet dans la prairie, là-bas, un type qui s'échinait à calmer la bête échappée, mais celle-ci bronchait et lui décochait des coups de pied dès qu'il tendait une main vers sa bride. Arkoniel secoua la tête, d'autant moins disposé à parler pour l'instant de ce qu'il avait vu que Tharin n'avait manifestement pas même aperçu le démon.

« Un fichu tocard !

— Tout l'air. Bon..., comment préfères-tu monter là-haut ? Douloureux et lent, ou douloureux et rapide ? »

Arkoniel grimaça un sourire.

« Rapide. »

Tharin se mit en selle derrière lui, s'empara des rênes en lui ceignant la taille et, des talons, poussa leur monture au petit galop. Ayant à chaque battement de sabot l'impression qu'on lui ébouillantait le bras, le blessé concentra son attention sur le but à atteindre en se servant de sa main valide pour se cramponner de son mieux.

Au sommet de la colline, il fallut traverser un large pont de bois puis franchir une poterne avant de pénétrer dans une cour pavée. Mynir et Nari s'y trouvaient, en compagnie d'une grande carcasse de femme en tablier de cuisine crasseux.

Nari aussi avait vieilli. Certes, elle était toujours grassouillette et rougeaude, mais son opulente chevelure brune avait tendance à grisonner.

Après qu'on l'eut aidé à mettre pied à terre, Arkoniel, appuyé sur Tharin, traversa une salle sombre et pleines d'échos pour gagner les cuisines.

« C'est quoi qui t'amène par chez nous ? » demanda Nari pendant que le capitaine l'affalait sur un banc, devant une table de chêne impeccablement récurée.

« Le petit », coassa-t-il. La tête lui tournait. Il l'étaya sur sa main valide. « Venu voir le petit. Il va bien ? »

Tharin, doucement, saisit entre ses deux mains le poignet tuméfié pour évaluer les dégâts. La seule palpation fit s'étrangler Arkoniel.

Nari dressa un sourcil soupçonneux.

« Sûr qu'il va bien. Qu'est-ce qui te fait supposer le contraire ?

— Je voulais simplement… »

Il retint son souffle pendant que Tharin poussait l'examen plus avant.

« Tu es verni, commenta celui-ci. Ce n'est que l'os extérieur, et cassé proprement, en plus. Une fois remis en place et immobilisé, il ne devrait plus trop te tourmenter. »

Mynir alla chercher une planchette et des lanières de tissu.

« Ferais mieux de commencer par m'avaler ça », fit la cuisinière en présentant un gobelet de grès.

Arkoniel ne se fit pas prier pour en descendre le contenu, qui lui propagea presque instantanément dans les tripes et les membres une chaleur engourdissante.

« C'est quoi ?

— Vinaigre et eau-de-vie de vin, plus une larme de jusquiame et de pavot », répondit-elle en lui tapotant l'épaule.

Si la potion ne l'empêcha pas de souffrir mille morts quand Tharin remit l'os en place, du moins lui permit-elle de ne pas avoir l'air geignard.

Une fois la planchette installée puis arrimée avec les bandes de tissu, Tharin consolida l'appareil avec une lanière de cuir avant de prendre un peu de recul et de sourire à son patient.

« Tu es moins douillet que tu ne parais, mon gars. »

Arkoniel poussa un grognement puis s'envoya une nouvelle lampée de potion. Il commençait à se sentir fort ensommeillé.

« C'est Iya qui t'envoie ? demanda Nari.

— Non. J'ai cru devoir venir faire une…

— Hé ! mais voyez-moi ça, l'un de vous deux a quand même fini par nous consentir les frais d'une visite, hein ? » jappa sèchement une voix.

Tiré comme par enchantement de sa torpeur, Arkoniel découvrit Rhius, qui, campé sur le seuil des cuisines, le toisait sans aménité.

Tharin se leva et s'avança vers le duc comme pour prévenir une action violente de sa part.

« Il est blessé, Rhius. »

Ignorant son intervention, celui-ci traversa la pièce et, d'un air toujours aussi mécontent, lança :

« Ainsi, vous avez fini par nous revenir, n'est-ce pas ? Où est ta maîtresse ?

— Elle est toujours dans le sud, messire. Je suis venu vous présenter nos respects. La nouvelle de la disparition de votre épouse nous a désolés tous deux.

— Tellement désolés qu'il t'a fallu un an pour venir ? » Rhius prit place en face de lui et jeta un coup d'œil sur son poing bandé. « Mais à ce que je vois, tu ne vas pas nous quitter de sitôt. Bien que je parte pour Ero demain, libre à toi de rester ici jusqu'à ce que tu sois en mesure de remonter à cheval. »

Tout cela ne ressemblait guère à l'accueil chaleureux qu'il vous réservait autrefois sous son toit, mais le magicien subodora devoir encore s'estimer heureux que le duc ne l'ait pas flanqué à la rivière.

« Comment se porte le roi ? » demanda-t-il.

Une rage cuite et recuite rebroussa la lippe de Rhius.

« On ne peut mieux, je te remercie. La saison des récoltes a vu cesser les incursions plenimariennes. Les moissons sont en train de mûrir. Le soleil continue à briller. On dirait que les Quatre sourient à son règne. »

Il parlait posément, d'une voix dénuée de toute inflexion, mais Arkoniel lisait tout ce que trahissaient ces yeux durs et las. Iya n'aurait pas manqué de parler de patience et de visions, mais lui-même ne savait par où débuter.

Il se trouva qu'au même instant se présenta dans l'embrasure de la porte une figure étonnamment familière.

« C'est qui, Père ? »

Les traits de Rhius perdirent toute espèce de dureté tandis qu'il tendait la main pour attirer contre lui le garçonnet qui jetait sur Arkoniel des regards d'un bleu timide.

Tobin.

Rien dans son apparence de gamin quelconque et maigrichon ne permettait de deviner la fillette qu'il recelait. Lhel n'avait que trop bien travaillé. Il avait au demeurant les yeux du même bleu frappant que sa mère et, contrairement à son démon de jumeau, se révélait l'objet de soins attentifs. Son menton pointu portait toutefois une cicatrice d'un rose qui pâlissait déjà. Tout curieux qu'il fût de savoir quel aspect pouvaient bien avoir les sutures de Lhel après tant d'années, Arkoniel ne jeta qu'un coup d'œil furtif au triangle de chair blanche et lisse que laissait entrevoir le col délacé de la tunique.

Les longs cheveux noirs du petit miroitaient, et si jamais on ne l'aurait pris pour le fils d'une princesse, en raison de sa tenue des plus simplettes, du moins celle-ci était-elle bien propre et de bonne coupe. Un regard circulaire suffit au magicien pour se rendre compte de l'adoration vouée par toutes les personnes présentes à ce gamin si solennel et pour en éprouver un brusque et bizarre serrement de cœur en faveur de l'autre, le démon, le délaissé, qui s'était vu refuser la chaleur de la famille et du foyer pendant que son double en jouissait durant sa croissance. Et qui était conscient. Qui devait forcément savoir.

Tobin demeurait sans sourire et, sans faire un pas vers lui pour le saluer, se contenta de le dévisager. Il y avait dans son inexpressivité quelque chose qui le rendait aussi étrange que son fantôme de jumeau.

« Je te présente Arkoniel, expliqua Rhius. C'est un... un ami que je n'avais pas vu depuis très, très longtemps. Allons, à toi maintenant de te présenter comme il sied. »

Le petit garçon y alla d'une révérence roide et stricte, la main gauche sur la ceinture où viendrait un jour s'accrocher une épée. À l'extérieur de l'avant-bras se distinguait la marque de chance lie-de-vin. On aurait dit l'empreinte d'un bouton de rose coupé en deux. Arkoniel avait oublié ce détail – l'unique signe extérieur subsistant du véritable aspect de la petite fille.

« Je suis le prince Tobin Erius Akandor, fils d'Ariani et de Rhius. »

Sa façon de bouger renforça l'impression première d'Arkoniel. Son comportement était tout sauf celui d'un enfant normal. Il avait toute la dignité de son père mais ne possédait ni la stature ni l'âge nécessaires pour la porter convenablement.

Arkoniel lui retourna la révérence du mieux qu'il se pouvait assis. Plus marinait en lui le breuvage de la cuisinière, plus puissamment semblait-il agir et le tournebouler.

« C'est un insigne honneur pour moi que de faire votre connaissance, mon prince. Je suis Arkoniel, fils de sieur Koran et de dame Mekia de Rhemair, pupille de la magicienne Iya. Veuillez accepter mes humbles services pour vous-même et pour toute votre maison. »

Les yeux de Tobin s'élargirent.

« Vous êtes un magicien ?

— Oui, mon prince. » Il brandit son poignet bandé. « Une fois qu'il ira un peu mieux, j'espère pouvoir vous montrer quelques-uns des tours que l'on m'a appris. »

Ce genre de proposition, la plupart des enfants l'accueillaient avec des cris d'enthousiasme ou un sourire, à tout le moins, mais Tobin eut l'air de battre en retraite, lui, sans qu'aucun de ses muscles ait bougé.

J'avais raison, se dit Arkoniel, les yeux plongés dans ces prunelles sombres, *quelque chose ici ne va pas du tout.*

Il s'efforça de se lever mais découvrit que ses jambes comme sa tête refusaient de seconder ses tentatives.

« Seras pas quitte de sitôt avec les mixtures de Cuistote, dit Nari en le forçant à se rasseoir. Messire, il lui faut s'allonger pour dormir quelque part, mais aucune des chambres d'invités n'est en état de l'héberger.

— Une paillasse ici près du feu, voilà tout ce dont j'ai besoin », grommela-t-il, à nouveau repris de nausées.

Malgré l'eau-de-vie qui lui brûlait le ventre et la touffeur du jour, il se sentait tout frigorifié.

« Nous pourrions lui dresser un lit dans la seconde pièce des appartements de Tobin, suggéra Mynir, comme si la solution beaucoup plus simple d'Arkoniel était nulle et non avenue. Ça ne l'obligerait pas à monter si haut que le second étage.

— Fort bien, convint Rhius. Prends quelques hommes et envoie-les chercher ce que tu juges indispensable. »

Arkoniel se tassa contre la table. Que ne le laissait-on tout bonnement là, blotti près de l'âtre, en attendant qu'il arrive à se réchauffer… Les femmes allèrent prendre des draps. Tobin sortit avec Tharin et l'intendant, abandonnant Arkoniel à la seule compagnie du maître de céans.

Un moment s'écoula sans que ni l'un ni l'autre desserrent les dents.

« C'est le démon qui a fait peur à mon cheval, finit par dire Arkoniel. Je l'ai vu, clair et net, sur la route, au bas de la prairie. »

Le duc haussa les épaules.

« Il est ici même, en ce moment, avec nous. Je le vois à tes bras, tu as la chair de poule. Toi aussi, tu sens sa présence. »

Arkoniel frissonna.

« En effet, je la sens, mais je l'ai *vu*, lui, dans la prairie, vu comme je vous vois, vous, maintenant. Tobin lui ressemble trait pour trait. »

Rhius secoua la tête.

« Jamais personne ne l'a vu, personne, à l'exception peut-être de…

— Tobin ?

— Les Quatre le préservent, non ! » Il fit un signe pour conjurer le mauvais sort. « Ça lui a été épargné jusqu'ici, du moins. Mais Ariani oui, je crois. Elle avait fait une poupée censée remplacer l'enfant mort et à laquelle il lui arrivait de s'adresser comme à un être véritable. Mais j'ai eu fréquemment l'impression que ce n'était pas la poupée qu'elle voyait en fait. Illior le sait, elle n'accordait guère d'attention à son enfant vivant, sauf à la fin. »

La gorge d'Arkoniel se serra une fois de plus.

« Messire, les mots ne sauraient exprimer quel degré de chagrin… »

Rhius abattit violemment son poing sur la table puis, se penchant vers lui, aboya :

« Garde-toi d'*oser* la pleurer ! Tu n'en as pas le droit, pas plus le droit que moi ! »

Debout d'un bond, il sortit de la pièce en trois enjambées, abandonnant le magicien soufflé tout seul aux prises avec le démon.

Le froid se resserra tout autour d'Arkoniel, qui sentit à n'en point douter des mains glacées d'enfant lui frôler l'échine. La pensée de la musaraigne morte le fit bredouiller tout bas :

« Par les Quatre – Créateur, Voyageur, Flamme et Illuminateur –, je te l'ordonne, esprit, couché ! Couché jusqu'à ce que Bilairy te serve de guide jusqu'à la Porte ! »

Le froid s'intensifia tout autour de lui, néanmoins, et la pièce tout illuminée s'assombrit comme quand de noires nuées se mêlent d'occulter brusquement le soleil. Un gros pot de grès s'envola d'une étagère et, ratant de peu son épaule, alla s'écraser sur le mur opposé. Un panier d'oignons lui succéda, puis une jatte en bois pleine de pâte, puis un plateau, puis... Arkoniel se fourra vivement sous la table, au mépris provisoire de sa fracture.

À deux pas à peine de là, un tisonnier de fer érafla la pierre de l'âtre en fonçant à son tour l'agresser. Il voulut plonger vers la porte mais, s'affalant sur son mauvais poignet, s'écroula avec un glapissement sourd, les yeux verrouillés par l'excès de douleur.

« Non ! »

Claire et suraiguë, une voix d'enfant s'éleva.

Le tisonnier se fracassa par terre.

Arkoniel perçut des pas, des chuchotements. Soulevant ses paupières, il vit Tobin s'agenouiller à ses côtés. Il faisait chaud, de nouveau, dans la pièce.

« Il ne vous aime pas beaucoup, dit Tobin.

— Non... pas beaucoup, je crois », haleta Arkoniel, trop content pour l'instant de rester là où il était. Il est parti ? »

Tobin hocha la tête.

« C'est toi qui l'as congédié ? »

Tobin lui jeta un regard suffoqué mais ne souffla mot. Il n'était plus qu'à quelques mois de son dixième anniversaire, mais, à le voir comme ça, là, Arkoniel aurait été fort en peine de lui donner un âge quelconque. Ses traits avaient tout à la fois quelque chose de trop puéril et de trop âgé.

« Il t'écoute, n'est-ce pas ? insista-t-il. Je t'ai entendu lui parler.

— Ne le dites pas à Père..., s'il vous plaît !

— Pourquoi ? »

À présent, Tobin avait la mine effarée de n'importe quel petit garçon.

« Je… ça le rendrait triste. S'il vous plaît, ne lui dites pas ce que vous avez vu ! »

À se rappeler la violente sortie du duc, Arkoniel hésita. S'extirpant à quatre pattes de dessous la table, il s'assit à même le sol auprès de Tobin, sa main blessée bien à l'abri dans son giron.

« Je suppose que tout ça… » Il promena son regard sur les tessons éparpillés de tous côtés. « Ça ne va étonner personne, hein ? »

Tobin secoua la tête.

« Très bien, alors, mon prince. Je vous garderai le secret. Mais j'aimerais beaucoup savoir pourquoi le démon t'obéit. »

Tobin demeura muet.

« C'est toi qui lui avais ordonné de me jeter la vaisselle à la tête ?

— Non ! Jamais je ne ferais une chose pareille, sur mon honneur. »

À bien scruter ce petit museau si honnête et tendu, Arkoniel ne douta pas que ce ne soit là l'expression de la vérité, et pourtant derrière ces yeux se trouvait il ne savait quel formidable secret. *Encore une demeure aux portes fermées*, songea-t-il, mais en l'occurrence il ne lui semblait pas impossible de trouver les clefs.

Des voix se faisaient entendre, du côté de la grande salle.

« File, allez », chuchota-t-il.

Tobin se glissa dans la cour sans le moindre bruit.

Grand merci, Illior, de m'avoir envoyé ici, se dit Arkoniel en le regardant s'éloigner. *Quelles que soient les ténèbres accumulées autour de cette enfant, j'en ferai bon usage, et je me tiendrai à ses côtés jusqu'à ce que je l'aie vue couronnée sous son aspect légitime.*

17

Il chancelait passablement quand Tharin et Nari l'aidèrent à gagner le premier étage. Le naufrage du soleil derrière les cimes avait plongé toute la maison dans une morne obscurité. À la lueur du lumignon de terre cuite que brandissait le capitaine, Arkoniel discernait à peine les couleurs écaillées, passées des piliers peints de la grande salle, les bannières dépenaillées qui, commémorant des batailles aux noms perdus depuis longtemps, pendouillaient lamentablement aux poutres sculptées, et les appliques de cuivre terni que festonnaient des toiles d'araignée. En dépit des herbes fraîchement répandues parmi la jonchée flottaient de vagues remugles de rat mouillé.

Plus sombre encore se révéla le corridor, en haut. La chambre dans laquelle on l'introduisit, sur la droite, lui donna l'impression d'être un capharnaüm poussiéreux. La lampe posée sur un guéridon diffusait juste assez de lumière pour que se distingue la silhouette d'une cité miniature qui occupait tout un côté de la pièce. D'autres jouets traînaient çà et là dans les coins, mais comme à l'abandon.

Quelques vieux coffres et une armoire dont la porte était abîmée s'adossaient à la pierre nue des parois. Une cage de lit en chêne chantourné avait été assez vilainement placée de guingois près de la fenêtre. C'était un beau meuble, tout ciselé de pampres et d'oiseaux, mais auquel restaient accrochés des pans de toiles d'araignée.

Tharin le fit s'asseoir sur le lit pour lui retirer ses bottes et sa tunique. Le passage de la manche sur son poignet brisé lui fit pousser malgré lui un nouveau grognement.

« Va me lui chercher encore un peu de ce breuvage de Cuistote, ordonna Nari. Pendant ce temps, moi, je me chargerai de son installation.

— Je vais la prier de le faire assez fort pour t'aider à dormir », le rassura Tharin.

Des senteurs de cèdre et de lavande s'exhalèrent de l'édredon sous lequel Nari l'enfouit avant de lui fourrer un coussin sous le bras. La courtepointe de soie bleue conservait la marque des plis invétérés par un long séjour au placard.

« Vous ne recevez pas grand monde, ici, m'est avis, dit-il en se laissant couler, plein de gratitude, au sein des matelas qui sentaient le moisi.

— Le duc festoie ses hôtes ailleurs, de préférence. » Elle lui remonta le couvre-lit sur la poitrine. « Ça vaut mieux ainsi, tu sais bien. Comme ça, Tobin est en sécurité.

— Mais pas heureux.

— Ce n'est pas à moi de le dire. Il est un bon garçon, notre Tobin. Je ne saurais demander meilleur. Et son père est fou de lui – ou bien l'était… Quant à son attitude d'aujourd'hui, hein ? bon… » Elle secoua la tête. « Il a été durement éprouvé, depuis que la princesse… Une mort pareille… Oh, Arkoniel, par la Lumière, j'ai bien peur que ça l'ait brisé.

— C'est arrivé comment ? Je n'ai rien su que par des on-dit. »

Nari rapprocha un siège et s'assit.

« Le roi est venu chasser ici. D'une fenêtre, elle l'a vu arriver sur la route et a entraîné de force le pauvre Tobin en haut, dans la tour. Enfin bon, il refuse d'en parler, mais il avait une entaille au menton, et j'ai découvert du sang sur l'entablement de la fenêtre.

— De là que vient sa cicatrice ?

— Oui. Elle date de ce jour-là.

— D'après toi, sa mère a voulu le tuer ? »

Nari ne répondit pas.

Tout embrumé qu'il était par le grog, Arkoniel la dévisagea fixement, dans l'espoir de percer son mutisme.

« Tu ne penses quand même pas... Voyons, Nari, il n'avait même pas neuf ans, et il est petit pour son âge, en plus ! Comment s'y serait-il pris pour pousser dans le vide une femme adulte ?

— Je ne prétends pas qu'il l'ait fait ! Mais, des fois, c'est arrivé qu'il ait l'air d'être possédé par le démon. Un jour, il a tout démoli, dans cette pièce. Je l'ai pris sur le fait ! Et puis la chambre de la tour, quand nous avons fini par l'y retrouver, c'était exactement pareil...

— C'est absurde ! »

Elle joignit les mains puis s'abîma dans leur contemplation, les sourcils froncés.

« Tu as raison, j'en suis convaincue. Je n'ai aucune envie, crois-moi, de penser du mal de lui. Seulement, voilà qu'il lui parle, maintenant...

— Au démon ? »

La pensée lui revint des messes basses qu'il avait surprises dans les cuisines et de la prière faite par Tobin de ne pas divulguer son secret.

« Il se figure que je n'entends pas, mais j'entends. Quelquefois, c'est pendant la nuit, quelquefois pendant qu'il joue tout seul, ici même. Le pauvret. Il vit tellement solitaire qu'il bavarde avec un fantôme rien que pour avoir quelqu'un avec qui jouer.

— Il t'a, toi, et il a son père. Sans compter Tharin et les autres, qui ont l'air de l'aimer beaucoup...

— Pour ça oui. Mais ce n'est pas pareil pour un gosse, hein ? Tu es assez jeune pour te souvenir. Tu aurais fait quoi, toi, claquemuré dans une vieille baraque comme celle-ci, sans rien d'autre que des domestiques et des soldats ? Et encore, les hommes ne sont même pas là la plupart du temps… Je parierais que tu viens d'une maison pleine de gosses, toi. »

Arkoniel émit un gloussement.

« J'avais cinq frères. On dormait tous dans le même lit, et on se battait comme des blaireaux. Puis Iya m'emmena, et je continuai à trouver des copains de jeux partout où nous menaient nos pérégrinations jusqu'à ce qu'il commence à devenir évident que j'étais différent.

— Eh bien, notre Tobin est aussi différent qu'on peut l'être, et il ne sait toujours pas ce que c'est que de jouer avec un autre enfant. Et moi je dis que ça ne va pas. Je n'ai pas arrêté de le dire. Comment saurait-il à quoi ressemblent vraiment les gens, je te prie, si on le tient reclus ici ? »

Comment, en effet ? se dit Arkoniel.

« Que fait-il de ses journées ? »

Elle renifla.

« Trime comme un petit rustre et s'entraîne en vue d'être un grand guerrier. Tu devrais le voir faire avec les hommes, comme un chiot fonçant à l'ours ! Bien heureux s'il passe l'été sans un nouveau doigt de cassé… Tharin et son père le disent rapide, et qu'il tire aussi bien que certains hommes faits.

— C'est tout ?

— Il monte à cheval, s'il se trouve quelqu'un de libre pour l'emmener, et puis il façonne ses figurines… Ah mais, pour ça, il est doué ! »

Elle attrapa sur l'entablement de la fenêtre plusieurs animaux miniatures en cire et en bois qu'elle étala sur le couvre-pied pour qu'il les admire. Du joli travail.

« Et puis il s'amuse dans cette même pièce. » Elle désigna du doigt la ville et sourit avec tendresse. « Le duc l'a faite exprès pour lui voilà des années. Ils y passent des heures ensemble. C'est censé être Ero, vois-tu. Mais il lui est interdit de sortir se balader ou pêcher tout seul comme on faisait, nous. Comme devrait pouvoir faire n'importe quel mioche ! Les petits nobles de son âge servent aujourd'hui comme pages à la cour. Lui ne peut pas le faire, naturellement. Mais le duc se refuse même à autoriser la moindre visite d'un gamin du village. Tellement terrifié qu'on découvre le pot aux roses… !

— À cet égard, il n'a pas tort. Cependant… » Arkoniel s'accorda le temps de la réflexion. « Et le reste de la maisonnée, dis-moi ? Il y a quelqu'un d'autre au courant ?

— Non. J'en viens parfois même à l'oublier, moi. Tobin est notre petit prince. Je n'arrive pas à imaginer quel air tout ça aura quand se fera le changement. Figure-toi un peu qu'on te dise, tiens : "Oh, à propos, mon chou, tu n'es pas…" »

Elle s'arrêta net, Tharin revenait avec la potion. Mais après qu'il eut repassé la porte en souhaitant bonne nuit, elle s'attarda un moment et, se penchant à l'oreille d'Arkoniel, lui susurra :

« Quel dommage qu'Iya n'ait pas permis à Rhius de le mettre au courant, lui… La famille n'a pas de meilleur ami. Des secrets… ! On est tous farcis de secrets, ici. »

La seconde tournée eut l'effet promis. Arkoniel dormit comme une souche et rêva qu'il jouait avec ses frères au renard et aux oies dans le verger paternel. Au cours de la partie, il s'aperçut que Tobin les dévorait des yeux, mais il ne sut pas trouver les mots pour l'inviter à se joindre à eux. Ensuite, il se vit assis dans la cuisine de sa mère, et le démon s'y trouvait avec lui.

« Je connais le goût de tes larmes », lui répéta-t-il.

Il se réveilla tard, le lendemain matin, la vessie pleine et un goût désagréable dans la bouche. Il avait le flanc gauche tout bleu de sa chute, et le bras le lancinait du poignet à l'épaule. Tout en tenant celui-ci plaqué contre sa poitrine, il découvrit un pot de chambre sous le lit et s'appliquait à l'utiliser quand la porte s'entrebâilla sur le nez de Tobin.

« Bonjour, mon prince ! » Arkoniel dissimula furtivement le pot et se rallongea. « Je n'ose me flatter que vous seriez assez bon pour aller réclamer de ma part à Cuistote quelqu'une de ses potions ? »

Le petit s'évanouit de manière si soudaine que c'était à se demander s'il avait seulement compris.

Ou si c'est bien à lui que je viens de parler...

Mais le gamin reparut bientôt, portant une grande tasse et un petit pain bis enveloppé dans une serviette. Sa timidité de la veille s'était tout à fait dissipée, mais pas sa réserve, et il ne souriait toujours pas. Il remit sa charge à Arkoniel puis resta planté là, à le regarder, pendant qu'il se restaurait, de ce regard trop vieux qu'il avait.

Arkoniel mordit dans le pain tiède et compact que Cuistote avait fendu en deux pour y fourrer une épaisse tranche de fromage bien avancé.

« Hm, quelle merveille ! » s'exclama-t-il avant d'assurer la descente avec une gorgée de la fameuse mixture à l'eau-de-vie. Celle-ci moins corsée, cette fois.

« J'ai participé à la fabrication, déclara Tobin.

— Vraiment ? Eh bien..., chapeau, le mitron ! »

Il n'y gagna pas même l'ombre d'un sourire. Et, comme il commençait à se faire l'effet d'un comédien médiocre devant une assistance éminemment critique, il tâta d'une autre piste.

« Nari m'assure que tu es un tireur de première force.

— J'ai rapporté cinq grouses la semaine dernière.

— Je tirais plutôt bien moi-même, dans le temps. »

Tobin haussa un sourcil aussi réprobateur que celui d'Iya quand elle s'apprêtait à le rabrouer à propos de quelque chose qu'il venait de dire ou de faire. « Vous ne tirez plus ?

— Je suis passé à d'autres études qui m'ont en quelque sorte empêché d'en trouver le temps.

— Les magiciens n'ont pas besoin de tirer ? »

Arkoniel sourit.

« Nous disposons d'autres moyens pour nous procurer à manger.

— Vous ne mendiez pas, si ? Père dit qu'il est honteux à tout homme valide de mendier.

— Mon père m'a inculqué le même principe. Non, mon maître et moi courons les routes en gagnant notre pain. Et il nous arrive de recevoir l'hospitalité, comme je la reçois en ce moment chez toi.

— Et vous allez gagner votre pain de quelle manière, ici ? »

Arkoniel réprima sa violente envie de pouffer. Encore un peu, et ce mioche-là retournerait son matelas pour voir s'il ne fauchait pas les petites cuillères… !

« Les magiciens recourent à la magie pour payer leur écot. Nous fabriquons des choses, nous réparons des choses. Et puis nous divertissons. »

Il étendit la main droite et se concentra sur le creux de sa paume. Une boule de lumière grosse comme une pomme s'y forma puis se résolut en un dragon minuscule aux ailes transparentes, analogues à celles des chauves-souris.

« À Aurënen, j'ai vu de ces… »

Il leva les yeux. Tobin reculait pas à pas, comme exorbité par la peur.

C'était là tout sauf l'une des réactions auxquelles il s'était attendu. « Ne t'inquiète pas…, ce n'est qu'une illusion.

— Ce n'est pas réel ? demanda le petit, réfugié déjà sur le seuil.

— Rien de plus qu'une image, un souvenir de mes voyages. Des virgules comme ça, j'en ai vu tout plein dans un endroit qui s'appelle Sarikali. Il y en a qui deviennent plus gros, en grandissant, que ton manoir, ici, mais ce sont des phénomènes extrêmement rares, et ils ne vivent que dans les montagnes. Alors que ces tout petits-là, partout il en gambade. Les Aurënfaïes les tiennent pour des créatures sacrées. D'après une légende, les tout premiers'faïes auraient été créés à partir…

— De onze gouttes de sang de dragon. Père m'a conté cette histoire, et les'faïes, je sais ce que c'est, dit Tobin, le coupant aussi froidement que son père aurait pu le faire. Il en est venu ici, une fois. Ils jouaient de la musique. C'est un dragon qui a été votre professeur ?

— Non, j'ai pour maître une magicienne nommée Iya. Tu feras sa connaissance un jour ou l'autre. » Il laissa se dissiper le mirage de dragon. « Ça te dirait, de voir autre chose ? »

Toujours prêt à déguerpir, Tobin jeta par-dessus l'épaule un coup d'œil dans le corridor puis demanda :

« Comme quoi ?

— Oh, n'importe quoi, en fait. Qu'est-ce que tu aurais le plus de plaisir à voir ? »

L'enfant s'accorda le temps de la réflexion.

« J'aimerais voir la ville.

— Ero, tu veux dire ?

— Oui. J'aimerais voir la maison de ma mère à Ero, celle où je suis né.

— Hum. » Arkoniel réprima une bouffée d'angoisse. « Oui, je peux te la faire voir, mais il nous faudra recourir à un autre genre de magie. J'ai besoin de tenir ta main. Tu voudras bien m'accorder ça ? »

Non sans hésiter, le gamin finit par revenir lentement vers lui puis lui tendit la main.

Arkoniel s'en saisit et le rassura d'un sourire.

« C'est vraiment tout simple, mais ça va peut-être te faire une drôle d'impression. Comme celle qu'on a quand on fait un rêve éveillé. Ferme les yeux. »

Toute perceptible qu'était la tension nerveuse de sa frêle menotte toute raidie, le petit s'exécuta.

« Bien. Maintenant, imagine-toi que nous sommes deux grands oiseaux et que nous survolons la forêt. Quelle espèce d'oiseau te plairait-il d'être ? »

Tobin retira vivement sa main et recula d'un pas.

« Je n'ai pas envie d'être un oiseau ! »

Était-ce la peur, à nouveau, ou rien que de la méfiance ?

« Il s'agit seulement de faire semblant, Tobin. Tu fais bien semblant, quand tu joues, n'est-ce pas ? »

Regard abasourdi.

« Semblant. Tu t'amuses à te figurer des choses qui n'existent pas en réalité. »

C'était sans doute un nouvel impair, car l'enfant jeta un coup d'œil anxieux vers la porte.

Arkoniel promena son regard sur les jouets étalés tout autour. Avec n'importe quel autre gosse, il aurait fait cingler tout seuls à travers la chambre les petits bateaux ancrés dans la rade de la cité miniature, ou bien fait faire spontanément au cheval de bois poussiéreux un tour de manège sur ses roulettes, mais quelque chose l'en dissuada. Aussi préféra-t-il se laisser glisser au bas du lit pour s'approcher en boitillant de la maquette. Vue de plus près, la disposition de ses rues, de ses principaux édifices rendait impossible toute méprise, si rudement malmenée qu'elle eût été. Tout un pan du mur ouest s'était volatilisé, et des trous dans le soubassement d'argile signalaient seuls l'ancien emplacement d'immeubles disparus. Les rescapés du cataclysme allaient du simple cube de bois brut à de véritables petits chefs-d'œuvre sculptés et peints représentant fidèlement les plus fameux temples et demeures du Palatin. L'exécution du Palais Neuf était particulièrement minutieuse, avec les brins de bois figurant sur les flancs les enfilades de colonnes et, ponctuant tout du long le toit, les minuscules emblèmes dorés des Quatre.

Des bonshommes de bois gisaient éparpillés sur les marchés et sur le couvercle du coffret qui tenait lieu de Palais Vieux. Il en attrapa un.

« Ton père a dû se donner bien du mal pour faire tout cela. Quand tu t'en sers pour t'amuser, il ne t'arrive pas de te dire que tu es l'un de ces petits lascars qui baguenaudent en ville ? » Il saisit celui qu'il tenait par la tête et lui fit parcourir le marché central. « Regarde, te voilà sur le marché de la grand-place. » Il adopta un fausset cocasse. « "Qu'est-ce que je vais bien pouvoir m'acheter aujourd'hui ? Hmhm, voyons toujours voir quelles friandises il y a sur l'éventaire de Mamie Sheda. Et maintenant, bon, courons voir si l'on n'aurait pas, rue Fléchier, quelque nouvel arc de chasse juste à ma taille..."

— Non, vous vous y prenez mal. » Tobin s'accroupit auprès de lui et s'empara d'une autre figurine. « Vous ne pouvez pas être moi. Il vous faut être vous.

— Je peux bien faire semblant d'être toi, non ? »

Tobin secoua la tête énergiquement.

« Je ne *veux* pas qu'un autre soit moi.

— Parfait, je serai moi, et tu seras toi. Cela posé, que dirais-tu de rester toi tout en changeant de forme ? » Couvrant de sa main celle de Tobin, il métamorphosa la figurine que tenait celui-ci en un petit aigle de bois. « Tu vois, c'est toujours toi, mais tu as l'aspect d'un aigle, maintenant. Tu peux faire la même chose dans ta tête. Tu n'as qu'à t'imaginer sous une forme différente. Ça n'a rien à voir avec la magie. Mes frères et moi, nous passions des heures à être toutes sortes de choses. »

Alors qu'il s'était presque attendu à voir Tobin lâcher l'aigle et s'enfuir, le petit détaillait minutieusement l'oiseau. Et il souriait.

« Je peux vous montrer quelque chose ? demanda-t-il.

— Bien sûr. »

Sans se dessaisir du jouet, Tobin sortit en courant puis revint au bout d'un moment, paumes accolées devant lui. Après s'être accroupi de nouveau près d'Arkoniel, il déversa sur le sol, entre eux, une douzaine de petites sculptures et de figurines en cire analogues à celles montrées la veille par Nari. Sauf que celles-ci étaient bien meilleures. Il y avait un renard, plusieurs chevaux, un daim, et un adorable oiselet de bois, à peu près de la même taille que l'aigle évoqué juste avant.

« C'est toi qui les as tous faits ?

— Oui. » Il brandit l'oiseau d'Arkoniel et le sien. « Mais le vôtre est mieux réussi que le mien. Vous pouvez m'apprendre à les faire à votre façon ? »

Arkoniel se saisit d'un cheval en bois et secoua la tête, émerveillé.

« Non. Et les tiens sont mieux, sans mentir. Les miens ne sont qu'un leurre. Alors que ceux-ci sont le produit de tes mains et de ton imagination. Tu dois être un artiste, à l'instar de ton père.

— Et de ma maman, fit Tobin, qui se montrait ravi du compliment. Elle faisait des sculptures, elle aussi, avant de se mettre aux poupées.

— Je ne savais pas ça. Elle doit te manquer. »

Le sourire s'évanouit. Tobin haussa les épaules et se mit à grouper en phalanges et en lignes bêtes et gens dans le havre peint.

« Vous en avez combien, de frères ?

— Plus que deux. J'en avais cinq, mais deux sont morts de la peste, et le plus âgé a été tué en combattant les

Plenimariens. Les deux survivants sont eux aussi des guerriers.

— Mais pas vous.

— Non, Illior avait d'autres projets pour moi.

— Vous avez toujours été magicien ?

— Oui, mais je l'ignorais avant que mon maître ne me découvre alors que j'avais… » Il s'interrompit, comme stupéfait. « Houlala…, mais c'est que j'étais un peu plus jeune que tu ne l'es !

— Vous avez eu beaucoup de chagrin ?

— Pour quelle raison aurais-je eu du chagrin ?

— De ne pas être un guerrier comme vos frères. De ne pas servir Skala de cœur et d'épée.

— Chacun de nous sert à sa façon. Tu le savais, que des magiciens s'étaient battus durant la Grande Guerre ? Le roi en a quelques-uns dans son armée, aujourd'hui.

— Mais vous n'en faites pas partie », souligna Tobin. À ses yeux, cela dépréciait manifestement Arkoniel.

« Comme je te l'ai dit, il y a mille et une façons de servir. Et un pays n'a pas exclusivement besoin de guerriers. Il lui faut aussi des lettrés, des bâtisseurs, des cultivateurs. » Il brandit bien haut l'oiseau de Tobin. « Et des artistes ! Puis rien ne t'empêche d'être à la fois artiste et guerrier. Maintenant, que dirais-tu d'aller voir la grande cité dont tu seras un jour le protecteur, mon jeune guerrier ? Tu es prêt ? »

Tobin acquiesça d'un hochement puis tendit de nouveau sa main.

« Et comme ça, je n'aurai qu'à faire semblant d'être un oiseau, mais je suis toujours moi quand même ? »

Arkoniel fit un grand sourire.

« Tu resteras toujours toi-même, de toute manière. À présent, détends-toi et respire comme quand tu dors, bien doucement. Bien. Quelle sorte d'oiseau veux-tu être ?

— Un aigle.

— Alors, j'en serai un moi aussi, sans quoi je ne serais pas capable de me maintenir à ta hauteur. »

Pour le coup, Tobin se détendit sans difficulté, et Arkoniel tissa silencieusement le charme destiné à projeter ses propres souvenirs dans l'esprit de l'enfant. Attentif à ne pas l'effaroucher par des changements brusques, il entama la vision par celle d'un grand sapin qui leur servait à tous deux de perchoir et d'où ils dominaient la prairie.

« Est-ce que tu vois la forêt et la maison, là, bien ?

— Oui ! répondit Tobin dans un souffle émerveillé. Comme dans un rêve…

— Bien. Puisque tu sais voler, ouvre tes ailes et viens avec moi. »

Tobin mit un étonnant empressement à s'exécuter.

« J'aperçois le bourg !

— Nous allons maintenant voler en direction de l'est. »

Après avoir conjuré l'image d'arbres et de champs défilant à toute allure en dessous d'eux puis celle d'Ero, Arkoniel suspendit leur vol à l'aplomb du Palais Vieux, tout en fournissant au petit les éléments nécessaires pour le reconnaître. Juché là-bas dessous, le cercle Palatin ressemblait, sur la colline archi-peuplée, à un œil de verdure tout rond.

« Je vois Ero ! chuchota Tobin. C'est tout à fait comme ma cité, sauf qu'il y a beaucoup plus de maisons, de rues, de couleurs… Je peux voir le port et les bateaux ?

— Il nous faut voler jusque-là. Notre vision n'est pas illimitée. »

Arkoniel sourit à part lui. Ainsi donc, il se trouvait tout de même un enfant, derrière ce masque tellement sévère… ! D'un même mouvement, ils descendirent en piqué vers la rade et tracèrent des cercles autour des cargos ventripotents et des frégates au mouillage.

« Je veux m'embarquer sur des bateaux comme ça ! s'emballa Tobin. Je veux aller voir chacune des Trois Terres, et puis aller chez les'faïes, aussi !

— Tu pourras peut-être chanter avec eux.

— Non… »

La vision s'estompa, brouillée par une distraction du gosse.

« Il faut que tu te concentres, lui rappela Arkoniel. Ne te laisse tracasser par aucun souci. Je ne peux pas faire ça très longtemps. Où voudrais-tu encore aller ?

— À la maison de ma mère.

— Ah oui. Remontons sur le Palatin. »

Il emmena Tobin dans le labyrinthe de demeures entourées de murs qui sinuait entre le Palais Neuf et le Palais Vieux.

« Voilà celle de Maman, déclara Tobin. Je la reconnais aux griffons d'or qui bordent son toit.

— Exact. »

Rhius avait bien formé son fils.

Comme ils se rapprochaient par cercles successifs, la vision perdit à nouveau de sa netteté, mais sans que l'enfant, cette fois, y soit pour rien. Au fur et à mesure que devenaient plus distincts la demeure et son parc, Arkoniel se sentit en proie à un malaise grandissant. Il repérait désormais les dépendances et les différentes cours, notamment celle où, sous l'égide du grand châtaignier, se trouvait la tombe du jumeau mort. Or, à leur approche, celui-ci se racornit à vue d'œil. Des branches noueuses et dépouillées se brandirent, tels des doigts griffus, pour l'agripper, exactement comme l'avaient fait les racines pour se cramponner au petit dans sa précédente vision du bord de la mer.

« Par la Lumière… ! » s'étrangla-t-il en s'efforçant de mettre un terme à la vision avant qu'elle n'atteigne Tobin. Tout s'acheva pour lui quand une rafale de froid les souffleta tous deux. La vision se dissipa, le laissant momentanément aveugle et pantelant.

« Non, non ! » se mit à hurler Tobin.

Arkoniel sentit la main de l'enfant s'arracher de la sienne. Quelque chose lui heurta violemment la joue, et la douleur cuisante qu'il en éprouva réduisant à néant le reste de magie lui rendit ses esprits et la vue.

La pièce tout entière avait la tremblote. Les vantaux de l'armoire s'ouvrirent à la volée, puis se refermèrent de même avec fracas. Des coffres battaient les murs, pris de frénésie, et des objets volaient de toutes parts.

Agenouillé près de la cité, Tobin essayait à deux mains de retenir le toit du palais.

« Arrête-moi ça ! piaulait-il. Allez-vous-en, magicien ! *De grâce !* Sortez ! »

Arkoniel demeura où il se trouvait.

« Mais, Tobin, je ne puis… »

Nari fit irruption dans la chambre et se précipita vers le petit, qui l'étreignit de toutes ses forces et s'enfouit le visage au creux de son épaule.

« Qu'est-ce que tu es en train de fabriquer ? » glapit-elle en foudroyant Arkoniel d'un regard accusateur.

« Je… j'avais juste… » Le toit du palais fit une pirouette en l'air, il le rattrapa au vol avec sa bonne main. « Nous regardions la ville. Ça n'a pas plu à votre démon. »

Le peu qu'il discernait du museau de Tobin suffisait à lui révéler que les lèvres du gamin remuaient, formant à toute vitesse, au ras de la blouse sombre de la nourrice, des mots silencieux.

Le calme revint dans la pièce, mais l'ambiance y demeura lourde et oppressante comme au cours de ces accalmies que l'on connaît entre deux tornades. Tobin se libéra finalement des bras de Nari et se dépêcha de filer.

Elle jeta un regard circulaire sur tout ce gâchis et soupira.

« Tu vois comment c'est, pour nous ? Indépendamment du fait qu'on ne sait jamais ce qu'il va faire ou ce qui l'y pousse…, puissent Illior et Bilairy nous préserver des esprits bilieux ! »

Arkoniel hocha la tête, mais il savait pertinemment, lui, cette fois, pourquoi *l'autre* avait choisi d'agir à ce moment précis. Il se revit encore un coup tout en pleurs au pied du fameux châtaignier, penché sur un petit corps inerte qui sombrait dans la fosse et dont les larmes abreuvaient la terre. Oh, ça oui, le goût de ses larmes, *l'autre* le connaissait…

Comme Tobin ne voulait plus rien avoir à faire avec lui, à la suite de l'incident, Arkoniel consacra le reste de sa journée à une exploration minutieuse du manoir. Son bras mal en point réclama maintes fois la potion de Cuistote, grâce aux effets lénifiants de laquelle il avait le sentiment de vagabonder dans un rêve.

La lumière du jour confirma la première impression qu'il s'était faite du castel ; celui-ci n'était inhabitable qu'en partie. L'étage supérieur se trouvait dans un état de délabrement total. Des appartements jadis magnifiques n'étaient plus que ruines, et ruines rongées par la lèpre et les rats. Des fuites au-dessus, dans la toiture ou dans les greniers, y avaient ravagé les peintures murales et dégradé le mobilier.

Or, chose étrange, tout prouvait néanmoins que quelqu'un avait continué à fréquenter ces pièces désolées. Des tas d'empreintes se lisaient dans la poussière tapissant la nudité du sol. Une chambre avait notamment bénéficié des nombreuses visites de tout petits pieds dont les traces étaient du reste recouvertes à présent par une fine pellicule de poussière. La chambre en question, qui se trouvait vers le milieu du corridor, se distinguait de ses voisines par un état moins piteux et par un meilleur éclairage, consécutif à la disparition du volet de l'une de ses hautes fenêtres étroites.

Tobin y était venu en mainte occasion, et toujours pour se rendre dans l'angle opposé à la porte. Un coffre en cèdre et de style mycenois occupait celui-ci, et la poussière qui abondait sur son couvercle enrichi de motifs polychromes achevait de conter l'histoire. Arkoniel conjura un petit globe lumineux à la faveur duquel il n'eut qu'à se pencher pour relever chacune des traces et des marques de doigts. Oui, c'était pour ouvrir ce coffre que venait naguère le petit. Mais dedans ne se trouvait rien d'autre que des tabards de coupe antédiluvienne.

Peut-être ne s'était-il agi là que d'une espèce de jeu ? Mais à quel jeu jouerait un gosse tout seul, un gosse qui ne savait pas seulement comment *faire semblant* ? Arkoniel examina la pénombre crasseuse qui l'environnait pour essayer de s'y figurer Tobin livré à lui-même. Les menus pas se croisaient et recroisaient sans doute autant de fois que le jeu avait dû durer de jours. L'accès de compassion qui lui transperça de nouveau subitement le cœur, le jeune magicien l'éprouvait cette fois pour le jumeau vivant.

Non moins intrigantes étaient les séries d'empreintes qui menaient tout au bout du corridor. La porte sur laquelle il venait buter était toute neuve, et c'était la seule fermée à clef.

Plaquant sa main sur la serrure de bronze, il en évalua mentalement la complexité. En faire jouer le mécanisme n'aurait guère soulevé de problème, à ceci près que les lois non écrites de l'hospitalité reçue prohibaient la goujaterie d'une pareille violation. Il suspectait d'ailleurs ce sur quoi la porte ouvrait.

Précipitée par la fenêtre d'une tour...

Il reposa son front contre la fraîcheur du battant. Ariani s'était enfuie par là, enfuie vers la mort, non sans entraîner son enfant. À moins que Tobin ne l'eût spontanément suivie ? Il s'était écoulé trop de temps depuis, il y avait eu depuis trop d'allées et venues par là et de trop de gens pour qu'il puisse encore déchiffrer les traces des protagonistes…

Les vagues soupçons de Nari persistaient à le tracasser. Les cas de possession étaient rares, et il croyait Tobin lui-même incapable d'avoir pu vouloir faire du mal à Ariani. Mais cela faisait déjà trois fois qu'il essuyait personnellement la fureur du démon ; celui-ci avait bel et bien et la force et la volonté de tuer. Seulement, quelle raison aurait-il eue d'assassiner sa mère, alors qu'elle n'était pas moins victime des circonstances que lui-même et que son jumeau ?

De retour en bas, il traversa la grande salle aux allures sinistres et sortit. Le duc ne se voyait nulle part, mais ses hommes s'affairaient à former les faisceaux et à charger les bêtes en vue du retour à Ero.

« Comment va le bras, aujourd'hui ? lui demanda Tharin en s'avançant à sa rencontre.

— Je crois qu'il va très bien se raccommoder. Grâce à vos bons soins.

— C'est le capitaine Tharin qu'est notre rebouteux à tous, observa un blondinet qui passait d'un air faraud avec une poignée d'outils. Alors, comme ça, c'est vous, le petit magicien qu'êtes même pas capable de maîtriser un hongre de deux ans ?

— Gaffe à toi, Sefus, ou il va te transformer en un truc utile, lui lança de son appentis, contre le mur de la cour, un type plus âgé. Viens plutôt par là m'aider aux harnais, bougre de petit feignant !

— T'y frotte pas ! rigola un jeune soldat. Le Sefus, irascible qu'il est quand ça fait trop de temps qu'il est loin des bordels !

— Ou je me trompe fort, ou aucun d'entre vous ne doit apprécier de se trouver aussi loin de la ville. On ne doit pas s'amuser tous les jours, ici…

— T'a fallu toute la matinée pour t'en douter, c'est ça ? riposta Tharin avec un gloussement de gorge.

— Les hommes sont gentils avec le petit ?

— Te figures-tu que Rhius tolérerait le contraire de la part de n'importe qui ? À ses yeux, c'est sur ce mouflet que le soleil se lève et se couche. Comme aux nôtres à tous, d'ailleurs. Et ce n'est pas la faute de Tobin. » Il fit un geste vers la maison. « Ni de personne là-dedans. »

Le ton défensif de cette déclaration n'échappa pas à Arkoniel.

« Évidemment pas, abonda-t-il. Est-ce que quiconque prétend le contraire ?

— Faut toujours que ça jase, les langues. Sur un machin comme "la propre sœur du roi hantée par un démon", tu vois ça d'ici, ce qui se brode de ragots… ! C'est pourquoi, sinon, d'après toi, que Rhius a collé sa pauvre femme et son fils dans ce coin paumé, loin de toute société digne d'eux ? Une princesse, vivre ici ? Et un prince ? Pas étonnant que… Enfin bref, assez parlé de ça. Suffit amplement que les ignorants du bourg en déparlent. Comme ceux d'Ero.

— Rhius a peut-être raison. Tobin risquerait de souffrir, en ville, de tous ces commérages. Il est assez grand pour comprendre, maintenant.

— Oui. Et ça briserait le cœur de son père. Le mien aussi, d'ailleurs. Un bon garçon, notre Tobin, qui finira tôt ou tard par s'épanouir…

— Assurément. »

Laissant Tharin à ses préparatifs, Arkoniel alla faire le tour de l'enceinte extérieure.

Elle ne trahissait pas moins de négligence et de décrépitude. Il y avait eu là des jardins, dans le temps. Quelques buissons de roses à demi sauvages escaladaient les vestiges croulants de clôtures en pierre, et par-ci par-là se voyait la tête brune et desséchée de rares pivoines montées en graine qui disputaient tant bien que mal la place à l'envahissement de fleurs des champs indigènes telles que nériettes et marguerites, asclépiades et genêts. Des pivoines, Ariani, se rappela-t-il, en avait dans son jardin d'Ero. Même que, durant les premiers mois d'été, sa demeure en était embaumée du haut en bas par d'énormes gerbes…

Seul un potager demeurait encore cultivé, entre la berge de la rivière et une poterne sur les arrières. Arkoniel y cueillit un brin de fenouil qu'il se mit à mâchonner avant de rentrer par cette dernière.

Il aboutit ainsi dans une cour sur laquelle donnait une porte ouverte qui se trouva le ramener dans les cuisines. Cuistote – dont c'était apparemment le seul nom – s'y activait en vue du repas du soir, avec Nari, Tobin et Sefus pour acolytes.

« Je ne sais pas, mon chou, disait Nari d'un ton agacé. Pourquoi demandes-tu des choses pareilles ?

— Quelles choses ? »

Arkoniel se joignit à la tablée. En s'asseyant, il aperçut ce que venait de faire Tobin et sourit. Cinq moutons blancs en navet se trouvaient talonnés par un couple d'ours en betterave et un truc en carotte qui ressemblait vaguement au dragon montré le matin même.

« Autrefois, Cuistote était archer et, comme le fait Tharin, elle se battait avec Père contre les Plenimariens, expliqua le petit. Mais elle dit que le roi, ça ne lui plaît plus qu'il y ait des femmes dans son armée. Pour quelle raison ?

— Vous étiez soldat ? » demanda Arkoniel.

Cuistote arrêta de touiller sa marmite et, se redressant, s'essuya les mains sur le devant de son tablier. Arkoniel n'avait pas beaucoup fait attention à elle jusque-là, mais il surprit un éclair de fierté dans ses yeux tandis qu'elle hochait la tête.

« Oui. J'ai servi la dernière reine avec le père du duc Rhius et puis, après elle, le roi, quelque temps. Je servirais encore – j'ai l'œil et le bras toujours aussi bons –, mais le roi n'aime pas voir des femmes dans les rangs. » Elle haussa les épaules. « Et, du coup, me voilà ici.

— Mais *pourquoi* ? » insista Tobin, tout en s'attaquant à un nouveau navet.

« Peut-être que les filles, ça sait pas se battre comme il faut, suggéra Sefus avec un sourire en coin.

— J'en valais bien trois comme toi, et j'étais pourtant pas la meilleure ! » jappa Cuistote.

Attrapant un fendoir, elle entreprit une épaule de mouton comme s'il s'agissait d'un fantassin plenimarien.

La suffisance de Sefus n'était pas pour surprendre Arkoniel. De ces matamores, il ne s'en voyait que trop, depuis quelques années. « À condition d'avoir du cœur et de l'entraînement, les femmes sont capables de faire d'excellents guerriers – tout autant que d'excellents magiciens, dit-il à Tobin. Le cœur et l'entraînement, voilà ce qu'il faut pour briller dans quelque domaine que ce soit. Ce matin, je t'ai dit que je ne tirais plus à l'arc, tu te rappelles ? Eh bien, je n'y étais pas fameux, au début, ni à l'épée non plus. Personne, alors, ne m'aurait trouvé bien utile comme guerrier. Quant à Iya, elle n'aurait pas fait de moi un magicien, j'avais, tiens, plus de chance de finir gâte-sauce que lettré ! » Il jeta un regard en biais vers Sefus. « Il n'y a pas si longtemps, j'ai rencontré une vieille femme qui avait fait la guerre tout à la fois en tant que guerrier et en tant que magicien. Elle s'est battue aux côtés de la reine Ghërilain, laquelle finit elle-même par remporter la victoire grâce à ses prodigieuses vertus guerrières. Les reines-guerrières de Skala te sont bien connues, n'est-ce pas ?

— Je les ai dans un coffret, là-haut », répondit Tobin, tout absorbé qu'il était par son travail. Et il se mit à fredonner à la manière d'une comptine : « Il y a le roi Thelátimos, qui s'entendit ordonner par l'Oracle de donner la couronne à sa fille, puis Ghërilain la Fondatrice, Tamir l'Assassin, Agnalain-qui-n'est-pas-ma-grand-maman, Ghërilain Deux, Iaair, qui combattit le dragon, Klia, qui tua le lion, Klie, Markira, Oslie-aux-six-doigts, Marnil, qui voulait tellement avoir une fille mais à qui l'Oracle préféra donner un nouvel époux, et Agnalain-qui-est-ma-grand-maman. Et puis le-roi-mon-oncle.

— Hmhm, je vois. » Arkoniel marqua une pause pour essayer de s'y retrouver dans cette litanie confuse. Abstraction faite de quelques détails bizarres ou dépourvus d'intérêt, Tobin, manifestement, ne comprenait pas grand-chose à ce qu'il venait de débiter d'un trait. « Agnalain Première, tu veux dire. Et la reine Tamir, qui fut assassinée. »

Tobin haussa les épaules.

« Eh bien, tu as les noms justes, mais est-ce que tu… ? »

Nari s'éclaircit bruyamment la gorge et lui fit les gros yeux pour le mettre en garde.

« C'est le duc Rhius qui veille à l'éducation de Tobin. Il lui apprendra ce genre de choses quand il l'estimera séant. »

Ce gosse a besoin d'un véritable précepteur, songea Arkoniel, avant de tiquer sur tous les échos : maître, ami, compagnon…, que suscitait le terme dans son esprit. Gardien.

« Quand est-ce que le duc compte nous quitter ? demanda-t-il.

— Demain, dès le point du jour, fit Sefus.

— Eh bien, dans ce cas, je ferais mieux de lui présenter mes respects ce soir. Lui et ses hommes dîneront dans la grande salle ?

— Évidemment », marmonna Tobin.

Sous son canif, un navet se métamorphosait en un second dragon.

Arkoniel prit congé et se dépêcha de regagner le premier étage afin de rassembler ses esprits, tout en espérant que c'était bel et bien l'Illuminateur qui lui avait inspiré l'idée qui s'était si brusquement fait jour en lui.

Il avait d'autant plus besoin de le croire qu'il allait la soumettre à Rhius.

Ainsi qu'à Iya.

18

Pendant le dîner, Arkoniel se trouva occuper la droite de Rhius. Tharin et une poignée d'hommes assuraient le service. Quoique bien assaisonnée, la chère se révéla d'un chiche et d'une simplicité choquants. Cela suffit à redoubler les appréhensions du jeune magicien. À Ero comme à Atyion, le duc s'était montré le plus fastueux des hôtes. Ce n'était alors dans ses résidences qu'un concert permanent de couleurs et de mélodies, que festins de vingt plats régalant cent convives rutilants de brocarts, de fourrures et de pierreries. Or, ici, l'existence faite à Tobin différait à peine de celle d'un cul-terreux de chevalier sans terre.

Rhius lui-même était austèrement vêtu de sombre, avec une robe courte juste relevée par trois poils de renard et un galon doré. L'unique bijou qu'il portait était un large anneau de deuil. Quant à Tobin, sa tunique unie l'aurait plutôt fait prendre pour un petit domestique. Possédait-il plus de deux tenues complètes ? Arkoniel en doutait, quitte à penser que celle-ci devait être la plus élégante…

Le duc ne s'occupa guère de son voisin durant le repas. Tobin était en revanche l'objet de toutes ses attentions, Tobin à qui il contait mille anecdotes sur la cour ou sur ses campagnes. Tout en écoutant sans mot dire, Arkoniel trouva leurs échanges quelque peu creux et forcés. Le petit faisait une mine pitoyable. Du bout de la table, là-bas, le regard de Nari croisa celui du jeune magicien, et elle secoua la tête en silence.

Le repas terminé, Rhius alla s'installer dans un grand fauteuil au coin de la cheminée et se mit à fixer le maigre feu qu'elle recelait. Ni congédié ni sollicité, Arkoniel osa vaille que vaille venir s'asseoir à ses côtés sur le banc d'âtre et, une fois là, patienta, l'oreille au craquement des braises, ne sachant trop en quels termes formuler sa requête.

« Messire ? » hasarda-t-il enfin.

Rhius ne leva pas seulement les yeux.

« Qu'attends-tu encore de moi, magicien ?

— Rien d'autre qu'un mot en privé, si tel est votre bon plaisir. »

Il s'attendait presque à un refus, mais Rhius se leva et le précéda dans la prairie, dehors, et là, un sentier les mena au bas de la colline, près de la rivière.

Il faisait frais, la soirée était agréable. Les derniers rayons du soleil embrasaient le ciel derrière les cimes et projetaient l'ombre de celles-ci sur le manoir et sur la prairie. Le ciel foisonnait d'hirondelles qui voletaient en quête de leur souper. Parmi les roseaux, des grenouilles accordaient leurs gosiers.

Ils demeurèrent un moment sans parler sur la berge, à regarder les eaux bourbeuses, puis le duc se tourna vers lui.

« Eh bien ? Je vous ai donné un fils et une épouse. Que me réclame à présent ta maîtresse ?

— Rien, messire, excepté le bien-être et la sécurité de l'enfant qui vous reste. »

Rhius éructa un ricanement narquois.

« Je vois.

— M'est avis que non. Si Tobin doit être... ce que nous souhaitons le voir devenir, il lui faut comprendre le monde dont il est appelé à hériter. Vous avez sagement agi en le protégeant ici, mais il n'est plus un bambin, maintenant. Il lui faut apprendre les usages vestimentaires, les bonnes manières et les arts courtois. Il lui faut des professeurs. Il lui faut également des amis de son âge, d'autres enfants qui…

— Non ! Tu l'as vu, hein, le démon qui le hante, grâce aux tripatouillages de votre saleté de sorcière, cette nuit-là ? À Ero comme ici, les mères terrifient leurs mioches avec les fables sur "l'enfant hanté du château". Ah, tu l'ignorais ? Oh, mais comment serais-tu au courant, puisque ni toi ni ta maîtresse n'aviez daigné jusqu'ici revenir nous voir ? Expédierai-je à la cour Tobin et son démon, les présenterai-je au roi ? Combien de temps faudrait-il aux créatures d'Erius, je te prie, pour percer le voile avec leurs yeux acérés et leurs charmes de mort ?

— Impossible. C'est justement dans ce but que nous avions amené la sorcière, et…

— Je ne veux pas courir ce risque ! Erius a beau continuer à porter un anneau de deuil en l'honneur de sa sœur, jusqu'où poussera-t-il la sensiblerie s'il apprend que l'enfant qu'elle a laissé est… » Il se ressaisit de justesse et, baissant le ton, siffla, venimeux : « … en droit d'hériter ? Si tu te figures qu'il épargnerait *aucun* de ceux d'entre nous qu'il a vus cette nuit-là dans la chambre de l'accouchée, eh bien, tu es le dernier des ânes. Pour moi, la mort serait une bénédiction, mais tu penses au petit ? Avons-nous enduré toutes ces épreuves pour tout anéantir sur une lubie de… » Il s'interrompit, sa main fit mine de balayer Arkoniel : « … d'un godelureau d'apprenti magicien ? »

Arkoniel dédaigna l'outrage.

« Alors, permettez-moi d'introduire des enfants ici, messire. Des enfants issus d'une autre province et qui n'aient pas eu vent de toutes ces histoires. En sa qualité de prince du sang, Tobin devrait être bientôt appelé soit à rejoindre les Compagnons du prince héritier, soit à avoir sa compagnie à lui. Que diront les nobles d'Ero si le propre neveu du roi, le fils d'une princesse et d'un grand seigneur, est élevé comme un rustre ? Il faut le préparer. »

Le regard de Rhius s'abîma dans les eaux mais, au silence qui s'ensuivit, Arkoniel eut le sentiment d'avoir fait mouche.

« Tobin est encore un gamin, mais son absence de la cour ne tardera plus guère à être remarquée..., peut-être même par les magiciens du roi. Et alors on viendra le chercher ici. Du reste, quoi que nous fassions, vous serez bien obligé de le présenter tôt ou tard à la cour. Moins il paraîtra singulier...

— Dans ce cas, rien qu'un. Qu'un seul gosse comme compagnon. Mais sous réserve encore que tu acceptes mes conditions. » Il lui jeta un regard noir. « Primo, si l'autre gamin découvre notre secret, tu le tueras de tes propres mains.

— Messire... »

Rhius s'inclina comme en confidence et souffla, tout bas : « Il a fallu que mon propre enfant meure. Et il faudrait que celui d'un étranger vive pour ruiner nos plans ? »

Arkoniel hocha la tête. Iya ne manquerait pas d'exiger la même promesse, il s'y attendait.

« Et quoi d'autre ? »

Quand Rhius reprit la parole, sa colère s'en était allée. Dans l'obscurité grandissante, il avait l'air vieux et voûté – l'air de n'être plus que l'ombre triste et creuse de l'homme qu'il avait été.

« Et puis que tu resteras ici comme précepteur de Tobin. Tu es de noble naissance, et tu n'es pas sans expérience de la cour. Je ne me hasarderai pas à introduire un autre étranger dans ma maison. Demeure et garde mon fils jusqu'à ce que le monde soit remis d'aplomb. »

Le soulagement donna des vertiges à Arkoniel.

« Je le ferai, messire. Par mes mains et mon cœur et mes yeux, je le ferai. »

Voici que s'accomplissait la vision dont il avait été gratifié à Afra, et ce grâce à l'offre émanée de Rhius en personne.

« Toutefois, messire, avec votre permission..., reprit-il, tout à l'allégresse de ses propres élucubrations. Vous possédez une fortune colossale, mais votre fils n'en est pas moins élevé dans un véritable tombeau. Ne vous serait-il pas possible de transformer ces lieux en une maison digne de lui ? J'aurai moi-même également besoin d'appartements à moi, pour mon repos comme pour mes études. On pourrait réparer ceux du second étage. Et la pièce qu'il va nous falloir pour les leçons de Tobin...

— Parfait, parfait ! beugla Rhius en brandissant les mains au ciel. Agis à ta guise. Engage des ouvriers. Arrange le toit. Fais couler des pots de chambre en or si ça te chante..., mais protège-moi mon fils ! »

Ses yeux s'attachèrent longuement sur les murs du fort.

Les fenêtres des baraquements luisaient de façon chaleureuse, et l'on entendait les hommes de garde chanter autour de leur feu. Au-delà, le manoir lui-même avait l'air désert, sauf qu'à une fenêtre du premier étage vacillait une frêle lueur.

Rhius exhala un profond soupir.

« Par les Quatre, mais c'est en effet devenu un tombeau... Alors que c'était autrefois une habitation superbe, avec des jardins, de riches écuries. Mes ancêtres donnaient là des chasses et des banquets, en automne, et ils y hébergèrent des reines. Je... je me flattais toujours qu'Ariani finirait par se rétablir et m'aiderait à lui rendre sa splendeur première.

— Une reine à venir l'appelle sa maison. Embellissez-la pour elle. Après tout, Tobin est un artiste, et, chez ses pareils, c'est l'œil qui nourrit l'âme. »

Rhius acquiesça d'un hochement.

« Fais comme tu le jugeras bon, Arkoniel. Mais laisse la tour telle quelle. Nul ne doit y accéder. Les volets sont cloués, et les portes n'ont pas de clefs.

— Il en sera selon votre volonté, messire. »

Les hirondelles étaient reparties se nicher, et de petites chauves-souris brunes sorties courir les papillons de nuit. En fusant du fond de l'herbe, les lucioles faisaient de la prairie naufragée dans le noir le miroir du firmament piqueté d'étoiles.

« Il va y avoir de nouveau la guerre, et une vraie guerre, sous peu, repartit Rhius. Voilà des années que nous nous grisons d'escarmouches et de ferraillements, mais Plenimar s'exaspère de plus en plus chaque année contre ses frontières.

— La guerre ? fit Arkoniel, surpris par ce brusque changement de sujet. Vous pensez donc que Plenimar ne va pas respecter le traité de Kouros ?

— Je me tenais aux côtés du roi quand Overlord Cyranius y apposa son sceau. Je scrutais son visage. Non, je ne pense pas qu'il tiendra ses engagements. Il veut que les Trois Terres ne forment qu'un seul empire, comme sous le règne des hiérophantes. Mais c'est lui qui, cette fois-ci, montera sur le trône, pas un prêtre-roi. Il veut les domaines de Mycena, et il veut les magiciens de Skala.

— Je présume qu'il en va ainsi. »

Aurënen avait depuis fort longtemps interrompu tout commerce avec Plenimar ; du coup avaient cessé les mariages mixtes sans lesquels ne pouvaient se perpétuer les lignées de magiciens plenimariens. Au cours de ses voyages, il avait entendu courir le bruit que des pirates de Plenimar attaquaient des navires aurënfaïes pour y faire des prisonniers que l'on contraignait ensuite à servir, comme des bêtes, à la reproduction.

« Ça fait quelques années qu'ils nous mettent à l'épreuve en multipliant les entrées et sorties fictives dans les îles, en razziant nos côtes, poursuivit Rhius. Mon seul espoir est que Tobin soit assez âgé, quand sonnera l'heure.

— À nous de l'y préparer de toutes les manières et de notre mieux.

— C'est ça. Bonne nuit, Arkoniel. »

Rhius s'inclina puis se mit à remonter le sentier. Il avait toujours l'air aussi vieux et voûté.

Campé au bord de la rivière, le magicien prêta l'oreille aux bruits paisibles qui peuplaient la chaude nuit d'été. À quoi pouvait bien ressembler le bruit des batailles ? se demanda-t-il. Il avait quitté la maison de son père avant même d'avoir la force de porter une épée. Il ne put s'empêcher de sourire en repensant à la réaction dédaigneuse qu'avait inspirée à Tobin le choix de sa vocation.

Comme il commençait à rebrousser chemin vers le sommet de la colline, il eut l'œil attiré par la tour, une fois de plus, et il lui sembla voir remuer l'un des volets. La tentation d'aller se rendre compte l'effleura de nouveau, mais l'ordre de Rhius suffit à l'arrêter.

Cela n'avait été qu'une chauve-souris, sans doute, voilà tout.

De sa fenêtre, Tobin avait lorgné les deux silhouettes, au fond de la prairie. Il savait qui c'était. Frère le lui avait dit.

Le magicien va rester, lui souffla celui-ci du fond de l'ombre, dans son dos.

« Pour quoi faire ? » s'étonna Tobin. Il n'avait pas envie de le voir rester. Il ne se sentait aucune sympathie pour lui. Il lui trouvait dans le sourire quelque chose de faux, il trouvait qu'il était trop grand, trop bruyant, il trouvait que sa longue ganache lui donnait des airs de cheval. Mais le pire de tout, c'est que, non content de l'épater avec sa magie, Arkoniel avait escompté qu'il aimerait ça.

« Rester pour quoi faire ? » insista-t-il, avant de se retourner pour voir si Frère avait entendu la question.

La flamme de sa petite lampe de chevet ne répandait plus guère qu'un vague halo lumineux. Ça, c'était l'œuvre de Frère. Depuis que Lhel les avait liés tous deux à la poupée, Tobin était capable de voir le noir que sécrétait Frère, surtout la nuit. Encore y en avait-il où il ne pouvait strictement rien voir.

Ah, tu es là…, songea-t-il en discernant une ombre qui glissait sur le mur opposé.

« Qu'est-ce qu'ils sont en train de se dire, eux, là-bas ? »

Frère s'esbigna sans piper mot.

Tobin déplorait souvent d'avoir gardé cette horreur de poupée, qu'elle ne soit pas plutôt tombée par la fenêtre en même temps que sa maman. Il s'était même à nouveau faufilé dehors, quelques semaines avant, dans l'espoir de retrouver Lhel et de la contraindre à récupérer sa magie, mais comme il n'avait pas osé s'écarter, cette fois, du bord de la rivière, elle n'avait pas entendu ses appels.

Du coup, il avait continué de suivre ses instructions et de convoquer Frère chaque jour en le laissant lui rôder autour. Il n'aurait su dire si celui-ci y prenait du plaisir ou non ; il le voyait bien encore le guigner, des fois, les doigts fébriles comme si les démangeait l'envie de le pincer comme d'habitude ou de lui tirer les cheveux. Mais il n'était plus la cible de ces agressions depuis que Lhel avait mis à la poupée de son sang et de ses cheveux.

Presque à son insu, Tobin s'était mis depuis quelque temps à convoquer Frère plus fréquemment, voire même à l'inviter à jouer avec la cité. Frère ne faisait que regarder pendant que lui-même faisait marcher les bonshommes de bois dans les rues ou voguer les petits bateaux dans le port, mais c'était toujours mieux que d'être tout seul.

Il scruta les coins les plus sombres en quête de mouvement. Lors même qu'il le renvoyait, Frère ne s'éloignait jamais beaucoup. Les domestiques continuaient à se plaindre de ses vilains tours, mais la seule et unique personne qu'il avait sérieusement blessée était Arkoniel.

Or, si forte que fût sa propre antipathie pour le magicien, il en voulait beaucoup à Frère de s'être aussi mal comporté. Ça l'avait forcé à prononcer l'incantation de rappel sous les yeux mêmes d'Arkoniel, et Arkoniel avait vu quelque chose, peut-être même entendu les mots. Qu'Arkoniel en touche un mot à Père et, tôt ou tard, le secret de la poupée serait découvert, et ça mortifierait horriblement Père, et ça ferait s'esclaffer les hommes aussi fort que les gens du bourg, et lui-même ne serait jamais un guerrier.

Des crampes affreuses lui nouaient le ventre quand il retourna vers la fenêtre ; peut-être que c'était de ça qu'ils étaient en train de parler, là-bas, Père et le magicien. Arkoniel avait eu beau promettre de ne rien dire, Tobin ne lui faisait aucune confiance. Il ne faisait plus du tout confiance à personne, en réalité, si ce n'est peut-être à Tharin.

Quand il fit décidément trop noir pour que Père se discerne dans la prairie, Tobin se faufila au lit et fit le mort entre ses draps moites de sueur, guettant des éclats de voix coléreux.

Au lieu de quoi Nari vint se coucher d'un air désormais tout guilleret.

« Tu ne devineras jamais ce qui s'est passé ! s'exclama-t-elle tout en commençant à délacer les manches de sa robe. Ce jeune magicien va nous rester pour te servir de précepteur. Et il n'y a pas que ça…, tu vas avoir un compagnon ! Arkoniel va écrire à son maître pour la prier de te dénicher un petit garçon fréquentable. Tu vas finalement avoir un véritable compagnon de jeux, mon chou, comme il sied à un prince, là ! Qu'est-ce que tu dis de ça ?

— Et s'il ne m'aime pas ? » maugréa Tobin, ruminant une fois de plus la manière qu'avaient les gens du bourg de loucher vers lui tout en faisant des messes basses en cachette.

Nari fit claquer sa langue et grimpa s'installer près de lui.

« Qui ça serait pour ne pas t'aimer, mon chou ? Et pour bouder l'honneur d'être le compagnon d'un prince, le compagnon de l'unique neveu du roi ? Mais ça suffirait pour enthousiasmer n'importe quel gars !

— Si quand même il n'est pas gentil ? insista Tobin.

— Alors, là, c'est moi qui te lui ferai ses paquets, à cet idiot-là ! » décréta Nari. Puis, toute radoucie : « Calme-toi, mon cœur. Allez, n'aie pas l'ombre d'une inquiétude... »

Sur un gros soupir, Tobin feignit de s'assoupir. Des inquiétudes, il trouvait, lui, qu'il avait de quoi s'en faire, et des tas, les moindres d'entre elles n'étant pas d'avoir à la fois sur les bras des fantômes vindicatifs et des magiciens tapageurs, hilares, à l'œil perçant.

19

Pendant que l'estafette ducale attendait sa réponse à l'extérieur, dans la cour de l'auberge, Iya lut et relut de bout en bout la brève lettre d'Arkoniel puis, le menu parchemin pressé contre son cœur, elle regarda par la fenêtre le port grouillant de monde et s'efforça de mettre un semblant d'ordre dans les émotions qui s'affrontaient en elle.

Sa réaction initiale était fort semblable à celle de Rhius : mêler à tout cela un autre enfant de la noblesse risquait de compromettre les deux maisons. Elle n'en reconnaissait pas moins en son for intérieur qu'Arkoniel voyait juste. Elle se plongea dans la lettre une nouvelle fois.

Je sais que vous désapprouverez ma décision, je redoute même que mes présomptions ne vous mettent en colère, mais, en l'occurrence, je crois ne pas me tromper. À près de dix ans, l'enfant se comporte déjà d'une façon si singulière que je crains qu'il ne fasse, une fois adulte, fort piètre figure à la cour. La maisonnée le couve outrancièrement. Il n'est jamais allé nager, si torride que fût la journée, n'a jamais eu d'après-midi à lui dans la prairie, hors les portes. Par égard pour la mémoire de sa mère et de sa lignée, nous devons faire tout notre possible…

« Lui, en fait », murmura-t-elle, charmée qu'Arkoniel eût fait montre d'autant de circonspection. Il arrivait à trop de lettres de tomber en de mauvaises mains, soit par erreur, soit par malveillance délibérée.

Je m'en rapporte à vous, naturellement, pour le choix du compagnon. Oh, là, oui, il essayait de l'amadouer, mais non sans avoir d'abord suivi sa propre fantaisie... ! *Celui-ci devrait être enjoué, brave, cordial, et plein d'ardeur pour les arts de la guerre et de la chasse, car il me trouve en ces matières d'une insondable niaiserie. Vu l'extrême isolement du fort, et vu que le prince ne fréquente pas encore la cour, vous pourriez le cas échéant jeter votre dévolu sur un garçon qui ne risque pas de trop manquer à sa famille, au cas où d'aventure son absence se prolongerait. Il ne devrait pas être un fils premier-né.*

Elle hocha la tête pour elle-même. Elle ne comprenait que trop bien le sous-entendu. Il fallait qu'on puisse le sacrifier.

Elle mit la lettre en sécurité. Elle échafaudait plein de plans déjà. Elle irait rendre visite à certains des gentilshommes campagnards qui possédaient par là-bas, dans les montagnes du sud, de petites propriétés. Ceux-là avaient des familles un peu trop nombreuses à entretenir.

De telles préoccupations l'aidèrent à ne pas s'appesantir sur ce qu'impliquait l'affaire, tout au fond : Arkoniel allait dorénavant rester auprès de Tobin. Il était assez avancé dans son entraînement pour se séparer d'elle momentanément, bien sûr, ou même pour voler de ses propres ailes. Des disciples, elle en avait vu s'éloigner d'autres, et satisfaits à moindres frais... Alors que lui, lui en savait déjà suffisamment pour se voir confier le bol, le moment venu.

Il ne lui en était que plus odieux de se retrouver sans lui. Jamais elle n'avait eu d'élève aussi fin, il était encore susceptible d'apprendre infiniment plus qu'il ne l'avait fait jusqu'ici. Infiniment plus qu'elle n'en savait pour le lui apprendre, en cas de nécessité. Mais allons, allons, quelques années de séparation n'allaient pas le défaire en tant que magicien.

Non, ce qui la hantait, c'était le souvenir de ses visions à lui, des visions dans lesquelles elle ne jouait aucun rôle. Elle n'était pas prête à se trouver privée de lui, le fils de son cœur.

20

Ainsi que l'avait appréhendé Tobin, Arkoniel se mit à changer des choses presque tout de suite, mais pas exactement dans le sens prévu.

S'il continua d'occuper provisoirement la chambre aux joujoux, la semaine qui suivit le départ de Père vit en revanche survenir de pleines charretées d'ouvriers qui montèrent un petit village de tentes dans la prairie. À cela succéda un flot ininterrompu de fourgons chargés de matériaux de toutes sortes. Si bien que cours et baraquements vacants ne tardèrent pas à se trouver bourrés de madriers, de pierres, d'auges à mortier, de sacs énormes. N'étant pas autorisé à sortir frayer avec les étrangers, Tobin s'installa à sa fenêtre pour ne pas perdre une miette de leurs activités.

Jamais il n'avait jusque-là remarqué à quel point le manoir était silencieux. Maintenant, ce n'était que vacarme et fracas de tous les côtés et toute la journée, que coups de gueule assourdissants, qu'ordres, qu'appels et que chansons.

Des tas de couvreurs faisaient eux aussi, là-haut, un boucan du diable, avec leurs ardoises et tous leurs pots de plomb fondu, de goudron bouillant qui donnaient l'air à la toiture d'être nuit et jour en feu. Des flopées de maçons envahirent le manoir lui-même et s'emparèrent simultanément du second étage et de la grande salle, y déplaçant chacun des meubles et saturant l'atmosphère entière avec les odeurs nouvelles et si enivrantes de sciure et de plâtre frais.

Arkoniel s'attira un rien de crédit en bataillant pour que l'on permette à Tobin de voir à pied d'œuvre les artisans. Un soir où celui-ci se trouvait déjà couché, Frère survint et l'entraîna jusqu'au palier surprendre la dispute qui opposait en bas, debout devant la cheminée, la nourrice et le magicien.

« Je m'en fiche, de ce que vous dites, toi ou le duc Rhius ! crachait Nari, les poings boulés sur son tablier, comme chaque fois qu'elle était en rogne. C'est dangereux ! À quoi ça rime, d'être ici, en plein milieu de nulle part, si… ?

— Je ne le lâcherai pas d'une semelle, la coupa-t-il. Par la Lumière, femme, tu ne comptes quand même pas le garder toute sa vie roulé dans tes flanelles, si ? Puis il y a tant à apprendre là…, tant de choses pour lesquelles il est manifestement doué !

— C'est ça…, belle éducation ! Tu préférerais peut-être, après, le voir s'accoutrer d'un tablier de maçon plutôt que porter la couronne, hein ? »

Tobin se mâchouilla pensivement l'ongle du pouce. Qu'est-ce que ça pouvait bien signifier ? Jamais il n'avait entendu parler de couronne pour un prince. À sa connaissance, Mère n'en portait pas, et elle avait vécu, toute petite, dans un palais. Quant à s'accoutrer d'un tablier de maçon, si ça signifiait qu'il serait capable de se servir d'une truelle et de mortier pour bâtir des murs, eh bien, ça alors, il n'y voyait aucun inconvénient. Aujourd'hui, tiens, il avait justement profité d'un moment où Nari regardait ailleurs pour épier l'équipe qui travaillait en haut, et ça l'avait bien intéressé. Il pressentait que ça serait beaucoup moins amusant, les autres leçons d'Arkoniel, comme apprendre des vers par cœur ou retenir des noms d'étoiles.

Il n'eut pas le loisir de voir qui sortirait vainqueur de la joute, que Frère lui chuchota de retourner dare-dare au lit. Tout juste venait-il de regagner sa chambre et d'en fermer la porte quand Mynir passa par là, sifflant comme un merle et faisant quincailler ses clefs sur leur anneau de fer.

Heureusement, c'est Arkoniel qui l'emporta, de sorte que Tobin et lui passèrent la journée du lendemain sur le chantier.

Les outils des tailleurs de pierre et des plâtriers, l'aisance avec laquelle ceux-ci les maniaient fascinèrent l'enfant. En une matinée, des murs entiers virèrent du gris sale à un blanc de sucre.

Mais ce fut le sculpteur sur bois qu'il admira le plus. Celui-ci était en l'espèce une jolie femme mince à vilaines mains dont les gouges et burins façonnaient le bois comme du beurre. On avait supprimé la veille le départ de rampe cassé de la grande salle, et c'est sous l'œil passionnément attentif de Tobin qu'elle entreprit d'en sculpter un nouveau dans une longue pièce de bois sombre. Il eut le sentiment qu'elle fouillait le bois à la recherche du motif de vignes alourdies de grappes qui s'y trouvait à l'état latent. Lorsqu'il s'en ouvrit à elle timidement, elle hocha du chef.

« C'est exactement ma façon de voir, Votre Altesse. En prenant dans mes mains un beau brin de bois comme celui-ci, je lui demande : "Quel trésor me réserves-tu tout au fond de toi ?"

— Le prince Tobin sculpte pour sa part dans des légumes ou des blocs de cire, l'avisa Arkoniel.

— Et dans le bois aussi », dit Tobin, prêt à subir les rires de l'artiste. Or, celle-ci chuchota quelque chose à Arkoniel puis alla fouiller dans un tas de débris, non loin, d'où elle rapporta une bille de bois jaune pâle à peu près grande comme une brique. Elle la lui tendit, ainsi que deux de ses burins bien tranchants, et demanda :

« Vous plairait-il de voir ce que recèle cette pièce-ci ? »

Le petit demeura tout le reste de l'après-midi assis par terre près d'elle et, le soir venu, lui soumit une loutre bien dodue qu'elle trouva tellement à son gré – quoique un peu de travers – qu'elle la lui troqua contre les burins.

Lorsqu'ils ne regardaient pas travailler les corps de métier, Tobin et Arkoniel partaient faire de longues balades à cheval ou à pied sur les chemins de la forêt. Il en découlait aussi des leçons, sans que l'enfant s'en avisât. Arkoniel pouvait bien être ignare en matière de bataille ou de tir à l'arc, il en savait un bout sur les herbes et les arbres. Au début, il laissa Tobin lui montrer ceux qu'il connaissait, puis il lui en enseigna d'autres, ainsi que leurs usages éventuels. Ils cueillirent du vert-l'hiver, déterrèrent du gingembre sauvage au fin fond de clairières ombreuses, ramassèrent des fraises des bois et, dans la prairie, des brassées d'ansérine, d'oseille et de patience destinées aux soupes de Cuistote.

Tout en persistant à se défier de lui, Tobin finit par s'avouer qu'en somme Arkoniel était supportable. Non seulement il se montrait bien moins tapageur qu'au début, mais il ne s'adonnait plus jamais à des tours de magie. Il avait beau n'être pas chasseur, il en savait autant que Tharin sur la traque et les façons de se déplacer en forêt.

Leurs expéditions communes les menèrent au diable dans la montagne, et il leur arriva de rencontrer par-ci par-là une clairière ou un sentier auxquels Tobin trouvait un petit air connu. Mais il ne vit pas trace de Lhel.

À l'insu d'Arkoniel, Frère demeurait souvent avec eux, vigilant et muet.

Dès que les maçons en eurent terminé dans la grande salle, les peintres se mirent à tracer leurs ébauches dans les enduits frais. Comme une espèce de bandeau décoratif prenait forme tout le long d'un mur, au ras du plafond, Tobin se démancha le col et déclara :

« Ça rappelle un peu des feuilles de chêne et des glands, mais pas tout à fait.

— Ce n'est pas censé représenter quoi que ce soit, expliqua Arkoniel, mais simplement faire un motif agréable à l'œil. Il va venir s'y juxtaposer des tas de bandes à motifs différents que l'on peindra toutes de couleurs vives. »

Ils escaladèrent l'échafaudage branlant, et Arkoniel montra à Tobin comment on se servait de compas d'épaisseur et d'une règle de laiton pour délimiter les formes et tracer constamment à niveau.

Une fois en bas du perchoir, Tobin s'empressa de monter dans la chambre aux joujoux récupérer au fond du coffre les instruments d'écriture abandonnés depuis si longtemps. Il les étala sur la table de sa propre chambre et entreprit une rangée de motifs en utilisant ses doigts comme compas et un débris d'épée de bois comme règle. Il avait déjà réalisé une demi-rangée quand il s'aperçut que, du seuil, Arkoniel le regardait faire.

Il poursuivit néanmoins jusqu'au bord de la page puis prit un peu de recul pour juger du résultat.

« Ce n'est pas fameux. »

Arkoniel s'approcha pour jeter un œil.

« Non, mais pas si mal non plus pour un coup d'essai. »

C'était sa manière à lui de procéder. Alors que Nari portait aux nues tout ce que faisait Tobin, que ce soit réussi ou pas, lui s'y prenait plutôt comme Tharin – appréciant ce qu'il y avait de louable dans tout effort mais sans le vanter au-delà de ses mérites.

« Voyons voir si je peux, moi. »

Arkoniel prit une feuille de parchemin dans le tas, la retourna, puis demeura planté là, avec un air bizarrement barbouillé. De ce côté-là, la feuille était toute couverte de lignes de petits mots écrits un jour par Ariani pendant que son fils traçait ses lettres. S'il ne pouvait la lire, Tobin était du moins parfaitement capable de voir qu'elle bouleversait Arkoniel.

« Qu'est-ce que ça dit ? » demanda-t-il.

Arkoniel déglutit durement, s'éclaircit la gorge, mais Frère lui arracha la feuille des mains et l'envoya voler à l'autre bout de la pièce avant qu'il ne puisse en faire la lecture.

« Ce n'était que quelques vers à propos d'oiseaux. »

Tobin récupéra la feuille et la fourra sous la pile afin d'épargner à Frère un surcroît de contrariété. Celle du dessus portait tout plein de lignes avec des lettres barbouillées de sa main à lui, des pâtés partout.

« Maman m'apprenait mon alphabet, dit-il en effleurant d'un doigt le parchemin.

— Je vois. Ça te plairait de me montrer où tu en es ? »

Il s'efforça de sourire comme si rien ne clochait, mais son regard était invinciblement attiré par la feuille que Frère avait prise, et sa tristesse était flagrante.

Tobin écrivit laborieusement les onze lettres qu'il connaissait. Il ne l'avait pas fait depuis des mois, et elles lui venaient salement tordues. Il y en avait même certaines à l'envers, de nouveau. Et il avait oublié la plupart de leurs noms, ainsi que leurs sons respectifs.

« Te voilà parti pour un bon début. Ça te plairait, que je t'en fasse tracer quelques-unes de plus ? »

Le petit secoua la tête, mais le magicien faisait déjà grincer la plume.

Tobin se retrouva bientôt tellement occupé que tout lui sortit de la tête, aussi bien le poème qu'Arkoniel ne lui avait pas lu que la légère crise qu'avait piquée Frère.

Arkoniel attendit de le voir bien absorbé par son travail pour attraper furtivement le bord du parchemin que le démon lui avait arraché des doigts puis tirer dessus juste assez pour qu'apparaissent les vers d'Ariani :

Chants d'oiseaux ne puis-je entendre qu'en ma tour,
Ma geôle est ma liberté.
Là seul peut chanter mon cœur,
Avec les morts pour compagnie,
Les morts qui seuls, et les oiseaux,
Ont le parler franc.

Ne voyant toujours personne venir, alors que l'arrivée imminente du compagnon promis l'épouvantait, Tobin finit par supposer que Père avait changé d'avis et fut tout heureux de n'y plus penser.

Il y avait déjà beaucoup trop de monde dans la maison, d'ailleurs. Si loin qu'il remontât dans ses souvenirs, elle n'était que pénombre et que paix. Et voilà qu'à toute heure, à présent, ça entrait, ça sortait sans arrêt… Fatigué d'observer les travaux, battait-il en retraite jusqu'aux cuisines ? Cuistote et Nari s'y montraient ravies de tout ce remue-ménage, comme deux idiotes, et malgré tout ce qu'avait dit la seconde pour l'empêcher de frayer avec les ouvriers.

Et cependant, le plus béat de la maisonnée était le vieux Mynir. Certes, si l'on avait entrepris tous ces changements, la faute en incombait au magicien, mais Mynir en avait la charge, et jamais il n'avait eu l'air si heureux que là, à donner ses instructions et à décréter l'emploi de tels motifs et de tels coloris. Il donnait également rendez-vous à des marchands dans la grande salle, et l'on vit bientôt les dressoirs se charger d'argenterie rutilante et des files de chariots livrer des tentures neuves aux vives couleurs.

« Ah, Tobin, c'était ça, mon office, à Atyion ! lui confia-t-il un jour où ils passaient ces dernières en revue. Ton père me permet enfin de le remplir dans une demeure digne de ce nom ! »

Quelque plaisir qu'il prît à regarder vivre le chantier, néanmoins, plus avançait la restauration, plus ce qu'elle allait finalement donner tracassait Tobin. Plus se modifiait en effet la maison, plus il avait de mal à se figurer son père et sa mère y vivant. Du coup, lorsque l'intendant se mit à parler de changements concernant sa chambre *à lui*, Tobin en claqua la porte et, après l'avoir bloquée à l'aide d'un coffre, refusa de sortir tant que l'autre vieux ne lui eut pas promis par le trou de la serrure qu'on ne toucherait pas à la pièce.

Tant et si bien que les travaux se poursuivirent tout autour de lui. Quelquefois, le soir, avant que Nari ne monte le rejoindre, il se faufilait jusqu'au palier du grand escalier d'où la vue plongeait sur le luxe éclatant de la nouvelle salle, et il la ressuscitait dans l'état où elle se trouvait avant que ne débutent les interminables absences de Père. À force de changer trop de choses, à la fin, peut-être bien que Père n'aurait plus envie de revenir du tout… ?

21

La mission de dénicher un compagnon convenable pour Tobin se révéla beaucoup plus ardue qu'Iya ne s'y était d'abord attendue.

Les gosses en général, elle n'en était pas particulièrement folle. Les seuls auxquels elle avait eu plus ou moins à faire depuis des décennies étaient *a priori* des magiciens-nés. La banalité n'était la qualité première d'aucun de ses disciples et, avec un peu d'exercice, leurs dons ne tardaient guère à jeter des éclairs. Ces enfants-là lui faisaient revivre ses premiers pas personnels, ses premiers essais, triomphes, désappointements ; et elle partageait leur exultation quand ils découvraient le caractère unique et la singularité de leurs propres pouvoirs. Qu'il n'y en eût pas deux d'identiques pour la puissance ou les talents, cela lui était parfaitement égal. Ce qui la faisait jubiler, c'était de repérer le filon personnel d'un novice et puis de le lui faire exploiter jusqu'au cœur.

Mais là, pour le coup… À chercher durant des semaines qui, en s'étirant lamentablement, finissaient par faire un mois, son opinion sur les gosses ordinaires ne s'était guère améliorée. Des gosses, il en poussait certes à foison chez ces noblaillons de province, mais pas un seul qui la passionnât plus qu'un rutabaga.

Lord Evir, chez qui elle s'était présentée en premier, avait six beaux gars, dont deux aptes et d'âge à servir, hormis qu'ils étaient aussi lumineux que des taupes et aussi fins et vifs que des veaux.

Elle se rendit ensuite sur les grands domaines de Lady Morial où sa mémoire avait enregistré un certain nombre de naissances. Cette bonne veuve avait bien un fils de dix ans tout juste et qui semblait assez vivant, mais l'esprit d'Iya n'eut qu'à frôler le sien pour le découvrir tout souillé déjà par l'envie et la cupidité. Et comment servir un prince – ou une reine – loyalement si l'on en convoitait la position ?

Elle poursuivit donc son voyage en remontant à toutes petites étapes l'épine dorsale de Skala qui se révéla fourmiller d'autres rutabagas, taupes et vipères à venir. Elle ne se trouvait plus qu'à une semaine de cheval d'Ero quand survinrent les premières pluies de Rhythin. Elle continua ses vagabondages, en dépit du froid, de la bruine et la brume, non sans se proposer cette fois pour destination la demeure de Lord Jorvaï de Colath, qu'elle avait connu jeune homme.

Deux jours plus tard, l'après-midi touchait à sa fin sans que s'aperçoive l'ombre d'un manoir ou d'un quelconque abri quand, brusquement, la route boueuse qu'elle suivait vint buter sur un cours d'eau en crue. Et elle eut beau tenter d'y pousser sa jument, celle-ci fit un écart et refusa l'obstacle.

« Enfer et damnation ! » sacra-t-elle en constatant qu'elle se trouvait entourée de collines toutes plus désertes les unes que les autres.

Il lui était impossible de traverser, et dût-elle retourner sur ses pas, ne tomberait pas de sitôt sur une auberge. Mais elle avait, à peu près une heure avant, se souvint-elle en se drapant plus étroitement dans son manteau trempé, croisé une petite route. Il fallait bien que celle-ci conduise quelque part.

Elle avait rebroussé chemin sur moins d'un demi-mille quand émergea de la purée, suivie d'un chapelet de chevaux superbes, une petite bande de cavaliers. Des durs à cuire et, à juger d'après leur équipage, ou soudards ou bien malandrins. Iya prit une mine brave pour les affronter. Comme ils tiraient sur les rênes, en face, elle remarqua que dans leurs rangs se trouvait une femme – mais une femme qui n'avait rien à envier à aucun de ses compagnons ni pour la distinction ni pour la jovialité.

Leur chef était un grand chameau de vieillard décharné dont de longues bacchantes grises encadraient la bouche encombrée de chicots ébréchés.

« C'est quelle affaire qui t'amène à emprunter cette route, femme ? attaqua-t-il.

— Et qui es-tu, toi, pour te permettre de le demander ? » riposta-t-elle, non sans leur mijoter par avance derrière sa tête un charme d'aveuglement.

Ils n'étaient jamais que sept. Aux regards noirs qu'ils lui décochaient, ils avaient probablement volé les chevaux qu'ils menaient.

« Moi, je suis sieur Larenth de La-Chesnaie-Mont, tenancier de Lord Jorvaï, sur les terres de qui te voilà. » Il branla du pouce pour désigner la femme et deux des autres : « Et ça, c'est mes fils, Alon et Khemeüs, et ma fille, Ahra. On lui garde ses routes, à Jorvaï.

— Dans ce cas, je vous prie de m'excuser. Vous voyez en moi Iya de Guédieu, magicien indépendant de Skala. Et il se trouve que d'aventure j'étais précisément à la recherche de votre seigneur et maître, mais je crains fort de m'être égarée.

— Et pas qu'un peu, en plus ! Son manoir est à une demi-journée de cheval du côté d'où que vous veniez, rétorqua-t-il, toujours aussi bourru. Enfin, cette nuit, vous pouvez toujours compter sur une place au coin de mon feu, si vous n'avez pas autre part où aller. »

Elle n'avait vraiment pas l'embarras du choix.

« Mille mercis, sieur Larenth. J'accepte votre offre, et avec gratitude.

— C'est quoi, votre affaire avec Lord Jorvaï ? demanda-t-il pendant qu'elle se joignait à leur groupe.

— Je suis chargée de trouver un compagnon pour un fils de gentilhomme. »

Le vieux chevalier renifla.

« J'en ai plein, chez moi, des chiots..., les portées de quatre épouses..., et puis des chiées de bâtards. Et que vous trouverez pas meilleur à la capitale. Quelques bouches de moins à nourrir, moi, j'arriverais à supporter. Je suppose que la perte de main-d'œuvre, on me la paierait ?

— Naturellement. Au tarif habituel des compensations. »

Au vu de la maussade progéniture qui tenait lieu d'échantillon, le risque d'avoir à dénouer les cordons de sa bourse chez lui paraissait des plus minces. Cela dit, il avait une fille qui savait manier les armes, et c'était une rareté qui faisait grand plaisir à voir, ces temps-ci.

« Votre fille sert avec vous. C'est plutôt passé de mode, à ce que je me suis laissé dire, aujourd'hui. »

La donzelle se roidit en selle d'un air outragé.

« Au diable la mode, et le roi lui aussi, avec ses grands airs et ses lois ! éructa Larenth. Son fort, ma mère se l'avait gagné à la pointe de l'épée, tout comme sa propre mère auparavant. Jamais je ne tolérerai qu'on prive ma fille de gagner honnêtement sa vie, ah ça mais ! par la Lumière, moi, tolérer ça ? Tous mes gosses s'exercent aux armes à peine qu'ils savent marcher. Même que Lord Jorvaï, vous vous apercevrez qu'il pense pareil, et il n'a pas peur de le dire. Vous êtes magicienne..., alors, vous aussi, vous devez y tenir, aux usages traditionnels ?

— Oui, mais il n'est pas toujours sage de le dire aussi fort, de nos jours. »

Un nouveau reniflement souffla les bacchantes de sieur Larenth.

« Notez bien mes paroles, Maîtresse. Il viendra un jour que le roi sera bien aise de l'avoir dans ses rangs, ma fille, et d'y avoir toutes les comme elle qu'il a virées ! Parce que ces bâtards de par-delà l'eau ne vont pas se contenter éternellement d'un petit raid par-ci par-là… ! »

Les propriétés du sieur Larenth se révélèrent finalement ne consister qu'en un lopin de terre maigrichon parsemé de quelques enclos et communs entourant une bicoque en pierres de bric et de broc derrière une palissade. Une meute de molosses accueillit les arrivants par des aboiements féroces et en leur grouillant dans les jambes au démonté. Une demi-douzaine de mioches crottés accoururent faire de même et se suspendre aux basques de leur père et de leurs frères et sœur aînés.

La rude figure de Larenth s'adoucit un peu lorsqu'il se jeta une petite fille sur l'épaule avant de propulser Iya, sans plus de façons, dans une salle commune aussi humide qu'enfumée.

Le confort y était réduit à sa plus simple expression. Même avec les portes ouvertes, l'exiguïté le disputait à la fétidité. Les meubles étaient rustiques et clairsemés, point de rideaux, point d'argenterie. Des pans de viande et des enfilades de saucisses qui pendaient aux poutres, en dessous du trou de cheminée percé à même le toit, se fumaient au grand feu qui flambait en plein milieu du sol de terre battue. Près du foyer se trouvait assise à faire tournoyer sa quenouille une jeune femme frêle dont une robe-sac empaquetait la grossesse. Le vieux chevalier la présenta comme étant sa quatrième épouse, Sekora. Elle avait quelques femmes avec elle, ainsi qu'un beau-fils idiot d'environ quatorze ans. Quatre bambins cul nu mêlés à des chiens s'empêtraient dans les pieds de tout ce beau monde.

Les autres descendants de Larenth ne tardèrent pas à venir tous s'agglutiner là pour le repas du soir. À quinze, Iya s'embrouilla dans ses comptes. Il était impossible de distinguer le légitime du bâtard ; dans les maisonnées provinciales comme celle-ci, où le premier-né seul faisait figure d'héritier présomptif pour le rang du père, cela n'avait d'ailleurs pas grande importance. Tout ce qui venait après devrait faire carrière par soi-même.

Le plus beau désordre présida au souper. Des tréteaux furent dressés, des marmites suspendues à des trépieds au-dessus de l'âtre, des tranchoirs apportés d'un four au-dehors, et chacun s'installa pour manger dans le premier coin disponible. Nul ici ne faisait de cérémonies ; ce qui survenait de nouveaux marmots jouait des coudes parmi les premiers arrivés pour se frayer passage jusqu'au foyer. La maison pouvait bien ne pas se piquer d'excès d'élégances ni de convivialité et la chère y être infecte, Iya se félicitait néanmoins de ne plus courir les chemins. Dehors, la bruine avait tourné au déluge, et des éclairs n'arrêtaient pas d'illuminer la cour.

Le repas était presque achevé quand Iya s'avisa soudain du trio de gamins campé près de la porte ouverte. À en juger d'après leurs vêtements trempés et leurs maigres portions, ils devaient être entrés tardivement dans la mêlée des appétits. L'un d'eux, le plus crotté du lot, s'esclaffait de quelque blague. Il était aussi maigrichon et tanné de soleil que toute la tribu, et sa noire tignasse encombrée de fétus ne devait être sous la crasse que d'un brun franc. Iya se trouva d'abord fort en peine de déterminer ce qui le lui avait fait distinguer si peu que ce soit. Peut-être un je ne sais quel petit air penché quand il souriait.

« Qui est-ce ? demanda-t-elle à son hôte en forçant la voix pour se faire entendre par-dessus le tumulte des bavardages et de la pluie martelant le chaume.

— Çui-là ? » Les sourcils de Larenth se fripèrent assez longuement. « Dimias, je crois.

— C'est *Ki*, Père ! le morigéna Ahra.

— Il est légitime ou bâtard ? » repartit Iya.

À nouveau déconcerté, Larenth consulta sa fille.

« Légitime. Né de ma troisième épouse, dit-il enfin.

— Je pourrais lui parler ? » demanda Iya.

Il lui adressa un clin d'œil entendu.

« Tout ce qu'il vous plaira, Maîtresse, mais rappelez-vous qu'y a d'autres chiots dans la portée, si çui-là fait pas votre affaire. »

Iya se fraya passage parmi les chiens, les mioches et les jambes jusqu'au trio du seuil.

« On t'appelle Ki ? » lança-t-elle au gamin.

Pris au milieu d'une bouchée, il se dépêcha d'avaler, s'inclina. « Oui, dame. Pour vous servir. »

Bien qu'il n'eût absolument rien de frappant, elle sut d'emblée qu'il n'était pas un rutabaga. Ses yeux, couleur coquille de noisette, étincelaient d'intelligence et de gentillesse.

Le cœur d'Iya sauta un battement. Se pouvait-il qu'elle fût en présence d'un magicien-né ? Saisissant sa menotte sale en guise de salutation, elle lui toucha l'esprit comme accoutumé et constata, non sans une pointe de dépit, que ce n'était pas le cas.

« C'est tout ce que tu as comme nom ? » reprit-elle.

Il haussa les épaules.

« C'est tout ce qu'on m'a toujours appelé.

— C'est *Kirothius* », lui rappela l'un de ses aînés en lui administrant une bourrade dans le dos. « Y a que c'y plaît pas, rien qu'à cause qu'y sait pas le dire.

— Si fait que je sais ! » protesta Ki à l'adresse d'Iya, tout rouge sous la crasse qui lui barbouillait les joues. D'après l'odeur qu'il dégageait, il avait passé la journée à soigner des cochons. « Y a juste que j'aime mieux Ki. Puis ça aide Père à pas oublier. Nombreux comme on est, il s'y paume un peu. »

Tout ce qui pouvait l'entendre éclata de rire, et Ki, fort du diminutif, coulissa un sourire à dents de lapin qui se révéla être ce que pouvaient connaître de plus lumineux ce maudit bouge et toute cette maudite journée.

« Eh bien soit, Ki, quel âge as-tu ?

— Onze étés, dame.

— Et tu sais manier l'épée ? »

Le menton du gamin se leva fièrement.

« Oui, dame. Et l'arc.

— La trique à rosser les gorets, je dirais plutôt », intervint le frère aux bourrades.

Ki lui vola dans les plumes, furieux :

« Tu la fermes, Amin, et c'est marre ! C'est qui qui t'a pété ton doigt, l'autre mois ? »

Ah bon, il a aussi cassé des dents, notre jeune chien ? porta Iya à son crédit. « Tu es déjà allé à la cour ?

— Oui, dame. Père nous emmène à Ero la plupart des ans pour la Fête de Sakor. J'ai vu le roi et son fils qu'allaient au temple avec leurs couronnes d'or et les prêtres. Je servirai à la cour, un jour, personnellement.

— Servira qu'à soigner les cochons du roi ! » lança ce taquin d'Amin.

Ki lui bondit dessus, furibond, et l'envoya s'aplatir à reculons sur un rond de gosses assis par terre. Iya s'empressa de battre en retraite tandis que la dispute dégénérait en une mêlée tonitruante à laquelle venaient participer de plus en plus d'enfants, de chiens et de vagissants bambins. Au bout de quelques minutes, elle repéra Ki et son insulteur de frère juchés dans la charpente et se gaussant de la pagaille qu'ils avaient semée. La mère en exercice entrait dans la bataille, une louche au poing.

Iya savait qu'elle le tenait, son petit garçon, mais un scrupule inattendu l'assaillit. Si le pire advenait, aucune hésitation ne serait permise, aucune miséricorde. L'aventure valait sûrement quand même le risque d'être courue. Ici, quel avenir pouvait escompter le pauvre petit ? Pas de terres, pas de titre ; finir par aboutir, au mieux, dans la peau d'un mercenaire ou d'un fantassin puis par mourir au bout d'une lance plenimarienne. Tandis que là, au moins, c'était lui donner une chance de réaliser son rêve d'accéder à la cour et à un titre qui ne soit qu'à lui…

Après que sa marmaille se fut assoupie ce soir-là par terre, en tas, de tous les côtés, sieur Larenth délivra le gamin contre cinq sesters d'or et un paquet de charmes destinés à lui conserver douce l'eau de son puits et saine sa toiture.

Quant à Ki, nul n'avait songé à lui demander son avis.

À la lumière du jour, Iya s'inquiéta : n'avait-elle pas agi bien étourdiment ? Non content de s'être plutôt bien débarbouillé, Ki était allé jusqu'à revêtir un ensemble usagé, délavé mais propre. Désormais noués en catogan par un lacet, ses cheveux étaient du même brun chaud que ses yeux. Il survint armé, de plus, un poignard enfilé dans sa ceinture et l'épaule chargée d'un arc passable et d'un carquois.

Seulement, des étincelles qu'il jetait la veille au soir ne subsistait plus rien lorsqu'il dit adieu à sa famille et se mit à marcher près du cheval d'Iya.

« Tu vas bien ? s'enquit-elle en le regardant arpenter durement la route.

— Oui, dame.

— Rien ne t'oblige à m'appeler "dame". Tu es de naissance plus noble que moi. Tu peux toujours m'appeler "Maîtresse", et moi je t'appellerai "Ki", tout simplement, comme tu aimes. Maintenant, que dirais-tu de monter chevaucher en croupe ?

— Non, Maîtresse.

— Est-ce que ton père t'a dit où nous allions ?

— Oui, Maîtresse.

— Tu es content d'être le compagnon du neveu du roi ? »

Il ne répondit pas. Elle remarqua qu'il avait la mâchoire effroyablement bloquée.

« Cette perspective te déplaît ? »

D'un coup d'épaule, il remonta son petit baluchon.

« Je remplirai mes obligations, Maîtresse.

— Eh bien, tu pourrais t'en montrer un peu plus heureux. J'aurais cru que tu serais content de quitter cet horrible endroit, là-bas. Dans la maison du duc Rhius, nul ne comptera te voir t'occuper des pourceaux ni coucher sous la table. »

Sa nuque se roidit aussi clair et net que celle de sa demi-sœur l'avait fait la veille.

« Oui, Maîtresse. »

Se lassant de cette conversation bizarre et unilatérale, Iya le laissa tranquille, et il la suivit à pas lourds en silence.

Par la Lumière ! j'ai peut-être commis une erreur, en définitive, songea-t-elle.

Un coup d'œil en arrière lui révéla qu'il boitait, maintenant.

« Tu as une ampoule ?

— Non, Maîtresse.

— D'où vient que tu boites, alors ?

— J'ai un caillou dans mon soulier. »

Exaspérée, elle fit stopper son cheval. « Mais, dans ce cas, pourquoi diable ne l'avoir pas dit ? Par la Lumière, enfant, tu as une langue ! »

Il soutint son regard sans détourner le sien, mais son menton tremblait.

« Père a dit que je devrai jamais parler que quand on me parlera, fit-il en essayant désespérément de faire bravement front pendant que s'éparpillaient les mots. Il a dit que si je vous balance une seule insolence ou que si je fais un seul pas de travers, vous me retournerez à lui et vous lui ferez rendre l'or et il m'arrachera la peau et il me flanquera dehors sur les chemins. Il a dit que j'ai qu'à remplir mes obligations envers le prince Tobin et puis plus jamais revenir à la maison. »

Cela faisait finalement tout un discours, et hardiment débité, sauf qu'il avait les joues toutes ruisselantes de larmes. Il les essuya avec sa manche mais garda la tête haute, fièrement, dans l'attente de la disgrâce qui le renverrait chez lui.

Iya soupira.

« Mouche ton nez, petit. Personne ne va te renvoyer chez toi pour un caillou dans ton soulier. Mon expérience des enfants ordinaires a beau être assez mince, Ki, ce qui me frappe par-dessus tout, c'est que tu es un brave garçon. Tu ne comptes pas faire de mal au prince Tobin ou t'enfuir, n'est-ce pas ?

— Non, da... Maîtresse !

— Alors, je doute qu'il faille jamais te renvoyer chez toi. Maintenant, vide ton soulier, et puis monte en croupe. »

Quand il en eut terminé avec son soulier, elle lui tendit la main puis lui tapota gauchement le genou.

« Voilà qui est réglé. On va s'entendre à présent très bien nous deux.

— Oui, Maîtresse.

— Et peut-être qu'on va avoir des conversations plus intéressantes. Il y a loin, d'ici à Bierfût. Il t'est permis de parler en toute liberté et de me poser autant de questions que ça te chantera. Car, sache-le, tu n'apprendras pas grand-chose durant ta vie si tu n'en poses pas. »

En bougeant, le genou de Ki vint donner contre le sac de cuir suspendu à la selle.

« Y a quoi, là-dedans ? Vous trimbalez ça tout le temps avec vous… Même que vous avez dormi avec, la nuit dernière, j'ai vu. »

De stupeur, elle jappa : « Rien que tu aies besoin de savoir, sinon que c'est très dangereux et que si tu t'avises d'y toucher, là, c'est *à l'instant* que je te renverrai chez toi ! »

Elle le sentit se recroqueviller et ne reprit la parole qu'après s'être imposé d'inspirer lentement. Il n'était qu'un gosse, après tout.

« Ce n'était pas bien fameux, comme début, hein ? Pose-moi une autre question. »

Un long silence s'ensuivit, puis il se décida :

« De quoi c'est qu'il a l'air, le prince ? »

Elle se remémora la lettre d'Arkoniel.

« Il a quelque chose comme un an de moins que toi. Je me suis laissé dire qu'il aime bien la chasse et qu'il s'entraîne pour être un guerrier. Il se pourrait qu'il fasse de toi son écuyer si tu te montres bon garçon.

— Combien c'est-y qu'il a de frères et de sœurs ?

— Combien *a-t-il*, corrigea-t-elle. Par la Lumière ! il va nous falloir travailler ta grammaire…

— Combien a-t-il ?

— Pas un seul, et pas non plus de mère. C'est pour cette raison que tu vas lui tenir compagnie.

— Sa mère est morte ?

— Oui, ça a fait un an au printemps dernier.

— Un an ? Et le duc s'a pas'core dégotté une nouvelle femme ? » s'étonna Ki.

Elle soupira.

« "Le duc *Rhius ne s'est* pas dégotté…" – par les doigts d'Illior ! "Ne s'est pas remarié", voilà comment on dit, encore que ce soit le dernier de tes soucis ! Enfin bref, non, il ne l'a pas fait. Sa maisonnée risque de te paraître bien différente de celle dont tu as l'habitude… »

Nouvelle pause, puis :

« J'ai entendu des gens parler qu'y a un fantôme, au château de ce prince.

— Tu as peur des fantômes ?

— Oh ça oui, maîtresse Iya ! Pas vous ?

— Pas particulièrement. Et tu ne dois pas non plus, parce qu'il y a *effectivement* un fantôme, au fort.

— Par les couilles à Bilairy ! »

Tout à coup, il ne fut plus derrière elle. Elle se retourna et le découvrit, qui, planté au beau milieu du chemin, regardait d'un air misérable en étreignant son baluchon la direction du retour chez lui.

« Veux-tu bien remonter, mon gars ! »

Il balança, manifestement incapable de décider qui, des fantômes ou de son grand flandrin de père, l'épouvantait le plus.

« Ne sois pas ridicule, le tança-t-elle. Le prince Tobin a passé sa vie tout entière avec *lui* sans en être jamais maltraité d'aucune façon. Allons, viens, ou je te renvoie… Le prince n'a que faire de pleutres dans son entourage. »

Ki déglutit un grand coup puis se carra juste comme elle avait deviné qu'il le ferait.

« Mon père a pas engendré des pleutres.

— Je suis fort aise de l'apprendre. »

Elle attendit de l'avoir à nouveau en croupe pour demander :

« D'où vient que tu es au courant du fantôme ?

— C'est Ahra qui m'a dit, ce matin. Elle venait juste d'apprendre chez qui c'est que Père m'expédiait.

— Et comment ta sœur était-elle au courant de ça, elle ? »

Elle perçut un haussement d'épaules.

« Entendu dans les rangs, soi-disant…

— Et qu'a-t-elle entendu d'autre encore ? »

Nouveau haussement.

« M'a dit rien que ça, Maîtresse. »

Ki se montra poli de façon plus ou moins morose durant le reste de la journée, et il pleura tout bas la nuit suivante quand il crut qu'Iya s'était endormie. Si bien qu'elle s'attendait presque à le découvrir envolé, le lendemain matin. Or, quand elle ouvrit les yeux juste après le point du jour, il était toujours là, de l'autre côté d'un feu qu'il venait d'allumer, et il la regardait. Il avait les yeux tout cernés de noir, mais il n'en avait pas moins apprêté un déjeuner froid pour eux deux, et il ressemblait beaucoup plus au petit garnement déluré qu'elle avait vu en lui le tout premier soir.

« Bien le bonjour, maîtresse Iya.

— Bien le bonjour, Ki. »

Elle se mit sur son séant, s'étira pour se dégourdir les épaules.

« Nous prendra long pour arriver jusqu'à là-bas ? demanda-t-il pendant qu'ils se restauraient.

— Oh, trois ou quatre jours, je pense... »

Il détacha d'un coup de dents une nouvelle bouchée de saucisse et se mit à la mastiquer bruyamment.

« Vous pourriez m'affranchir, en route, à causer correc', comme c'est que vous avez dit ?

— Pour commencer, ne parle pas la bouche pleine. Et puis ne mâche pas la bouche ouverte. » Le voyant déglutir au plus vite, elle se mit à glousser. « Pas besoin de t'étouffer pour moi ! Voyons un peu..., quoi d'autre ? Ah oui, tu ne dois ni sacrer ni jurer par le corps de Bilairy. C'est grossier. À présent, dis : “Auriez-vous l'obligeance de m'apprendre à parler correctement ?”

— Auriez-vous l'obligeance de m'apprendre à parler correctement ? répéta-t-il avec autant de circonspection que s'il s'initiait à quelque langue étrangère. Et puis auriez-vous l'obligeance de m'affran… m'apprendre, pour les fantômes ?

— Je ferai les deux, du mieux que je pourrai », répondit-elle en lui souriant.

Tout bien réfléchi, elle en avait sainement jugé. Ce gosse-là était tout sauf un rutabaga.

22

Du toit sur lequel il était assis en compagnie d'Arkoniel, un après-midi, Tobin promenait ses regards sur la forêt dont la fin de Rhythin embrasait les frondaisons quand lui vint brusquement à l'esprit que quelques semaines à peine le séparaient de son anniversaire. Il espéra que personne ne se le rappellerait.

Après avoir refusé de monter là pour sa leçon du matin, il s'était débrouillé pour aller s'installer le plus loin possible du pied de la tour.

Arkoniel s'évertuait à lui enseigner les mathématiques en recourant à des lentilles et à des haricots secs pour l'aider à résoudre les problèmes. Tobin ne demandait pas mieux que de se montrer attentif, mais ses pensées n'arrêtaient pas de dériver du côté de la tour. Il se sentait écrasé par sa masse, là-bas derrière, une masse froide comme une ombre, en dépit du soleil bien chaud sur ses épaules. Et elle avait beau avoir ses volets bien clos, lui ne les rêvait pas, les bruits que laissaient filtrer ceux-ci : des bruits de pas, puis le soyeux froufrou de longues jupes sur les dalles de pierre. Et ces bruits l'affolaient autant que ses visions du fantôme de Mère derrière la porte menant à la tour…

Il n'en dit rien à Arkoniel. Pas plus qu'il ne lui parla de son rêve de la nuit précédente. Parler de ses rêves, il avait déjà fait cette gaffe à plusieurs reprises, et tout le monde, même Nari, s'était mis à le regarder d'un drôle d'air en constatant qu'ils se réalisaient.

Dans son dernier, lui et Frère sortaient à nouveau mais, cette fois, le démon le conduisait au bas de la prairie, et ils s'y tenaient ensemble à attendre quelqu'un. Et là, dans son rêve, Frère commençait à hurler. À hurler si fort que du sang noir lui coulait de la bouche et du nez. Puis il plaquait l'une de ses mains sur son cœur, l'autre sur celui de Tobin, et s'inclinait tellement vers lui que leurs visages se touchaient presque.

« Elle arrive ! » chuchota Frère.

Et puis il s'envola, comme un oiseau, pour regagner la tour, le laissant attendre tout seul, là, les yeux attachés sur la route.

Il s'était alors réveillé en sursaut, sentant encore sur sa poitrine la pression de la main de Frère. *Qui est-ce qui arrive ?* se demanda-t-il. *Et pour quoi faire ?*

Assis là, maintenant, au soleil, Tobin gardait tout ça pour lui tout seul. Pendant son rêve, il n'avait pas eu peur mais, à présent qu'il y repensait, l'oreille tendue aux bruits de la tour, voilà que menaçait de le submerger une espèce de terreur panique.

Comme venait de retentir, là-haut, un *boum* particulièrement fort, Tobin jeta un coup d'œil furtif sur le magicien, persuadé que *ça*, il l'avait forcément entendu. Mais peut-être préférait-il simplement faire comme si de rien n'était... ?

Les tout premiers jours de leur vie commune, Arkoniel lui avait posé tout plein de questions sur Mère ; et s'il ne s'était jamais permis la moindre allusion à la tour ni à ce qui s'y était passé, dans ses yeux se lisait trop bien qu'il mourait d'envie d'aborder ce chapitre-là... !

Tobin ne put réprimer un soupir de soulagement quand dans la cour, en bas, apparut Tharin. Père et les autres se trouvaient encore au diable, mais le capitaine était revenu pour lui servir de maître d'armes.

« Il est temps que j'aille m'entraîner », dit-il en bondissant sur ses pieds.

Arkoniel haussa un sourcil pour le dévisager.

« Je vois je vois… Tu sais une chose, Tobin ? Il faut plus que les armes pour faire un gentilhomme. Il t'appartient de comprendre le monde et la manière dont il marche…

— Oui, maître Arkoniel. Je puis m'en aller, maintenant ? »

Soupir familier.

« Tu peux. »

En voyant quelle allégresse il mettait à détaler sur les ardoises, Arkoniel douta qu'il ait seulement entendu ne serait-ce que la moitié de la leçon. Quelque chose en rapport avec la tour l'avait distrait, il n'avait pas arrêté de se tortiller pour risquer un œil de ce côté-là dès qu'il se figurait pouvoir le faire en toute sécurité.

Le magicien se mit debout puis leva les yeux vers cette fameuse tour. Il y avait dans ces volets clos quelque chose qui lui faisait toujours froid dans le dos. Il se promettait bien d'obtenir, dès le retour du duc, l'autorisation d'aller voir. S'il lui était possible de se tenir dans la pièce, d'en respirer l'air, de toucher les objets laissés par Ariani, qui sait s'il ne parviendrait pas à percevoir plus ou moins ce qui s'était exactement passé ce jour-là ? Il ne lui fallait assurément pas compter sur Tobin pour le révéler. Les rares fois où il avait fait mine d'effleurer le sujet, aussitôt l'enfant s'était réfugié dans une absence et un mutisme des plus troublants.

Arkoniel n'accordait pas l'ombre d'un crédit aux propos délirants de Nari quant à un phénomène de possession ni à sa crainte que Tobin n'ait été d'une manière ou d'une autre à l'origine de la chute de sa mère. Mais plus il résidait ici, plus il prenait une conscience aiguë de la présence pénétrante de l'enfant mort. Il en percevait nettement le froid. Et comme il avait entendu Tobin lui murmurer des choses, tout à fait comme l'affirmait Nari, il se surprenait à se demander quel genre de répliques *l'autre* pouvait bien faire.

Que serait-il arrivé, si Tobin était tombé, ce jour-là ? Pendant un instant, il imagina les deux enfants en train de l'épier, derrière ces volets dont s'écaillait la peinture, unis dans la mort comme ils auraient dû l'être dans la vie.

« Je vais devenir dingue, ici », marmonna-t-il en éparpillant les lentilles pour les oiseaux.

Dans l'espoir de secouer sa sombre humeur, il descendit jusqu'au terrain d'exercice et regarda Tharin faire travailler Tobin. Ça, c'était quelqu'un qui savait comment s'y prendre avec un jeune élève…

Tous deux se montraient épanouis pour l'offensive comme pour la défensive avec leurs lattes en bois. À si rude épreuve que le mît Tharin, Tobin ne cherchait qu'à lui plaire, il raffolait si ouvertement de lui qu'Arkoniel en éprouva un pincement d'envie. Avec ses cheveux noués sur la nuque et sa tunique de cuir culotté, le gamin semblait la sombre miniature du grand guerrier blond.

Arkoniel avait fini par s'y résigner, ces leçons-là captivaient le petit bien autrement que ses leçons boiteuses à lui. Il n'avait jamais ambitionné de jouer les précepteurs et ne se flattait pas d'y faire des étincelles.

La défiance de Tobin ne lui facilitait pas non plus la tâche. Il s'y était heurté dès le jour de son arrivée, et les choses ne s'étaient pas vraiment améliorées depuis. Il en était convaincu, le démon n'était pas étranger à cette situation. *Lui* se rappelait les circonstances de *sa* naissance. En avait-il parlé à Tobin ? Nari pensait que non, mais Arkoniel demeurait persuadé que *l'autre*, et dès le début, s'était débrouillé pour monter Tobin contre lui.

N'empêche qu'en dépit de toutes ces traverses, eh bien, force lui était de s'avouer qu'il s'attachait de plus en plus au petit. Quand il voulait bien, celui-ci faisait preuve d'une intelligence vive assortie, vis-à-vis de tout le monde excepté de lui, d'un caractère aimable et de façons polies.

Récemment s'était cependant produit un nouveau phénomène qui, tout en suffoquant le magicien, l'avait empli d'un mélange de malaise et d'admiration. Le petit s'était mis à jeter par intermittence des éclairs de ce qui s'était révélé être de la prémonition. Huit jours plus tôt, il avait affirmé qu'une lettre de son père allait arriver puis passé tout l'après-midi à l'attendre près de la porte ; et de fait avait fini par survenir un cavalier porteur du message qu'en définitive le duc Rhius ne serait pas de retour à temps pour fêter l'anniversaire de son fils.

Encore plus étrange, Tobin avait, voilà deux ou trois nuits, frénétiquement réveillé Tharin et Nari pour les conjurer d'aller dans les bois chercher un renard à l'échine brisée. Ils avaient bien tenté de l'apaiser, ce n'était qu'un rêve, mais, le voyant de plus en plus angoissé, le capitaine avait fini par s'emparer d'une lanterne et par sortir ; pour revenir au bout de moins d'une heure avec une renarde morte ; et jurant ses grands dieux l'avoir découverte trop loin de la maison pour que Tobin ait pu l'entendre crier. Comment celui-ci avait-il su, alors ? Pressé de questions, il grommela que le démon l'avait averti mais ne voulut rien dire de plus.

Lui ayant trouvé ce matin ce même air, Arkoniel conjectura qu'il avait eu une nouvelle vision. Ce qui permettait plus ou moins d'expliquer son agitation de tout à l'heure et son manque d'intérêt total pour la leçon de mathématiques.

Indubitablement, c'était un avantage pour un futur chef que le don de prémonition, mais qu'en dire s'il présageait l'éclosion d'un magicien ? Le peuple accepterait-il une reine-magicienne, c'est-à-dire inapte, en dépit de tous ses pouvoirs, à porter un successeur ?

Abandonnant Tobin et Tharin à leur entraînement, Arkoniel traversa le pont et s'aventura sur la route en direction de la forêt.

Au fur et à mesure que le manoir se perdait de vue, dans son dos, il commença à recouvrer un meilleur moral. Le petit air piquant d'automne le décrassait de l'atmosphère corrompue qu'il avait respirée tout le mois passé, et il eut une brusque bouffée de joie de se trouver au large de cette habitation bizarre et de ses habitants hantés. Si fort qu'on répare et repeigne de frais, jamais rien ne camouflerait la pourriture sous-jacente.

« Ce bébé te pèse encore lourd sur le cœur », dit derrière lui une voix que l'on ne pouvait confondre avec aucune autre.

Arkoniel pirouetta. La route était aussi déserte qu'avant.

« Lhel ? Je sais que c'est vous ! Que faites-vous ici ?

— Eu peur, magicien ? »

La voix goguenarde provenait maintenant d'un bosquet touffu de peupliers jaunis, sur la droite. Comme il ne parvenait toujours pas à discerner quiconque de caché par là, voici qu'apparut comme par hasard une petite main brune..., mais qui n'émergeait pas de derrière les arbres, non, qui flottait en l'air, là, juste devant eux. L'index s'en recourba, mima une invite puis disparut comme avalé par quelque embrasure invisible.

« Toi venir ici, moi retirer ta peur, lui susurra la voix, câline, presque à l'oreille.

— Par la Lumière, montrez-vous donc ! intima-t-il, encore plus intrigué que surpris. Lhel ? Où êtes-vous ? »

Il scruta le couvert en quête d'ombres délatrices, l'oreille tendue pour surprendre des pas furtifs…, mais il ne perçut rien d'autre que des froissements de feuilles sous le vent. À croire qu'elle avait ouvert un judas au milieu de l'air et parlé par là. Et glissé sa main par là.

C'est un truc. On ne voit que ce qu'on veut voir.

Et si ce n'en était pas un ?

La seule question cruciale était pour l'instant de savoir ce que Lhel pouvait bien être venue fabriquer là, tant d'années après.

« Viens me voir, Arkoniel…, invita-t-elle de derrière l'écran de peupliers. Viens donc dans les bois… »

Il hésita juste le temps requis pour se protéger l'esprit en y enfouissant un noyau de pouvoirs capable – espérait-il – de tenir en respect n'importe quelle créature ténébreuse, au cas où Lhel irait en évoquer, puis, rassemblant son courage, il se faufila parmi les branches et suivit la voix qui l'entraînait au fond de la forêt.

Les frondaisons tamisaient à présent la lumière, et le sol s'élevait doucement devant lui. Du haut du versant lui parvinrent des éclats de rire et, levant les yeux, il aperçut la sorcière, en suspens auprès d'un grand chêne, à quelque quinze pas de lui. Nimbée dans un long ovale lumineux vert tendre, elle lui sourit. Reflétés par une eau invisible qui miroitait en se ridant, des quenouilles et des joncs ondoyaient autour d'elle, et ce de façon si nette qu'il distinguait même la frontière exacte entre le mirage, telle une peinture aérienne, et les bois environnants.

Et puis, mimique effarouchée, la vision s'évapora d'un coup, comme un jour de lessive crève une bulle de savon.

Il se rua vers l'endroit où Lhel s'était manifestée. Y sentant l'air tout frémissant encore de magie, il s'en gorgea, et des souvenirs engloutis depuis longtemps s'agitèrent en lui.

Bien des années plus tôt, du temps où il n'était encore qu'un petit apprenti, il s'était cru témoin d'un miracle analogue. À demi assoupi dans la grande salle de quelque gentilhomme, il s'était réveillé aux premières lueurs du jour, et des hommes lui étaient brusquement apparus, qui flottaient dans l'air en silence à l'autre bout de la pièce. Leur vue l'avait tout à la fois terrifié et transporté.

Mais lorsqu'il en avait fait part à Iya, dans la matinée, quel crève-cœur ç'avait été d'apprendre que son œil venait tout bonnement de lui faire une bonne blague en mettant à profit les peintures d'un mur et la présence d'une tapisserie face à une entrée de service.

« Jamais la magie d'Orëska n'a rien permis de tel, lui avait affirmé Iya. Les Aurënfaïes eux-mêmes sont obligés, tout comme nous, de marcher pour aller d'un point à un autre. »

Le désappointement s'était estompé, mais ce qu'avait suggéré l'expérience le tenaillait toujours autant. Puisqu'il existait des quantités de charmes susceptibles de faire se mouvoir des objets tels que des serrures, des pierres ou des portes, il devait sûrement y avoir un moyen de *faire transiter* ceux-ci. Seulement, il avait beau jouer avec cette idée depuis des années, il n'en était pas plus avancé pour la réaliser. Il n'avait aucun mal à propulser un pois sur le tapis, mais il demeurait incapable de lui faire traverser une porte ou un mur, quelque façon qu'il s'y prenne pour y réfléchir ou l'imaginer.

Il repoussa ces rêveries décidément douteuses. Il avait été le jouet, voilà tout, d'un tour de cette sorcière, ainsi que des souvenirs que la soudaineté du choc avait suffi à déclencher dans son esprit.

Un lointain appel de Lhel lui parvint à nouveau, qui l'attira jusqu'à un sentier sinueux qui courait se perdre à sa droite dans le fourré d'une sapinière. Au-delà, le terrain descendait presque à pic, mais il finit par déboucher sur la rive d'un marécage.

Lhel l'attendait au bord de l'eau, parmi des quenouilles et des joncs passés, telle enfin qu'il l'avait vue plus tôt. Il la détailla sévèrement, de peur de se laisser encore embobiner par quelqu'une de ses attrapes, mais non, son ombre tombait en travers du sol selon un angle tout à fait normal, et ses pieds nus s'enfoncèrent dans la boue molle comme il se devait quand elle fit un pas vers lui.

« Qu'est-ce que vous faites par ici ? lui jeta-t-il.

— Moi train d'attendre toi », répondit-elle.

Pour le coup, c'est lui qui se rapprocha. Son cœur galopait, mais il n'avait plus peur d'elle.

Elle lui faisait l'effet d'être plus petite et dépenaillée que dans ses souvenirs, et frêle comme si elle avait longuement souffert de la faim. Il y avait aussi dans ses cheveux des mèches blanches plus fournies, mais son corps conservait ses rondeurs pulpeuses, et ses hanches avaient toujours ce roulis provocant qui l'avait jadis rendu tellement nerveux. Elle fit un nouveau pas en avant puis, penchant la tête de côté, se campa, mains aux hanches, telle une poissarde, et darda sur lui des prunelles noires dont les braises n'étaient point exemptes d'un dédain railleur.

Il se trouvait assez près maintenant pour sentir son odeur, une odeur de simples, de sueur, d'humus moite, et d'autre chose encore qui lui rappela les juments en chaleur.

« Quand… quand êtes-vous arrivée ? » demanda-t-il.

Elle haussa les épaules.

« J'être toujours là. Où *toi* être, tout ce temps ? Comment toi prendre soin ce que nous avoir fait, quand parti si longtemps ?

— Vous voulez dire que vous êtes restée *ici*, près du fort, toutes ces années ?

— Je aider la dame. Je suivre et monter la garde. Aider cet esprit pas être tant colère.

— Alors, là, le résultat n'est pas bien fameux, rétorqua-t-il en lui brandissant sous le nez son poignet démoli. Par sa faute, Tobin mène une existence pitoyable.

— Être encore plus mal, si moi pas faire comme Mère montre ! le rembarra-t-elle en le tançant du doigt. Toi et Iya, vous pas savoir ! Une sorcière faire un esprit, elle… » Elle leva au ciel ses poignets joints et croisés comme s'ils étaient ligotés. « Iya dire : "Rentre chez toi, sorcière. Reviens pas." Elle pas savoir. » Lhel se tapota la tempe. « Cet esprit appeler moi grands cris. Je lui *dire*, mais elle pas écouter rien.

— Rhius sait que vous êtes ici ? »

Elle secoua la tête, et un perce-oreille se détacha en frétillant d'une boucle de ses cheveux puis trottina le long de son bras nu. « Je toujours près, mais pas laisser voir moi. » Elle lui fit un sourire madré avant de s'évanouir comme par enchantement. « Tu savoir faire, magicien ? » lui chuchota-t-elle, désormais dans son dos mais assez près pour lui effleurer l'oreille avec son haleine. Elle s'était déplacée sans faire le moindre bruit ni laisser la moindre trace au sol.

Arkoniel s'écarta vivement.

« Non.

— Moi montrer toi », susurra-t-elle. Il sentit des doigts invisibles caresser son bras. « Montrer toi ce que toi rêver. »

La vision des hommes surgissant de l'air se représenta à l'esprit d'Arkoniel.

Lhel y arrivait, elle.

Arkoniel fit un bond en arrière, et se retrouva coincé entre l'eau et les mains invisibles qui prétendaient peloter sa poitrine.

« Non mais, voulez-vous bien ! Ce n'est vraiment pas le moment de vous amuser à de pareilles agaceries ! »

Un choc violent au creux de l'estomac le fit tomber à la renverse dans la boue du bord. Un poids sur le torse l'y maintint plaqué, tandis que le submergeait une odeur de crasse musquée. Puis Lhel redevint visible, accroupie sur lui, toute nue.

Il écarquilla les yeux, médusé. Elle avait, tatoué sur le ventre, un cercle flanqué de croissants affrontés – la lune-aux-trois-phases –, le motif du serpent concentrique lui recouvrait chacun des seins, tandis que d'autres symboles lui tapissaient le visage et les bras. Ce genre de signes, il en avait déjà vu, gravés sur les parois des grottes, dans l'île sacrée de Kouros, ainsi que sur des rochers, le long des côtes de Skala. À en croire Iya, leur antiquité se perdait déjà dans la nuit des temps quand le Hiérophante était arrivé aux Trois Terres. Lhel s'était-elle débrouillée pour les camoufler jusque-là, se demanda-t-il, totalement immobilisé, ou n'étaient-ils qu'une illusion de plus ? De toute manière, il y avait dans tout ça va savoir quelle sorte, formidable, de magie. La puissance énorme qui le maintenait à plat pendant que Lhel lui cueillait le visage entre ses deux mains ne pouvait absolument pas émaner d'un corps si menu.

Toi et ton espèce, vous nous rejetez, moi, mon peuple et nos dieux. La voix véritable de Lhel fit irruption dans l'esprit d'Arkoniel, aussi dépourvue d'accent que de grammaire fantaisiste. *Vous nous trouvez crasseux, vous nous soupçonnez de pratiquer la nécromancie. Oh, vous êtes forts, vous, les orëskiens, mais vous êtes souvent stupides, aussi, aveuglés par l'orgueil. Après m'avoir réclamé le grand jeu, ton maître m'a traitée de manière irrespectueuse. Et c'est sa faute à elle si j'ai offensé la Mère et les morts.*

Cela fait dix ans que je veille sur cet esprit et sur l'enfant auquel il est attaché. Le mort aurait risqué de tuer le vif et ceux qui l'entourent si je ne l'avais attaché. Aussi longtemps que sa chair n'aura pas été retranchée de l'être que vous appelez Tobin, il faudra qu'il soit attaché de la sorte, et il me faudra moi, rester, car il n'y a que moi qui saurai pratiquer, le moment venu, les deux détachements.

À la stupéfaction d'Arkoniel, une larme se mit à rouler sur la joue de la sorcière et puis tomba sur son visage à lui.

J'ai attendu durant toutes ces années, solitaire et coupée de mon peuple, tel un fantôme au sein du tien. Sans qu'il y ait pour moi ni prêtre de la pleine lune ni sacrifice des moissons ni rites printaniers. Je me meurs intérieurement, magicien, pour l'enfant et pour la déesse qui vous fit venir à moi. Mes cheveux blanchissent, et mon sein demeure vacant. Iya mit de l'or dans mes mains sans seulement comprendre que le grand jeu doit se rétribuer physiquement. À sa première visite dans mes visions, je crus que tu m'étais destiné, je te crus ma rétribution. Mais Iya me renvoya vacante. Consens-tu maintenant à me donner mon dû ?

« Je… » Il enfonça ses doigts dans la terre tandis que se faisait jour en lui le sens des paroles de Lhel. « Je ne peux pas. Ça… Ce genre de rapports… Ça nous enlève notre puissance. »

Elle se pencha sur lui de manière à lui balayer les lèvres avec ses seins lourds. Elle avait la peau brûlante. Sentant un téton brun tout érigé lui frôler le coin de la bouche, Arkoniel se détourna brusquement.

Tu te trompes, orëskien, lui souffla-t-elle dans l'esprit. *Ça nourrit la puissance. Joins-toi à moi charnellement, et je t'enseignerai ma propre magie. Et tu verras que ta puissance en sera doublée.*

Il frissonna.

« Je ne saurais vous donner d'enfant. Les magiciens d'Orëska sont stériles. »

Mais pas eunuques.

À reculons lents, sinueux, sournois, elle finit par se retrouver à califourchon sur les hanches d'Arkoniel qui ne pipa mot, mais son corps répondit à sa place. *Je n'ai que faire d'un enfant de toi, magicien. Juste besoin de ta chaleur et du jaillissement de ta semence. Cela suffit comme rétribution.*

Elle se pressa contre lui, et l'ardeur qu'il perçut à travers sa tunique suffit à lui fleurir l'aine d'une jouissance à la limite de la douleur. Il ferma les yeux, trop certain qu'elle le prendrait si tel était son bon plaisir. Quoi qu'il fasse, il n'y couperait pas.

Or sur ce, plus rien. Ni pression ni ardeur ni mains. Il rouvrit les yeux. Il était tout seul.

Il n'avait pourtant pas été le jouet d'une illusion, non. Cette saveur de sel, c'était Lhel qui la lui avait laissée sur les lèvres, et c'était son odeur qui imprégnait encore ses vêtements. D'ailleurs, la boue conservait, à droite de lui comme sur sa gauche, l'empreinte de petits pieds nus qu'envahissait l'eau, peu à peu.

Il se remit sur son séant puis, le menton calé sur ses genoux, huma les effluves musqués qui lui collaient au corps. Frigorifié, souffrant, singulièrement mortifié, il exhala un grondement bruyant, comme pour conjurer la chaude pression qu'il avait subie.

Et moi qui te croyais pour moi...

Alors, là, ça lui coupa le souffle et lui lancina le bas-ventre. Il se contraignit à se mettre debout. La gadoue gluante du marécage qui lui maculait les cheveux se mit à dégoutter dans l'échancrure de sa tunique et lui fit l'effet que de petits doigts glacés tâtonnaient à la recherche de son cœur.

Leurres et menteries, songea-t-il avec désespoir, mais tandis qu'il retournait vers cette pourriture de manoir, force fut à sa mémoire de ruminer tantôt la preuve administrée par Lhel, et tantôt le chuchotement tentateur : *Joins-toi à moi, magicien..., ta puissance en sera doublée.*

23

La migraine de Tobin débuta durant les exercices d'escrime. Elle était si violente qu'il finit par en avoir l'estomac retourné, si bien que Tharin l'expédia se coucher en plein milieu de la journée.

Sans y avoir été convié, Frère vint s'accroupir sur le pied du lit, une main plaquée sur sa poitrine. Recroquevillé sur le flanc, la joue pressée contre le nouveau dessus-de-lit moelleux que Père lui avait envoyé d'Ero, Tobin ne lâchait pas des yeux son reflet maléfique, s'attendant à ce qu'il le touche ou se mette à pleurer, comme dans ses rêves. Mais Frère ne fit absolument rien, rien d'autre que de rester là, à regrouper les ténèbres tout autour de lui. Barbouillé par ses maux de crâne, Tobin s'assoupit doucement.

Chevauchant Gosi, il remontait la route de la forêt en direction des montagnes. Des feuilles rouge et or virevoltaient à son entour, illuminées par le soleil. Il avait l'impression d'entendre un autre cavalier qui le talonnait, mais il lui était impossible de voir qui c'était. Au bout d'un moment, il se rendit compte que Frère se trouvait en croupe et lui enserrait la taille à deux bras. Frère qui était en vie, là, bien chaud contre son dos, bien tangible, et lui frôlant la nuque avec son haleine. Les mains crispées sur sa ceinture étaient brunes et calleuses, avec des ongles en deuil.

Des pleurs de joie lui gonflèrent les yeux. Il avait un frère, un vrai frère ! Tout le reste, toutes ces histoires de démons et de magiciens et de femmes des bois farfelues, tout ça n'avait jamais été que l'un de ses mauvais rêves.

Il essaya de lorgner Frère, afin de voir s'il avait des yeux bleus, comme lui, mais, lui creusant les épaules avec sa figure, Frère chuchota : « Plus vite, plus vite, elle est presque sur nous ! »

Frère avait peur, sa peur gagna Tobin.

Ils s'enfoncèrent dans les montagnes beaucoup plus avant que Tobin ne l'avait jamais fait. D'énormes pics couronnés de neige les cernaient de tous les côtés. Le ciel devint de plus en plus sombre, et un vent glacé se mit à fustiger leurs parages.

« Qu'est-ce qu'on va faire quand il fera noir ? Où est-ce qu'on va dormir ? demanda Tobin, consterné par l'aspect des lieux.

– Plus vite ! » chuchota Frère.

Mais, une fois passé le virage que faisait la route, ils se retrouvèrent au bas de la prairie que dominait le fort, galopant à bride abattue vers le pont. Gosi refusait de répondre aux rênes, il refusait de s'arrêter, il...

Tobin se réveilla en sursaut. Inclinée sur lui, Nari, debout, lui frictionnait la poitrine. Il faisait presque nuit, et très froid dans la chambre.

« Tu as dormi toute la journée, mon chou », fit-elle.

Ce n'était qu'un rêve ! se dit-il avec désolation. Il percevait quelque part, tout près, la présence de Frère, plus bizarre et glacial que jamais. Rien n'avait changé. Il voulut se laisser rouler sur lui-même afin de se réfugier à nouveau dans les songes, mais Nari le houspilla jusqu'à ce qu'il sorte du lit.

« Tu as des visiteurs ! Debout, maintenant, allons... ! Puis change-moi cette tunique !

— Des visiteurs ? Pour moi ? » papillota-t-il. Il eut conscience qu'il fallait congédier Frère, mais comment en trouver le temps, là, avec Nari qui n'arrêtait pas de l'asticoter ?

Elle lui appuya un revers de doigt sur le front puis fit claquer sa langue.

« Mais tu es glacé, mon chou ! Ah, mais voyez-moi ça..., cette fenêtre est restée ouverte toute la journée, et tu n'avais même pas de couvertures sur toi ! Viens t'habiller de propre, que tu puisses aller te montrer dans la grande salle et te réchauffer ! »

Il avait encore mal à la tête. Tout frissonnant, il se laissa retirer sa tunique fripée puis se trémoussa pour enfiler l'autre, une toute neuve et raide, qui avait des broderies au col. Elle était arrivée dans le même paquet que le dessus-de-lit, avec tout plein de bons habits, tous de meilleure qualité qu'aucun de ceux qu'il avait jamais portés, sans parler des objets décoratifs pour la maison.

Au moment de sortir, il repéra Frère tapi dans un coin sombre de la chambre et revêtu des mêmes nippes neuves que lui, mais jamais il ne l'avait vu si livide.

« Reste ici », souffla-t-il avant d'emboîter le pas à Nari, mais non sans se demander quelle impression cela lui ferait d'avoir un frère en vie marchant à ses côtés.

La grande salle était toute sombre, malgré quelques torches et la flambée dans la cheminée. Encore en deçà du halo lumineux, Tobin put sans être vu guigner le groupe debout près du feu. Ils étaient tous là, Mynir, Arkoniel, Tharin et Cuistote, à faire des messes basses avec une vieille femme en tenue de voyage on ne peut plus simple et poudreuse. Brune et ridée, elle avait une maigre natte de cheveux gris qui lui pendait par-dessus l'épaule. Était-ce elle, l'*elle* mentionnée par Frère ? Elle avait tout d'une paysanne.

Prenant pour de la peur la circonspection du petit, Nari lui saisit la main.

« N'aie crainte, murmura-t-elle en l'entraînant dans l'escalier. Maîtresse Iya est une amie de ton père et un magicien de haut vol. Et regarde un peu qui c'est qu'elle nous amène ! »

De plus près, Tobin finit en effet par s'apercevoir qu'un autre étranger se tenait en retrait dans l'ombre, derrière la vieille. Celle-ci lui dit quelque chose par-dessus l'épaule, et il vint se mettre en pleine lumière.

C'était un petit garçon.

Le cœur de Tobin chavira. Il devait s'agir là du compagnon qu'on lui avait promis. S'il avait fini, lui, par ne plus y penser du tout, eh bien, eux n'avaient pas oublié…

Le gamin était plus grand que lui, et il avait l'air plus âgé. Toute brodée que fût sa tunique, elle avait les ourlets tout effilochés et un rapetassage sous un bras. Ses souliers étaient tout tachés, ses culottes attachées avec des ficelles depuis la cheville jusqu'au genou. Tu parles si Nari te l'aurait disputé, lui, d'être accoutré si misérablement… ! Juste au même instant, les yeux de l'intrus se portèrent de son côté, et le reflet du feu révéla ses traits. Il avait la peau rougie par le soleil, et sa grosse tignasse brune lui retombait en une frange hirsute sur le front. Il promena sur la pièce un regard circulaire, et l'appréhension dilatait ses prunelles sombres. Tobin s'apprêta au pire lorsque Nari le propulsa lui-même en pleine lumière. L'autre le savait-il déjà *plutôt particulier* ?

Or, celui-ci ne l'eut pas plus tôt aperçu qu'il lui fit une révérence aussi rapide que balourde.

Tharin se fendit d'un sourire apaisant.

« Prince Tobin, je vous présente Kirothius, fils de sieur Larenth de La-Chesnaie-Mont de Colath. Il en est venu tout exprès pour être votre compagnon. »

Tobin retourna la révérence puis, conformément aux leçons de Père, tendit la main pour le serrement guerrier. Kirothius réussit à faire un maigre sourire en la lui saisissant. Il avait la paume ferme et rugueuse d'un vrai soldat.

« Bienvenue dans la demeure de mon père, dit Tobin. C'est un honneur pour moi... » Il lui fallut un instant pour se rappeler la suite de la formule rituelle ; c'était la première fois qu'il avait à la servir pour accueillir un hôte. « C'est un honneur pour moi que de vous offrir une place au coin de mon feu, Kirothius, fils de Larenth.

— C'est un honneur pour moi que de l'accepter, prince Tobin. » Kirothius y alla cette fois d'un demi-plongeon. Il avait les dents de devant un peu trop grandes et légèrement saillantes.

Au clin d'œil que lui adressa Tharin, une pointe de jalousie transperça Tobin. Hé quoi, son vieil ami le trouvait déjà à son gré, ce nouveau venu ?

« Et voici maîtresse Iya, fit Arkoniel en le présentant à la vieille. Je vous ai déjà un peu parlé d'elle, mon prince. Elle est mon précepteur, tout à fait comme je suis le vôtre.

— Je suis enchantée de faire votre connaissance, prince Tobin, dit-elle en s'inclinant. Arkoniel m'a écrit mille bonnes choses à votre propos.

— Merci, Maîtresse. »

Tobin se sentit captivé par ses yeux et sa voix. Elle pouvait bien s'affubler comme une paysanne, il émanait de toute sa personne un air de puissance qui le faisait un peu trembler.

Néanmoins, il discerna de la gentillesse et une once d'ironie dans ses yeux incolores lorsque, avec un sourire, elle posa sa main sur l'épaule du garçonnet.

« J'espère que mon petit Kirothius vous servira bien. Il préfère qu'on l'appelle Ki, au fait, si vous n'y voyez pas d'objection ?

— Non, maîtresse Iya. Bienvenue dans la demeure de mon père », répondit-il en s'inclinant derechef.

À la seconde même où ces mots franchissaient ses lèvres, la pièce devint glaciale, et Frère dévala de l'étage comme une tornade, arrachant des murs les tapisseries neuves et dispersant par toute la jonchée des tourbillons d'étincelles dérobées dans la cheminée. Quitte à pousser un piaillement lorsqu'une braise lui frappa la joue, Ki ne fit qu'un bond pour s'interposer entre Tobin et le feu.

Escortant l'ouragan s'était mis à retentir un son lancinant, grave et lent comme le battement d'un énorme tambour. Jamais Tobin n'avait rien entendu de pareil ; celui-ci le transperçait et lui secouait le cœur. De monstrueux bourdonnements lui dévastèrent les oreilles..., lui remémorant quelque chose d'odieux, mais sans qu'il arrive à se rappeler quoi.

La magicienne se montrait imperturbable au sein de tout ce raffut, seules remuaient ses lèvres. Réduit à des fusées de vague vapeur sombre, Frère lui décocha un banc, mais le banc dévia de sa trajectoire et retomba sur le côté.

Du coup, Frère se rua sur Ki et, le tirant par son manteau, tâcha de le faire choir dans le feu. Pendant que le gamin se débattait pour délacer son col qui menaçait de l'étrangler, Tobin l'agrippa par un bras, si bien que tous deux tombèrent à la renverse lorsque, enfin libéré, le maudit manteau vola se perdre dans la charpente.

Comme il entreprenait de se redresser, Tobin faillit mourir de honte en surprenant le regard horrifié de Ki.

Le voilà maintenant bien sûr de me détester ! songea-t-il, affreusement conscient que sa négligence était responsable de tout le mal. Jamais il n'aurait dû s'abandonner au sommeil avant d'avoir congédié Frère. Se détournant de tout le monde, il murmura :

« Sang mon sang, chair ma chair, os mes os. Va-t'en, Frère. Fiche-leur la paix ! »

La tornade s'apaisa instantanément. Le mobilier cessa de gigoter, le silence retomba dans la grande salle. Le beau départ de rampe neuf du bas de l'escalier se fendit en deux avec un fracas qui fit sursauter toute l'assistance, et puis Frère ne fut plus là.

Mais quand Tobin leur fit à nouveau face, les deux magiciens le dévisageaient comme s'ils savaient pertinemment ce qu'il venait de faire. Après l'avoir fixé longuement, Iya finit par glisser quelques mots à Arkoniel, mais trop bas pour qu'il puisse les entendre, lui.

Ki se releva et lui tendit la main pour l'aider à faire de même.

« Êtes-vous blessé, prince Tobin ? »

Une ampoule cloquait déjà sur sa joue.

« Non. »

Ki aussi le regardait fixement, mais il n'avait pas l'air fâché.

« Alors, c'est ça, votre fantôme ?

— Il se comporte ainsi, parfois. Je regrette. » Il avait envie de dire quelque chose de plus, quelque chose qui puisse lui conserver ce sourire abasourdi mais chaleureux qu'il se voyait offrir. « Il ne vous fera plus de mal, je pense.

— Nous ne nous attendions pas à voir survenir des hôtes, Maîtresse, disait cependant Mynir du même ton que s'il ne s'était rien passé. J'espère que vous ne jugerez pas trop sévèrement notre maison. Nous aurions préparé un festin si nous avions su. »

Iya tapota l'épaule du vieil intendant.

« Nous ne sommes pas sans connaître l'hospitalité du duc. Quoi que vous soyez en mesure de nous servir, nous en serons parfaitement contents. Est-ce toujours Catilan qui règne sur les cuisines ? »

Ils continuèrent à bavarder entre eux comme s'ils étaient tous de vieux amis et se connaissaient mutuellement depuis des éternités. Ce qui n'était pas du tout pour plaire à Tobin. Il avait déjà eu l'impression que tout allait de travers depuis l'arrivée du premier magicien. Et voilà qu'il y en avait deux maintenant. Sans compter que Frère haïssait Iya plus fort encore qu'Arkoniel, Tobin l'avait très bien senti durant cette brève attaque.

Sûr et certain qu'elle était l'*elle* de ses rêves, celle à cause de qui Frère pleurait des larmes de sang. Et pourtant, non contente de prétendre qu'elle était une amie de Père, Nari la traitait en invitée d'honneur. Alors que lui, ça le démangeait de rappeler Frère, histoire de voir simplement ce qui arriverait…

Il n'en eut pas le loisir, toutefois, car il s'aperçut que l'autre gamin le guignait. Et si Ki n'eut rien de plus pressé que de regarder ailleurs, Tobin fit exactement pareil, tout embarrassé sans savoir pourquoi.

Le père de Tobin avait beau ne pas se trouver à la maison, l'intendant voulut à toute force que Cuistote serve le dîner dans la grande salle, à la table haute. Certes, Frère avait flanqué par terre le dais flambant neuf, mais on eut tôt fait de réparer cela. À Tobin revint d'occuper la place du duc, entre la magicienne et le fameux Ki, Tharin tenant lieu pour sa part de trancheur et de maître d'hôtel. Malgré son désir d'adresser la parole à son jeune hôte et de le mettre à l'aise, Tobin se révéla incapable de sortir un mot. Le gamin se montrait tout aussi disert, et il le surprit qui décochait furtivement des coups d'œil inquiets vers lui comme autour de la salle à chaque nouveau plat. Du reste, il campa lui-même sur le qui-vive à cause de Frère aussi longtemps que dura le repas, mais il ne fut finalement pas désobéi.

Loin de sembler s'apercevoir qu'il se trouvait dans ses petits souliers, les adultes, eux, bavardaient à perdre haleine. Arkoniel et Iya parlaient avec Nari de gens que jamais sa nourrice n'avait mentionnés jusque-là, et il en eut une bouffée de jalousie supplémentaire. Aussi s'empressa-t-il, sitôt servie la dernière tarte aux fruits, de demander la permission de se retirer, bien décidé à grimper s'isoler dans sa chambre. Seulement, Ki se leva lui aussi, dans l'intention manifeste de lui emboîter le pas. C'était peut-être là ce qu'étaient censés faire des compagnons. Du coup, Tobin préféra changer de direction et gagner la cour de devant, mais l'autre lui colla plus que jamais aux trousses.

Une lune rouge d'automne escaladait le ciel avec assez d'éclat pour projeter de larges ombres au sol.

À se retrouver seul avec cet étranger, la gaucherie de Tobin n'était pas près de se corriger. Mais, tout en déplorant de n'être pas resté dans la grande salle, il comprit qu'il aurait l'air malin, s'il rentrait là, si vite, avec ce Ki dans son sillage comme un caneton.

Au bout d'un bon moment de silence, Ki leva le nez vers la façade et lâcha :

« Vous avez là une maison grandiose, prince Tobin.

— Merci. Et la vôtre, elle est comment ?

— Oh, à peu près comme vos baraquements, là... »

Les bords élimés de sa tunique attirèrent à nouveau l'œil de Tobin.

« Votre père est un indigent ? »

Le terme était déjà parti quand il s'avisa qu'on risquait de le prendre pour une insulte.

Mais Ki haussa simplement les épaules.

« Nous ne sommes pas riches, ça, c'est certain. Mon arrière-arrière-grand-mère, qu'était mariée à un parent à la reine Klie, avait des terres à elle. Mais y a eu tant et tant de nous depuis qu'y en a plus aucun pour revendiquer des droits là-dessus. C'est ça, l'ennui, dans ma famille, comme dit Père, on a les passions trop bouillantes. Ceux de nous que ça se fait pas zigouiller au combat, ben ça reproduit comme des lapins. Dans notre maison, les jeunes font un gros tas par terre pour dormir, comme des chiots, tant qu'on est, nous tous. »

Tobin n'avait jamais entendu parler d'une chose pareille.

« Vous êtes combien, là-bas ?

— Quatorze frères et douze sœurs vivants, en comptant les bâtards. »

Tobin aurait bien aimé savoir ce que c'était, ça, les bâtards, et pourquoi ça devrait se compter à part du reste, mais Ki poursuivait déjà :

« Je suis l'un des plus jeunes issus de la troisième épouse, et notre nouvelle maman va mettre encore bas bientôt. Les cinq plus vieux se battent actuellement dans l'armée de votre oncle, avec notre père, ajouta-t-il d'un air rengorgé.

— Moi aussi, je vais être un guerrier, lui confia Tobin. Je serai un grand seigneur, comme mon propre père, et je combattrai les Plenimariens sur terre et sur mer.

— Ben, forcément, quoi ! Puisque z'êtes un prince et tout !

— Je présume qu'il vous serait possible de m'accompagner et d'être mon écuyer. Vous seriez chevalier, comme Tharin. »

En aîné qu'il était, l'autre se fourra les mains dans la ceinture, à la manière d'un homme fait, et hocha du chef.

« Sieur Ki ? Sonne assez plaisant, moi je trouve. Pas chez moi que j'aurais ce pot. »

Reparut ce même sourire qui rendait Tobin tout chose, intérieurement.

« Pourquoi tu préfères qu'on t'appelle Ki ? demanda-t-il.

— Comme ça que tout le monde me dit, chez moi. Puis Kirothius, c'est foutrement trop long... » Il s'arrêta, l'air subitement gêné. « Te demande pardon, Tobin ! je vous..., je veux dire prince... !... je... mon prince, quoi ! Oh puis que le diable m'emporte ! »

Tobin se mit à glousser, penaud de plaisir. Il lui était interdit de sacrer comme de jurer, c'était vulgaire, d'après Nari. Mais les soldats ne se privaient pas de le faire quand ils croyaient qu'il n'écoutait pas.

« Tu peux m'appeler Tobin. Les autres font tous comme ça la plupart du temps.

— Ben… » Ki regarda nerveusement tout autour. « Je préfère mieux vous donner du prince Tobin quand y aura des témoins dans le coin. Père a dit qu'il me foutra ma raclée, sûr de sûr, si ça lui revient que j'aurai manqué de respect.

— Je ne le laisserais pas faire ça ! » s'écria Tobin. Lui, jamais personne ne l'avait frappé, sauf Frère. « Nous lui dirons tout simplement que je t'en ai donné la permission. Puisque je suis prince, il lui faudra bien m'obéir. Il me semble.

— Aucun problème, alors, fit Ki avec soulagement.

— Tu veux que je te montre mon cheval ? »

À l'écurie, Ki grimpa sur le bas-côté de la stalle de Gosi et laissa échapper un sifflement d'admiration.

« Splendide, y a pas ! J'en ai vu des masses, de ces aurënfaïes, à la foire du Cheval, à Ero. De quelle sorte de'faïes que tu te l'es eu ?

— Qu'est-ce que tu veux dire par là ?

— Ben, y en a de toutes les sortes, ça dépend de quelle partie d'Aurënen qu'ils sont. Les gens, je veux dire, pas les chevaux. Tu peux faire la différence avec les couleurs de leurs *sen'gaïs*.

— De leurs quoi ?

— *Sen'gaïs.* Ces chiffons de couleur qu'ils portent sur la tête.

— Ah, ça… ! J'ai vu des magiciens d'Aurënen, dans le temps », déclara Tobin, tout heureux d'avoir enfin l'air d'être un peu sorti. Ki avait beau n'être que le fils d'un chevalier miteux, il était quand même allé à Ero et s'y connaissait en chevaux. « Ils ont fait des tours de magie et de la musique. Et ils avaient tout plein de marques sur la figure. Des dessins.

— Alors, m'étonnerait pas que c'était le clan Ky'arin ou Khatmé. C'est les seuls qui font ça, pour autant que je sache. »

Leurs pas les menèrent au hasard dans la cour des casernes, et il se trouva que Tobin y aperçut les lattes de bois que lui et Tharin avaient utilisées le matin même.

« Tu es censé t'entraîner avec moi, j'imagine. Te dit d'essayer tout de suite ? »

Comme cela leur faisait finalement un terrain commun, ils se saluèrent avant de se jeter l'un sur l'autre. Mais Ki ne ménageait pas ses coups comme le faisait Tharin, il tapait dur et vous rentrait dedans de manière aussi agressive que s'il s'agissait d'un duel pour de vrai. Tobin répliquait du mieux qu'il pouvait quand une sacrée volée l'atteignit à la main. Il poussa un glapissement puis se fourra les doigts dans la bouche sans seulement penser à crier *pouce*. Ce dont Ki profita pour lui pousser une botte et le piquer au ventre en s'exclamant :

« Tu es mort ! »

Avec un grognement, Tobin l'attrapa par la taille avec sa main meurtrie, histoire de ne pas trop laisser voir à quel point il était gêné.

« Tu es bien meilleur que moi. »

Ki lui claqua l'épaule en souriant de toutes ses dents.

« Hé, mais c'est que je me suis eu tous mes tas de frères et de sœurs pour m'apprendre, et puis Père en plus. T'aurais dû voir, après, quel état j'étais ! Des bleus tout partout. Même que ma sœur Cytra m'a fendu la lèvre, l'année dernière, et pas qu'un peu ! M'aurais entendu gueuler, quand ma belle-mère m'a recousu…, un porcelet qu'on châtre ! Regarde-moi ça, tiens, la cicatrice se voit toujours, à gauche, là. »

Tobin se pencha pour lorgner de plus près la fine ligne blanche qui barrait la lèvre supérieure de Ki.

« Celle-là n'est pas mal non plus, reprit Ki en passant son pouce sur la cicatrice que Tobin avait au menton. Elle a tout à fait la forme de la lune d'Illior. Te parie que ça porte chance. Comment que tu t'es fait ça ? »

Tobin se rejeta en arrière.

« Je… je suis tombé. »

Il n'aurait pas demandé mieux que d'en croire Ki et d'y voir un signe de chance, mais il était trop persuadé du contraire. Rien que d'y penser lui mettait le cœur à l'envers.

« fin, bon, n'aie crainte, reprit Ki. T'as juste pas l'habitude, pour comment je me bats. Je t'affran… t'apprendrai, quoi, si tu veux. Puis j'irai mollo. Promis. » Il éleva la latte jusqu'à son front, fit son sourire de lapin. « córe un coup, mon prince ? »

Le malaise initial de Tobin ne fut pas long à se dissiper durant la reprise. Ce petit Ki ne ressemblait à aucun des êtres qu'il avait jamais rencontrés, Tharin mis à part, peut-être. Et il avait beau être plus âgé que lui, beau connaître le monde, manifestement, beaucoup plus que lui, il n'y avait rien derrière son regard ni derrière son sourire qui démente ce qu'il disait. Et si Tobin se sentait tout chose, en dedans, quand Ki lui souriait, c'était un sentiment tout à fait plaisant, plaisant comme celui qu'il avait éprouvé dans le rêve où Frère était en vie.

Ki tenait sa parole, en plus. Il y allait plus doucement, cette fois, et il s'efforçait d'expliquer ce qu'il était en train de faire et quelle défense il était possible de lui opposer. Grâce à quoi Tobin découvrit qu'il s'agissait en fait des mêmes bottes et parades que celles qu'enseignait Tharin.

Ils débutèrent au ralenti, passant tour à tour et pas à pas par toutes les positions, mais Tobin ne tarda pas à se retrouver contraint à travailler sa garde. Le bois de leurs lattes faisait en s'entrechoquant le cliquetis d'un bec de cigogne, et leurs ombres fusaient, virevoltaient comme des papillons dans le clair de lune.

Bien que se montrant le plus agressif, Ki ne possédait pas la maîtrise de soi que Tobin devait aux patientes leçons de Tharin. Une formidable contre-plongée qui le prit à défaut lui cingla les côtes. Il lâcha sa lame et s'effondra comme un tas de chiffes aux pieds de Tobin.

« Suis fichu, Votre Altesse, hoqueta-t-il en feignant de retenir ses boyaux dedans. Envoyez mes cendres à mon père ! »

Ça non plus, Tobin n'avait jamais rien vu d'équivalent. C'était si farfelu qu'il finit par rire, d'un rire d'abord hésitant, sous le coup de la stupéfaction, puis à gorge d'autant plus volontiers déployée que Ki s'y étant mis aussi ça faisait un bien fou de rire comme ça.

« T'en foutrai, tes cendres ! » s'étouffa-t-il, éperdu et ravi de cette énormité.

Cela relança l'hilarité de Ki, et les murs de la cour s'empressèrent de répercuter à tous les échos des éclats de rire enlacés. Ki multiplia les grimaces, roula les yeux, tira la langue et la laissa pendre au coin de sa bouche. Tobin s'esclaffait si fort qu'il en avait mal au ventre et les larmes aux yeux.

« Par les Quatre, quel raffut ! »

Tobin se retourna. Tharin et Nari se tenaient sur le seuil, à les observer.

« Tu ne lui as pas fait mal, au moins, Tobin, n'est-ce pas ? » s'inquiéta-t-elle.

Tharin pouffa.

« Qu'en dis-tu, Ki ? Tu survivras ? »

Ki rassembla ses pieds, s'inclina.

« Oui, sieur Tharin.

— Dedans, vous deux, reprit Nari en leur indiquant la porte. Allez, ouste. Ki s'est tapé une longue route, aujourd'hui, et toi, Tobin, tu étais tout patraque. Temps d'aller au lit, tous les deux. »

Tobin parvint à réprimer une brusque envie de crier : « T'en foutrai, ton pieu ! », et à se contenter d'échanger un petit sourire en coin avec Ki. Mais comme ils rentraient dans la maison, il entendit Tharin pouffer de nouveau puis souffler à la nourrice :

« Ton exil a duré trop longtemps, ma fille, si tu ne sais plus reconnaître un jeu quand tu l'as sous le nez ! »

C'est seulement au moment d'atteindre sa porte que Tobin en prit brusquement conscience : il allait devoir partager sa chambre et son lit avec Ki. Un maigre baluchon de voyage était posé sur le coffre inutilisé où se trouvait cachée la poupée, et appuyés contre le mur, dans l'angle, auprès des siens propres, on voyait un arc et un carquois inconnus.

« Mais il ne peut pas ! » chuchota-t-il en s'agrippant aux jupes de Nari pour la remmener dans le corridor. Qu'allait faire Frère ? Et puis que se passerait-il si Ki découvrait la poupée ou le voyait, lui, avec elle ?

« Allons allons. Tu es trop vieux maintenant pour avoir une nourrice, ronchonna-t-elle tout bas. À ton âge, ça fait beau temps que tu aurais déjà dû faire chambre commune avec un compagnon. » Elle se frotta les yeux, et il s'aperçut qu'elle faisait de gros efforts pour ne pas pleurer. « Et moi, j'aurais dû te dire, je sais bien, mon chou, mais je ne me figurais pas qu'il serait là si tôt, puis… Bref, c'est comme ça doit être. » Elle venait de reprendre son ton ferme, le ton qui vous avertissait que ce n'était pas la peine de discuter. « Moi, je coucherai dans la grande salle, dorénavant, comme les autres. Tu n'as qu'à appeler si tu as besoin de moi, comme tu fais toujours quand tu es au lit avant moi. »

Ki avait dû les entendre. Lorsqu'ils rentrèrent dans la chambre, il se tenait en plein milieu, l'air à nouveau déboussolé. Après s'être agitée du côté du lit, Nari alla s'emparer du baluchon pour le fourrer dans le coffre.

« Y a qu'à ranger tes affaires là-dedans. Tobin ne s'en…

— Non ! cria celui-ci. Non, tu ne peux pas mettre ça dedans !

— Tobin…, tu n'as pas honte ! »

La tête basse, maintenant, Ki semblait n'avoir plus qu'une envie, que le sol s'ouvre pour l'engloutir.

« Mais non, c'est simplement que… j'y ai des bouteilles d'encre », expliqua Tobin au plus vite. Les mots sortaient tout seuls, parce qu'ils étaient vrais. Enfermée dans son sac à farine, la poupée était bel et bien dissimulée sous une pile de parchemins et des instruments à dessin. « Il y a l'encre et puis des plumes et puis de la cire et puis d'autres trucs. Tout ça lui tacherait ses vêtements. Mais de la place, il y en a tout plein dans l'armoire. Mets-y tes affaires avec les miennes, Ki. On peut partager. Comme… comme des frères ! »

Il sentit la chaleur lui monter au visage. D'où avaient bien pu lui venir ces derniers mots ? Mais Ki souriait de nouveau, et Nari paraissait contente.

Elle plaça donc dans l'armoire les rares effets de Ki, puis ordonna aux deux enfants de se brosser les dents et de se laver le museau. Tobin se dévêtit, ne conservant que sa chemise, et grimpa se mettre au lit, mais Ki sembla repris par ses hésitations.

« Allons, mon gars, le pressa Nari, ôte-moi tes frusques, et au lit ! J'ai mis une brique tiède au fond pour chasser le froid…

— Les garde pour dormir, mes frusques…, lui dit-il.

— Ça, mon petit, c'est très joli chez les croquants, mais maintenant que t'es dans une maison noble, va te falloir apprendre nos façons, et le plus tôt sera le mieux ! »

Il marmonna quand même quelque chose d'autre pendant que s'embrasaient ses joues.

« Mais qu'y a-t-il, enfin ?

— J'ai pas de chemise…, avoua Ki.

— Pas de chemise ? » Elle clappa du bec. « Ben, je vais aller t'en chercher une, alors. Mais fais attention qu'à mon retour je ne te trouve pas encore du linge sale sur la peau. La crasse de la route, moi j'en veux pas dans mes draps tout propres ! »

Elle alluma la veilleuse et souffla toutes les autres lampes. Puis elle fit sonner un gros baiser sur la joue de Tobin avant d'empourprer Ki en l'embrassant aussi.

Celui-ci attendit que la porte se soit refermée sur elle pour retirer sa tunique et ses culottes et galoper se mettre au chaud sous les couvertures. Comme il le faisait, Tobin s'aperçut que son corps mince était presque aussi noiraud que sa figure, à l'exception d'un pan de peau blanche à la hauteur des hanches et du zizi.

« D'où ça vient, que tu n'es blanc que de là ? » demanda-t-il.

Été comme hiver, son propre corps était d'une blondeur de beurre frais.

En grelottant, Ki se pelotonna près de lui.

« On se met des chiffons, pour nager. Y a des tortues gourmandes, dans la rivière, alors tu voudrais quand même pas qu'elles te la carottent, hein ? »

Tobin se remit à glousser, mais moins à cause de la réponse de Ki que du drôle d'effet que ça faisait de voir un inconnu occuper la place de Nari.

Celle-ci finit par reparaître avec l'une des anciennes chemises de Tharin, et Ki s'y faufila en se tortillant sous les couvertures.

Après les avoir une fois de plus embrassés tous les deux, elle sortit en refermant sans bruit la porte derrière elle.

Les deux gamins reposèrent en silence un moment, les yeux fixés sur les jeux de lumière que faisait mouvoir la veilleuse au sein des poutres sculptées du plafond. Ki grelottait encore.

« Tu as froid ? demanda Tobin en s'écartant d'un coude trop pointu.

— Pas toi ? répondit Ki en claquant des dents. Enfin..., je suppose que t'as l'habitude...

— L'habitude de quoi ?

— De coucher à poil, ou presque, et avec rien qu'une personne pour te réchauffer. Comme je t'ai dit, moi et mes frères on dort tous ensemble et tout habillés. Et c'est agréable, surtout l'hiver tout spécialement. » Il soupira. « Évidemment,'vec les loufes que nous lâche Amin, ça fait qu'on a d'autant plus chaud. »

Ils partirent d'un nouveau fou rire dont le lit fut tout secoué.

« Je n'avais jamais entendu personne parler comme toi ! hoqueta Tobin en s'épongeant les yeux avec le bord du drap.

— Oh, c'est que je suis un sacré chenapan. T'as qu'à demander à n'importe qui. Dis donc, c'est quoi, ça ? » Il remonta la manche gauche de Tobin pour examiner la marque de naissance. « Tu t'es brûlé ?

— Non. Je l'ai depuis toujours. Père dit que c'est un signe de sagesse.

— Ah ouais ? Pareil que ça. » Il rabattit les couvertures et lui fit voir sur sa hanche droite une tache brune grosse comme l'empreinte d'un pouce d'homme. « Marque de déveine, qu'un devin a dit à ma mère, mais ça m'a pas empêché d'être un veinard jusqu'à maintenant. T'as qu'à voir, là, moi et toi. Si c'est pas de la veine, hein, ça ! Que ma sœur Ahra, tiens, elle s'en a une de ces rouges comme la tienne sur son nichon gauche. Un magicien qu'elle y a montré là-bas, à Erind, ben il a juré que ça prouve que c'est une bagarreuse avec la langue bien pendue, alors je suppose qu'il devait mieux savoir, çui-là, déchiffrer les marques. Elle t'a une voix à cailler le vinaigre quand c'est qu'elle se fiche en rogne. » Il remonta sur eux les couvertures et soupira. « Elle m'avait à la bonne, moi, remarque, d'habitude. C'est son ancien carquois que je suis venu avec. Y a plein d'entailles dessus faites par les épées de Plenimar, et puis une tache, elle a promis, que ça serait du sang !

— Vraiment ?

— Mouais. Te montrerai demain. »

Comme ils étaient finalement en passe de s'assoupir, Tobin décida qu'à tout prendre avoir un compagnon ne serait pas forcément une catastrophe. Et comme il s'emberlificotait quelque peu dans des histoires de sœurs et de batailles, il ignora totalement la silhouette noire qui s'était tapie dans l'angle opposé sans y avoir été invitée.

Le toucher froid de Frère sur sa poitrine le réveilla quelque temps plus tard. Quand il ouvrit les yeux, le fantôme se tenait auprès du lit, l'index pointé vers le coffre où, de l'autre côté de la pièce, était restée cachée la poupée. Et il avait beau sentir contre le sien le dos tiède et osseux de Ki, il n'en vit pas moins celui-ci s'agenouiller au même instant devant le coffre.

Et un affreux frisson le traversa lorsqu'il le vit soulever le couvercle et se mettre à sortir des objets et à les tripoter d'un air curieux. Il savait qu'il s'agissait d'une vision. Frère lui avait déjà fait voir des choses, avant, des choses comme le renard moribond, des choses qui n'étaient jamais agréables. À force de fouiller, Ki finit par dénicher la poupée, et alors sa figure prit une expression que Tobin connaissait trop bien.

Là-dessus, la scène se déplaça. Il faisait désormais grand jour ; Arkoniel et Iya se trouvaient là avec Ki, et puis Père aussi. Ils déposaient la poupée sur le coffre et l'éventraient avec de longs couteaux, et elle saignait. Alors, ils l'emportaient, non sans se retourner pour jeter sur lui-même des regards d'une telle tristesse et d'un tel dégoût que le visage lui en cuisait.

La vision s'évanouit, mais la peur persista. Autant l'affolait l'idée de perdre la poupée, autant le chagrinaient, le désespéraient les mines qu'ils faisaient tous, et surtout celles de Père et de Ki.

Frère était toujours là, près du lit, lui touchant toujours la poitrine, et ce qu'il venait de lui montrer, Tobin le savait véridique. Jamais Nari ne s'était souciée du vieux coffre jusque-là. Ki ne manquerait pas de trouver la poupée, et ça démolirait tout.

Il ne bougea ni pied ni patte, mais son cœur faisait un tel boucan dans ses oreilles qu'à peine pouvait-il entendre dans son dos le souffle léger de Ki. Que faire ?

Renvoie-le, siffla Frère.

Se remémorant l'effet que ça lui avait fait de rire avec Ki, Tobin secoua la tête. « Non », répliqua-t-il, sa bouche n'émettant là qu'un son quasiment inaudible. Aucune importance d'ailleurs. Frère l'entendait toujours. « Et ne t'avise plus jamais d'essayer de lui faire mal ! Maintenant, me faut la cacher quelque part ailleurs… Quelque part où personne n'ira la chercher. »

Frère disparut. Un coup d'œil circulaire permit à Tobin de le retrouver près du coffre, l'appelant par gestes.

Il se glissa hors du lit puis à pas comptés foula les dalles glaciales en priant que Ki ne se réveille pas. Comme il atteignait le coffre, le couvercle s'en souleva tout seul. Pendant une seconde, il s'attendit à ce que Frère le lui claque dessus pendant qu'il fouillerait, mais rien de tel ne se produisit. Il dégagea le sac à farine de dessous la pile crissante de parchemins puis gagna le corridor sur la pointe des pieds.

Il était très tard. Aucune lumière ne brillait du côté de l'escalier menant à la grande salle. La lampe du corridor s'était éteinte, mais des éclaboussures de clair de lune permettaient d'y voir à peu près.

Frère n'était plus visible nulle part. Étreignant la poupée contre sa poitrine, Tobin se demanda où aller. Comme Arkoniel, qui devait bientôt déménager dans les appartements du second étage récemment restaurés, couchait encore dans la chambre aux joujoux contiguë, celle-ci ne pouvait absolument pas faire l'affaire. En bas, il n'y avait aucun endroit non plus qui soit à l'abri du premier curieux venu. Pourquoi pas, au fond, se faufiler dehors une fois de plus, gagner la forêt et y dénicher, pas trop loin, un trou bien sec ? Mais non, les portes allaient être toutes verrouillées et, en plus, des couguars risquaient fort, la nuit, de rôder dans les bois. Tobin se mit à grelotter piteusement. Ses pieds nus lui faisaient mal à cause du froid, et il lui fallait faire pipi coûte que coûte.

Un couinement de gonds se fit entendre à l'autre extrémité du corridor. La porte menant vers l'étage au-dessus venait de s'ouvrir à la volée, découpant dans la pénombre un éblouissant rectangle argenté de clarté lunaire. Au-delà du seuil béait une gueule noire toute prête à l'engloutir, lui…

Oui, il y avait *bien* un endroit, un endroit où personne ne pouvait se rendre, excepté Frère. Frère, et lui.

Frère apparut dans l'embrasure. Il jeta un regard à Tobin puis, tournant les talons, s'évapora dans l'escalier sombre. Tobin le suivit, quitte à se meurtrir les orteils sur chacune des marches qu'il était incapable de discerner.

Dans le corridor supérieur, la lune affluait par les nouvelles fenêtres à verrières, projetant sur les murs des flaques d'argent résillées de noir.

Il lui fallut tout son courage pour s'approcher de la porte d'accès à la tour ; il se figurait percevoir, juste derrière le panneau, la présence de l'esprit furibond de Mère et son regard dardé sur lui à travers le bois. Quelques pas avant de l'atteindre, il s'immobilisa, le cœur battant si durement que ça lui faisait mal de respirer. L'envie le tenailla de tourner bride et de s'enfuir à toutes jambes, mais il ne put faire un seul mouvement, lors même qu'il entendit le verrou jouer. Le battant pivota lentement, finit par révéler…

Rien.

Mère ne se tenait pas là. Non plus que Frère. Il faisait noir dedans, tellement noir que s'y estompait la dentelle de clair de lune pour se résoudre en une vague lueur épaisse de quelques pouces. Un courant d'air froid puant le renfermé lui lécha les chevilles.

Viens, souffla Frère du fond des ténèbres.

Je ne peux pas ! songea Tobin, alors qu'il s'engageait déjà, bon gré mal gré, dans le sillage de la voix. Ses orteils tâtonnèrent en quête de la première marche usée, son pied s'y posa. La porte se referma, derrière, interceptant toute lumière, et le charme qui tenait Tobin se rompit. Il laissa choir la poupée pour chercher désespérément la poignée de la porte. Le blindage de fer en était si froid qu'il lui brûla la paume. On aurait dit que les panneaux de bois étaient tapissés de givre quand il les martela de ses poings. La porte refusa de bouger.

En haut ! dit Frère d'un ton pressant.

Tobin s'affaissa contre la porte, le souffle entrecoupé de sanglots paniques.

« Chair ma chair, finit-il par proférer. Sang mon sang. Os mes os. » Et Frère surgit au bas de l'escalier, vêtu d'une chemise en loques et la main tendue pour l'inviter à l'accompagner. Puis, comme il demeurait prostré, Frère s'accroupit juste en face de lui et se mit à le dévisager. Il avait au menton, lui aussi, la cicatrice en forme de croissant, remarqua Tobin pour la première fois. Puis il ouvrit le col de sa chemise et fit voir que là, sur la poitrine, il en avait encore une autre. Elle comportait deux fines lignes de points, verticales et très rapprochées, longues d'environ trois pouces, qui rappelèrent à Tobin les coutures des poupées de Mère, à ceci près que les points étaient cette fois encore plus ténus et qu'ils faisaient sur la peau des fronces sanguinolentes.

Ça doit faire mal…, pensa Tobin.

Oui, tout le temps, murmura Frère, et une larme sanglante lui coula le long de la joue, jusqu'à ce qu'il s'évapore à nouveau, emportant avec lui la moindre illusion de lumière.

Tâtonnant en aveugle, Tobin récupéra le sac à farine et, à menus pas glissés sur le sol de pierre, finit par retrouver la première marche. Les ténèbres lui donnant le vertige, il entreprit de monter à quatre pattes en laissant le sac traîner à ses côtés. Sa vessie pleine à craquer lui faisait un mal de chien, mais il n'osait trop la soulager là, dans le noir.

Pendant qu'il poursuivait son escalade, il se rendit compte que les archères lui permettaient, là-haut, d'apercevoir quelques étoiles. Encouragé par ce repère, il se dépêcha de gravir les dernières marches et trouva la porte supérieure, ainsi d'ailleurs qu'il s'y attendait, grande ouverte pour l'accueillir. Tout ce qu'il lui restait à faire était à présent de cacher la poupée. Après quoi, il serait libre de chercher un pot de chambre ou même une fenêtre ouverte et de retourner se coucher.

La pièce était pleine de clair de lune. Frère avait repoussé les volets. Les rares fois où Tobin s'était laissé aller à y repenser, sa mémoire avait ressuscité une petite chambre douillette avec des poupées sur une table et des tapisseries aux murs. Il régnait là une pagaille épouvantable. Tout fragmentaires que fussent encore les souvenirs de sa dernière visite, la seule vue d'un pied de fauteuil brisé suffit à remuer quelque chose de très sombre et de très douloureux tout au fond de son cœur.

Sa mère l'avait fait grimper jusque-là parce qu'elle mourrait de peur à cause du roi.

Elle avait justement sauté par la fenêtre parce qu'elle mourait de peur.

Elle aurait voulu qu'il saute, lui aussi.

Tobin se risqua peu à peu dans la pièce et s'aperçut que seule était ouverte la fenêtre qui donnait à l'ouest, face aux montagnes.

La même fenêtre…

C'était de là que venait la lumière. Il alla se placer devant, comme si la blancheur lunaire était capable de le préserver de toutes les terreurs que tramait l'ombre autour de lui. Son pied heurta le dossier d'un fauteuil en miettes, puis foula quelque chose de mou. C'était le bras d'une poupée. D'une de ces centaines de poupées qu'il avait regardé Mère fabriquer. Quelqu'un…

— *Frère* – … avait jeté par terre, éparpillé de tous côtés les affaires de Mère.

Des coupons de tissu traînaient dans un angle, et les souris avaient rongé, troué les petites balles de laine à rembourrer. Tournant lentement sur lui-même, il chercha vainement dans tout ce naufrage les poupées-garçons qu'elle réussissait si bien, mais il ne vit rien d'autre nulle part que des haillons, des bribes et des rognures.

Quelque chose, une bobine de fil peut-être, qui tinta sur le dallage, fit bondir Tobin.

« Maman ? » croassa-t-il, priant qu'elle soit bien là.

Priant qu'elle n'y soit pas.

Ne sachant trop quelle tête elle aurait, maintenant qu'elle était morte.

Il entendit un nouveau petit bruit, sourd celui-là, et un rat détala à travers la pièce, de la laine plein le museau.

Tobin relâcha sa prise sur le sac, il en avait le bras tétanisé. Oui, Frère avait raison. C'était bien le meilleur endroit.

Personne ne venait ici.

Personne n'irait y regarder.

Il transporta le sac à farine vers un coin tout baigné de lune, juste à l'opposé de l'entrée. Il le déposa sur le sol, le recouvrit avec le dossier de fauteuil, puis entassa par-dessus des chiffons moisis. Des grains de poussière aussi drus que des nuées de lucioles s'en élevèrent pour le suffoquer.

Là. Voilà qui est fait.

La besogne avait tenu jusque-là sa frousse en respect, mais il lui suffit de se remettre debout pour la sentir affluer de nouveau. Il se tourna précipitamment vers la porte en faisant de son mieux pour ne surtout pas penser qu'il allait devoir redescendre toutes ces maudites marches dans le noir.

La silhouette de sa mère se détachait sur la fenêtre ouverte. Il la reconnut à sa frêle carrure et à la façon dont sa chevelure cascadait librement jusqu'à ses épaules. Il ne distinguait pas son visage et ne pouvait pas plus déchiffrer ses yeux que les expressions de sa bouche. Il ne savait pas si la mère qui faisait à présent un pas, bras tendus, vers lui était la bonne ou la terrifiante.

Pendant une seconde, il demeura suspendu dans l'horreur et l'éternité.

Elle ne projetait pas d'ombre.

Elle ne faisait aucun bruit.

Elle embaumait les fleurs.

Ça, c'était la fenêtre par où elle avait essayé de le précipiter. Elle l'avait traîné ici, toute sanglotante, en maudissant le roi. Et c'était bien elle qui l'avait *poussé* dehors, et c'est au moment où quelqu'un d'autre l'avait rattrapé et tiré en arrière qu'il s'était cogné le menton contre l'entablement…

Les souvenirs avaient un goût de sang.

Alors, sans savoir comment, il fut en mouvement, fusant hors de la pièce et dégringolant l'escalier, une main plaquée sur la pierre du mur, sensible à son grain grossier tout autant qu'à l'effritement des fientes d'oiseau sèches et qu'aux lichens qui s'écaillaient par plaques sous ses doigts. Il entendit bien retentir, derrière, un gros sanglot suivi d'un claquement violent, mais il refusa de se retourner. Il y voyait, maintenant, tout du long, jusqu'en bas, grâce au rectangle de clarté lunaire que dessinait la porte ouverte sur le corridor. Il la franchit tête baissée, la referma à la volée, sans seulement s'attarder pour voir si le loquet s'était bien bloqué ni se soucier le moins du monde que quiconque ait rien entendu. Il vola jusqu'au premier étage, assourdi par le vacarme incohérent qui déchiquetait ses bronches en folie, vaguement conscient, mais c'était là tout, que ses jambes comme sa chemise étaient inondés. C'est seulement devant l'entrée de sa propre chambre qu'il se pétrifia, comprenant soudain qu'il s'était mouillé. Il ne se souvenait même pas de l'avoir fait.

Il refoula un nouvel accès de larmes en se morigénant : quelle faiblesse, aussi ! Tout en se glissant dans la chambre, il tendit l'oreille pour s'assurer que Ki dormait toujours, puis il se dépouilla de sa chemise sale et en utilisa une manche, humectée dans ce qu'il restait d'eau froide au fond de la cuvette, pour se nettoyer. Là-dessus, il alla prendre une autre chemise dans l'armoire et finit par grimper se recoucher en catimini. Il fit tout ce qu'il put pour ne pas ébranler le matelas, mais Ki se réveilla en sursaut et poussa un petit cri d'effroi, l'œil agrandi sur ce qui se tenait au bas du lit.

Frère était là, qui le foudroyait du regard.

Tobin agrippa fébrilement le gamin par l'épaule pour l'empêcher de se mettre à glapir.

« Ne crains rien, Ki, il ne te… »

Ki se tourna vers lui en émettant un filet de rire nerveux.

« Par les couilles à Bilairy ! C'est rien que toi… ! Un bon moment, j'ai cru que c'était ton fichu fantôme qui venait se foutre au pieu ! Pouvait confondre, aussi, froid comme t'es… »

Le regard de Tobin se porta sur Frère avant de revenir à Ki. Non, Ki ne pouvait pas voir Frère debout, là, plein de haine envers lui. Il n'avait pas l'œil pour ça.

N'empêche que Ki se montra aussi effaré que s'il l'avait, l'œil, lorsqu'il demanda :

« M'est-il permis de vous dire quelque chose, prince Tobin ? »

Tobin acquiesça d'un signe.

Ki se mit à tripoter le bord de la courtepointe.

« Quand la vieille Iya m'a dit, pour le fantôme, c'est tout juste si j'ai pas failli me renfuir au galop chez nous, bien que je savais que mon père allait me rosser puis me jeter sur les chemins. Vraiment tout juste. Et après, quand le fantôme s'est mis à balancer des trucs de tous les côtés, ce soir, hein ? ben, je m'en ai presque pissé dessus, j'avais trop la trouille… Alors que vous, là, rien, peinard comme si c'était que de la gnognote… » Il releva les genoux et les enferma dans ses bras. « Ce que j'essaie de vous dire par là, plus ou moins, je crois, c'est que mon père, il a pas élevé aucun pleutre. Y a rien, moi, qui me fout la frousse, à part les fantômes, et encore je suis capable de supporter ça pour servir quelqu'un d'aussi courageux que vous. Si vous voulez bien toujours de moi. »

Il se figure que je compte le renvoyer. À la faveur de cette mise au point, Tobin manqua tout déballer d'un coup, mais alors tout, Frère aussi bien que la poupée, que Mère et que la chemise de nuit trempée roulée en boule devant la porte. Mais l'espèce d'idolâtrie qu'il lisait dans les yeux de son petit aîné empêcha ces aveux de franchir ses dents.

Aussi, faute de mieux, se contenta-t-il de hausser les épaules en disant :

« Il fait peur à tout le monde, même à Arkoniel. Moi, je suis habitué à lui, voilà tout. »

Il aurait bien voulu garantir à Ki que Frère ne lui ferait plus jamais de mal, mais il n'en était pas encore si sûr que ça, et il répugnait à mentir.

Ki se dressa sur ses genoux puis se toucha le front et le cœur, selon le salut des soldats.

« Eh bien, je maintiens que vous êtes brave, et si vous acceptez mes services, alors je jure par Sakor et Illior d'être votre homme à la vie à la mort.

— J'accepte », répondit Tobin, non sans se sentir simultanément tout bête et très fier.

Ki n'ayant pas d'épée à lui présenter, un serrement de mains scella leur accord, puis le gamin se laissa choir à la renverse aux côtés de Tobin et s'enfouit sous les couvertures.

Tout jeune qu'il fût, Tobin comprit parfaitement qu'il venait de se passer entre eux quelque chose d'important. « À la vie à la mort », avait dit Ki. La formule évoquait l'image de chevauchées communes, côte à côte, sous la bannière de Père et sur quelque champ de bataille lointain…

Pourvu du moins que la poupée reste toujours cachée. Pourvu du moins que personne ne découvre jamais, là-haut, ce que recelait la tour.

Maman demeure là-haut, enfermée dans la tour.

L'horreur de la nuit menaçant de se reployer de nouveau sur lui, il colla son dos à celui de Ki, tout heureux de n'être pas seul. Plus jamais il ne retournerait là-haut. Elle s'y trouvait, n'attendant que de l'attraper. Mais la tour était verrouillée, et Frère n'y laisserait entrer personne d'autre.

Frère l'avait mis en garde, et son secret ne risquait plus rien. Il était certain désormais de ne jamais voir Ki le regarder en faisant la même grimace que dans la vision procurée par Frère, tout à l'heure.

« Tobin ? »

Un marmonnement tout ensommeillé.

« Quoi ?

— Ton fameux fantôme, tu en parles bien comme d'un garçon ?

— Oui. Je l'appelle Frère.

— Tiens… J'avais entendu dire que c'est une fille.

— Pff. »

Le léger ronflement de Ki servit de berceuse à Tobin qui s'assoupit en rêvant d'une cavalcade qui les menait, lui et son copain, vers l'est, du côté de la mer et d'Ero.

24

Une fois que la maisonnée se fut installée pour la nuit, Arkoniel emmena Iya hors les murs se promener dans la prairie, tout comme il l'avait fait deux mois plus tôt en compagnie de Rhius.

Mais s'il y avait eu cette nuit-là des lucioles et des chauves-souris, plus le chant des grenouilles, cette nuit-ci, tout était silencieux, la forêt comme la prairie sous le clair de lune, et seul retentissait le cri de chasse des hiboux. Il faisait très froid, et les ombres des deux magiciens se découpaient comme au rasoir sur l'herbe revêtue de givre pendant qu'ils suivaient l'un des sentiers battus le long de la rivière par le passage des ouvriers. Les bois et les sommets environnants étaient tout scintillants de blanc. Quelques feux brasillaient encore, au loin, devant la poignée de tentes toujours plantées au bas de la prairie. La plupart des corps de métier en avaient terminé. Ceux qui demeuraient là seraient bientôt partis, eux aussi, n'ayant qu'une envie, retourner en ville avant la survenue des neiges.

Le souvenir de Lhel et de leur rencontre, au cours de cette même et unique journée, encombrait pesamment les pensées d'Arkoniel. Tout en marchant aux côtés d'Iya, il s'efforçait de trouver les termes propres à rendre compte de ce qui s'était exactement passé.

« Que penses-tu de tes nouvelles occupations ? questionna-t-elle avant qu'il ne puisse aborder le sujet qui lui tenait à cœur.

— Je ne crois pas valoir grand-chose comme professeur. Pour autant que j'en sois juge, Tobin n'a pas la moindre envie de rien apprendre ni la moindre sympathie pour moi. Les arts de la guerre et la chasse, à cela se réduisent ses intérêts. Il ne parle que d'une chose, il sera guerrier, point final. »

Même seul à seul, en ces lieux, ils avaient la prudence d'évoquer Tobin en disant « il ».

« Ainsi, tu ne l'aimes pas beaucoup ?

— Bien au contraire ! se récria Arkoniel. Il est intelligent, il a des dons d'artiste merveilleux. Vous devriez voir les figurines qu'il façonne... ! J'ai dans l'idée que les moments où nous sommes le plus heureux ensemble, lui et moi, sont ceux où nous regardons travailler les artisans et les bâtisseurs. »

Iya émit un petit rire.

« Il existe donc autre chose que "les arts de la guerre et la chasse", en définitive ? Un professeur un peu malin se débrouillerait pour tirer parti de semblables centres d'intérêt. Il entre énormément de mathématiques dans la construction d'une voûte solide ou dans la conception d'une fresque décorative. L'élaboration des couleurs relève en fait de l'alchimie. Et pour traduire les formes des choses vivantes, encore le créateur doit-il en avoir approfondi la connaissance. »

Arkoniel leva les mains en signe de reddition.

« En effet, je vois bien que je me suis conduit comme la dernière des taupes. Je vais tâcher de repartir avec lui sur un tout autre pied.

— Ne te juge pas trop sévèrement, mon garçon. Ce n'est pas un petit magicien que tu entraînes là, tout bien réfléchi, mais un petit noble. Tobin n'aura jamais besoin, même pour gouverner, de notre genre d'instruction à nous. La moitié du Palatin sait écrire tout au plus son nom. Je dois dire que j'admire d'autant plus la singularité de Rhius à cet égard que tant et tant de beaux seigneurs et de gentes dames ne voient encore là que de la besogne tout juste bonne pour des scribes. Mêle-toi seulement de leur apprendre à lire par eux-mêmes, et c'est la moitié des filles de marchands bien élevées que tu priveras de leur profession. Non, continue de faire ce que tu fais, et donne-lui ce que tu pourras des disciplines dont il pourrait bien découvrir par la suite l'utilité. En histoire et géographie..., là, tu es très calé. Il conviendrait également de lui faire étudier quelques rudiments de musique, et puis la danse, aussi, avant qu'il ne se voie mander à la cour...

— Vous avez eu vent de quelque chose ? Vous croyez qu'on va l'y mander sous peu ?

— Non, mais ça finira forcément par lui arriver, à moins que Rhius ne s'entête à le dépeindre au roi comme un demeuré parfait. Ce qui nous rendra la tâche encore plus difficile, le moment venu. Non, nous devons simplement supposer, selon moi, qu'avec le temps ça deviendra logiquement inéluctable. Il est sur le point d'avoir dix ans. Trois années, voilà le meilleur délai qu'on puisse espérer, je dirais..., moins, peut-être, vu le sang royal. » Elle marqua une pause, les sourcils froncés. « Je prie qu'il ait le temps de grandir jusqu'à la hauteur de son rôle avant d'avoir à l'endosser. Il n'y a pas moyen de le savoir. »

Arkoniel secoua la tête. « Il est si jeune, si... » Il chercha comment exprimer cela. « Si peu de ce monde ! Cela semble tellement inimaginable, que le destin pèse d'un tel poids sur ces frêles épaules étriquées...

— Prends ce qu'envoie l'Illuminateur, riposta Iya. Quoi qu'il advienne, notre devoir consiste à tirer le meilleur parti possible du matériau confié à notre labeur. Pour l'instant, ta tâche est d'assurer son bonheur et sa sécurité.

Dorénavant, tu seras mes yeux, ici. Et si n'importe quoi de… de fâcheux devait arriver à Ki… Peut-être ferais-tu bien de ne pas t'autoriser trop d'attachement.

— Je sais. C'est l'une des conditions que m'a imposées Rhius. Pauvre Ki. Ça lui donne l'air de l'agneau chouchouté qu'on engraisse pour la ripaille du Solstice.

— C'est sur tes instances, Arkoniel, qu'il se trouve ici. Ne laisse pas ce noble cœur que tu as t'aveugler jamais sur ce qu'est en réalité notre situation.

— J'ai senti le toucher du dieu, Iya. Je ne l'oublie jamais. »

Elle lui tapota le bras.

« Je sais. Maintenant, si tu m'en disais davantage à propos de Tobin… ?

— Sa peur de la magie me tracasse.

— Il a peur de toi ?

— Pas de moi, pas exactement, mais… Enfin, il a de ces bizarreries si imprévisibles ! À mon arrivée, par exemple, j'ai tenté de l'amuser avec quelques jolies passes. Le genre d'illusions dont nous divertirions les enfants de n'importe quel hôte n'est-ce pas ?

— Et ça ne l'a pas diverti ?

— Diverti ? Vous auriez juré que je m'étais tranché la tête pour la lui jeter ! La seule fois où j'ai réussi à lui faire plaisir en lui offrant une vision d'Ero, le démon a manqué démolir la pièce. Du coup, je n'ai plus osé risquer la moindre tentative avec lui depuis. »

Iya dressa un sourcil.

« Il faut absolument le guérir de ça si nous voulons atteindre notre but. Peut-être Ki te sera-t-il là de quelque aide. Il a bien aimé les petits tours d'illusionnisme que je lui ai montrés durant notre voyage. » Elle leva les yeux pour lui sourire. « Tu ne m'as pas encore dit ce que tu pensais de mon choix.

— À en juger d'après ce que j'ai vu ce soir, il est excellent. J'étais en train de regarder le gosse quand le démon a attaqué. Il était terrifié, mais ça ne l'a toujours pas empêché de foncer sur Tobin au lieu de s'enfuir. Sans même connaître son seigneur et maître, il comprend déjà quelles sont ses obligations.

— Plutôt exceptionnel, de la part d'un être aussi jeune. Mais à propos, pour ce qui est du démon, c'était inhabituel, ce qui s'est passé ?

— Pas vraiment, mis à part que je ne l'avais jamais vu depuis que je suis là déployer autant d'agressivité. Il m'a toutefois un peu réservé le même genre de réception le jour de mon arrivée. Et comme il m'a dit qu'il se souvenait de moi, sans doute vous a-t-il reconnue, vous aussi. Mais cela n'explique pas pour autant qu'il se soit attaqué à Ki. Le petit serait-il un magicien en herbe ?

— Non, et c'est grand dommage, car il aurait de quoi faire un magicien des plus curieux. Il devrait en tout cas faire parfaitement l'affaire avec Tobin. Maintenant que j'ai vu celui-ci, force m'est d'admettre que tu raisonnais juste. Il a désespérément besoin d'un semblant de société normale. » Iya se retourna pour regarder le fort, et son front se plissa. « J'espère seulement que c'est lui qui subira l'influence de Ki, plutôt que l'inverse. J'attendais mieux de Rhius.

— J'aurais tendance à lui accorder qu'il n'a pas eu la tâche facile, entre le démon et la démence d'Ariani. Aucun d'entre nous n'avait prévu cela.

— Tout provient d'Illior, la démence comme la lucidité. »

À la faveur de la lumière froide et blafarde, Iya ressemblait brusquement à une effigie de fer. Arkoniel fut souffleté par cette image, qui l'affligea. Pour la première fois depuis qu'il en avait fait la connaissance, il se voyait forcé de s'avouer jusqu'à quel point Iya pouvait se montrer dure et à part du commun des mortels. Il l'avait déjà remarqué en d'autres magiciens, ce détachement vis-à-vis de ce qu'il tenait, lui, pour la sensibilité normale. Mais ce phénomène qu'il convenait d'imputer, lui avait-elle expliqué un jour, à leur extrême longévité, il s'était donné un mal fou pour ne pas voir qu'il s'appliquait aussi à elle.

Là-dessus, elle se tourna vers lui avec un sourire dont la tristesse balaya ces sombres pensées. Il retrouvait là son maître inlassable et la femme qu'il aimait comme une seconde mère.

« Avez-vous vu quoi que ce soit pendant que le démon se tenait dans la salle ?

— Non, mais je percevais sa présence. Il se souvient de moi, ça oui, et il ne pardonne pas. Mais j'ai bien déduit de ta lettre que tu l'avais vu, toi ?

— Une seule fois, mais aussi net que je vous vois en ce moment. Le jour même de mon arrivée, il m'attendait là-bas, là où la route émerge des bois. Il ressemblait à Tobin trait pour trait, sauf que ses yeux…

— Là, tu fais erreur. » Elle rafla une herbe sèche et en fit tournoyer la tige entre ses doigts. « Il ne ressemble pas à Tobin. C'est Tobin qui lui ressemble, ou qui rappelle du moins l'apparence qu'aurait eue maintenant le petit garçon mort, s'il avait vécu. C'est à cela que visait la magie de Lhel, après tout, donner à la petite fille tous les dehors de son frère. Illior est seul à savoir quel est le véritable aspect physique de Tobin, en fait. » Elle s'interrompit et se taquina le menton avec la tige desséchée. « Je serais bien curieuse de savoir quel nom il choisira, après la métamorphose… »

Tout en le déboussolant quelque peu, cette idée saugrenue fournit à Arkoniel l'impulsion nécessaire pour aborder le sujet qui l'avait d'abord incité à sortir du manoir.

« J'ai vu Lhel aujourd'hui. Tout semble indiquer qu'elle n'aurait pas bougé d'ici depuis le début.

— Ici ? La sorcière ? Mais, sainte Lumière ! pourquoi ni Nari ni Rhius ne nous en ont-ils rien dit ?

— Ils l'ignorent. Eux et tout le monde. Je ne sais comment elle s'y est prise, Iya, mais elle a semble-t-il suivi le petit jusqu'à sa retraite, et elle vit quelque part dans les environs.

— Je vois. » Elle promena son regard sur la forêt qui cernait le fort. « Elle a dit pourquoi ? »

Il hésita puis finit par déballer peu à peu la rencontre et ce qui s'était ensuivi entre eux. Mais lorsqu'il en vint au point de sa piteuse déconfiture, il bafouilla, dut s'arrêter. La tentation avait été tellement forte... Rien qu'à y repenser, il se sentait lanciné par un sentiment de culpabilité d'une noirceur bouleversante. Et c'était Lhel, pas lui, qui avait coupé court à leur accouplement.

« Elle... elle voulait me voir rompre mon vœu de chasteté. En retour, elle m'aurait enseigné ce qu'il me fallait apprendre. Ç'aurait en plus été sa rétribution pour avoir veillé sur Tobin.

— Je vois. »

Du fer, se confirma Arkoniel par un bref coup d'œil.

« As-tu le sentiment qu'elle abandonnera l'enfant si tu ne te plies pas à ses exigences ?

— Non. Elle doit je ne sais quelle réparation à ses propres dieux pour avoir créé le démon. Je ne crois pas qu'elle pourrait aller là contre. Quant à nous, à moins de la tuer, je doute fort qu'il nous serait possible de la contraindre à s'éloigner.

— Et rien ne nous y obligerait. » Elle contempla la rivière d'un air absorbé. « Jamais je n'en ai parlé à personne, dit-elle doucement, mais mon propre maître étudiait la Vieille Magie. Elle est plus puissante que tu ne le crois.

— Mais elle est interdite ! »

Iya renifla.

« Tout comme l'est ce que nous sommes en train de tenter, cher garçon. Et dans quel but te figures-tu qu'avant de rien entreprendre je suis partie chercher Lhel ? La fatalité attachée aux magiciens de notre lignée pourrait bien consister à contrevenir aux interdits en cas de nécessité. Peut-être que tels sont les desseins d'Illior sur toi.

— Vous voulez dire que je *devrais* prendre des leçons d'elle ?

— J'estime être capable de défaire les sortilèges dans lesquels elle a entortillé Tobin. Mais si je me trompais ? Ou s'il m'arrivait de mourir avant l'heure cruciale, comme ce fut le cas de mon maître Agazhar ? Oui, le mieux pourrait être que tu apprennes d'elle ce qu'il faudra faire, et selon ses procédés à elle.

— Mais le prix qu'elle exige ? »

Le seul fait d'envisager *ça* lui bloquait la respiration. Par pure répulsion, tâcha-t-il de se persuader.

Une moue de réprobation réduisit à un fil les lèvres d'Iya.

« Propose-lui-en un autre.

— Et si elle refuse ?

— Ce que je t'ai enseigné, Arkoniel, m'avait été enseigné par mon propre maître, la chasteté préserve notre puissance. Pour ma part, je l'ai mise en pratique depuis que j'ai entrepris l'étude de notre art. Il en est cependant qui s'écartent du droit chemin, mais tous ne se sont pas obligatoirement trouvés diminués par leur expérience. Nombre d'entre eux, oui, mais pas tous… »

Arkoniel eut l'impression que le sol s'ouvrait sous ses pieds. « Pourquoi ne me l'avoir jamais dit avant ?

— À quoi bon ? Enfant, tu n'avais que faire de le savoir. T'en parler quand tu étais dans toute la vigueur de l'adolescence ? C'était trop dangereux, la tentation était trop réelle. J'avais à peu près ton âge actuel quand a débuté mon entraînement, et je n'étais plus vierge. Puissantes sont les vagues de la chair, ne t'y méprends pas, et nul d'entre nous n'échappe à leur attraction. Une fois révolue sa première vie et solidement implanté en lui le sentiment de ses propres pouvoirs, il devient plus facile à un magicien de se maîtriser. Crois-m'en sur parole, la comparaison fait singulièrement pâlir les plaisirs charnels.

— Je vais lui dire que c'est *non*, Iya.

— Tu vas faire ce que tu vas faire, cher garçon. » Iya lui prit les mains entre les siennes et le regarda bien en face ; elle avait la froideur de l'ivoire. « Il reste encore tant de choses que j'avais espéré t'enseigner. Avant Afra, je m'imaginais que nous vivrions ensemble jusqu'à mon dernier jour. Tu es mon successeur, Arkoniel, et l'étudiant le plus doué que j'aie jamais eu. Cela fait un bon bout de temps que nous le savons, Illior et moi. » Elle tapota le sac pendu à son épaule. « Mais Illior a d'autres projets pour toi, ces temps-ci, comme nous l'avons constaté l'un et l'autre. Désormais, tu dois prendre autant de leçons qu'il s'en présentera et faire d'elles ce que tu pourras. Si Lhel est capable de t'enseigner, alors, apprends d'elle. Tout le reste à part, ouvre l'œil et assure-toi qu'elle ne mijote rien de mal contre le petit.

— Votre réponse est tout sauf une réponse ! » grogna-t-il, plus embarrassé que jamais.

Elle haussa les épaules.

« Tu n'es plus un enfant ni un apprenti. Il vient un moment, tôt ou tard, où tout magicien doit apprendre à se fier à son propre cœur. Cela fait un certain temps déjà que tu t'y emploies, même si tu sembles ne t'en être pas encore aperçu. » Avec un sourire, elle lui administra une petite tape sur la poitrine. « Écoute-le, lui, mon cher. Tu auras en lui un bon guide, et loyal, je crois bien. »

Une sueur froide prémonitoire fit frémir Arkoniel.

« Voilà qui sonne presque comme un adieu. »

Elle eut un sourire attristé.

« C'en est un, mais rien qu'au garçon qui fut mon étudiant. L'homme qui l'a subrepticement supplanté n'a pas à craindre de me perdre. Je l'aime beaucoup trop pour ça, et nous avons une montagne de travail à accomplir ensemble.

— Cependant… » Il chercha les mots pour le dire. « Comment vais-je savoir ce qu'il convient exactement de faire afin d'aider Tobin et de le protéger ?

— Parce que tu te figures peut-être que si tu n'étais pas à la hauteur de la tâche Illior t'aurait dépêché ici ? Et puis quoi encore ? Bon, tu comptes retenir toute la nuit dehors une vieillarde de mon âge, ou tu lui permets enfin de rentrer ?

— Une vieillarde, ah bon ? Ça date de quand, cette nouveauté-là ? demanda-t-il en glissant son bras sous celui d'Iya tandis qu'ils remontaient ensemble vers le fort.

— Belle lurette que je me pose la même question.

— Vous nous restez combien de temps ?

— Pas longtemps, vu la réception que m'a réservée le démon. Comment t'a-t-il traité depuis qu'il t'a cassé le bras ?

— Étonnamment bien. Il a beau faire valser les meubles, de temps en temps, Tobin le tient plus ou moins en bride, manifestement. Et, d'après Nari, il s'est montré beaucoup plus tranquille depuis la disparition d'Ariani.

— Ça alors… ! On aurait pu s'attendre à tout le contraire. Jamais de toute ma longue existence, Arkoniel, je n'ai vu d'esprit si peu que ce soit semblable à celui-ci. À se demander…

— Quoi donc ?

— S'il ne va pas de nouveau nous surprendre quand nous tâcherons de rompre les liens qui l'unissent à Tobin. »

Ils regagnèrent le manoir, où Iya devait partager la chambre d'Arkoniel pour la nuit. Or, à peine eurent-ils mis le pied dans la grande salle qu'ils sentirent de manière quasi tangible se refermer autour de leurs personnes la malveillance du démon. L'air s'alourdit sensiblement, le feu fit mine de s'éteindre et ses flammes se firent livides dans la cheminée.

Nari et le reste de la maisonnée, qui se trouvaient groupés autour du foyer, s'en alarmèrent aussitôt.

« Soyez prudente, Iya. Il est impossible de dire ce qu'*il* va faire », prévint Tharin.

Le silence se prolongea, lourd de menaces et oppressant, et puis quelque chose se fracassa tout à coup par terre à l'autre bout de la salle, auprès de la table haute. Nouveau fracas, et Iya surprit une lumière en l'air, une lumière assez vive pour laisser voir l'argenterie dégringoler des étagères du dressoir. Un par un, plats et jattes tombèrent d'une glissade dans la jonchée, tantôt avec un boucan du diable, tantôt avec un simple *pouf*! Chacun des objets bougeait comme de lui-même, mais Arkoniel n'avait aucune peine à se figurer l'affreux vaurien revêche auquel il avait eu affaire au bord de la rivière en train de prélever la coupe suivante, le plateau suivant tout en les narguant, eux, là, par-dessus l'épaule, avec un sourire fielleux.

L'étrange représentation se poursuivit telle quelle, à ce détail près que chaque nouveau projectile volait chaque fois un tout petit peu plus loin du dressoir que son prédécesseur, et un tout petit peu mieux orienté vers les spectateurs.

« En voilà plus qu'assez ! » maugréa Iya. Remontant la salle à grandes enjambées, elle alla s'immobiliser à trois pas du dressoir et, brandissant sa baguette de cristal, décrivit en l'air devant elle un cercle de lumière blanche.

« Qu'est-ce qu'elle fait là ? demanda Nari.

— Je ne sais pas trop », répondit Arkoniel, qui déchiffrait de son mieux tous les signes cabalistiques qu'Iya s'affairait à inscrire dans le cercle.

Ça lui rappelait plus ou moins un charme de bannissement qu'avait tenté de leur apprendre un drysien, sauf que la forme que prenaient les signes au fur et à mesure ne correspondait pas du tout à celle de ses souvenirs.

Peut-être Iya avait-elle commis une erreur au cours de l'opération ? Toujours est-il qu'au même instant décolla du dressoir un lourd plateau d'argent qui vint heurter le cercle de plein fouet. Motif et baguette explosèrent en faisant subitement jaillir une gerbe de flammes d'un bleu incandescent. Iya poussa un cri, porta la main à son côté.

Tout en papillotant pour dissiper les taches noires qui lui brouillaient la vue, Arkoniel se précipita vers elle pour la tirer de ce mauvais pas tandis que le démon lançait de tous côtés le restant de l'argenterie puis se mettait à culbuter les bancs. Il l'enveloppa dans ses bras, la contraignit à baisser la tête et fit tout son possible pour la protéger. Puis Tharin survint, qui s'efforça, lui, de les préserver tous deux.

« Dehors ! » hoqueta Iya en faisant de son mieux pour les repousser.

Ils titubèrent jusque dans la cour avec tout ce qu'il y avait là de domestiques affolés, et puis un regard en arrière par la porte ouverte leur révéla que les tapisseries volaient dans tous les sens. L'une d'elles atterrit en plein dans la cheminée.

« De l'eau ! gueula Mynir. Allez chercher de l'eau ! *Il* veut mettre le feu à la maison !

— Allez dans les baraquements, vous deux, commanda Tharin. Il vous sera possible d'y dormir. »

Puis il se rua de nouveau dans le manoir afin d'aider les autres.

Arkoniel soutint les pas chancelants d'Iya jusqu'au noir bâtiment qui tenait lieu de casernement. Un brasero se trouvant juste au-delà du seuil, un simple claquement de doigts par-dessus lui permit d'y déclencher une flambée modeste. D'étroites paillasses bordaient les murs, et Iya se laissa tomber sur la plus proche. Arkoniel s'empara doucement de la main blessée pour l'examiner à la faveur des flammes vacillantes. Une longue brûlure rouge marquait dans la paume l'emplacement de la baguette de cristal. Au fond des coupures qui entaillaient les jointures et les doigts scintillaient quantité d'éclats de cette dernière.

« C'est moins sérieux que ça n'a l'air, décréta Iya pendant qu'il prélevait de brillantes échardes par-ci par-là.

— Pas mon avis. Restez allongée. Le temps d'aller prendre deux ou trois choses, et je suis de retour. »

Il retourna en courant dans la grande salle où Cuistote et les autres achevaient de battre une tapisserie fumante et repoussaient dans l'âtre à coups de pied des braises charbonneuses de jonchée.

« Arrosez-moi ça ! » ordonna-t-il en battant vigoureusement des mains puis en désignant le sol de ses paumes ouvertes. Des derniers brandons qui s'éteignaient s'élevèrent des nuées de fumée puante.

« Iya est blessée. Il me faut des simples contre les brûlures et des linges propres pour le pansement. »

Cuistote alla chercher ce qu'on lui demandait, puis Tharin suivit Arkoniel aux baraquements pour superviser les soins qu'exigeaient les plaies d'Iya.

« Qu'est-ce qui s'est passé ? questionna le capitaine. Vous étiez en train d'essayer de faire quoi ? »

Iya grimaça lorsque Arkoniel lui plongea la main dans une bassine.

« Quelque chose de pas très malin, semblerait-il. »

Tharin lui laissa tout loisir de se montrer plus explicite et puis, voyant qu'elle n'en faisait rien, reprit en hochant du chef :

« Feriez mieux de dormir ici, cette nuit. Je coucherai dans la salle, moi.

— Merci. » Cessant de surveiller le travail d'Arkoniel, elle leva les yeux.

« Que fais-tu ici, Tharin ? Rhius est bien à Atyion, n'est-ce pas ?

— Je sers de maître d'armes au prince Tobin. Je suis resté pour assurer la poursuite de son entraînement.

— Ah, c'est ça ? »

Quelque chose dans l'intonation d'Iya suspendit les gestes d'Arkoniel et lui fit lever les yeux.

« Je te connais depuis que vous n'étiez pas plus hauts que ça, Rhius et toi. Dis-moi un peu comment il se porte. Mon absence a beaucoup trop duré, je me fais l'effet d'être une étrangère. »

Tharin passa la main dans sa courte barbe.

« Ç'a été une période pénible pour lui, vous imaginez bien. Déjà que c'était dur avant, perdre Ariani dans des conditions pareilles…, pas rien que sa mort, mais sa folie, toutes ces années depuis l'accouchement, et sa haine en plus… » Il secoua la tête. « Vous jure sur ma vie, y a rien à faire, je n'arrive pas à comprendre pourquoi elle lui reprochait la mort de cet enfant ni pourquoi elle l'a si mal prise. Je ne veux surtout pas dire du mal des morts, Iya, mais je crois qu'elle tenait beaucoup plus de sa mère qu'on ne supposait. Y en a qui disent que c'est pour ça que le petit mort hante le petit vivant, mais là, moi, non, je ne marche pas, pas du tout.

— Les gens disent quoi d'autre encore ?

— Oh, des tas de balivernes… !

— Pour l'amour de l'enfant, parle. Tu le sais, ça n'ira pas plus loin que nous. »

Tharin s'abîma dans la contemplation de ses mains toutes balafrées.

« Il y a ceux qui disent que Rhius a découvert qu'il n'était pas le père et qu'il a tué l'un des bébés avant que personne puisse l'arrêter, que c'est à cause de ça que le gosse mort fait le fantôme, et à cause de ça que Tobin est retenu loin de la cour.

— Quelle absurdité ! Et le duc, comment s'en tire-t-il, à la cour ?

— Le roi le retient toujours près de lui, comme à l'accoutumée. Il l'appelle "frère", mais… Mais leurs relations se sont passablement tendues depuis la disparition d'Ariani, bien que ça semble surtout venir du côté de Rhius. Il est reparti pour Atyion après avoir carrément vidé ses appartements du Palais Neuf. Et il ne peut même pas supporter l'idée de se retrouver ici.

— Ce n'est pas juste pour le petit. »

Tharin les regarda tour à tour et, pour la première fois, Arkoniel surprit dans ses yeux une ombre de peine et de remords.

« Je sais, et je le lui ai dit. C'est même en partie pour cette raison qu'il m'a réexpédié ici, s'il faut tout vous dire. Je n'en ai parlé à personne, au manoir, de peur que ça ne finisse par revenir aux oreilles de Tobin. Ça lui briserait le cœur, et ç'a m'a presque brisé le mien. »

Iya lui prit la main dans sa main valide.

« Tu as toujours parlé à Rhius comme un frère, Tharin. Je ne saurais t'imaginer tombé en disgrâce sans retour possible. Je lui toucherai un mot de tout ça quand je le verrai. »

Tharin se leva pour prendre congé.

« Ne vous donnez pas cette peine. Ça s'arrangera tout seul. Bonne nuit. »

Iya le suivit des yeux puis secoua la tête.

« J'ai souvent regretté de ne pas lui dire. »

Arkoniel approuva d'un hochement.

« Plus je suis ici, et plus je le déplore aussi.

— Laissons les choses en l'état pour l'instant. » Iya fit jouer sa main bandée et grimaça. « Bon, ça ne m'empêchera pas de monter à cheval. Je pense me remettre en route dès demain. Je veux revoir Ero, et puis avoir un petit entretien avec Rhius.

— Ero ? C'est vouloir vous jeter tout droit dans la tanière des loups. Vous tomberez fatalement sur des Busards, là-bas…

— Certes, mais ils méritent une petite enquête. Quel malheur qu'Illior ne nous les ait pas laissé entr'apercevoir quand toute cette histoire a débuté… Mais ne t'inquiète pas, Arkoniel, je serai prudente.

— Plus prudente que vous ne l'avez été tout à l'heure dans la salle, j'espère. Qu'est-ce qui s'est passé ?

— Je ne le sais pas au juste. Quand je suis arrivée, tout à l'heure, et que s'est produite l'attaque, j'ai eu comme l'impression que le cercle protecteur que j'avais tracé se mettait à pocher comme un mur de tente par grand vent. Du coup, j'ai pensé que la situation nécessitait une résistance beaucoup plus forte, et je me suis efforcée de repousser l'agresseur au-dehors et de sceller l'accès de la pièce jusqu'au matin.

— Vous avez commis une erreur de motif ?

— Non, j'ai pratiqué la conjuration de bout en bout comme il convenait, mais ça n'a pas marché, tu l'as vu. Comme je te l'ai déjà dit plus tôt, cet esprit ne ressemble à rien de ce que j'ai jamais rencontré. Que n'ai-je plus de temps pour l'étudier… ! De toute façon, dans l'état actuel des choses, cela perturberait par trop l'enfant. Je n'ose même pas rentrer dans la maison. Cependant, j'aimerais bien le revoir avant mon départ. Tu voudras bien me l'amener, dans la matinée ? Mais seul, cette fois.

— Bien entendu. Mais je ne compterais pas trop sur une longue conversation, si j'étais vous. Il ne se laisse pas facilement tirer les vers du nez. »

Iya s'allongea sur la paillasse et se mit à glousser.

« Il m'avait suffi d'un simple coup d'œil pour m'en apercevoir. Ah, la Lumière m'est témoin, décidément, tu t'es dégotté un boulot taillé juste à tes mesures ! »

25

Ki se tenait devant la fenêtre ouverte quand Tobin se réveilla le lendemain matin. Le menton sur une main, l'air absent, il épluchait de ses longs doigts fébriles une plaque de lichen sur l'entablement. Il semblait plus jeune, à la lumière du jour, et paraissait triste.

Ki se tenait devant la fenêtre ouverte quand Tobin se réveilla le lendemain matin. Le menton sur une main, l'air absent, il épluchait de ses longs doigts fébriles une plaque de lichen sur l'entablement. Il semblait plus jeune, à la lumière du jour, et paraissait triste.

« C'est ta famille qui te manque ? »

La tête de Ki tressaillit.

« Tu dois être magicien, toi aussi. Tu sais lire dans les pensées. » Mais il souriait, en disant cela. « C'est terriblement calme, ici, non ? »

Tobin se mit sur son séant et s'étira.

« Les hommes de Père font un raffut de tous les diables quand ils sont là. Mais ils se trouvent tous à Atyion, actuellement.

— J'y ai été aussi. » Ki se hissa sur le rebord de la fenêtre et laissa baller ses jambes nues qui dépassaient de la chemise. « Du moins je suis passé pas loin en me rendant en ville. Votre château est le plus vaste de Skala, en dehors d'Ero. Y a combien de pièces dedans ?

— J'ignore. Je n'y suis jamais allé. » Devant la mine ahurie de Ki, il ajouta : « Je ne suis jamais allé nulle part ailleurs qu'ici et à Bierfût. Je suis né au Palais, mais je n'en conserve aucun souvenir.

— Tu ne vas pas y faire des visites ? Nous, on a des parents dans tous les coins, et on va se loger chez eux. Si mon oncle était le roi, moi, j'aurais envie d'aller tout le temps à Ero. Il y a de la musique, là-bas, et des danses, et des comédiens dans la rue et… » Il s'arrêta pile. « Oh…, c'est à cause du démon ?

— Je ne sais pas. Maman n'aimait aller nulle part. Et Père dit qu'il y a la peste dans les villes. » L'idée lui vint soudain que Ki n'avait pas si mal survécu à tous ses voyages. Il haussa les épaules. « J'ai toujours été ici, et c'est tout. »

Ki pivota pour regarder par la fenêtre.

« Ben, tu fais quoi pour t'amuser ? Je gage que t'as pas à rapetasser les murs ou à t'occuper des cochons ! »

Tobin fit un grand sourire.

« Non, Père a des tenanciers pour faire ces choses-là. Je m'exerce avec Tharin et je vais chasser dans la forêt. Et puis j'ai une ville miniature que Père a faite exprès pour moi, mais comme Arkoniel occupe la chambre où elle se trouve, il faudra attendre un peu pour te la montrer.

— Alors très bien, partons chasser. » Ki se laissa glisser à bas de son perchoir et se mit à chercher ses vêtements en dessous du lit. « Combien c'est que vous avez de chiens ? J'en ai pas vu un seul dans la salle hier soir.

— Juste quelques vieux dans la cour. Pourtant je ne m'en sers pas pour chasser ; les chiens ne m'aiment pas. Mais Tharin dit que je suis un très bon archer. Je vais lui demander s'il peut nous prendre à la chasse. »

Deux yeux bruns s'écarquillèrent par-dessus le rebord du lit.

« Nous *prendre* ? Tu veux dire que tu n'y vas pas tout seul ?

— Je ne dois pas m'éloigner du fort sans être accompagné. »

Ki replongea, mais non sans qu'un soupir parvienne aux oreilles de Tobin.

« Enfin bon… Fait pas trop froid pour aller nager, ou bien on pourra toujours pêcher. J'ai repéré un bon coin, au bas de la prairie.

— Je n'ai jamais pêché, confessa Tobin, on ne peut plus penaud. Et je ne sais pas nager. »

Ki refit surface et s'accouda sur le bord du lit pour jeter à Tobin un regard inquisiteur.

« Tu as quel âge ?

— J'aurai dix ans le vingtième jour d'Erasin.

— Et on ne te permet pas, jamais, de t'amuser tout seul ? Pourquoi ça ?

— Je l'ignore, je…

— Tu sais quoi ? »

Tobin secoua la tête.

« Avant que je m'en aille de chez moi, parce que mon père venait de me vendre à Iya, ma sœur m'a raconté qu'elle avait entendu parler de toi. »

Tobin sentit son cœur se pétrifier.

« Elle a dit qu'y a des gens à la cour qui disent que tu es maudit du démon, ou que tu es simple d'esprit, et que c'est pour ça que tu vis complètement à l'écart ici, au lieu d'Ero ou d'Atyion. Tu sais ce que je pense, moi ? »

Et voilà, ça y était. La nuit dernière n'avait finalement rien voulu dire du tout. Ç'allait être juste comme il l'avait d'abord redouté. Tobin garda la tête haute et se contraignit à regarder Ki droit dans les yeux.

« Non. Qu'est-ce que tu penses, toi ?

— *Moi*, je pense que les gens qui disent des trucs pareils, ils ont de la merde entre les oreilles. Et je pense que les gens qui t'élèvent, c'est eux, les simples d'esprit, de pas te permettre de mettre le nez dehors tout seul… Tout ça dit sans vouloir offenser le duc Rhius, ho, hein, note bien ! » Ki lui adressa un sourire taquin qui dissipa toute ombre et toute appréhension. « Et je pense que ça vaut vachement le coup de se battre pour sortir dehors quand il fait beau comme il va faire aujourd'hui.

— Tiens donc, c'est ton avis ? » lança Arkoniel en s'appuyant à l'encadrement de la porte. Ki se redressa, tout rouge de s'être fait prendre en flagrant délit, mais le jeune homme se mit à rire. « C'est aussi le mien, et je ne pense pas qu'on soit forcé d'en venir aux mains. J'ai parlé avec Nari et Tharin. Ils s'accordent à trouver eux aussi qu'il est temps pour le prince Tobin de commencer à avoir les occupations qui sont celles de tous les garçons. Maintenant que nous t'avons pour l'accompagner, j'ose croire qu'on ne repoussera aucune de vos demandes, à condition qu'elles soient raisonnables et que vous n'alliez pas vagabonder trop loin. »

Tobin toisa fixement Arkoniel. Alors que cette brusque révolution dans les usages de la maisonnée aurait dû l'emplir de gratitude, et il en était pleinement conscient, le fait qu'elle venait du magicien l'horripilait. Qui se croyait-il, celui-là ? Comment osait-il prendre de pareilles décisions ? De quel droit se comportait-il comme s'il était le maître de céans ?

« Avant que vous ne vous lanciez à corps perdu dans quelque aventure, mon prince, Iya souhaiterait avoir avec vous un moment d'entretien, reprit Arkoniel. Elle se trouve aux baraquements. Quant à toi, Ki, pourquoi ne pas aller voir chez Cuistote ce qu'elle est en train de nous mitonner ? Nous nous retrouvons dans la salle, Tobin. »

Après avoir décoché un regard colère à la porte qui se refermait sur le magicien, Tobin se mit à tirailler nerveusement sur ses vêtements.

« Mais qui croient-ils être, ces magiciens, pour venir à tout bout de champ jusque dans ma chambre me donner des ordres ?

— Je n'ai pas eu l'impression que c'est ce qu'il faisait, dit Ki. Et pour ce qui est d'Iya, t'en fais pas. Elle est pas si effrayante que ce qu'elle a l'air. »

Tobin enfila ses souliers.

« Je n'ai pas peur d'elle. »

Iya se délectait à prendre son petit déjeuner dans un coin tout ensoleillé de la cour des casernes quand Arkoniel survint avec Tobin.

Le jour lui confirma l'impression qu'elle avait à peine eu le temps de se faire la veille au soir. Tout frêle qu'il était, et plutôt pâlot, parce qu'il passait trop de temps confiné à l'intérieur, le petit n'en avait pas moins une allure indiscutablement virile. Aucun sortilège connu des orëskiens n'aurait pu faire mieux que de créer autour de la fillette un prestige aussi facile à détecter qu'à démolir. Les cruels travaux d'aiguille de Lhel avaient admirablement tenu. La magie que recelait la couture du minuscule lambeau de chair avait aussi bien affecté les muscles et les tendons d'un aspect solide que préservé la structure féminine foncière vouée à la clandestinité en dessous.

Par malheur, Tobin n'avait pas hérité de la beauté physique de ses parents. Certes, il avait les yeux de sa mère et ses lèvres bien dessinées, mais gâtées en ce moment même par une expression boudeuse et rétive. À l'évidence, il ne voyait Iya qu'à contrecœur, mais il ne l'en salua pas moins en s'inclinant de façon séante. Trop séante, en fait. Comme Arkoniel l'avait à juste titre remarqué, il n'y avait pas grand-chose d'enfantin dans cet enfant-là.

« Bonjour, prince Tobin. Eh bien, comment vous accommodez-vous de votre nouveau compagnon ? »

Il s'éclaira un brin, pour le coup.

« Il me plaît beaucoup, maîtresse Iya. Merci de l'avoir amené.

— Je dois repartir aujourd'hui, mais je désirais vous parler avant d'aller rendre visite à votre père.

— Vous allez voir Père ? »

Une telle ardeur mêlée de tant de nostalgie se peignit sur sa physionomie qu'elle en eut le cœur chaviré.

« Oui, mon prince. M'autorisez-vous à lui porter des salutations de votre part ?

— Auriez-vous l'obligeance de lui demander quand il reviendra ?

— Je me proposais précisément de lui en toucher moi-même un mot. Maintenant, viens t'asseoir près de moi, que je fasse un peu mieux connaissance avec toi. »

Elle crut un instant qu'il allait refuser, mais les bonnes manières finirent par l'emporter. Il s'installa sur le tabouret qu'elle avait placé près de son propre siège puis lorgna d'un air curieux sa main bandée.

« Vous vous êtes fait mal ?

— C'est ton démon qui m'a violemment prise à partie hier soir. Il m'a brûlé la main.

— Comme il m'avait moi-même fait désarçonner par mon cheval le jour de mon arrivée, ajouta Arkoniel.

— Il n'aurait pas dû faire ça. »

Les joues de Tobin s'empourprèrent aussi vivement que s'il avait en personne commis ces méfaits.

« Arkoniel..., j'aimerais m'entretenir tête à tête avec le prince. Tu veux bien nous pardonner ?

— Naturellement.

— Tu n'y es pour rien, mon chéri », reprit Iya dès qu'Arkoniel se fut retiré. Elle ne savait comment s'y prendre pour faire sortir de sa coquille cet enfant singulier. Voyant qu'il demeurait coi, elle prit la menotte fine et calleuse entre ses propres mains et plongea son regard au fond de ses yeux. « Tu as déjà eu trop de peines et de peurs dans ta courte vie. Je ne vais pas te dire que tu n'en auras pas d'autres à subir, mais j'espère que les choses seront plus faciles pour toi pendant quelque temps. »

Sans relâcher sa main, elle se mit à l'interroger, d'abord sur des sujets simples : son cheval, ses figurines, ses études avec Arkoniel et Tharin. Loin de chercher à lire dans ses pensées, elle se contentait de laisser venir à elle par l'intermédiaire de leurs mains nouées ce qu'il ressentait. Lui répondait à chacune des questions qu'elle lui posait, mais il le faisait aussi laconiquement que possible, sans la moindre once d'abandon.

« Tu as eu très très peur, n'est-ce pas ? hasarda-t-elle finalement. De ta mère et du démon ? »

Les pieds de Tobin s'agitèrent et la pointe de ses souliers se mit à tracer des arcs jumeaux dans la poussière.

« Elle te manque, ta mère ? »

Il ne releva pas les yeux, mais une espèce de décharge passa entre eux, et Iya perçut une image d'Ariani telle qu'avait dû la voir Tobin en cet ultime jour tragique et aussi nette que si elle s'était elle-même trouvée dans la chambre de la tour. Ainsi donc, c'était la terreur qui avait poussé la princesse à monter dans cette maudite tour, la terreur bel et bien, plutôt que sa haine du petit. Et pourtant l'image s'accompagnait de quelque chose d'autre : d'une pointe fugace de quelque chose d'autre également relatif à la tour, de quelque chose que Tobin avait refoulé beaucoup plus loin de son esprit qu'Iya ne l'aurait jamais cru possible de la part d'un être aussi jeune. Elle vit qu'il jetait un coup d'œil là-haut, vers la tour.

« Pourquoi te fait-elle encore peur à ce point ? » demanda-t-elle.

Il eut un mouvement de recul pour se dégager et, sans la regarder, enfouit ses mains jointes dans son giron. « Je… je n'en ai pas peur.

— Il ne faut pas me mentir, Tobin. Elle t'inspire une peur mortelle. »

Il lui opposa un mutisme de carpe, mais un torrent d'émotion se mit à gonfler derrière ses yeux bleus butés.

« Le fantôme de Maman s'y trouve », lâcha-t-il enfin, puis il reprit son air étrangement honteux. « Elle est toujours aussi furieuse.

— Je suis navrée qu'elle ait été si malheureuse. Est-ce qu'il y a encore autre chose que tu aimerais me dire à propos d'elle ? Tu peux, tu sais, je dois te faire l'effet d'être une étrangère, mais cela fait des années et des années que je sers ta famille. Je connais ton père depuis qu'il est né, et j'avais déjà connu sa mère et son grand-père avant lui. J'étais une bonne amie à eux. Je voudrais être aussi ton amie à toi, et te servir du mieux que je pourrai. Arkoniel le souhaite également. Est-ce qu'il te l'a dit ?

— Nari l'a fait, marmonna Tobin.

— Ç'a été une idée de lui, de venir ici pour être ton précepteur, et puis aussi de t'amener Ki. Il s'inquiétait de te voir aussi solitaire, sans le moindre copain de ton âge. Il m'a dit encore que tu n'avais pas l'air de beaucoup l'aimer… »

Cette dernière observation ne lui valut qu'un coup d'œil oblique et un silence redoublé.

« C'est le démon qui t'a dit de ne pas l'aimer ?

— Ce n'est pas un démon. C'est un fantôme, répliqua Tobin doucement. Et il ne vous aime pas, vous non plus. C'est pour ça qu'il vous a blessée hier soir.

— Je vois. » Elle décida de risquer le tout pour le tout. De toute manière, elle n'avait pas grand-chose à perdre en jouant la confiance. « C'est Lhel qui t'a dit que le fantôme ne m'aimait pas ? »

Il secoua la tête puis, se rattrapant, leva vers Iya des yeux abasourdis. Il y avait là un secret qui n'en était plus un.

« Sois sans crainte, Tobin. Je sais qu'elle est là. Et Arkoniel le sait aussi. Est-ce qu'elle t'a parlé de nous ?

— Non.

— Comment l'as-tu rencontrée ? »

Il se tortilla sur son tabouret.

« Dans les bois, après la mort de Maman.

— Tu t'es rendu dans la forêt tout seul ? »

Il hocha la tête.

« Vous allez le dire ?

— Pas si tu ne veux pas que je le fasse, et pourvu que tu me racontes la vérité. Pourquoi es-tu allé dans les bois, Tobin ? C'est elle qui t'a appelé ?

— Dans des rêves que j'avais. Je ne savais pas que c'était elle. Je croyais que c'était Maman. Il fallait que j'aille voir, alors je me suis échappé, un jour. Je me suis perdu, mais elle m'a trouvé et m'a aidé à revenir à la maison.

— Qu'est-ce qu'elle a fait d'autre encore ?

— Elle m'a laissé tenir un lapin, et elle m'a dit comment m'y prendre pour appeler Frère.

— Frère ? »

Il soupira.

« Vous *promettez* que vous ne direz pas ?

— J'essaierai de ne rien dire, à moins que je pense qu'il aille que ton père soit au courant pour assurer ta sécurité. »

Tobin la regarda droit dans les yeux pour la première fois, et l'ombre d'un sourire lui releva la commissure des lèvres.

« Vous auriez pu mentir, mais vous ne l'avez pas fait. »

Pendant un instant, Iya eut l'impression qu'il venait de la mettre toute nue. N'aurait-elle pas su déjà qu'il en allait tout autrement qu'elle l'aurait suspecté de posséder des dons magiques. Tout en s'efforçant de dissimuler sa stupeur, elle répondit :

« Mon vœu le plus cher, ce serait une honnêteté réciproque entre nous.

— "Frère", c'est Lhel qui m'a conseillé d'appeler l'esprit comme ça. Elle a dit qu'on ne pouvait pas donner un nom aux morts quand ils n'en avaient pas eu un avant de mourir. C'est vrai ?

— Vu les connaissances qu'elle a sur ce genre de choses, ça doit être vrai.

— Pourquoi Père ou Nari ne m'ont jamais parlé de lui ? »

Elle haussa les épaules.

« Qu'est-ce que tu penses de lui, maintenant que tu es au courant ?

— Il fait encore des méchancetés, mais je n'ai plus peur de lui.

— Pourquoi Lhel t'a-t-elle appris à l'appeler ? »

Il détourna son regard, à nouveau sur ses gardes.

« Elle a dit qu'il me faut prendre soin de lui.

— C'est bien toi qui l'as fait arrêter de lancer des choses à travers la salle hier soir, n'est-ce pas ? Il fait toujours ce que tu lui demandes de faire ?

— Non. Mais je peux l'empêcher de faire du mal aux gens. » Ses yeux se portèrent à nouveau sur la main blessée. « D'habitude.

— C'est très gentil à toi. » Un autre gosse aurait tout aussi volontiers pu faire le contraire. Elle en parlerait à Arkoniel avant de partir. En dehors des limites inviolables du manoir, Tobin pouvait se trouver tenté d'utiliser son pouvoir autrement. « Tu veux bien me montrer ce qu'elle t'a enseigné ?

— Vous voulez dire faire venir Frère ici ? »

Cette éventualité ne l'enthousiasmait manifestement pas outre mesure.

« Oui. Je me fie à toi pour me protéger. »

Il n'en persista pas moins à hésiter.

« Très bien. Et si je ferme les yeux et me bouche les oreilles avec les doigts pendant que tu fais ce qu'elle t'a montré ? Tu n'as qu'à toucher mon genou quand je peux regarder.

— Vous promettez de ne pas regarder avant ?

— Par mes mains et mon cœur et mes yeux, je le jure. Sache qu'il n'est pas de serment plus solennel et plus compromettant pour un magicien. »

À ces mots, elle ferma les yeux très fort, se boucha les oreilles et, pour faire bonne mesure, tourna le dos.

Elle tint sa parole de ne regarder ni écouter. Elle n'avait que faire d'y manquer, car elle perçut assez nettement l'infime froissement d'air que faisait la formule. Elle identifia bien là une espèce d'évocation, mais qui ne correspondait à rien de son répertoire personnel. Et puis un froid mortel l'environna. Se sentant tapoter le genou, elle rouvrit les yeux et, debout devant elle, découvrit deux petits garçons. Peut-être était-ce la proximité de Tobin, peut-être le charme lui-même. Peut-être était-ce l'esprit tourmenté qui avait tout simplement décidé de se montrer à elle, mais ledit Frère avait l'air tout aussi tangible que son jumeau, si ce n'est qu'il ne projetait pas d'ombre. Même abstraction faite de ce détail, il était de toute manière impossible de les confondre tous les deux.

Frère avait beau se tenir parfaitement tranquille, Iya sentait bouillir en lui une farouche fureur noire. Sa bouche ne remuait pas, mais elle entendit : *Tu n'entreras pas*, aussi clairement que s'il lui avait collé ses lèvres livides contre l'oreille. Elle en eut les cheveux de la nuque hérissés, car ces mots avaient la saveur âpre et virulente d'un anathème.

Et puis il ne fut plus là.

« Vous voyez ? dit Tobin. Y a des fois qu'il fait juste ce qu'il a envie.

— Tu l'as empêché de m'attaquer. Il l'aurait fait si tu n'avais pas été là. Merci, mon prince », conclut-elle.

Il réussit à sourire, mais elle se sentit complètement tourneboulée. Jamais un gosse, et à plus forte raison un gosse dénué de magie, n'aurait dû se montrer capable de faire ce dont elle venait tout juste d'être le témoin.

Elle faillit carrément éclater de rire quand ce hardi petit dompteur d'esprits lui repartit :

« Vous ne le direz pas, hein ?

— Je vais te proposer un marché. Je ne le raconterai pas à ton père ni à quiconque d'autre si tu me permets de le révéler à Arkoniel, et si tu me promets d'essayer d'être son ami et d'aller le trouver pour peu que tu aies besoin d'aide. » Elle hésita, soupesant ses termes. « Il te faut l'avertir si Lhel exige de toi quelque chose qui t'effraie, quoi que ce soit, absolument. Tu veux bien me promettre ça ? »

Il haussa les épaules.

« Je n'ai pas peur d'elle.

— *Keesa* pas besoin peur, magicienne », dit une voix familière qui provenait de la porte des baraquements. « Moi aider *la.* » Iya se retourna et découvrit Lhel qui la toisait avec un sourire dédaigneux. « Moi aider toi. Aider ce garçon magicien à toi, aussi. » Elle brandit sa main gauche et lui fit voir le croissant de lune qui s'y trouvait tatoué. « Par Déesse, moi jurer toi pas me faire partir cette fois. Quand Frère en chemin, je vais. Toi laisser moi travailler jusqu'à temps moi pouvoir aller. Toi avoir ton travail à toi, magicienne, pour aider cette enfant et l'esprit.

— Qu'est-ce que vous êtes en train de regarder ? » demanda Tobin.

Iya lui lança un coup d'œil puis en arrière. Lhel était partie.

« Rien. Une ombre », répondit-elle d'un air égaré. Même en la fixant bien en face, elle s'était révélée incapable de déterminer à quel genre de magie la sorcière avait eu recours. « Allons, donnez-moi la main, mon prince, et promettez-moi que vous essaierez d'être l'ami d'Arkoniel. Il sera profondément peiné si vous refusez.

— J'essaierai », ronchonna Tobin.

Il libéra sa main puis s'éloigna, mais non sans qu'Iya ait eu le temps de lire dans ses yeux le reproche de sa trahison. Il avait eu beau ne pas voir Lhel, il savait pertinemment qu'elle-même lui avait menti.

Elle le regarda disparaître puis plongea son visage dans sa main valide. En la prenant par surprise, la sorcière venait de lui faire faire, elle en était bien trop consciente, un sérieux faux pas. Peut-être même exprès…

Que ça lui plaise ou non, elle n'avait cessé toutes ces années de méjuger Lhel, et maintenant leurs deux destinées se trouvaient trop étroitement jumelées pour ne pas exclure toute espèce de réaction irréfléchie.

Le froid mortel revint brusquement la saisir. Désormais accroupi à ses pieds, Frère la dévisageait avec des yeux pleins d'une haine triomphante.

Tu n'entreras pas, chuchota-t-il pour la seconde fois.

« Entrer où ? » demanda-t-elle.

Mais Frère savait garder ses secrets personnels, et il les emporta en s'évaporant.

Iya resta là sans bouger un long moment. Quel mauvais présage pouvaient receler ces propos de l'esprit ?

Après que Tobin fut parti rejoindre les magiciens, Ki finit par se mettre en branle afin de descendre dans la grande salle. Il avait encore de la peine à croire que cette vaste demeure allait être sa maison à lui. Toute hantée qu'elle pût être, il n'empêchait qu'à la lumière du jour le risque d'y vivre au milieu d'altesses royales et de magiciens, eh bien, ça paraissait quand même valoir le coût.

En dépit de son âge, il avait vu suffisamment du monde pour ne pas se leurrer sur la maisonnée : elle était tout sauf banale… Un prince, ça vous habitait dans l'un de ces palais magnifiques qu'avait entr'aperçus Ki par-dessus les murs du Palatin d'Ero, pas au fin fond de la cambrousse dans un fortin comme celui-ci. Puis ce prince Tobin était foutrement bizarre aussi. Un petit bout de chou sombre et pincé qui t'avait comme des yeux de vieux. De prime abord, tout pour te fiche un brin la frousse. Mais leur première rigolade avait permis à Ki de découvrir quelque chose d'autre. Bizarre, Tobin l'était peut-être bien, mais pas comme le disaient les gens. En repensant à la façon dont ce simple mioche avait tenu tête à la rage du démon, sans même un tressaillement de paupière, le cœur de Ki s'enflait d'orgueil. Que pèserait un ennemi de chair et d'os face à quelqu'un d'un tel calibre ?

Tout en se laissant porter par ses pas, voilà qu'il tomba sur le capitaine Tharin qui pénétrait dans la salle par une porte située à l'arrière de la table haute. Le grand diable blond portait une tunique et une chemise grossières de simple soldat, et il logeait ici dans les baraquements de la piétaille, tout fils qu'il fût, à en croire Iya, d'un riche chevalier d'Atyion. Dès le premier regard, la veille, Ki l'avait jugé sympathique, et c'en faisait toujours deux dans la maison…

« Bonjour, mon gars. Voudrais bien déjeuner, peut-être, hein ? Alors, suis-moi, c'est par là, les cuisines. »

Après lui avoir fait franchir une nouvelle porte, il l'introduisit en effet dans une vaste cuisine bien chaude où la cuisinière s'activait au-dessus d'une marmite.

« Comment tu trouves l'endroit jusqu'à maintenant ? » reprit le capitaine en s'installant près de la cheminée pour réparer une boucle de son fourreau.

« Très bien, sieur. J'espère que je conviendrai au prince et au duc Rhius.

— Et moi je n'en doute pas. Maîtresse Iya ne t'aurait pas choisi, sinon. »

Cuistote leur servit du bouillon et du pain rassis. Ki prit place sur un banc et regarda aller et venir l'alène et le fil ciré. Tharin avait des mains fines de gentilhomme et néanmoins la dextérité d'un authentique artisan.

« Est-ce que le duc viendra bientôt ?

— Difficile à dire. Le roi le tient très occupé en ville, ces temps-ci. »

Il envoya promener la boucle et reposa ses instruments.

Ki trempa son pain dans le bouillon avant d'y mordre un grand coup.

« Comment ça se fait que vous n'êtes pas avec lui ? »

La question fit hausser un sourcil à Tharin, mais d'un air plus amusé que contrarié.

« Le duc Rhius m'a confié l'entraînement de Tobin aux armes. Jusqu'à ce que nous repartions nous battre, je me fais un honneur de le servir ici. D'après ce que j'ai vu la nuit dernière, tu vas m'être d'un grand secours. Tobin a besoin d'un partenaire assorti à lui pour s'exercer. » Il attrapa son propre bol et s'envoya une petite gorgée. « C'était joliment bien, ce que tu as fait hier soir.

— J'ai fait quoi ? demanda Ki.

— Tu t'es porté en avant pour protéger Tobin quand le démon mettait tout sens dessus dessous. » Il disait ça aussi nonchalamment que si leur discussion concernait les récoltes ou le temps. « Je ne crois pas que tu y aies seulement réfléchi. Tu l'as fait, c'est tout, et pourtant tu venais à peine de le rencontrer. Des écuyers, j'en ai vu des masses – avec Rhius, je faisais partie des Compagnons royaux, quand on était jeunes –, et je peux te dire qu'il n'y en a pas beaucoup, même des meilleurs, qui auraient eu l'idée de faire ça dans des conditions pareilles. Félicitations, Ki. »

Il reposa son bol puis lui ébouriffa les cheveux.

« Tobin et moi, on va t'emmener plus tard par là-haut dans un bon coin de chasse. Parce que tu sais de quoi j'ai envie ? D'une des fameuses tourtes à la grouse que fait Cuistote ! »

Laissé sans voix par ces éloges inattendus, Ki ne sut rien faire de mieux que hocher du chef quand le capitaine reprit la porte. C'était un fait d'ailleurs qu'il avait agi sans réfléchir et du coup n'en avait rien pensé du tout. Mais aussi, quand il tâchait de bien faire, Père ne s'en apercevait pas souvent, sauf en cas d'échec.

Au bout d'un moment sans bouger de sa place, il jeta dans le feu le reste de son pain tout en priant Sakor de l'aider à se montrer toujours digne de l'estime du capitaine.

Lorsque Arkoniel finit par revenir dans la cour des casernes, Iya s'était résolue à arrêter une décision pénible.

« Vous êtes prête à reprendre la route ? demanda-t-il.

— Oui, mais il est une dernière chose dont il nous faut absolument parler avant mon départ. »

Elle se leva, lui prit le bras et l'entraîna à l'intérieur.

« Nous risquons fort de nous trouver séparés pendant un certain temps, tu sais. » De derrière l'étroite paillasse qui lui avait tenu lieu de couchette, elle extirpa le sac de cuir et le lui mit entre les mains. « Je crois venu le moment de te transmettre ceci. »

Il la dévisagea d'un air brusquement angoissé.

« Il ne se transmet qu'à la mort de l'ancien Gardien !

— Ne va pas de sitôt disperser mes cendres, je te prie ! » Elle fit de son mieux pour prendre un ton contrarié. « J'ai beaucoup repensé à tes mises en garde. Les Busards vont redoubler de vigilance, à Ero, et ils n'en seront probablement que mieux à même de repérer un objet comme celui-ci. Il est plus en sécurité avec toi pour l'instant. » Voyant qu'il demeurait sceptique, elle lui empoigna le bras fermement. « Écoute-moi, Arkoniel. Tu sais ce qui est arrivé à Agazhar. À quoi te figures-tu que je me suis employée durant toutes ces années sinon à te préparer en vue de cela ? T'en voici dorénavant le Gardien tout autant que moi. Tu connais toutes les formules capables de le cacher ou de le masquer. Tu en connais l'histoire, le peu qui ait subsisté. Il n'y a rien d'autre à t'enseigner. Dis que tu le feras pour moi. Je suis prête à m'affranchir de lui. C'est sur Tobin que je dois désormais me concentrer. »

Arkoniel étreignit le sac à deux mains.

« Bien sûr que je le ferai. Vous le savez bien. Mais… Vous allez revenir, n'est-ce pas ? »

Iya soupira, bien décidée à ne pas commettre avec lui la même erreur qu'avec Tobin juste auparavant.

« Il est assurément dans mes projets de le faire, mais ces temps-ci sont périlleux. Si l'un de nous tombe, l'autre doit être prêt à prendre la relève pour assumer la tâche qu'Illior nous a impartie. Le bol est plus en sécurité ici, tout comme Tobin. »

Comme elle se tenait là, sur le point de partir, il la serra dans ses bras, chose qu'il n'avait plus faite depuis son enfance. Maintenant, elle avait la joue qui lui arrivait juste à la hauteur de l'épaule. Elle lui rendit son étreinte en songeant : *Quel homme merveilleux te voilà devenu… !*

26

Iya se déguisa en marchande pour entrer dans la ville. Elle n'avait plus porté d'amulette depuis le fameux soir de Sylara et tenait maintenant moins que jamais à trop attirer l'attention sur elle. Elle ne tarda pas à se féliciter de ses précautions.

Elle se trouvait encore à quelques milles d'Ero quand un gibet dressé sur le bord de la route vint frapper ses regards. Le cadavre d'un homme nu y pendait encore, doucement balancé par le vent qui soufflait de la mer. Le visage était trop noir et boursouflé pour conserver des traits distincts, mais, de plus près, tout indiquait que la victime, jeune et bien nourrie de son vivant, n'avait rien d'un campagnard.

Iya tira sur les rênes. En plein milieu du torse du supplicié se voyait imprimé au fer rouge le grand « T » réservé aux traîtres. Elle eut à cette vue le cœur soulevé par l'affreux souvenir du temps d'Agnalain où cette même route se trouvait bordée d'horreurs pareilles… Elle était sur le point de remettre son cheval en marche quand le vent malmena de nouveau le corps et le fit tournoyer de manière qu'elle en entrevit les paumes. Au centre de chacune figurait un cercle noir réticulé.

Un novice du temple d'Illior, voilà ce qu'avait été le malheureux.

Des prêtres et des magiciens, songea-t-elle avec amertume. *Les Busards traquent les enfants d'Illior aux portes mêmes de la capitale et les pendent vifs comme un bouseux pendrait un corbeau mort.*

Elle fit un signe de bénédiction puis murmura une prière en l'honneur de l'esprit du jeune prêtre, mais lorsqu'elle redémarra vint la hanter le viatique dont Frère l'avait gratifiée.

Tu n'entreras pas.

Elle s'arma de tout son courage au moment d'approcher des gardes apostés à la porte. Elle s'attendait à ce qu'ils l'interpellent ou à un tollé général, mais rien ne survint.

Elle prit une chambre dans une modeste auberge située non loin du marché haut puis consacra les quelques journées suivantes à tendre l'oreille dans les quartiers huppés comme dans les bas-fonds pour tâcher de jauger l'humeur publique. Elle évitait avec le plus grand soin tous ceux, nobles ou magiciens, qui risquaient de la reconnaître.

Le prince Korin et les Compagnons royaux se croisaient assez communément de par la ville qu'ils parcouraient au galop, suivis de leurs gardes et de leurs écuyers. À treize ans qu'il avait à présent, Korin était un beau gaillard solide et le portrait même de son père, avec son teint de brique et ses yeux rieurs. Iya ne put se défendre d'un violent regret, la première fois qu'elle le vit passer ; si Tobin avait été véritablement celui qu'il paraissait être et le trône occupé par un meilleur souverain que son oncle, il n'aurait plus guère tardé à réclamer sa place au sein de la joyeuse bande de son cousin, au lieu de vivre dans son trou comme un paria, et sans rien de mieux comme copain qu'un morveux né des incontinences d'un chevalier fauché. Non sans un soupir, elle repoussa ces idées consternantes et résolut de ne plus s'occuper que de l'affaire qui la conduisait à Ero.

Des années de sécheresse intermittente et de maladie y avaient comme ailleurs laissé leurs stigmates. Le labyrinthe de bicoques et de taudis qui encerclait la ville était moins surpeuplé qu'avant. Rappel sinistre de l'accès survenu l'été précédent, bien des portes y demeuraient clouées et portaient toujours le cercle de plomb servant à désigner les habitations touchées par la peste. Une maison de la rue Tête-de-mouton avait été incendiée ; l'infamante accusation de « Pestifère » s'y lisait encore, gribouillée sur un pan de mur calciné.

Dans les quartiers mieux lotis des hauts, où l'on s'empressait habituellement de supprimer ce genre d'indice sitôt incinérés les corps et l'alerte passée, des planches condamnaient encore nombre de belles demeures, et des boutiques également. Les herbes folles qui encombraient le devant des porches prouvaient assez qu'il ne restait plus personne dans les maisons pour déblayer leur seuil.

Dans le sillage de la mort sévissait une gaieté morbide et incongrue. Les atours des riches se voyaient teints de couleurs plus éclatantes et rendues plus clinquantes encore par des bordures à motifs chamarrés et des pierreries. Beaucoup de personnes en deuil arboraient l'effigie de leurs chers disparus non seulement brodée sur leur jupe ou leur manteau mais soulignée par des applications de strophes larmoyantes. Manches, coiffes et mantelets, tout, et jusque dans les classes mercantiles, était follement chargé, tout d'une longueur et d'une coupe extravagantes.

Cette étrange hystérie ne s'arrêtait pas à la mode. Toutes les troupes de théâtreux, de paillasses et de montreurs de marionnettes qui exerçaient sur la voie publique avaient intégré dans leur répertoire un nouveau personnage, et des plus tape-à-l'œil : Rouge-et-Noir-Trépas. Les faveurs rouges qui flottaient allégrement à son masque et à sa tunique symbolisaient le sang qui suintait comme une sueur de la peau des malades avant de dégorger à flots par la bouche et le nez durant les derniers spasmes de l'agonie. Il arborait aussi, en noir, une braguette démesurée et des bracelets pleins de bosses censés singer les tumeurs sombres qui leur bouffissaient les aisselles et l'aine. Ses acolytes en mascarade se délectaient à se gausser de sa fatuité et s'équipaient d'énormes becs pour lui donner la chasse.

Les gens de toutes les classes trimbalaient partout des petits bouquets et des vaporisateurs d'herbes purifiantes réputés refouler les humeurs fétides responsables de la maladie. Tels étaient les temps que nul ne savait jamais quand se représenterait la véritable rouge-et-noir.

Autre différence frappante, la rareté des magiciens qui couraient encore les rues. Conjurateurs et liseurs de fortune avaient exercé jadis leur négoce sur tous les marchés, tandis que les magiciens noblement patronnés vivaient à la façon des grands seigneurs et gentes dames eux-mêmes. À présent ne se voyait plus guère, de-ci de-là, que du Busard à robe blanche escorté de patrouilles de gardes en uniforme gris. Iya se détournait vivement quand elle en voyait venir, mais elle scrutait avec d'autant plus d'intérêt les figures de l'assistance, autour.

Beaucoup de gens ne prêtaient aux patrouilles qu'une attention médiocre, mais certains camouflaient plutôt mal leur crainte ou leur colère en les regardant. Les plus hardis les qualifiaient de « culs-gris », dès qu'elles s'étaient suffisamment éloignées, culs-gris étant l'appellation triviale des morpions.

Iya se tenait devant l'éventaire d'orfèvres aurënfaïes quand vint à défiler par là l'une de ces patrouilles. L'expression des visages était indéchiffrable sous les tatouages complexes et enchevêtrés typiques du clan Khatmé qui les tapissaient, mais on ne pouvait pas plus méconnaître l'indignation qui brûlait au fond de leurs prunelles grises qu'ignorer la malédiction muette dont la plus âgée des femmes honora le dos des sbires en crachant par-dessus son épaule gauche.

« Vous n'avez pas beaucoup d'estime pour eux, commenta paisiblement Iya dans leur langue à eux.

— Des tueurs de magiciens ! Ils crachent au visage de l'Illuminateur ! » Étant monothéistes, les'faïes n'adoraient qu'Illior, sous le nom d'Aura. « Des monstruosités pareilles ne seraient pas pour nous surprendre à Plenimar, mais ici, jamais nous n'aurions cru voir ça ! Pas étonnant que votre pays souffre… »

Ce soir-là, Iya regardait un spectacle de mimes sur la grand-place du marché, près du Palatin, quand elle sentit qu'on lui touchait la manche. Elle se retourna et se trouva face à face avec un jeune Busard escorté d'une douzaine de culs-gris, voire davantage. Les oiseaux rouges frappant les tuniques lui firent l'effet d'un cercle de vautours lorsque se reployèrent les rangs sur elle.

« Bonne journée, maîtresse magicien », la salua le jouvenceau. Il avait une bouille ronde et affable, ainsi que d'innocents yeux bleus dont elle se défia sitôt qu'elle les eut sondés. « Je n'ai jamais eu le plaisir de faire votre connaissance.

— Ni moi la vôtre, répliqua-t-elle. Je n'ai pas mis les pieds en ville depuis des années.

— Ah, vous ne l'avez alors peut-être pas su, que tous les magiciens entrant dans la capitale sont tenus de se présenter à la Garde grise et d'arborer franchement leurs symboles ?

— Non, jeune homme, je ne l'ai pas su. Il n'existait aucune loi de ce genre lors de mon dernier séjour ici, et personne ne s'est soucié de m'avertir. »

Son cœur cognait à tout casser, mais elle fit appel à la dignité de son âge en espérant que cela intimiderait le blanc-bec. À la vérité, cependant, ça l'avait sacrément secouée d'être identifiée par quelqu'un de si jeune. Certes, elle n'avait pas utilisé de magie pour se couvrir, mais il avait dû tout de même faire un fameux effort, sciemment, pour la découvrir.

« Si vous vouliez bien avoir l'extrême obligeance de m'indiquer les responsables auxquels je dois m'adresser, je me ferai volontiers connaître à eux.

— Au nom du roi, je dois vous prier de m'accompagner. Où êtes-vous logée ? »

Elle sentit qu'il lui effleurait mentalement l'esprit dans l'espoir de surprendre ses pensées. Il devait l'avoir prise pour une magicienne de bas étage pour se comporter aussi grossièrement. L'âge et l'expérience suffisaient à la préserver d'atteintes aussi balourdes, mais elle soupçonna qu'il saurait tout de même reconnaître un mensonge pur et simple.

« Je loge à *La Sirène,* rue du Lierre », lui dit-elle.

Il lui fit signe de le suivre. Un certain nombre de soldats se séparèrent de leurs camarades, afin d'aller fouiller sa chambre, selon toute probabilité.

Elle se douta bien qu'elle faisait plus que le poids contre ce freluquet de collègue et ses hommes, mais disparaître ou résister serait interprété comme de la provocation, voilà tout. Et elle n'osait pas non plus susciter du grabuge, surtout maintenant que l'on connaissait sa physionomie.

On la conduisit vers un grand bâtiment de pierre et de bois, dans les parages de la porte Palatine. Elle connaissait l'endroit. Ç'avait été une hostellerie, dans le temps ; ça grouillait désormais de soudards et de magiciens.

Une fois dans la salle commune, on la fit asseoir à une table, en face d'un nouveau magicien, puis poser ses mains sur deux plaques d'ébène serties de fer et d'argent. Celles-ci ne comportaient apparemment pas de marques visibles, mais au point de contact avec vos poignets, les métaux combinés procuraient une sensation de piqûre. À quoi ces machins-là pouvaient bien servir, elle était réduite à le conjecturer.

Devant lui, le type installé de l'autre côté de la table avait un gros registre ouvert aux pages du milieu.

« Votre nom ? »

Elle l'indiqua.

Il jeta un coup d'œil à sa main.

« Je vois que vous vous êtes blessée.

— Un incident avec un charme », expliqua-t-elle en prenant un air de dépit.

Avec un petit sourire de condescendance, il retourna à sa besogne de tabellion et, s'enquérant des affaires qui l'amenaient en ville, se mit à noter mot pour mot les réponses qu'elle lui faisait. À côté du registre se trouvait un panier couvert, pas très différent de ceux dans lesquels les artistes ambulants charriaient leurs serpents et leurs furets savants.

« Je suis ici tout bonnement pour renouer d'anciennes relations », lui assura-t-elle. Ces mots ne recelaient pas de mensonge, au cas où se serait trouvé dans la pièce quelque comparse destiné à jouer les détecteurs de vérité. Mais peut-être était-ce là le rôle des plaques, après tout, songea-t-elle en pressant du bout des doigts le bois poli.

« Depuis combien de temps êtes-vous en ville ?

— Quatre jours.

— Pourquoi n'être pas venue vous inscrire dès votre arrivée ?

— Comme je l'ai dit au jeune homme qui m'a conduite ici, je n'avais pas la plus petite idée de l'existence d'une pareille obligation légale.

— De quand date votre dernière vi… ? »

Il fut coupé au beau milieu de sa question par des bruits de bagarre à l'extérieur.

« Je n'ai rien fait de mal ! piaillait une voix d'homme. Je porte le symbole ! J'ai fait ma profession de loyauté !

De quel droit osez-vous porter la main sur moi ? Je suis un magicien d'Orëska indépendant ! »

Deux culs-gris traînèrent à l'intérieur un jeune magicien débraillé, suivi d'un homme plus âgé tout vêtu de blanc. Les mains du captif étaient ligotées par des rubans d'argent étincelants, et une plaie qu'il avait au-dessus de l'œil droit lui ensanglantait la figure. Comme il rejetait en arrière les longs cheveux sales qui masquaient ses traits, Iya reconnut en lui l'élève, aussi vaniteux que médiocre, de l'un des amis d'Agazhar. Sans être jamais arrivé à grand-chose, se rappela-t-elle, il portait toujours néanmoins l'amulette d'argent.

« Cet individu a craché sur la personne d'un Busard du Roi, déclara le magicien en robe blanche à celui qui se trouvait derrière le registre.

— Ton numéro, jeune homme ? demanda ce dernier.

— Je ne reconnais pas vos fichus numéros ! rugit le prisonnier. Je me nomme Salnar, Salnar de Chante-repose.

— Ah oui. Me souviens de toi. » L'autre se mit à feuilleter son registre et finit par y inscrire quelque chose, minutieusement. Après quoi, un simple geste vers le plafond lui suffit pour signifier d'emmener le prévenu. Lequel dut comprendre ce qu'impliquait sa destination, car il se mit à glapir et à se débattre tandis que les gardes lui faisaient franchir de vive force une porte intérieure. Ses hurlements demeurèrent assourdissants jusqu'à ce qu'un pesant claquement de porte, quelque part au-dessus, les étouffe net.

Imperturbablement, le magicien enregistreur revint à Iya.

« Bon, nous en étions où, nous deux ? Il consulta ses notes d'un coup d'œil. Ah oui. De quand date votre dernière visite ici ? »

Les doigts d'Iya tressautèrent sur le bois sombre.

« Je... Je ne saurais trop dire la date exacte. C'était vers l'époque de la naissance du neveu du roi. Je suis allée voir le duc Rhius et sa famille. »

C'était un terrain dangereux, mais lui laissait-on le choix ?

« Le duc Rhius ? » Le nom venait de produire un bien meilleur effet sur lui qu'elle ne l'avait espéré. « Vous êtes de ses amis ?

— Oui, il est un de mes patrons, quoique je ne l'aie plus vu depuis un bon bout de temps. Je voyage et j'étudie. »

L'autre enregistra toutes ces informations à la suite de ses nom et qualités.

« Pourquoi ne portez-vous pas le symbole de notre art ? »

Cette question-là était plus difficile à esquiver.

« Je désirais éviter d'attirer l'attention sur moi, fit-elle en affectant les intonations tremblotantes d'une vieillarde. Les exécutions ont rendu les gens très méfiants vis-à-vis de notre corporation. »

Cette réponse parut satisfaire l'inquisiteur.

« Méfiance poussée jusqu'aux agressions physiques, effectivement, parfois. »

Il porta la main dans le panier placé près de lui et en retira une broche grossièrement moulée et dans le cuivre de laquelle était serti en argent le croissant d'Illior. Il la retourna pour lire le numéro qui se trouvait inscrit au verso puis le reporter dans son registre.

« Vous devez la porter en permanence », enjoignit-il ensuite en la lui tendant par-dessus la table.

Elle retira ses mains de dessus les plaques pour la recevoir et ne s'entendit pas ordonner de les y remettre. En retournant la vilaine broche, elle sentit tressauter son cœur. Sous le rapace couronné qui servait d'emblème aux Busards, était gravé un numéro : 222. Le nombre qu'elle avait discerné durant sa vision d'Afra, inscrit en caractères de feu.

« Si vous souhaitez vous faire faire un bijou plus seyant, libre à vous, poursuivit l'autre. Il existe aujourd'hui pas mal de joailliers qui se sont fait une spécialité de ce type de commandes. Mais prenez bien garde à ce que tous ceux que vous feriez réaliser portent bien ce même numéro et à ce qu'avant de vous les livrer on les ait bien envoyés ici pour qu'ils soient dûment estampillés du poinçon royal. Tout ça est bien clair ? »

Elle hocha la tête en agrafant la broche sur le devant de sa robe.

« Je vous promets qu'il ne vous arrivera rien de fâcheux par sa faute, reprit-il encore. Il vous suffira de la montrer aux gardiens de la porte chaque fois que vous sortirez d'une ville ou que vous y entrerez. Compris ? Tout magicien qui s'y refuse se voit soumettre à un interrogatoire plus poussé. »

Elle se demanda quel sens recouvrait la formule « interrogatoire plus poussé » pour les pauvres diables comme Salnar.

Il lui fallut un moment pour saisir qu'on venait finalement de la relâcher. À peine sentait-elle ses jambes quand elle se mit debout puis en marche pour déboucher, dehors, dans le soleil d'automne. Elle s'attendait presque à ce que quelqu'un l'interpelle, lui mette la main au collet puis l'entraîne à son tour vers va savoir quelles abominations tapies derrière un claquement de porte.

À aucun moment durant l'entretien, nul ne l'avait ouvertement menacée ni ne s'était même montré goujat vis-à-vis d'elle. Et pourtant, tout ce qu'impliquait l'aventure l'avait tellement secouée qu'elle entra dans la première taverne venue et y demeura prostrée près d'une heure à la table la plus éloignée de l'entrée, tout en sirotant une piquette infâme et en luttant pour refouler ses larmes. Après quoi, elle dégrafa la broche de ses doigts tremblants et la déposa devant elle pour l'examiner recto verso.

L'argent était le métal d'Illior. Le cuivre, ainsi que tous les autres métaux de couleur solaire employés pour les armes et les armures, était consacré à Sakor. Des Quatre, ces deux-là avaient longtemps été les patrons majeurs de Skala, mais c'était à Illior que, depuis l'époque de Ghërilain, s'adressait la plus haute vénération. Et voilà qu'Iya se voyait contrainte à porter le symbole de l'Illuminateur comme la marque d'un criminel, le bel arc d'argent se trouvant en posture serve à l'endroit du disque de cuivre.

Le roi ose numéroter les magiciens indépendants, songea-t-elle avec une rage qui supplanta bientôt la peur. *Comme si nous étions des bêtes de son troupeau !*

Ce qui n'empêchait pas qu'on lui avait attribué le numéro d'abord décerné par Illior…

Une ombre qui barrait brusquement la table réveilla ses craintes en débandant toutes ses pensées. Elle leva les yeux, s'attendant à se voir cernée de Busards, armés de leurs menottes de fer et d'argent, mais c'était simplement le tavernier.

Il prit place en face d'elle et lui tendit une petite coupe de laiton. L'index pointé vers la broche, il fit un sourire torve et dit :

« Buvez-moi ça cul sec, Maîtresse. J'ai comme l'impression que vous avez besoin d'un remontant.

— Merci. »

Iya descendit la gnôle de bon cœur et s'essuya les lèvres d'une main qui tremblait encore. Le taulier était un grand copieux gaillard aux yeux bruns bienveillants. Après la cordialité glaciale des Busards, même la bienveillance d'un inconnu vous faisait l'effet d'une bénédiction.

« Je suppose que vous avez dû en voir entrer bien d'autres comme moi chez vous, voisin comme vous l'êtes de… de cet endroit-là ?

— Tous les jours, des fois. Vous sont tombés dessus sans crier gare, hein ?

— Oui… Il y a longtemps que cela dure ?

— Juste le mois dernier que ç'a commencé. Me suis laissé dire que c'est ce Nyrin qu'en a eu l'idée. Me figure que ceux de votre espèce doivent pas l'apprécier beaucoup, ces temps-ci. »

Quelque chose dans ses manières venait brusquement de sonner faux. À mieux y regarder, Iya découvrit dans ses yeux la même innocence désarmante que dans ceux du jeune Busard.

Reprenant sa piquette, elle gratifia le bonhomme d'un regard agrandi par-dessus le bord de la coupe.

« Il m'effraie, mais je présume qu'il ne fait qu'accomplir son devoir envers notre roi. »

N'osant pas lui toucher l'esprit, elle se contenta de chercher, mine de rien, des traces de magie sur sa personne et en découvrit. Il portait sous sa tunique un charme empêchant toute lecture de ses pensées. Un mouchard, voilà tout ce qu'il était.

Il ne lui avait pas fallu plus d'un clin d'œil pour apprendre cela, mais elle interrompit ses recherches au plus vite, de peur de tomber sur quelque autre piège tendu pour l'attraper.

Le taulier lui resservit coûte que coûte de sa gnôle en la pressant de questions sur elle-même et sur ses brûlures, dans l'espoir peut-être de lui soutirer, à force de cajoleries, quelque aveu qu'on puisse retourner contre elle. Iya s'obstina docilement à ne le régaler que de platitudes tiédasses jusqu'à ce qu'il soit pleinement convaincu qu'il avait affaire non pas à un gros poisson digne qu'on le ferre mais à un magicien des plus insignifiants. Après s'être répandu en offres d'hospitalité future, il prit congé d'elle enfin. Iya se força à finir son maudit vinaigre avant de regagner à pied son logis pour voir ce qu'en auraient fait les culs-gris.

La mine effarée avec laquelle l'accueillit le patron de *La Sirène* suffit à lui confirmer leur perquisition. Elle s'empressa de monter l'escalier, persuadée de tout retrouver dans sa chambre sens dessus dessous.

Or, mis à part que s'était volatilisé le glyphe qu'elle avait apposé sur le loquet de sa porte, on n'avait manifestement rien déplacé. Son baluchon se trouvait là où elle l'avait laissé, sur le lit. Quels qu'ils fussent, ceux qui avaient pratiqué la fouille ne s'étaient pas servis de leurs mains pour ce faire. Iya referma la porte, poussa le verrou puis saupoudra un cercle de sable sur le sol et entreprit d'inscrire à l'intérieur le réseau tutélaire indispensable à la création d'un espace d'opérations sûr. Cela terminé, elle s'assit au centre et, prudemment, ouvrit son esprit et se mit en quête de quelque écho sur les enquêteurs et sur leurs méthodes. Derrière ses paupières closes reprit ainsi progressivement forme une scène glauque qui avait impliqué un homme et une femme, ainsi que des gardes busards. La femme était vêtue d'une robe blanche et avait à la main une courte baguette polie d'obsidienne rouge. S'étant assise sur la couche étroite d'Iya, chacun des bouts de la baguette occupant le creux de ses paumes, elle avait jeté un sort de…

Iya se concentra sur la vision pour tâcher de discerner les motifs que dessinaient la lumière et la couleur dans l'intervalle défini par les mains de la femme. Comme les aperçus se faisaient plus nets, le souffle d'Iya s'étrangla dans sa gorge. Il s'agissait d'une puissante recherche axée sur d'éventuels signaux émis par quelque chose… ou par quelqu'un…

Iya redoubla de concentration pour essayer de voir les lèvres de la femme pendant que s'y étaient formés les mots relatifs au sort.

Quand surgit la réponse, Iya dut réprimer un cri d'alarme.

La femme était à la recherche d'une fillette.

Elle était à la recherche de Tobin.

La vision s'évanouit, et Iya s'effondra vers l'avant, visage enfoui dans ses mains.

« Du calme », se chuchota-t-elle, mais des fragments de sa vision d'Afra se mirent à danser dans la chambre forte de sa mémoire : une reine vieille, jeune, en haillons, couronnée, morte et la corde au cou, victorieuse et parée de guirlandes. Et ils étaient innombrables à dire pareil, les magiciens auxquels elle avait eu l'occasion de parler depuis des années. Les myriades de fils du destin ne s'étaient pas encore entrelacées, malgré les conseils d'Illior. Les créatures du roi se faisaient une petite idée de la menace qui pesait sur son trône et s'étaient mises en chasse dès à présent.

Et quand bien même… ! se dit-elle, s'ils étaient en train de chercher, s'ils interrogeaient tous les magiciens vagabonds de passage, c'est qu'ils ne parvenaient toujours pas, alors, à concevoir la vérité. La magie singulière de Lhel persistait à préserver Tobin.

Iya soupesa l'odieuse broche dans sa paume. Et le magicien enregistreur avait tout simplement plongé sa main dans le panier pour en retirer juste celle-là, comme par hasard… !

222

Deux… – le nombre des jumeaux, de la dualité… –, et répété trois fois, comme une formule d'évocation. Deux parents. Deux enfants.

Deux magiciens – elle et Arkoniel – aux visions différentes sur la façon de protéger l'enfant.

Un sourire entendu lui incurva les lèvres. Deux magiciens – elle-même et Nyrin – aux visions différentes sur la façon d'unir les magiciens de Skala et de servir le trône.

Leurs fameux numéros, les Busards pouvaient bien les considérer comme des instruments de contrôle ou d'humiliation, Iya, quant à elle, ne voyait en eux qu'un appel aux armes.

27

La cité châtelaine d'Atyion dominait la plaine fertile qui s'étendait au nord d'Ero. Le château proprement dit avait été construit au fond d'un méandre de la sinueuse Héron, en vue de la mer Intérieure. Ses deux énormes tours rondes se voyaient à des milles alentour et pouvaient sans peine abriter un millier d'hommes – à tout le moins – en temps de siège.

La famille du duc Rhius avait conquis sa position grâce à la guerre et à l'honneur, mais sa colossale fortune découlait des acres de vignobles, de vergers et de pâturages plantureux et bien arrosés qui tapissaient la plaine et où foisonnaient les chevaux. Ce qui n'avait été jadis qu'un village niché dans l'ombre tutélaire de la forteresse s'était développé jusqu'à devenir une ville-marché prospère. La patine donnait aux rares repères de peste que l'on y trouvait un aspect blanchâtre. Cela faisait une décennie qu'Atyion n'avait pas été touché par l'épidémie.

Soit depuis la naissance de Tobin.

Iya mena son cheval dans le dédale des rues crottées puis lui fit franchir le pont-levis présentement abaissé qui enjambait les douves du château. À l'intérieur de la première enceinte s'étendaient encore des terres assez considérables pour faire paître des troupeaux importants et pour contenir des alignements de casernes et d'écuries destinés aux armées ducales. Nombre de ces bâtiments étaient actuellement déserts, les seigneurs alliés du duc et ses vassaux étant rentrés chez eux s'occuper de leurs domaines personnels.

Les soldats demeurés dans la place y vaquaient d'un petit air désœuvré, s'exerçaient au maniement d'armes ou lanternaient du côté des parcs aux bêtes. Le long du mur intérieur, armuriers et maréchaux-ferrants s'activaient tapageusement à leur forge. Une poignée de selliers assis sous un auvent découpaient du cuir et réparaient des harnais. Par déférence pour le roi, Rhius n'avait pas de femmes soldats dans les rangs de sa propre garde, mais la maisonnée du château en comprenait pas mal qui avaient autrefois servi son père avec l'arc et avec l'épée. À l'instar de la Cuistote du fort, elle aussi, là-bas. Et comme elles savaient toujours se battre, elles n'attendaient toutes qu'un ordre pour s'y remettre, et de gaieté de cœur.

Après avoir confié sa monture à un garçon d'écurie, Iya grimpa quatre à quatre le large escalier qui aboutissait sous la voûte en ogive qui menait directement dans la grande salle. Des rangées de colonnes flanquaient l'entrée. Au tympan du porche avait toujours figuré, depuis l'époque de la construction d'Atyion, un bas-relief polychrome représentant l'Œil nébuleux d'Illior, mais Iya constata qu'un panneau de chêne sculpté s'appliquait désormais dessus. Le décorait l'un des emblèmes les plus martiaux de Sakor : un poing ganté brandissant une épée de flammes enguirlandée de laurier et de rue. Le coffrage avait été réalisé par un menuisier de première force ; à moins d'être un habitué de la maison, jamais personne ne se serait douté qu'il camouflait une autre image.

C'est comme la broche, songea-t-elle avec autant de colère que de chagrin. *Comment se peut-il que nous en soyons venus à dresser les dieux eux-mêmes l'un contre l'autre ?*

Une vieille connaissance à elle dont la bedaine tendait la livrée bleue l'accueillit dans la salle.

« Ça fait longtemps que Sakor veille sur l'entrée, Hakoné ? s'enquit-elle en lui remettant son manteau.

— Près de neuf ans, dame, répondit l'huissier. Un cadeau du roi, que c'était.

— Je vois. Le duc est chez lui, aujourd'hui ?

— Oui, Maîtresse. Il se trouve dans la galerie ouverte. Je vais vous mener près de lui. »

Iya laissa ses regards errer de tous côtés pendant qu'elle remontait avec son guide la grande salle voûtée puis enfilait des séries de pièces et de coursives intérieures. Atyion conservait sa magnificence, mais de manière moins glorieuse et vaguement ternie, comme si la même atmosphère de deuil affectait la demeure et le maître. On voyait bien çà et là des serviteurs s'affairer à faire reluire et à récurer, mais les tapisseries, les meubles et même les fresques éclatantes des murs parurent à Iya dans un état de vétusté dont elle n'avait aucune souvenance.

Tout résonnait de rires et de musique, ici, songea-t-elle. *Et des enfants y couraient en tous sens.* Alors que Tobin, lui, n'y avait jamais mis les pieds…

« Il va bien, notre sire Rhius ?

— Il est tout affliction, Maîtresse. »

Ils le trouvèrent en train d'arpenter la galerie à colonnettes donnant sur les jardins du château. À en juger d'après les bottes de cuir poussiéreuses et le justaucorps qu'il portait, il avait passé sa journée en selle et venait à peine de rentrer. Un jeune page traînait dans son sillage comme à son insu.

Gamin, Rhius s'était toujours précipité au-devant d'Iya. Là, il se contenta de congédier les serviteurs puis se planta, maussade, à la dévisager sans un mot.

Après s'être inclinée, Iya se mit à contempler les jardins déserts.

« Tes oncles et tantes jouaient à colin-maillard avec moi dans ce bosquet de noisetiers.

— Et les voilà morts, eux aussi, répondit-il. Tous sauf Oncle Tynir. La peste lui a tué sa femme et le roi sa fille. Il s'est taillé un nouveau domaine pour lui tout seul dans les territoires du nord. »

Deux jardiniers se présentèrent sous leurs yeux, en bas, tirant un charreton de fumier. Un grand diable chauve en robes embijoutées sortit en flânant comme par hasard d'un labyrinthe de rosiers pour les regarder travailler.

La bouche de Rhius se rétrécit de dégoût à sa vue.

« Venez, autant aller causer dedans. »

Iya lança un coup d'œil furtif à l'étranger dans l'espoir de deviner qui ce pouvait être.

« Tu as un invité ?

— Plein. »

Il la précéda vers une pièce intérieure éclairée par un certain nombre de lampes. Il en ferma soigneusement la porte, et Iya jeta un sort pour la sceller contre les oreilles et les yeux indiscrets.

« L'individu du jardin est Lord Orun, chancelier du Trésor. Vous vous souvenez sûrement de lui ? » lui lança Rhius en se mettant à tourner autour d'une table ronde qui occupait le centre de la pièce.

Iya resta près de la porte, à le regarder se démener comme un loup acculé.

« Ah oui, il faisait de fréquents séjours ici, du temps de ton père. Tharin l'a toujours exécré, si ma mémoire est bonne.

— Oui, c'est bien lui. Il s'est élevé haut et fait à présent partie des intimes du roi : il lui sert d'oreille. Un type à ménager. Illior en soit loué, du moins Erius a-t-il gardé Hylus comme lord Chancelier. Celui-là est capable d'empêcher la plupart des nobles de s'entre-dévorer vifs.

— Mais pourquoi Orun se trouve-t-il ici ?

— Il a connu mon père et se fait à présent un devoir de me connaître, moi… Cette fois-ci, il m'a amené un jeune cousin à lui qu'il me saurait gré de bien vouloir prendre pour écuyer.

— Ses espions qu'il sème de tous côtés, n'est-ce pas ?

— J'en suis assiégé. Il m'a fait cadeau d'une flopée de pages et d'une ménestrelle de cour très mignonne qu'il destine à mon lit, m'est avis. Si elle n'était absente pour la journée, je vous l'aurais présentée. J'en ai jusque-là, de tous leurs mystères… ! »

Il s'affala sur un siège et tourna vers elle un regard vanné.

« Et, comme ça, vous êtes revenue, vous aussi ? Vous en avez mis, du temps. »

Elle préféra laisser passer ça pour l'instant.

« Je viens tout juste de rendre visite à votre enfant, messire. Le prince Tobin m'a chargée de vous transmettre un message avec ses sentiments. Vous lui manquez.

— Par les Quatre, si vous saviez comme il me manque, à moi !

— Tharin m'a induite à penser autrement. »

Le rouge de la colère monta aux joues du duc.

« C'est bien ce qu'on dit, les menteries croissent et multiplient comme les asticots sur une charogne de cheval ! Jamais, durant toutes ces années, je n'ai révélé mon secret à Tharin. Et voilà que ce mensonge a tout gangrené entre nous et fini par le faire partir…

— Comment cela ? »

La main de Rhius embrassa d'un geste la pièce tout entière, le château, voire l'ensemble des terres, autour.

« Le roi Erius préfère me garder près de lui, maintenant que l'existence de sa sœur ne me ligote plus. Il ne m'est permis de m'éloigner d'Ero que jusqu'ici, pas plus. Et je devrais maintenant y mander Tobin, alors qu'Erius et ses magiciens s'invitent à séjourner chez moi dès qu'il leur en prend fantaisie ? Eh bien non, je me sépare au lieu de ça d'un homme qui m'aime mieux que n'importe quel frère, je l'expédie là-bas tenir lieu à Tobin du père que je ne puis être. » Il se frotta le visage à deux mains. « Et un sacrifice de plus. »

Iya s'approcha et lui saisit la main.

« Tu connais trop Tharin pour t'y méprendre. Il t'aime toujours et te maintient cher au cœur de ton fils. Le roi ne te tiendrait tout de même pas rigueur d'y faire un saut de temps en temps ?

— Peut-être pas, mais j'ai tellement… tellement *peur* ! » Le mot l'étouffait, manifestement. « Nous savons tous deux ce qu'est Tobin, ce qu'il doit être, mais il est aussi ma fille bien-aimée, tout ce qui me reste d'Ariani. Si grand soit-il, aucun sacrifice n'est excessif pour préserver ses jours !

— Alors, peut-être réussiras-tu à trouver au fond de ton cœur un semblant de pardon pour moi… ? Tu sais pertinemment que c'est aussi pour cette raison que je me suis moi-même si longtemps tenue à l'écart. » Elle extirpa la broche de Busard de la bourse accrochée à sa ceinture et la balança sur la table. « On m'a donné ça, à Ero. »

Rhius fit une grimace écœurée.

« Ah, oui. Les babioles de Nyrin. »

Ce fut au tour d'Iya de faire les cent pas quand elle se mit à narrer sa visite en ville et, pour finir, la fouille opérée dans sa chambre d'auberge et les incantations de la magicienne pour retrouver la fillette inconnue.

Rhius éclata d'un rire amer.

« Votre absence a décidément duré trop longtemps. Nyrin persiste à tourner l'oracle, et il affirme rêver d'un usurpateur qui veut détrôner Erius… Une fausse reine, en fait, suscitée par nécromancie. Assassiner des innocentes de sang royal ne leur a pas suffi. Ils en sont à chercher des signes et des faits merveilleux.

— Je suppose qu'il a été donné à Nyrin d'avoir la même vision que moi, mais il l'interprète à tort et à travers. Si ce n'est de propos délibéré. Massacrer les princesses royales s'étant révélé pure vanité, puisqu'aucune d'entre elles n'était la bonne, le rêve se poursuit. Par bonheur, notre homme n'a pas encore vu nettement Tobin. M'est avis qu'en cela nous ne saurions rendre assez grâces à la magie de Lhel. Mais comme il n'en a pas moins sa petite idée sur ce qui s'apprête, il faut à tout prix que les magiciens de Skala soient numérotés et travaillés par des divisions intestines.

— Par la Lumière ! S'ils découvrent Tobin avant qu'*elle* ne soit en âge de se battre, de mener…

— Je ne crois pas qu'il y ait aucun danger de ce genre pour l'heure. Il est clair toutefois qu'ils la cherchent et que leur est venue plus ou moins l'idée d'une protection exercée par des magiciens. Sans cela, pourquoi auraient-ils passé ma chambre au peigne fin ?

— Et vous êtes certaine qu'ils n'y ont découvert aucun indice ?

— Je n'ai trouvé trace de rien de tel. Mais, tôt ou tard, les espions du roi se rappelleront les liens qui existent entre ta famille et moi-même. J'espère seulement que la présence d'Arkoniel au fort n'attirera pas d'attention fâcheuse sur la maisonnée.

— Je n'ai pas dit un mot de lui. Faites en sorte qu'il demeure à l'écart de la ville et sans numéro.

— C'est bien mon intention. Nyrin a-t-il manifesté le moindre intérêt pour le petit, récemment ?

— Absolument aucun. Évidemment, il a eu suffisamment à faire avec les Busards et leur besogne pour mobiliser toute son attention. C'est que c'est une assez formidable petite cabale qu'il est en train de nous monter… !

— Comment cela ? »

Rhius enlaça l'un de ses genoux de ses doigts noués puis s'abîma dans la contemplation du noir anneau de deuil qui ornait sa main gauche.

« La rumeur circule qu'il se tient des réunions secrètes quelque part en dehors de la ville.

— Sans qu'Erius y trouve rien à redire ? Il me paraît inimaginable qu'en pareille matière il laisse impunément rôder ne fût-ce qu'une rumeur…

— Ils sont à son service, ou du moins se le figure-t-il. En dépit de toute sa prudence en fait de rivaux, Erius est littéralement frappé de cécité dès qu'il s'agit de Nyrin et de ses séides.

— Cécité peut-être pas forcément spontanée… Dis-moi, comment trouves-tu le roi ces derniers temps ? Te semble-t-il lui voir manifester de façon plus flagrante quelqu'un des symptômes de la folie de sa mère ?

— À première vue, il n'a strictement rien d'elle. Et pour ce qui en est de la liquidation des héritières potentielles… » Il balaya l'espace d'un geste accablé. « Il n'est pas le premier à avoir pris des mesures aussi draconiennes pour assurer une quelconque succession. Cela fait maintenant des années que Nyrin lui farcit le crâne avec la hantise de traîtres et de rivaux puis consolide sa faveur en lui organisant des rafles de gens à exécuter. Agnalain la Folle n'a jamais eu que faire de magiciens ; le fils a la clique des siens, lui, nuit et jour à ses côtés. Nyrin a beau se targuer ouvertement de ses prétendues "visions", sa rage est dirigée contre les illiorains, contre les magiciens et contre quiconque risquerait de se dresser pour invoquer à nouveau solennellement la prophétie d'Afra.

— Combien y a-t-il actuellement de magiciens busards ?

— Une vingtaine, peut-être. Nombre d'entre eux sont extrêmement jeunes, et il leur tient la bride serrée. Mais il s'en trouve d'autres à la cour qui savent assez reconnaître le pouvoir là où ils le voient pour se faire ses partisans… Lord Orun est de ce nombre. Mais dites-moi, Iya, combien de magiciens pouvez-vous vous flatter vous-même, après toutes vos pérégrinations, de considérer comme véritablement favorables à notre cause ? »

Iya mit un doigt sur ses lèvres.

« Davantage, mais remets-t'en à moi là-dessus jusqu'au moment décisif. Tu sais d'ailleurs que les magiciens ne sauraient à eux seuls placer Tobin sur le trône. Il nous faut des armées. Es-tu toujours prêt à prendre le risque ? »

Le visage de Rhius se crispa comme un masque sombre.

« Qu'ai-je à perdre qu'on ne m'ait déjà volé ? Tobin ne peut pas demeurer caché éternellement. Il lui faudra bien révéler… » Il se frotta les paupières et soupira. « *Elle* devra forcément finir par dévoiler sa véritable personnalité pour s'emparer du trône ou pour périr. Qu'elle se voie percée à jour d'ici-là, aucun d'entre nous ne pourra se soustraire à la fureur meurtrière d'Erius. Face à de pareilles certitudes, un guerrier ne s'amuse pas à soupeser les risques. »

La main d'Iya se posa sur la sienne et la pressa.

« L'Illuminateur t'a choisi tout autant qu'il a choisi Tobin. Tu es à la hauteur de cette confiance. Nous n'en devons pas moins redoubler de prudence, ainsi que tu le dis. La faveur d'Illior elle-même ne garantit pas le succès. » Elle prit un rien de recul pour scruter les traits émaciés du duc. « S'il nous fallait combattre dès aujourd'hui, combien d'hommes serais-tu en mesure d'aligner sur le champ de bataille ? Qui t'appuierait, parmi les nobles ?

— Tharin, évidemment, et les hommes de son domaine. Nyanis, je crois, et Solari. Ils se rangeraient de mon côté. Mon oncle ne porte pas le roi dans son cœur, et il possède des bateaux. Quant à ceux qui ont perdu leurs femmes et leurs filles du fait d'Erius…, nombre d'entre eux pourraient bien soutenir une reine légitime par les armes s'ils lui voyaient une chance de l'emporter. Cinq mille, peut-être davantage. Mais pas en faveur d'un enfant, Iya. Je ne pense pas qu'ils consentiraient déjà à se battre en faveur de Tobin. Erius est un roi solide, et un bon roi à maints égards, ce sans compter que Plenimar s'agite toujours. La situation est exactement la même qu'à l'époque où sa mère est morte et où son extrême jeunesse desservait encore Ariani.

— Pas tout à fait. On avait alors subi une reine folle. Les années de peste, de famine et de guerre que l'on n'a cessé de vivre depuis font que la prophétie se chuchote à nouveau. Un signe nous sera donné un jour, messire, et, ce jour-là, le peuple ne manquera pas de le reconnaître. »

Elle s'arrêta, suffoquée par la force avec laquelle sa voix venait de retentir dans la petite pièce et par la violence avec laquelle son cœur s'était mis à battre. À Afra s'étaient déroulés sous ses yeux tant d'avenirs possibles…, le signe qu'elle attendait se trouvait-il là, parmi eux ?

Elle revint vers la table et s'assit auprès de Rhius.

« Le roi te garde dans son entourage immédiat, mais sans que cela ait rien à voir avec Tobin. Pourquoi le fait-il ? Qu'y a-t-il de changé entre vous ?

— Je ne sais trop. Vous savez que dans la conclusion de mon mariage avec Ariani l'amour n'était entré que de manière unilatérale. Je l'aimais, elle, alors que son frère aimait mes terres. Je présume qu'il escomptait me voir mourir le premier et léguer toute ma fortune à ma femme et à la Couronne. Maintenant, je crois qu'il entend atteindre son but par le biais de Tobin. Il parle souvent de le faire venir à la cour et entrer dans les Compagnons.

— Il n'en a pas encore l'âge.

— Mais il l'aura bientôt, et malgré toutes les histoires qui courent sur son état maladif et sur sa possession démoniaque, Erius a toujours manifesté le désir que nos deux garçons se connaissent. Pour être tout à fait honnête, il m'arrive parfois de me figurer qu'il n'envisage cela que par amour pour sa sœur perdue. Il n'empêche qu'une fois à la cour Tobin se retrouvera un tout petit peu plus qu'otage. » Son front se fripa à la vue de la broche. « Vous avez constaté la tournure qu'ont prise les choses là-bas ; une fois mon fils au Palais, serez-vous toujours en mesure de le protéger ?

— C'est de tout mon cœur que je m'y emploierai, messire », lui affirma-t-elle, sans oser lui révéler les doutes que venait subitement de lui inspirer cette perspective.

Telle une poignée de dés qu'on n'a pas encore jetés, l'avenir de Tobin se trouvait plus que jamais à la merci de tous les hasards possibles.

28

Les semaines consécutives à l'arrivée de Ki furent des semaines heureuses. Sans rien savoir des propos qu'Iya avait bien pu tenir lors de sa visite à Atyion, Arkoniel eut la bonne surprise de voir Rhius survenir au fort peu de temps après et celle, meilleure encore, de le retrouver presque tel qu'il l'avait connu de par le passé. Non content de promettre qu'il prolongerait son séjour jusqu'en Erasin, pour la fête anniversaire de Tobin, le duc vanta les améliorations apportées à la demeure et, chaque soir, il conviait le jeune magicien à s'associer aux parties qu'il disputait avec son vieil ami Tharin. Car du différend qui l'avait opposé à ce dernier ne subsistait plus non plus la moindre trace, et tous deux se montraient plus que jamais proches l'un de l'autre.

Rhius apprécia également Ki, dont le service à table valut autant d'éloges à Tharin, comme entraîneur, que la bonne tenue de Tobin au maniement de l'arc et de l'épée. Et lorsque ce dernier, le jour de son dixième anniversaire, s'agenouilla dans la grande salle pour demander que son compagnon soit fait son écuyer, le duc exauça d'emblée la requête et permit aux deux gamins de jurer leur foi à Sakor le soir même devant l'autel domestique ; en symbole de ces nouveaux liens, Tobin offrit à Ki comme pendentif à porter au cou le plus délicat de ses chevaux-amulettes sculptés.

Toutes ces marques de bienveillance n'empêchaient cependant pas Rhius de maintenir quelque distance à l'endroit de Ki, ce qui n'allait pas sans mettre un peu mal à l'aise les deux garçons.

Le jour de la fête de Tobin, il avait ainsi fait présent à Ki d'un costume neuf et d'un beau rouan nommé Dragon. Mais il coupa court aux tentatives de remerciements du gosse en déclarant tout sec : « Mon fils doit être accompagné comme il sied. »

Or, si Ki, totalement envoûté déjà par Tharin, ne demandait manifestement qu'à se laisser envoûter de même par le père de Tobin, la froideur du duc ne servit qu'à l'intimider davantage et à le paralyser.

Tobin s'en aperçut lui-même et en fut blessé pour son ami.

Seuls à comprendre ce qui motivait le comportement de Rhius, Arkoniel et Nari n'étaient ni l'un ni l'autre en mesure de leur offrir le réconfort de la vérité. Il leur était impossible d'évoquer, même entre eux, le fil d'araignée auquel était attachée l'épée suspendue sur la tête du jeune Ki.

Quelques semaines s'étaient écoulées quand, par un bel après-midi froid, Arkoniel se trouva regarder en compagnie du duc, du haut du parapet, les enfants qui s'amusaient dans la prairie en contrebas.

Tobin s'échinait à retrouver Ki, planqué pour lors dans un creux cerné d'herbes folles et de vagues taillis enneigés. Tout en réussissant l'exploit d'empêcher son haleine fumante de s'élever, Ki finit tout de même par se trahir en heurtant du pied une souche morte de dompte-venin. Encore chargée de ses gousses sèches, la plante éparpilla sous le choc une nuée soyeuse de graines blanches aussi éclatante que des enseignes de bataille.

Rhius se mit à glousser. « Hm, le voilà fait maintenant ! »

À cette vue, Tobin fusa effectivement sur son copain, et l'empoignade qui s'ensuivit souleva de nouvelles nuées d'aigrettes floconneuses.

« Lumière divine..., ce Ki est une vraie bénédiction !

— Je le crois moi-même, convint Arkoniel. C'est ahurissant de voir comme ils se sont plu l'un l'autre. »

À première vue, il était impossible en effet d'être plus différent que les deux garçons. Autant Tobin se montrait taciturne et sérieux par nature, autant Ki paraissait incapable de tenir en place ou de garder le silence plus de trois minutes d'affilée : jacasser semblait aussi vital pour lui que respirer ; il parlait encore comme un rustre et pouvait déployer des crudités de charretier qui lui auraient déjà valu dix fois le fouet de Nari si Tobin ne s'était fait l'apôtre de l'indulgence ; mais quant au fond de ses propos, l'intelligence, quoique en friche, y brillait la plupart du temps, tandis que ses éventuels manquements à la bienséance verbale s'accompagnaient d'une invariable drôlerie.

Et Arkoniel ne s'y méprenait pas : pour n'avoir pas encore essayé de s'en faire l'émule, Tobin ne s'en glorifiait pas moins du caractère turbulent de Ki. Il rayonnait comme une pleine lune en présence de son jeune aîné, et il se délectait à l'écouter conter les histoires de son innombrable tribu bigarrée. Il n'était pas le seul, d'ailleurs, à s'en montrer friand. Lorsque la maisonnée se regroupait autour du feu, le soir, Ki lui servait plus qu'à son tour d'amuseur en titre, et ses auditeurs ne tardaient guère à se tenir les côtes grâce aux travers et aux mésaventures de ses divers frères et sœurs.

Il possédait aussi un répertoire aussi copieux qu'extravagant de fables et de légendes ingurgitées au foyer de son père ; il y était question de bêtes qui parlaient, de spectres et de royaumes fantastiques où les hommes avaient deux têtes et où les oiseaux perdaient en muant des plumes d'or acérées à point pour que les cupidités s'y tranchent infailliblement les doigts.

Tâchant de s'appuyer sur les conseils d'Iya, Arkoniel fit venir des éditions richement enluminées des contes les plus courants, dans l'espoir qu'elles rendraient plus attrayant pour les deux petits l'apprentissage de la lecture. Tobin n'en finissait pourtant pas de se débattre avec son alphabet, et les secours de Ki se révélaient d'autant plus piètres dans ce domaine qu'il y renâclait lui-même avec l'orgueilleuse imbécillité du gentillâtre provincial qui, n'ayant jamais vu son nom noir sur blanc, se souciait de l'écrire comme d'une guigne. Au lieu de les réprimander, le magicien laissa simplement traîner deux ou trois volumes ouverts sur des illustrations tout spécialement palpitantes, escomptant bien que la curiosité ferait la besogne à sa place. Et c'est seulement l'autre jour qu'il avait fini par surprendre un Ki tout pensif devant le *Bestiaire de Gramain*. Entre-temps, Tobin s'était d'ailleurs paisiblement mis au travail sur une biographie de sa célèbre ancêtre, Ghërilain Première, qu'il avait reçue en présent du duc.

Ki se révéla toutefois un meilleur allié lorsqu'il fut question de magie. Il éprouvait envers celle-ci toute la fascination d'un enfant normal, et son enthousiasme aplanit les voies d'Arkoniel pour entreprendre de soigner les affolements singuliers dont elle affligeait Tobin. Le magicien se contenta de débuter par de petites séances d'illusionnisme et quelques manipulations simplettes. Mais tandis qu'avec sa fougue habituelle Ki se jetait à corps perdu dans ce genre de passe-temps, Tobin persista à réagir de manière aussi peu prévisible. S'il eut l'air charmé par les pierres lumineuses et les copeaux de feu, il se mettait sur la défensive aussitôt qu'Arkoniel suggérait l'idée d'un nouveau voyage visionnaire.

Tharin se montrait lui aussi très content de Ki. Le gosse avait un sens inné de l'honneur, et il s'accommodait joyeusement de son entraînement d'écuyer. Il apprit les rudiments du service à table, en dépit de l'existence fort peu formaliste qu'on menait au fort, et il mit toute son ardeur à maîtriser les autres arts inhérents à son service, en dépit de Tobin, qui ne voulait à aucun prix se laisser servir, allant jusqu'à refuser toute aide pour se baigner comme pour s'habiller, et qui aimait cent fois mieux panser son cheval lui-même que s'en remettre à un palefrenier.

En fin de compte, c'est à l'épée que Ki prouva le mieux son utilité. Il n'avait jamais qu'une petite tête de plus que Tobin, et il s'était battu contre ses frères et sœurs depuis qu'il savait marcher. Cela faisait de lui un excellent partenaire d'entraînement, et également un redoutable adversaire. Il sortait à son avantage de la plupart des combats, alors que Tobin était pas mal tuméfié. Mais ce dernier avait la bonne grâce de n'en bouder que rarement et d'écouter de toutes ses oreilles quand Tharin ou Ki lui expliquaient ce qu'il venait de faire de travers. Ce qui lui facilitait la chose, peut-être, c'est qu'il tenait lui-même lieu de maître à Ki en matière de tir à l'arc et d'équitation. Jusqu'à son arrivée au fort, Ki n'avait jamais eu de véritable selle sous les fesses. Tout fils de chevalier qu'il pouvait bien être, il n'en avait pas moins reçu la rude éducation d'un simple paysan. C'était aussi peut-être pour cette raison qu'aucune tâche ne le rebutait jamais et qu'il accueillait la moindre faveur avec reconnaissance. Trop longtemps confiné pour sa part dans la société des femmes, Tobin, lui, considérait chaque nouvelle tâche comme un jeu, et il tenait souvent à donner coûte que coûte un coup de main pour des besognes auxquelles la plupart des rejetons nobles se seraient estimés offensés de songer. Du coup, il devint de jour en jour plus rougeaud et hâlé. Les hommes des baraquements en reportèrent le crédit sur Ki et firent leurs chouchous d'eux deux.

Et lorsque d'aventure Arkoniel ou Nari s'offusquaient de trouver Tobin occupé, aux côtés de Ki, à récurer les stalles ou à rapetasser une cloison, Tharin n'avait rien, lui, de plus pressé que de leur dire : « Ouste ! », en les réexpédiant dans la maison.

« Le démon s'est un peu calmé depuis que ce gosse est là, lâcha tout à coup Rhius dans un murmure, arrachant par là le jeune magicien à ses songeries.

— Vraiment ? s'enquit-il. Voilà trop peu de temps que je réside ici pour en être juge…

— Et il ne s'en prend plus jamais à Tobin, on dirait, depuis… depuis la disparition de sa malheureuse mère. Peut-être a-t-elle été une bonne chose, après tout.

— Vous ne pouvez pas le penser, messire ! »

Le regard de Rhius resta fixé sur la prairie.

« Tu as connu ma dame au temps où elle était heureuse et en bonne santé. Tu n'as pas vu ce qu'elle était devenue. Tu ne te trouvais pas ici pour le voir. »

Il n'y avait rien à répondre à cela.

Les deux gamins en étaient finalement venus à conclure une trêve. Allongés côte à côte dans l'herbe enneigée, ils se montraient du doigt les nuages qui dérivaient dans l'azur hivernal.

Arkoniel leva les yeux et se mit à sourire. Cela faisait bien des années qu'il ne s'était plus avisé de trouver des formes aux nuages. Et il soupçonna que Tobin s'y exerçait probablement pour la première fois.

« Vise un peu, dit Ki. Çui-là, c'est un poisson. Et çui qu'est là-bas, tiens, il t'a tout l'air d'une marmite d'où qu'un cochon sort. »

Sans se douter que le magicien était en train de le regarder, Tobin s'abandonnait à des pensées fugitives parallèles aux siennes. Il avait l'impression que toutes choses avaient changé de face depuis l'arrivée de Ki, et dans un sens heureux, pour une fois. Rien qu'à se trouver là, couché face au soleil, avec la froidure qui s'insinuait au travers de son manteau, voilà que ça lui devenait facile, d'oublier les mères et les démons et tout le tas d'ombres grouillant dans tous les coins de sa mémoire. Il parvenait même presque à ignorer Frère qui, accroupi à trois pas d'eux, dévorait Ki de ses prunelles noires.

Frère exécrait Ki. Il refusait de dire pourquoi, mais Tobin n'avait qu'à le voir regarder le garçon vivant pour savoir qu'il brûlait de le pincer, de le gifler, de lui faire mal. Et il avait beau, chaque fois qu'il le convoquait, lui enjoindre de s'en abstenir, eh bien, ça n'empêchait pas Frère d'abasourdir Ki en lui jouant des tours pendables, en lui arrachant des mains par exemple l'objet qu'il tenait ou en lui culbutant son hanap, à table. Ce qui faisait toujours d'abord un rien sursauter Ki, puis cracher des jurons entre ses dents, mais jamais détaler ni piailler. Tharin affirmait que c'était là le signe d'un véritable courage, que de tenir pied quand on crevait de peur. D'autant que, tout incapable qu'il était de voir Frère, Ki n'avait néanmoins pas tardé à prétendre qu'il lui arrivait d'en percevoir nettement la présence.

N'eût été que de lui, Tobin aurait congédié Frère et l'aurait laissé mourir de faim quelque temps ; seulement, il avait juré à Lhel de prendre soin de lui, et il lui était impossible de trahir sa parole. Aussi appelait-il Frère tous les jours, ce qui permettait au maudit esprit de hanter les abords de leurs moindres jeux comme un importun de roquet. Il tournicotait dans les ombres de la chambre aux joujoux, chaque chevauchée en forêt le voyait là, maintenant toujours la cadence – va savoir comme – sans même se donner la peine de jamais courir. Le souvenir de son rêve avait une fois incité Tobin à lui proposer de le prendre en croupe, mais l'esprit n'avait accueilli l'offre que par son éternel silence incompréhensif.

Ki désigna un nouveau nuage.

« Çui-là, il t'a tout l'air des petits gâteaux qui se vendent à la fête des Fleurs, chez moi. Puis y a un museau de limier, là, vise-moi si lui pend la langue… ! »

Tobin détacha de ses cheveux deux ou trois graines de bardane toutes hérissées qu'il expédia d'une pichenette vers les silhouettes nébuleuses.

« Moi, ce qui me plaît bien, c'est la façon qu'ils ont de changer de forme au fur et à mesure qu'ils se déplacent. Ton limier, maintenant, on dirait plutôt un dragon.

— Le grand dragon d'Illior, sauf qu'il est blanc, pas rouge, accorda Ki. Quand ton père nous emmènera à Ero, je te montrerai sa peinture, au dragon, dans le temple de la rue des Orfèvres. Il a cent pieds de long, des pierreries comme yeux, et toutes ses écailles soulignées en or. » Il lorgna de nouveau le ciel. « Et voilà que mon petit gâteau de tout à l'heure, ben, il ressemble à notre servante, Lilain, avec sa bedaine enflée par les huit lunes au bâtard d'Alon. »

Tobin jeta un coup d'œil oblique sur son copain, dont le sourire suffit à lui confirmer l'imminence d'une anecdote.

Et, de fait, Ki reprit : « On croyait, nous, que Khemeüs allait te les zigouiller tous les deux, vu qu'elle, il avait pas cessé d'y ahaner dessus depuis qu'elle arrive chez nous.

— "*Était arrivée* chez nous", rectifia Tobin, qu'Arkoniel avait expressément chargé d'aider Ki à apprendre à parler correctement.

— Était arrivée chez nous, donc ! concéda Ki en roulant les yeux. Mais ç'a juste fini par des coups de poing dans la cour avec l'autre gars. Il pleuvait comme vache qui pisse, ils sont tombés tous les deux sur le tas de fumier, puis les voilà partis se soûler la poire. Et quand le môme à Lilain a fini par naître, eh ben, comme il lui ressemblait quand même, à Khemeüs, alors c'était probablement le sien, en définitive, et ç'a fait qu'ils se sont recassé la gueule, lui et Alon. »

Tobin examina le nuage sous tous les angles, dans l'espoir qu'il lui révélerait en quoi consistait l'exploit.

« C'est quoi, un bâtard ?

— Tu sais bien, un gosse qui vient quand le type et la bonne femme ont pas fait le contrat ensemble.

— Oh. » Ça ne signifiait à la vérité strictement rien du tout pour lui. « Il s'y était fourré comment, dans le ventre de cette fille ? »

Ki se redressa sur un coude pour le dévisager d'un air incrédule. « Tu sais pas ça ? T'as jamais regardé les bêtes le faire ?

— Faire quoi ?

— Ben..., *foutre*, évidemment ! Comme quand un étalon grimpe sur le dos d'une jument ou bien quand un coq piétine une poule. Par les couilles à Bilairy, Tobin, t'as bien dû voir les clébards foutre, au moins ?

— Oh, ça ! » Il savait à présent de quoi voulait parler Ki, mais jamais il n'avait entendu personne employer ce terme pour le désigner. Soupçonnant qu'il devait s'agir là d'un des mots que réprouvaient Arkoniel et Nari, il se l'appropria avec délices. « Tu veux dire que les gens foutent aussi ?

— 'videmment ! »

Tobin se rassembla sur son séant et enveloppa ses genoux dans ses bras. Tout ça l'intriguait tout en le mettant mal à l'aise.

« Mais… comment ? Ils ne risqueraient pas de tomber ? »

Ki se renversa en hurlant de rire.

« Rien qu'un peu ! T'as jamais vu personne le faire, hein ?

— Et toi si ? » lança Tobin d'un ton de défi. Ki lui faisait peut-être une blague, après tout…

« Dans notre maison ? renifla Ki. Bons dieux, mais tout le temps ! Père arrête pas d'être perché sur quelqu'un, et les aînés le font aux filles et même aux hommes, y a des fois. C'est un miracle, qu'aucun de nous arrive à roupiller, la nuit ! Comme je t'ai déjà dit, dans la plupart des maisons, tout le monde dort dans la même pièce. 'tout cas dans celles où j'ai mis les pieds… »

Tobin demeurant ébahi devant la réalité de la chose, Ki se mit à fouiner en quête d'un couple de brindilles fourchues puis s'en servit pour illustrer plus en détail la suite de la leçon.

« Tu veux dire que *ça* grossit ? demanda Tobin en s'écarquillant. Et la fille, elle n'a pas mal ? »

Ki se planta l'une des brindilles au coin de la bouche et cligna de l'œil. « D'après le boucan qu'elles font, m'a tout l'air que non ! »

Il leva un œil vers la position du soleil. « J'ai froid. Viens, allons faire une balade à cheval avant que Nari décide que c'est trop tard. Peut-être qu'on va quand même finir par la dégotter, ta sorcière, aujourd'hui ! »

Tobin ne savait trop s'il avait eu tort ou non de parler de Lhel à Ki. Sans seulement parvenir au juste à se rappeler si elle le lui avait formellement interdit, il éprouvait le sentiment coupable qu'elle l'avait bel et bien fait.

C'étaient les histoires déballées par Ki, un soir, au lit, sur une prétendue sorcière de son village qui l'avaient poussé à lâcher qu'il en connaissait une, lui aussi. Bien sûr, Ki avait réclamé tout plein de détails, car son propre récit n'était que la contrefaçon de celui d'un barde, et Tobin en était venu, de fil en aiguille, à parler des rêves. Il avait également raconté comment, après s'être égaré, il s'était retrouvé dans le chêne creux que Lhel habitait, mais sans se risquer jusqu'à faire la moindre allusion à la poupée.

Depuis lors, ils s'étaient secrètement lancés de conserve dans une quête qui permettrait de dénicher Lhel afin que Ki la rencontre à son tour.

Mais ils avaient beau sortir à cheval presque tous les jours, ils n'avaient pas jusqu'ici relevé la plus petite trace d'elle. Tobin rentrait toujours de ces vaines recherches avec des sentiments mêlés. Malgré l'immense envie qui le possédait de la revoir et de découvrir en quoi consistait ce qu'elle entendait lui apprendre, il ne pouvait se défendre d'être soulagé, tant il craignait qu'elle ne soit fâchée contre lui de la confidence faite à Ki.

Malgré toutes ces semaines de sorties sans fruit, la foi de Ki n'en demeurait pas moins inébranlable, et c'était pour lui un véritable ravissement que de partager le secret de Tobin.

Celui-là compensait presque à lui seul tous ceux que Tobin se révélait totalement incapable de partager.

Tout en éperonnant leurs montures pour leur faire remonter la route, les garçons gardaient un œil sur la course du soleil. Les jours étaient désormais courts, et promptes les tempêtes à fondre du haut des montagnes.

Frère se maintenait juste en avant d'eux, malgré cette espèce de démarche insolite et raide qu'il avait toujours et dont l'excessive lenteur aurait dû le laisser loin derrière, sans que ce soit jamais le cas. Tu pouvais bien piquer tous les triples galops du monde, peine perdue, lui te précédait quand même.

Tout autres étaient les préoccupations de Ki.

« Comment qu'elle va s'y prendre, ta sorcière, pour vivre dans un arbre tout l'hiver ?

— Elle avait un feu, rappela Tobin.

— Tant que tu voudras, mais la neige va lui obstruer sa porte, non ? Va lui falloir creuser comme un lapin pour se faire une issue. Et puis elle va manger quoi ? »

Tout perplexes sur ces questions, ils attachèrent leurs chevaux au bord de la route avant de les abandonner pour aller explorer à pied une sente à gibier que Tobin avait repérée voilà quelques jours et où ils ne s'étaient pas encore aventurés. Le temps de la suivre et d'aboutir à une impasse suffit à épuiser leur marge de jour. Le soleil n'était pas loin de frôler les sommets quand, décidant finalement de renoncer, ils se mirent à rebrousser chemin ; encore allaient-ils devoir couvrir d'écume leurs montures pour être rentrés avant que Nari ne commence à être aux cent coups.

Ki venait à peine de monter en selle, et Tobin n'en était encore qu'à mettre le pied à l'étrier quand leurs chevaux bronchèrent tout à coup. En se cabrant, Gosi fit perdre l'équilibre à Tobin avant de dévaler la route à toutes jambes. Après que la brutalité de l'atterrissage sur son derrière lui eut dérobé un grognement de stupeur, le petit ne releva les yeux que pour entrevoir Ki tirant sur les rênes afin de maîtriser Dragon qui n'aspirait qu'à s'élancer aux trousses de son congénère, puis les deux chevaux disparurent au premier tournant, de même que le cavalier.

« Enfer et damnation ! » éructa-t-il. À peine avait-il entrepris de se relever qu'un grondement tonitruant le pétrifia et le remit à croupetons. Tournant bien lentement la tête vers sa droite, il se vit quasiment nez à nez avec un couguar aplati sur l'orée des bois, de l'autre côté du chemin.

Or, s'il trouva que le poil fauve du matou se fondait à merveille dans les tonalités du couvert hivernal, il découvrit aussi que ses prunelles jaunes étaient non seulement aussi vastes qu'un couvercle de baril à clous mais attachées sur lui. La bête le dévisageait, le ventre au ras du sol et la queue fouettant convulsivement les feuilles mortes et la neige. Et puis, comme en un cauchemar, elle esquissa un pas glissé vers lui, puis un deuxième, épaules creusées et nouées par le mouvement des muscles.

Il lui tenait lieu de gibier.

Rien ne servirait de s'enfuir. Et il était beaucoup trop terrifié pour seulement fermer les yeux.

Le couguar fit encore un pas puis s'immobilisa, les oreilles à plat sur son crâne massif, lorsque Frère apparut entre sa proie et lui.

Il le voyait, manifestement. L'échine encore plus creusée, il se mit à gronder, découvrant des crocs incurvés, féroces, et aussi longs que les pouces de l'enfant qui, désormais bien au-delà de la terreur, ne pouvait strictement plus ébaucher un geste.

Avec un feulement, le couguar décocha sa patte au fantôme. Les énormes griffes éraflèrent le vide à moins d'un pas de la poitrine de Tobin, assez près toutefois pour qu'il en perçoive le courant d'air et les voie clairement fouailler le ventre de Frère. Lequel ne bougea point. Avec un nouveau grondement, le fauve se ramassa sur lui-même afin de s'élancer.

Tobin entendit alors quelqu'un qui accourait de leur côté. Ki, c'était Ki, revenant au pas de charge, à pied, ses longs cheveux lui flottant autour de la tête, et qui, poussant un beuglement farouche, fonça droit sur le couguar, sans rien brandir d'autre qu'un mince bâton noueux.

« Non ! » couina Tobin, mais il était déjà trop tard. Le chat venait de bondir, de heurter Ki en pleine poitrine, ils s'étaient ensemble aplatis en travers du chemin puis finirent, le couguar dessus, par s'immobiliser tout à fait.

L'espace de quelques secondes épouvantables, Tobin sentit le temps s'arrêter comme il s'était arrêté le jour où Mère s'éloignait de lui en dégringolant tout le long du flanc de la tour. Écrabouillé par le couguar, Ki gisait sur le dos, et tout ce que Tobin discernait dans le tas, c'étaient des jambes écartelées d'enfant, plus la patte arrière du fauve qui, arc-boutée sur le ventre de son copain, s'apprêtait à l'étriper comme un écureuil.

Seulement, ni Ki ni le chat ne bougeaient, et Frère, à présent, les toisait de son haut. Tobin ne prit vaguement conscience qu'il avait dû se mettre à courir qu'au moment où il se précipita sur le dos du fauve et se colleta avec la formidable tête afin d'essayer de dégager la gorge de Ki. La bête était toute flasque, rien d'autre que du poids mort entre ses mains.

« Ki ! Ki, tu es mort, Ki ? cria-t-il tout en s'efforçant de faire basculer la monstrueuse masse effondrée par-dessus son ami.

— Pas trop, à ce qui me paraît », lui répondit un souffle lointain.

Et, de fait, Ki se mit à remuer, tant et si bien qu'en joignant leurs forces ils finirent par arriver à repousser le couguar de côté. Ki se sortait de ce mauvais pas blême et tremblant mais indiscutablement en vie. Le devant de sa tunique était passablement lacéré, du sang maculait ses guipures en lui dégoulinant d'une longue balafre qu'il avait au cou. Tobin se laissa tomber à genoux pour mieux le contempler. Ce qui venait tout juste de se passer lui paraissait encore presque invraisemblable. Sans échanger un mot, tous deux se tournèrent pour considérer la gigantesque femelle couguar affalée juste à côté d'eux. Les prunelles jaunes fixaient aveuglément le fossé. Des coulées de sang sombre noircissaient la neige sous le large déploiement des griffes.

Ki fut le premier à recouvrer la voix.

« Par le velu des bourses à Bilairy ! croassa-t-il une octave au-dessus de son timbre ordinaire. Qu'est-ce qu'est arrivé ?

— Je crois bien que c'est Frère qui l'a tuée ! » Tobin appesantit un regard perplexe sur le fantôme maintenant accroupi sur la chatte morte. « Il s'était mis entre elle et moi pour bloquer l'attaque. Mais toi, tu es arrivé là-dessus en courant avec… Tu te *figurais* faire quoi, dis, quand tu as foncé sur elle avec… avec un *bâton* ! ? »

Ki exhiba le cheval sculpté qu'il portait au col en guise d'amulette. « Je suis ton écuyer. Et comme j'avais pas été foutu de trouver autre chose… » Il s'arrêta pile, bouche bée, l'œil écarquillé sur va savoir quoi par-dessus l'épaule de Tobin.

Celui-ci sentit les petits cheveux de sa nuque se hérisser. Les couguars chassaient-ils en couple ? En meute ? Il pivota si vivement sur lui-même qu'il perdit l'équilibre et tomba comme un plomb sur son arrière-train.

Lhel se dressait à trois pas de lui, aussi crasseuse et déguenillée que dans ses souvenirs, mais pas du tout surprise, apparemment, de les trouver là, tous les deux, en compagnie d'un couguar mort.

« Toi être cherchant moi, *keesa* ?

— Eh bien…, oui. Je… j'espère que cela ne vous ennuie pas. J'ai dit à mon ami… Il n'avait jamais rencontré de sorcière. Et puis… puis vous aviez dit que vous alliez m'enseigner des choses », acheva-t-il, d'autant plus piteux que le déclin croissant du jour l'empêchait de savoir si elle lui en voulait ou pas.

« Et à la place toi trouvé par grosse *maskar*. » Entortillé dans des haillons, son pied taquina la dépouille du fauve.

« Elle allait m'attraper quand Frère l'a stoppée, puis Ki est arrivé, l'a détournée de moi, et Frère l'a tuée, fina…

— Je tuer. Frère pas faire mort. »

Les deux garçons prirent le même air ahuri.

« Vous ? Mais… mais comment ? » demanda Tobin.

Elle renifla. « Je sorcière. » Elle s'agenouilla pour cueillir le visage de Tobin au creux de ses rudes paumes.

« Tu blessé, *keesa* ?

— Non.

— Toi ? » Elle avança la main, frôla le cou de Ki.

Il secoua la tête.

« Bien. » Elle leur fit un grand sourire qui révéla qu'il lui manquait pas mal de dents. « Toi bon, brave ami de Tobin. Avoir une voix, ou pas ? »

Ki s'empourpra.

« Je ne sais pas quoi dire à une sorcière.

— Dire peut-être : "Salut, sorcière" ? »

Ki rassembla ses genoux pour lui faire une révérence comme s'il s'adressait à une *dame*.

« Salut, maîtresse Lhel. Et merci ! je suis votre débiteur. »

Elle lui posa une main sur la tête. Un instant, Tobin crut surprendre dans ses yeux comme une tristesse fugitive, et cela lui fit tournoyer dans les tripes un vilain frisson froid, mais elle n'avait plus cet air quand elle se tourna vers lui pour l'attirer contre elle et le serrer dans ses bras. Ce n'est pas sans un rien de roideur qu'il se laissa faire ; elle ne sentait toujours pas bien bon…

Elle l'étreignit un moment avant de chuchoter :

« Bon *keesa*, ça. Toi être bon pour lui ? Protéger le ?

— Le protéger ? De qui ?

— Tu savoir, venue l'heure. » Elle lui tapota la poitrine d'un doigt. « Tu avoir ça là, pas aller oublier.

— Je ne l'oublierai pas. »

Il se dégagea. Frère se tenait assez près maintenant pour qu'il puisse le toucher, ce qu'il essaya de faire afin de le remercier. Mais comme toujours, en dépit des apparences tellement tangibles, ses doigts, loin d'y trouver prise, ne rencontrèrent rien de mieux qu'un pan d'air plus froid.

« Comment vous avez su qu'on était ici ? demanda Ki.

— Je voir vous plein et plein de fois pour savoir quelle sorte de bon ami mon Tobin avoir. Être fins guerriers tous les deux. » Elle se toucha le front. « Je voir ça là. » Elle reporta son regard sur Tobin puis pointa l'index vers le fort. « Tu nouveau professeur. Plaît toi ?

— Non. Il fait de la magie, mais pas comme la vôtre. Surtout, il nous apprend à lire et à compter.

— Il a essayé de nous apprendre aussi à danser, mais faut le voir, lui, comme un grand héron sur la glace... ! ajouta Ki. Voulez-vous venir à la maison avec nous, Maîtresse ? Il ne m'appartient pas de vous offrir l'hospitalité, mais vous m'avez sauvé la vie. Il fait froid, ce soir, et... et puis Cuistote est en train de faire une tourte à la galantine. »

Elle lui tapota l'épaule.

« Non. Eux pas avoir à me connaître. Pas les dire, hein ?

— Jamais de la vie ! » promit Ki, tout en décochant à Tobin un sourire de conspirateur. Si le secret fait autour de cette histoire de sorcière l'avait enchanté, cette merveille de sorcière en chair et en os passait toutes ses espérances.

« Il nous faut rentrer. » Tobin jeta un nouveau regard inquiet vers le ciel assombri sur la pourpre et l'or duquel les pics se découpaient en noir. « Maintenant que nous vous avons trouvée, pouvons-nous revenir vous rendre visite ? Vous avez dit aussi que vous seriez mon professeur...

— Quand venue l'heure. Pas encore. » Elle se mit deux doigts dans la bouche et produisit un sifflement strident. Les chevaux enfuis remontèrent la route au trot, traînant leurs rênes lâches dans la neige. « Venir visite des fois quand même.

— Où ça ? Comment est-ce que nous vous trouverons ?

— Vous chercher. Vous trouver. » Et, sur ce, elle s'éloigna d'un pas léger et s'évapora dans l'obscurité grandissante.

« Par la Flamme ! » Ki se mit à faire des sauts et gambades enthousiastes et à donner des bourrades au bras de Tobin. « Par la Flamme, elle est juste comme tu disais ! Une véritable sorcière ! Elle a tué le couguar sans même y toucher. Et puis elle nous a prédit notre avenir, tu as entendu ? "Fins guerriers" ! » En faisant mine de porter une formidable estocade à quelque ennemi futur, il eut le souffle brusquement coupé par la douleur de ses égratignures, mais son caquet ne s'en trouva guère affecté plus d'une seconde. « Tous les deux, toi et moi ! Le prince et l'écuyer ! »

Tobin leva la main, et Ki la serra. « Tous les deux. Mais sans en rien dire à quiconque », lui rappela-t-il, trop habitué qu'il était au penchant de cet étourneau de Ki à lâcher tout ce qui lui traversait la cervelle.

« Sur mon honneur, prince Tobin, j'obéirai. La torture ne m'en arracherait pas l'aveu. Et c'est elle qui nous guette à notre arrivée au fort ! Car voilà le soleil bel et bien couché… » Il jeta un regard navré sur sa tunique lacérée. « Comment qu'on va faire pour expliquer ça ? Si Nari découvre la vérité, elle ne nous laissera jamais plus mettre le nez dehors ! »

Sachant trop bien fondée la prévision, Tobin se mâchouilla la lèvre inférieure un bon moment. Arkoniel avait beau les soutenir, Nari n'en persistait pas moins à les couver et à s'affoler dès qu'elle les perdait de vue trop longtemps. Mais la seule idée de se voir priver d'un seul jour de leur liberté toute neuve était insupportable. « Nous n'aurons qu'à lui dire que Dragon s'est emballé avec toi dessus. Ce n'est même pas un mensonge. »

29

Le mois n'était pas terminé que, se déchargeant une fois de plus de la responsabilité des garçons sur le capitaine et sur le magicien, Rhius repartait pour Ero.

Maintenant qu'il avait défini ses devoirs de tuteur à sa propre satisfaction comme à celle de ses pupilles, Arkoniel était enchanté des nombreuses heures de liberté dont il disposait désormais pour s'occuper de ses études personnelles. Alors qu'Iya s'était trouvée contente de vagabonder tout en collectant des idées et en pratiquant son art en faveur de ceux qui en avaient besoin et qui pouvaient payer, lui n'avait jamais eu qu'un désir, étudier et créer ; et voilà qu'Illior lui offrait simultanément, semblait-il, et les moyens et l'occasion de le faire.

Vers la fin de Kemmin, la rénovation des appartements du second étage étant tout de même achevée, il prit possession de deux pièces : l'une, petite mais confortable, en guise de chambre à coucher, l'autre, contiguë, vaste et haute de plafond, dont il comptait faire son cabinet d'études. En contrepartie de ses fonctions de gardien de Tobin, le duc lui avait en effet ouvert un compte presque illimité pour lui permettre de consacrer ce que celles-ci lui laisseraient de loisirs à la poursuite de ses propres recherches.

Ainsi donc, pour la première fois de son existence passablement errante, Arkoniel se trouvait posséder tout à la fois les rentes et la profusion de temps nécessaires à des investigations plus complexes en fait de magie. Bien avant que l'on n'ait appliqué la couche finale de plâtre à tous les murs du second étage, il s'était mis à équiper ce qu'il considérait déjà mentalement comme son atelier. Aussi cela faisait-il plusieurs mois qu'il arrivait presque chaque jour des caisses bourrées de livres et d'instruments repérés au cours des voyages en compagnie d'Iya. Des fours et fonderies d'Ylani provenaient les mortiers, les creusets, les alambics indispensables aux expériences d'alchimie comme à la composition d'objets magiques. Bierfût fournit quant à elle suffisamment d'outils, de tables et de braseros pour bonder une autre partie de la pièce. Les mines situées dans les Territoires du nord procurèrent pour leur part des cristaux d'une limpidité parfaite, et, sollicités par courrier, des collègues magiciens expédièrent des minerais, des herbes et toutes sortes de substances rares ou introuvables sur place. Tant et si bien qu'Arkoniel en vint à se demander s'il aurait le front de se faire adjuger une pièce supplémentaire. En tout cas, ces largesses inouïes l'incitèrent à témoigner sa gratitude en se mettant à confectionner pour la maisonnée toutes les médications à base de simples dont il connaissait la recette.

Depuis qu'il se risquait à donner noir sur blanc de menues nouvelles de Tobin, il farcissait ses longues missives à Iya de ses propres progrès et espérances. Et les réponses qu'il recevait d'elle de loin en loin approuvaient toutes sa démarche et l'encourageaient.

Telle pourrait bien être une Troisième Orëska, écrivait-elle par exemple à mots soigneusement choisis. *Non pas un magicien travaillant isolé, mais un grand nombre, et qui partageraient leur savoir avec des générations d'étudiants, pour le bénéfice de tous. Je compte bien que tu auras du neuf à me montrer, lors de notre prochaine rencontre.*

Il entendait de tout son cœur remplir cette attente, et grâce à une innovation autrement plus impressionnante que l'invention d'un nouveau charme à feu.

Les premières chutes de neige importantes de l'année survinrent durant la cinquième nuit de Cinrin. Au matin, le monde était une étourdissante féerie de noirs et de blancs sous un ciel ébloui d'azur. Impatiemment attendus par le paysage qui les guettait à la fenêtre, les garçons se révélèrent absolument incapables de tenir en place pour leurs leçons. Non sans branler quelque peu du chef, Arkoniel les laissa filer et se retira dans son atelier pour renouer avec sa passion du moment. Des éclats de rire lui parvinrent bientôt du dehors. Gagnant la fenêtre, il vit que Tharin et les gamins s'étaient attelés à la construction d'une forteresse de neige dans la prairie. Autour d'eux, le versant tout entier, comme saupoudré de sel fin, étincelait d'une blancheur immaculée, sauf dans la partie qu'ils avaient piétinée pour dresser leur château. Dans les traces laissées par leurs pas et par le roulage des moellons de neige, les ombres avaient des tons bleus. La route et le pont avaient disparu sous la neige. Seule intacte d'aspect, la rivière déroulait ses flots comme un gros serpent noir entre les amoncellements blancs de ses berges.

Nouveaux éclats de rire, et mugissement de Tharin. À l'évidence, Tobin avait appris de Ki l'art de façonner les boules de neige et de s'en servir. Tout travail avait désormais cessé sur le chantier du fort miniature, et la bataille y faisait rage. Arkoniel fut un moment tenté de descendre se joindre à eux, mais la chaleur et la quiétude de l'atelier eurent raison de sa velléité.

En matière de création magique, lui avait enseigné Iya, le tout premier pas consistait à se représenter le résultat souhaité. Ainsi, tramer un charme habituel débutait comme suit : si vous envisagiez de faire du feu, c'est une flamme que vous deviez vous figurer, avant de vous concentrer sur la forme afin que se matérialise votre intention.

La création d'un nouveau charme ne réclamait rien de plus compliqué que la découverte des étapes intermédiaires permettant le passage du désir à la réalité.

Au début, chamboulé qu'il était tout autant par l'obligation de s'adapter à son nouveau rôle et à la demeure que par la fièvre d'aménager ses appartements personnels, il s'était contenté de faire joujou avec l'alchimie et telle ou telle autre science connue, et de perfectionner les talents qu'il possédait déjà. Mais, une fois mise en place une existence régulière et l'hiver en passe de s'installer, il s'était surpris à ruminer sa rencontre avec Lhel.

L'époustouflante puissance érotique qui émanait d'elle s'insinuait de plus en plus fréquemment dans les rêves du jeune homme, il la sentait toute brûlante contre lui, il percevait son odeur sauvage et musquée.

Il s'en réveillait chaque fois terrifié, trempé de sueur et le cœur battant la chamade. À la lumière du jour, il lui était facile d'imputer de pareils émois à la furieuse émeute de son corps, aussi juvénile qu'indiscipliné. Mais la seule idée qu'il pourrait véritablement la toucher comme il le faisait au cours de ses rêves le rendait malade d'angoisse.

Or, ce qui l'amenait aujourd'hui à s'en ressouvenir, ce n'était pas le côté charnel de leur rencontre, c'étaient tout à la fois la pensée de ce qu'il croyait avoir vu Lhel faire ce jour-là, dans la forêt, et celle d'un songe qui le taraudait.

Projeter l'image de quelqu'un ressortissait à la magie connue ; et, pour n'être pas d'une maîtrise aisée, ce tour-là n'avait rien d'exceptionnel non plus. Iya savait le réaliser, et Arkoniel lui-même s'y était taillé quelques succès mineurs, mais l'image qui s'obtenait grâce à la magie d'Orëska se réduisait à la seule forme du magicien lui-même, aussi claire, ordinairement, que peu naturelle, telle celle d'un spectre surpris au grand jour. Or, près de la route, ce jour-là, Lhel lui était apparue comme encadrée dans une fenêtre ovale ; la lumière qui la nimbait était bel et bien celle du jour, et lui-même avait été capable de distinguer le marécage environnant dès avant même que de savoir qu'il en existait un dans les parages. La révélation de ce genre de détails, il n'avait pas pu la devoir à son propre esprit ; c'était bien Lhel qui lui avait montré où elle se trouvait, et d'une manière aussi nette que si elle l'y avait conduit grâce à un trou creusé dans l'air.

Un trou creusé dans l'air.

L'image lui en était venue au moment même où il se réveillait, ce matin. Jusque-là, il avait tout misé sur les charmes de disparition, s'efforçant de les ployer jusqu'à ce qu'ils combinent la forme et la mobilité. Ce sans parvenir à ne serait-ce qu'un semblant d'amorce de fonctionnement.

Mais voilà que ce matin il avait une nouvelle idée, une inspiration demeurée dans le sillage de ce fameux songe. Au cours de celui-ci, il avait revu Lhel flotter dans cette lumière verdâtre qui ne coïncidait pas avec celle du soleil où elle se tenait. Nue comme un ver, elle lui faisait signe comme pour l'inviter à pénétrer dans l'ovale lumineux et à la rejoindre sans prendre la peine de gravir la colline. Durant ce songe, il se rendait compte que les reliait une sorte de tunnel ou de tube empli d'une lumière verte et mouvante. Le songe lui avait fait comprendre qu'il était sur le point de mettre la main sur le secret qu'il convoitait, mais l'image de la sorcière nue avait refait sur ces entrefaites une irruption intempestive, et il s'était réveillé, l'aine au supplice et la vessie pleine.

Comme il se trouvait là, à remâcher les choses, lui revint un autre souvenir, oublié depuis longtemps et apparemment sans rapport avec tout ça. En compagnie d'Iya, il avait un jour exploré des galeries retentissantes au pied d'un sommet très ancien, dans les Territoires du nord. Ces galeries vous faisaient l'effet de taupinières colossales, mais les parois en étaient lisses comme du verre et ne révélaient aucune trace de creusement. Non contente de lui assurer que la montagne les avait elle-même créées d'une manière ou d'une autre, Iya lui avait fait voir des morceaux d'obsidienne percés de réseaux minuscules qui, semblables à des miniatures des galeries, avaient, eux, toute la finesse d'une fourmilière dans ce somptueux matériau.

Son membre s'émut derechef lorsque, s'installant sur un tabouret près de sa table de travail, il essaya de se remémorer de façon plus précise chacun des détails du songe. Il imposa davantage de réserve à sa chair puis se concentra sur l'image : un trou creusé dans l'air… non, un tunnel ! Oh, c'était facile à se figurer, mais comment s'y prendre pour créer l'équivalent, alors qu'il ne comprenait même pas comment la montagne était arrivée à le faire ? Jamais, en dépit de tous leurs voyages, ni Iya ni lui n'avaient découvert de charme susceptible de réaliser rien de semblable au spectacle qu'il se repassait en imagination. Et voilà qu'ici même, au sein de sa solitude toute nouvelle, il s'échinait à inventer par ses seules forces un mécanisme mental capable de recomposer sa vision.

Ainsi qu'il l'avait fait tant de fois au cours des dernières semaines, Arkoniel plongea la main dans une jatte voisine et en retira un haricot sec. Gros comme la moitié de l'ongle de son pouce et d'un rouge sombre tout moucheté d'imperceptibles points blancs, celui-ci appartenait à la variété que le cuisinier de Père appelait jadis « coco pourpre ». Il le frotta entre son index et son pouce jusqu'à ce que sa mémoire en enregistre le poids exact et le contact lisse.

Maintenant fermement ancrée dans son esprit l'image du haricot, il le déposa devant lui sur la table de chêne, à côté d'une boîte à sel équipée d'un couvercle dont Cuistote s'était résignée à se dessaisir fort à contrecœur. Tout en se concentrant, il déplaça le haricot d'avant en arrière à plusieurs reprises avec les doigts puis, retirant sa main, le fit décoller avec son esprit jusqu'à ce qu'il flotte un bon pied au-dessus de la table. Après quoi, il amena toute sa puissance de concentration à peser sur lui, tout en se représentant le tunnel dont il avait rêvé, afin de contraindre le haricot à s'en frayer un analogue pour pénétrer dans la boîte hermétiquement close.

Pour bouger, ça, le haricot bougea bel et bien, mais uniquement selon sa manière prosaïque accoutumée. Comme propulsé par une fronde, il vola sus à la boîte et en heurta si violemment le couvercle qu'il s'y partagea. Les deux moitiés ricochèrent en sens opposé, et le magicien les entendit rebondir sur le dallage de pierre nue, où ils ne manquèrent assurément pas de retrouver certains de leurs prédécesseurs déjà éparpillés tout autour de la pièce.

« Par les couilles à Bilairy ! » grommela-t-il en s'étayant la figure à deux mains. En quelques semaines, il avait utilisé suffisamment de haricots pour en faire une potée de soupe, et pour des résultats toujours aussi décourageants.

Il passa une heure supplémentaire à s'éreinter les méninges sur la construction d'une ouverture au milieu de l'air, mais tout ce qu'il y gagna finalement, ce fut une épouvantable migraine.

Abandonnant la partie, il consacra le reste de l'après-midi à des tours de magie moins aventureux. Agitant un creuset pour en faire tomber un copeau de feu fabriqué de frais, il plaça ce dernier sur une assiette et murmura : « Brûle. » D'un brun rougeâtre, le copeau se mit à luire au commandement puis produisit une menue langue de feu jaune pâle qui ne s'éteindrait à son tour que sur ordre.

Dessus, il mit à bouillir un creuset empli d'eau de pluie que supportait un trépied de fer puis alla puiser dans son cabinet d'herbes les divers simples indispensables à la concoction d'une potion soporifique pour Mynir.

La mixture initiale puait à vous renverser, mais Arkoniel n'en avait cure. Un sentiment de satisfaction l'envahit peu à peu tandis que les premiers bouillons se mettaient à frémir sous ses yeux. Il avait en personne recueilli chacun des ingrédients dans la forêt et dans la prairie puis tramé les charmes par cœur. Un mélange pareil de composantes matérielles et de magie, cela lui calmait les nerfs ; c'était un plaisir que de se retrouver, les incantations achevées, en possession d'un produit parfait et utile. Le copeau de feu était lui aussi son ouvrage. Les vestiges de la toute dernière briquette façonnée par lui gisaient encore sur une planche toute proche, ainsi que le marteau de pierre dont il s'était servi pour la réduire en fragments utilisables. Et il en avait assez livré, cette fois, pour approvisionner la maisonnée jusqu'au printemps.

L'odeur des herbes en train de mitonner le refit penser à Lhel, mais cette fois à la façon dont celle-ci s'était comportée durant leur voyage à Ero. Elle mettait alors à profit chaque halte ou moment de repos pour essayer de dénicher des trucs utiles dans la terre ou parmi la jonchée des feuilles d'automne. En se rappelant comment il avait repoussé ses avances, à l'époque, sans même se douter des pouvoirs qu'elle détenait, il sentit à nouveau le rouge lui cuire le front.

Du coup l'assaillirent insidieusement des souvenirs plus récents de tatouages et de peau musquée, de chuchotements prometteurs, et il en eut le cœur tout bondissant d'ivresse.

Avait-elle deviné ce qu'il espérait en secret ? Était-ce à seule fin de l'appâter qu'elle lui avait laissé entrevoir ce truc inouï ? Tout au long de la route qui les emmenait à

Ero, il l'avait tant de fois surprise en train de lui peloter l'esprit… S'y était-elle souvent faufilée à son insu ?

Il se laissa glisser à bas du tabouret pour retourner à la fenêtre. Les ombres de l'après-midi finissant s'étiraient comme de longs chats bleus au bas de la maison, tandis que se levait une lune pleine aux trois quarts. Tharin et les gosses avaient disparu. Dressé tel un minuscule avant-poste, leur fort était cerné par une multitude d'empreintes enchevêtrées qui défonçaient la neige. En dessous, les pas n'avaient tracé qu'une seule sente qui coupait en biais le flanc moelleux de la colline toute blanche et descendait vers le virage de la rivière.

Dans la forêt, les troncs et les branches dénudés qui hérissaient de noir la couche de neige fraîche faisaient l'effet des poils sur un bras de meunier. Les véritables tempêtes qui n'allaient pas tarder à s'abattre bloqueraient routes et chemins jusqu'au printemps. Si le manoir se trouvait disposer de solides réserves en vivres et en combustible, comment un menu brin de femme aux pieds nus réussirait-il à survivre, lui ? Et comment, toute sorcière qu'elle était, Lhel avait-elle d'ailleurs réussi à survivre si longtemps déjà ?

Puis où était-elle au juste, en ce moment même ?

Il s'étira les bras par-dessus la tête en tâchant d'ignorer le frisson frisquet de nostalgie vaguement coupable qui le parcourait à cette pensée.

Puis, au lieu de s'appesantir sur ses joues brusquement en feu, il se pencha par la fenêtre jusqu'à mi-corps pour laisser le froid régler la question.

Tandis que des cuisines montait jusqu'à lui le ferraillement des marmites, il perçut aussi le staccato sourd de sabots martelant la chaussée derrière le fort. Se couvrant les yeux d'une main, le magicien dépêcha un charme investigateur pour remonter la route des montagnes. Il maniait désormais ce genre de charmes avec presque autant d'habileté qu'Iya, ce qui lui permettait d'y voir sur plusieurs milles de distance pendant un bon petit moment.

Du haut du ciel, tel un faucon, il finit par repérer Tobin et Ki galopant à bride abattue, manteau voltigeant dans leur dos. Ils se trouvaient encore assez loin, et ils forçaient l'allure pour être de retour avant le coucher du soleil. Ils étaient rentrés en retard voilà quelques semaines et s'étaient morfondus comme des ours en cage quand Nari les avait claquemurés au fort pendant deux journées entières en guise de punition.

Arkoniel se mit à sourire tout seul en les regardant. Comme toujours, Ki caquetait, Tobin riait. Or, tout à coup, ils tirèrent tous deux sur les rênes si brutalement que leurs chevaux se cabrèrent et firent demi-tour sur place, soulevant par là de blancs tourbillons de neige. Puis une troisième personne surgit dans le champ visuel d'Arkoniel, qui ne put réprimer une exclamation de stupeur.

Lhel, c'était Lhel.

Lhel, emmitouflée dans une longue robe de fourrure, et les cheveux flottant librement sur les épaules. Les deux garçons mirent pied à terre pour l'aborder puis la saluèrent en lui serrant chaleureusement les mains. Les pouvoirs d'Arkoniel ne lui permettaient pas d'entendre d'aussi loin ce qui se disait, mais il discernait assez nettement les visages. Ce n'était pas là une rencontre entre inconnus.

La sorcière sourit affectueusement quand elle et Ki se serrèrent la main. Tobin lui dit quelque chose, et elle lui toucha sa joue rougie par le froid.

Le magicien ne put s'empêcher de frémir en se rappelant ces doigts-là, les mêmes, en train de tailler, de coudre et d'entre-tisser des âmes.

Après avoir échangé quelques mots à peine avec elle, les deux gamins regrimpèrent en selle et se remirent en route vers la maison. Arkoniel maintint la vision axée sur la sorcière, tout conscient qu'il était que les pouvoirs du charme s'estompaient déjà. Il exagéra la pression des doigts sur ses paupières dans l'espoir de réussir à ne pas perdre Lhel de vue, malgré sa capacité de focalisation qui peu à peu s'amenuisait.

Elle demeurait sur la route, à regarder les gamins s'éloigner. Quant à lui, il allait se voir contraint de rompre bientôt le contact, mais il espérait désespérément découvrir où elle irait ensuite. Il était juste sur le point d'abandonner quand elle leva légèrement la tête, peut-être tout simplement pour guigner la lune qui se levait, mais il n'en eut pas moins, durant une seconde, l'impression que c'était lui-même qu'elle regardait droit dans les yeux.

Pour avoir au-delà de toute mesure, et sciemment, prolongé la vision, Arkoniel se retrouva soudain agenouillé sous la fenêtre, avec un mal au crâne lancinant et des farandoles vertigineuses d'étincelles multicolores devant les yeux. Une fois passé le pire de cette crise, il se remit debout tant bien que mal et descendit en toute hâte aux écuries chercher son cheval. Sans seulement prendre la peine de le seller, il enfourcha l'alezan puis le lança au galop vers la montagne.

Pendant qu'il allait de la sorte, il eut tout loisir de s'interroger sur l'affolement de son cœur et le furieux sentiment d'urgence qui le poussait là. Il savait sans l'ombre d'un doute que Lhel ne ferait aucun mal aux enfants. Qui pis est, d'ailleurs, il les avait vus la quitter. Et pourtant, voilà qu'il n'en éperonnait que plus vivement sa monture, avec la hantise de ne pas réussir à les retrouver…

La retrouver.

Et puis après ? se demanda-t-il. Elle détenait des secrets magiques dont lui-même ne faisait que rêver. Il fallait qu'elle les lui enseigne, Iya le voulait, et comment parviendrait-il à les apprendre, hein, s'il se refusait à tout face-à-face ?

Et pourquoi voudrais-tu qu'elle soit encore là, debout dans le froid, sur la route, avec la nuit qui tombe ?

Comme, déboulant d'un tournant, Tobin et Ki freinaient pile pour le saluer, il fit lui-même volter si brutalement sa bête qu'il dut lui agripper la crinière pour récupérer son assiette.

« Vous avez croisé une femme, tout à l'heure. Qu'est-ce qu'elle vous a dit ? » La virulence avec laquelle ces quelques mots venaient de lui échapper le laissa pantois. Ki, gêné, se dandinait en selle en évitant de le regarder. Tobin, lui, le fixa carrément dans les yeux puis haussa les épaules.

« Lhel dit qu'elle commence à en avoir assez de vous attendre », riposta-t-il, redevenant pendant un instant l'étrange enfant sombre dont Arkoniel avait fait la connaissance un certain jour d'été. Mieux encore, à la faveur du jour déclinant, ses yeux assombris jusqu'à presque paraître noirs le faisaient singulièrement ressembler à son démoniaque jumeau. Ce que voyant, Arkoniel en eut froid dans le dos. L'index de Tobin indiqua la montée, derrière. « Elle vous fait dire de vous dépêcher. Elle n'a pas l'intention d'attendre beaucoup plus longtemps. »

Lhel. Elle. Tobin en parlait bel et bien comme d'une personne de sa connaissance, et non comme d'une inconnue croisée par hasard sur la route.

Et Lhel l'attendait…, Lhel qui n'avait pas l'intention d'attendre beaucoup plus longtemps… !

« Vous feriez mieux de rentrer à la maison », leur lança-t-il tout en repartant lui-même au grand galop. Il avait beau s'efforcer de chercher des paroles aimables en guise d'entrée en matière, il ne lui venait que des interrogations. Où elle avait été pendant tous ces mois. Ce qu'elle avait dit au petit. Mais, par-dessus tout, de quel sortilège elle s'était servie pour l'aborder la première fois, lui, dans la forêt.

Il s'accabla de malédictions pour n'avoir pas seulement noté le moindre repère durant sa vision, mais cette négligence se révéla finalement dénuée d'importance. Au bout d'un mille environ, Lhel fut là, toujours sur la route, exactement campée comme il l'avait vue, son ombre bleue raturant la neige. Adoucissant ses traits, le déclin du jour lui donnait l'air d'une jouvencelle égarée dans les bois.

Toutes les questions qu'il avait en tête s'évanouirent à cette vue. Il immobilisa le hongre et se laissa glisser à terre pour affronter Lhel. Il émanait d'elle, en dépit du froid, une odeur brûlante qui lui fit perdre la voix et le transperça d'une convoitise aussi brutale que douloureuse. Elle étendit la main pour lui toucher la joue, tout à fait comme avec Tobin, et cette caresse suffit à déchaîner en lui un désir si féroce que respirer lui faisait mal. Et il ne trouva rien de mieux à faire dans sa cervelle que d'ouvrir les bras, d'attirer Lhel à lui et de l'étreindre, toute chaude, à l'étouffer. Elle se pressa contre le jeune homme avec un doux gémissement, tandis que sa cuisse nerveuse montait frottoyer la réponse de l'entrejambe déjà durci.

Évaporée dès lors toute pensée, ne subsistèrent plus qu'instinct et sensations. Lhel avait dû le manipuler tout du long, se rendit-il compte ultérieurement, mais son impression du moment fut qu'il se mouvait en un rêve foisonnant de mains et de lèvres chaudes parcourant sa peau. Il voulut résister, il voulut convoquer pour ce faire la rectitude qui avait jusqu'alors présidé à chacun des actes de son existence, mais la seule idée qu'il se trouvait à présent capable d'avoir était celle de l'assentiment oblique d'Iya à ce qu'il fasse précisément *ça* – accorder à Lhel ce qu'elle souhaitait, mais donnant, donnant contre la promesse de quelque savoir.

La sorcière ne gaspilla pas de temps en finasseries. Tout en culbutant Arkoniel par-dessus sa robe de fourrure, elle retroussa ses jupes jusqu'à la ceinture, tandis que lui se débarrassait de sa tunique à tâtons fébriles, et puis il s'abattit sur elle, en elle, et elle l'attira plus à fond, tellement profond qu'à peine eut-il le loisir de saisir qu'elle l'enveloppait dans sa chair brûlante que quelque chose de semblable à un éclair le foudroya, arrachant à sa gorge un cri déchirant de stupéfaction. Elle le renversa d'une saccade sur le dos, et il sentit la neige molle se creuser sous lui tandis qu'elle entreprenait de le chevaucher sous les premières étoiles du soir. La tête rejetée en arrière, elle se mit à geindre sauvagement, lui étreignant le membre de tout ce que les femmes pouvaient bien posséder de muscles invraisemblables dans cet endroit-là. L'éclair fulgura de nouveau, plus violent encore et plus incendiaire que précédemment, si bien qu'il en perdit totalement la vue, assourdi par ses propres cris comme par ceux qu'elle poussait et que la forêt répercutait en écho comme un chant de loups.

Après quoi il se retrouva lampant l'air convulsivement, trop abasourdi pour bouger. Elle s'inclina sur lui et lui bécota les joues, les paupières et les lèvres. Il avait la gorge en feu, se sentait tout frigorifié, et leurs fluides respectifs entremêlés lui chatouillaient les couilles en leur dégoulinant dessus tel un ruisselet glacé. Un régiment de cavalerie eût-il dévalé la route droit sur eux dans un fracas tonitruant qu'il se serait trouvé fort en peine de remuer pied ni patte. À deux pas de là, son canasson hennissait tout bas, comme s'il trouvait cela bien marrant.

Lhel se rassit sur son séant puis lui saisit la main. Tout en la pressant contre l'un de ses seins rebondis au travers de sa robe rêche, elle le dévisagea, tout sourires. « Faire un charme pour moi, Orëska. »

Il écarquilla les yeux d'un air ahuri. « Quoi ? »

Elle lui pétrit les doigts pour leur conférer la fermeté flexible de sa propre chair, et son sourire s'élargit. « Faire un tour de magie pour moi. »

L'œil à nouveau captivé par le ciel constellé d'astres, Arkoniel chuchota un charme en leur honneur. Un point lumineux d'une étincelante blancheur jaillit au monde tout là-haut, qui rayonnait tout autant qu'une étoile. Devant sa pure splendeur, il se mit à rire avant de le faire tournoyer, prendre l'aspect d'une sphère plus grande et ensuite de l'éparpiller en une myriade de scintillantes étincelles qu'il finit par disposer dans les cheveux de sa compagne comme un diadème de givre et de diamants. Baignée dans leur lumière éthérée, Lhel avait toute la sauvagerie d'un esprit nocturne en déguisement de haillons. Alors, comme si elle déchiffrait sur sa figure ce qu'il pensait, elle empoigna le col de sa propre chemise et la déchira du haut en bas, révélant une nouvelle fois les marques de pouvoir qui lui tapissaient le corps. Arkoniel les toucha, plein de déférence, selon le tracé de leurs spirales, de leurs volutes, de leurs croissants, puis, d'un doigt timide, effleura l'endroit par où, chair contre chair, eux-mêmes demeuraient joints.

« Tu avais raison. Iya prétendait me convaincre..., s'arracha- t-il finalement, écartelé entre sa traîtrise et l'émerveillement. C'était un mensonge de bout en bout, que *ça* dépouille un magicien de sa puissance. » Il leva la main pour désigner la couronne lumineuse qui scintillait dans les cheveux de Lhel. « Je n'ai jamais rien fait d'aussi beau. »

Elle lui ressaisit la main pour la presser contre son cœur. « Pas mensonges pour tout, Orëska. Certains pouvoir vraiment pas servir la Déesse. Mais toi ? Ce que tu sentir ici... » De sa main libre, elle lui tapota la poitrine. « C'est ce que tu faire ici. » Elle se toucha le front. « Iya penser ça. Elle voulu te dire.

— Tu nous as entendus parler, ce jour-là ?

— Je entendre des tas. Voir des tas. Je regarder toi dormir tout plein d'envies dans ton *raluk*. » Elle exerça sur lui un spasme intérieur et lui fit un clin d'œil enjoué. « Je tenter parler toi dans tes rêves, mais tu, bougre têtu ! Pourquoi faire moi t'envoyer des enfants, quand avoir tout ce chaud dans toi ? »

Attachant ses regards au ciel, Arkoniel tâcha de rappeler à son secours la peur qui l'avait tenaillé moins d'une heure avant. Comment diable en était-il venu à se retrouver là, comblé, rieur, sans conserver le moindre souvenir d'une quelconque décision, d'un quelconque consentement ? « C'est toi qui m'as fait... ? »

Elle haussa les épaules.

« Pas pouvoir faire si désir pas être en toi. Pas y été, première fois, dans l'endroit la boue. Maintenant y être. Je qu'à appeler.

— Mais tu aurais pu m'avoir sans difficulté dans le... dans "l'endroit la boue" ! »

Or, à l'instant même où il disait ça, il comprit que quelque chose d'important s'était modifié en lui depuis l'épreuve du marais.

« Je pas prendre, répliqua-t-elle doucement. Toi donner.

— Mais je n'avais pas la moindre intention de... de... » Il esquissa un geste vague. « De rien faire de *tout ça* jusqu'à ce que je me retrouve ici !

— Si fait. Dedans là. » Du bout du doigt, elle cueillit dans ses cheveux l'un des points lumineux puis le lui déposa sur la poitrine. « Cœur pas toujours dire tête. Mais corps savoir. Tu apprendre ça.

— Oui, j'apprends ça », convint-il, vaincu par sa logique.

Lhel roula sur le flanc pour se détacher de lui et se releva. Elle avait les pieds entortillés dans des lambeaux d'écorce et des chiffons, mais elle semblait totalement indifférente au froid. Resserrant sur elle sa chemise en loques et sa robe de fourrure, elle déclara : « Beaucoup trop dans leur crâne, vous autres, Orëskas. Ça pourquoi vous besoin de moi remettre à l'endroit le *shaïmari* de ces *keesas*.

— Tu m'apprendras ? »

Elle le toisa de son haut et haussa un sourcil. « Tu continuer payer ? »

Arkoniel se mit debout et rajusta ses propres vêtements. « Par les Quatre, je le ferai, si c'est ça, ton prix. Mais il ne t'est pas possible de venir au fort ? »

Elle secoua la tête. « Non. Iya raison pour ça. Je vu ton roi, lu son cœur. Personne savoir, mieux valoir. »

Un soupçon soudain s'insinua, gluant comme une sangsue, dans l'allégresse d'Arkoniel.

« Je t'ai vue bavarder sur la route avec Tobin et Ki. Ils te connaissent.

— *Keesas* savoir faut pas dire.

— Tu mets Ki en danger, tu sais, si tu révèles trop de choses. »

Elle haussa les épaules. « Toi pas inquiéter de Ki. Déesse envoyer lui aussi. »

Sa façon de raisonner semblait entièrement fondée sur ça. « C'est une dame bien occupée, ta déesse... »

Lhel se croisa les bras et le dévisagea si fixement qu'il finit par se sentir assez mal à l'aise, puis elle lui tourna brusquement le dos en faisant signe de la suivre.

« Où allons-nous ? »

Il n'obtint d'abord pour toute réponse qu'un gloussement léger tandis qu'elle s'évanouissait dans l'ombre des bois. « Tu vouloir prendre toutes leçons sur la route, Orëska ? »

Non sans un soupir résigné, Arkoniel attrapa son cheval par la bride et la suivit à pied.

Si les magiciens y voyaient, dans le noir, tel était aussi le cas des sorcières, apparemment. Malgré l'absence de sentier pour la guider à travers la forêt, Lhel marchait à grands pas assurés. Tout en fredonnant pour son propre compte, elle avait presque l'air de danser, là devant, caressant de ses mains les arbres et les pierres sur son passage.

Faute d'étoiles pour se repérer, Arkoniel ne tarda pas à se sentir complètement désorienté et à devoir presser l'allure pour ne pas perdre le contact.

Lhel finit tout de même par s'arrêter au pied d'un chêne colossal.

« *Cama !*» fit-elle d'une voix forte, et une lueur sourde filtra d'une brèche dans le flanc du tronc.

Arkoniel pénétra derrière elle et se retrouva dans un abri douillet. Une lumière similaire à celle qu'il avait conjurée brillait doucement à quelque vingt pieds de haut, là où se refermait la fente de l'arbre. Au cours de leurs pérégrinations, Iya et lui s'étaient déjà logés dans des refuges de ce genre ; les chênes séculaires se fendaient souvent de la sorte sans en crever. Lhel s'était fait de celui-ci un plaisant séjour. Une paillasse couverte de fourrure s'étendait contre la paroi du fond, près d'un amoncellement confus de ce qui devait être des vêtements ; des paniers et des pots traînaient de-ci de-là, et le foyer creusé dans le sol était, tout comme la partie supérieure de l'antre, noirci à souhait par la fumée. Arkoniel n'en avait pas moins le plus grand mal à imaginer que sa compagne ait pu tant d'années durant vivre là-dedans.

Après avoir tiré une peau de daim sur l'entrée, Lhel s'accroupit devant le foyer pour faire jaillir une flamme de l'amadou qu'elle y avait par avance empilé.

« Tiens, un cadeau. » Arkoniel extirpa de sa tunique une pochette pleine de copeaux de feu puis lui montra comment les utiliser. Une fois que des flammèches se furent élevées de la fosse, la sorcière alimenta la menue flambée en puisant dans un tas tout proche de brindilles et de branches brisées.

Elle examina le contenu de la pochette et sourit.

« Pas mal.

— Comment as-tu pu réussir à survivre ici ? » questionna-t-il en s'accroupissant face à elle. L'éclat du feu lui permettait désormais de voir à quel point elle avait le visage et les mains gercées, et de mesurer l'ampleur des cals et des engelures qui affectaient ses pieds nus sous la crasse et leur empaquetage de chiffons.

Elle lui jeta un coup d'œil par-dessus le feu. Le tremblotement des flammes qui lui creusait de profonds sillons d'ombre autour de la bouche faisait luire des rougeoiements dans les fils d'argent de sa chevelure. Alors qu'au cours de leur accouplement sauvage sur la route, elle présentait un aspect tellement juvénile, voilà qu'elle paraissait maintenant d'un âge aussi vénérable qu'une déesse.

« Bon endroit, ici », dit-elle en rejetant ses fourrures d'un simple mouvement d'épaules et en laissant la chemise déchirée glisser mollement jusqu'à sa taille. Ses seins lourds que moirait le flamboiement du feu n'offraient plus trace des signes qu'il y avait vus auparavant. Elle farfouilla dans une corbeille puis offrit à Arkoniel une lichette de viande séchée. Il prit celle-ci sans détacher son regard du corps de Lhel tandis qu'elle se servait elle-même et commençait à manger. Elle était aussi crasseuse que jamais, et ses dents s'étaient un peu clairsemées au fil des années. Celles qui lui restaient se montraient ébréchées, brunâtres. Et, néanmoins, lorsqu'elle lui dédia un sourire oblique, il la trouva belle encore et singulièrement attrayante encore…

À l'étourdie, il se pencha pour lui baiser l'épaule, s'enivrant de son odeur et la désirant de nouveau. « Comment fais-tu pour que j'éprouve ce que j'éprouve ? souffla-t-il, sincèrement époustouflé.

— Combien d'années tu avoir ? » demanda-t-elle en s'enfournant toute une poignée de groseilles à maquereau flétries.

Arkoniel dut marquer une pause pour réfléchir. « Trente et une », fit-il enfin. Cela représentait presque la durée d'une existence entière pour certains humains ; mais pour un magicien comme lui, cela revenait à peine à sortir de l'adolescence.

Lhel haussa les sourcils d'un air de stupeur goguenard. « Trente et une années pas de femme, et maintenant pas savoir pourquoi toi bander ? » Avec un reniflement, elle glissa la main sous sa tunique pour lui peloter les roupettes. « Tu avoir *pouvoir* là ! » Elle retira sa main puis lui toucha le ventre, la poitrine, la gorge et le front. « Avoir pouvoir tous les endroits. Certains capables utiliser. Tu capable.

— Et tu m'apprendras ?

— Quelque. Pour le *keesa.* »

Arkoniel se déplaça pour se rapprocher jusqu'à ce que sa jambe soit pressée contre celle de Lhel. « L'autre jour, celui du marais, je t'ai vue faire quelque chose que je veux apprendre. Je me trouvais sur la route, et tu es apparue... »

Elle eut un sourire plein de malice et fit le geste de pincer entre index et pouce. « Je toi voir avec tes *krabols.* »

Il la dévisagea un bon moment puis sourit d'un air penaud quand il crut avoir deviné ce que signifiait la mimique.

« Avec les haricots, tu veux dire !

— Haricots. » Elle répéta le mot. « Haricots. Toi croire tu bouger les... » Nouveau geste, moins intelligible, mais qu'il eut l'impression de comprendre.

« Tu m'as vu essayer de les faire se déplacer. Mais toi, tu t'y prends comment ? »

Lhel brandit sa main gauche et décrivit un cercle avec le pouce et l'index. Débitant à toute vitesse un gargouillis qui ne semblait guère fait de mots, elle crispa les lèvres et souffla entre ses doigts. Après qu'elle eut retiré sa main, Arkoniel distingua dans l'air un petit trou noir, devant eux, pas plus gros qu'un œil de cheval.

« Regarde », proposa-t-elle.

Il se pencha pour lorgner au travers de cette espèce de judas et se retrouva à contempler Tobin et Ki. Ils étaient assis à même le sol près de la cité miniature, et Tobin essayait d'enseigner la sculpture à Ki. « Incroyable ! »

Lui enfonçant vivement son coude dans les côtes, Lhel referma le trou en balayant l'air de la main, mais Arkoniel avait eu le temps d'entr'apercevoir deux visages étonnés lever simultanément les yeux pour tenter de déterminer d'où pouvait bien provenir la voix qu'ils avaient sans doute perçue traverser la ténuité de l'air.

« J'avais oublié que je pouvais aussi t'entendre au travers ! s'exclama-t-il. Lumière divine, il s'agissait *bien* d'un tunnel dans l'air !

— Quoi, "tunnel" ? » interrogea Lhel.

Il tâcha d'expliquer de son mieux, mais elle secoua la tête. « Non, ça être… » Elle mima quelque chose qu'il finit par interpréter comme l'ouverture d'une fenêtre aveuglée de volets. « Comme ça, avec côté double… » Elle pressa fermement ses paumes l'une contre l'autre.

Arkoniel médita la chose avec une exaltation grandissante. Si une voix pouvait traverser si facilement, alors il ne faisait pas de doute qu'un objet, voire une personne, le pouvait également ! Mais lorsqu'il tâcha de s'en ouvrir à elle, Lhel exorbita les yeux, brusquement affolée.

« Non ! » le mit-elle en garde, tout en lui secouant le bras de façon péremptoire. Puis, lui couvrant le front de sa main libre, elle s'adressa directement à son esprit, comme elle l'avait déjà fait le jour du marais. *Aucun objet solide qui pénètre par une fenêtre de vision n'en ressort jamais, ni de l'autre côté ni nulle part ailleurs. Quoi qu'on y mette, elle l'engloutit.*

« Apprends-moi », répliqua-t-il à haute voix.

Lhel retira ses mains et secoua la tête. « Pas encore. Autres choses plus nécessaires. Tu pas savoir assez. »

Arkoniel se rassit sur ses talons pour ravaler vaille que vaille son désappointement. Ce n'était pas dans la magie qu'il avait placé ses espoirs, mais dans une magie qui lui permette de se retrouver plus près de son but qu'aucune de celles dont il connaissait l'existence. Il attendrait tout simplement son heure. « Qu'est-ce qu'il me faut savoir, alors ? »

Lhel exhiba une aiguille d'os tirée du fin fond de ses jupes et la lui brandit sous le nez pour qu'il la voie bien, puis s'en piqua le gras du pouce et le pressa pour y faire perler une gouttelette écarlate. « Tu d'abord apprendre le pouvoir de ça, et de la chair et de l'os et des morts.

— Nécromancie ? » S'était-il donc laissé aveugler par une seule copulation au point d'oublier dans quelles ténèbres sa magie à elle était enracinée ?

Les prunelles noires insondables de Lhel le scrutèrent un moment, puis elle reprit son aspect de puissance antique.

« Ce mot, je connaître. Ton peuple appeler nous ça quand chasser nous des terres qui être à nous. Vous tort.

— Mais c'est de la magie de sang…

— Oui, mais pas *mauvaise*. Nécromancie être… » Elle avait du mal à maîtriser la langue. « Pas plus pire saloperie.

— Une abomination, proposa-t-il.

— Oui, abomination. Mais pas ça. » Elle fit perler une nouvelle goutte au bout de son pouce et se l'étala sur la paume. « Toi avoir sang, chair. Moi avoir. Tous les gens. Pas mauvais. *Puissance*. Mal venir du cœur, pas du sang. »

Arkoniel contempla la paume parmi les sillons de laquelle séchait peu à peu la fine traînée de sang. Ce que Lhel venait de dire allait à l'encontre de tout ce qu'il s'était toujours vu enseigner, tant comme Skalien dans la demeure de son père que comme magicien. Et pourtant, là, assis en compagnie de cette femme, sensible à l'aura de puissance qui la nimbait, non, il ne percevait en elle rien de maléfique. Sa pensée lui représenta Tobin et le démon, ainsi que le lointain exil auquel s'était condamnée Lhel pour rétablir du mieux qu'elle pourrait le cours normal des choses. Non sans répugnance ni peur, il prêta l'oreille à son cœur et devina qu'elle disait la vérité.

Eût-il été doué du don de lire dans l'avenir qu'il n'aurait pas manqué de voir, en cet instant scabreux de prise de conscience, le cours de l'histoire de Skala et d'Orëska s'infléchir d'une manière infiniment subtile.

30

Cet hiver-là vit Arkoniel jouer simultanément les deux rôles de maître et d'élève, car s'il enseignait tous les matins à ses deux petits récalcitrants, il sortait ensuite à la recherche de Lhel afin d'en recevoir ses propres leçons.

Pour ce qui concernait la première tâche, il se découvrit un allié inconditionnel en la personne de Tharin, qui refusait formellement de commencer la moindre passe d'armes tant que les garçons ne s'étaient pas correctement pliés à leurs autres études. Ce système-là n'alla pas sans rencontrer d'abord quelque résistance, mais dès qu'il eut fini par maîtriser ses lettres et par savoir lire un peu, Tobin se mit à faire soudainement preuve d'une passion croissante pour s'instruire. Et il s'enthousiasma littéralement lorsque le magicien s'offrit à lui apprendre à dessiner. De tous les talents qu'il pouvait posséder, Arkoniel ne se flattait d'ailleurs de l'impressionner que par celui-là.

Quant à Ki, s'il n'arrêtait toujours pas de gigoter et de soupirer tant et plus, Arkoniel n'en décelait pas moins de ce côté-là aussi des progrès qu'il n'avait évidemment garde de s'attribuer. Aux yeux de Ki, le soleil ne se levait et ne se couchait que sur son copain, et c'était l'intérêt que celui-ci portait à telle ou telle de ses tâches qui déterminait à lui seul sa bonne volonté personnelle et ses propres efforts. À quelque domaine que le petit prince eût résolu de s'appliquer, Ki s'y consacrait de même en s'y jetant à corps perdu.

Il était du reste indiscutable qu'il avait également produit l'effet désiré sur Tobin. Ce dernier riait à présent plus volontiers, et les équipées quotidiennes sur les pentes de la montagne lui mettaient des couleurs aux joues tout en étoffant ses longs os de muscles déliés.

Il arrivait toutes les deux ou trois semaines des estafettes à cheval porteuses de lettres dans lesquelles Rhius s'appesantissait sur l'autre rive de la mer où l'agitation ne cessait de croître.

Les chantiers navals de Plenimar s'activent beaucoup trop pour notre quiétude, écrivit-il une fois, *et les espions du roi nous informent que des multitudes de Plenimariens sont en train de se masser le long de la frontière orientale de Mycena. Je crains qu'ils ne s'en tiennent pas à des raids côtiers, le printemps venu. Puissent Illior et Sakor nous accorder cette fois la grâce de combattre sur d'autres rivages.*

Comme Arkoniel n'avait pour sa part aucune expérience de la guerre, il se prit à observer les réactions de Tharin pendant que se poursuivait à haute voix la lecture de ces lettres dans la grande salle.

Après avoir écouté de la manière la plus attentive, le front plissé par la perplexité, Tharin se mit à poser des questions minutieuses à l'émissaire. Dans quel état les garnisons d'Atyion et de Cirna se trouvaient-elles ? Combien y avait-il de navires ancrés dans le port d'Ero ? Le roi avait-il procédé à de nouvelles levées de troupes, à des réquisitions de vivres dans les campagnes ?

« À vous écouter, je me fais l'effet du dernier des bleus », lui avoua Arkoniel un soir où une partie de bakshi les avait tous deux retenus jusqu'à une heure avancée. « En dépit de tous mes voyages, j'ai mené une existence extrêmement protégée, comparé à vous.

— Les magiciens se battaient pour Skala, jadis, répondit Tharin d'un air rêveur, tout en continuant à fixer les pions de pierre disposés entre eux. Or, on dirait qu'actuellement le roi n'aspire qu'à une chose, vous dresser les uns contre les autres.

— J'espère bien voir cela changer un jour. »

Dans des moments pareils, le sentiment du secret qui les séparait devenait particulièrement pénible au magicien. Plus il le connaissait intimement, et plus il déplorait que son vis-à-vis ne soit pas au courant de la vérité.

« Je ne serais pas fâché quant à moi de t'avoir à ma suite », poursuivit Tharin en raflant les pierres avant de les relancer. La lueur du feu qui miroitait sur les calcédoines polies les faisait flamboyer entre ses doigts avec des reflets sanglants. « J'ai beau être incompétent en matière de magiciens, les hommes, ça me connaît. Tu as de l'acier dans chacune de tes vertèbres. Et je suis bien tranquille, la vieille Iya n'aurait jamais jeté son dévolu sur toi si telle n'était également son opinion. Et elle ne t'aurait pas davantage confié la garde de son fameux sac... »

Il leva les yeux avant qu'Arkoniel n'ait eu le temps de dissimuler son étonnement. « Oh, je ne pose pas de questions. Simplement, je ne suis pas aveugle pour autant. Qu'elle ait confiance en toi devrait être une caution suffisante pour n'importe qui. »

Ni l'un ni l'autre n'ajouta un mot sur ce chapitre, mais le respect que Tharin lui manifestait combla de gratitude le magicien.

Lequel aurait bien voulu être aussi certain du jugement que Lhel portait sur lui. Il brûlait pour elle. Il rêvait de son corps et se réveillait en pleine nuit dans un tel état qu'il ne lui restait rien d'autre à faire pour calmer ses ardeurs que de recourir à ses cinq doigts, mais cet expédient le satisfaisait infiniment moins que ce qui s'était passé naguère.

Seulement, elle demeurait intraitable ; pour la retrouver, il était à l'entière merci de son seul caprice. Aucun charme investigateur ne permettait de la localiser, et il se voyait dans l'incapacité totale de découvrir tout seul le chemin du chêne. Lorsque l'empoignait le désir, il allait à cheval parcourir la forêt, mais Lhel ne consentait à se montrer qu'à condition d'en avoir elle-même envie. Et quand elle se gardait de le faire, il finissait par regagner le fort aussi frustré que fou de rage.

D'autres fois, elle se trouvait déjà avec les garçons quand il arrivait à lui mettre la main dessus. Alors, ils se mettaient tous les quatre à patauger dans la neige et à explorer la forêt comme une quelconque famille de paysans. Cela ne manquait pas d'agrément, et le spectacle qu'ils donnaient là le faisait sourire, car le plein jour révélait bien l'âge de Lhel, et il se sentait plus assorti à Tobin et à Ki qu'à elle.

Mais qu'elle et lui réussissent à se rencontrer tête à tête et, du coup, c'était une tout autre paire de manches. Sans pour autant faire ni l'un ni l'autre intervenir dans leurs ébats la notion de « prix », ils s'empressaient de forniquer chaque fois, et chaque fois d'une manière aussi frénétique que la première. Elle ne réclamait aucune tendresse de lui, elle ne lui en donnait aucune non plus, elle exigeait uniquement de la passion. Derrière les paupières closes d'Arkoniel se déroulaient des visions de tourbillons, de tornades et de tremblements de terre. Quand il ouvrait les yeux, ce qu'il voyait flamboyer dans ceux de Lhel, ainsi que dans les volutes noires qui tapissaient sa peau et qu'elle ne lui laissait voir qu'en ces moments-là, c'était la puissance de sa fameuse déesse.

Après quoi, tandis qu'ils reposaient nus côte à côte sur sa paillasse, elle lui apprenait au gré de son inspiration toutes sortes de charmes envoûtants. Nombre d'entre eux se révélèrent de nature à vaincre l'aversion viscérale qu'il éprouvait pour la sang-magie.

Elle commença par lui enseigner ce qu'elle nommait la « lecture du sang ». Elle lui présentait pour ce faire un lambeau d'étoffe ou d'écorce maculé de sang, et il n'eut bientôt plus qu'à en palper un avec ses doigts et avec son esprit pour identifier la créature qui l'avait ensanglanté. Au fur et à mesure que se développait son apprentissage, Arkoniel apprit à pénétrer dans l'esprit de ladite créature, si celle-ci était toujours en vie, et à voir avec ses yeux à elle. En tant que renard, il foulait l'herbe brune et givrée d'une prairie puis se mettait à creuser pour dénicher dans leurs terriers des musaraignes en hibernation. En tant qu'aigle, il traçait des cercles tout autour du fort en quête de poules égarées. La plus incongrue de ces investigations lui fit endosser la peau d'une truite qui nageait sous la glace de la rivière dans un demi-jour brunâtre et apercevoir une bague de femme dont les pierreries scintillaient parmi la chevelure ondulante et soyeuse des algues déployées sur le fond rocheux.

En guise de test final, Lhel lui soumit un peu de son propre sang, et c'est dans sa peau à elle qu'il se retrouva. La simplicité mentale des bêtes ne lui avait rien offert de plus qu'un modeste nombre d'images visuelles traitées en grisaille. En s'installant en Lhel, en revanche, il se sentit aussi nettement enveloppé par la densité de sa chair intime que s'il venait de l'endosser comme un vêtement par-dessus la sienne. Il percevait le ballottement de ses seins sous sa robe dépenaillée, la souffrance qui lui tenaillait la cheville gauche, le voluptueux engourdissement qui lui restait entre les cuisses de leur étreinte. Pas mal déboussolé, il lui fallut un bon moment pour comprendre que ce qu'il était en train de regarder avec ses yeux à elle, c'était lui-même. Ce corps-là qui gisait auprès du feu sur la paillasse, aussi inerte qu'un cadavre sous la robe de fourrure, c'était bel et bien le sien. Avec un sentiment mêlé de peine et d'ironie, il détailla sa longue carcasse osseuse, la saillie de ses côtes sous la peau blême, la toison noire qui lui couvrait la poitrine et le dos, les bras et les jambes. Et sur ses traits flottait la mine extatique d'une sibylle de sanctuaire en proie à son dieu.

Et pourtant, malgré tout cela, les pensées de Lhel lui restaient inaudibles. Ça, elle refusait de le partager.

Voyant qu'il commençait à moins redouter sa magie, elle entreprit de lui inculquer quelques rudiments sur les fantômes et les esprits.

« Comment t'y es-tu prise pour opérer la métamorphose de Tobin ? » demanda-t-il un jour tandis que le vent se lamentait à l'entour du chêne.

« Tu voir.

— Je t'ai vue procéder à un échange de peau entre les enfants. C'est grâce à lui que la magie perdure ?

— Ça faire deux peaux peau seule, répondit-elle en cherchant les termes adéquats. Quand Tobin avoir être de nouveau fille, falloir cette peau tomber. »

Ses relations avec elle n'étaient pas toujours celles d'un étudiant. Il lui enseignait aussi sa propre langue et lui montrait tous les moyens qu'il connaissait de faire du feu. En comparant leurs magies respectives, ils découvrirent qu'ils étaient tous les deux capables d'évoquer le vent et de se faufiler au travers de n'importe quel obstacle sans laisser de traces.

Tandis qu'il lui apprenait la méthode orëskienne de vision magique, elle s'efforçait en échange de l'initier à la sorcellerie de son propre « tunnel dans l'air ». Mais ce dernier se révéla plus difficile à pratiquer qu'Arkoniel ne l'avait escompté. Non pas en raison des incantations chuchotées ni même des motifs à tracer avec la main qu'exigeait sa réalisation, mais parce qu'il y fallait une certaine tournure d'esprit qu'il ne réussissait pas plus à saisir que Lhel à expliquer, vu les lacunes de son charabia.

« Ça venir à toi, lui affirmait-elle constamment. Ça venir un jour. »

Ce qui consternait Arkoniel, c'est que l'unique habitant du fort avec lequel ses rapports s'amélioraient le moins se trouvait être Tobin lui-même. L'enfant avait beau se montrer poli et bien résolu, semblait-il, à maîtriser les matières que le jeune homme essayait de lui enseigner, il n'en persistait pas moins à maintenir entre eux deux des distances qui paraissaient irréductibles.

Le moins stupéfiant n'étant pas que la seule confidence à laquelle il condescendit fut celle de la formule qu'il utilisait pour convoquer Frère. Le magicien la mit à l'épreuve, mais en pure perte. Frère ne répondait qu'à l'appel de Tobin.

Interrogée là-dessus par la suite, Lhel haussa les épaules avant de répondre : « Eux joints par chair. Ça, tu pas pouvoir apprendre par magie. »

Arkoniel en éprouva d'autant plus de dépit que l'esprit faisait de fréquentes intrusions dans son atelier. Il ne l'avait pas revu de ses propres yeux depuis le fameux jour où celui-ci s'était payé sa tête avant d'affoler son cheval, mais il en percevait indiscutablement la présence hostile et glacée. Frère semblait se complaire à le tourmenter, et c'est trop souvent qu'il s'approchait assez pour lui hérisser les cheveux de la nuque. Il ne l'agressait pas physiquement, mais il le poussait tant qu'il pouvait à dévaler les escaliers à la recherche de Tobin.

Le printemps s'annonça hâtif par de petites averses de pluie. Comme on s'y attendait, le roi Erius fit alliance avec Mycena et y déclencha une campagne contre l'envahisseur plenimarien, tout en déléguant à son ministre de confiance, le lord Chancelier Hylus, le soin d'administrer sa cour durant son absence. Dans l'une de ses rares lettres, Iya spécifia, mais comme en passant, que le magicien de Sa Majesté, Lord Nyrin, s'était également abstenu de suivre l'expédition.

Comme les devoirs de Rhius l'amenaient à accompagner le roi, bien évidemment, Tharin se verrait forcément pris sous peu dans le même engrenage.

Au début de Lithion, le duc vint faire ses adieux, non sans amener pour les égayer une troupe de ménestrels et d'acrobates. Son séjour dura moins d'une semaine, mais il fit chaque jour des balades à cheval avec les garçons, et il prolongea les soirées jusqu'à une heure avancée dans la grande salle en disputant force parties avec Tharin et Arkoniel et en écoutant chanter les ménestrels. Si le magicien se montrait ravi de le revoir tellement égal à ce qu'il avait été, Tobin était au comble de l'extase, lui.

Le seul événement qui gâta ces brèves journées fut le brusque décès du vieil intendant, Mynir. Un matin, il ne descendit pas déjeuner, et Nari le découvrit mort dans son lit. Après avoir vidé le corps puis fait sa toilette, les femmes l'enrobèrent d'épices et le cousirent dans un linceul pour qu'on le remporte à Ero, où vivaient les siens.

Le vieillard s'étant fait adorer de la maisonnée tout entière, ce fut un concert de pleurs unanime autour de sa dépouille, exposée devant l'autel domestique – un concert auquel ne manquèrent que ceux de Tobin. Alors que même Ki versait quelques larmes en l'honneur du pauvre bonhomme, les yeux de Tobin demeurèrent secs tandis qu'il accomplissait solennellement le rite des offrandes à Astellus. Personne ne parut s'en apercevoir, sauf Arkoniel, que cela glaça.

L'heure de se séparer survint beaucoup trop vite, et la maisonnée se massa dans la cour pour assister au départ de Rhius et de Tharin. Arkoniel et le capitaine s'étaient dit au revoir la veille au soir autour d'une coupe de vin, mais cela n'empêcha pas le magicien d'avoir le cœur étreint par une douleur sourde en regardant ce grand gaillard de guerrier seller sa monture.

Tobin et Ki secondaient sans entrain les préparatifs, et avec des mines plus abattues qu'Arkoniel ne leur en avait jamais vu.

Quand tout fut terminé et que Rhius et Tharin eurent enfourché leurs chevaux, Tobin, planté près de l'étrier de son père, leva les yeux. « Ki et moi, nous nous entraînerons chaque jour, promit-il. Quand nous sera-t-il permis de nous joindre à vous ? »

Le duc se pencha pour lui serrer la main avec un sourire plein d'orgueil. « Quand mon armure t'ira, mon enfant, et ce jour-là viendra plus tôt que tu ne le penses. Et alors... » Brusquement, sa voix s'étrangla dans sa gorge. « Alors, les Quatre m'en soient témoins, aucun général ne sera plus fier que moi d'avoir à ses côtés un pareil guerrier. » Cela dit, il se tourna vers Ki. « As-tu un message à me confier pour ton père, au cas où il m'arriverait de le rencontrer ? »

Le gamin haussa les épaules. « Si mon service ici vous a contenté, messire, je vous prierais de lui en faire part. Je ne vois rien d'autre à lui mander dont il se soucie.

— Eh bien, je lui manderai qu'aucun prince ne possède d'écuyer plus loyal. Quant à moi, sache que je t'en remercie personnellement, Kirothius, fils de Larenth. »

Là-dessus, tandis qu'ils regardaient le duc prendre le large et disparaître, Arkoniel aurait été fort en peine de dire qui, de Tobin ou de Ki, avait les yeux qui brillaient le plus.

31

Durant des semaines et des semaines après le départ de son père, Tobin vécut les yeux fixés sur la route de Bierfût, dans l'espoir qu'y apparaissent des messagers, mais il n'en vint aucun.

Arkoniel le surprit un jour campé devant sa fenêtre et devina ses pensées. « Mycena se trouve très très loin d'ici, tu sais. Il se peut même fort qu'ils n'y soient pas encore arrivés… »

Tout en sachant qu'il disait vrai, l'enfant ne put quand même s'empêcher de continuer à scruter la route.

Mais lorsque, un mois plus tard environ, surgit finalement un cavalier, par une chaude journée de printemps, ce n'était pas pour apporter des nouvelles de Rhius.

Tobin et Ki se trouvaient en train de pêcher dans le coude de la rivière quand le martèlement de sabots sur la route frappa leurs oreilles. Escaladant la berge à quatre pattes, ils se mirent à guigner par-dessus le bord. Le cavalier se révéla être un individu d'aspect pour le moins rustre accoutré de cuir et sur les épaules duquel flottait une crinière hirsute de cheveux bruns.

Les règles applicables en cas d'irruption d'étrangers n'avaient pas changé depuis l'arrivée de Ki : « Gardez vos distances et regagnez tout de suite le fort. » Ki les connaissait aussi bien que Tobin mais, au lieu de s'y plier en l'occurrence, il poussa un grand coup de gueule enthousiaste et ne fit qu'un bond pour courir à la rencontre de l'inconnu.

« Ki ! non ! » s'écria Tobin en lui attrapant la cheville.

Mais Ki s'esclaffa.

« T'inquiète, c'est qu'Ahra !

— Ahra ? Ta sœur ? » Il suivit, mais timidement, sans trop s'avancer. La plupart des histoires de Ki présentaient Ahra sous un jour plutôt terrifiant.

En les apercevant, le cavalier tira violemment sur les rênes. « C'est toi, Ki ? »

C'était bien une femme, tout compte fait, mais une femme qui n'avait rien à voir avec aucune de celles que Tobin avait jamais pu croiser. Elle portait par-dessus sa maille le même genre de cuirasse que les hommes de son père et, accrochés dans le dos, un arc et une impressionnante rapière. Ses cheveux étaient du même châtain sombre que ceux de Ki, mais tressés devant, et derrière en bataille. À ce détail près, ils se ressemblaient assez peu. Elle n'était à vrai dire qu'une demi-sœur.

Elle ne fit qu'un saut de sa selle à terre et empoigna si bien Ki pour l'embrasser qu'elle le souleva du sol. « C'est bien toi, mouflet ! Toujours autant maigrichon, mais t'as quand même poussé de deux bons empans !

— Qu'est-ce que tu fabriques ici ? » questionna-t-il après qu'elle l'eut laissé retomber.

« Venue voir comment tu te portes. » Elle parlait avec le même accent rustique et plat que Ki dans les premiers temps de son séjour au fort. « J'ai rencontré ton espèce de magicienne sur la route y a quelques semaines de ça, et elle m'a demandé d'amener une lettre à un autre magicien d'ici qu'est un pote à elle. Et m'a dit aussi que tu t'en tires plutôt bien, quoi. » Elle sourit à Tobin. « Qui c'est, çui-là, qu'a de la boue plein les orteils ? Iya m'a rien parlé d'un autre mioche expédié pour servir le prince.

— Gaffe à ton bec, l'avertit Ki. C'est *lui*, le prince ! »

Comme Tobin s'avançait pour la saluer, elle mit un genou en terre devant lui, l'échine ployée.

« Pardonnez-moi, Votre Altesse. Je vous avais pas reconnu !

— Comment l'auriez-vous fait ? De grâce, levez-vous ! » la pressa-t-il, toujours confus de voir quiconque à ses pieds.

Ahra se releva non sans décocher à Ki un regard noir.

« 'rais pu me prév'nir !

— M'as pas laissé l'occasion, si ?

— Je suis heureux de faire votre connaissance », intervint Tobin en lui serrant la main. Le premier moment de stupeur passé, il était maintenant très curieux d'en savoir un peu plus sur elle et enchanté de rencontrer finalement l'un des membres de cette fameuse tribu. « Mon père n'est pas ici, mais vous êtes la bienvenue à notre foyer. Acceptez notre hospitalité.

— Me ferait trop d'honneur, Altesse, mais mon capitaine m'a donné que jusqu'à la tombée du jour. Les autres de la compagnie sont restés derrière, à Bierfût, pour acheter du ravitaillement. On part à Ylani repousser les razzias d'été.

— Et moi qui me figurais que tu étais partie pour Mycena avec Jorvaï et Père et tout le bataclan ! » fit Ki.

Elle émit un reniflement qui donna à Tobin un premier aperçu de son satané caractère. « *Eux* y sont allés, les garçons, tous, même l'Amin à ta maman, qu'a pourtant jamais qu'un an de plus que toi. Il est parti comme estafette. Seulement, le roi, Sakor l'emporte ! y veut toujours pas de femmes dans les troupes avec lui. Et nous, y nous a laissées, pour qu'on fasse les garde-côtes avec les bancroches et les vioqueries ! »

Tandis qu'ils remontaient tous les trois vers le fort, elle donna des nouvelles à Ki de chez eux. Leur quatrième mère, qui n'avait qu'un an de moins qu'elle, avait accouché de jumeaux peu après son départ à lui, et se trouvait de nouveau enceinte. Les fièvres avaient attaqué cinq des benjamins, mais il n'en était mort que deux. Il y avait moins de chambard, à la maison, depuis le départ des sept aînés ; la guerre avait éclaté juste à temps pour sauver Alon que traquait un chevalier du voisinage à cause de chevaux volés. C'était déjà de l'histoire ancienne, mais Ki n'en protesta pas moins vigoureusement de l'innocence de son frère en cette affaire, tant l'outrageait l'accusation.

Tobin se gorgeait de toutes ces anecdotes avec une délectation qui ne cessait de croître ; il en connaissait chacun des protagonistes grâce aux récits de Ki, et voici qu'il en avait un en chair et en os sous les yeux. En plus, elle lui plaisait bien, Ahra. Ses vilains côtés, décida-t-il, Ki devait les avoir un tantinet exagérés. Elle avait la même franchise abrupte que son cadet, la même absence d'arrière-pensées dans ses prunelles sombres. Mais ça vous faisait quand même un drôle d'effet, de voir une femme armée d'une épée…

Nari leur tomba dessus comme ils franchissaient le pont, et son air renfrogné les immobilisa pile tous les trois.

« Prince Tobin, qui est cette créature, et qu'est-ce qu'elle vient faire ici ?

— La sœur de Ki, répondit-il. Tu sais bien, celle qui a voulu faire sauter l'enclos des porcs à son cheval et qui s'y est cassé la figure !

— Ahra, n'est-ce pas ? » Elle se radoucit sur-le-champ.

Ahra lorgna Ki. « T'as raconté des salades sur moi, hein ? »

Nari se mit à rire. « Oh, ça oui ! Il n'y a pas de cachotteries qui tiennent, avec Ki dans le coin ! Entre donc, ma fille, et mange un morceau avec nous. C'est Cuistote qui va être aux anges, de revoir une femme en tenue de soudard ! »

Ils étaient en train d'écouter Cuistote ressasser en faveur d'Ahra son passé belliqueux quand survint Arkoniel avec cet air faraud, satisfait qu'il arborait toujours lorsqu'il venait d'avoir un tête-à-tête avec Lhel.

La seule vue de la visiteuse le fit changer d'expression. Il prit une mine encore plus revêche que Nari et qui persista jusqu'à ce qu'Ahra lui tende la lettre d'Iya.

« Bon, bon, si c'est elle qui vous envoie..., marmonna-t-il. Je suppose que j'aurais déjà dû enjoindre à Ki d'écrire à sa mère.

— 'rait servi à rien, même qu'il l'aurait fait, riposta Ahra d'un air de dignité offensée. *Nous*, on sait pas lire. Aucun. »

Ki s'empourpra comme s'il venait de se faire prendre en train de commettre une ignominie.

« Vous pouvez nous mettre au courant de la guerre ? demanda Tobin.

— Les dernières nouvelles que j'ai reçues sont vieilles d'un bon mois. Le roi s'est rencontré à Nanta avec les Anciens de Mycena, et une flotte longeait la côte pour engager le combat avec les Plenimariens sur la frontière. On m'a dit tout plein de bien de votre père, prince Tobin. Paraît qu'il est en première ligne à chaque bataille, à la droite du roi.

— Vous vous êtes rendue récemment dans la capitale ? » s'enquit Arkoniel.

Elle acquiesça d'un hochement.

« On est passés par là y a une semaine. Deux navires ont été brûlés quand le capitaine du port a eu découvert de la peste à bord. Et comme il s'est trouvé qu'y avait des marins qu'étaient déjà descendus à terre et entrés dans une taverne, les oiseaux de mort sont venus la clouer bien vite avec eux dedans et les ont brûlés comme pestifères.

— C'est quoi, des oiseaux de mort ? demanda Tobin.

— C'est quelque chose comme des espèces de guérisseurs, se hâta de répondre Arkoniel, mais sa mine écœurée démentait cette explication. Ils parcourent le pays pour essayer d'empêcher la peste d'y pénétrer par les ports. Ils portent de longs masques pointus qui ressemblent à des becs et dont la pointe est bourrée d'herbes aromatiques afin de repousser le mal. C'est pour ça que les gens les nomment oiseaux de mort.

— Et puis y a plein de Busards qui traînent à chercher des noises, en plus », l'informa-t-elle. Et, une fois de plus, Tobin ne comprit pas ce qu'elle voulait dire avec ses Busards, à ce détail près qu'elle ne les portait pas dans son cœur.

« Il y a eu de nouvelles exécutions, là-bas ? »

Elle hocha la tête.

« Trois de plus, dont celle d'un prêtre. Les gens, ça leur plaît pas beaucoup, mais y a personne qu'ose parler contre, depuis les arrestations d'y a quelques mois.

— Assez là-dessus, fit Cuistote. Je crois que nos p'tits gars, ils aimeraient bien voir comment ça se bat, une femme, pas vrai, vous deux ? T'es la première que le prince Tobin, il a jamais vue revêtue 'core d'une armure. »

La visite se termina par quelques passes d'armes dans la cour des casernements. Ahra luttait dur avec des coups en traître, et elle montra aux gamins quelques nouveaux trucs pour faire un croc-en-jambe à l'adversaire et puis le prendre à contre-pied.

« C'est pas des manières à apprendre au neveu du roi ! s'insurgea Nari, qui s'était mise assez loin pour tout voir sans risque.

— Bah, laisse courir ! répliqua Cuistote. Y a personne qui s'en occupe, en pleine bataille, des titres, des privilèges et de tous ces machins. Un jeune guerrier, ça peut qu'y servir, d'avoir plus d'un tour dans son sac. »

Arkoniel était resté dans la cuisine, à engranger dans sa mémoire chacun des termes du billet d'Iya, de manière à pouvoir ensuite le brûler. N'importe qui d'autre n'aurait vu rien de plus là-dedans que la relation décousue des diverses rencontres qu'elle avait faites au cours de ses récentes pérégrinations. Seulement, il suffisait au jeune magicien de marmonner dessus la bonne formule pour que s'en argentent par-ci par-là quelques lettres qui révélaient la véritable teneur du message. Cela demeurait encore énigmatique, mais lui le trouvait suffisamment clair pour en avoir froid dans le dos.

Trois amis supplémentaires se sont envolés en fumée. Les limiers sont toujours en chasse, mais ils n'ont rien subodoré. Survienne Blanc ou Gris, fuis. Je garde mes distances. Puisse Illior veiller sur toi.

Des blancs ou des gris… En se figurant semblable colonne de cavaliers remontant la prairie, Arkoniel frissonna. Il jeta la lettre dans les flammes et ne la lâcha pas des yeux qu'elle ne se soit totalement consumée.

« Puisse Illior veiller sur vous aussi », chuchota-t-il, tout en éparpillant les cendres avec le tisonnier.

32

C'est au début de Gorathin que commencèrent à survenir les tout premiers messagers en provenance de Mycena. Dès lors et durant tout l'été et le long hiver qui suivit, les gamins ne vécurent plus que de dépêche en dépêche. Le duc n'écrivait pas très fréquemment ; chacune de ses lettres était lue et relue jusqu'à ce que le parchemin en soit tout flasque et tout écorné. Le roi rentra bien passer l'hiver à Ero, mais il laissa le gros de ses forces sur la frontière. Et comme il était l'un de ses officiers les plus appréciés, Rhius demeura là-bas, campé avec ses troupes sur la rive occidentale de l'Anguille. Les Plenimariens firent pareil de l'autre côté de la rivière, et, dès le printemps, les combats reprirent.

L'été suivant fut plus torride qu'aucun de ceux que Cuistote elle-même pouvait se remémorer. Arkoniel maintenait de son mieux ses élèves à l'étude, en dépit de leur crainte obsédante que la guerre ne soit en train de leur passer sous le nez.

Ki entra dans sa quatorzième année le quatre de Shemin. Maintenant, sa voix se mettait à grincer sans préavis de manière affreuse, et il exhibait fièrement une ombre de duvet noir sur sa lèvre supérieure.

Tobin aurait bientôt douze ans, et si sa lèvre et ses joues à lui demeuraient parfaitement glabres, il rivalisait déjà pour la taille avec son copain. Tous deux étaient encore grêles d'allure comme des poulains, mais les journées consacrées sans relâche à la chevauchée, aux corvées domestiques et à l'exercice des armes les avaient dotés d'une vigueur nerveuse à laquelle aucun gosse élevé en ville n'aurait été capable de damer le pion.

Arkoniel s'émerveillait toujours autant de leur connivence. Deux frères n'auraient pu être plus attachés l'un à l'autre qu'eux. À la vérité, leur entente lui semblait plus parfaite que celle de la plupart des frères. En dépit du fait qu'ils ne se quittaient pour ainsi dire pas d'une semelle dans la journée et qu'ils partageaient le même lit la nuit, c'était à peine s'il leur échappait de-ci de-là un mot de dispute. Au contraire, ils rivalisaient de bonne humeur dans tous leurs passe-temps et se soutenaient mutuellement sans vergogne quand ils se faisaient attraper à commettre une farce dans la maison. Arkoniel suspectait bien Ki d'être l'instigateur de la plupart des coups fourrés, mais aucun des deux n'aurait rien avoué que sous la torture ou sous l'influence de la magie.

Deux années de tutelle attentive avaient poli Ki comme une pierre fine. Il s'exprimait avec autant de distinction que n'importe quel nobliau de province et réussissait à ne plus jurer à tout bout de champ. Il avait encore les traits indécis d'un petit garçon, mais il promettait de devenir un beau gaillard, et ce n'était toujours pas l'esprit, se disait Arkoniel, qui lui manquerait pour faire une grande carrière à la cour, s'il lui en prenait fantaisie.

Une carrière aussi grande du moins qu'un cadet de chevalier sans terre en était susceptible, dûment patronné. Le titre de son père étant un titre creux, c'était sur Rhius ou Tobin que Ki devrait compter pour son élévation, élévation qui même alors ne se ferait pas sans difficulté, à moins que le duc ne se résolût – perspective des plus improbables – à l'adopter.

Dans une maisonnée normale, la différence de position des deux enfants se serait sans doute déjà fait sentir, mais on ne se trouvait à aucun égard dans une maisonnée normale. Grâce à son ignorance totale de la vie de cour, Tobin traitait chacun comme son égal. Nari s'en alarmait fort, mais Arkoniel lui enjoignait de laisser leurs pupilles en paix. À juger Ki d'après ses seuls mérites personnels, il ne se pouvait rêver meilleur compagnon pour un jeune prince, et Tobin était enfin heureux – globalement, du moins…

Ses curieux accès de prescience avaient apparemment cessé, et les conseils de Lhel lui avaient permis de conclure une espèce d'accord avec Frère. Le spectre se tenait désormais si tranquille que Nari prétendait en manière de plaisanterie : « J'en finis que je me languis de ses facéties. » Était-il possible qu'il en vienne en définitive à s'apaiser ? s'interrogeait pour sa part le magicien. Consultée sur cette éventualité, la sorcière secoua la tête. « Non, répondit-elle, et pas peine toi compter dessus. »

S'il arrivait à Tobin de repenser si peu que ce soit à la mort de sa mère, il n'en pipait mot. L'unique indice qu'il en demeurait obsédé, c'était l'aversion qu'il manifestait pour la tour.

Deux choses en revanche assombrissaient visiblement son âme de garçonnet : l'absence de Père et l'interdiction d'aller le rejoindre à Mycena.

Depuis la visite d'Ahra, l'été précédent, lui et Ki souffraient de savoir que des gamins plus jeunes qu'eux étaient partis faire la guerre. Arkoniel avait beau lui dire, lui redire et lui garantir qu'aucun de ses pairs, jusques et y compris le prince royal en personne, n'avait l'autorisation de se battre, cette assurance-là ne tranquillisait guère sa fierté blessée.

Au moins une fois par mois depuis lors, les deux gamins endossaient l'armure laissée par Rhius et juraient qu'elle leur allait presque, malgré les manches du haubert qui continuaient de les démentir en leur pendouillant bien au-delà du bout des doigts. Ils n'en poursuivirent leur entraînement qu'avec plus d'âpreté, plus d'acharnement, et cela leur fit abîmer assez d'épées factices pour approvisionner Cuistote en petit bois durant tout l'hiver.

Tobin tira finalement parti de sa maîtrise cher payée de l'écriture en constituant un gros paquet de lettres que les courriers de Père n'avaient que la peine de remporter. Rhius répondait de loin en loin, mais jamais il ne mentionnait les prières de le rejoindre. Il expédia néanmoins au fort un forgeur d'épées. L'artisan prit les mesures nécessaires avec ses aunes, ses compas d'épaisseur, et il ne s'écoula pas un mois que les deux garçons se trouvaient munis de bonnes rapières pour s'exercer.

À cela près, l'existence continua selon son train-train coutumier jusqu'à ce jour d'été où Arkoniel les surprit en train de supputer la distance qui les séparait d'Ero et de débattre de l'identité qu'ils s'attribueraient au cours du voyage en cas de rencontre avec des étrangers. Aussi, dès la nuit suivante, mit-il à profit leur sommeil pour les affubler mine de rien d'un petit charme de sa façon, pour le cas où il se verrait tôt ou tard dans l'obligation de les suivre à la piste.

Or, si Tobin et Ki ne commirent pas de fugue, ils n'arrêtèrent pas, tout au long de cet interminable été torride, de ronchonner, de se tracasser, de parler de la capitale et des hostilités en cours.

Ki ne s'était certes rendu à Ero qu'une maigre poignée de fois, mais il ressuscitait le moindre souvenir de ces rares visites à l'intention de son copain. Installé, la nuit, près de la cité miniature, il désignait tel ou tel endroit pour le décrire en termes pittoresques et alimenter par là l'imagination de Tobin en lui faisant parcourir des quantités de nouveaux coins.

« C'est ici, tiens, que se trouve la rue des Orfèvres, enfin plus ou moins dans ces parages, annonçait-il. Et le temple aussi. Tu te souviens de ce que je t'ai dit du dragon qui est peint sur ses murs ? »

Tobin le harcelait de questions sur les bêtes et sur les marchands aurënfaïes qu'il avait pu voir à la foire aux chevaux, et il ne se lassait pas de lui faire rabâcher tous les détails qu'il se rappelait sur les bateaux mouillés dans le port, la couleur de leurs voiles et de leurs oriflammes.

Il prenait d'ailleurs sa revanche en ce qui concernait le Cercle Palatin, car, n'ayant jamais mis les pieds dans l'enceinte, Ki ne savait strictement rien de ce qu'elle recelait. Certes, ses propres connaissances, il ne les devait lui-même qu'aux récits de Père et de Tharin, mais il avait bien retenu toutes leurs leçons. Il l'initiait également à la généalogie royale en sortant de leur boîte une à une les figurines des souverains et des souveraines et en les alignant sur la corniche du palais.

Leurs journées, ils les passaient à vadrouiller dans les bois ou sur la prairie, les reins tout juste ceints de pagnes en lin. Il faisait trop chaud la plupart du temps pour rien porter de plus. Même Arkoniel avait adopté leur costume, et il paraissait se soucier comme d'une guigne des rires étouffés que déchaînait la vision de son anatomie blanchâtre et velue.

La chaleur incita Lhel aussi à se dénuder. Tobin en resta médusé, la première fois où il la vit émerger du fourré pour se porter au-devant d'eux simplement vêtue d'un simulacre de jupe. Nari avait bien assez souvent changé de chemise ou pris son bain devant lui pour ne pas lui laisser ignorer grand-chose de ses appas, mais jamais aucune autre femme ne s'était exhibée sous son nez dans cet appareil. Et puis Nari avait des petits seins, tout doux, tout blancs. Alors qu'avec Lhel, là, tout ça n'avait rien à voir. Elle était brune de partout, et elle avait le corps presque aussi musclé que celui d'un homme, quoique ni plat ni anguleux. Ses seins pendaient comme d'énormes prunes mûres et ballottaient au rythme de ses pas. Elle avait les jambes et les flancs fermes, les hanches larges et girondes, et la taille fine. Elle avait les pieds et les mains plus crasseux que jamais, mais le restant de sa personne semblait aussi propre que si elle venait tout juste de s'être baignée. Tobin aurait volontiers tendu la main pour lui toucher l'épaule, histoire de se rendre compte un peu de l'effet que cela faisait, mais il lui suffit d'y penser pour piquer un fard.

Il s'aperçut que Ki lui-même en piquait un, cette première fois-là, mis à part que Ki n'avait pas du tout l'air embarrassé, lui. Cela dit, ils s'habituèrent bientôt tous les deux à voir Lhel en cet équipage, même s'il arrivait encore à Tobin de se demander ce qu'elle pouvait bien cacher sous sa jupe. À en croire Ki, les parties basses des femmes ne ressemblaient en rien à celles des hommes. De temps à autre, il surprenait Lhel qui le scrutait comme si elle connaissait ses pensées, et il regardait ailleurs, alors, d'un air distrait, mais plus pourpre et cuisant que jamais.

33

« Tu crois, toi, que le prince Korin doit lui aussi se taper de remplir le cuvier de la lessive, au palais ? » râla Ki, pendant que Tobin et lui trimbalaient cahin-caha leurs baquets d'eau dans la cour des cuisines. Le petit cheval de bois qu'il portait en sautoir se colla contre sa poitrine en sueur lorsqu'il hissa son fardeau jusqu'au bord du cuvier fumant. En ce jour de Lenthin, il n'était encore même pas midi, mais on suffoquait déjà.

Lorsque Tobin vida son propre baquet, la sueur lui ruisselait le long du nez. Tout en s'inclinant par-dessus le cuvier, il souffla sur la vapeur pour la disperser et lâcha un grognement d'exaspération. « Par les couilles à Bilairy ! Pas même encore à moitié plein qu'il est… On fait deux voyages supplémentaires, et puis on va se piquer une tête dans la rivière. M'en fous, si Cuistote s'enroue à nous gueuler après.

— Votre humble serviteur, mon prince », gloussa Ki en lui emboîtant le pas pour franchir la poterne une nouvelle fois.

Les tout derniers assauts de la sécheresse avaient sacrément creusé les berges en faisant baisser le niveau de la rivière. Avant d'atteindre le bord de l'eau, il fallait se frayer son chemin parmi des chaos de pierres encroûtées d'algues mortes. Ils y étaient presque parvenus quand Ki s'esquinta méchamment un orteil. Un grondement étranglé lui permit de ravaler l'un de ces gros mots qu'interdisait Nari et par la faute desquels il s'était déjà fait une fois tirer les oreilles aujourd'hui. « Crebleu ! » cracha-t-il à titre de compensation, tout en agrippant son orteil en sang.

Tobin laissa choir son baquet pour l'aider à descendre à cloche-pied jusqu'au ras du courant. « Fais-le tremper. Finira bien par se calmer un peu. »

Ki s'assit commodément puis laissa pendre ses deux jambes au fil de l'eau. Il en avait jusqu'aux genoux. Tobin fit de même avant de se renverser en arrière, appuyé sur ses coudes. Il était encore plus brun que Ki, cet été-ci, remarqua-t-il non sans se rengorger, malgré les déclarations de Nari que ça lui donnait la vulgaire dégaine d'un péquenot.

La vue plongeante dont il jouissait actuellement lui permettait d'admirer l'or des poils follets qui dévalaient au creux de l'échine musculeuse de son cher Ki et sa peau lustrée sous laquelle saillaient les omoplates. Tout en lui rappelant la souplesse fauve du couguar qu'ils avaient affronté de conserve dans les montagnes, cela fit courir dans toute sa chair un doux frisson tiède dont il se trouva qu'aucun mot n'était capable de rendre compte.

« Et mon chaudron ? Y va pas se remplir tout seul ! » leur cria Cuistote, là-bas derrière, de la poterne.

Tobin renversa sa tête en arrière pour toiser l'impatiente de bas en haut.

« Ki s'est fait mal au pied.

— Et ça t'a cassé *tes* jambes à toi ?

— M'ont tout l'air d'aller », fit Ki en éclaboussant d'une poignée d'eau froide le ventre de Tobin.

Celui-ci se rassit en piaulant. « Traître ! Vas voir si je t'aide… »

Debout sur la berge opposée, Frère ne le lâchait pas du regard. Tobin l'avait convoqué pendant la matinée puis complètement oublié.

S'il avait poussé tout autant que lui, le fantôme n'en demeurait pas moins étique et blême comme un ventre de poisson. En quelque lieu qu'il apparût, la lumière ne le frappait jamais comme un être vivant. De loin, comme ça, ses yeux bizarres lui faisaient comme des trous noirs qui lui dévoraient la figure. Sa voix était devenue de moins en moins distincte, en plus. En fait, il y avait des mois que Tobin ne l'avait pas entendu proférer le moindre mot.

Il dévisagea Tobin encore un bon moment puis se détourna pour scruter la route.

« Quelqu'un vient », murmura Tobin.

Ki jeta un coup d'œil vers le bas de la prairie puis reporta son regard sur lui. « J'entends rien du tout… »

Au bout d'un instant, tous deux finirent néanmoins par percevoir un vague et lointain cliquetis de harnais.

« Ah ! Frère ? »

Tobin acquiesça d'un hochement.

À présent se distinguait assez nettement l'approche des cavaliers pour qu'on puisse en déduire qu'ils devaient être une vingtaine. Tobin se leva d'un bond. « Tu crois que ça peut être Père ? »

Ki répondit par un grand sourire. « Qui d'autre pourrait bien venir ici avec tant de monde ? »

Tobin remonta la berge rocheuse à quatre pattes et courut se jucher sur le pont pour bénéficier d'un meilleur point de vue.

Les madriers chauffés à blanc lui brûlaient les pieds. Après avoir impatiemment sautillé de l'un sur l'autre une bonne minute, il s'élança sur l'herbe du bas-côté pour se porter à la rencontre de la cavalcade.

« Tobin ! Reviens ! Tu sais qu'on ne doit pas faire ça !

— Juste quelques pas ! » Un coup d'œil par-dessus l'épaule lui montra Ki boitillant sur le pont puis, désignant son orteil amoché, haussant les épaules.

Le cœur de Tobin se mit à battre la chamade quand il aperçut au travers des arbres un fugitif scintillement d'acier. Mais pourquoi diable les survenants marchaient-ils à cette allure d'escargot ? Père accomplissait toujours le dernier mille au galop, dans un nuage de poussière qui se voyait par-dessus la cime des arbres bien avant que ne se discernent les cavaliers eux-mêmes.

Tobin s'immobilisa pour mettre sa main en visière. Il n'y avait aucun nuage de poussière aujourd'hui. Saisi d'inquiétude, il resta là, tout prêt à prendre ses jambes à son cou si c'était en définitive des étrangers qui survenaient.

Or, quand se montra finalement la tête de la colonne au bas de la prairie, il reconnut d'emblée Tharin sur son rouan, puis le vieux Laris et les autres qui le talonnaient. Les escortaient également deux nobles seigneurs qu'il identifia comme Nyanis, grâce à son éclatante chevelure, et comme Solari, grâce à sa barbe noire en broussaille et à son manteau vert et or.

Les combats doivent avoir pris fin. Il a ramené des hôtes pour fêter ça ! Tobin poussa un hourra et agita les deux bras en signe d'accueil, tout en cherchant toujours son père parmi les rangs serrés de la cavalcade. Tharin lui rendit son salut d'un geste mais sans éperonner pour autant sa monture. Tandis qu'ils gravissaient tous la colline, Tobin s'avisa que le capitaine menait au bout d'une longe un cheval…, le palefroi noir de Père. Sellé mais sans cavalier. Et c'est seulement alors qu'il remarqua qu'on avait tondu ras la crinière de tous les chevaux. Il savait ce que cela voulait dire. Les hommes lui avaient raconté bien assez d'histoires à ce propos dans la cour des casernes…

L'air s'assombrit soudain aux côtés de Tobin. Frère venait de paraître. Sa voix s'entendait à peine par-dessus la rumeur incessante de la rivière, mais Tobin ne l'entendit que trop nettement.

Voilà notre père de retour chez lui.

« Non. » Tobin s'avança malgré tout à la rencontre des cavaliers. Les battements de son cœur lui martyrisaient les tympans. Il ne sentait seulement pas la route sous ses pieds.

Tharin et les autres firent halte au moment où il les abordait. Lui se refusa à les regarder en face. Il n'avait d'yeux que pour le cheval de Père et pour les effets jetés en travers de la selle : l'arc, le heaume et le haubert. Et pour la longue urne de grès qu'y tenaient suspendue les mailles d'un filet.

« Où est-il ? » demanda Tobin, maintenant obsédé par l'usure d'un étrier vide. Sa voix venait de sonner à ses propres oreilles presque aussi faiblement que celle de Frère.

Il entendit Tharin mettre pied à terre, il se sentit empoigner aux épaules par ses grosses mains, mais il n'en garda que plus obstinément les yeux fixés sur l'étrier.

Tharin le fit pivoter tendrement, lui cueillit le menton pour l'obliger à le regarder. Ses yeux d'un bleu délavé étaient tout lisérés de rouge et débordants de chagrin.

« Où est Père ? »

Tharin tira quelque chose de son aumônière, quelque chose de noir et or qui miroita dans la lumière du soleil. C'était le sceau de Père, à l'effigie du rouvre, enfilé sur sa chaîne. D'une main tremblante, Tharin le lui passa au col.

« Votre père est tombé au combat, mon prince, le cinquième jour de Shemin. Il est mort en brave, Tobin. Je t'ai rapporté ses cendres. »

Les yeux de l'enfant se reportèrent sur l'urne entourée d'un filet, et il comprit. *Le cinquième jour de Shemin ? C'était le lendemain de l'anniversaire de Ki. Nous sommes allés nous baigner. J'ai tué deux grouses. Nous avons vu Lhel.*

Nous ne savions pas.

Frère se tenait auprès du cheval, maintenant, une main posée sur l'urne poudreuse. Cela faisait près d'un mois que leur père était mort.

Tu m'as prévenu de l'agonie d'un renard, songea-t-il en dévisageant Frère d'un air incrédule. *Et de l'arrivée d'Iya. Mais de la mort de notre père, non ?*

« Je me trouvais là moi aussi, Tobin. Ce que te dit Tharin est la vérité pure. » C'est le jeune Lord Solari qui venait de parler. Il démonta pour venir se placer près de lui. Tobin avait toujours eu de la sympathie pour lui, mais il n'avait pas la force de le regarder en face non plus, maintenant. Lorsque celui-ci reprit la parole, ce fut comme s'il se trouvait à cent lieues de là, et pourtant Tobin avait ses bottes sous les yeux, juste à côté de lui, là, sur la route. « Il a poussé son cri de guerre jusqu'à la fin, et toutes ses blessures étaient par-devant. Je lui ai vu tuer quatre adversaires au moins avant de succomber. Aucun guerrier ne saurait souhaiter plus glorieuse mort. »

Tobin se sentait aussi léger que si son corps risquait à tout moment d'être éparpillé par la brise comme des graines de dompte-venin. *Peut-être que je verrai le fantôme de Père.* Il loucha du côté de l'urne dans l'espoir que l'ombre de son père allait lui apparaître. Mais il n'y avait là que Frère qui s'estompait peu à peu, les traits dévorés par les trous noirs où luisaient ses sombres prunelles, et qui finit par s'évaporer.

« Tobin ? »

Les mains de Tharin l'étreignaient fermement aux épaules et l'empêchaient de se disperser dans le vent. Mais il n'avait aucune envie de le regarder, aucune envie de voir les larmes qui traçaient lentement un double sillon sur ses joues poussiéreuses. Il n'avait aucune envie non plus que les deux seigneurs et les soldats voient Tharin pleurer.

Aussi préféra-t-il laisser ses yeux se perdre par-delà. Ki, remarqua-t-il, descendait la route en courant. « Son pied doit aller mieux. »

Le visage de Tharin se rapprocha du sien. Il se lisait dans son regard une expression des plus singulières. De-ci de-là s'entendaient à présent des gémissements étouffés qui stupéfiaient l'enfant comme quelque chose d'inouï. Ça ne pleurait pas, des soldats…

« Ki, crut-il bon d'expliquer, tout en laissant à nouveau dériver son regard vers le cheval de Père. Il s'est blessé l'orteil, mais voici qu'il arrive. »

Tharin se défit d'un fourreau qui lui barrait le dos pour le déposer entre les mains de Tobin. C'était l'épée gainée du duc. « Elle est à toi, maintenant, elle aussi. »

Tobin étreignit l'arme. Elle était terriblement lourde. Tellement plus lourde que la sienne… *Trop grande pour moi. Tout comme l'armure.* Une chose de plus à garder pour plus tard. Trop tard.

Il entendit bien que Tharin parlait, mais il avait l'impression que son crâne était bourré de graines floconneuses de dompte-venin ; il avait du mal à comprendre quoi que ce soit. « Qu'est-ce que nous en faisons, des cendres ? »

Tharin l'attira plus près de lui.

« Quand tu seras prêt, nous les emporterons à Ero pour les déposer aux côtés de ta mère dans la tombe royale. Ils seront enfin de nouveau réunis.

— À Ero ? »

Père avait toujours promis qu'il l'emmènerait à Ero.

Et, au lieu de ça, c'était à lui, paraît-il, d'y emmener Père.

Il se sentait les yeux en feu, et la poitrine lui brûlait comme s'il avait couru d'une seule traite de la ville à ici, mais les larmes se refusaient à lui. Il avait l'impression d'être aussi sec intérieurement que le sol qu'il foulait.

Tharin se remit en selle, et quelqu'un jucha Tobin, toujours cramponné à l'épée de Père, derrière lui.

Ki les rejoignit à mi-chemin, hors d'haleine et plus ou moins à cloche-pied. Il avait l'air de savoir déjà ce qui s'était passé et fondit en pleurs silencieux à la vue des armes attachées à la selle vide. Allant vers Tobin, il lui étreignit la jambe à deux mains et plaqua son front contre son genou. Puis Koni survint, qui lui tendit la main pour l'aider à monter en croupe.

Pendant que le cortège achevait de gravir la colline, Tobin ne fut sensible qu'à une chose, aux pesants battements sur son cœur du sceau d'or de Père que provoquait chacun des martèlements des sabots du cheval.

Nari et les autres les accueillirent à la grande porte et se lancèrent dans un épouvantable concert de lamentations sans même attendre que Tharin leur ait annoncé la nouvelle. Même Arkoniel pleurait à chaudes larmes.

Nari embrassa Tobin à l'étouffer dès qu'il eut mis pied à terre.

« Oh, mon pauvre amour ! sanglota-t-elle. Qu'est-ce que nous allons bien pouvoir faire ?

— Aller à Ero », s'efforça-t-il de lui répondre, mais sans être bien sûr qu'elle l'entendait.

On emporta les armes et les cendres dans la grande salle pour les déposer devant l'autel domestique. Tharin aida Tobin à raser la crinière de Gosi puis à la brûler, mêlée à l'une de ses propres mèches, dans la cour des casernes, en l'honneur de Père.

Cela fait, on chanta devant l'autel des chants lugubres que tout le monde avait l'air de connaître, excepté Tobin, et Tharin lui posa les mains sur les épaules pendant qu'il priait Astellus et Dalna de prendre soin de l'esprit de son père puis conjurait Illior et Sakor de protéger la maisonnée.

Tout cela se réduisit pour Tobin à un vague bredouillis de mots. Et lorsque Frère apparut pour placer sur la tablette de l'autel l'une de ses sales racines d'arbre toutes tordues, sa fatigue était telle qu'il ne fit pas un geste pour la déblayer. Il fut d'ailleurs le seul de l'assistance à la remarquer.

Une fois achevés les prières et les chants, Tharin le prit à part et, s'agenouillant devant lui, l'attira de nouveau tout près. « Je me trouvais avec ton père quand il est mort, lui souffla-t-il, et ses yeux avaient de nouveau l'expression singulière de tout à l'heure. Nous avons parlé de toi. Il t'aimait plus que rien d'autre au monde, et il était si triste de t'abandonner… » Il s'essuya les yeux, s'éclaircit la gorge. « Il m'a chargé d'être ton protecteur, et c'est à quoi je m'emploierai tout le reste de mon existence. Tu peux compter sur moi en toute circonstance. »

Il dégaina son épée puis, l'ayant dressée pointe en bas devant lui, prit la main de Tobin et la lui plaça sur la garde tout usée avant d'appliquer la sienne par-dessus. « Je jure par les Quatre et par mon honneur de demeurer à tes côtés et de te servir jusqu'à mon dernier souffle. J'ai fait le même serment à ton père. Tu comprends, Tobin ? »

L'enfant hocha la tête. « Merci. »

Tharin rengaina puis le tint longuement embrassé. Après s'être écarté pour se relever, il secoua la tête. « Les Quatre m'en soient témoins, ce sont mes cendres et non les siennes que je voudrais voir dans cette urne. Je donnerais n'importe quoi pour ça. »

Le jour déclinait quand tout fut fini. L'heure du repas survint et passa, mais personne ne prépara de feu ni ne fit de cuisine, et tout le monde resta pour la nuit dans la grande salle. Une veillée, Tharin appelait ça. Comme la nuit tombait, il alluma une seule lampe devant l'autel, les autres pièces de la maison demeurant dans le noir.

Certains des serviteurs s'allongèrent à terre pour dormir, mais les guerriers s'agenouillèrent en demi-cercle face à l'autel, leurs épées au clair devant eux. Nari eut beau installer pour lui une paillasse au coin de la cheminée, Tobin ne parvint pas à rester couché. Il se joignit quelque temps aux hommes, mais leur silence lui fit l'effet de l'exclure et de l'isoler. Si bien qu'il finit par aller en catimini se réfugier tout au fond de la salle et par se laisser choir dans la jonchée près de l'escalier.

C'est là que Ki le découvrit puis s'assit à son tour. « Tu n'avais jamais rien vu de pareil, n'est-ce pas ? » chuchota-t-il.

Tobin secoua la tête.

« On a pourtant bien dû faire quelque chose, quand ta mère est morte, non ?

— Je ne sais pas. » Repenser à cette époque-là le faisait toujours grelotter de la tête aux pieds. Ki dut s'en apercevoir, car il se rapprocha pour l'enlacer avec un de ses bras, exactement comme l'avait fait Tharin. Tobin se laissa aller contre lui et posa la tête sur son épaule, éperdument reconnaissant d'un réconfort si simple et si solide. « Je ne me souviens pas. Je l'ai vue gisant sur la glace, et puis c'est tout, elle était partie. »

Il n'avait jamais demandé ce qu'il était advenu d'elle. Nari avait bien essayé d'en parler une fois ou deux peu de temps après, mais il n'avait pas eu envie de l'apprendre, à ce moment-là. Il s'était bouché les oreilles et enfoui sous les couvertures jusqu'à ce qu'elle s'en aille. Et si, depuis lors, plus personne n'avait évoqué ce sujet dans la maison, lui non plus n'avait jamais posé de question. C'était bien assez horrible, déjà, de savoir que l'esprit de sa mère arpentait encore la tour ; alors, où son corps pouvait se trouver, ça lui était bien égal, ça.

Mais maintenant, là, dans le noir, voilà qu'il repensait à ce qu'avait dit Tharin. Mère était à Ero.

Si peu qu'il se rappelât de ce jour tragique, il savait que le roi était déjà parti quand lui-même avait eu la permission de quitter son lit. Et déjà partie Mère, aussi.

À l'instar de l'un de ces minuscules noyaux qu'Arkoniel laissait tomber dans ses solutions alchimiques, ce simple constat fit se cristalliser des années de souvenirs à demi conscients en une conviction, unique et suraiguë, celle que le roi avait emmené Mère. Son esprit embrumé de chagrin s'y agaça comme on s'agace d'une dent gâtée trop douloureuse pour que l'on arrête de la tâter, de la tripoter.

Non, chuchota Frère dans le noir.

« Ma maman à moi est morte quand j'avais six ans, fit Ki tout bas, ramenant par là Tobin au moment présent.

— De quoi ? »

En dépit de tous leurs bavardages, ils n'avaient jamais abordé ce chapitre avant.

« Elle s'est entaillé le pied sur une faux, et la blessure n'a jamais guéri. » Il venait de lui échapper une pointe de son vieil accent campagnard. « Sa jambe est devenue toute noire, elle avait la bouche comme verrouillée, et puis elle est morte. Comme la terre était complètement gelée, Père l'a déposée tout empaquetée dans le grenier de l'étable et l'y a laissée jusqu'au retour du printemps. Moi, je grimpais m'asseoir près d'elle, quand je me sentais seul. Il m'est même arrivé, des fois, de soulever la couverture, rien que pour revoir un peu sa figure. On l'a enterrée au printemps, quand il n'y avait pas encore de feuilles. Père avait déjà ramené Sekora chez nous, et elle avait déjà le gros ventre. Je n'arrêtais pas de loucher dessus, je me rappelle, pendant qu'on chantait les chants sur la tombe de ma maman. » Sa voix venait de détonner vers l'aigu.

« Toi, tu as eu une nouvelle mère », murmura Tobin, qui se sentit soudain très lourd et fatigué au-delà de toute expression. « Moi, maintenant, je n'ai plus ni père ni mère du tout. »

Le bras de Ki se resserra autour de lui. « Je suppose qu'on ne te laisserait pas venir avec moi chez nous, hein ? Nous, on s'apercevrait à peine qu'on en a un de plus dans les pattes. »

L'œil toujours aussi sec malgré le chagrin qui le ravageait au-dedans, Tobin partit à la dérive dans un rêve où Ki et lui dormaient au sein d'un énorme tas de mioches à cheveux bruns… – tous enchevêtrés bien au chaud comme une portée de chiots –, tandis que dehors, dans la grange, gisaient leurs deux mères, mortes et gelées.

34

Arkoniel se réveilla, la nuque raide, juste après l'aube. Il s'était jeté dans un coin proche de l'autel, bien décidé à assurer la veillée avec les autres, mais il n'avait pu s'empêcher de s'assoupir par intermittence.

Au moins n'ai-je pas été le seul à succomber au sommeil, se dit-il en laissant errer son regard tout autour de la salle.

La lampe de l'autel brûlait toujours, et sa lueur diffuse lui permettait de discerner des silhouettes sombres pelotonnées sur les bancs et dans les parages de l'âtre, à même la jonchée. Il eut quelque peine à repérer Tobin et Ki affaissés tous deux près de l'escalier, le dos contre le mur.

Seuls les guerriers n'avaient pas interrompu leur veille de toute la nuit, agenouillés qu'ils étaient constamment restés pour honorer la mémoire du chef qu'ils avaient suivi tant d'années durant.

Arkoniel examina leurs traits tirés. Nyanis et Solari étaient inconnus de lui ; d'après ce qu'il avait entendu dire à Cuistote et à Nari la veille, tous deux s'étaient révélé des vassaux d'une loyauté indéfectible ; ainsi la fille de Rhius trouverait-elle peut-être en eux des alliés à l'avenir.

Il reporta son regard sur Tobin ; la lumière chiche aurait pu le faire prendre, à le voir roupiller contre son mur, pour n'importe quel galopin poussé dans un taudis d'Ero. En se remémorant ce qu'Iya lui avait révélé de ses propres visions, le magicien ne put réprimer un soupir.

Trop chamboulé pour envisager de se rendormir, il sortit flâner sur le pont pour contempler le lever du soleil. Quelques daims broutaient à la lisière de la prairie, plusieurs autres s'étaient risqués sur les berges rocailleuses de la rivière pour atteindre le bord de l'eau. Un grand héron blanc arpentait les bas-fonds en quête de son déjeuner. En dépit de l'heure, la journée promettait déjà d'être torride.

Arkoniel s'assit au beau milieu du pont, les jambes ballant dans le vide. « Et désormais quoi, Illuminateur ? lâcha-t-il tout bas. Que nous faut-il faire, si les protecteurs de ce pauvre enfant continuent de disparaître l'un après l'autre ? »

Il attendit patiemment, guettant avec ferveur quelque signe en réponse. Mais il fut incapable de rien voir d'autre que, dardé fixement sur lui, l'implacable soleil de Sakor. Non sans un nouveau soupir, il entreprit mentalement de composer à destination d'Iya une lettre où il tâchait de la persuader de renoncer à ses interminables vagabondages afin de revenir le seconder. Cela faisait des mois, cependant, qu'il n'avait pas eu de nouvelles d'elle, et il n'était même pas sûr de l'adresse où son message aurait quelque chance de la toucher.

Il n'avait guère avancé dans sa rédaction quand il entendit la porte grincer dans son dos. Tharin vint à grands pas le rejoindre et, prenant place à ses côtés, se mit à considérer l'horizon par-dessus la prairie, les poings coincés entre ses genoux. Il était d'une pâleur extrême, et le chagrin creusait profondément ses traits. La lumière du petit matin achevait de délaver ses yeux.

« Vous n'en pouvez plus », dit Arkoniel. Tharin se contenta de hocher lentement la tête. « Selon vous, que va-t-il se passer maintenant ?

— C'est pour t'en parler que je suis sorti. Le roi m'a annoncé ses intentions devant le bûcher de Rhius. Il compte envoyer chercher Tobin. Il le veut à Ero avec le prince Korin et les Compagnons. »

La tournure que prenaient les événements n'avait rien de bien surprenant, mais Arkoniel en eut tout de même les tripes serrées.

« Quand ?

— Je l'ignore au juste. Bientôt. Je l'ai prié d'accorder un peu de répit au petit, mais il s'est gardé de réagir sur ce point. Je doute fort qu'il consente un très long délai, tant il brûle de l'avoir à portée de main.

— Que voulez-vous dire ? »

Tharin ne répondit pas tout de suite. Il avait l'air simplement fasciné par les daims. Il finit à la longue par soupirer puis dit : « Je t'ai connu tout gosse quand Iya et toi vous séjourniez à Atyion. Depuis que tu te trouves ici, j'ai pu constater quel homme tu étais devenu. J'ai toujours eu beaucoup de sympathie pour toi, et je crois pouvoir te faire confiance, notamment en ce qui concerne Tobin. C'est pour cette raison que je vais remettre mon existence entre tes mains. » Il tourna la tête pour regarder le jeune homme droit dans les yeux. « Mais s'il advenait jamais que tu m'aies dupé, les Quatre me sont témoins qu'alors tu devras me tuer pour me faire lâcher ta piste. Nous sommes bien d'accord là-dessus ? »

Arkoniel se garda de voir là des menaces en l'air. Et cependant, derrière la brutalité du propos, il perçut aussi de la peur, une peur non pas pour lui-même mais pour Tobin.

Il leva sa main droite tout en plaquant la gauche sur son cœur.

« Par mes mains, mon cœur et mes yeux, sieur Tharin, je vous jure que je suis prêt à sacrifier ma propre vie pour protéger l'enfant de Rhius et d'Ariani. Qu'avez-vous à me dire ?

— J'ai ta parole que tu n'en toucheras mot à qui que ce soit ?

— Iya et moi n'avons pas de secrets l'un pour l'autre, mais je puis vous répondre d'elle comme de moi-même.

— Très bien. Je n'ai de toute manière personne d'autre à qui m'adresser. D'abord et avant tout, je suis intimement convaincu que le roi voulait la mort de Rhius. Il se pourrait même qu'il ait trempé dans son assassinat. »

Si peu d'expérience qu'il eût de la vie de cour, le candide Arkoniel lui-même n'eut aucune peine à comprendre qu'en l'occurrence son vis-à-vis venait en effet de se mettre, et plutôt deux fois qu'une, entièrement à sa merci. La conscience qu'en avait forcément Tharin au même instant ne l'empêcha pas de poursuivre sans une seconde d'hésitation. « Depuis la mort de la princesse, Erius ne s'est jamais fait faute de pousser Rhius au plus fort de chaque bataille. Rhius s'en était aperçu, lui aussi, mais il avait un sens de l'honneur beaucoup trop aigu pour le dire. Toutefois, certains des ordres auxquels nous obtempérions n'étaient que pure témérité. Il y a des centaines de valeureux guerriers skaliens qui seraient toujours sur leurs jambes et qui respireraient à pleins poumons l'air d'Atyion et de Cirna si le roi s'était montré un rien moins écervelé dans le choix de ses lieux d'attaque.

» Le jour où Rhius fut tué, Erius nous commanda de pénétrer à cheval en plein marécage. Nous étions en train de nous efforcer d'émerger de l'autre côté lorsque nous tombâmes dans une embuscade.

— Qu'est-ce qui vous conduit à penser que le roi ne fut pas étranger à cette affaire ? »

Tharin lui adressa un sourire amer. « Tu n'es pas très calé en matière de cavalerie, hein, magicien ? Eh bien, tu n'expédies pas de cavaliers dans un tel terrain, l'été, sans un appui décent d'infanterie et sans aucune couverture. Surtout lorsqu'il y a de fortes chances pour que l'ennemi bénéficie de solides retranchements sur l'autre bord et soit là tout oreilles à guetter ton approche. Une flèche frappa Rhius à la cuisse avant que nos troupes ne soient nulle part à proximité de la terre ferme. Moi, j'en pris une dans l'épaule, et une autre abattit mon cheval sous moi. Je tombai, lui chargea… Et ce fut un satané massacre. En face, il devait y avoir deux ou trois centaines d'archers et de fantassins, et si ce n'était pas justement nous qu'ils attendaient, alors c'est que quelqu'un faisait un fameux gâchis de leurs forces. Malgré la flèche qu'il avait prise, Rhius se battait comme un loup, mais, d'après ce que m'a conté Laris, une pique lui tua son cheval, et ce fut la chute. Rhius était coincé sous la bête, et l'ennemi fut sur lui, haches au poing, avant… Avant que j'aie pu le rejoindre. »

Une larme roula, qui s'empêtra finalement dans les picots de chaume de sa joue. « La vie le fuyait à flots quand j'ai réussi à le retrouver. Nous eûmes beau l'évacuer, plus aucun soin n'était susceptible de le sauver. »

De nouvelles larmes avaient suivi la première, mais sans qu'il ait l'air de s'en apercevoir. Quelque chose avertit Arkoniel qu'il devait s'être habitué à pleurer de la sorte. « Rhius a pressenti que Bilairy ne tarderait plus à l'emmener. Il m'a attiré tout près de lui pour me parler de manière à n'être entendu que de moi. Ses toutes dernières paroles furent : "Consacre ta vie à protéger mon enfant coûte que coûte. Tobin doit gouverner Skala." »

Arkoniel en perdit la respiration. « Il vous a dit cela ? »

Tharin le regarda droit dans les yeux et soutint son regard. « J'ai pensé alors que c'était la mort qui lui brouillait l'esprit. Mais à voir la tête que tu fais en ce moment même, je pense que je vais changer d'avis. Tu sais ce qu'il entendait par là ? »

« Fie-toi à ton intuition », lui avait recommandé Iya le jour de la séparation. Or, son intuition lui dictait depuis toujours de faire confiance à Tharin. Il n'en eut pas moins

l'impression de se trouver dans la position d'un homme prêt à se jeter du haut d'une falaise sans rien discerner d'autre au-dessous qu'un brouillard à couper au couteau. Le secret mettait en danger quiconque en portait le faix.

« Oui. Iya et moi n'avons jamais œuvré que dans ce sens, et ce dès avant la naissance de Tobin. Mais répondez-moi en toute franchise, il le faut. Vous est-il possible de continuer à servir Tobin sans rien savoir de plus que ce que vous savez à cette heure ?

— Oui. Seulement… »

Arkoniel détailla les traits ravagés de son interlocuteur pendant que celui-ci cherchait comment formuler sa pensée et le devança : « Vous n'arrêtez pas de vous demander pourquoi Rhius ne vous en a pas confié davantage…, avant ? »

Tharin acquiesça d'un hochement, les lèvres douloureusement pincées.

« Il ne l'a pas fait parce qu'il ne le pouvait pas, dit Arkoniel avec douceur. Rhius n'a jamais suspecté votre loyauté, vous devez absolument le croire. Un jour, je serai à même de vous expliquer tout cela, et vous comprendrez. Mais ne doutez pas un instant de la foi que le duc avait en vous. Son dernier souffle vous l'a prouvée, Tharin. Il vous a confié la croyance la plus sacrée de toute son existence.

» Actuellement, c'est de protection qu'a besoin Tobin ; plus tard, il lui faudra des alliés. Quelle est l'importance des troupes que nous pourrions convoquer aujourd'hui, en cas de nécessité ? »

Tharin se passa la main dans la barbe. « Tobin n'a pas tout à fait douze ans, Arkoniel. C'est là un âge trop tendre pour commander, trop tendre même pour lui susciter beaucoup de partisans, s'il ne bénéficie de l'appui d'un seigneur puissant. » Il indiqua le fort, derrière. « Nyanis et Solari sont des gens de bien, mais Rhius était leur chef de guerre autant que leur suzerain. Si Tobin avait seize ou dix-sept ans, mettons..., voire même quinze, ce pourrait être une tout autre affaire, mais les choses étant ce qu'elles sont, le seul parent qu'il ait de quelque importance est le roi. Encore que...

— Oui ?

— De toi à moi, notre noblesse compte en son sein des hommes qui ne resteront pas les bras croisés à laisser malmener sous leurs yeux le moindre descendant de la lignée féminine skalienne, et il en est également d'autres qui ne manqueront pas de bonnes raisons pour se rappeler qui était le père de Tobin.

— Et ces nobles-là, vous les connaissez ? Vous savez en qui Tobin pourrait se fier ?

— Il y a peu de gens sur la foi desquels je mettrais ma tête à couper, vu ce qu'est la cour, de nos jours, mais j'ai passé toute ma vie aux côtés du duc, et j'étais dans ses petits papiers. Je possède un assez joli flair sur le sens du vent.

— Tobin aura bien besoin de vous pour le guider dans ce dédale. Il peut compter sur les soldats qui devaient fidélité à Rhius ?

— Les gens du commun sont attachés aux terres qu'ils travaillent. En principe, ils en servent le détenteur, quel qu'il soit. Jusqu'à ce que Tobin atteigne l'âge d'assumer ses droits, les domaines qui lui reviennent auront pour détenteurs, j'imagine, qui en décidera le bon plaisir du roi. » Il secoua la tête. « Des tas de choses peuvent changer d'ici là, j'ai peur. Erius va sûrement nommer ses propres régisseurs et intendants pour gérer les biens de l'orphelin.

— Ce dernier n'a déjà subi que trop de changements, murmura Arkoniel. En tout cas, c'est une fameuse chance pour lui que de posséder pour mentor un homme aussi loyal que vous. »

Tharin lui claqua l'épaule puis se releva.

« Il y en a qui servent pour la gloire ou par loyauté, d'autres pour la paye, fit-il d'un ton bourru. C'est par amour que j'ai servi Rhius et que je servirai Tobin à son tour.

— Par amour. » Arkoniel leva les yeux, frappé par un je-ne-sais-quoi d'incongru dans le ton. « Je n'ai jamais pensé à vous le demander. Vous possédez un domaine quelque part. Vous y avez une famille à vous ?

— Non. »

Le magicien n'eut pas le loisir de déchiffrer sa physionomie que le capitaine tournait les talons pour regagner le fort à grandes enjambées.

« Ça brave type, chuchota Lhel sans se montrer, sa voix se mêlant au tumulte des flots qu'il voyait là-dessous courir entre ses pieds ballants.

— Je sais, répliqua-t-il, réconforté par la présence désincarnée de la sorcière. Tu es au courant pour Lord Rhius ?

— Frère dire moi.

— Que vais-je faire, Lhel ? Le roi veut qu'il aille à Ero.

— Tenir Ki près lui. »

Arkoniel laissa fuser un petit rire amer. « Est-ce là tout ? Je suis bien aise de l'apprendre… Lhel ? »

Mais elle était déjà partie.

35

Au matin qui suivit la veillée funèbre, Tobin se réveilla plein d'un silence inouï. La tête pressée contre sa joue, Ki dormait toujours au creux de son épaule. Se gardant de bouger si peu que ce soit, Tobin essaya de comprendre la sensation bizarre de vide qu'il éprouvait en dessous des côtes. Elle n'avait rien à voir avec l'impression ressentie lors de la mort de Mère ; en tombant vaillamment au champ d'honneur, Père avait eu la fin d'un guerrier.

Ki se faisait pesant. Comme Tobin remuait pour se soulager un peu, il se réveilla en sursaut.

« Tu vas bien, Tobin ?

— Oui. »

Il pouvait quand même parler. Toujours ça. Mais le sentiment de silence inouï qui persistait en lui lui faisait l'effet d'un trou noir, ou de l'insondable source glacée qu'il y avait chez Lhel, à côté du chêne. Tout à fait comme s'il était en train d'en fixer l'abîme ténébreux dans l'attente de quelque chose. Mais de quoi, c'est justement ce qu'il ne savait pas.

Il se leva et se dirigea vers l'autel afin d'y prier pour son père. Tharin et les nobles s'étaient retirés, mais Koni et une poignée d'autres demeuraient agenouillés devant.

« J'aurais dû faire la veillée en votre compagnie, marmonna-t-il, tout mortifié d'avoir dormi.

— Personne n'attendait ça de toi, Tobin, répondit gentiment Koni. Nous, on avait versé le sang avec lui. Mais tu pourrais toujours fabriquer les offrandes à l'autel. Cinquante et un chevaux de cire, un par année qu'il a vécue. »

Apercevant là-dessus la racine qu'avait déposée Frère, Koni esquissa le geste de la retirer, mais Tobin l'interrompit. « Laissez-la. » À côté de la racine se trouvait également un gland, maintenant.

Lui et Ki passèrent la matinée dans la pièce aux jouets, assis à même le sol parmi les pains de cire d'abeille. Jamais il n'avait dû façonner tant de figurines à la fois, et il en eut bientôt les mains tout endolories, mais il n'allait pas s'arrêter pour si peu. Quitte à laisser Ki pétrir la cire afin de la lui amollir, il exigea de modeler tous les chevaux lui-même. Tout en conférant aux chevaux la même silhouette que d'habitude, avec la menue tête en pointe et l'encolure arquée caractéristiques des aurënfaïes qu'ils montaient, Père et lui, il leur écourta la crinière en signe de deuil, n'évoquant celle-ci que par des traits brefs à peine incisés du bout de l'ongle de son pouce.

Il se trouvait encore en plein travail quand Nyanis et Solari se présentèrent à sa porte en manteaux de voyage.

« Je viens prendre congé de vous, prince Tobin, dit Nyanis en s'agenouillant auprès de lui. Lorsque vous viendrez à Ero, comptez-moi sans faute au nombre de vos amis. »

Tobin leva les yeux de sa cire et hocha la tête, non sans s'étonner que les cheveux de son vis-à-vis aient perdu tant de lustre et d'éclat depuis sa dernière visite. Les reflets flamboyants qu'y jetait le feu lorsqu'on jouait aux oies près de la cheminée l'avaient toujours fasciné, quand il était petit.

« Vous pourrez toujours également compter sur moi, mon prince, dit Solari en se plaquant le poing contre la poitrine. La mémoire de votre père m'oblige à me considérer pour jamais comme l'allié d'Atyion. »

Quel menteur ! siffla Frère, en suspens juste derrière lui. *Il vient de prédire au capitaine qui le seconde : « D'ici un an, c'est moi qui serai seigneur et maître d'Atyion. »*

Abasourdi, Tobin hoqueta :

« D'ici un an ?

— Dans un an et j'espère à jamais, mon prince », répondit Solari, mais Tobin n'eut qu'à le regarder dans les yeux pour savoir que Frère avait dit vrai.

Ainsi que l'aurait fait Père, il se leva pour adresser aux deux hommes un profond salut.

Leurs pas s'éloignaient vers le bas bout du corridor lorsque l'écho lui répercuta, bien assez audible, ce chuchotage de Solari : « Peu me chaut ce que dit Tharin ! Le gosse n'est... »

Tobin dévisagea Frère. Peut-être ne s'agissait-il que d'une illusion due à l'éclairage, mais il eut l'impression que le fantôme souriait.

S'étant mis en tête de couver Tobin, Nari alla jusqu'à proposer de partager de nouveau son lit comme à l'époque où il était petit, mais il ne put en supporter ne fût-ce que l'idée, et il rembarra la nourrice sans ménagement. Quant à Arkoniel et Tharin, tout en conservant leurs distances, ils avaient toujours l'air de se trouver tout près et d'observer en tapinois.

La seule compagnie qui ne hérissait pas Tobin était celle de Ki, et les quelques jours qui suivirent leur virent passer bien des heures ensemble en dehors du fort. Monter à cheval étant prohibé – au même titre que les repas chauds ou les feux après le coucher du soleil – pendant les quatre jours que durait le deuil officiel, ils faisaient à la place des balades à pied sur les sentiers ou le long des berges de la rivière.

Le sentiment de silence intérieur persistait ; Ki paraissait le percevoir et, contre son habitude, ne jacassait pas. Et jamais il ne fit mine de s'étonner que Tobin n'ait pas la moindre larme pour son propre père, alors que lui-même en versait d'assez abondantes.

En quoi il n'était pas le seul. Au cours de ces tout premiers jours, Tobin n'eut que trop d'occasions de surprendre Tharin et Nari en train de se tamponner les yeux, et il le vit également faire à bien des hommes dans les parages des baraquements. À l'évidence, c'était lui qui devait clocher… Il alla tout seul, la nuit, se camper devant l'autel et, les mains posées sur l'urne de cendres, s'épuisa à chercher les larmes, mais elles refusèrent de venir.

La troisième nuit après la veillée fut trop étouffante pour qu'il ferme l'œil. Il demeura des heures allongé sans dormir, à regarder les papillons voleter autour de la veilleuse et à écouter retentir dans la prairie, en bas, le chœur des grenouilles émaillé de grillons. Près de lui, Ki récupérait à poings fermés, bien à plat sur le dos et la bouche ouverte, sa peau nue moite de sueur. Il avait la main droite qui reposait à quelques pouces de la cuisse de son copain, et va savoir quel rêve en crispait les doigts par intermittence. Les yeux attachés sur lui, Tobin envia son aisance à dormir.

Plus il aspirait au sommeil, et plus le sommeil le fuyait. Il se sentait l'œil sec comme une braise refroidie, et les pulsations de son cœur lui faisaient l'effet de secouer le lit. Un rayon de lune effleura la cotte de mailles étalée sur son présentoir, dans l'angle, et désormais complétée par l'épée qu'on disait être à lui. Trop tôt pour l'épée, songea-t-il avec amertume, et trop tard pour l'armure.

Son cœur s'étant mis à battre plus violemment que jamais, il abandonna le lit, enfila une chemise toute froissée et, se glissant furtivement dans le corridor, réfléchit un moment. Dans la salle, il y aurait fatalement des serviteurs en train de dormir ; s'il montait à l'étage au-dessus, il y avait de fortes chances pour qu'Arkoniel fût encore éveillé, mais il ne se sentait pas d'humeur à causer avec lui. Aussi se décida-t-il finalement pour la pièce aux jouets.

Les vantaux ouverts laissaient entrer le clair de lune. Nimbée par lui, la cité paraissait presque douée de réalité. Pendant un moment, il s'imagina qu'il était une chouette et la survolait de nuit. Un pas de plus, et elle redevint un simple jouet, la pure merveille que Père avait créée tout exprès pour lui, et grâce à laquelle, au cours de tant et tant d'heures heureuses passées ensemble, il lui avait enseigné les rues et ruelles d'Ero.

Et les reines.

Il n'avait désormais plus besoin de grimper sur une chaise pour atteindre l'étagère où se trouvait la boîte aux figurines. S'emparant de celle-ci, il s'installa près de la ville miniature et aligna les rois et les reines sur la terrasse du Palais Vieux : le roi Thelátimos et sa fille, Ghërilain la Fondatrice, s'y dressaient côte à côte, comme de coutume, suivis par la pauvre Tamir, empoisonnée pour satisfaire aux folles ambitions d'un frère. Leur succédaient la première Agnalain, Klia et toutes les autres jusqu'à Grand-Maman Agnalain, qui s'était révélée aussi démente que sa propre fille. Les leçons d'histoire qu'il avait reçues d'Arkoniel comportaient infiniment plus de détails qu'aucune de celles jamais données par Père ou par Nari. S'il en savait un bout sur les cages à corbeaux et les gibets de sa grand-maman, il savait tout également de ses consorts raccourcis et empoisonnés… Comment s'étonner dès lors qu'à la mort de celle-ci le peuple eût laissé l'oncle Erius mettre au rancart la Prophétie pour s'adjuger le trône ?

Il retira finalement de la boîte la figurine en bois, la dernière, la malmenée, l'éclopée cent fois réparée : le Roiton-oncle. Qui n'était encore guère plus qu'un nom dans une histoire, une vague tête entrevue rien qu'une fois du haut d'une fenêtre.

Il a emporté Maman.

Tobin tourna et retourna dans ses mains la mince figurine, tout au souvenir des innombrables fois où Père avait dû sortir le pot de colle pour en rajuster les morceaux, suite aux agressions de Frère. Mais cela faisait des années que Frère ne s'était plus soucié de la démolir…

Un tout petit bruit le fit sourciller. Baissant les yeux, il découvrit qu'il avait cassé net la tête du roi. Il laissa tomber ces piteux débris dans les noires ombres de la citadelle et prêta l'oreille à leur brève dégringolade.

Père ne viendrait pas, armé du pot de colle, pour les réparer.

Ce souvenir en fit surgir d'autres, image après image, de Père en train de rire, d'enseigner, de jouer, de chevaucher. En dépit de quoi il ne parvint pas à pleurer.

Tout à coup, il entendit un pas feutré derrière lui et perçut une odeur de fumée de bois et de pousses vertes foulées. Les cheveux noirs de Lhel chatouillèrent sa joue quand elle lui saisit la tête et l'attira contre sa poitrine.

« Je dire toi quelque chose vrai, maintenant, *keesa*, chuchota-t-elle. Ton père faire cité-là pour toi et faire toi pour cité-là.

— Que voulez-vous dire ? »

Il se dégagea et se retrouva tout seul en plein clair de lune.

« Qu'est-ce que tu fabriques là-dedans ? » grommela Ki. Il n'y avait à dépasser de l'embrasure de la porte que sa bouille tout ensommeillée. N'obtenant aucune réponse, il vint prendre Tobin en traînant les pieds et le remmena vers leur lit. Le temps de s'affaler à ses côtés, de lui plaquer une main sur le cœur et de fermer les yeux, déjà il s'était rendormi.

Tobin aurait bien aimé débrouiller un peu le message hermétique délivré par Lhel, mais la rassurante pression de la main de Ki, les senteurs que la sorcière avait laissées dans son sillage le bercèrent tant et si bien qu'il sombra presque instantanément dans un sommeil affranchi de rêves.

36

Ainsi que redouté à trop juste titre, Erius ne fut pas long à se manifester. Deux semaines ne s'étaient pas écoulées depuis le retour de Tharin qu'en jetant un coup d'œil par la fenêtre de son atelier Arkoniel vit des nuées de poussière s'élever au-dessus de la route de Bierfût.

Et comme il fallait au moins un escadron de cavalerie pour en susciter d'aussi épaisses, le magicien n'eut pas le moindre doute sur l'identité de l'expéditeur.

Tout en se maudissant pour son défaut de vigilance, il s'apprêtait à lancer un charme investigateur à la recherche des garçons quand il les repéra tout au bas de la prairie. À demi-nus comme toujours en raison de la canicule, ils se tenaient tapis près de la berge dans un fourré touffu d'osier fleuri.

« Filez ! » cria-t-il, trop conscient qu'il leur était tout aussi impossible, de cet endroit-là, d'apercevoir le nuage menaçant que de distinguer, par-dessus le tumulte de la rivière, les rumeurs de la chevauchée. Lui non plus, d'ailleurs, ils ne pouvaient l'entendre, et cependant quelque chose leur donna tout à coup l'alarme. Ils se frayèrent vivement un passage au travers des grandes plantes en direction des bois qui bordaient la prairie à l'extrémité opposée.

« Bravo, mes petits ! chuchota-t-il.

— Des cavaliers ! » gueula Tharin dans la cour en contrebas.

Il avait entrepris avec ses subordonnés de restaurer la toiture des baraquements, et c'était là qu'il était justement campé, une main en visière contre le soleil et le nez levé vers le magicien. « C'est qui ? » l'interpella-t-il.

Arkoniel se couvrit les yeux pour lancer au plus vite un charme voyeur.

« Deux vingtaines environ d'hommes en armes et qui surviennent au galop. Ils ont à leur tête un héraut royal et un gentilhomme… inconnu de moi.

— Les couleurs ?

— Incertaines, à cause de la poussière », répondit Arkoniel. Celle des tuniques qu'il arrivait à discerner pouvait facilement passer pour du gris. Quand il se décida à rouvrir les yeux, Tharin avait déjà dévalé l'échelle et disparu.

Pendant qu'il verrouillait ses appartements personnels et se précipitait vers le rez-de-chaussée, le jeune homme sentait flageoler ses jambes. Que se passerait-il s'il se trouvait parmi les arrivants quelqu'un de ces magiciens busards ? Il n'avait pas la moindre idée des pouvoirs qu'il risquait d'avoir à affronter, et il ignorait totalement si ses propres moyens lui permettraient d'en triompher.

Il tomba sur Nari comme elle sortait de la chambre de Tobin.

« J'ai vu des cavaliers ! s'écria-t-elle en se tordant les mains. Oh, Arkoniel, que faire s'il s'est finalement produit quelque chose ? S'ils sont arrivés à savoir ?

— Calme-toi. À mon avis, ce n'est rien de plus qu'un héraut », fit-il, sans parvenir à la convaincre ni à se convaincre. D'un même mouvement, ils dégringolèrent l'escalier et découvrirent dans la salle Tharin et les autres déjà armés et prêts à toute éventualité.

« Ça fait quand même une bien grosse escorte pour un simple émissaire, tu ne trouves pas, toi ? lui fit observer le capitaine d'un air rechigné.

— Pas la peine alors qu'ils me voient ici, répliqua Arkoniel. Veuillez vous charger, vous, de les accueillir. Moi, je vais rejoindre les gosses et les maintenir hors de vue jusqu'à ce qu'on sache dans quel sens le vent souffle. Vous expédierez Koni nous chercher au bas de la prairie si vous considérez que nous ne courons aucun risque à nous montrer.

— Laisse-moi t'accompagner, au moins ! supplia Nari.

— Pas question. Tu restes là pour leur souhaiter la bienvenue. »

Là-dessus, il passa par la porte de devant pour se faufiler jusque dans les bois. Les cavaliers s'entendaient nettement, désormais. Ils ne manqueraient pas d'apparaître d'un moment à l'autre.

Il se trouvait à mi-chemin de la rivière quand la tête et les épaules de Lhel se dressèrent tel un mirage juste devant lui. « Par ici ! » lui enjoignit-elle en désignant un endroit qu'il venait tout juste de dépasser.

Il se jeta au travers des arbres et n'eut que le temps de pousser un cri, le sol venait de s'effondrer sous lui. Après une culbute brève mais plutôt abrupte, il atterrit, un pied en l'air et une main dans un filet d'eau fangeux, au fond d'une ravine engorgée de feuilles et qui débutait juste au-delà de la lisière. Une fois rectifiée la posture, il remonta le lit du ruisselet pour rejoindre Lhel et les garçons, tout en gardant un œil par-dessus le bord de la crevasse. Avec leurs pagnes dégoûtants, leurs bras et leurs jambes englués de feuilles mortes et leurs poignards prêts à frapper, Tobin et Ki faisaient une jolie paire d'apprentis coupe-jarrets des bois.

« Qui est-ce qui vient là ? questionna Tobin, les yeux fixés sur le débouché de la route.

— Simplement un messager du roi, j'espère.

— Dans ce cas, pourquoi Frère aurait-il averti Tobin d'avoir à se cacher ? s'ébahit Ki.

— Eh bien, c'est qu'il ne manque vraiment pas de rai… Frère t'a dit ça, vraiment ? » Il décocha un coup d'œil à la sorcière. « Moi qui supposais…

— J'être train surveiller aussi, moi. » Elle indiqua la route d'un geste. « Frère dire y avoir magicien avec eux.

— Il s'agit de ces fameux Busards ? demanda Ki.

— Je l'ignore. » Arkoniel contrôla à tâtons, machinalement, que sa baguette de cristal se trouvait bien dans son aumônière et fit le vœu fervent que ses forces et celles de Lhel conjuguées suffisent à retenir assez longuement l'ennemi pour laisser à Tharin tout loisir d'emmener Tobin à l'abri. « Il faudra nous montrer extrêmement prudents tant que ce point-là n'aura pas été éclairci. »

Tobin hocha la tête sans manifester le moindre indice de peur. Ki ne s'éloigna de lui que le temps de dénicher un bâton solide puis se replanta à ses côtés, prêt à le défendre et à intimider une légion de magiciens.

Émergeant enfin de la forêt, les cavaliers gravirent la colline en direction du pont dans un tapage assourdissant. Arkoniel se glissa furtivement jusqu'à l'orée des bois pour mieux voir, et il constata qu'à la porte leur chef était en train de parlementer avec quelqu'un. Une douzaine des nouveaux venus finit par pénétrer dans le fort, le reste de leurs compagnons demeurant à l'extérieur pour mener se désaltérer les montures à la rivière.

Il n'y avait pour l'instant rien d'autre à faire que de patienter. La nuée de poussière planait toujours au-dessus de la route. Des cigales ressassaient leur scie sur la poursuite de la canicule. Une clique infernale de corbeaux s'invectivait à grands cris dans les environs, sourdement soutenue par l'appel funèbre des tourterelles. Peu après retentit contre toute attente le hululement d'une chouette – un seul… Non content de le saluer par un signe de chance empreint de respect, Arkoniel marmotta, muet : *Illuminateur, laisse ta main sur cet enfant !*

Le temps traînait en longueur. Tobin attrapa une bestiole d'un vert étincelant qu'il laissa vagabonder sur ses doigts, cependant que la vigilance de Ki, l'œil en alerte au moindre bruit, ne se relâchait pas une seconde.

Subitement, Tobin cessa d'observer sa bestiole et, le nez en l'air, chuchota :

« Leur magicien, c'est un type qui a des cheveux jaunes.

— Tu en es sûr ? » fit Arkoniel. C'était la première fois depuis des mois que le gamin révélait ce qui semblait être un nouvel accès de prescience.

« C'est en tout cas ce que prétend Frère », répliqua-t-il, tout en ayant l'air d'interroger le vide comme pour en obtenir une quelconque confirmation.

Ainsi donc, il ne s'agissait pas en définitive de prescience mais d'avertissements. Pour une fois, le fantôme avait quelque droit à la gratitude du magicien.

Koni finit tout de même par survenir en courant le long de l'orée. Arkoniel se tourna vers Lhel pour la mettre en garde, mais elle avait déjà disparu.

« Par ici ! » lança Ki pour héler le jeune soldat.

Koni s'immobilisa sur les chapeaux de roue puis rebondit pour les rejoindre.

« Le roi..., haleta-t-il, le roi a dépêché un lord porteur d'un message. Lord Orun.

— Orun ? » Arkoniel avait bien entendu, mais ce nom ne lui disait strictement rien.

Koni roula les yeux.

« Haut et puissant vieux lord. Il pratique la famille à Tobin depuis vachement longtemps. 'l est chancelier du Trésor, à c'te heure. Un grand boursouflé d'escogriffe... Enfin bon, z'avez pas à vous tracasser, quoi. Tharin dit qu'y vous faut monter, maintenant. On a qu'à faire le tour par l'arrière, si ça vous donne pas trop de tintouin. Nari t'aura aux cuisines de quoi t'habiller, Tobin. » Il se tourna vers Arkoniel. « Y a rien qu'indique qu'ils auraient des magiciens blancs avec eux, des autres non plus, paraît, mais Tharin dit que vous auriez quand même intérêt, peut-être, à pas trop la ram'ner, vous…

— Aucun magicien ? » Tobin avait affirmé clair et net le contraire… Mieux valait donc s'abstenir de prendre des risques. « N'aie crainte, Tobin, je ne me tiendrai pas bien loin. »

Assez peu touché par cette assurance, le gamin carra ses épaules nues et reprit le chemin du fort sans jeter un seul coup d'œil en arrière.

Des craintes, il n'en avait pas. Frère se trouvait encore avec lui et l'aurait averti, s'il était dangereux de rentrer. Et Ki lui aussi était là, plus fidèle qu'aucun écuyer de ballade. Tobin lança sur lui un regard en coin et sourit ; équipé d'un poignard et d'une trique toute tordue, son copain montrait la même intrépidité que le fameux jour où il avait chargé le couguar.

Ils atteignirent les cuisines sans avoir croisé aucun des étrangers. Cuistote et Nari les y attendaient.

« Dépêche-toi vite vite, mon chou. Lord Orun ne veut parler à personne d'autre qu'à toi, et il est abominablement pressé », fit la nourrice d'un air affolé, tout en fagotant les gamins dans leur tunique numéro un et en peignant leur tignasse emmêlée de feuilles. Elle se gardait bien d'en rien dire, mais Tobin ne s'y méprit pas, ce bougre d'Orun lui plaisait autant qu'à Koni. Elle avait beau le dissimuler de son mieux, elle était affreusement inquiète, et ça crevait les yeux. Tobin s'inclina vers elle pour embrasser sa douce joue. « N'aie pas peur, Nari… »

Elle le prit vivement dans ses bras, l'étreignit très fort. « Et de quoi j'aurais peur, mon chou ? »

Tobin se dégagea puis, tournant les talons, entreprit de gagner la salle, Ki et Koni flanquant sa marche comme s'il était le seigneur et maître du manoir.

La vue des rangées de soldats inconnus qui se tenaient au garde-à-vous dans la pièce le fit une seconde flageoler. Tharin et ses hommes étaient bien là, eux aussi, mais ils faisaient figure de rien-du-tout par comparaison. La plupart d'entre eux portaient leurs tenues de travail crasseuses au lieu de l'uniforme, et ils étaient loin d'avoir l'aspect magnifique de leurs homologues en tunique noire et qui arboraient sur le sein des insignes rouge et or. Tobin passa prestement ces derniers en revue : il y en avait des quantités de blonds, mais pas un seul en robe de magicien.

À peine l'idée lui eut-elle traversé l'esprit, toutefois, qu'il repéra Frère en train de le lorgner, de derrière l'un des soldats, un type aux cheveux clairs et aux joues rougies par le soleil. Loin de toucher ce dernier, pourtant, Frère se contenta de fixer son dos jusqu'à ce que l'autre en vienne à agiter les pieds puis décoche à la ronde un coup d'œil nerveux.

Deux individus plus richement vêtus se tenaient debout sur le front des soldats, parmi toute une volée d'écuyers et de serviteurs. Le botté en bleu poussiéreux portait le cor d'argent et le bâton blanc des hérauts royaux. Après s'être avancé d'un pas, il s'inclina fort bas devant Tobin. « Prince Tobin, veuillez me permettre de vous présenter l'émissaire de Sa Majesté votre oncle : Lord Orun, fils de Makiar, chancelier du Trésor et protecteur d'Atyion et de Cirna. »

Tobin se glaça. Atyion et Cirna étaient des terres appartenant à Père.

À son tour, Lord Orun s'avança, s'inclina. Il portait une robe courte en soie vermillon à manches d'une coupe extravagante, au bord frangé de perles d'or. Ses jupes avaient beau être brodées de scènes de bataille, il parut à Tobin pour le moins douteux que ce personnage ait jamais été un guerrier. Il était vieux et de très haute taille, mais aussi flasque et blafard qu'une bonne femme, et de profonds sillons mettaient comme entre parenthèses sa bouche moite et lippue. Il n'avait pas l'ombre d'un cheveu, et son vaste chapeau de soie bouffante faisait sur son crâne l'effet d'un coussin largué en équilibre sur un œuf dur. Ses grosses lèvres adressèrent à Tobin un sourire auquel les yeux ne prirent aucune part. « Ah, m'en suis-je langui, de faire enfin la connaissance du fils d'Ariani et de Rhius ! » s'exclama-t-il en s'approchant pour lui serrer la main. Ses pattes énormes avaient une viscosité froide et répugnante de champignons vénéneux.

« Bienvenue », s'extirpa Tobin, qui n'avait qu'une envie, rompre le contact et retourner dare-dare se réfugier au premier étage.

Les yeux d'Orun coulissèrent vers Ki du côté duquel il se pencha.

« Et ce petit bonhomme-là, c'est qui, mon prince ? Le valet de votre veneur ?

— Sachez donc, intervint sèchement Tharin, qu'il n'est autre que l'écuyer du prince Tobin, Kirothius, fils de sieur Larenth, chevalier au service de Lord Jorvaï. »

Le sourire d'Orun s'enlisa.

« Cependant, j'aurais cru… Je veux dire, en fait, le roi n'était pas au courant qu'on avait déjà fait choix d'un écuyer pour le prince.

— Cela fait un bon bout de temps que la bénédiction du duc Rhius avait consacré ce lien. »

Malgré le ton respectueux observé par Tharin au cours de cet échange, Tobin perçut sans conteste une animosité latente dans les propos.

Après avoir encore un moment dévisagé Ki, Lord Orun adressa un signe au héraut.

Celui-ci déposa son bâton aux pieds de Tobin et, sur une nouvelle révérence, exhiba un rouleau de parchemin surchargé de rubans et de sceaux. « Prince Tobin, je suis porteur d'un mot de votre oncle, le roi Erius. »

Il brisa les sceaux puis déroula le parchemin d'un geste pompeux. « D'Erius d'Ero, roi de Skala, de Kouros et des Territoires du nord, en ce neuvième jour du mois de Shemin, au prince Tobin d'Ero, manoir de Bierfût.

» C'est le cœur lourd, Neveu, que Nous vous écrivons à l'occasion de la mort de votre père, Notre frère bien-aimé Rhius. Nous avions en lui le plus précieux de Nos commandants, et si noble qu'ait été sa mort, si digne d'un preux guerrier, les mots sont impuissants à exprimer le désespoir où Nous plonge sa perte.

» En l'honneur de la chère mémoire de votre mère – puisse Astellus la conduire à la paix de l'esprit – et eu égard à l'amour que Nous vous portons comme au plus proche de Nos parents, Nous vous avouons par la présente pour Notre pupille jusqu'à ce que vous atteigniez l'âge de gouverner par vous-même les biens que vous ont laissés vos estimés parents et d'occuper la place de votre père au sein de Notre Conseil. Nous chargeons Notre fidèle serviteur, Lord Orun, d'assurer l'intendance de vos domaines jusqu'à ce que vous parveniez à l'âge de vingt et un ans, et Nous l'envoyons Nous suppléer en tant que gardien de votre personne jusqu'à Notre retour à Skala.

» Nos instructions à Lord Orun sont de vous escorter à Ero, où vous prendrez la place légitime qui vous revient parmi les Compagnons royaux de Notre fils. Notre vœu le plus cher est que vous soyez pour le prince Korin comme lui pour vous un frère bien-aimé. Dans la société des Compagnons, il vous sera loisible de vous exercer à vous tenir à ses côtés lorsqu'il accédera au trône et à le servir ainsi que votre père Nous a Nous-même servi.

» Combien il Nous tarde de vous embrasser à nouveau, comme Nous le fîmes la nuit même de votre naissance ! Priez pour Notre victoire à Mycena. »

Le héraut releva les yeux. « Suit, frappée du sceau, la signature ci-après : "Votre oncle très aimant et affectionné,

Erius d'Ero, roi de Skala." Là s'achève le message, mon prince. »

Tout le monde avait les yeux attachés sur Tobin, attendant quelque réponse de sa part, cependant sa langue était allée comme d'elle-même se coller contre son palais. Mais c'est aussi qu'en entendant Tharin annoncer que l'on se rendrait à Ero, il s'était par avance imaginé chevauchant en compagnie de ses amis à destination de sa maison natale ou, qui sait ? des fastes d'Atyion…

Son regard se posa de nouveau sur son présumé gardien. Il l'exécrait déjà. Ça crevait les yeux de n'importe qui, que ce patapouf n'avait absolument rien d'un guerrier, qu'il n'était qu'un goret suant dans son suif, avec ses yeux tout empâtés comme deux raisins secs. L'arrivée des soldats ne l'avait pas effrayé du tout, mais l'idée de se laisser emmener par ce bougre-là lui soulevait le cœur et le faisait frissonner de partout. *Non !* voilà ce qu'il avait envie de hurler, sauf qu'il était frappé de mutisme comme une borne.

Frère riposta pour lui. Avec une vélocité de mouvements telle que Tobin lui-même ne parvenait pas à les suivre, il fondit sur le héraut, l'abasourdit en lui arrachant au vol le rouleau, déchira celui-ci, puis envoya valser le couvre-chef grotesque de Lord Orun, dont s'éparpillèrent les serviteurs, qui dans le sillage du soyeux bibi, qui pour courir en quête d'un abri.

Issu de nulle part se mit à vrombir un vent formidable qui ébouriffa les cheveux des soldats, leur en fustigea les yeux, happa leurs insignes et leurs dagues. Certains d'entre eux flanchèrent en rompant les rangs, Lord Orun poussa un couinement d'une virilité suspecte avant de plonger se fourrer sous la première table venue. Les gens de Tharin éclatèrent carrément de rire, et Tobin fut à deux doigts de les imiter, tant l'enchantaient pour une fois les facéties de Frère. Au lieu de quoi il retrouva la voix pour crier à pleine gorge : « Assez ! »

Frère interrompit instantanément l'offensive et, les yeux dardés sur Tobin, se pétrifia près de l'autel. Aucune émotion ne se lisait sur sa physionomie, mais, en cet instant de partage, Tobin le devina prêt à commettre un meurtre en sa faveur.

Que ferait-il à Orun si je le sollicitais ? se demanda-t-il, avant de refouler au plus vite l'infamie d'une telle idée.

Les hommes de Tharin n'en continuaient pas moins de se gondoler. Au grand dépit des gardes royaux qui se mirent à murmurer entre eux et à échanger des signes lourds de menaces tout en reformant leurs rangs. Parmi les rares à n'avoir pas lâché pied figurait le jouvenceau blond dénoncé par Frère. Il dévisageait Tobin avec un sourire qui ne pétillait que dans ses prunelles. Quitte à ne pas du tout savoir comment interpréter son attitude, toujours est-il que Tobin le trouvait plus à son goût que Lord Orun, que ses domestiques étaient justement en train d'aider à se tirer de dessous sa table.

« Soyez mes hôtes et les bienvenus dans ma demeure, débuta Tobin, malgré la difficulté de se faire entendre.

— Faites silence pour le prince ! » rugit Tharin d'une voix de bataille qui fit sursauter le petit lui-même. Le silence tomba, et chacun rectifia la position.

« Soyez mes hôtes et les bienvenus dans ma demeure, répéta Tobin. Agréez que je vous accueille à mon foyer, Lord Orun. Mes gens vont vous apporter l'eau et le vin. Libre à vos hommes d'aller prendre un peu de repos dans la prairie pendant qu'on leur apprête de quoi se restaurer. »

Orun laissa éclater son irritation.

« Mon jeune sieur, les ordres du roi…

— Ont pris le prince Tobin au dépourvu, messire, coupa Tharin. Il en est encore à pleurer la perte de son père. Je suis persuadé que Sa Majesté ne saurait désirer voir son unique neveu chagriné davantage. » Il inclina sa tête tout près de l'enfant, comme pour en recevoir un ordre chuchoté, puis reprit à l'intention d'Orun : « Il vous faut permettre à Son Altesse de se retirer quelque temps afin de méditer les termes de son oncle. Elle vous donnera audience une fois réparées ses forces. »

Orun se ressaisit assez pour y aller d'une révérence passable, mais on ne pouvait se méprendre sur l'expression d'indignation rentrée de sa physionomie. Tobin refoula un nouveau fou rire. Tournant le dos au courtisan et à ses hommes, il gagna l'escalier qu'il gravit de l'air le plus nonchalant qu'il lui fut possible. Pendant que Tharin et Ki lui emboîtaient le pas, il entendit le bras droit du capitaine, le vieux Laris, aboyer des ordres concernant le logement des visiteurs.

Arkoniel les attendait dans la chambre à coucher de Tobin.

« J'ai surpris l'essentiel, du haut de l'escalier, dit-il d'un air exceptionnellement sombre. Il semblerait, Tharin, que l'heure ait sonné de récapituler votre expérience de la cour. Ce Lord Orun, vous le connaissez ? »

Tharin grimaça comme s'il venait d'avaler quelque chose d'amer.

« Il est vaguement de la famille royale, cousin par les femmes à je ne sais trop quel degré. De nulle utilité sur un champ de bataille mais, à ce que j'ai ouï dire, assez capable comme chancelier, et puis il est l'entonnoir où confluent des flopées d'informations destinées à l'oreille du roi…

— Je n'aime pas ces grands airs qu'il se donne, gronda Ki. Il peut dire de moi tout ce qu'il voudra, mais il s'adressait à Tobin comme à un torche-pot. "*Mon jeune sieur*"… ! »

Tharin lui cligna de l'œil.

« Ne te frappe pas pour si peu. C'est une vessie peinte, Orun, plus de vent que de fond.

— Je suis obligé de partir avec lui ? demanda Tobin.

— J'en ai bien peur, lui répondit Tharin. Les injonctions du roi ne sont pas chose à dédaigner, même par toi. Je ne te quitterai pas, de toute façon. Et Ki non plus.

— Je… je n'ai pas envie de partir », fit Tobin, et le tremblement de sa voix lui fit honte. Aussi s'éclaircit-il la gorge avant d'ajouter : « Mais je le ferai.

— Ce ne sera pas si terrible que ça…, repartit Tharin. Ton père et moi, nous avons servi dans les Compagnons d'Erius quand nous étions gamins, tu sais. Le Palais Vieux est un endroit formidable, et tu te trouveras avec la fine fleur du pays pour t'y exercer. Ça, ils n'auront pas grand-chose à t'apprendre, après tout l'entraînement que tu as suivi ici. Se pourrait même que la sacrée paire que vous faites leur en remontre sur un ou deux trucs, à ces petits gandins de ville… ! » Il les régala d'un large sourire, plus réconfortant et plus chaleureux que jamais. « Le prince Korin est un brave gars, lui aussi. Il va drôlement vous plaire. Alors, haut les cœurs, hein ? Quant à toi, montre à tout le monde de quelle étoffe est le fils de la princesse Ariani. Et pour ce qui est de cette vieillerie d'Orun, moi, je te la tiendrai à l'œil. »

Laissant les garçons se calmer, Arkoniel entraîna Tharin dans son cabinet de travail, au second étage, et en verrouilla la porte. La pièce offrait un point de vue superbe sur la soldatesque éparpillée dans la prairie.

« Vous y avez joliment mis le holà, Tobin et vous, en bas… !

— Il s'en est bien tiré, hein, une fois lancé ? Un véritable petit prince, droit comme un i ! Et je crois bien que c'est la première et unique fois où j'ai pris du plaisir à voir son démon se manifester.

— Effectivement… Mais dites-moi, pendant que vous parliez d'Orun aux garçons tout à l'heure, j'ai eu l'impression que vous en saviez beaucoup plus sur lui que vous ne prétendiez… »

Tharin opina du chef. « La première fois où j'ai rencontré Lord Orun, il séjournait chez le père de Rhius à Atyion. J'avais à l'époque à peu près l'âge de Ki. En sortant de table, Orun titubait, ivre mort, et, dans une coursive déserte, il me fonça dedans. Après m'avoir acculé dans un angle, il offrit de me donner une bague dorée de trois sous si je le laissais m'en… filer. »

Arkoniel s'affala pesamment sur son tabouret. « Par les Quatre ! Et qu'avez-vous fait ? »

Tharin répondit par un petit sourire pisse-froid. « Je lui ai dit que, s'il était obligé de payer pour ça, c'est qu'il n'était sans doute pas capable de le faire tellement bien, puis j'ai pris mes jambes à mon cou. Un ou deux jours plus tard, j'ai vu la même bague orner la main d'un des marmitons. À croire qu'il devait être moins pointilleux. »

Arkoniel le regarda bouche bée. « Et c'est *ça* que le roi expédie chercher son neveu ? »

Tharin haussa les épaules.

« Ce n'est pas à leur propre espèce que s'attaquent les créatures telles qu'Orun. Elles ont la bravoure de s'en tenir aux proies, serves ou rustres, qui ne sauraient oser porter plainte ni mériter d'être écoutées si jamais elles s'aventuraient à élever la voix.

— Ayant eu moi-même à faire, dans le temps, à quelques spécimens de cette méprisable engeance, j'appris d'Iya quelques conjurations choisies pour me débarrasser de leurs assiduités. Mais vous n'étiez pas un petit rustre, vous !

— Non. Mais lui était soûl, je t'ai dit. Heureusement pour lui, j'étais trop furieux et trop humilié pour en rien dire quand j'aurais dû le faire, et comme il était beaucoup trop bourré sur le moment pour se souvenir de moi par la suite, j'ai fini, du coup, par laisser tomber. Une chose en tout cas dont je suis certain, c'est que jamais il n'aurait l'audace de se risquer à tripoter Tobin.

— Tobin, bon..., mais Ki ?

— Ce serait courir un risque presque aussi stupide, eu égard à sa position, mais j'en toucherai un mot au petit. Ne t'inquiète pas, Arkoniel. Je ne les lâcherai pas d'une semelle jusqu'à ce qu'on les ait remis sains et saufs aux quartiers des Compagnons. Porion, le maître d'armes, est un chic type et qui tient ses gars sacrément à l'œil. Ils ne risqueront rien, avec lui. Quant à Orun, s'il essaie d'ici là la moindre bricole, je me ferai plus qu'un bonheur de lui rappeler mon identité. » Il marqua une pause. « J'ai raison de croire qu'il ne t'est pas possible de nous accompagner ?

— Iya veut que je reste ici, à l'abri des Busards et de leurs numéros. Mais je ne suis qu'à une journée de cheval, si vous avez besoin de moi.

— Devoir en être réduit là... » D'un air vanné, Tharin se passa une main dans les cheveux. « Tu sais, je n'avais pas arrêté de me tenir juste à côté de Rhius jusqu'à ce foutu dernier moment. Si mon cheval n'avait pas été frappé..., si je m'étais trouvé là où j'étais censé me trouver, où je m'étais *toujours* trouvé... » Il se plaqua la main sur les yeux.

« Ça ne dépendait pas de vous, que les flèches se fichent ici ou là...

— Je le sais bien ! Mais, par les Quatre, c'est Rhius qui devrait être en vie, là, à causer avec toi, pas moi ! Ou bien c'est ensemble que nous aurions dû mourir, tous les deux... »

Devant ces traits ravagés de chagrin, Arkoniel repensa à la conversation qu'ils avaient eue sur le pont, juste après la veillée funèbre. « Vous l'aimiez vraiment beaucoup. »

Tharin leva les yeux vers Arkoniel, et l'expression de sa physionomie se radoucit un peu. « Pas plus qu'il ne le méritait. Il était mon ami, tout comme Tobin est celui de Ki, et… »

On venait de cogner à la porte tout doucement. « Tharin, vous êtes là ? » appela Nari d'un ton éperdu.

Arkoniel la fit entrer. Elle se trouvait dans un état terrifiant, les yeux noyés de larmes et les mains fébriles. « Lord Orun nous fait un foin de tous les diables, en bas ! Il crève de trouille à cause du fantôme, et il piaule que Tobin doit le suivre d'ici une heure. Il prétend que les ordres du roi lui donnent le droit d'user de la force à l'endroit du petit. Vous n'allez pas tolérer ça ! Tobin n'a pas un seul vêtement convenable à porter à la cour… Quant à Ki, il a tiré l'épée, et il jure de tuer quiconque se permettrait d'entrer dans leur chambre ! »

Elle n'avait pas terminé que Tharin était déjà quasiment dans le corridor.

« Quelqu'un a essayé ?

— Pas encore. »

Il se tourna vers Arkoniel, l'œil flamboyant.

« Qu'allons-nous faire, magicien ? Ce salopard ne voit là qu'un gosse orphelin dans un cercle de serviteurs, et il s'imagine pouvoir jouer au maître chez un mort !

— Hé là, à quoi serviraient des effusions de sang ? » Arkoniel rumina un moment la situation puis sourit. « Il est temps, m'est avis, que le prince Tobin pose un petit nombre de conditions de son propre cru. Envoyez-le-moi. Accompagnez Nari, Tharin, et faites en sorte que Ki se calme. Mon entretien avec le prince doit être strictement privé. »

Peu de minutes s'étaient écoulées quand Tobin se présenta chez lui, tout pâle mais l'air résigné.

« Ki n'a encore zigouillé personne, si ? » demanda Arkoniel.

Le gamin ne sourit pas.

« Lord Orun veut nous contraindre à partir tout de suite.

— Que penses-tu de Lord Orun ?

— C'est un gros lard de bâtard pompeux dont le roi ne s'est pas fait suivre parce qu'il n'est même pas capable de se battre !

— Ce portrait prouve un juge pénétrant. Et toi, qui es-tu ?

— Moi ? Que voulez-vous dire ? »

Arkoniel se croisa les bras.

« Tu es le prince Tobin, fils de la princesse Ariani qui aurait légitimement dû être, en vertu de l'Oracle, reine de Skala. Tu es le fils premier-né du duc Rhius, seigneur d'Atyion et Cirna, le gentilhomme le plus riche et le plus valeureux guerrier de notre pays. Tu es le neveu de Sa Majesté et le cousin de son fils, notre futur roi. Quel que soit le nombre de gardiens, de régisseurs et d'intendants qu'ils interposent entre ta personne et ce qui t'appartient de droit, toi, tu t'en moques, mais tu ne dois *rien* oublier de ce que tu es ni permettre non plus à quiconque de l'oublier si peu que ce soit. Tu es un gentilhomme authentique, Tobin, le sang le plus pur coule dans tes veines, et tu es la modestie, la bravoure et la droiture mêmes. Tu m'en as donné plus de cent preuves depuis que j'habite ici.

» Mais maintenant que te voici sur le point de partir pour la cour, tu vas devoir apprendre en plus à porter quelques masques. Il faut combattre les gens comme Orun sinon avec leurs propres armes : orgueil, arrogance, mépris..., du moins avec les vagues équivalences que la probité de ton cœur sera capable de te fournir. Et ne va surtout pas te figurer que ton père manifesterait des égards à un goujat pareil qui se dispense d'en avoir aucun. Si quelqu'un te donne un soufflet, tu dois le lui retourner tout de suite, et en plus cuisant. Est-ce que tu comprends ?

— Mais... mais il est *lord*, et puis il vient de la part d'Oncle...

— Et toi, tu es *prince*, et tu es un guerrier. Ton oncle le verra quand il reviendra. Entre-temps, à toi de te faire ta réputation. Sois gracieux pour ceux qui te marquent du respect mais sans merci pour ceux qui t'en manquent. »

Manifestement, Tobin enregistrait chacun de ces conseils et le soupesait. Il finit par prendre un air résolu et hocha la tête.

« Je ne suis donc pas obligé de me montrer poli envers Lord Orun, bien qu'il soit mon hôte ?

— Il s'est comporté de manière offensante. Tu ne lui dois rien de plus que l'assurance qu'il se trouve en sécurité sous ton toit. Tu la lui as déjà donnée en rappelant Frère. » Arkoniel sourit de nouveau. « Mes félicitations, d'ailleurs. À propos..., si tu priais Frère de tout mettre sens dessus dessous, tu crois qu'il le ferait ?

— Je n'en sais rien. Je ne lui ai jamais demandé de faire quoi que ce soit d'autre que de s'arrêter.

— Ça ne te plairait pas d'essayer pour voir ? »

Le petit fronça les sourcils.

« Je ne lui ferai faire de mal à personne. Pas même à Orun.

— Évidemment que non. Mais Lord Orun n'a pas besoin de le savoir, si ? À présent, tu vas devoir descendre informer notre hôte qu'il te faudra jusqu'à demain pour mettre bon ordre à ta maisonnée.

— Et s'il dit non ?

— Alors, j'espère que Frère aura l'extrême obligeance de lui traduire ton déplaisir. Il est ici même, en ce moment ? Non ? Pourquoi ne pas l'appeler ? »

Tobin ne parvenait toujours pas à se départir d'un petit air embarrassé quand il prononçait la formule d'évocation en présence du magicien, bien que celui-ci l'eût déjà vu faire. Arkoniel sentit se produire un changement dans l'atmosphère de la pièce, et la façon dont Tobin tourna légèrement la tête lui fit deviner que Frère était apparu dans son propre dos. L'idée de ce visiteur invisible derrière lui n'avait rien de très plaisant, et, fort mal à l'aise, il s'agita sur son tabouret.

« Tu voudras bien m'aider ? demanda le petit.

— Qu'est-ce qu'il en dit ?

— Rien. Mais je pense qu'il le fera. » Quelque chose lui traversa l'esprit, qui le fit sourciller. « Où ferons-nous coucher Lord Orun, s'il reste cette nuit ? L'unique chambre à donner dont nous disposions se trouve à côté de la vôtre, à cet étage-ci… »

Tout en sachant pertinemment que l'on pouvait aussi lui offrir les chambres à coucher respectives de Rhius et d'Ariani, le magicien fut révulsé par la seule idée d'installer l'autre créature aussi près des garçons. « J'imagine qu'on pourrait le fourrer dans la tour. » Il n'avait suggéré cela qu'à titre de blague, mais l'air horrifié qu'eut l'enfant lui tua le sourire aux lèvres. « Ce n'était qu'une plaisanterie, Tobin, et une mauvaise, en plus. Il peut se contenter de la grande salle. Fais-y dresser à son intention un bon lit fermé de tentures, ainsi qu'un second, convenable, pour le héraut. Ils seraient plutôt malvenus de s'en plaindre, dans une maison campagnarde. »

Tobin tournait déjà les talons pour y aller quand une brusque bouffée de peur et d'affection contraignit Arkoniel à le rappeler. Mais, une fois le gamin planté devant lui, il ne sut plus trop par où débuter. Lui posant sur l'épaule une main balourde, il finit quand même par lâcher : « Tu vas être forcé de partir avec lui, tu sais. Et la vie sera différente, en ville. Ici, tu as mené une existence tellement paisible, avec des gens en qui tu pouvais avoir pleinement confiance… À la cour, c'est tout autre chose. » Il tâtonna pour trouver les termes appropriés. « S'il devait arriver que quelqu'un…, que n'importe qui… »

La physionomie de Tobin trahissait fort peu de chose, mais la raideur de son attitude et le coup d'œil furtif qu'il darda vers la main posée sur son épaule suffirent à décontenancer le magicien qui battit en retraite, éperdu. « Bref, fais bien attention avec les étrangers, acheva-t-il de façon bancale. N'hésite surtout pas, si quelque chose t'embarrasse, à en parler à Tharin ou à Ki. Ils ont tous les deux une plus grande expérience du monde que toi. » Et de conclure enfin, tout en le congédiant d'un geste désinvolte, par ce viatique faussement jovial : « Mais bah, tu auras tôt fait de trouver tes pieds ! »

Aussi s'enfouit-il la face entre les mains, dès que la porte se fut refermée sur l'enfant. « Les beaux adieux que voilà ! » se morigéna-t-il, tout en se demandant pourquoi diable ni le bon plaisir des dieux ni deux années farcies d'excellentes intentions n'étaient parvenus à l'introduire mieux que ça dans les bonnes grâces de Tobin. Il avait dû affronter Iya pour se retrouver là, pour aider le gosse à découvrir à quoi pouvait bien ressembler une vie normale. Il n'avait pas de plus vif désir que de le protéger contre la fourberie de types comme Orun, ou du moins de l'en avertir. Ah, elle était belle, aussi, la tentative qu'il venait de faire… ! Il aurait été tout aussi brillant, tiens, de faire jaillir des serpents des murs et de s'affubler, hop là ! d'une seconde tête…

37

Au lieu de retenir les mises en garde énigmatiques d'Arkoniel, Tobin préféra s'appesantir sur la révélation qu'il n'outrepasserait pas ses droits en défiant l'antipathique individu d'en bas. Le temps d'atteindre sa chambre, et il lui tardait déjà de mettre à l'épreuve ce rudiment de savoir tout neuf.

Frère le talonnait toujours en silence comme son ombre. Pendant des années, Tobin en avait eu trop peur pour rien faire d'autre que l'éviter le plus possible. Et si, depuis qu'ils avaient conclu leur espèce de pacte bizarre, il s'était parfois vu offrir par lui des tuyaux, tel celui concernant les cafardises inattendues de Lord Solari, jamais il n'avait songé à lui en soutirer.

Il s'arrêta tout au bout du corridor et chuchota : « Tu voudras bien m'aider ? Tu voudras bien flanquer la trouille à Lord Orun s'il recommence à m'insulter ? »

Frère le régala de ce qui pouvait passer pour un semblant caricatural de sourire. *Tes ennemis sont mes ennemis.*

Derrière sa porte se percevaient les pleurnicheries de Nari. De fait, il la trouva dans la pièce, entassant dans des coffres avec l'aide de Ki leurs maigres effets personnels. Les armes de Père, ainsi que son épée, formaient déjà un ballot dans un coin. Debout au pied du lit, Tharin avait une mine singulièrement morne.

Son entrée attira les regards de tous.

« Je t'ai sorti ta meilleure tunique, lui dit Nari en s'essuyant les yeux avec son tablier. Tes instruments de sculpture et tes livres vont te manquer. Je suppose qu'on pourra toujours t'expédier tout ce qu'on omet. »

Tobin se redressa pour annoncer d'un ton sans réplique :

« Je ne pars pas ce soir. Il faudrait aménager la grande salle pour nos invités.

— Mais Lord Orun a donné l'ordre d'em…

— Nous sommes dans ma maison, et c'est moi qui donne ici les ordres. » En voyant comment ils le dévisageaient, il ajouta d'un air penaud : « Voilà du moins ce qu'affirme Arkoniel. Maintenant, il me faut aller parler à Lord Orun. Vous voulez bien m'accompagner, sieur Tharin ?

— Nous sommes à vos ordres, mon prince, lui répliqua le capitaine, avant de glisser en aparté à Ki : Nous nous ferions scrupule de rater ça… ! »

Avec un sourire on ne peut plus malicieux, Ki les suivit jusqu'au palier du grand escalier, sur lequel il gratifia Tobin d'un clin d'œil d'encouragement, avant de s'y mettre à l'affût pour ne rien perdre du spectacle.

Grâce à Tharin qui le flanquait à gauche et à Frère qui le précédait, Tobin se sentit un peu moins timoré pendant qu'il redescendait dans la vaste salle. Orun faisait les cent pas devant le foyer d'un air on ne peut plus horripilé. Le héraut et plusieurs soldats s'étaient attablés non loin autour d'un pichet de vin. Le magicien blond se trouvait des leurs.

« Eh bien, ça y est, te voilà prêt à partir ? lança Orun.

— Non, messire, dit Tobin en s'efforçant d'imiter le ton de son père. Il me faut d'abord tout régler pour assurer la bonne marche de ma maisonnée et veiller à ce que mes affaires soient correctement empaquetées pour le voyage. Nous partirons demain, vous et moi, dès que j'aurai pu en finir de mes arrangements. Jusque-là, vous serez mon invité. On va d'ores et déjà préparer des agapes pour ce soir et vous dresser ici même un lit près de la cheminée. »

Orun s'immobilisa, les yeux levés vers lui d'un air incrédule et ses sourcils gris haussés à frôler son chapeau. « Tu vas *quoi*? »

Frère entreprit aussitôt sa traque en se laissant mollement flotter vers le malotru comme une nappe de brouillard pardessus les eaux.

« Je ne me suis pas tapé toute cette route jusqu'au fin fond de ce trou perdu pour me laisser tenir tête par un… »

Le malheureux chapeau de Lord Orun prit une nouvelle fois son essor, mais, ce coup-ci, pour atterrir en plein dans les braises qui se consumaient derrière, et où il s'épanouit en une soudaine flambée purpurine puant les plumes et la soie cramées. Les mains du vieux papillonnèrent autour de son crâne chauve puis se reployèrent en poings furibonds prêts à retomber sur Tobin. Mais, après avoir bien failli lui arracher une manche dont les franges en perles d'or s'éparpillèrent de toutes parts, Frère se ramassa pour bondir, les dents dénudées.

« Stop », lui chuchota Tobin, affolé, tout en espérant être obéi sans avoir à prononcer la formule rituelle en présence de tous ces gens-là. Frère obtempéra en disparaissant.

« Prenez garde à vous, messire ! » Le magicien blond saisit le bras d'Orun afin d'en réprimer les tremblements.

Ce dernier se dégagea pour se tourner vers Tobin avec un sourire hypocrite.

« Comme il plaira à Votre Altesse. Mais j'ai horreur de l'esprit qui hante cette pièce ! Ne possédez-vous pas d'appartement plus hospitalier à offrir à un invité ?

— Non, messire, je regrette. Mais je vous garantis sur mon honneur qu'il n'arrivera aucun mal sous mon toit à quiconque me veut du bien. Vous plairait-il d'aller faire un tour à cheval en ma compagnie pendant les apprêts du festin ? »

Arkoniel compensa tant bien que mal la frustration que lui imposait la nécessité de demeurer claquemuré à l'étage supérieur en se gardant cette fois de relâcher sa surveillance. Faute d'avoir relevé le moindre indice prouvant la présence du magicien que leur avait dénoncée Frère, il s'accorda de temps à autre un coup d'œil mental sur Tobin et ses compagnons tandis qu'ils s'égayaient à soumettre Lord Orun et une partie de son escorte à la torture d'une chasse sur des sentiers de montagne des plus scabreux.

Ce faisant, il se trouvait en train de brouillonner une lettre à l'intention d'Iya quand Nari vint heurter à sa porte et risqua sa tête dans l'entrebâillement. « Il y a là quelqu'un avec qui tu aurais tout intérêt à bavarder, Arkoniel. »

L'épouvante le prit lorsque, sans plus d'ambages, elle introduisit l'un des soldats de la troupe d'Orun. Bien qu'il s'agît d'un jeune gaillard à l'aspect avenant, tout ce qu'il en remarqua au premier coup d'œil fut qu'il arborait l'insigne rouge et or et portait une épée au côté. Non sans se prémunir d'un charme meurtrier, il se leva lentement, s'inclina.

« Qu'est-ce que vous me voulez ? »

Le visiteur referma la porte et s'inclina à son tour. « Iya vous envoie ses salutations. Elle m'a chargé de vous remettre ceci en gage de bonne foi. » Il étendit la main.

S'attendant encore à quelque agression, Arkoniel ne s'approchait qu'avec d'infinies précautions lorsqu'il distingua, au creux de la paume de l'intrus, un caillou minuscule.

Il s'en empara et, resserrant son poing dessus, le perçut imbibé de l'essence de sa patronne. Il s'agissait bel et bien de l'un des fameux gages qu'elle confiait exclusivement aux gens susceptibles de soutenir le moment venu la cause de

Tobin avec quelque efficacité. N'en restait pas moins à savoir comment l'homme en était venu à le détenir.

Or, en reportant les yeux sur celui-ci pour l'examiner plus attentivement, il laissa échapper un cri de stupeur. Au lieu de se retrouver devant un soldat, il était désormais en présence d'un quidam qui ne ressemblait plus que de façon très vague à celui qu'il avait aperçu juste avant. Il avait le teint clair et les cheveux blonds, et ses traits trahissaient une forte ascendance aurënfaïe.

« Vous êtes un métamorphosiste ?

— Non, rien de plus qu'un embrumeur mental. Je me nomme Eyoli de Kès. J'ai rencontré Dame votre maître l'année dernière. Je me faisais alors passer pour un mendiant, mais j'étais un vulgaire voleur à la tire. Après m'avoir pris en flagrant délit, elle a dit qu'elle avait mieux à me proposer que ce vilain boulot. Je ne savais pas, voyez-vous…

— Vous ne saviez pas que vous étiez un magicien-né ? »

Eyoli haussa les épaules.

« Je savais seulement que j'étais capable d'embrumer les cervelles et d'amener les ignorants à n'en faire qu'à ma guise. Iya m'a envoyé étudier auprès d'une certaine Virishan, à Ilear. Vous vous la rappelez peut-être ?

— En effet, nous avons passé la plus grande partie d'un hiver avec elle, il y a quelques années de ça. J'ai déjà croisé des embrumeurs mentaux, mais ce que vous venez de faire là… » Il branla du chef avec admiration pendant qu'Eyoli reprenait son apparence de soldat. « Quant à réussir à le faire sans se dénoncer… ! Un don rarissime. »

Le jeune homme esquissa un sourire timide.

« C'est mon seul talent, je crains fort, mais Viri jure ses grands dieux n'y avoir jamais vu personne exceller comme moi. J'ai fait les rêves, Arkoniel. C'est de ça qu'Iya fut frappée dès l'abord, et elle prétend que le fils d'Ariani a quelque chose à voir avec nos visions et qu'il faut coûte que coûte le protéger. Elle m'a fait parvenir un mot dès qu'elle a appris le décès du duc. Je suis arrivé à Ero juste à temps pour me mettre en bons termes avec la clique d'Orun, et…

— Un instant. » Arkoniel leva la main. « Comment saurais-je si tout cela est vrai ? Comment saurais-je si vous n'êtes pas justement en train de m'embrumer la cervelle, de puiser dans mon esprit mes propres pensées avant de me les resservir ? »

Eyoli lui saisit la main et la déposa sur son propre front. « Tâtez mon esprit. Lisez mon cœur. S'il faut en croire Iya, vous possédez ce don-là.

— Ce n'est pas de la magie douce…

— Je le sais pertinemment, riposta-t-il, et Arkoniel eut la certitude qu'on lui avait en effet déjà infligé ce genre d'épreuve. Allez-y. Je m'attendais à devoir en passer par là. »

Arkoniel s'exécuta, et pas en lui frôlant gentiment l'esprit, mais à fond, en farfouillant au cœur même de celui qui se tenait sous sa main, si totalement à sa merci. Il ne s'agissait certes pas là d'une partie de plaisir, et les magiciens ne s'y livraient jamais entre eux sans permission, mais Eyoli consentit à tout, quitte à en gémir très fort et à devoir se cramponner à l'épaule de son vis-à-vis pour ne pas perdre l'équilibre.

Arkoniel lui pressa l'esprit pour exprimer la substance de toute sa vie comme s'il s'agissait du jus d'une grappe de raisin mûr. Or, si brève qu'eût été cette vie, elle foisonnait néanmoins en détails sordides au début. Issu des bas-fonds d'un port, orphelin de bonne heure et poussé dans la fange, Eyoli avait recouru dès son plus jeune âge à son adresse innée pour ne pas trop crever de faim et pour s'en tirer le moins misérablement possible. Quant au don qu'il possédait, il était en friche et d'un genre piètre lorsque Iya l'avait découvert, mais sa mise en valeur l'avait révélé riche d'ahurissantes potentialités. Et si Eyoli n'avait pas tort de penser qu'il ne ferait jamais un magicien digne de ce nom, du moins était-il, en tant qu'espion, tout à fait unique.

Arkoniel le libéra de son emprise.

« Et tu dis que c'est là tout ce que tu sais faire ?

— Oui. Je ne suis même pas capable de susciter de la lumière ou le moindre feu.

— En tout cas, ce que tu sais faire est extrêmement utile. Tu as prêté serment de veiller sur Tobin ?

— Par mes mains, mon cœur et mes yeux, maître Arkoniel. Comme les Busards ne m'ont pas affecté de numéro, je suis libre d'aller et venir dans la ville. Orun et les autres sont persuadés que je me trouve avec eux depuis des années. Ils ne s'apercevront pas seulement de ma disparition quand je les quitterai.

— C'est fou… ! Où est Iya, en ce moment ?

— Je l'ignore, Maître.

— N'empêche, je suis bien content de l'aide que tu m'apportes. Garde un œil sur Tobin, ainsi que sur Ki. » Il lui tendit la main. Eyoli la serra respectueusement, quitte à grimacer un peu sous la rude poigne de son aîné.

Dès que le jeune homme se fut retiré, Arkoniel inspecta l'ongle de son petit doigt. Lhel lui avait appris à le tailler en pointe de telle sorte qu'en serrant la main de quelqu'un cette pointe acérée s'insère dans la chair du susdit sans lui faire éprouver la moindre douleur mais de manière juste assez profonde pour lui soutirer un « tout petit petit rien de rouge ».

Après avoir exprimé cette gouttelette de sang, il en fit un léger frottis sur les spirales du gras de son pouce puis, tout en fixant dans l'œil de son esprit les motifs ainsi obtenus, il prononça la formule d'ensorcellement qu'il tenait également de Lhel : « À l'intérieur de cette peau je vais, par ces yeux je vois, en ce cœur j'écoute. »

Dans le cœur d'Eyoli brûlait une haine farouche à l'endroit des Busards, et il recelait, avec une vision de l'école de Virishan, celle d'une cité d'un blanc lumineux, à l'ouest, peuplée de magiciens qui accueillaient les orphelins de la vieille dame. Quoi que l'on exige de lui, Eyoli l'accomplirait en faveur de cette dernière vision. Arkoniel entr'aperçut aussi son propre maître, Iya, mais telle toutefois que se la rappelait le jouvenceau. Il la trouva plus lasse et plus âgée que dans ses propres souvenirs.

Cela ne l'empêcha pas de pousser un soupir de soulagement. Il se sentait à présent moins seul qu'il ne l'avait été depuis des années. La Troisième Orëska avait déjà véritablement débuté.

Ce que Tharin lui avait conté à propos d'Orun tracassait toujours Arkoniel, mais l'odieux dignitaire alla se coucher de bonne heure avec son humeur revêche et, après s'être calmé les nerfs en vidant un grand pot d'hypocras apprêté par Cuistote, il ne tarda pas à ronfler comme un porc. Le héraut fit de même de l'autre côté de la cheminée. Entre-temps, Tharin avait paré à ce que les gens de la Garde royale restent étroitement surveillés dans leur campement de fortune, en bas, sur la prairie.

Tandis que le silence s'appesantissait sur le manoir, Arkoniel se tenait patiemment assis dans le noir de son cabinet de travail, à guetter le moindre signe de désordre en provenance de la grande salle, au rez-de-chaussée.

Absorbé comme il l'était par cette occupation, il se laissa complètement prendre à l'improviste par un bruit tout proche de pas furtifs. L'expédition d'un nouveau charme voyeur lui permit d'apercevoir la chemise de nuit chiffonnée de Tobin qui se faufilait dans le corridor. Le gamin marqua une seconde d'hésitation devant la porte du magicien, parut sur le point d'y heurter puis s'en détourna et poursuivit sa route.

Arkoniel gagna la porte et l'entrebâilla, parfaitement conscient qu'il n'y avait dans cette partie du fort qu'un seul endroit où Tobin pût se rendre.

Poussé par le désir de voir les lieux qu'Ariani avait jadis revendiqués pour siens, le cadre qu'elle avait choisi pour mourir, il avait lui-même failli plusieurs fois s'introduire dans la tour. Mais quelque chose… – l'honneur, la peur, le respect, peut-être, pour les vœux du duc –, quelque chose l'en avait toujours retenu.

Tobin n'était plus désormais très loin de la porte de la tour, s'étreignant bien fort dans ses propres bras malgré la moiteur de la nuit. Sous les yeux attentifs d'Arkoniel, il hésita, aventura un pas de plus, s'arrêta. Fit un pas de plus. C'était pénible à regarder, mais le plus pénible était le sentiment d'agir à la manière d'un espion.

Au bout d'un moment, le magicien n'y tint plus et, se penchant au-dehors, souffla : « Tobin ? Qu'est-ce que tu fais là ? »

Le gamin pivota vivement, l'œil exorbité. N'eussent été les faits dont il venait précisément d'être le témoin, Arkoniel l'aurait cru atteint de somnambulisme.

Tobin s'étreignit encore plus fort en le voyant se diriger vers lui.

« Tu as besoin de mon aide ? »

Nouvelle hésitation, déchirante, et coup d'œil en biais… Frère était là, peut-être ? Enfin, il exhala un soupir et fixa sur Arkoniel ses prunelles d'un bleu si grave.

« Vous êtes bien l'ami de Lhel, n'est-ce pas ?

— Évidemment que je le suis ! Elle a quelque chose à voir dans ce qui se passe ? »

De nouveau, ce coup d'œil en biais.

« Il y a quelque chose qu'il faut que j'aille chercher.

— Dans la tour ?

— Oui.

— Quel que soit ce quelque chose, Tobin, je sais que Lhel voudrait que je t'aide. Que puis-je faire ?

— Venir avec moi.

— Ça me semble plutôt facile… Tu as la clef, ou bien c'est moi qui ouvre avec ma magie ? »

Comme pour répondre à la question, la porte de la tour s'ouvrit d'elle-même devant eux. Tobin chancela, son regard sondant l'embrasure béante, comme s'il s'attendait à y voir quelque chose. Peut-être était-ce d'ailleurs le cas. Mais le magicien ne distingua quant à lui que deux ou trois marches de pierre usée grimpant dans les ténèbres.

« C'est toi qui as ordonné à Frère de faire ça ?

— Non. » Tobin s'avança, et Arkoniel suivit.

Il faisait lourd, en cette nuit d'été, mais à peine eurent-ils franchi le seuil qu'ils se virent enveloppés par une atmosphère aussi humide et glacée que celle d'une tombe. La lune avait l'air de les épier, tout en haut, par de vagues ouvertures, aussi étroites que des meurtrières.

Malgré la frousse évidente qu'il éprouvait à se trouver là, le gamin prit tout de même les devants. À mi-chemin du sommet, Arkoniel perçut un sanglot étouffé, mais lorsque Tobin se retourna pour le regarder, il avait les joues sèches. Un nouveau sanglot fit se hérisser les fins cheveux de la nuque du magicien. Le timbre était celui d'une voix de femme.

Une petite pièce carrée occupait le faîte de la tour. Tous les volets s'en révélant hermétiquement clos, Arkoniel suscita un minuscule point lumineux puis ne put retenir un léger cri navré.

Il régnait là une pagaille invraisemblable. Les meubles avaient été réduits en miettes éparpillées de tous côtés. Des coupons de tissu pourrissaient par terre, ainsi que des tapisseries.

« C'est ici que Mère faisait ses poupées », chuchota Tobin.

Arkoniel avait entendu parler de ces poupées *d'après*; des garçons sans bouche.

Tout en s'entendant ici plus distinctement, les gémissements désolés demeuraient aussi faibles que s'ils provenaient d'une tout autre pièce. S'il les percevait, Tobin n'en souffla mot. Mais, tout en se dirigeant vers l'angle opposé, s'avisa Arkoniel, il gardait son visage obstinément détourné de la fatale fenêtre qui donnait vers l'ouest.

De quoi donc avait-il été le témoin, en ce dernier jour que commémorait pour jamais sa cicatrice au menton en forme de croissant ? Fermant les paupières, Arkoniel murmura la formule chercheuse de sang. Le sortilège évoqua sur le sol, dans les parages de la fameuse fenêtre, d'anciennes taches sanglantes qui se mirent à luire avec autant d'éclat que de l'argent sous le clair de lune. Et il fit apparaître une traînée supplémentaire, minuscule, et semblable à une demi-lune très érodée, sur l'entablement de pierre.

Mais sur son rebord extérieur, au-delà des volets.

Tobin se frayait cependant passage au milieu des débris jusqu'à l'angle opposé, où il entreprit de farfouiller dans un petit tas de déchets divers.

Les sanglots retentirent tout à coup plus fort, et Arkoniel eut l'impression, en entendant un froufrou presque imperceptible de pesantes jupes, que la créature éplorée allait et venait sans trêve dans la pièce.

Pris entre la peur et la douleur, il chercha dans sa tête des formules de conjuration destinées à l'esprit, mais il ne lui vint qu'une chose, son nom.

« Ariani. »

Et ce fut suffisant. Les vantaux de la fenêtre occidentale s'ouvrirent à la volée, et elle fut là, sombre silhouette se découpant sur le clair de lune. Frère se tenait avec elle, devenu aussi grand désormais, tout mort qu'il était, que son jumeau vivant.

Arkoniel fit un pas vers elle et, une fois devant celle qu'il avait si mal aidée, tendit la main.

Elle se tourna vers lui, et la lumière inonda son visage. Du sang noir en couvrait le côté gauche, mais ses yeux étincelants et pleins de vie s'attachèrent sur lui d'un air si terriblement éperdu qu'il en fut plus bouleversé que par n'importe quelle manifestation de colère.

« Pardonnez-moi, Dame. » Un écho de la décennie révolue.

Il devina la présence de Tobin à ses côtés, sentit ses doigts tremblants cramponnés sur son bras.

« Vous la voyez ? chuchota-t-il.

— Oui. Oh oui. »

Il tendit sa main gauche à la pitoyable apparition. Elle inclina la tête de côté, comme si le geste la laissait perplexe, puis tendit la sienne comme pour entrer dans la danse avec un partenaire. Lorsque leurs mains se rencontrèrent, la sensation fugace qu'il éprouva le fit penser au baiser de la neige tombant d'une branche que l'on secoue. Et puis elle ne fut plus là, Frère évanoui avec elle.

Arkoniel porta la main à ses narines et y décela les vagues effluves du parfum de la princesse enchevêtrés à des relents de sang. Et puis un froid mortel se reploya sur lui. Cela lui fit l'effet que quelqu'un plongeait la main dans sa poitrine et lui broyait le cœur pour l'arrêter de battre. Une autre main, celle-ci bien tangible et bien chaude, saisit la sienne à tâtons puis l'entraîna de force hors de la pièce. Des portes claquèrent sur leurs talons tandis que Tobin et lui s'enfuyaient de la tour.

De retour dans son cabinet de travail, Arkoniel poussa le verrou, mit le loquet aux volets puis alluma une petite lampe avant de s'effondrer tout tremblant à même le sol, la figure enfouie dans ses mains.

« Lumière divine !

— Vous l'avez bien vue, n'est-ce pas ?

— Oh, pour ça, oui ! Créateur me pardonne..., bel et bien vue.

— Elle était en colère ? »

Arkoniel repensa à la sensation de broiement qu'il venait de subir. Était-ce du fait d'Ariani, ou du fait de Frère ? « Elle avait l'air triste, Tobin. Et perdue. » Il leva les yeux et découvrit seulement alors ce que le gosse avait rapporté de leur équipée dans la tour. « C'est ça que tu es monté chercher ?

— Oui. » Tobin pressait contre son cœur un vieux sac de toile. « Je... je suis content que vous m'ayez surpris tout à l'heure. Je crois bien que je n'aurais pas pu faire ça de nouveau tout seul, et je ne serais jamais arrivé à demander à quelqu'un d'aller...

— *De nouveau* ? Tu veux dire que tu l'avais déjà fait auparavant ? Et tout seul ?

— Quand je suis monté l'y cacher. La nuit de l'arrivée de Ki.

— Et alors, tu as vu ta mère, c'est bien ça ? »

Tobin s'agenouilla auprès de lui et se mit à tirailler sur le nœud du cordon qui tenait le sac bien fermé. Il grelottait. « Oui. Elle a essayé de m'attraper, comme pour me jeter par la fenêtre, cette fois aussi. »

Arkoniel chercha quelque chose à dire, mais pas un mot ne lui vint à l'esprit.

Tobin s'acharnait toujours sur le nœud. « Autant que je vous laisse voir. C'était à Mère. Elle l'avait fait. » Le cordon ayant fini par coulisser, il retira du sac une poupée de chiffon en mousseline grossière et aux traits mal dessinés. « Elle ne s'en séparait jamais.

— Ton père le mentionnait dans ses lettres. »

Il ne put s'empêcher de penser aux poupées magnifiques qu'elle avait faites à Ero. Toutes les grandes dames de la ville s'étaient entichées d'en posséder une, et nombre de seigneurs aussi... À côté de ces chefs-d'œuvre, la chose innommable que Tobin berçait si précieusement n'était qu'une caricature grotesque, l'incarnation de l'âme en loques d'Ariani.

Cette idée, toutefois, fut promptement supplantée par une autre, et il en eut les cheveux follets de la nuque et les poils des bras hérissés pour la seconde fois de la nuit. La poupée avait le col tout étranglé par une cordelette de cheveux. De cheveux aussi noirs que ceux de Tobin lui-même. Ou que ceux de sa mère.

Ce doit être ça, songea-t-il avec un frisson de triomphe. *C'est en cela que réside le secret.*

Il l'avait subodoré dès le premier jour, dans la cuisine, la formule que proférait Tobin n'était pas suffisante pour en imposer à Frère. Il devait y avoir forcément quelque chose de plus ; un talisman de quelque espèce qui les liait l'un à l'autre indissolublement. Quelque chose qui avait peut-être été transmis de la mère à l'enfant.

« C'est ta mère qui te l'a donnée ? »

Le petit baissa les yeux vers la poupée.

« Lhel a aidé Mère à la faire. Et puis elle a fait en sorte qu'elle soit à moi.

— Avec tes cheveux ? »

Tobin acquiesça d'un hochement. « Et un peu de sang. »

Naturellement… « Et elle t'aide à convoquer Frère ?

— Oui. J'étais censé ne la montrer à personne au monde, alors je l'ai cachée dans la tour. Je pense que c'est peut-être pour cette raison que Frère ne reste pas toujours absent quand je lui commande de le faire. Lorsque Lord Orun a annoncé que je devais partir pour Ero, j'ai compris qu'il me fallait aller la récupérer…

— Mais pourquoi ne pas la laisser ici ? *Le* laisser ici ?

— Je ne peux pas. Je dois m'occuper de lui. C'est ce que Lhel a dit.

— Si l'esprit d'un magicien s'y applique, il risque de pouvoir flairer ce qu'elle cache.

— Vous ne l'avez pas fait. »

Arkoniel émit un gloussement chagrin. « On dirait bien que non, mais je ne faisais pas attention. Il n'empêche que les magiciens pullulent à Ero. Il va falloir que tu te méfies d'eux. De tous. Et tout spécialement de ceux qui portent les robes blanches des Busards du Roi. »

Tobin releva des yeux effarés.

« Et celui qui se trouve avec les gens d'Orun ?

— Un jeune homme blond en tenue de soldat ?

— Oui, justement celui-là.

— C'est un ami, Tobin. Mais tu ne dois surtout pas laisser voir que tu es au courant. C'est Iya qui l'a envoyé pour veiller sur toi, voilà tout. C'est un secret.

— Je suis content d'apprendre qu'il n'est pas un magicien méchant. Il a une figure aimable.

— Garde-toi bien de juger les gens sur la figure… » Arkoniel se reprit, de peur d'effrayer le gosse ou de lui révéler trop de choses qu'un Busard ne manquerait pas de découvrir par la suite dans son esprit, si l'un d'entre eux s'avisait jamais de le sonder. « Il y a toutes sortes de gens dans le monde, Tobin, et autant de sortes de magiciens. Ils ne te veulent pas tous du bien. Les Quatre m'en sont témoins, tu ne m'as pas fait confiance, à moi qui ne veux pourtant que ton bien ! Ne va pas baisser ta garde devant qui que ce soit sous le seul prétexte que tel ou tel te régale d'un sourire engageant. » Il abaissa de nouveau son regard vers la poupée. « Cela dit, tu es vraiment sûr qu'il te faut la prendre avec toi ? Il ne te serait pas possible de me la laisser ici ?

— Non. Lhel dit que je dois la garder et prendre soin de Frère. Personne d'autre ne peut s'en charger. Il a besoin de moi, et j'ai besoin de lui. »

Frère. Il. Lui.

Oh, mon dieu ! songea Arkoniel. Il y avait là-dessous une nouvelle manigance qui n'avait que trop bien marché jusqu'à présent. Grâce à la magie de Lhel, le roi s'était vu montrer le cadavre d'une petite fille, et cette fable avait ainsi trouvé crédit partout ; Tobin savait la vérité, lui. Si quelqu'un voyait Frère ou entendait Tobin l'appeler de la sorte ou le désigner par « il » ou par « lui », cela susciterait des tas de questions fâcheuses.

À se sentir sous le regard de ces yeux beaucoup trop clairvoyants, le magicien perçut l'effroyable fragilité des nouvelles relations qu'ils venaient tout juste de nouer dans la tour.

Cela le fit penser au sac d'Iya qui reposait là, sous sa table de travail ; aucun magicien n'aurait été capable d'en percer la magie, conçue pour préserver le bol, lui-même emmitouflé de soie et bourré de charmes. Pendant un moment, il rumina l'idée de confectionner un sac analogue pour la poupée. Cela, au moins, ses pouvoirs le lui permettaient, et il avait sous la main tout ce qu'il fallait : soie noire et fil d'argent, baguette de cristal, aiguilles et rasoirs de fer, cassolettes à encens pour brûler gommes et résines. Tout cela facile d'accès. De quoi faire un sac qui, tout en interdisant à Frère de s'échapper, mettrait en échec les curiosités de n'importe quel Busard.

Seulement, le sac lui-même serait visible. Et puis bon, Iya ou lui-même seraient en mesure de le trimbaler sans inconvénient, mais certes pas un simple gamin de onze ans, pas un fils de guerrier.

Avec un gros soupir, il ramassa le sac à farine abandonné.

Du dernier banal. Aussi banal qu'une vieille poupée léguée comme souvenir à un mioche orphelin.

« Voilà qui change tout, tu sais, rêva-t-il, en proie à une idée qui prenait déjà forme. La petite démonstration que nous avons incité Frère à exécuter dans la grande salle était belle et bonne en tant que plaisanterie d'un esprit domestique. À la cour, personne, et surtout pas toi, ne peut en revanche se permettre d'essuyer le moindre soupçon de nécromancie, et des tas de gens ne se feraient peut-être pas faute de t'accuser précisément de cela s'ils te pensaient capable de manœuvrer Frère. Tu ne dois pas le nommer ainsi ni parler de lui autrement que sous les espèces du démon jumeau dont tout le monde a plus ou moins eu vent. C'est une vieille histoire, là-bas.

— Je sais. Ki m'a dit que certaines gens affirment même que c'était une petite fille. »

Arkoniel masqua sa surprise au plus vite ; que des rumeurs se mettent à courir, et elles proviendraient probablement de Ki. Puis le travail était somme toute déjà fait. Autant de gagné.

« Eh bien, qu'ils continuent de le penser. Il serait vain d'en discuter. N'en dis rien du tout, et ne laisse jamais voir Frère à qui que ce soit. Et n'avoue jamais non plus, tu m'entends ? *jamais* ! que tu connais une personne comme Lhel. Sa magie personnelle n'a rien à voir avec la nécromancie, mais la plupart des gens pensent que c'en est, et voilà pourquoi son espèce a été décrétée hors la loi à Skala. » Il lui adressa un clin d'œil complice. « Ça fait de nous des hors-la-loi, toi et moi.

— Mais pourquoi Père était-il en relations avec elle, si… ?

— Voilà un sujet qu'il vaut mieux laisser de côté jusqu'à ce que vous soyez plus âgé, mon prince. Pour l'instant, fiez-vous en l'honneur de votre père ainsi que vous l'avez toujours fait, et promettez-moi de garder le secret sur Frère et sur Lhel comme sur une affaire exclusivement personnelle. »

Tobin se mit à tripoter nerveusement l'une des jambes dépareillées de la poupée.

« Je le garderai, mais il y a des fois où lui n'en fait qu'à sa tête.

— N'empêche, il te faut faire très très attention. Il y va de ton salut. Et de celui de Ki, aussi.

— De Ki ? »

Arkoniel remonta ses genoux pour s'y accouder. « Ici, au fort, vous avez vécu, toi et Ki, comme des frères et des amis. Des égaux, si tu préfères. Mais une fois arrivés à la cour, vous aurez tôt fait d'apprendre que vous n'êtes rien de tel. D'ici que tu atteignes ta majorité, Ki ne bénéficie d'aucune autre protection que ton amitié et le bon plaisir de ton oncle. Si l'on vous accusait de nécromancie, le roi te sauverait éventuellement, toi, mais Ki, lui, n'y couperait pas, il subirait inexorablement un abominable supplice. »

Tobin blêmit.

« Mais il n'a rien à voir avec Frère !

— Ça ne changerait strictement rien, Tobin. Et c'est justement ça que j'essaie de te faire comprendre. La vérité n'est pas en cause, là-dedans. Il suffirait en tout et pour tout d'une accusation portée par l'un de ces Busards. Et ce cas ne se présente aujourd'hui que trop fréquemment. Des magiciens éminents qui n'avaient jamais fait de mal à qui que ce soit ont été brûlés vifs, alors qu'il n'existait pas de meilleure charge à leur encontre que des commérages de seconde main.

— Mais pourquoi ?

— Le zèle que mettent les Busards à servir le roi les a conduits à emprunter d'autres voies que nous autres tous. Je saurais d'autant moins t'expliquer cela que je ne le comprends pas moi-même. Pour l'heure, promets-moi que tu te montreras prudent et que tu inciteras Ki à en faire autant. »

Le petit soupira. « Oh, comme je voudrais n'être pas forcé de partir… ! De partir comme ça, du moins. Moi qui avais tellement envie d'aller avec Père voir Ero, voir Atyion, d'aller me battre en sa compagnie, là, maintenant… » Il s'interrompit, se frotta les yeux.

« Je m'en doute bien. Mais Illior a sa manière à lui de nous mettre les pieds sur le droit chemin sans faire briller la Lumière très loin devant. Place ta confiance en cela, ainsi que dans les bons amis que l'Illuminateur t'a envoyés pour escorter ta marche.

— Illior ? » Tobin lui adressa un regard sceptique.

« Et Sakor, ajouta-t-il précipitamment, Sakor aussi. Seulement, n'omets pas de qui tu portes la marque au menton...

— Mais la poupée, dites ? Qu'est-ce que j'en fais ? »

Arkoniel indiqua le sac à farine. « Ça devrait convenir pas mal. »

Le gamin riposta par un regard horripilé.

« Mais vous ne comprenez pas ! Je fais quoi, si le prince la voit ? Ou le maître d'armes ? Ou *Ki* ?

— Et quand il le ferait ? » À sa grande stupeur, Tobin s'empourpra. « Tu t'imagines qu'il en aurait moins d'estime pour toi ?

— Pour quelle raison vous figurez-vous donc que je la laissais dans la tour ?

— Holà ! je l'ai bien vue, moi, et je t'estime toujours autant... »

Tobin roula des yeux. « Vous êtes un *magicien*, vous. »

Arkoniel se mit à rire.

« Viendrait-on d'outrager ma virilité ?

— Vous n'êtes pas un guerrier ! » Tobin se trouvait à présent sous le coup d'une formidable émotion qui fit étinceler ses yeux et lui brisa la voix. « Les guerriers s'en fichent, des poupées ! Moi, je n'ai celle-ci que parce que Lhel m'en fait un devoir. Pour Frère. »

Arkoniel l'examina attentivement. La façon dont le petit continuait de serrer cette déjetée de poupée démentait chacun des mots qu'il proférait.

Qu'*elle* proférait, rectifia-t-il. C'était la première fois depuis un temps fou qu'Arkoniel se permettait cette rectification, bien qu'il ne lui fût guère possible de déceler la princesse occulte sous le gamin rageur qu'il avait devant lui..., excepté peut-être en ce que les mains, toutes fortes et calleuses qu'elles étaient, n'expédiaient pas au diable ni n'écrabouillaient l'objet dont elles prétendaient être si mortifiées.

« M'est avis que tu méjuges ton copain, dit-il paisiblement. C'est un souvenir qui te vient de ta mère morte. Qui oserait te reprocher d'y tenir ? Mais à toi de régler la question comme tu l'entends.

— C'est que... » La vergogne le disputait visiblement à la résolution sur les traits creusés du gamin.

« Quoi donc ?

— La nuit de l'arrivée de Ki, Frère m'a *montré*. Il m'a montré Ki découvrant la poupée, puis à quel point tout le monde était déçu et humilié d'apprendre que je l'avais. Exactement comme Père m'en avait prévenu. Or, tout ce que Frère m'a montré d'autre s'est finalement vérifié. Du moins je le crois. Vous vous rappelez, la renarde à l'échine brisée ? Et je l'ai su aussi, quand Iya venait. Et... Et il m'a averti que Lord Solari veut me prendre Atyion.

— Vraiment ? Je vais en informer Tharin. Pour ce qui est du reste, je ne sais qu'en dire. Il se peut que Frère soit capable de mentir quand ça lui chante. Ou que ce qu'il te montre soit susceptible de changer avec le temps. N'étant pas forcément exclu que tu ne comprennes pas toujours, toi, ce qu'il te montre... » Il avança la main pour lui tapoter l'épaule et, cette fois, l'enfant ne regimba pas. « Tu n'es pas un magicien-né, mais tu recèles une once de double vue. Tu aurais dû faire part de tes visions à Lhel ou à moi. C'est notre don et notre service. »

Les épaules de Tobin s'affaissèrent. « Pardonnez-moi, maître Arkoniel. Vous m'avez aidé sans relâche, et moi je vous ai trop souvent manqué de courtoisie. »

Arkoniel balaya ses excuses d'un geste. Il éprouvait pour la première fois depuis son arrivée au fort le sentiment qu'un maillon véritable venait de se forger entre eux. « Je n'escompte pas te le voir comprendre dès maintenant, mais j'ai juré de consacrer mon existence à te protéger. Peut-être un jour te souviendra-t-il de cette nuit passée ensemble et reconnaîtras-tu que je suis ton ami. Bien que je sois un simple magicien. » Avec un grand sourire, il tendit la main *à la guerrier.*

Tobin la serra. Sans que son regard eût encore entièrement perdu son ancienne circonspection, dans ses yeux se lisait désormais un respect tout neuf.

« Il m'en souviendra, magicien. »

Plus vanné qu'il ne peut se dire, Tobin se traîna jusqu'à sa chambre et dissimula la poupée dans le fond de l'un des coffres de voyage.

Il s'efforça de se glisser au lit sans déranger Ki, mais comme il se rallongeait, il sentit la main de celui-ci se poser sur son bras.

« Tu es malade, Tob ? Ça fait un bon bout de temps que tu étais parti.

— Non… »

Puisque Arkoniel jugeait tout normal qu'il lui parle de la poupée, voilà que tout à coup il avait salement envie de le faire. Peut-être que Ki, ça lui serait égal, après tout. Il détestait qu'il y ait des secrets entre eux, puis la poupée se trouvait tellement près, quelques pas seulement… Mais le souvenir de la fureur de Frère quand il avait voulu la montrer à Nari était encore beaucoup trop frais.

« Je voulais simplement dire au revoir à Arkoniel, marmonna-t-il.

— Il va nous manquer. Je parie qu'il a dans sa manche quelques petits sortilèges qui la feraient fermer à Lord Orun. »

Il faisait trop chaud pour supporter couvertures ou chemises. Étalés sur le dos, ils scrutaient tous deux les ténèbres.

« Ces dernières semaines ont été vraiment pourries, hein ? fit Ki au bout d'un moment. D'abord ton père… » Sa voix s'étrangla brusquement. Il reprit son souffle. « Et le vieux Tripes molles en bas, dis ? Pas du tout comme ça qu'on comptait se rendre à l'est, nous deux… »

Une boule durcit dans la gorge de Tobin, qui se contenta de secouer la tête. La mort de Père, le spectre de Mère, la convocation à Ero, les avertissements d'Arkoniel, tout à l'heure, et le tracas que causait Frère, la troupe d'étrangers qui attendait en bas…

Subitement, toutes les larmes qu'il n'avait pas réussi à trouver, tant d'années durant, le trouvèrent, lui, paraît-il, et roulèrent en silence le long de ses tempes dans ses oreilles. Il n'osait renifler ni les essuyer, de peur que Ki ne sache ce qui se passait.

« 'tait que temps, maugréa Ki d'une voix enrouée qui fit prendre conscience à Tobin que son copain pleurait aussi. Commençais à croire que tu savais pas. Faut chialer ton deuil, Tobin. 'cun guerrier s'en prive. »

C'était donc ça qu'était cette douleur ? se demanda Tobin. Mais elle lui faisait l'effet d'être si énorme… ! S'il lui lâchait la bride, elle l'emporterait au diable, et il serait perdu. Il était plus facile de se réfugier à nouveau dans le silence engourdissant qui l'avait protégé si longtemps. Il l'imagina se déversant en lui comme des ténèbres liquides, emplissant ses poumons, lui envahissant peu à peu les membres et le crâne jusqu'à le réduire à n'être lui aussi rien de plus qu'une silhouette noire.

« Ça pas bon moyen, *keesa.* »

Un coup d'œil lui révéla Lhel debout dans l'encadrement de la porte. L'aube était là.

Elle lui fit signe de venir puis s'éclipsa en direction de l'escalier. Il se précipita à ses trousses mais ne fit qu'entr'apercevoir le bas de sa jupe élimée tandis qu'elle se faufilait sur le seuil de la grande salle. Lord Orun ronflait bruyamment derrière les courtines de son baldaquin. Le petit n'eut que le temps de franchir en toute hâte la poterne pour voir Lhel disparaître dans la forêt, tout au bout du pont.

« Attendez ! » lui cria-t-il avant de se plaquer sur la bouche une main affolée. En contrebas du fort, l'escorte d'Orun fourmillait sur la prairie trempée de rosée. La veille, il avait cru qu'elle ne comptait qu'une quarantaine d'hommes à peu près, mais elle avait l'air d'en comporter au moins une centaine, maintenant. Quelques sentinelles s'étaient groupées autour du déjeuner qui cuisait sur le feu de camp, mais aucune ne prit garde à lui quand il se rua pieds nus dans les bois.

À peine eut-il atteint le couvert des arbres qu'il comprit. Cette forêt-ci n'était pas la forêt réelle, mais celle où ses visions l'avaient si souvent conduit après la mort de Mère.

Cette fois, il n'eut pas besoin de Frère pour le guider. Il n'eut aucune peine à rejoindre le sentier de la rivière et le suivit jusqu'à la clairière où les deux gentils daims broutaient près du trou creusé dans la terre. Simplement, une fois entré, il se retrouva ce coup-ci dans le chêne de Lhel.

La sorcière et Mère étaient assises auprès du feu. Mère était en train de donner le sein à un nouveau-né. Au lieu du lapin, c'était la poupée de chiffon que Lhel tenait dans son giron.

« Ça rêve voyant, *keesa*, l'avertit celle-ci.

— Je sais. »

Elle lui remit la poupée puis branla l'index en le pointant sur lui.

« Toi pas aller oublier Frère... ?

— Promis que non ! » De quoi d'autre s'était-il tourmenté durant toute la nuit, hein ?

Mère leva ses yeux, attachés jusque-là sur le nouveau-né, ses yeux d'un bleu limpide et sain mais tellement triste. « Je veux être là-bas moi aussi, Tobin. Ne me laisse pas dans la tour ! » Elle éleva l'enfant vers lui. « Il te montrera. »

Lhel bondit, comme suffoquée de la découvrir là. « *Keesa* pas pouvoir être embêté pour ça. Partez ! »

Ariani et le bébé disparurent, et Lhel attira Tobin pour le faire asseoir sur la paillasse à ses côtés. « Tu pas être embêté pour elle. Pas ton affaire maintenant. Tu t'inquiéter que toi et Frère. Et Ki. »

Elle jeta dans le feu une poignée d'herbes aromatiques et d'os puis scruta le motif qui résultait de leur combustion.

« Ce sans-cheveux-là ? Il ne me plaît pas…, mais tu dois partir. Je vois ta route. Elle te mène à la cité puante du roi. Ce roi, tu ne le connais pas encore. Tu ne connais pas son cœur. » Après avoir de nouveau jeté des herbes dans les flammes, elle se mit à se balancer lentement d'avant en arrière et d'arrière en avant, l'œil plissé, puis, non sans soupirer, se pencha tellement vers lui pour être plus près qu'il finit par ne plus voir d'elle que son visage. « Tu voir sang ? Pas dire à personne. Personne.

— Comme pour la poupée. » Il s'en était pourtant fallu de rien qu'il en parle à Ki, songea-t-il.

Lhel hocha la tête.

« Tu aimer ton ami, tu pas dire lui. Tu voir sang ? tu venir voir me. Ici.

— Quel sang, Lhel ? Je suis un guerrier, je vais voir forcément du sang !

— Peut-être oui, peut-être non. Mais si tu voir… » Elle lui planta son index sur le cœur. « Tu connaître ici. Et tu venir à Lhel. »

Elle lui piqua de nouveau la poitrine avec l'index, mais cette fois plus fort, et il se réveilla dans son lit, dans la chaleur et dans le noir, flanqué de Ki ronflant tout doucement.

Il se tourna sur le flanc. Que pouvait bien signifier ce rêve ? Il sentait encore l'index de Lhel peser sur son cœur et le moelleux des fourrures sous son derrière. *Rêve voyant*, Lhel avait appelé ça.

De quoi s'agissait-il au juste ? D'une vision ? Ou tout simplement d'un rêve ordinaire ? Ne fallait-il pas aller le demander à Arkoniel ? C'est à force de se poser toutes ces questions qu'il sombra de nouveau dans le sommeil.

TROISIÈME PARTIE

Extrait des Mémoires de la reine Tamir II

Ero…

Lorsqu'il m'arrive à présent d'en évoquer le souvenir, la ville d'aujourd'hui, pratiquée durant un laps de temps si bref, se trouve recouverte dans mon esprit par l'image du modèle réduit que mon père avait édifié pour moi. Dans mes rêves, ce sont des bonshommes en bois, des moutons d'argile et des oies de cire qui peuplent les rues sinueuses de la cité. Et c'est sur une rade à la peinture poussiéreuse que des bateaux à fond plat et à voiles de parchemin glissent en chuintant.

Le Palatin seul survit dans ma mémoire tel qu'il était à l'époque, ainsi que les gens qui habitaient dans son enceinte et ses dédales.

38

C'est sans un regard en arrière que Tobin sortit du fort, le vingt-troisième jour de Lenthin. Il avait fait ses adieux dès l'aube et laissé les femmes l'inonder de pleurs. Tharin et Ki à ses côtés, les cendres de Père suspendues au pommeau de sa selle et une colonne d'hommes dans son sillage, il affronta fixement la direction d'Ero, bien résolu à soutenir du mieux qu'il le pourrait l'honneur de sa famille.

Il avait été fort surpris d'apprendre par Lord Orun que leur chevauchée ne durerait qu'une seule journée. Sans pesants bagages pour les ralentir, il leur était loisible de s'accorder de longs temps de galop, et ils eurent tôt fait de dépasser Bierfût. Au-delà, la route familière en rejoignait une autre qui s'enfonçait à son tour dans les ténèbres sinueuses de la forêt. Laquelle finit, au bout de plusieurs heures, par céder la place aux moutonnements d'une vaste plaine où s'entrelaçaient des rivières et que parsemaient des domaines aux corps de ferme impressionnants.

Lord Orun s'étant montré intransigeant sur le chapitre de l'étiquette, Tobin se voyait contraint de cavalcader en tête auprès de lui, tandis que Tharin et Ki se trouvaient derrière, en compagnie du héraut et des serviteurs. Quant aux gens du manoir, que l'on ne devait plus désigner dorénavant que sous la pompeuse appellation de Garde du prince Tobin, le cortège les regroupait avec la troupe des soldats royaux. Malgré tous ses efforts pour repérer le magicien déguisé parmi ces derniers, Tobin n'était pas seulement parvenu à l'entrevoir lorsqu'il avait dû gagner sa propre position.

Vers le milieu de la matinée, on arriva devant un grand lac qui reflétait le ciel sillonné de nuages, ainsi qu'un superbe manoir de pierre fièrement campé sur la rive opposée. Des flopées d'oies sauvages voguaient sur les flots et picoraient tout le long des berges.

« Ce domaine appartenait à une tante de ta mère, autrefois, fit observer Tharin au passage.

— Et quel en est le propriétaire, actuellement ? » demanda Tobin, émerveillé par la splendeur des lieux.

— Le roi.

— Atyion est aussi grand ?

— Mets-en dix comme celui-ci côte à côte, et tu commenceras à te faire une petite idée de ses dimensions. Sauf qu'en plus la forteresse d'Atyion est entourée par une ville, elle-même cernée de champs et de murailles à elle. »

Un regard vers l'arrière permit à Tobin de s'apercevoir que déjà ses chères montagnes s'amenuisaient à l'horizon.

« Il nous faudra encore beaucoup de temps pour atteindre Ero ?

— À condition de maintenir l'allure, nous devrions y être, je pense, avant le coucher du soleil, mon prince », répondit Lord Orun.

Tobin éperonna Gosi, non sans s'étonner que Bierfût ait jamais pu lui sembler si loin quand la capitale elle-même ne se trouvait qu'à une journée de cheval. Le monde lui faisait brusquement l'effet d'être infiniment plus petit qu'avant.

Midi venait tout juste de sonner quand on traversa une ville-marché du nom de Korma. Elle était plus importante que Bierfût, mais sa grand-place fourmillait du même genre de fermiers et de camelots, et l'on y voyait également quelques Aurënfaïes coiffés de leurs espèces d'échafaudages de turbans violets. Plusieurs étaient en train de donner un concert de lyres et de flûtes.

Lord Orun choisit de faire halte à la plus grosse auberge pour laisser reposer les montures et se restaurer. Le tenancier s'inclina bien bas devant lui puis, sitôt faites les présentations, encore plus bas devant Tobin. Après quoi il fut aux petits soins pour lui, se mit en quatre et lui fit goûter de cent mets divers et finit par refuser quelque rémunération que ce soit, sauf à espérer que Son Altesse garderait un bon souvenir de lui. Mais ce tintamarre inhabituel autour de sa personne assomma tellement Tobin qu'il fut trop heureux de se remettre en route.

On adopta une allure plus modérée durant les heures où la chaleur se fit trop accablante, et Lord Orun se mit en devoir de distraire Tobin en lui parlant des Compagnons du prince royal, de leur entraînement et des divertissements auxquels il pourrait prétendre en leur société.

Par son intermédiaire, Tobin apprit qu'il lui suffirait pour se passer toutes les fantaisies que pouvait avoir un garçon de son âge d'utiliser tout simplement le sceau de Père qu'il portait déjà en sautoir et dont la chaîne avait été raccourcie à son intention par Koni.

« Oh, ça oui, toutes, assura Orun. De beaux vêtements, une épée digne de ce nom, des friandises, des limiers, de quoi miser au jeu. Un jeune homme de votre rang doit avoir ses plaisirs. Un nouveau sport, la chasse au faucon, nous est récemment arrivé d'Aurënen, qui le tenait elle-même des Zengati. Libre aux 'faïes d'importer un instrument de décadence aussi barbare ! Oh, je vous l'accorde, ils élèvent de bons chevaux. Enfin…, toujours est-il que ça fait fureur chez nos petits messieurs. »

Il marqua une pause, et sa lippe épaisse se retroussa en un sourire entendu.

« Naturellement, toute transaction d'importance comme, disons..., vendre des terres ou lever des troupes, acheter du fer ou des céréales, ou encore collecter les revenus de vos terres..., eh bien, pour ce genre de choses, il vous faut au surplus le sceau de votre oncle ou le mien tant que vous n'êtes pas majeur. Mais vous êtes beaucoup trop jeune pour vous embarrasser d'aussi triviales préoccupations ! N'ayez crainte, nous vous suppléerons pour toutes ces corvées, allez.

— Soyez-en remercié, Lord Orun », répliqua Tobin, mais uniquement parce que les bonnes manières semblaient requérir une telle assertion. Le bonhomme lui avait déplu, la veille, au premier regard, et leurs relations, depuis lors, n'avaient fait que renforcer son antipathie. Il y avait quelque chose d'insatiable derrière les risettes dont l'accablait ce vieux machin ; elles faisaient à Tobin le même effet que lorsqu'on met le pied dans le noir sur un truc froid et répugnant.

Plus révoltant encore était le comportement d'Orun vis-à-vis de Tharin et de Ki. Car tandis qu'il affectait à l'endroit de Tobin la plus gluante courtoisie, il les traitait, eux, comme s'ils faisaient partie de ses larbins, et il n'arrêtait pas d'insinuer, mine de rien, que Son Altesse aurait tout de même intérêt à envisager de se procurer, une fois à la cour, un écuyer moins malséant. N'eussent été les mises en garde d'Arkoniel, peut-être bien que Tobin aurait de nouveau prié Frère d'intervenir. Il se promit seulement en secret de se débrouiller pour faire tôt ou tard de ses deux amis de puissants seigneurs, et si riches qu'Orun se verrait forcé de les saluer jusqu'à terre.

Ki percevait par trop que Tobin était au martyre de chevaucher avec Orun, mais il voyait bien que le mal était sans remède. La longueur du trajet lui fournit du moins l'occasion de bavarder avec Tharin – et c'était la première depuis que le capitaine était rentré de Mycena.

Il lui avait dès l'abord trouvé la mine d'un homme souffrant, mais il n'avait su que lui dire, bien qu'en son cœur il en eût deviné le motif : Tharin s'estimait fautif d'un impardonnable manquement vis-à-vis de Rhius. Un écuyer ne revenait pas chez lui sans son maître. Or, d'après tous les détails qu'avait pu glaner Ki parmi les témoins au fil des jours qui avaient suivi le retour des cendres, Tharin n'avait strictement rien à se reprocher dans le drame. Le duc était tombé pendant la bataille, et le capitaine avait fait l'impossible pour le sauver. Cette version, Ki s'y cramponnait d'autant plus qu'il était davantage incapable d'en rabattre si peu que ce soit sur son héros.

À présent, ils avaient des tas d'autres chats à fouetter, et Tharin avait une tête de déterré.

Tout en se maintenant à distance respectueuse sur les arrières de leurs seigneuries, Ki rapprocha Dragon du cheval de Tharin et, tout bas, questionna : « Nous allons être obligés de vivre avec *lui*, dorénavant ? »

Tharin grimaça. « Non, vous logerez au Palais Vieux avec les autres Compagnons. Vous aurez seulement à subir de temps en temps un dîner en sa compagnie, pour lui permettre après de faire son rapport au roi. »

Le palais en question, Ki l'avait entrevu par-dessus les murailles de la citadelle.

« C'est tellement grand… ! On s'y prendra comment pour s'y retrouver ?

— Les Compagnons y ont leurs propres appartements. Puis les autres vous aideront.

— Il y en a combien ?

— Actuellement, sept ou huit, si je ne me trompe… Plus leurs écuyers. »

Le gamin se mit à tripoter ses rênes. « Les autres écuyers…, ils sont comme moi ? »

Tharin le lorgna.

« Dans quel sens tu l'entends ?

— Vous savez bien. »

Tharin lui adressa un petit sourire tristounet.

« Je crois qu'ils sont tous fils de hauts et puissants seigneurs et chevaliers.

— Ah.

— Oui. » Rien que sa façon de le dire indiquait qu'il comprenait les appréhensions du petit. « Les laisse pas t'intimider. N'y en a qu'un dans le lot qui puisse se vanter d'être lui aussi l'écuyer d'un prince. Et je te jure, Ki, qu'il n'y en a pas un seul qui te surpasse, pour l'honneur. » Il haussa le menton en direction de Tobin. « Garde-lui la première place en ton cœur, et tout ce que tu feras sera toujours bien.

— Risque pas que je lui fasse jamais défaut. Je ne pourrais pas le supporter. »

Tharin tendit la main et lui étreignit le bras suffisamment fort pour le faire grimacer. « Non, risque pas, dit-il d'un air grave. Tu vas devoir veiller sur lui désormais à ma place. Tu jures de le faire sur ton honneur ? »

Le défi faisait plus mal que la poigne de fer sur le bras. Ki se raidit en selle et balaya tous ses doutes honteux. « Je le jure ! »

Tharin hocha la tête d'un air satisfait et le relâcha.

« Nous serons tous les deux sa garde personnelle, nominalement, mais celui qui sera à ses côtés, c'est toi. Il te faudra être mes oreilles et mes yeux, Ki. Si tu sens poindre quelque ennui que ce soit pour lui, tu viens me trouver tout de suite.

— Je le ferai, Tharin ! »

Pendant un instant, il craignit d'être allé trop loin et d'avoir mis le capitaine en rogne, mais celui-ci se contenta de glousser. « Je sais que tu le feras. »

S'apercevant qu'en dépit de cette assertion sa physionomie restait tout aussi anxieuse, Ki contrôla presque machinalement le laçage de son fourreau. Jamais il ne se serait imaginé que se rendre dans la capitale lui ferait cet effet…, l'effet de s'introduire en territoire ennemi. Seulement, il aurait bien aimé savoir pourquoi.

La journée s'avançait. La route qu'ils suivaient les mena dans des basses terres plates toutes découpées en longues bandes cultivées par des métayers. Certaines de ces bandes étaient en jachère et envahies de mauvaise herbe. D'autres, travaillées, ne portaient que des plants clairsemés ou gâtés par la maladie. Les emblavures ne se signalaient que par d'immenses étendues de pelade grisâtre et pourrie.

Dans les villages de la région, Tobin vit des mioches aux jambes décharnées, aux ventres ballonnés, aux yeux avalés par de sombres cernes. Leur aspect lui rappela vaguement celui de Frère. Le peu de bétail subsistant n'avait que la peau et les os, et les fossés étaient pleins de charognes boursouflées dont les corbeaux becquetaient les yeux. Nombre des chaumières donnant sur les rues que l'on enfilait se montraient désertes, et on en avait incendié plusieurs. La plupart des autres arboraient sur leur porte d'entrée le croissant d'Illior barbouillé à la peinture ou à la craie.

« C'est bizarre, fit-il enfin. On s'attendrait à ce qu'ils prient Dalna pour en obtenir de bonnes récoltes ou la guérison. »

Personne ne répondit.

Comme le soleil entreprenait son lent déclin derrière eux, un petit vent frais se mit à souffler de l'est, qui leur rebroussa les cheveux et glaça la sueur sur leur front. La brise charriait les premiers effluves d'une odeur nouvelle, agréable, que Tobin ne reconnut pas.

Remarquant qu'il humait l'air, Lord Orun sourit avec des mines indulgentes. « C'est la mer que vous sentez, mon prince. Elle sera bientôt en vue. »

Un peu plus tard, ils croisèrent une carriole chargée de la denrée la plus singulière que Tobin eût jamais vue. Ça formait un amas brun verdâtre qui tremblotait à chaque cahot, chaque soubresaut des roues sur la route. Et ça dégageait des remugles étranges, à la fois fangeux et salés.

« Qu'est-ce que c'est ? questionna-t-il en tordant le nez.

— Des algues en provenance de la côte, expliqua Tharin. Les fermiers s'en servent pour fumer leurs champs.

— Ça sort de la mer ! » Talonnant Gosi pour se rapprocher, il se pencha par-dessus la ridelle et plongea la main dans le tas fétide. C'était humide et froid, dessous, puis d'un contact caoutchouteux comme le dessus de la gelée, quand Cuistote avait confectionné des pieds de veau et qu'ils étaient figés, une fois refroidis.

Contre le couchant obscurci se dressaient des collines aussi sèches et hâlées que des épaules dépourvues de têtes. Réduite à une fine pelure d'argent, la lune d'Illior se mit à les gravir sous les yeux attentifs de Tobin. En dépit des protestations d'Orun que l'on arriverait à Ero vers le crépuscule, il semblait bien que l'on se trouvait en plein milieu de nulle part.

La route grimpait dur, maintenant. Chassant des étriers pour se pencher sur son encolure, il incita Gosi à fournir au plus tôt les quelques foulées qui le séparaient encore du sommet de la côte, et, de là, brusquement, découvrit une étendue d'eau gigantesque, inimaginable, qui scintillait sous ses yeux jusqu'à l'infini. Les rares aperçus qu'il avait pu avoir de la mer grâce à sa virée visionnaire avec Arkoniel ne l'avaient pas du tout préparé à ce spectacle-là ; ils étaient encadrés de ténèbres et flous, sans compter que sa propre attention s'était concentrée sur d'autres objets.

Ki monta le rejoindre.

« Alors, qu'est-ce que tu en dis ?

— C'est… énorme ! »

De là se voyait très bien la façon dont les flots s'incurvaient sur l'horizon, tout comme leur immensité ponctuée de-ci de-là par des îles de toutes les tailles et dont l'étrave affrontait les vagues. Le souffle coupé, Tobin s'efforça d'en évaluer les dimensions invraisemblables ; et par-delà tout ça se trouvaient au surplus les tas de lieux dont Père et Arkoniel lui avaient parlé : Kouros, Plenimar, Mycena..., ainsi que le champ de bataille où Père s'était vaillamment battu avant de périr.

« Penses-y, Ki. Un jour, nous serons au large, tout là-bas là-bas, toi et moi. Du pont de je ne sais quel bateau, nous regarderons en arrière vers ce rivage, et nous nous rappellerons que nous nous tenions ici même, en ce moment. » Il brandit sa main bien haut.

Avec un large sourire, Ki la lui serra. « Des guerriers inséparables. Tout à fait comme... »

Il s'interrompit juste à temps, mais Tobin comprit ce qu'il avait voulu dire. *Tout à fait comme l'a prévu Lhel, dès sa première rencontre avec Ki dans la forêt, sur cette route tout enneigée.*

Tobin promena un nouveau regard circulaire.

« Mais la ville, où est-elle, enfin ?

— À deux ou trois milles plus au nord, Votre Altesse. » C'était le magicien blond. Il salua Tobin d'un air solennel et puis retourna se perdre dans le grouillement des rangs.

Ils continuèrent de suivre la route à travers les collines, et les dernières lueurs de jour ne s'étaient pas éteintes à l'ouest qu'ayant franchi la crête d'une hauteur ils finirent par découvrir Ero, qui, scintillant tel un joyau, s'accrochait aux versants qui surplombaient son vaste port. Pendant un moment, Tobin fut désappointé ; à première vue, la ville ne ressemblait pas du tout au modèle réduit que Père avait réalisé pour lui. Il y avait une large rivière qui coulait à proximité, d'abord, et puis l'agglomération s'étalait sur plusieurs éminences toutes vallonnées qui formaient une courbe autour de la baie. Une inspection du site plus attentive lui permit néanmoins de discerner, courant au pied de la plus importante, la ligne onduleuse que dessinaient les murailles de la cité. Il repéra le Cercle Palatin qui en couronnait le faîte, et il eut même l'impression qu'il réussissait à y percevoir les toits du Palais Vieux, moirés comme du brocart d'or par les ultimes flamboiements du soleil couchant.

Il eut aussi pour la première fois le sentiment que l'esprit de Père se tenait à ses côtés et lui désignait en souriant chacun des lieux qu'il lui avait autrefois appris à identifier. C'était ici que s'était rendu Père après son départ du fort, c'était cette même route qu'il avait empruntée, c'était vers ce marché qu'il était allé, vers cette colline et vers ces palais éblouissants, ces jardins. Sa voix, Tobin l'entendait presque de nouveau lui conter telle et telle anecdote à propos des rois et des reines qui avaient régné là, lui parler de leurs prédécesseurs, les fameux rois-prêtres qui, de leur capitale insulaire, avaient gouverné l'ensemble des Trois Terres, à l'époque où Ero n'était rien de plus qu'un village de pêcheurs constamment en proie à des razzias de montagnards.

« Qu'est-ce qui ne va pas, Tobin ? » Tharin faisait peser sur lui un regard inquiet.

« Rien. J'étais simplement en train de penser à Père. J'ai comme l'impression de connaître déjà la ville un tout petit peu… »

Tharin sourit.

« Il serait bien content.

— N'empêche qu'il te reste des quantités d'autres choses à voir, intervint Ki, l'esprit toujours aussi pratique. Il avait été impossible à ton père de représenter toutes les maisons, les taudis et tout et tout. Mais il avait bien attrapé les voies principales.

— N'allez surtout pas vous égarer, vous deux, dans les impasses et les venelles, avertit Tharin en dardant sur l'aîné un regard aigu. Vous êtes encore trop jeunes pour courir les rues tout seuls, de jour comme de nuit. Je suis bien tranquille, sous la férule de maître Porion, vous serez beaucoup trop occupés pour risquer de vous livrer à des tas de vagabondages, mais c'est égal, j'exige votre parole que vous vous conduirez tous les deux comme il faut. »

Tobin hocha la tête, encore sous le choc des merveilles étalées sous ses yeux.

Prenant le galop, ils longèrent le bord de la rade, et l'air salé suffit à déblayer leurs gorges poussiéreuses. Assez large pour permettre d'y chevaucher à dix de front, un gigantesque pont de pierre enjambait la rivière. Sur la rive opposée débutaient les faubourgs d'Ero, et Tobin n'eut qu'à y pénétrer pour comprendre par lui-même le qualificatif de puante appliqué à la capitale.

Jamais il n'avait vu de foule aussi dense, jamais senti semblable pestilence. Accoutumé comme il l'était à ne rien connaître de pire que la fumée des cuisines, les relents mêlés de tripaille et d'ordures humaines lui soulevèrent l'estomac et le contraignirent à serrer les dents. Les habitations qui bordaient les rues étroites des parages n'étaient que d'abominables bouges, plus dégoûtants que n'importe quelle étable de Bierfût.

Et on aurait dit qu'il n'y avait là que des mutilés en tout genre, en plus, avec des moignons à la place des mains ou des jambes, des trognes rongées par la maladie. Parmi les carrioles innombrables qui encombraient le passage, il fut horrifié d'en voir une chargée de cadavres. Ils y étaient empilés comme du bois de chauffage, et leurs membres tressautaient à chaque cahot. Certains avaient la face toute noire. D'autres étaient d'une telle maigreur que les os leur perçaient quasiment la peau.

« C'est là-bas qu'on les emporte, dit Ki en pointant le doigt vers des tourbillons de fumée noire qui s'élevaient au loin. Au champ de crémation. »

Les yeux de Tobin s'abaissèrent vers l'urne de cendres qui battait le flanc de Gosi. Est-ce qu'on avait emporté Père aussi dans un fourgon de morts ? Il secoua la tête pour évacuer vaille que vaille cette idée.

En passant devant une gargote ouvrant sur la route, il aperçut deux marmots crasseux pelotonnés près du cadavre d'une femme. Le corsage déchiré de sa robe en loques révélait des seins flasques, et elle avait ses jupes retroussées jusqu'en haut des cuisses. Les mioches demandaient à grands cris l'aumône en tendant la main, mais les badauds allaient et venaient sans leur prêter la moindre attention. Le voyant médusé, Tharin immobilisa sa monture le temps juste de leur balancer un demi-sester d'argent. Ils se ruèrent sur la pièce en crachant l'un contre l'autre comme des chats. La femme morte y mit bon ordre en se redressant brusquement pour les calotter tous les deux. Puis, tout en saisissant la pièce d'une main, elle empoigna l'un de ses seins dans l'autre et le secoua vers Tharin avant de s'éclipser, talonnée par les pleurnichements des mioches.

Tharin adressa un coup d'œil à Tobin et haussa les épaules. « Les gens ne sont pas toujours ce qu'ils ont l'air d'être, mon prince. Nous nous trouvons ici voie Mendigote, comme on l'appelle. Ça ne sort de son trou que pour mieux plumer les campagnards qui se rendent au marché. »

Même à cette heure tardive, la route menant à la porte sud était embouteillée de carrioles et de cavaliers, mais il suffisait au héraut de souffler dans sa trompe d'argent pour que presque tout le monde s'écarte et libère aussitôt le passage.

Le sentiment de son importance le disputa à l'embarras quand c'est en son nom, comme s'il était un homme fait, que Tobin entendit Tharin saluer le capitaine du guet posté à la porte de la ville. Levant les yeux, il vit le croissant d'Illior et la flamme de Sakor gravés sur le linteau, et il toucha son cœur et la poignée de son épée par déférence au moment de s'engager dessous.

À l'intérieur des remparts, les rues, plus larges, étaient pavées et pourvues de caniveaux. Cela n'amendait guère l'odeur, pourtant, car les habitants ne se privaient pas pour si peu, remarqua-t-il, de vider leurs tinettes, et ce tant par la porte d'entrée que par les fenêtres de chaque étage.

Les rues montant au Palatin étaient en pente raide, mais les bâtisseurs de la ville avaient aménagé des terrasses dans le flanc de la colline pour y établir les places de marché les plus vastes, ainsi que des parcs et des jardins. À ce détail près, les maisons et les boutiques s'empilaient sur les versants tout à fait comme les billots peints de la cité jouet. Plus hautes que larges, certaines de trois, voire quatre étages, elles étaient construites en bois, avec des soubassements de pierre et des toits de tuiles cuites au four.

En dépit de toutes les leçons reçues, Tobin était rarement certain de l'endroit où l'on se trouvait au juste. Conformément aux dires de Ki, il y avait là mille ruelles qui débouchaient sur les axes principaux et aucun moyen de savoir, à moins de le demander, dans laquelle des rues l'on était. Fort aise d'avoir une escorte, il laissa Lord Orun prendre la tête et ne s'occupa plus que d'observer la ville, tandis que la nuit tombante les enveloppait.

Sur les marchés d'en bas, les échoppes étaient déjà en train d'accrocher leurs volets pour la nuit, mais, sur ceux d'en haut, nombre d'entre elles demeuraient encore ouvertes, éclairées par des torches.

Si se voyaient encore çà et là des mendiants et des chiens crevés, des porcs et des mioches crasseux, on croisait aussi désormais de beaux seigneurs et de gentes dames à cheval qui, tenant des faucons encapuchonnés juchés sur leur poing, étaient talonnés par une bonne dizaine de domestiques en livrée. Il y avait également là des Aurënfaïes qui devaient être eux-mêmes de haut parage, parce qu'ils portaient des vêtements encore plus somptueux que ceux des seigneurs skaliens en personne, et que ce gros bouffi de Lord Orun poussa la condescendance jusqu'à saluer nombre de ceux qu'il rencontrait sur son passage.

Des comédiens et des musiciens en costumes incongrus se produisaient à la lumière des torches sur de petites estrades à tréteaux dressées au milieu des places. Des masques côtoyaient des marchands de tourtes, des prêtres et des drysiennes. Il aperçut encore quelques personnages accoutrés de robes et qui s'étaient plaqué sur la figure des appareils bizarres en forme de bec ; sans nul doute s'agissait-il là de certains des « oiseaux de mort » évoqués naguère par Arkoniel.

Des camelots proposaient leurs articles, soit à l'étal de petites baraques, soit au bout d'une perche ou bien dans des voitures à bras. En traversant une vaste cour, Tobin avisa des sculpteurs en tout genre affairés dans leurs ateliers respectifs. Il n'aurait pas demandé mieux que de s'arrêter pour les regarder un peu travailler, mais Orun lui fit presser le train.

Les magiciens ne manquaient pas non plus, repérables à leurs robes et à leurs insignes en argent. Il remarqua bien l'un de ceux tout nippés de blanc contre lesquels Arkoniel l'avait mis en garde, mais il le trouva tout à fait semblable à n'importe lequel des autres.

« Dépêchons, dépêchons », s'impatientait cependant Orun, tout en s'appliquant sous le nez un porte-ambre d'or.

Ils tournèrent à gauche et suivirent une large esplanade d'où leur apparut finalement le port, en contrebas, puis un nouveau virage les fit grimper tout droit vers la porte Palatine.

Le capitaine qui la gardait parlementa un moment avec Orun puis, brandissant sa torche, salua Tobin.

Dans l'enceinte même du Palatin régnaient le noir et le silence. Tobin ne parvint guère à y discerner que quelques fenêtres éclairées et la silhouette sombre d'édifices dont la masse se découpait sur le ciel parsemé d'étoiles, mais la façon qu'avait l'air de circuler là suffit à lui révéler un habitat beaucoup moins dense. Le vent y soufflait plus fort, et il était chargé d'effluves de fleurs, d'eau fraîche, d'encens brûlé dans quelque sanctuaire et de la senteur de la mer. À cet instant-là, les rois et les reines cessèrent de n'être pour Tobin que des noms liés à telle ou telle leçon. Ils étaient ses parents, ils s'étaient tenus à l'endroit même où il se tenait, ils avaient vu tout ce qu'il voyait.

Comme s'il entendait ses pensées, Tharin s'inclina en selle et dit : « Bienvenue chez vous, prince Tobin. »

Ki et les autres firent de même.

« Le prince royal n'aura pas de plus vif désir que de vous faire bon accueil, assura Orun. Venez, il devrait encore se trouver à table avec les Compagnons, à cette heure-ci.

— Et mon père ? » questionna Tobin en posant sa main sur l'urne. Père avait lui aussi arpenté ces lieux. Il s'était probablement tenu en ce même endroit-ci. Subitement, Tobin se sentit affreusement las et accablé.

Orun haussa un sourcil.

« Votre père ?

— Lord Rhius a demandé que ses cendres soient déposées auprès de celles de la princesse Ariani dans la tombe royale, lui dit Tharin. Peut-être serait-il mieux de rendre nos devoirs au mort avant de nous occuper du vivant. Tous les rites ont été observés. Il ne reste plus à accomplir que celui-ci. Le prince Tobin en a supporté le faix bien assez longuement, je pense. »

Orun poussa le mérite jusqu'à camoufler son exaspération. « Bien sûr. Mais à présent que nous voici arrivés sains et saufs, je suppose que nous pouvons nous dispenser d'escorte. Capitaine Tharin, vous et vos hommes devriez aller d'ores et déjà prendre du repos. On vous a réservé votre ancien cantonnement. »

Tobin décocha à Tharin un regard navré. La seule idée de se retrouver tête à tête avec Orun dans ces lieux inconnus le plongeait dans le désarroi.

« En quelque endroit qu'il se rendît, nous nous trouvions invariablement aux côtés de votre père, prince Tobin, dit Tharin. Auriez-vous l'obligeance de nous autoriser à accompagner notre seigneur jusqu'à sa dernière étape ?

— Assurément, sieur Tharin, répondit Tobin avec un indicible soulagement.

— Eh bien, soit », soupira l'ineffable Orun en congédiant sa garde personnelle.

Après avoir emprunté des torches aux soldats de la porte, Tharin et Koni prirent la tête du cortège et lui firent suivre une large avenue bordée de vieux ormes gigantesques dont les frondaisons se rejoignaient en plein ciel pour former une sorte de tunnel bruissant. Entre les troncs se devinaient par intermittence, au loin, sur la droite, des alignements de piliers sur lesquels se mouvaient des lueurs de flammes, ainsi que de hautes baies.

Au sortir de ce tunnel d'arbres, il fallut encore traverser un parc dégagé avant d'atteindre un bâtiment relativement bas dont le toit de tuiles plat reposait sur des piliers de bois massifs et noircis par les ans. Sur un ordre de Tharin, les hommes d'armes se formèrent sur deux rangs de part et d'autre de l'entrée puis s'agenouillèrent, l'épée au clair, pointe en bas devant eux.

Tobin mit pied à terre et prit l'urne dans ses bras puis, flanqué de Tharin et de Ki, passa chargé des cendres de son père entre les soldats à genoux et pénétra dans la tombe.

À l'intérieur, un autel occupait le centre d'une tribune en pierre, et dessus brûlait une flamme placée dans un vaste bassin d'huile. Cette flamme illuminait les traits des effigies de pierre grandeur nature qui se dressaient en demi-cercle vis-à-vis de l'autel. Tobin devina sans peine qu'il s'agissait là des souveraines de Skala. De *celles-d'avant*.

Un prêtre d'Astellus parut et leur fit descendre un escalier de pierre masqué par l'autel et qui menait à la nécropole souterraine. À la lumière de sa torche, Tobin discerna, dans l'ombre des niches qu'elles occupaient, des urnes poussiéreuses analogues à celle qu'il portait, ainsi que des monceaux de crânes et d'ossements déposés sur des espèces d'étagères.

« Ce sont là les morts les plus anciens, lui expliqua le prêtre, ceux de vos ancêtres les plus reculés dont on ait conservé les restes. Aussitôt qu'il n'y a plus de place disponible dans une crypte, on en creuse une nouvelle au-dessous. Votre noble mère repose dans la plus récente, beaucoup plus bas. »

Au terme de cinq volées supplémentaires de marches étroites, ils aboutirent dans une chambre à l'atmosphère froide et confinée. Les parois en étaient creusées de niches depuis le sol jusqu'au ras de la voûte, et le sol lui-même était encombré de bières en bois. Ici gisaient des corps étroitement enveloppés dans des bandelettes d'épais tissu blanc.

« Ton père a préféré l'enveloppement, pour ta mère », dit Tharin tout bas, tout en menant Tobin vers l'une des niches pratiquées dans le mur opposé. Une peinture ovale retraçant ses traits recouvrait le visage de Mère, mais la longue chevelure noire, laissée libre par les bandelettes et coiffée en une lourde natte, déroulait ses anneaux sur son sein. Elle paraissait extrêmement maigre et toute petite.

À la lumière de la torche, ses cheveux conservaient à s'y méprendre l'aspect brillant et dru qu'ils avaient eu de son vivant. Tobin avança la main pour les toucher puis la retira vivement. Le portrait qui lui tenait lieu de visage était de bonne facture, mais il la faisait sourire d'un air heureux que son fils ne lui avait jamais vu de son vivant.

« Ses yeux étaient tout à fait pareils aux tiens », chuchota Ki, et Tobin se souvint alors, non sans un soupçon de stupeur, que son ami n'avait pas connu Mère. Il avait tellement l'impression qu'ils vivaient ensemble depuis toujours… !

Aidé par Tharin, il dégagea l'urne de son filet puis la déposa entre la dépouille de Mère et le mur. Le prêtre, à ses côtés, marmonnait des prières, mais lui n'arriva pas à trouver dans sa tête une seule chose à dire.

La cérémonie terminée, Ki promena un regard circulaire sur la pièce bondée avant d'émettre un léger sifflement.

« Tout ça, c'est des parents à toi ?

— Je suppose qu'ils doivent l'être, puisqu'ils sont ici.

— J'aimerais bien savoir pourquoi il y a là tellement plus de femmes que d'hommes. Avec la guerre en cours et tout le reste, on s'attendrait juste à l'inverse, non ? »

Bien qu'il n'eût rien remarqué jusqu'alors, force fut à Tobin de constater la justesse de l'observation. S'il se trouvait en effet là pas mal d'urnes analogues à celle qu'il avait lui-même tenue, bien plus nombreux étaient les corps enveloppés de bandelettes et à cheveux nattés ; encore ces derniers n'étaient-ils pas tous ceux de femmes adultes ; il dénombra une bonne douzaine de jeunes filles et de fillettes nouveau-nées.

« Allons-y, soupira-t-il, trop épuisé par ses propres pertes pour s'embarrasser de morts inconnus.

— Une minute…, intervint Tharin. La coutume est d'emporter en guise de souvenir une mèche de cheveux. Te serait-il agréable que j'en prélève une à ton intention ? »

Tobin porta d'un air absent une main vers ses lèvres comme si cette offre le prenait de court, et ses doigts s'attardèrent sur la petite cicatrice pâlie qu'il avait au menton. « Une autre fois, peut-être. Pas maintenant. »

39

Quand ils eurent quitté la tombe, Lord Orun leur fit rebrousser chemin puis tourner dans une avenue qui longeait des terrains d'équitation délimités par des masses d'arbres. Désormais haute au firmament, la lune baignait dans un demi-jour laiteux tout ce qui les environnait.

La partie du Palatin que l'on parcourait formait un fourmillement d'ombres peuplées de jardins et de toits en terrasses. Tobin y discerna le scintillement d'eaux lointaines ; il devait s'agir du grand lac artificiel que l'une des reines avait fait creuser. Droit devant, par-delà de nouveaux bosquets, s'apercevait une masse chaotique de toits inégaux qui dégringolait assez bas sur le versant est pour sembler donner contre les murailles de la citadelle.

« C'est le Palais Neuf, ça, expliqua Tharin, le doigt pointé sur la plus longue des silhouettes, à leur gauche, et ça, juste en face de nous, le Vieux. Dans leurs parages, les autres demeures et palais, ça grouille comme une garenne, mais, pour l'instant, tu n'as pas à t'en préoccuper. Une fois que tu seras dûment installé, je t'emmènerai visiter la maison de ta mère. »

Tobin était trop éreinté pour engranger mieux qu'une impression floue de jardins et de colonnades.

« Dommage que je ne puisse pas y habiter.

— Tu le feras quand tu seras plus grand. »

Sous leurs yeux surgit des ténèbres, illuminée par des torches et flanquée d'énormes colonnes, l'imposante entrée du Palais Vieux ; des gardes en tuniques noir et blanc faisaient la haie devant.

Tobin et Tharin échangèrent une poignée de mains en refoulant leurs larmes.

« Courage, mon prince, lui enjoignit tout bas le capitaine. Et toi, Ki, veille à me faire honneur. »

Il n'était plus possible de retarder davantage le moment de la séparation. Sur un dernier salut, Tharin et ses hommes disparurent dans les ténèbres. Des inconnus en livrée se précipitaient déjà pour se charger qui des bagages, qui des chevaux.

Lord Orun fondit sur sa proie dès qu'il ne risqua plus de trouver Tharin dans ses jambes.

« Arrivez donc..., prince Tobin. On ne saurait faire attendre plus longtemps le prince Korin. Quant à toi, mon gars – ce s'adressant à Ki –, va donc t'occuper des paquets du prince ! »

Ki attendit de lui voir le dos tourné pour le gratifier d'une salutation obscène. Tobin l'en remercia d'un sourire. Et il fut imité par plusieurs des domestiques du palais.

Orun leur fit gravir en toute hâte des escaliers en haut desquels les accueillirent de nouveaux serviteurs, apostés en longue livrée blanc et or devant une colossale double porte en bronze tout ornée de dragons rampants. Celle-ci franchie, ils furent pris en charge par une espèce de majordome raide comme une pique et à barbe blanche qui leur fit parcourir une interminable galerie intérieure de belle largeur.

Tobin examina les lieux, l'œil rond. Les murs en étaient peints de merveilleux motifs à tonalités chaudes, et au beau milieu de la galerie chantonnaient les fontaines d'un bassin où nageaient des poissons de toutes les couleurs. Jamais il n'avait imaginé rien de si grandiose.

Ils traversèrent ensuite des enfilades d'immenses pièces aux plafonds si hauts que leurs caissons se perdaient dans l'ombre. Les murs étaient entièrement recouverts de fresques tout aussi magnifiques que les premières, en dépit de coloris moins éclatants, et chacun des meubles qui se voyaient là était une merveille de sculpture ou de marqueterie. De quelque côté qu'il posât les yeux, tout rutilait d'or et de pierreries. Tout ployé qu'il était sous un tas de sacs, Ki se montrait non moins époustouflé.

Au bout d'un certain nombre de nouveaux tours et détours, le vieux majordome finit par ouvrir une porte noire qui grinça sur ses gonds, puis il introduisit Tobin dans une chambre à coucher tellement spacieuse qu'elle aurait au moins occupé la moitié de la grande salle, au manoir. Un monument de lit à baldaquin tendu de noir et d'or se dressait sur une estrade au milieu de la pièce. Par-delà s'ouvrait un balcon surplombant la ville. Les murs étaient peints de scènes de chasse aux tons passés. L'atmosphère était embaumée par la mer et par les hauts pins qui s'encadraient dans la fenêtre.

« Voici votre chambre, prince Tobin, crut devoir l'informer son guide. Le prince Korin occupe l'appartement mitoyen. »

Ki resta planté là à bader jusqu'à ce qu'on l'entraîne dans une seconde pièce, plus petite et sise à l'arrière de la première, qui renfermait des coffres et des armoires, ainsi qu'une alcôve contiguë creusée dans l'épaisseur même du mur à la manière d'une niche et comportant un second lit. Mais, tout luxueux qu'en était aussi le couchage, Tobin ne put s'empêcher de trouver que la disposition du lieu rappelait un peu trop celle de la crypte où Mère dormait de son dernier sommeil.

À nouveau bousculés par Orun, ils ressortirent et se laissèrent porter vers des flonflons et des éclats de rire exubérants qui les menèrent à la fin dans une pièce encore plus vaste où pullulaient des artistes de toutes sortes. Il y avait là des ménestrels, des acrobates à demi nus, des jongleurs lançant en l'air des balles, des poignards, des torches embrasées… et même des hérissons, ainsi qu'une donzelle en chemise de soie dansant avec un ours qu'elle tenait au bout d'une chaîne d'argent. Une brillante société de jeunes gens, garçons et filles, était installée sur une estrade dressée dans une tribune tout au fond de la salle. Le moindre d'entre eux était paré d'atours plus somptueux que Tobin n'en avait vus de sa vie. Il prit subitement conscience de l'épaisse couche de poussière qui tapissait ses propres vêtements.

Les dîneurs ne semblaient pas prêter grande attention à ceux qui se démenaient pour les amuser, car ils ne faisaient rien d'autre que jacasser et se décocher des quolibets si tonitruants que le naufrage complet des divertissements s'en trouvait couvert. Des serviteurs circulaient parmi eux, chargés de carafes et de plateaux.

L'approche de Tobin finit tout de même par attirer les regards. Un jouvenceau brun qui occupait le centre de la table sauta par-dessus le plateau pour se précipiter au-devant de lui. Râblé d'allure et âgé d'une quinzaine d'années, il avait de courts cheveux noirs bouclés et des prunelles sombres pleines de jovialité. Des broderies d'or rehaussaient sa tunique écarlate ; des rubis étincelaient sur la poignée de la dague qu'il portait à la ceinture et sur le petit bijou qui lui pendait à une oreille.

Présumant qu'il s'agissait là du prince Korin, Tobin et Ki copièrent les profondes révérences que lui adressait tout le reste de l'assistance.

Leur aîné les considéra tour à tour un moment d'un air indécis. « Ainsi, cousin, vous voici finalement arrivé ? »

Tobin se redressa le premier, comprenant la méprise. « Salut à vous, prince Korin. C'est moi votre cousin, Tobin. »

Korin sourit et tendit la main. « On a beau m'assurer que je me trouvais à votre baptême, je n'en conserve aucun souvenir. Je suis ravi de faire enfin véritablement votre connaissance. » Il jeta un coup d'œil vers la nuque toujours inclinée de Ki. « Et lui, qui est-ce ? »

Tobin toucha le bras de Ki, et celui-ci se redressa. Mais il n'eut pas le temps de répondre que Lord Orun jugea bon de se précipiter dans la conversation.

« C'est l'écuyer du prince Tobin, Votre Altesse, le fils de l'un des moindres chevaliers de Lord Jorvaï. Il paraîtrait que le duc Rhius avait jeté son dévolu sur lui sans en informer votre père. J'ai pensé que mieux valait vous expliquer… »

Ki mit un genou en terre devant le prince, la main gauche posée sur la poignée de son épée.

« Je me nomme Kirothius, fils de sieur Larenth de La-Chesnaie-Mont, guerrier au service de Sa Majesté votre père à Mycena, mon prince.

— Et mon fidèle ami, s'empressa d'ajouter Tobin. Tout le monde l'appelle Ki. »

Il aperçut l'ombre d'un sourire retrousser les lèvres du prince Korin dont le regard allait cependant d'Orun à Ki. « Bienvenue, Ki. À nous de te dénicher une place à la table des écuyers. Quant à vous, Lord Orun, je suis convaincu que vous ne devez aspirer qu'à gagner votre couche, après une si longue chevauchée. Je vous souhaite la bonne nuit. »

Si Son Excellence le chancelier du Trésor n'eut pas l'air précisément charmée de se voir signifier un pareil congé, discuter n'était pas possible. Aussi se retira-t-il, non sans y aller d'une courbette ultime.

Korin le regarda sortir, puis il invita d'un geste Tobin et Ki à le suivre jusqu'à la table où l'on banquetait. Jetant un bras autour des épaules de son jeune cousin, il l'interrogea tout bas : « Que penses-tu du gardien que t'a choisi mon père ? »

Tobin haussa prudemment les épaules. « Il est discourtois. »

Korin empestait le vin, et Tobin se demanda s'il n'était pas un peu ivre. Il n'en avait pas moins l'œil clair et assez au fait quand il ajouta : « Pour ça, oui, mais puissant, en plus. Prends bien garde. »

Ki les talonnait, tête basse, et, n'y tenant plus, s'enquit d'un ton fiévreux : « Veuillez me pardonner si je commets un impair, mon prince, mais me trompé-je en supposant que le roi avait fait choix de quelqu'un d'autre pour servir d'écuyer à Tob..., je veux dire, au prince Tobin ? »

Korin hocha la tête, et le cœur de Tobin chavira. « Eu égard au fait que tu as été élevé si loin de la cour, Père avait eu le sentiment que l'idéal pour toi serait d'avoir à tes côtés quelqu'un qui soit parfaitement initié aux usages en vigueur ici. Il a chargé Lord Orun de choisir ce quelqu'un, et le choix d'Orun s'est porté sur sieur Moriel, le troisième fils de Lady Yria. À la table basse, tu vois le freluquet qui se tape un pif en bec de pic-vert et des sourcils blancs ? C'est lui. »

Ils venaient d'atteindre la tribune, et Tobin voyait distinctement, sur la droite de la longue table du festin, celle réservée aux écuyers. La description faite par Korin était irréprochable. Moriel enjambait déjà sa table pour se présenter. Il avait à peu près l'âge et la taille de Ki, un visage du dernier quelconque et des cheveux filasse.

Tobin commençait à soulever des objections quand Korin l'interrompit avec un sourire. « Je vois bien ce qu'il en est. » Il lui adressa un clin d'œil et chuchota : « Ceci rien qu'entre nous, j'ai toujours considéré Moriel comme un petit salaud. On va faire un truc... »

Moriel se distingua d'emblée en faisant son plongeon à Ki.

« Prince Tobin, votre serviteur et votre écuyer...

— Nenni, lui, c'est l'écuyer du prince. » Korin redressa Moriel en lui tirant le bras puis lui désigna Tobin. « Le prince Tobin, le voici. Et puisque tu n'es même pas capable de faire la différence entre un prince et un écuyer, autant que tu laisses la charge à quelqu'un qui sache l'assumer. »

Le museau blafard de Moriel vira au rose. Les convives qui se trouvaient d'aventure assez près pour n'avoir pas perdu une seule miette de l'homélie éclatèrent de rire. Moriel réorienta vaille que vaille sa révérence en direction de Tobin. « Veuillez agréer mes excuses, prince Tobin, je... C'est-à-dire que je... je ne pouvais point deviner... »

Qu'il s'agît des nobles ou des domestiques, toute l'assistance avait dorénavant les yeux fixés sur eux. Tobin sourit au gamin confus. « Mais bien sûr, sieur Moriel, bien sûr..., c'est que nous sommes aussi poussiéreux l'un que l'autre, en effet, mon écuyer et moi. »

Si cette saillie déchaîna un nouvel accès d'hilarité parmi les spectateurs, sieur Moriel, lui, s'en colora seulement d'un rose plus prononcé.

« Mes Compagnons et amis, dit Korin, permettez-moi de vous présenter mon cousin bien-aimé, le prince Tobin d'Ero, qui vient enfin se joindre à nous. » Tous se levèrent en s'inclinant. « Et son écuyer, sieur Ki de...

— Eh bien, je vous croyais mieux avisé que ça, messire », tonna une voix profonde derrière eux. Un homme d'aspect massif à longue crinière grise s'avança sur la tribune en jetant au prince Korin un regard goguenard. Malgré sa robe courte unie qui, pas plus que sa large ceinture, n'indiquait qu'il fût gentilhomme, tous les garçons présents lui consentirent une courbette, Korin excepté.

« Votre père avait chargé Lord Orun de choisir un écuyer pour le prince Tobin, je crois, reprit-il.

— Seulement, il se trouve, ainsi que vous le voyez, maître Porion, que Tobin en a déjà un, et un lié à lui par son propre père », riposta Korin.

Ainsi donc, le nouveau venu n'était autre que le maître d'armes royal sur lequel Tharin n'avait pas tari d'éloges… Au demeurant, remarqua Tobin, Korin avait eu beau ne pas s'incliner devant lui, il lui parlait avec un respect qu'il s'était bien gardé de manifester à l'endroit d'Orun.

« C'est bien ce que j'ai ouï dire. Lord Orun vient tout juste de passer par mes appartements pour m'annoncer son existence. » Il toisa Ki d'un coup d'œil. « Élevé à la campagne, c'est bien ça ?

— Oui, monsieur.

— Je n'imagine pas que la vie de cour te soit familière, et la ville non plus ?

— Je connais Ero. Un peu. »

Sa réponse ayant fait ricaner certains des Compagnons, Moriel commença à se regonfler.

Porion prit à partie les deux gamins. « Dites-moi, quel est le plus haut devoir d'un écuyer ? Moriel ? »

Celui-ci hésita. « De servir son seigneur et maître de toutes les manières requises. »

Porion hocha la tête d'un air approbateur. « Ta réponse à toi, Ki ? »

Ki posa la main sur la poignée de son épée.

« De sacrifier sa vie pour son seigneur et maître. D'être son guerrier, maître d'armes.

— Excellentes toutes les deux. » Porion extirpa du col de sa robe l'insigne en or de sa charge et le laissa bruyamment retomber, *pouf!* sur sa poitrine, le ressaisit puis demeura pensif un bon moment.

« En ma qualité de maître d'armes des Compagnons royaux, le droit m'appartient de trancher cette affaire en l'absence du roi. Conformément aux anciennes lois et coutumes, le lien contracté entre les pères du prince Tobin et de… » Il se pencha vers Ki et lui chuchota d'une voix de stentor : « Tu me redis ton nom, mon gars ? », avant de reprendre : «… du prince Tobin, donc, et de son écuyer,

Kirothius, fils de sieur Larenth de La-Chesnaie-Mont, ce lien, qui est un lien sacré devant Sakor, doit être reconnu. La validité de la présence de Ki au sein des Compagnons ne saurait être contestée aussi longtemps que Sa Majesté n'en aura pas décidé autrement. Ne va surtout pas le prendre en mauvaise part, Moriel. Lorsque le choix s'est porté sur toi, personne encore n'était au courant.

— Votre Altesse me permet-Elle de prendre congé ? » s'enquit sur-le-champ le gamin.

Korin acquiesça d'un hochement, et ce dernier tourna les talons, mais Tobin surprit le coup d'œil venimeux qu'il jetait en direction de Ki tout en quittant la pièce d'un air digne.

« Tu as un titre, petit ? demanda Porion à Ki.

— Non, maître.

— Pas de titre ! s'exclama Korin. Eh bien, il ne sera pas dit qu'un prince de Skala ait jamais été servi de la sorte ! Mon épée, Tanil. »

L'un des jeunes gens installés à la table des écuyers s'empressa de lui apporter une superbe lame. « À genoux, et sois fait chevalier », commanda-t-il à Ki.

Les autres écuyers poussèrent des acclamations tout en martelant la table avec le pied de leurs coupes.

Tobin était au comble du ravissement, mais Ki hésitait tout en dardant sur lui un regard bizarre, interrogatif.

Tobin confirma d'un hochement : « Tu seras chevalier. »

Ki ploya l'échine et s'agenouilla. Du plat de l'épée, Korin lui toucha successivement les épaules et les joues. « Levez-vous, sieur Ki… – c'était quoi, au fait ? ah ! oui, Kirothius –, chevalier d'Ero, Compagnon du prince royal. Là. Et voilà qui est fait ! » Il relança l'arme à son écuyer personnel, et le reste de la tablée fit un boucan d'enfer avec les coupes.

Une fois debout, Ki promena sur la salle un regard circulaire lourd d'incertitude.

« Je suis chevalier, désormais ?

— Bel et bien. » Porion lui administra une claque à l'épaule. « Veuillez accueillir votre petit frère, écuyers. Donnez-lui un godet plein à ras bord et une bonne place parmi vous. » L'invite déclencha une autre bordée de martèlements.

Non sans un dernier coup d'œil sceptique à Tobin par-dessus l'épaule, Ki s'en fut se joindre à ses nouveaux pairs.

Korin mena quant à lui son cousin vers la longue table et lui fit prendre place à sa droite dans un fauteuil admirablement sculpté. Cela faisait belle lurette que le festin était terminé. La nappe était jonchée de croûtons, d'os et de coquilles de noix, mais déjà s'y trouvaient disposés à la seule intention de Tobin des écuelles propres et des tranchoirs frais.

« Et maintenant, il va te falloir faire la connaissance de tes nouveaux frères, annonça Korin. Mais je ne vais pas t'assommer avec le lignage de tout un chacun dès ce soir. Celui-ci, c'est Caliel. » Il ébouriffa les cheveux du beau garçon au teint clair qui occupait sa gauche. « Ce grand ours rouge mal rasé de voisin qu'il a, c'est notre antique doyen, Zusthra. Après, nous avons Alben, Orneüs, Urmanis, Quirion, Nikidès, et enfin le petit Lutha, notre bébé jusqu'à ta survenue. »

Chacun d'eux se leva tour à tour pour échanger avec Tobin une poignée de mains, non sans lui manifester des degrés fort divers de chaleur et d'intérêt. La manière dont ils la lui serraient avait de toute façon quelque chose de bizarre, et il lui fallut un moment pour comprendre qu'elle résultait simplement du contact lisse de leurs paumes à tous.

C'est de Lutha qu'il reçut le sourire le plus avenant. « Bienvenue à vous, prince Tobin. Nous revoici grâce à vous en nombre pair pour l'exercice. » Il avait un museau pointu qui évoqua celui d'une souris dans l'esprit de Tobin, et des yeux bruns qui exprimaient une amicale sympathie.

La fête reprit. Korin présidait la table, et c'est à sa volonté que tout le monde s'en rapportait comme s'il était le seigneur et maître du château. À l'exception de Zusthra, aucun des convives n'avait l'air plus âgé que Korin, mais, à les entendre parler chevaux, récoltes et batailles, vous auriez juré qu'ils se trouvaient déjà à la tête de grands domaines leur appartenant en toute propriété. Et c'est également comme des hommes faits qu'ils buvaient du vin. Le prince Korin ne lâchait pas une seconde son hanap, et un échanson se tenait en permanence à portée pour le lui remplir. Maître Porion était allé s'asseoir au bas bout de la table et semblait l'avoir à l'œil tout en évitant de le regarder trop souvent.

Le restant de la compagnie se composait de rejetons de l'aristocratie skalienne et de dignitaires étrangers. Les aînés comme les cadets portaient des tuniques luxueuses, des dagues enrichies de gemmes et des bagues. Les quelque dix ou douze adolescentes attablées avec eux arboraient des robes relevées de larges galons brodés, et les voiles de gaze qui leur couvraient la tête laissaient transparaître leur chevelure entremêlée de faveurs ou de pierreries. Tobin se perdait complètement dans tous les noms, tous les titres de tout ce beau monde. Il se ressaisit toutefois en faveur d'un garçon à cheveux sombres, pour le seul fait qu'on le lui présenta comme originaire de Gèdre, en Aurënen. Il ne lui avait accordé aucune attention jusque-là, parce qu'il était habillé comme tous les autres et n'était pas coiffé d'un des fameux *sen'gaïs*.

« Gèdre ? Vous êtes Aurënfaïe ?

— Oui. Je me nomme Arengil í Maren Orthëïl Solun Gèdre, fils du Khirnari de Gèdre. Soyez le bienvenu parmi nous, prince Tobin í Rhius. »

Une des adolescentes les plus âgées se tenait auprès de Tobin et, un bras appuyé sur le dossier de son fauteuil, profita de cet échange pour entrer dans la conversation. Elle avait de lourds cheveux auburn et un menton pointu tout parsemé de taches de rousseur et de petits boutons. Tobin s'évertua à retrouver son nom… Aliya quelque chose, et la fille d'un duc. Sa robe verte était brodée de perles et révélait les premiers indices d'une féminité sur le point de s'épanouir. « Les 'faïes sont amoureux fous de leurs interminables noms tape-à-l'œil, fit-elle avec un sourire en coin. Je parie un sester que vous n'arriverez pas à deviner l'âge d'Ari. »

Tout le monde se mit à gronder, Korin y compris. « Fiche-lui la paix, Aliya ! »

Avec une moue boudeuse, elle riposta : « Oh, laissez-le deviner, quoi ! Il n'avait probablement jamais vu de 'faïe jusqu'à présent… »

Le garçon d'Aurënen poussa un soupir et s'accouda, la main sous le menton. « Allons-y », se résigna-t-il.

Des 'faïes, Tobin en avait bien entrevu quelques-uns, mais les quantités de choses qu'il savait sur eux, c'était surtout de Père et d'Arkoniel qu'il les tenait. Celui qu'il avait devant lui semblait avoir à peu près l'âge de Ki. « Vingt-neuf ans ? » gagea-t-il.

Les sourcils d'Ari se haussèrent. « Vingt-cinq, mais la plupart des gens ne mettent pas aussi près du but. »

L'hilarité fut générale quand Aliya déposa sèchement une pièce devant le tranchoir de Tobin et s'éloigna d'un air furibond.

« Laisse tomber, glousse Korin, complètement ivre désormais. C'est devenu une véritable pie-grièche depuis que son frère est parti pour Mycena. » Il lâcha un soupir puis désigna d'un geste vague tout son entourage. « Ça nous a tous aigris, d'ailleurs. Tous les aînés sont partis, sauf moi et ceux qui ont le malheur de se trouver être de mes Compagnons. Nous serions tous en train de nous battre à présent si le trône avait un second héritier pour prendre ici ma place. Les choses seraient bien différentes si mes frères et sœurs avaient vécu. » Il s'envoya une bonne lampée supplémentaire et, tout renfrogné, jeta un regard navré à Tobin par-dessus le bord du hanap. « C'est que si mes sœurs avaient vécu, tiens, Skala pourrait l'avoir à nouveau, sa reine, comme le voudraient tellement les prêtres de la lune, mais voilà, tout ce qu'on a, c'est moi. Et, du coup, j'en suis réduit à demeurer ici, bien au chaud dans la soie, à l'abri de tout risque et sous bonne garde, afin de régner un jour. » Il se raffala dans son fauteuil, les yeux fixés d'un air morose sur ce qui lui restait de vin. « Un héritier de rechange, voilà ce qui nous manque. Un héritier de rechange…

— On la connaît tous, ta rengaine, Korin, le morigéna Caliel, tout en lui administrant un léger coup de coude. Est-ce qu'on ne ferait pas mieux de parler à ton cousin, plutôt, des fantômes hantant le palais ?

— Des fantômes ? » Korin s'égaya instantanément. « Alors ça, par les Quatre, on en a des palanquées ! La moitié d'entre eux, c'est des anciens consorts à Grand-Mère Agnalain, empoisonnés par elle ou décapités. Pas vrai, les écuyers, là ? »

Les interpellés confirmèrent en faisant chorus, et Tobin vit Ki écarquiller légèrement les yeux.

« Plus cette vieille folle de reine elle-même, ajouta Zusthra, en grattouillant d'un air pénétré le cuivre de sa barbichette. Elle arpente les corridors, la nuit, revêtue de son armure. Même que tu peux l'entendre tirer sa mauvaise jambe pendant qu'elle monte et descend, constamment en quête de traîtres. Elle s'est taillé la solide réputation de t'empoigner des hommes faits pour les traîner aux chambres de torture, dans les souterrains du palais, et elle te les y enferme sous clef dans ses vieilles cages rouillées pour les faire crever de faim.

— Et ton fantôme à toi, cousin, si tu nous en… ? » commença Korin, mais Porion coupa court en se raclant la gorge.

« Que Votre Altesse me pardonne, mais le prince Tobin a été sûrement fatigué par son voyage d'aujourd'hui. Vous ne devriez pas le retenir si tard, dès la première nuit qu'il passe ici. »

Korin se pencha vers Tobin. Son haleine empestait le vin sur, et il bafouillait pas mal. « Pauv' cousinet ! Bien ça, hein ? T'aurais bien envie de retrouver ton lit ? T'es dans la chambre à feu mon frère, t' sais ? Se pourrait bien qu'y ait des fantômes, là aussi, mais t'as pas de raisons de t'en faire. Ce cher Elarin aurait pas fait de mal à une mouche… »

Porion s'était entre-temps faufilé derrière le fauteuil du prince. Il lui glissa une main sous le bras. « Altesse », murmura-t-il.

Korin leva les yeux vers lui puis les reporta sur Tobin avec un sourire charmeur qui faisait presque oublier son état d'ébriété. « Dors bien, alors. »

Tobin se redressa et prit congé, trop content de se soustraire à cette cohue d'inconnus bourrés.

Le majordome raide comme une pique apparut, Ki sur ses talons, pour les reconduire à leur chambre. Porion les accompagna jusque devant leur porte.

« Gardez-vous de juger le prince d'après ce que vous en avez vu ce soir, prince Tobin, dit-il avec tristesse. C'est un bon garçon et un valeureux guerrier. Là est le problème, voyez-vous. Ça lui pèse affreusement, de se voir interdire d'aller guerroyer, maintenant qu'il a l'âge de le faire. Ainsi qu'il l'a dit, c'est dur d'être l'unique héritier du trône, alors que son père se refuse à en déclarer officiellement un second. Des fêtes comme celle-là… » Il jeta un coup d'œil écœuré dans la direction de la salle. « L'absence de son père en est cause. Enfin bref, lorsqu'il sera frais et dispos, demain, il vous fera meilleur accueil. Vous devez être présenté au lord Chancelier Hylus à la salle d'audience dans la matinée. Cela fait, venez nous rejoindre aux terrains d'exercice, que je puisse me rendre un peu compte de votre adresse et de votre équipement. Je comprends que vous ne possédez pas d'armure à votre taille.

— Non.

— Je vais m'en occuper. Reposez-vous bien, et bienvenue encore. J'aimerais toutefois vous dire une chose encore, c'est que je me souviens de votre père comme d'un honnête homme et d'un guerrier d'exception. Je le pleure avec vous.

— Je vous remercie, maître d'armes, répondit Tobin. Et je vous sais également grand gré de m'avoir gardé Ki comme écuyer. »

Porion lui fit un clin d'œil. « Un vieil ami à vous m'en avait touché mot, juste après votre arrivée. »

Tobin le regarda d'un air ébahi puis se mit à rire. « Tharin ? »

Porion mit un doigt sur ses lèvres mais hocha du chef.

« Je ne sais à quoi songeait Orun. Le choix d'un écuyer par un père ne saurait être balayé comme ça.

— Ma réponse n'y a donc été pour rien ? demanda Ki, vaguement déconfit.

— Vous aviez raison tous les deux, répliqua Porion. Et n'hésite pas à lisser les plumes de Moriel, si l'occasion s'en présentait. Il connaît le Palatin et la ville. Bonne nuit, les enfants, et, encore un coup, bienvenue à vous. »

Des serviteurs avaient allumé une douzaine de lampes sur le pourtour de la chambre et apporté une baignoire de cuivre pleine d'eau bouillante parfumée. Un petit page se tenait auprès du lit, et un jeune homme attendait, armé de brosses et de serviettes, prêt semblait-il à s'occuper de la toilette de Tobin.

Après les avoir congédiés tous les deux, celui-ci se dépouilla de ses vêtements et se glissa dans le bain avec un grognement de béatitude. Il avait rarement eu l'occasion d'en prendre au fort. Il était sur le point de céder au sommeil, le nez au ras de l'eau, quand il entendit Ki se gondoler dans le cagibi d'à côté.

« Pas étonnant que Moriel ait fait si grise mine ! » lança-t-il. Une fois tirés les rideaux de l'alcôve, il venait de s'apercevoir qu'il n'y restait plus trace de la superbe literie. « Il avait sans doute aménagé ce nid si douillet pour sa précieuse seigneurie en prévision de l'arrivée de ton altesse. Il ne m'a rien laissé de plus qu'une paillasse toute nue… Et, si je me fie à l'odeur, en plus il a pissé dessus en guise d'adieux, l'enfant de salaud ! »

Tobin se mit sur son séant et noua ses bras autour de ses genoux. L'idée ne l'avait pas seulement effleuré qu'ils dormiraient chacun de leur côté, surtout dans cette espèce de caverne démesurée.

« Sûr que c'est immense, ici », marmonna Ki en jetant les yeux tout autour.

Tobin ne put s'empêcher de sourire en devinant que des appréhensions analogues aux siennes travaillaient son copain.

« Le pieu aussi. Largement assez pour deux.

— Je dirais pareil. M'en vais toujours défaire les paquets de Votre Altesse », riposta Ki avec un gloussement.

Tobin était sur le point de se rallonger dans la baignoire quand lui revint brusquement en mémoire la poupée dissimulée dans le fond de la malle.

« Non ! »

Ki renifla.

« Ça fait partie de mes attributions, Tob. Laisse-moi le faire.

— Ça peut attendre. L'eau va se refroidir si tu ne t'y fourres pas tout de suite. Allez, c'est ton tour… »

Dans un fracas d'éclaboussures, il s'extirpa de la baignoire et se drapa dans l'une des serviettes.

Ki lui décocha un coup d'œil soupçonneux. « Voilà que tu fais comme Nari, tout à coup, des tas d'histoires à propos de rien. Encore une fois, je… » Il se renifla comiquement les aisselles. « Ce que je pue ! »

Aussitôt que Ki l'eut remplacé dans la baignoire, Tobin se précipita dans le cagibi et souleva le couvercle de la malle à la volée.

« T'ai dit que je le ferais ! brailla Ki.

— Besoin d'une chemise. » Après en avoir enfilé une propre, il farfouilla à la recherche du sac à farine et parcourut les lieux du regard afin d'y dénicher une cachette sûre. Une armoire peinte et plusieurs coffres étaient adossés à un mur. Contre celui d'en face se dressait un grand placard qui touchait presque au plafond. Il en ouvrit les portes et, quitte à les faire grincer, craquer, parvint à utiliser les étagères intérieures comme autant d'échelons pour grimper jusqu'en haut. Il y avait juste assez d'espace, dessus, pour planquer le sac. Ça irait toujours, en attendant mieux.

À peine redescendu, tout juste eut-il le loisir de refermer les portes et d'épousseter les toiles d'araignée plaquées sur sa chemise que Ki survenait, d'un pas désinvolte, enveloppé dans sa serviette.

« Qu'est-ce que tu fabriques là-dedans ? Tu démolis le toit ?

— J'explore un peu notre nouveau fief, rien de plus. »

Ki le dévisagea de nouveau puis lança un coup d'œil nerveux par-dessus l'épaule. « Tu crois qu'il y a vraiment des fantômes, ici, toi ? »

Tobin retourna dans la chambre. « S'il y en a, ce sont des parents à moi, dans ce cas, comme Frère. Il ne te fait plus peur, n'est-ce pas ? »

Ki haussa les épaules et puis, brandissant les deux bras vers le ciel, bâilla à se décrocher la mâchoire et laissa sa serviette glisser à terre.

« Ferions mieux de pioncer un brin. Une fois que maître Porion nous aura pris en main, demain, je te parie qu'il ne nous laissera pas peinards assez longtemps pour nous laisser seulement projeter notre ombre.

— Il me plaît bien. »

Ki tira d'un seul coup les courtines noir et or du lit et s'élança à roule-barricot sur la courtepointe de velours. « Je n'ai pas dit qu'il ne me plaisait pas. Je pense simplement qu'il va nous faire travailler aussi dur que l'a jamais fait Tharin. C'est ce que disent les autres écuyers, d'ailleurs. »

Un saut périlleux arrière de sa façon fit atterrir Tobin auprès de son ami.

« Ils t'ont l'air comment ?

— Les autres écuyers ? Encore difficile à dire. Ils étaient soûls pour la plupart, et ils ne m'ont pour ainsi dire pas adressé la parole, sauf celui de Korin, Tanil. Il est le fils aîné d'un duc et me paraît assez bon diable. Barieüs aussi, l'écuyer de ce bout de chou qui t'a un museau de rat.

— Lutha.

— C'est ça.

— Mais pas les autres ? »

Ki haussa les épaules. « Trop tôt pour se prononcer, je suppose. Ils sont tous des deuxième ou troisième fils de grands seigneurs… »

Il faisait trop sombre à l'intérieur des rideaux pour discerner l'expression de sa physionomie, mais il y avait quelque chose d'alarmant dans le ton de sa voix.

« Hé, mais tu es chevalier, maintenant. Et je compte bien m'employer à te faire faire lord aussitôt que possible et à te donner un domaine, lui dit Tobin. Je n'ai pas arrêté d'y penser de toute la journée. Arkoniel a beau prétendre qu'il me faudra patienter jusqu'à ce que j'aie l'âge requis, moi, j'entends bien ne pas attendre aussi longtemps. Quand le roi reviendra, je compte bien lui demander comment m'y prendre pour le faire. »

Ki se dressa sur un coude et le considéra fixement.

« Tu ferais ça, hein ? Là, tout bonnement ?

— Mais bien sûr ! » Tobin lui adressa un grand sourire. « Essaie simplement de ne pas procréer ensuite tellement de gosses que tes petits-enfants finissent à leur tour par dormir tous entassés par terre… ! »

Ki se recoucha sur le dos et se croisa les mains sous la tête.

« Je ne sais pas. D'après ce que j'ai vu à la maison, procréer donne un sacré plaisir. Et puis j'ai repéré quelques jolies filles au banquet de ce soir ! Celle à la robe verte, tiens. Ça ne m'embêterait pas trop de lorgner sous ses jupes…, toi si ?

— Ki ! »

Ki haussa les épaules et caressa son soupçon de moustache en se souriant à lui-même. Là-dessus, il ne fut pas long à ronfler, mais Tobin demeura éveillé quelque temps encore, l'oreille tendue aux échos de la beuverie qui continuaient d'affluer par la fenêtre jusqu'à lui. N'ayant jamais vu quiconque, au manoir, pris de boisson, cela lui mettait les nerfs à vif.

Ce n'était pas du tout à ça qu'il avait aspiré, tant d'années durant, les yeux attachés sur la route de Bierfût. Il était un guerrier, pas un courtisan. Il se voyait très mal s'imbiber de vin jusqu'à point d'heure, chaque nuit, en atours tape-à-l'œil. Et avec des filles !

Les sourcils froncés, il loucha vers le profil paisible de Ki. Le léger duvet qui lui couvrait les joues captait le peu de lumière que laissaient filtrer les rideaux du lit. Tobin caressa ses propres joues si lisses en exhalant un gros soupir. Ils étaient, lui et Ki, de la même taille, mais ses épaules à lui restaient encore étroites, et sa peau n'avait encore aucun des boutons ni des poils follets qui commençaient à affecter celle de Ki. Il s'agita quelques instants de plus, puis se rendit compte qu'il avait complètement oublié Frère jusque-là.

Sans presque remuer les lèvres, il chuchota les mots fatidiques. Frère apparut, à croupetons sur le pied du lit, les traits aussi indéchiffrables que jamais.

« Garde-toi bien d'aller vagabonder, lui dit-il. Ne t'éloigne surtout pas, et fais comme je t'en prie. C'est dangereux, ici. »

À sa grande stupéfaction, Frère hocha la tête. Après quoi, s'approchant lentement, il lui toucha la poitrine, se toucha la sienne, et retourna s'installer au pied du lit.

Tobin se carra sur le dos et bâilla. C'était réconfortant, d'avoir ici quelqu'un d'autre de sa maisonnée, même si ce quelqu'un d'autre n'était qu'un fantôme.

Au Palais Neuf, dans une aile attenante aux appartements personnels du roi, inhabités pour l'heure, le magicien Nyrin dormait d'un sommeil agité. Ce qui le perturbait, c'était une image à demi formée qui refusait obstinément de se révéler tout entière à lui.

40

Tobin se réveilla au lever du soleil et, sans bouger, prêta l'oreille aux nouveaux bruits du matin qui lui parvenaient du dehors. Il entendit des tas de gens qui riaient, jacassaient, chuchotaient bruyamment juste devant sa porte. Par l'ouverture du balcon pénétraient des concerts de pépiements d'oiseaux, de cavalcades et d'éclaboussures, ainsi que la lointaine cacophonie de la capitale au sortir du sommeil. Même ici, le parfum des fleurs et la senteur des pins ne parvenaient pas à masquer la puanteur qui montait de la ville et que charriait jusqu'à l'intérieur le vent de mer tiède. Ne s'était-il vraiment écoulé qu'un seul jour depuis son dernier réveil à la maison, chez lui, dans son propre lit ? Il soupira puis repoussa la vague de nostalgie qui menaçait de le submerger.

Ki formait une petite boule ronflotante à l'extrême bord opposé du lit. Tobin lui balança un oreiller, puis se laissa rouler au sol entre les courtines et alla jeter un regard à l'extérieur.

Une nouvelle journée d'été limpide débutait. De son poste, il se trouvait à même de voir par-dessus l'enceinte du Palatin les quartiers du sud et la mer. C'était un spectacle incroyable. Entre la brume qui montait des flots et le soleil encore bas qui peu à peu décollait en biais, vous n'auriez trop su dire où s'achevait le ciel, où débutait la mer. Dans les remous de l'aurore, Ero paraissait faite en feu, les arbres et tout et tout.

Sa fenêtre donnait sur des parterres multicolores qui s'étendaient jusqu'à la ceinture d'ormes que le cortège avait dépassée la veille au soir. Une troupe de jardiniers s'y trouvaient déjà au travail, équipés de cisailles et de corbeilles, et leur activité rappelait celle des abeilles, à la maison, dans la prairie.

De part et d'autre de son propre balcon s'apercevaient des balcons identiques, ainsi que des rangées de pilastres et puis la saillie de toits de tuiles à corniches pleines de fantaisie sur l'entablement desquelles se devinaient des fragments de sculptures en léger retrait.

« Te parie qu'on pourrait aller du Palais Vieux au Palais Neuf rien que par les toits, fit Ki, survenant dans son dos.

— Gagné », confirma une voix de fille qui semblait carrément leur tomber du ciel.

Les deux garçons eurent beau pivoter instantanément sur leurs talons pour regarder en l'air, trop tard, ils n'aperçurent rien de plus qu'un tourbillon flou dont les cheveux sombres disparaissaient en deçà de l'avant-toit qui les surplombait. Et la retraite de leur visiteuse ne fut trahie que par le bruit très menu, vite éteint, de pieds détalant sur les tuiles.

« Qui ça pouvait bien être ? » pouffa Ki, tout en cherchant déjà comment s'y prendre afin d'entamer la poursuite.

Ils n'avaient pas encore découvert un moyen de grimper sans peine sur le toit que pénétra dans leur chambre un jeune serviteur qui en précédait toute une escouade d'autres chargés de vêtements et de paquets. Il se dirigea vers le lit puis, voyant les présumés dormeurs déjà sur le balcon, les gratifia d'une profonde révérence.

« Le bonjour, mon prince. C'est moi qui dois vous tenir lieu de valet de chambre au palais. Je m'appelle Molay. Quant à ceux-ci… – il désigna la kyrielle de porteurs qui le talonnaient –, ils sont tous priés de vous transmettre des cadeaux de votre auguste parentèle et de vos nobles admirateurs. »

Les porteurs susdits s'avancèrent tour à tour, qui présentant de belles robes ou des tuniques, qui des robes de dessous, qui de fines chemises et des culottes, qui des couvre-chefs en velours moelleux, des joyaux posés dans de ravissants écrins, des poignards et des épées de parade, des ceintures aux mille couleurs, un couple assorti de limiers qui se rebiffèrent en grondant sitôt que Tobin fit mine de les caresser, et, de la part du prince Korin, un joli faucon dont le chaperon de plumes, la longe et la vervelle étaient ornés de grelots d'or. À cela s'ajoutaient des boîtes de confiseries, des coffrets d'encens et même des corbeilles de fleurs et de pain. Parmi les bijoux que découvrit Tobin se trouvaient non seulement un pendant d'oreille identique à celui que son cousin portait la veille et offert également par lui mais une bague de Lord Orun. Mais ce qui l'enchanta par-dessus tout, ce furent les deux cottes de mailles on ne peut plus souples et brillantes expédiées tout exprès de l'armurerie royale par maître Porion.

« Une, enfin, qui va ! » s'écria Ki, tout en enfilant l'une d'elles par-dessus sa chemise de nuit.

Tobin, lui, n'en revenait pas. Que signifiait cette invraisemblable prodigalité ? Son air sidéré finit par frapper Molay.

« Telle est la coutume, lui expliqua-t-il, lorsqu'un nouveau Compagnon arrive à Ero. Votre Altesse me permettra peut-être de L'éclairer en telles matières ?

— Oh, bien volontiers !

— Dans ce cas, vous devez d'abord évidemment revêtir le costume envoyé par le lord Chancelier Hylus en vue de l'audience de ce matin. Il l'a fait tailler en noir, comme vous voyez, par égard pour la perte que vous avez faite, mais… mais je m'aperçois que vous ne portez pas de bague de deuil !

— Non. Je n'ai pas su comment m'en procurer une.

— Je vous ferai venir un orfèvre, mon prince. Pour l'instant, vous pourriez mettre ce bijou du prince royal et, naturellement, la bague de votre gardien. Et, par la suite, chacun des cadeaux à son tour, selon le rang du donateur.

— Il me semblait bien avoir entendu des voix ! » Accompagné de Caliel, Korin sortit en trombe du cagibi. Tous deux étaient sanglés dans des cuirs de combat somptueux, tout en rehauts divers et munis de fermoirs en métal d'une esbroufe si vertigineuse que Tobin en demeura pantois. Comment pouvaient-ils seulement se mouvoir de manière efficace en pareil équipage ? Comment même osaient-ils courir le risque de l'abîmer ?

« Il existe une porte de communication entre nos deux chambres », expliqua Korin en l'entraînant vers le fond du cagibi où se voyait effectivement un petit panneau repoussé contre la paroi d'un court passage poussiéreux. Par-delà s'entr'apercevaient des tentures rouge et or et une bande de limiers guettant d'un air impatient le retour de leur maître. « Elle ne s'ouvre que de mon côté, mais si tu frappes, je peux toujours te laisser passer. »

Ils retournèrent dans la chambre de Tobin pour y inventorier le monceau de présents.

« Pas mal, le butin, cousinet. Je suis heureux de constater qu'on t'a manifesté le respect qui t'est dû sans même te connaître encore. Mon faucon te plaît ?

— Je l'adore ! s'enflamma Tobin, qui en avait un peu peur, pour être tout à fait franc. Tu voudras bien m'apprendre à chasser avec lui ?

— S'il voudra bien ? Mais il n'a envie que de ça, c'est tout ce qu'il aime, en plus de l'escrime ! s'exclama Caliel, tout en caressant les douces ailes de l'oiseau.

— De grand cœur, mais notre plus fin fauconnier, c'est justement Caliel, objecta modestement Korin. Il a du sang aurënfaïe, tu sais ça ?

— Il s'appelle Erizhal, reprit Caliel à l'intention de Tobin. Ce qui veut dire, en 'faïe, "flèche du soleil". Le fauconnier royal saura te le maintenir en pleine forme. Il faudra aussi qu'Ari soit des nôtres. Il possède un véritable tact de magicien avec les faucons. »

Avec l'aide de ses deux aînés, Tobin passa en revue les cadeaux un par un. La coutume voulant que l'écuyer soit le bénéficiaire de ceux qui provenaient de simples gentillâtres, Ki tira lui aussi un assez intéressant profit de l'affaire. Korin dressa une liste des cadeaux séants à offrir en retour, et Tobin se servit du sceau de son père pour en autoriser la livraison.

« Là, pour le coup, ça y est, te voilà devenu un gentilhomme authentique d'Ero ! s'esclaffa Korin. Pour l'être, il te faut en effet dépenser des quantités de fric exorbitantes et absorber des quantités exorbitantes de pinard. Pour le pinard, on s'en occupera plus tard. »

Le soleil était déjà bien haut quand ils en eurent terminé. Korin et Caliel repartirent par où ils étaient venus, non sans promettre à Tobin de le retrouver au terrain d'exercice ultérieurement.

Aidés de Molay, les deux garçons s'habillèrent et, cela fait, se reconnurent à peine l'un l'autre. La robe de dessus offerte par le lord Chancelier Hylus que portait Tobin était d'un beau lainage noir, ajustée à la taille et fendue pardevant ; brodé en soie rouge et or, le dragon de Skala en ornait le corsage et les ourlets ; des crevés en entaillaient les manches bouffantes de manière à mettre en valeur le rouge des manches de la robe de dessous. Quand il eut chaussé ses souliers de souple cuir rouge et se fut paré des premiers bijoux de sa vie, c'est tout juste s'il eut l'impression d'être encore lui-même. Quant à Ki, les roux et les verts de sa tenue lui donnaient l'air d'un renard galant. Ils ne se furent pas plus tôt plantés tous deux face au miroir de bronze poli qu'ils éclatèrent de rire simultanément.

Molay eut toutefois beau insister pour leur faire ceindre à chacun une épée neuve, là, ce fut en pure perte, car ils tinrent à conserver les lames toutes simples et pratiques que leur avait personnellement données le père de Tobin.

Déjà sous le charme de leur fière allure, Molay mit à leur tailler les cheveux et couper les ongles autant de soins et de minutie que l'avait jamais fait cette mère poule de Nari. Et ce n'est qu'une fois satisfait de son œuvre qu'il expédia le petit page : « Et que ça saute ! », quérir leur escorte. Laquelle, au grand désappointement de Tobin, se révéla être non point Tharin mais Lord Orun. Qui était au demeurant plus resplendissant qu'oncques, avec ses longues robes en brocart à diaprures de colibri et le chaperon noir et or de sa charge rabattu sur les épaules. Ce sans compter le mignon triangle de lourd velours noir tout embijouté qui rehaussait les mérites insignes de son crâne chauve.

Il s'immobilisa dans l'embrasure de la porte et haussa un sourcil d'approbation.

« Hé, mais c'est que Votre Altesse m'a tout à fait l'air d'un petit prince, maintenant ! Ah, et puis je vois que vous avez reçu mon présent… J'espère qu'il vous plaît ?

— Merci, messire. C'était trop généreux à vous », fit Tobin en étendant la main pour mettre la bague bien en évidence. Après l'incident survenu la veille au soir avec Moriel et les avertissements de Korin, il n'était pas fâché de pouvoir aujourd'hui complaire un tantinet à son gardien.

La salle d'audience se trouvait au Palais Neuf, à une assez grande distance de l'aile qu'ils occupaient dans le leur pour justifier la présence de chevaux harnachés tout exprès à leur intention devant la porte principale. Ki s'amusa à faire tout un numéro de contrôler les sangles avant que

Tobin ne se juche en selle et puis d'aller le flanquer sur sa gauche, ainsi que le lui avait enseigné Tharin.

Le Palais Neuf donnait au Palais Vieux l'air d'être un nain, tant sous le rapport de la taille que sous celui de la majesté. Nombre de ses cours à colonnades étaient à ciel ouvert et s'ornaient de bassins dont les fontaines jaillissantes offraient des concerts permanents aux galeries y aboutissant. Les motifs des vastes baies à verrières multicolores se reflétaient sur les dallages en marbre, et les bouffées d'encens qu'exhalaient des chapelles aussi hautes que la tour du fort embaumaient le palais tout entier.

La salle d'audience était à l'avenant du reste pour les dimensions. Son altière voûte de pierre blanche ne tenait en l'air que grâce à de miraculeux alignements de piliers sculptés à la sinueuse effigie de dragons.

Tout gigantesques qu'ils étaient, les lieux se trouvaient bondés par une invraisemblable cohue vêtue tout aussi bien de haillons que d'atours somptueux. Reconnaissables à leurs joyaux, leurs tuniques blanches et leurs *sen'gaïs* de toutes les couleurs, des Aurënfaïes côtoyaient là d'autres étrangers que Tobin fut totalement incapable d'identifier, certains portant des tuniques bleues qui se gonflaient comme des tentes autour de leur corps, et certains qui, drapés dans des robes à rayures éclatantes, avaient un teint de thé sombre et des cheveux noirs et bouclés comme ceux de Lhel.

D'aucuns se tenaient délibérément par petits groupes et causaient d'un ton vif et feutré. D'autres paressaient nonchalamment sur des sofas ou sur la margelle des grands bassins tout en s'amusant qui avec son faucon, qui avec les limiers ou les chats mouchetés qu'il gardait en chaîne.

À l'autre extrémité de la salle était installé, sur une large estrade, un magnifique trône doré, mais personne ne l'occupait. Une cape frappée aux armoiries du roi en drapait le dossier, et l'on avait placé une couronne sur le siège.

Sur des fauteuils plus bas, devant, étaient assis deux hommes. Le plus âgé écoutait tour à tour chacun des requérants, tout à fait comme Tobin l'avait vu faire à Père dans la grand-salle du manoir. Il arborait une courte barbe blanche et, le col ceint d'un nombre impressionnant de grosses chaînes d'or alourdies de sceaux, portait de longues robes noires et une toque en velours rouge aplatie sur son crâne comme une crêpe.

« Voilà le lord Chancelier Hylus, régent du royaume en l'absence de Sa Majesté, crut devoir spécifier Orun tandis qu'on s'en approchait. C'est un lointain parent à vous.

— Et l'autre ? » s'enquit Tobin, bien qu'il eût déjà deviné.

Cet autre-là, beaucoup plus jeune, avait des yeux couleur de jaspe et une barbe fourchue que la lumière du soleil affectait de rougeoiements cuivrés. Mais Tobin n'avait dès l'abord repéré en tout et pour tout que ses robes. Celles-ci avaient la blancheur éblouissante de la neige en plein midi, et les larges motifs brodés en fil d'argent qui en décoraient les épaules et les jupes y ajoutaient mille scintillements. Il s'agissait forcément là de l'un des fameux Busards contre lesquels Arkoniel l'avait mis en garde. Tout certain qu'il était d'avoir dûment congédié Frère au cours de la nuit, il ne put s'empêcher de jeter vivement un coup d'œil alentour pour se le confirmer.

« Lui, c'est le magicien personnel du roi, Lord Nyrin », dit Orun, et le cœur de Tobin s'arrêta de battre un instant. Il se trouvait là non pas simplement en présence d'un quelconque de ces Busards mais *du* Busard.

Alors qu'il redoutait de voir toute leur matinée gâchée à attendre son tour indéfiniment, c'est directement au premier rang que les conduisit Lord Orun avant de s'incliner devant Hylus.

Tobin s'était forgé dès son arrivée une image terrifiante du lord Chancelier, tant il l'avait vu traiter d'un air sévère un boulanger accusé de tricher sur le poids des pains qu'il vendait, mais Orun ne l'eut pas plus tôt présenté que le visage rechigné du vieillard se radoucit en s'éclairant d'un chaleureux sourire. Il tendit les bras, et Tobin gravit les marches pour le rejoindre.

« J'ai l'impression que c'est votre chère mère qui me regarde par vos yeux ! s'écria-t-il en lui saisissant la main entre des mains qui ne semblaient faites que d'os et d'un rien de cuir. Et sa propre grand-mère aussi..., pour comble d'extraordinaire ! Il vous faut venir sans tarder dîner avec moi, cher garçon, je vous conterai cent histoires sur elles. Vous aurez déjà fait la connaissance de mon petit-fils, Nikidès, au sein des Compagnons, n'est-ce pas ?

— Assurément, messire. » Le nom lui disait effectivement quelque chose, mais sans qu'il parvienne, en dépit de tous ses efforts, à mettre une tête dessus. Il avait vu tellement de monde, la nuit dernière... !

Le lord Chancelier s'en montra charmé. « Je suis sûr que vous ferez une bonne paire d'amis, tous les deux. Est-ce qu'on vous a donné un écuyer ? »

Tobin lui présenta Ki, toujours campé au bas des marches avec Orun. Hylus loucha sur lui un petit moment. « Sieur Larenth ? fit-il finalement. Je ne connais pas ce nom-là. Il n'en est pas moins beau garçon, le gaillard ! Soyez les très bienvenus l'un et l'autre. » Il considéra Tobin derechef avec un redoublement d'attention puis finit par lui désigner l'homme installé à ses côtés. « Au fait, permettez-moi de vous présenter le magicien de votre oncle, Lord Nyrin. »

Tobin sentit son cœur lui marteler de nouveau les côtes pendant qu'il rendait à Nyrin salut pour salut. Mais ce qui déchaînait ces chamades, c'étaient les avertissements d'Arkoniel plutôt que quoi que ce soit dans l'aspect de l'individu, car celui-ci n'avait rien que de très ordinaire. Après l'avoir poliment questionné sur son voyage et le manoir qu'il avait dû quitter puis lui avoir parlé de ses parents en termes des plus aimables, il demanda :

« Vous aimez les démonstrations de magie, mon prince ?

— Non », répondit-il du tac au tac. Arkoniel avait eu beau faire de son mieux pour éveiller son intérêt dans ce domaine – Ki adorait tous les trucs de ce genre –, il persistait à trouver trop déconcertants la plupart des tours de passe-passe et d'illusionnisme. Et il n'avait aucune envie de fournir à cet étranger la moindre apparence d'encouragement.

Le magicien ne fit pas mine d'en être offusqué.

« Je me rappelle la nuit de votre naissance, prince Tobin. À l'époque, vous n'aviez pas cette marque au menton. Mais vous en portiez une autre, m'est avis, non ?

— Celle-ci n'est qu'une cicatrice. Sans doute est-ce à ma marque de sagesse que vous faites allusion.

— Ah, voilà, oui oui. Curieuses choses que de telles marques. Me serait-il possible de voir ce que la vôtre est devenue ? Je me suis fait toute une étude de ce sujet-là. »

Tobin retroussa sa manche et exhiba la marque rouge sous le nez de Nyrin et d'Hylus. Si Nari la qualifiait de « bouton de rose », il trouvait, lui, qu'elle ressemblait plutôt à un cœur de grouse.

Nyrin la recouvrit du bout de deux doigts sans que se modifie l'expression de sa physionomie, mais Tobin se sentit parcouru par un picotement désagréable et vit un instant se durcir et devenir lointains les yeux de jaspe, exactement comme le faisaient ceux d'Arkoniel quand il se livrait à des opérations magiques. À ce détail près que jamais Arkoniel n'avait opéré sur lui sans en avoir demandé la permission d'abord.

Révolté par le procédé, Tobin se dégagea brusquement. « Cessez de me brutaliser, monsieur ! »

Nyrin salua bien bas.

« Mes excuses, prince. J'étais simplement en train de lire la marque. C'est un fait qu'elle dénote infiniment de sagesse. Vous êtes des plus fortuné.

— Il l'avait bien dit, pourtant, qu'il ne goûtait pas les escamotages…, murmura le lord Chancelier sans dissimuler la réprobation que lui inspirait la conduite du magicien. Sa mère était tout à fait pareille, au même âge.

— Mes excuses, répéta Nyrin. J'espère que vous me permettrez de me racheter, un autre jour, prince Tobin.

— Si tel est votre désir, messire. » Pour une fois, Tobin sut gré à ce mâtin d'Orun de lui surgir comme un balourd sur les arrières afin de le remmener au bercail. Une fois certain qu'on ne pouvait plus le voir de l'estrade, il remonta sa manche pour examiner sa marque de naissance et s'assurer si Nyrin ne l'aurait pas traficotée de quelque façon. Mais elle était en apparence demeurée telle qu'il l'avait toujours connue.

« Cela s'est assez bien passé, ma foi, ronchonna Orun tout en les reconduisant à leur chambre. Vous auriez néanmoins tout intérêt à faire preuve de plus de civilité vis-à-vis de Nyrin. C'est un homme puissant. »

Cette dernière réflexion exaspéra Tobin. Se trouvait-il parmi les puissants d'Ero un seul homme aimable ? se demanda-t-il. Juste avant de prendre congé, son gardien lui promit qu'ils souperaient ensemble dans quelques jours et se retira.

Après avoir décoché dans le dos du vieux sa plus laide grimace, Ki tourna vers Tobin un regard anxieux.

« Le magicien t'a fait mal, tout à l'heure ?

— Non. Je déteste qu'on me pelote, c'est tout. »

Molay avait étalé à leur intention deux beaux justaucorps de cuir analogues à ceux que portaient Korin et Caliel, mais Tobin les trouva beaucoup trop rigides et coquets pour son goût.

Aussi dépêcha-t-il Ki chercher les cuirs usagés qu'ils avaient emportés du manoir. Ignorant superbement le désarroi du valet de chambre qui répugnait manifestement à lui voir enfiler une tenue d'une telle rusticité, c'est avec joie qu'il retrouva le confort de ses vieux effets. Aussitôt équipés de la sorte, Ki et lui raflèrent leurs épées, leurs heaumes et leurs arcs et, s'élançant derrière le petit page qui n'attendait qu'eux, se dirigèrent vers l'entrée principale.

Tout à son bonheur de pratiquer finalement quelque chose qui ressemblait à une activité guerrière, Tobin ne s'avisa même pas des drôles de regards que suscitait leur passage jusqu'au moment où Ki le tirailla par la manche et lui signala d'un coup de menton deux gentilshommes en grand arroi qui les dévisageaient d'un air manifestement indigné.

« Ce serait à moi de trimbaler ton attirail, marmonna Ki. Ils doivent nous prendre pour une paire de soldats péquenots venus de la rue jouer les badauds là-dedans ! »

Le page l'entendit. Il bomba le torse et proclama d'une voix claironnante : « Place à Son Altesse le prince Tobin d'Ero ! »

Ces mots produisirent un effet littéralement magique. Tout ce qu'il y avait là de noblesse pimpante à grommeler s'écarta devant eux et se répandit en courbettes au fur et à mesure que Tobin et Ki s'avançaient, avec leurs godillots crottés et leurs cuirs éraillés. Tobin eut beau s'efforcer de copier les hochements de tête altiers de Lord Orun, l'effet s'en trouvait probablement gâché par les pouffements étouffés de Ki sur ses talons.

À l'entrée du palais, le page esquissa un pas de côté pour s'effacer puis plongea dans une révérence profonde mais pas assez preste pour dissimuler ses propres fous rires.

« Comment t'appelles-tu ? demanda Tobin.

— Baldus, mon prince.

— Bien joué, Baldus. »

Les Compagnons s'entraînaient en plein air sur un vaste terrain situé près du centre du Palatin. Celui-ci comportait des manèges pour l'équitation, des arènes pour l'escrime, des lices pour le tir à l'arc et des écuries que dominait la haute stature d'un temple des Quatre où les garçons couraient chaque matin faire un sacrifice à Sakor.

Les Compagnons et leurs écuyers s'exerçaient sur les lices de tir à l'arc lorsque se présentèrent Tobin et Ki. Du plus loin qu'il les aperçût, Tobin se rendit compte qu'ils portaient tous des tenues aussi élégantes que celle de Korin. Il se trouvait également des quantités de spectateurs tout autour du terrain. Il reconnut là certains des convives de la nuit précédente, mais sans réussir à se rappeler la plupart de leurs noms. Pas mal de filles figuraient aussi dans l'assistance, parées de robes éclatantes et de légères capes de soie que la brise matinale faisait palpiter comme des ailes de papillons. D'aucunes allaient et venaient en touche, montées sur des palefrois pimpants. D'autres s'amusaient à tirer à la cible ou à faire voler leurs faucons. À la façon dont Ki les suivait des yeux, Tobin le soupçonna de chercher à repérer la chevelure auburn d'Aliya.

Maître Porion ne sembla nullement choqué de la manière dont ils étaient accoutrés.

« Si j'en crois l'état de vos cuirs, vous avez dû vous entraîner contre des ours et des couguars, observa-t-il simplement. Vos camarades étant en train de s'exercer à l'arc, autant débuter vous-mêmes par là. »

Korin pouvait bien jouer les seigneur et maître à la table de sa compagnie, c'était Porion qui commandait ici. En le voyant approcher, les dix-huit garçons pivotèrent comme un seul homme pour le saluer avec déférence, le poing sur le cœur. Quelques-uns camouflèrent un sourire en coin derrière leur main lorsqu'ils découvrirent les piteux costumes des arrivants. Un gros rire isolé fusa même du sein de la foule des spectateurs, et Tobin eut une seconde l'impression de discerner parmi eux la bouille blafarde de sieur Moriel.

Les justaucorps d'entraînement portés par les Compagnons se révélèrent aussi somptueux que leurs atours du banquet. Ils étaient surpiqués d'applications multicolores évoquant des scènes de chasse ou de bataille. Des motifs d'or et d'argent sophistiqués agrémentaient fourreaux et carquois. Tobin se fit l'effet d'être aussi terne qu'un coucou dans cette volière exotique. Les écuyers eux-mêmes avaient meilleure tournure que lui.

Rappelle-toi de qui tu es le fils, songea-t-il, et il carra ses épaules.

« C'est aujourd'hui que vous devenez pour de bon l'un des Compagnons royaux, l'avertit Porion. Je sais que je n'ai rien à vous apprendre sur le chapitre de l'honneur ; je ne suis pas près d'oublier qui vous aviez pour père. En l'occurrence, le seul ordre que j'aie à vous donner est d'y adjoindre la règle d'or du Compagnon : “Tous ensemble.” Nous ne faisons qu'un pour servir le prince royal, et nous ne faisons qu'un avec lui pour servir le roi et Skala. Point d'affrontement entre nous. Si vous avez un motif quelconque de vous plaindre de l'un de vos camarades, présentez vos doléances au cercle. » Il indiqua d'un geste l'enceinte de pierre du terrain d'escrime. « Les paroles s'y confrontent aux paroles, et c'est moi qui les juge. On n'échange de coups que là. Frapper l'un de ses Compagnons est une infraction grave et passible du fouet sur les degrés du temple. Tout Compagnon qui transgresse la règle est puni par Korin, tout écuyer par son propre maître. N'est-il pas vrai, Arius ? »

L'un des écuyers qu'avait fait sourire le justaucorps de Tobin répondit au maître d'armes par un hochement penaud.

« Mais je présume que ce genre de problème ne se posera pas avec vous deux. Venez, maintenant, me montrer un peu comment vous tirez. »

Il suffit à Tobin d'entrer en lice pour commencer à se tranquilliser. Après tout, les cibles ressemblaient tout à fait à celles sur lesquelles il s'était entraîné chez lui : « œil-de-bœuf », « latte » et sac empli de paille pour les coups directs, disques de tissu lancés en l'air pour les coups paraboliques. Après avoir contrôlé la tension de sa corde et repéré la direction du vent comme on le lui avait enseigné, puis bien écarté les pieds, il encocha l'une des belles flèches neuves empennées tout exprès pour lui par Koni avec des plumes zébrées de chouette qu'il avait un jour trouvées dans la forêt.

Une brusque rafale qui balaya le terrain déporta au diable son premier trait, mais les quatre suivants atteignirent « l'œil-de-bœuf », et tous à deux doigts du mille. Il en décocha cinq autres droit au sac puis réussit à frapper trois des cinq « lattes » plantées dans le sol. Il s'était montré plus adroit d'autres fois, mais ce score lui valut de la part de ses pairs force acclamations et plein de tapes amicales sur les épaules.

Ki lui succéda, et de manière tout aussi honorable.

De là, on gagna directement le terrain d'escrime, et Tobin se vit opposer ce rondouillard rouquin de Nikidès que le lord Chancelier Hylus avait avoué pour son petit-fils. Quoique plus âgé que Lutha, il était d'une taille mieux assortie à celle de Tobin. Il portait un heaume d'acier poli qui brillait comme de l'argent, et dont des ciselures en bronze rehaussaient galamment les bords et le nasal, mais il y avait dans sa posture quelque chose de mal assuré. Après avoir bouclé son propre heaume on ne peut plus simplet, Tobin pénétra dans l'arène pour l'affrontement. Comme ils se saluaient l'un l'autre avec leur épée de bois, son premier combat contre Ki lui revint en mémoire. Cette fois, tout nouveau qu'il était pour lui, l'adversaire ne le prendrait pas au dépourvu.

Loin de leur imposer de lents préliminaires ou quelques cérémonies que ce soit, Porion se contenta de brandir sa propre épée puis de l'abaisser en criant : « Au boulot, les gars ! »

Tobin poussa une botte et franchit la garde de Nikidès avec une facilité déconcertante. Alors qu'il s'attendait à une riposte rapide, Nikidès se révéla aussi gauche que lent. Il suffit de quelques minutes à Tobin pour le refouler jusqu'à la lisière du cercle, lui faire sauter l'épée des mains puis pour lui porter un coup mortel en pleine bedaine.

« Bel assaut, prince Tobin », marmonna le vaincu en lui serrant la main. Tobin fut à nouveau frappé par l'extrême douceur de sa paume, et ce d'autant plus qu'était plus rugueuse celle des guerriers parmi lesquels il avait vécu jusqu'alors.

« Voyons voir ce que ça donne avec quelqu'un d'un peu plus coriace », dit Porion, qui manda Quirion dans l'arène. Ce dernier avait quatorze ans, il était de quelque trois pouces plus grand que Nikidès et nettement plus svelte. En plus, il était gaucher, mais Tharin avait tenu à ce que Tobin s'entraîne avec Maniès et Aladar, au fort, de sorte que ce détail n'était pas fait pour déconcerter le gamin. Il déplaça son poids pour s'adapter à la différence et contra solidement la première attaque de l'adversaire. Ce garçon là se battait mieux que le précédent, et il réussit à lui porter à la cuisse un coup violent. Tobin se ressaisit sans tarder, faufila sa latte sous celle de Quirion, la lui releva de force et en profita pour l'étriper. Ce qui fit pousser à Ki un hourra triomphal en touche.

Pour le coup, Porion s'abstint de tout commentaire et fit simplement signe à Lutha d'entrer en lice. L'ancien benjamin était plus petit que Tobin, mais il avait un regard aigu, de la prestesse, et l'avantage d'avoir regardé se battre le nouveau venu. Tobin ne tarda pas à se retrouver singulièrement pressé, ce qui le contraignit à tourner en rond pour éviter de se voir repoussé au-delà du périmètre défini par les pierres. Lutha combattait avec un grand sourire aux lèvres, et Tobin entendit presque la voix de Tharin grommeler : *Un vrai guerrier, ce trois-pommes-là !*

Il se reprit alors et entreprit de le refouler en lui faisant pleuvoir sur la tête une volée de coups qui réduisaient Lutha à la stricte défensive. Tout en ayant vaguement conscience des acclamations qui les entouraient, la seule chose qu'il fût capable de voir, c'était la silhouette courbée devant lui et qui le narguait hardiment. Il était certain que Lutha se trouvait sur le point de battre en retraite quand sa propre épée vola en éclats. L'autre ne fit qu'un bond sur lui, ce qui le contraignit à l'esquive pour s'épargner un revers fatal. Recourant alors à l'une des filouteries dont la sœur de Ki leur avait fait la démonstration, il freina son propre élan et mit à profit la posture déséquilibrée de Lutha pour lui décocher un croc-en-jambe. À sa grande surprise, cela marcha, et Lutha s'écroula à plat ventre. Sans lui laisser le temps de se rétablir, Tobin lui sauta sur le râble, lui passa un bras autour du cou et fit semblant de lui trancher la gorge avec ce qui lui restait d'épée.

« Tu ne peux pas faire un truc pareil ! protesta Caliel.

— Tu peux si tu sais comment », décréta Porion.

Tobin cessa d'écraser Lutha et lui tendit la main pour l'aider à se relever.

« Qui t'a enseigné ce coup-là ? demanda le garçon tout en s'époussetant.

— La sœur de Ki. »

Cette déclaration fut accueillie par un silence assourdissant. Tobin distingua un mélange de goguenardise et d'incrédulité sur les traits de nombre des spectateurs massés tout autour du cercle.

« Une fille ? fit Alben d'un ton méprisant.

— Elle est un guerrier », rectifia Ki, mais sans que personne ait l'air de l'entendre.

Lutha échangea une poignée de mains avec Tobin.

« Eh bien, c'est un sacré coup. Il faudra que tu me l'apprennes.

— Qui est le candidat suivant contre notre couguar des montagnes ? demanda Porion. Allez…, il vient de cravacher trois d'entre vous ! Non, pas toi, Zusthra. Tu es trop grand pour lui, tu le sais. Pareil pour toi, Caliel. Au fait, Alben, je ne t'ai pas encore entendu te manifester beaucoup, aujourd'hui. »

Âgé de quatorze ans, élancé, noiraud, Alben avait une bouche boudeuse et une luisante chevelure d'un noir bleuté qu'il portait en queue de cheval jusqu'à mi-dos. Il fit des tas de façons pour la relever puis se la nouer derrière la nuque avant d'aller d'un pas tranquille prendre place dans l'arène face à Tobin. Un tas de filles fendirent la presse pour se retrouver aux premières loges, notamment Aliya et sa bande d'amies.

« Plus de vos vilaines tricheries, maintenant, prince Couguar », murmura-t-il en faisant tournoyer sa latte de bois d'une main dans l'autre comme un bâton de jongleur.

Mis en méfiance par ce genre de cabotinage, Tobin recula d'un pas et se mit en position de salut. Avec un signe de tête plein d'insinuations sournoises, Alben fit de même.

Dès le début de l'affrontement, toute espèce de frime disparut. Alben se battait comme Lutha, de manière agressive et adroite, le bénéfice de la taille et de la force en sus. Déjà fatigué par ses précédents assauts, Tobin devait s'échiner plutôt à ne jamais baisser sa garde qu'à pousser la moindre pointe. Il avait mal aux bras, et sa cuisse se ressentait douloureusement du coup qu'il avait reçu de Quirion. S'il s'était trouvé à l'exercice avec Tharin, il aurait peut-être envisagé de déclarer forfait ou du moins réclamé une trêve. Alors que, là, il ne songeait qu'à la manière dédaigneuse dont son adversaire avait osé parler de la sœur de Ki et se jeter dans le combat.

Alben mettait toute sa violence à le heurter avec la tête ou les épaules chaque fois qu'il en voyait la possibilité. Mais Tobin n'était pas sans avoir, grâce à Ki, quelque expérience de cette sorte de brutalité grossière, et il lui rendait la monnaie de sa pièce. Il commençait à penser que cela pouvait être pour rire, en définitive, qu'ils avaient trouvé là conjointement un moyen de lier amitié, mais la hargne qui se lisait sur les traits d'Alben suffit à le persuader du contraire. Le bougre n'aimait pas se voir concurrencer par un garçon plus jeune, ou du moins pas par lui. Du coup, Tobin redonna libre cours à sa colère. Et lorsqu'un coup de coude lui défonça le nez, la douleur suffit à lui rendre toute sa vigueur, et il éclata de rire tout haut quand il sentit le choc de sa latte contre celle d'Alben.

La chance de Sakor était encore en sa faveur, à moins que les dieux n'aient décidé de haïr un railleur ce jour-là, car il réussit à le déséquilibrer en recourant exactement à la même filouterie qu'avec Lutha. Alben tomba à la renverse, le souffle littéralement coupé. Tobin lui bondit dessus et lui épingla l'emplacement du cœur avec la pointe de son épée.

« Tu te rends ? »

L'autre le foudroya du regard mais comprit qu'il n'avait pas le choix. « Je me rends. »

Tobin le libéra et sortit du cercle pour gagner l'endroit où Korin et Ki se tenaient en compagnie de Porion.

« Notre nouveau Compagnon vient de subir l'épreuve du sang », fit observer le maître d'armes.

Tobin le regarda d'un air ahuri, puis il s'avisa que Ki lui tendait une serviette.

« Ton nez, Tobin. Un coup marqué contre toi, par parenthèse… »

Tobin s'empara de la serviette et torcha son nez et son menton tout ensanglantés. La vue du linge maculé lui remémora un fragment fugitif de rêve.

Tu voir sang, tu venir voir me. Ici.

Il secoua la tête, pendant que Korin et certains des autres lui administraient autant de tapes dans le dos que de compliments : « Quelle fine lame tu fais ! » Il ne voyait rien que d'honorable dans cet épanchement de sang. Et il lui faudrait rentrer dare-dare à la maison pour si peu de chose ? Un rêve idiot, voilà ce que ç'avait été, juste un rêve idiot…

« Mais regarde-toi ! À peine à la moitié de ta croissance, et tu as déjà démoli la moitié des Compagnons royaux », dit Korin. Il avait l'œil clair, aujourd'hui, et Tobin se retrouva tout fier des éloges de son aîné. « Qui t'a appris à te battre aussi bien, cousinet ? Quand même pas la sœur de Ki, si ?

— J'ai eu pour professeurs mon père et sieur Tharin, répondit-il. Et Ki. Nous nous entraînons ensemble.

— Quand tu te seras un peu reposé, vous consentiriez, toi et lui, à nous offrir un petit duel ?

— Mais certainement, maître d'armes. »

Après que Ki fut allé lui remplir un cruchon de cidre au tonneau voisin, ils regardèrent Korin et Caliel rivaliser d'assauts tandis que Tobin se délassait. Nikidès et Lutha les rejoignirent avec leurs écuyers, Ruan et Barieüs. Les autres Compagnons gardèrent leurs distances pour observer le prince. Après les éloges reçus de ce dernier et de Porion, cela faisait un drôle d'effet, cette affectation de bande à part.

« Est-ce que j'ai commis un impair ? » demanda Tobin à Lutha.

Celui-ci se mit à regarder ses pieds et haussa les épaules. « Alben n'aime pas qu'on le batte.

— Aucun de vous deux n'a aimé ça non plus. »

Nouveau haussement d'épaules de Lutha.

« Lutha te battra la prochaine fois, maintenant qu'il sait comment tu combats, dit Nikidès. Ou peut-être pas, mais il a ses chances, et puis il est toujours beau joueur. Et pour ce qu'il en est de moi, la cause est d'avance entendue.

— Cela reste à voir, riposta Tobin, quoique prêt à gager qu'il avait raison.

— Non, pas contre toi, maintint Nikidès, d'un ton semblait-il indifférent. Mais ça n'a pas d'importance. Nous ne nous trouvons pas tous ici parce que nous sommes de valeureux guerriers, prince Tobin. »

Avant que Tobin ait pu lui demander ce qu'il voulait dire par là, la rencontre de leurs deux aînés s'était achevée, et Porion l'appelait à regagner l'arène avec Ki.

« Pas trop tôt, hein ? chuchota joyeusement ce dernier. Not' grand jeu qu'on va t' leur faire, et sans chiqué, nous ! »

Mettant de côté leurs lattes de bois, ils dégainèrent l'acier pour se livrer à un duel où tous les coups étaient permis, jouant des coudes, des genoux et entrechoquant leurs heaumes. Vociférant leurs cris de guerre, ils luttèrent avec tant d'ardeur qu'ils soulevaient des tourbillons de poussière plus hauts qu'eux et que la sueur eut tôt fait de tremper et leur maille et leur justaucorps. L'acier sonnait contre l'acier tandis qu'ils tâchaient chacun d'enfoncer la garde de l'autre, et Ki manqua de peu fracasser la main d'épée de Tobin, qui lui assena en retour un formidable plat de lame sur le heaume, mais sans qu'aucun des deux fléchisse pour si peu. Aussi longtemps que se poursuivit leur combat, rien d'autre ne compta que lui, et tous deux s'y adonnaient à corps perdu, plongés en pleine familiarité. Ils avaient fait cela si souvent et se révélaient si parfaitement assortis que leur affrontement ne débouchant finalement que sur un perpétuel ex aequo Porion déclara match nul.

À peine eurent-ils mis fin à leur empoignade, hors d'haleine et pantelants, qu'ils se retrouvèrent au cœur d'une cohue de spectateurs. Les admiratrices d'Alben étaient nombreuses à n'avoir plus d'yeux que pour eux, maintenant. Ki s'en aperçut et faillit s'empêtrer dans ses propres pieds. Aliya se détourna pour dire quelque chose à sa voisine, une jeune fille blonde et gracile, et elles se mirent à rire toutes les deux. Debout derrière elles, une brunette plus jeune et à peu près de l'âge de Tobin fixait sur lui des prunelles sombres à l'expression sérieuse. Il ne se souvenait pas de l'avoir déjà vue. S'apercevant qu'il la regardait, elle s'évanouit aussitôt dans la foule environnante.

« Par la Flamme ! s'exclama Korin, vous ne plaisantiez pas quand vous m'avez dit que vous ne faisiez rien d'autre que vous battre, dans vos montagnes ! »

Le glorieux Alben lui-même ne put faire la fine bouche, dès lors que Korin manifestait tant d'enthousiasme.

Là-dessus, les gamins reçurent la permission de prendre encore un peu de repos, mais ils se virent tous deux très sollicités durant le reste de l'après-midi par les plus jeunes des Compagnons et des écuyers.

Mais pas pour affronter le prince Korin, remarqua Tobin. Korin ne se battait qu'avec Caliel et Porion, qu'il défaisait d'ailleurs l'un et l'autre la plupart du temps. Tobin était loin de se plaindre qu'on ne le lui donne pas pour partenaire. Il avait eu bien assez de mal à vaincre Alben. De toute la bande, au demeurant, c'est Lutha qu'il considérait déjà comme son rival le plus sérieux. Et si celui-ci était aussi susceptible qu'Alben de lui donner du fil à retordre, il le trouvait en revanche nettement plus à son goût.

41

Ki fut bien content d'apprendre qu'il n'y avait pas de grand festin prévu pour leur deuxième soirée à Ero. Ce programme allait lui permettre de commencer à assumer la partie du service à table qui devait désormais lui incomber au mess des Compagnons. La conduite du repas, servi dans une pièce plus intime, ressemblait à celle de n'importe quelle noble maisonnée. Quelques musiciens jouaient pour le plaisir des convives, et des estafettes du roi lisaient à haute voix les dépêches et le compte rendu détaillé des dernières batailles qui s'étaient livrées.

Chaque écuyer jouait un rôle spécifique. À Tanil revenait la tâche de trancher les viandes de chacun des plats, et l'écuyer de Caliel, Mylirin, armé des quatre couteaux que réclamaient les différents pains, tenait lieu de panetier. La plus haute distinction était attachée à ces deux offices.

En sa qualité de sommelier, Garol faisait œuvre d'alchimiste, puisqu'il lui appartenait de doser le mélange des vins, des épices et de l'eau. Sa charge n'allait pas sans danger, car elle l'obligeait aussi à « l'épreuve de bouche » destinée à juger de la qualité des boissons, si bien que ses pareils étaient habituellement les premières victimes des poisons visant à supprimer le maître de maison. Toutefois, s'il fallait en croire cet espiègle de sieur Ruan, c'étaient bien plutôt les convives que les mixtures trop alcoolisées de Garol qui risquaient de les faire tous passer de vie à trépas.

L'écuyer d'Orneüs, un garçon gracieux et discret que l'on avait surnommé Lynx, était tenu, comme échanson, de verser les vins appropriés à chacun des mets sans jamais laisser vides les coupes à pied. Ruan exerçait les fonctions dites d'« aumônier », en ce sens qu'il lui appartenait de rassembler les reliefs de la nourriture et de les faire parvenir aux portes du Palatin pour qu'on les y distribue aux mendiants. Pompeusement qualifiés d'« introducteurs », Ki et les autres ne faisaient rien de plus noble que de courir aux cuisines et d'en rapporter les plats, leur chef de corps étant l'écuyer de Zusthra, Chylnir. Besogne qui, par malheur, mettait Ki à l'entière merci de ses compagnons d'armes les moins sympathiques.

En dépit de tous les secours qu'en bon copain lui prodiguait sieur Barieüs, il se trouva ce premier soir constamment un pas en arrière ou bien coupable de quelque oubli. Il ne devait rien espérer d'Arius et de Mago, beaucoup trop occupés à le toiser du haut de leur long nez pour lui consentir la moindre assistance. Ce sans compter que Chylnir, enfin, se montrait chiche de patience avec n'importe lequel d'entre eux.

Offrir à Tobin un spectacle aussi pitoyable, au vu et au su des autres, voilà cependant ce qui blessa le plus Ki dans son orgueil. Car il perpétra l'exploit, dès ce premier soir, de renverser deux jattes de sauce, et il faillit en plus coiffer Korin de col de cygne en daube fumant quand Mago s'arrangea pour lui cogner le coude. Après quoi, non content d'avoir achevé son service tout éclaboussé de jus graisseux et de coulis de prune, il lui fallut encore avaler sa ration de petites mines et de ricanements jusqu'à la fin de la soirée, consacrée à se divertir au coin du feu. Korin avait eu pourtant la bonne grâce de prendre les choses à la blague, et si Tobin ne s'était par bonheur même pas douté de ces avanies, il ne se sentait manifestement pas non plus si peu que ce soit déshonoré par les maladresses de son écuyer. Celui-ci n'en alla pas moins s'asseoir tout seul en dehors du cercle de lumière, trop conscient, hélas, de n'être pas à sa place en pareille compagnie pour ne pas succomber au cafard.

En fait, Tobin s'avisa bien que quelque chose le tracassait, mais sans deviner de quoi il pouvait bien s'agir. Il avait été d'autant plus fier de lui durant le repas que le prince Korin était allé jusqu'à lui faire des éloges.

Or, l'humeur de Ki ne sembla nullement s'éclaircir lorsque, au coin du feu, ce soir-là, Porion et les plus âgés des garçons se mirent à raconter des histoires sur les fantômes du palais, non sans s'étendre avec force détails sur les différentes apparitions comme sur les lieux où l'on courait le plus de risques de se retrouver nez à nez avec elles. En fait, il y avait des vierges en larmes et des amants sans tête dans tous les coins, s'il fallait en croire ces contes, mais le spectre le plus terrifiant n'était autre que celui d'Agnalain la Folle en personne.

« Notre grand-mère hante constamment les salles mêmes que nous occupons, dit Korin en venant s'installer tout près de son cousin pour lui confier la chose. Elle est coiffée d'une couronne d'or d'où le sang ruisselle sur sa figure et sur sa robe, le sang de tous les innocents qu'elle a expédiés aux chambres de torture, condamnés à la potence et enfermés dans les cages à corbeaux. Elle porte au poing une épée sanglante, et à sa ceinture dorée sont suspendues les bites de tous les consorts et de tous les jules qu'elle s'est farcis.

— Et c'en fait combien ? demanda quelqu'un, mais d'un ton qui prouvait assez que la question ne datait pas d'hier.

— Des centaines ! » s'extasia l'auditoire d'une seule voix.

Il suffit à Tobin de voir les sourires qu'échangeaient les garçons les plus jeunes pour deviner qu'il ne s'agissait en l'occurrence que d'une épreuve destinée à voir si les deux nouveaux Compagnons manifesteraient quelque effroi. Pour sa part, il avait jusque-là suffisamment fréquenté de lieux hantés pour percevoir d'emblée ceux qui l'étaient véritablement ; or, il était sûr pour l'instant de ne pas avoir ressenti la moindre impression de ce genre au palais, pas plus d'ailleurs que parmi les morts de la nécropole royale.

À la dérobée, il jeta un nouveau coup d'œil du côté de Ki, recroquevillé dans la jonchée sur le bord extérieur du cercle éclairé par les flammes. En dépit de l'expression de profond ennui que son ami s'appliquait à conserver, Tobin crut discerner un certain malaise au fond de ses yeux. Mais, après tout, peut-être bien que sa longue pratique de Frère lui rôdant autour ne l'avait toujours pas guéri de ses frousses…

Au fur et à mesure que se déballaient les contes à propos de têtes en suspens, de mains spectrales et de lèvres invisibles soufflant les lampes en pleine nuit, Tobin en vint à se rendre compte qu'il finissait par n'être plus tout à fait sûr de sa propre bravoure. Et après qu'il eut regagné son immense chambre à coucher peuplée d'ombres, la compagnie de Ki lui procura un contentement plus vif encore qu'à l'accoutumée, tout comme la présence du petit Baldus couché sur sa paillasse près de la porte.

« Tu as déjà vu un fantôme, ici ? » demanda-t-il à ce dernier quand les autres serviteurs se furent retirés pour la nuit. Molay dormait lui-même sur une paillasse jetée en travers du seuil, dehors, pour monter la garde.

« Oh, ça oui ! Et pas qu'un, tout plein… », répondit l'enfant, d'un ton des plus enjoué.

Tobin referma bien soigneusement les rideaux du lit puis échangea avec Ki un regard assez peu rassuré. La couche avait beau être assez large pour accueillir une famille entière, ils ne s'en pelotonnèrent pas moins de manière à ce que leurs épaules restent étroitement en contact.

Ils furent réveillés au bout d'un certain temps par des bruits menaçants de bagarre et des cliquetis qui leur parvenaient de tous les côtés à la fois.

« Baldus ? Que se passe-t-il ? » appela Tobin. Quelqu'un avait éteint toutes les lampes. On n'y voyait strictement rien.

Le tapage devint infernal et cerna le lit. Les deux gamins se retrouvèrent d'un bond à genoux, dos à dos.

Des luminescences surnaturelles les enveloppèrent lorsque des mains blêmes de mort écartèrent brusquement les courtines du baldaquin.

Tobin refoula un cri de terreur. La chambre pullulait de créatures hirsutes et bossues qui gémissaient et brandissaient de longs ossements blanchâtres qu'elles faisaient s'entrechoquer tout en déambulant autour du lit.

À l'envie de hurler succéda bien vite un rire étouffé. En dépit du peu de lumière, il venait de reconnaître les traits de Korin et de Caliel sous la peinture noire et blanche qui les recouvrait. Ils portaient de longs manteaux noirs et ce qui se révéla n'être que des perruques faites de cordes effilochées. L'éclairage provenait d'une quantité de pierres phosphorescentes disposées sur des perches que trimbalaient certaines des « apparitions ». Il y avait là trop de monde pour qu'il ne s'agît que des Compagnons ; un examen plus attentif lui permit d'identifier dans le nombre tel ou tel des jouvenceaux et jouvencelles nobles qui baguenaudaient dans les parages des terrains d'entraînement. Des relents de vin, s'aperçut-il aussi, flottaient autour d'eux. Accroupi sur sa paillasse à côté de la porte, Baldus avait les deux mains plaquées sur sa bouche, mais ce qui le secouait si fort devait être non pas la frousse mais des fous rires.

« Êtes-vous des fantômes ? s'enquit Tobin en tâchant de toutes ses forces de conserver son propre sérieux.

— Nous sommes les fantômes du Palais Vieux ! hulula Caliel. Il te faut prouver ta valeur, nouveau Compagnon. Toi et ton écuyer, vous devez pénétrer dans la chambre interdite et prendre place sur le trône de la reine folle.

— Eh bien, soit. Viens, Ki. » Tobin se glissa hors du lit et renfila ses culottes de la journée.

L'escorte fantomatique leur banda les yeux puis les souleva de terre pour les emporter, avant de les déposer, au terme de ce qui leur parut être un assez long trajet, dans un lieu glacial où régnait un profond silence et qui sentait la mer et le moisi.

Une fois rétabli sur ses pieds et débarrassé de son bandeau, Tobin se découvrit campé à côté de Ki dans un corridor similaire à la plupart de ceux qu'ils avaient déjà pu voir dans le Palais Vieux, à ce détail près qu'il se trouvait, lui, prodigieusement délabré. Le bassin à poissons du centre était à sec et engorgé de feuilles mortes, et les étoiles glissaient un œil par les trous du toit. Ce qui subsistait de peintures sur les murs battus par les pluies s'écaillait, tout décoloré. Devant eux se dressèrent enfin les battants d'une porte qui ne différaient de ceux de la porte d'entrée du palais que par leur revêtement d'or et par le fait qu'ils étaient condamnés par de grands sceaux de plomb apposés sur tout leur pourtour et frappés d'empreintes d'aspect officiel.

Leurs ravisseurs n'avaient plus l'air aussi follement grotesques, avec leurs robes et leurs perruques, ici.

« Vous voici devant l'ancienne salle du trône, la chambre interdite, déclama Korin. C'est dans ces lieux qu'Agnalain la Folle fit en un seul jour exécuter une centaine de traîtres avant de boire leur sang. C'est dans ces lieux qu'elle s'offrit une douzaine de consorts puis les expédia à la mort. C'est du haut de ce même trône qu'elle ordonna d'installer cinq cents cages à corbeaux le long de la grand-route qui mène d'Ero à Ylani et de remplir chacune d'entre elles de condamnés. Elle n'a cessé depuis lors d'arpenter ces salles et d'occuper ce trône. » Il brandit une main blafarde et pointa l'index vers Tobin. « C'est dans ces mêmes lieux que, sous les yeux des témoins que voici, toi et ton écuyer devez aller la retrouver. Vous devez pénétrer dans la chambre interdite et vous asseoir sur les genoux de la reine folle, faute de quoi vous ne faites pas un avec nous, et vous n'êtes pas des guerriers ! »

Leur cortège les entraîna par une porte latérale et les introduisit dans une longue pièce où s'ouvrait une étroite fenêtre. Après avoir emprunté celle-ci pour sortir, il leur fallut suivre une large corniche qui surplombait les jardins de fort haut puis escalader un nouvel entablement et se faufiler par un volet brisé pour pénétrer dans la salle d'audience.

Jusque-là, les choses avaient été relativement simples mais, une fois dedans, ils eurent l'impression qu'ils venaient de tomber dans un abîme de ténèbres. Il leur fut tout d'abord impossible de rien distinguer, et l'écho de chaque murmure, de chaque pas fait à tâtons semblait s'engloutir aussitôt dans l'espace apparemment infini qui les entourait.

Tobin entendait nettement les autres, là, dehors, sur la corniche, et il comprit que toute la bande était à l'écoute de leurs réactions. Quelqu'un jeta à l'intérieur l'une des pierres phosphorescentes, une minuscule et qui n'éclairait guère que deux ou trois pieds alentour. Du moins était-ce toujours mieux que rien.

« Tobin, fils de Rhius ! » chuchota une voix de femme du fond des ténèbres.

Tobin sursauta lorsqu'il sentit sur son poignet se refermer la main de Ki.

« Tu as entendu ça ? souffla Ki.

— Oui.

— Tu crois que c'est elle ? La reine Agnalain ?

— Je ne sais pas. » Il s'efforça de percevoir la sensation qu'il éprouvait toujours quand Frère se trouvait dans les parages, mais les lieux lui firent l'effet d'être déserts et simplement peuplés de vents coulis.

« Laisse tomber, c'est encore une de leurs blagues pour nous impressionner. S'il y avait vraiment un fantôme qui risque de nous tuer, ils ne nous lanceraient pas dans cette aventure, si ?

— Toi, tu crois que non ? » ronchonna Ki, mais il suivit tout de même lorsque Tobin lui confia la pierre lumineuse avant de s'enfoncer dans le noir.

Au début, cela lui donna l'impression vertigineuse de fouler le vide au bord d'une falaise, mais, grâce à la pierre phosphorescente qui le talonnait et à la lueur des étoiles que laissaient filtrer les volets sur sa droite, il eut tôt fait de discerner les rangées de piliers qui s'évanouissaient dans les ténèbres de part et d'autre de la longue chambre.

Ç'avait été la salle d'audience de la reine Ghërilain, sa salle du trône. Il marqua une pause pour se rappeler à quoi ressemblait celle du Palais Neuf. Le trône s'y dressait tout au fond, à l'opposé des portes. Et comme, ici, les portes devaient se trouver sur sa droite, c'était à l'extrême gauche qu'il découvrirait forcément le trône de la Fondatrice.

« Prince Tobin ! » appela la voix fantomatique. Elle provenait de sa droite, au contraire.

Il s'immobilisa de nouveau, mais afin cette fois de se rappeler le palais miniature que Père avait réalisé pour lui. Sous les dehors d'une boîte banale, il avait un toit qui se soulevait, révélant dedans la salle du trône de la reine. Cette salle du trône-ci. Et le trône s'y dressait non pas à l'extrémité, mais au centre, avec la tablette d'or de l'Oracle juste à côté. Plissant les yeux, il réussit, mais de justesse, à repérer sur sa droite, effectivement, une masse sombre qui pouvait bien être une estrade. Et il eut subitement une très grande envie de le voir de ses propres yeux, ce fameux trône, et de la toucher de ses propres mains, cette fameuse tablette d'or. Dût-il y avoir un fantôme de femme, un vrai, ce fantôme-là faisait d'ailleurs partie de sa parenté.

Il se retourna si vivement qu'il emboutit Ki, lequel sursauta, effaré, puis, de nouveau cramponné à lui, haleta : « Qu'est-ce qu'il y a ? Tu as vu quelque chose ? »

Tobin le prit par l'épaule et dut se rendre à l'évidence qu'il grelottait.

Approchant sa bouche de son oreille, il lui souffla : « Il n'y a pas de fantômes ici. Aucun. Korin et les autres ont tout fait pour nous flanquer la frousse avec leurs salades, ce soir, et nous faire aborder cette épreuve avec les nerfs en pelote. Quand tu penses au costume dont ils s'étaient affublés..., non mais ! Qui sait mieux que *moi* à quoi ça ressemble, un fantôme authentique, hein ? »

Ki s'épanouit en un large sourire, et Tobin fut vaguement tenté durant une seconde de libérer Frère ici même afin de montrer aux autres, justement, de quoi était capable un authentique esprit. Au lieu de quoi il éleva la voix de manière à ce que ceux qui tendaient l'oreille, là-bas derrière, n'en perdent pas une miette, et déclara : « Viens, Ki, le trône est tout près, de ce côté-là. Allons rendre une petite visite à mon excellente grand-mère. »

Faisant sonner bravement leurs pas dont la voûte invisible répercutait l'écho, ils dérangèrent des créatures qui froissèrent mollement la nuit de leurs ailes en prenant le large. Peut-être étaient-ce les esprits des morts mais, dans ce cas, ils gardaient leurs distances.

Exactement comme il l'avait pressenti, le trône se dressait sur une large estrade au beau milieu de la salle. Deux marches permettaient d'y accéder, et il était enveloppé dans une espèce de housse sombre.

« Nous sommes obligés de nous y asseoir, lui rappela Ki. Après vous, Altesse. »

Tobin accueillit la parodie de révérence dont le gratifia son ami par une manière de salut qui n'aurait pas obtenu l'approbation de Nari puis gravit les marches conduisant au trône. Comme il se penchait pour débarrasser celui-ci de la draperie qui le recouvrait, le machin sombre se ramassa sur lui-même pour se métamorphoser en un personnage aux traits livides qui lui sauta dessus, brandissant une épée et criant d'une voix stridente : « Traître ! traître ! qu'on le mette à mort ! »

Plus stupéfié que terrifié, Tobin serait tombé à la renverse de son perchoir si Ki ne s'était trouvé là pour l'empoigner et rétablir son équilibre d'une poussée. Ils avaient tous deux reconnu la voix, toute contrefaite qu'elle était.

Celle d'Aliya.

« Bon… bonsoir, Grand-Mère ! » lança-t-il, tandis que le reste des fantômes présumés accouraient à la rescousse avec leurs loupiotes. Il essaya d'attraper la main d'Aliya pour la baiser, mais elle la retira précipitamment.

« Oh, il n'est pas drôle du tout ! » piailla-t-elle en trépignant de dépit.

« Je vous avais bien prévenus qu'il ne flancherait pas ! » Korin étreignit Tobin en le soulevant de terre. « Tu me dois dix sesters, Alben. Par la Flamme, il n'y a pas de pleutres dans mon sang ! Et tu ne l'es pas non plus, Ki, bien que je t'aie vu pris d'une sacrée tremblote au moment d'entrer. Mais ne t'en fais pas, tu aurais vu Garol… ! » Il tendit la main et arracha la perruque de l'autre écuyer. « Lui a dégringolé du haut des marches et bien failli se fracasser le crâne.

— J'avais trébuché, grommela Garol.

— J'ai bien manqué le faire, moi aussi, reconnut Tobin. Mais uniquement parce qu'Aliya m'a pris au dépourvu. Elle est plus adroite à se camoufler qu'à jouer les spectres.

— Je suppose que tu es expert ? riposta-t-elle.

— En effet. À propos, Korin, tu voudrais me montrer la plaque d'or ? »

Le prince inclina la tête de côté, l'air complètement ahuri. « La *quoi* ?

— La plaque d'or. Celle sur laquelle est inscrite la prophétie d'Afra. Elle doit se trouver ici, quelque part à côté du trône…

— Il n'y a rien de tel ici. » Il s'empara du bras de Tobin et lui fit faire le tour de l'estrade. Conformément à ses dires, il ne restait nulle part trace de la plaque.

Tout content qu'il était d'avoir surmonté l'épreuve, Tobin fut terriblement désappointé de ne pas découvrir la plaque. Comment se faisait-il d'ailleurs que Korin n'en ait pas entendu parler, lui qui avait toujours vécu ici ? Était-il possible que Père ait commis une erreur ?

Comme on repartait vers la fenêtre pour sortir, il fit volte-face pour jeter un dernier regard alentour et, dégageant son bras que le prince tenait toujours, finit par s'écrier : « Oh, regarde ! Korin, regarde ! »

Il y avait bel et bien un fantôme ici, tout compte fait. Le trône sculpté se montrait maintenant à découvert, et une femme en occupait le siège. Comme il la contemplait, Tobin eut l'impression que les bousculades et le boucan des autres Compagnons se faisaient presque imperceptibles tout autour de lui. Il n'avait pas besoin de la reconnaître pour savoir qui elle était : l'une de *celles-d'avant*…, mais qui avait cessé de n'être qu'une figurine dans une boîte, de n'être qu'un nom dans une histoire, et qui n'était pas non plus l'une des bécasses associées à la conspiration de

Korin. Elle était un fantôme, elle, un fantôme aussi réel et pertinent que son jumeau à lui.

Elle portait une couronne d'or, ainsi qu'une armure d'un modèle ancien. Fixant sur lui des prunelles aussi noires et imperturbables que celles de Frère, elle se leva et dégaina l'épée qu'elle avait au côté puis la lui tendit comme une offrande, à plat sur ses paumes ouvertes.

Et voilà qu'au pied de l'estrade se dressa la plaque d'or, aussi grande que Tobin lui-même. Elle captait la lumière à la manière d'un miroir, et l'inscription qu'elle portait flamboyait en ondoyant comme si elle était gravée en lettres de feu. Il ne parvenait pas à la lire, mais il en connaissait tous les termes par cœur.

Tout désireux qu'il était de rebrousser chemin pour aller parler à la reine, pour apprendre comment elle se nommait, pour toucher l'épée qu'elle présentait, il se révéla incapable de bouger. Il jeta un regard circulaire et s'aperçut que tous les yeux étaient attachés sur lui, avec une expression méfiante dont le barbouillage des faces accentuait la bizarrerie. Il reporta alors ses regards vers le trône et ne vit plus rien d'autre que des ténèbres. De trône, point, de reine, point, et point de plaque. Il se trouvait beaucoup trop loin pour distinguer quoi que ce soit.

Alors, Ki fit un grand sourire et lâcha : « Vous les avez bien eus, mon prince, là ! Jusqu'à moi que vous avez contraint à me crever les yeux ! »

Korin éclata de rire.

« Les Quatre m'en soient témoins, cousin, tu ne chômes pas ! L'auras-tu vivement retournée contre nous, notre plaisanterie !

— Petit escroc, va ! »

Aliya s'accrocha à lui et l'embrassa sur les lèvres. « Quel horrible mioche tu fais ! Sais-tu que tu m'as terrifiée moi-même ? »

Au moment de se retirer, Tobin ne put s'empêcher de décocher un dernier coup d'œil furtif en direction du trône. Il ne fut pas le seul, du reste…

La célébration de sa victoire se fit dans les jardins en contrebas, avec des gâteaux et du vin que les Compagnons avaient dérobés aux cuisines.

L'ancienne salle d'audience avait beau être véritablement frappée d'interdit, et les sceaux apposés sur sa porte avaient beau être indiscutablement authentiques aussi, personne en revanche ne semblait savoir au juste pourquoi il en était ainsi. Cela faisait des années que Korin et Caliel avaient inventé leur petite farce, et ils récidivaient d'autant plus volontiers qu'elle défiait davantage les ordres du roi et l'autorité de maître Porion.

« Vous n'avez pas eu quand même un peu la trouille, allez ? fit ce railleur d'Alben.

— Pourquoi ça ? Tu l'as eue, toi, quand il t'a fallu y passer ? riposta Tobin.

— Et comment qu'il l'a eue ! s'esbaudit Aliya. Ne va pas lui laisser prétendre le contraire ! »

Tout le monde se mit à rire, à l'exception d'Alben, qui renifla dédaigneusement et rejeta d'une chiquenaude ses longs cheveux noirs derrière l'épaule d'un air outragé.

« C'est parce que les fantômes, ça vous est déjà familier, n'est-il pas vrai ? demanda Lynx, enhardi par le vin. Cela soit dit sans intention de vous offenser, prince Tobin, mais nous sommes tous au courant de l'histoire. On raconte que votre jumelle mort-née avait les yeux ouverts, ou bien qu'elle était coiffée, qu'elle s'est changée en démon et que c'est à cause de ça que votre famille a dû quitter la ville. On raconte que le fantôme vous a suivi tout du long jusque dans vos montagnes. C'est vrai ou pas, tout ça ? Vous avez réellement un démon jumeau ? »

Tobin haussa les épaules. « Ce n'est qu'une bagatelle, en fait. Rien de plus qu'un spectre d'esprit. »

Ki se mit à crachoter, mais il suffit à Tobin de lui faire du pied, et il s'en tint là.

« Mon père affirme que c'est ce qui arrive quand on fréquente des magiciens, intervint Zusthra. Mettez-vous à tripoter un peu trop la magie, et vous finissez par vous retrouver avec toutes sortes de créatures que vous n'avez aucune envie de voir vous rôder autour.

— Voilà une opinion que tu n'aimerais pas beaucoup voir parvenir aux oreilles de Lord Nyrin, je suis sûr », dit quelqu'un, et Tobin s'aperçut alors que son écuyer avorté de Moriel n'avait cessé d'être des leurs depuis le début. Simplement, il ne l'avait pas repéré sous sa perruque et son peinturlurage avant de l'entendre parler. « Lord Nyrin est persuadé que les magiciens peuvent être d'un puissant renfort pour le trône de Skala. Que te dit, Korin ? Tu en vois assez du compère pour avoir un avis là-dessus, toi. »

Korin s'envoya une longue lampée du vin de la gourde et cala sa tête dans le giron d'Aliya. « Les yeux du magicien de mon père sont comme deux galets bruns polis par la houle marine. Je ne suis jamais capable de dire ce qui se passe derrière ces globes durs et froids. Tant qu'il ne nous abreuve que de pierres lumineuses et de petits tours marrants, je n'ai rien contre lui, mais, quand je serai roi, je n'aurai besoin d'aucun magicien quel qu'il soit pour me gagner mes guerres ou pour me garder mon trône. Donnez-vous seulement à moi, vous tous ! » Secouant la gourde comme un prunier, il aspergea généreusement de son contenu ceux des Compagnons qui se trouvaient allongés le plus près de lui. « De l'acier skalien, et un brave Skalien pour le manier ! »

Ce toast amena des chansons, et les chansons de nouvelles beuveries. Même Tobin s'oublia jusqu'à se griser avant que Ki ne le remonte, écœuré, pour le fourrer au lit.

42

Tobin et Ki sortaient du terrain d'entraînement, quelques jours plus tard, quand ils trouvèrent Tharin qui les attendait, accompagné d'une demi-douzaine de ses hommes. Tobin eut d'abord quelque peine à les reconnaître. Koni et les autres portaient un nouvel uniforme identique à celui de la Garde royale, hormis que leurs insignes étaient non pas d'or mais d'argent. Tharin était vêtu d'un habit de grand seigneur brun sombre soutaché de noir, et il arborait une chaîne d'argent.

« Mon prince, dit-il, l'intendant me fait demander s'il plairait à Votre Altesse d'inspecter Sa demeure aujourd'hui. On a tout apprêté pour L'y accueillir. »

Tobin s'avança pour l'embrasser, il était si content de voir une figure familière… ! mais Tharin le repoussa doucement et secoua la tête d'un signe presque imperceptible. Ki se maintint lui-même légèrement en retrait, comme afin de copier son attitude sur celle du capitaine.

Après avoir pris congé du maître d'armes, ils emboîtèrent le pas de leur vieil ami dans le labyrinthe des demeures aristocratiques dont s'enchevêtraient les parcs dans l'intervalle que délimitaient les deux immenses palais royaux.

Celle qui avait jadis appartenu à la mère de Tobin formait en réalité une espèce de petite aile accolée à l'enceinte extérieure du Palais Vieux et cernée par ses propres murs et ses propres cours. Les jardins sis dans la cour principale avaient été bien entretenus, mais, une fois à l'intérieur de la maison proprement dite, le petit prince eut l'impression qu'un vide déroutant se reployait sur sa personne, en dépit des fresques éclatantes et de la magnificence des meubles sculptés qui décoraient la pièce. Une maigre poignée de domestiques en livrée saluèrent bien bas son entrée. L'intendant était un homme entre deux âges que Tharin lui présenta sous le nom d'Uliès comme le fils du vieux Mynir.

« Je le pleure avec vous », dit Tobin.

Uliès lui fit une nouvelle révérence. « Et je pleure avec vous votre propre père, mon prince. C'est un honneur pour moi que le mien vous ait servis, vous et votre famille, et j'espère qu'il me sera permis d'imiter son exemple. »

Tobin pivota lentement pour embrasser des yeux la grande salle, ses buffets patinés par les siècles, ses tapisseries, les sculptures élégantes des poutres et des frises murales. Un large escalier s'évasait sur la gauche.

« C'est dans les bras de ton père que tu as descendu cet escalier, le jour où tu as officiellement reçu ton nom, lui indiqua Tharin. Tu aurais vu ça..., c'était quelque chose, cette même salle, bondée par tout ce qui compte de nobles, à Skala ! Le roi lui-même se tenait à cet endroit-là, tiens, juste au bas des marches, et le prince Korin était juché sur ses épaules. Quant à nous autres, holà, les Quatre m'en sont témoins, ce que nous pouvions nous rengorger, tous ! »

Tobin leva les yeux vers lui. « Et ma mère, où se trouvait-elle ? Elle allait... elle allait bien, à l'époque ? »

Tharin poussa un profond soupir.

« Non, Tobin, elle n'allait pas bien. Depuis la nuit de ta naissance, elle n'allait même pas bien du tout, mais ce n'est pas ta faute à toi. Elle ne quittait pas sa chambre, là-haut.

— Je peux monter la voir ?

— Bien entendu. Cette maison est ta maison, maintenant, et tu es le seul maître d'aller où cela te chante. Simplement, les chambres de l'étage n'ont été occupées par personne depuis le départ de ta mère. Ton père et moi, nous utilisions des chambres ici même, au rez-de-chaussée, durant nos séjours à Ero, et les hommes ont leurs propres baraquements dans la cour de derrière. Viens. »

Tobin chercha Ki des yeux. « Eh bien, tu viens, oui ? »

Ils parvenaient à mi-hauteur de l'escalier quand il vit Frère apparaître au-dessus d'eux, l'attendant sur le palier.

Frère qui n'aurait pas dû se trouver là. Tobin ne l'avait pas appelé de toute la journée.

Au fait, il ne l'avait pas appelé une seule fois depuis sa première nuit à Ero, s'avisa-t-il, non sans remords. Mais c'est qu'il avait eu tant de choses à voir et à faire qu'il avait complètement oublié de s'en occuper.

Cela n'empêchait pas Frère d'être là quand même, à le dévisager d'un œil noir et accusateur. Alors, Tobin soupira intérieurement et le laissa rester.

« Et mon jumeau, Tharin, est-ce que tu l'as vu, toi ? demanda-t-il. Celui qui est mort ?

— Non. J'étais absent, je me trouvais à Atyion cette nuit-là. Quand j'ai fini par revenir, c'était une affaire réglée.

— Pourquoi Père ne m'a-t-il jamais parlé de ça ? Pourquoi ne m'a-t-il jamais dit ce qu'était en réalité le démon ?

— Je l'ignore. » Il s'arrêta au sommet des marches, sans se douter que sa main frôlait l'épaule de Frère pendant qu'il reprenait : « Peut-être bien par respect pour ta mère ? Elle ne pouvait pas supporter d'en entendre parler, surtout dans les premiers temps. Ça la rendait complètement…, ça la mettait hors d'elle. Et puis il y avait tous ces commérages qui couraient la ville à propos de fantômes et de spectres. Au bout de quelque temps, plus aucun d'entre nous n'en a soufflé mot. » Il secoua la tête. « Je supposais d'ailleurs qu'il t'en avait dit quelque chose lui-même. En tout cas, ce n'est pas à moi qu'il appartenait de le faire. »

Il souleva le loquet d'une porte qui ouvrait exactement dans l'axe de l'escalier. « La voici, Tobin, la chambre où tu es né. »

Le sol du corridor était jonché de frais, et il y flottait une odeur d'huile de lampe et de verdure éparse. À l'intérieur de la chambre, en revanche, Tobin fut frappé par les relents de renfermé typiques de l'abandon. Les volets avaient beau être ouverts, la pièce était lugubre et froide. La chair de poule lui cloqua les bras lorsqu'il y pénétra.

Ç'avait été de toute évidence la chambre à coucher d'une grande dame. Les quelques tapisseries aux tons délavés qui demeuraient suspendues aux murs représentaient des créatures aquatiques et des scènes de chasse en forêt. Le manteau de la cheminée était très joliment ciselé d'espèces de poissons plus ou moins fantaisistes, mais il n'y avait dans l'âtre que de la suie, et l'entablement de pierre, au-dessus, brillait par sa nudité, sans aucun bibelot ni la moindre poupée.

Frère se tenait à l'autre bout de la pièce, au pied d'un lit surélevé à hautes colonnes dont rien ne recouvrait le matelas. Il était désormais tout nu, et Tobin distinguait à nouveau sur sa poitrine le tracé des points encroûtés de sang. Pendant qu'il le regardait, le fantôme escalada le lit et s'y allongea sur le dos. Une seconde après, il avait disparu.

« Est-ce que tu sais de quoi mon frère est mort ? » questionna Tobin tout bas, les yeux toujours attachés sur le lit.

Tharin le regarda. « Il était mort-né, d'après ce que dit Nari. Il n'a jamais pris son souffle. Mais ce n'était pas un petit garçon, Tobin, c'était une petite fille. »

Ki lança un coup d'œil interrogateur à Tobin ; il allait sûrement dire la vérité à Tharin ? Mais Frère était de nouveau là, debout entre eux, un doigt sur les lèvres. Tobin secoua la tête, et Ki resta soigneusement coi.

Plutôt que de mettre les choses au point, Tobin préféra se détourner pour tenter de découvrir une vague trace de sa mère dans la chambre vide. Si elle avait changé de manière si terrible la nuit même où il était né, alors peut-être subsistait-il ici quelque indice de ce qu'elle avait été auparavant…, quelque chose qui l'aide à comprendre, lui, le motif de ce changement si brutal.

Mais il ne trouva rien de tel et, tout à coup, il n'eut plus aucune envie de rester là.

Les autres chambres donnant sur le corridor présentaient le même aspect : abandonnées depuis longtemps et vidées de tout sauf des meubles les plus encombrants. Plus il voyait l'état des choses, plus il sentait s'aggraver sa solitude, tel un étranger errant dans des lieux qui ne lui sont rien.

Tharin dut percevoir son désarroi. Il lui passa un bras autour des épaules et dit : « Retournons en bas. Il y a là un endroit qui te plaira davantage, je pense. »

Ils redescendirent, enfilèrent la grande salle et ensuite un petit corridor qui les mena dans une chambre à coucher douillette à lambris sombres que Tobin reconnut instantanément pour celle de son père. Rhius n'y avait pas logé depuis des mois, et il n'y remettrait jamais les pieds, mais la pièce donnait encore une impression de vie. Les lourdes tentures rouge sombre qui fermaient le lit étaient exactement semblables à celles du manoir. Une paire de chaussures familières reposait sur un coffre. Le parchemin d'une lettre inachevée, gribouillée d'une main hardie, se reployait à demi sur l'abattant du secrétaire, auprès d'un portrait sur ivoire de Tobin. Celui-ci se gorgea des senteurs bien connues de la cire à cacheter, des cuirs huilés, de la rouille et des herbes aromatiques auxquelles se mêlait la propre odeur de Père, une odeur virile et chaleureuse. Sur une étagère voisine du secrétaire était alignée toute une collection de ses propres figurines en cire et en bois sculpté – autant de présents qu'il avait faits à Père au fil des années, et que Père avait conservés, tout comme lui-même avait conservé chacun des gages d'affection que Père lui avait envoyés.

D'un seul coup, la douleur et le deuil qu'il avait jusque-là réussi de vive force à tenir en respect le submergèrent avec une violence redoublée. Et il eut beau serrer les dents pour leur résister de son mieux, les larmes survinrent néanmoins, brûlantes, l'aveugler, tandis qu'il s'affaissait comme une chiffe. Des mains puissantes le retinrent ; mais ce n'était pas Père, c'était Tharin qui l'étreignait à l'étouffer, lui tapotant le dos comme du temps où il était tout petit. Et il y avait une autre main sur son épaule, aussi, et, cette fois, il n'avait pas honte d'étaler toute sa faiblesse sous les yeux de Ki. Les assertions de Ki, maintenant, il les croyait parfaitement fondées : les guerriers eux-mêmes devaient pleurer.

Et il sanglota, sanglota tant et si fort que la poitrine lui faisait mal, que son nez ruisselait, mais qu'il finit par se sentir comme allégé, comme affranchi du poids du chagrin qu'il n'avait que trop porté tout au fond de lui. Il se dégagea de ses deux amis pour se torcher le nez sur sa manche.

« Je ferai honneur à mon père, dit-il ensuite, en promenant un regard de gratitude tout autour de la pièce. Je porterai son nom jusqu'au sein des batailles, et je me montrerai un aussi valeureux guerrier que lui.

— Il le savait bien, affirma Tharin. C'est toujours avec la plus grande fierté qu'il parlait de toi.

— Cette chambre, il me sera permis d'en faire la mienne, quand je séjournerai ici ?

— Tu n'as pas à en demander la permission, Tobin. Cette demeure t'appartient.

— C'est à cause de ça que Koni et les autres portent maintenant un uniforme différent ?

— Oui. En tant qu'unique héritier de tes parents, le rang de ta mère et tous les domaines que possédait ton père te reviennent de plein droit.

— Mes domaines..., prononça Tobin d'un ton rêveur. Il te serait possible de me les montrer ? »

Tharin ouvrit un coffre et en retira une carte. Tobin y reconnut les contours de la péninsule skalienne, ainsi que les territoires qui dépendaient d'elle, au nord. Une minuscule couronne indiquait sur la côte orientale l'emplacement d'Ero. Il avait déjà vu des cartes similaires, mais sur celle-ci figuraient d'autres lieux inscrits à l'encre rouge. Atyion se situait au nord de la capitale, et un point désignait Cirna sur la fine bande de terre qui reliait Skala au continent. Il y avait également plein d'autres points rouges dans les Territoires et, par-delà les montagnes, le long des côtes du nord-ouest qui ne portaient pour ainsi dire pas de villes. Lesquels d'entre eux, se demanda-t-il, au comble de la perplexité, pourraient faire le plus de plaisir à Ki ?

« Mais ils relèvent tous de la Couronne jusqu'à ta majorité, bien évidemment, fit Tharin, tout en scrutant la carte d'un air étrangement renfrogné.

— On dirait que ça te tracasse...

— Ce n'est pas un sujet sur lequel nous ayons à nous casser la tête pour l'instant. » Tharin se força à sourire tout en repoussant la carte. « Viens plutôt voir ma chambre à moi. »

Ils longèrent le couloir jusqu'à la porte suivante, et Tharin les fit entrer chez lui.

Comparée à la précédente, la pièce, avec ses tentures sobres et son minimum de confort, était austère jusqu'à l'ascétisme. Seules y contrevenaient, accrochée à un mur, une superbe panoplie d'armes récoltées sur maints champs de bataille, et, sur une table près de la fenêtre, une nouvelle série des petites créations de Tobin. Celui-ci s'en approcha et y préleva un bonhomme de cire un rien contrefait qui brandissait dans son poing rond une écharde de bois en guise d'épée. Il plissa le nez. « Je me souviens très bien de celui-ci. Je l'avais flanqué dehors. »

Tharin glousssa tendrement.

« Et moi, je l'ai sauvé ; c'est le seul portrait de moi qu'on ait jamais fait. Les autres, là, c'est toi qui me les as donnés. Te rappelles ? » Il extirpa du col de sa tunique un petit cheval de Sakor en bois, plutôt fruste, noué sur un bout de corde. « Celui-là, c'est le premier que tu aies réalisé tout exprès pour moi. Chacun de nos hommes a aussi le sien. Ils nous servent à tous de porte-bonheur.

— Vous devriez vous en faire faire un neuf, dit Ki en riant. Il a fait de sacrés progrès depuis cette époque-là. »

Le capitaine secoua la tête.

« C'est un cadeau qui venait du cœur. Je ne troquerais pas ce petit copain contre tous les chevaux d'Atyion.

— À propos d'Atyion, quand est-ce que je pourrai y aller ? demanda Tobin. J'en entends raconter des tas d'histoires depuis que je suis né. C'est quand même un peu fort, non ? Même Ki l'a vu, et moi toujours pas ! Et Cirna ? Et tous les autres domaines et propriétés, j'irai les visiter quand ? »

Une ombre passa sur les traits de Tharin qui faillit à nouveau se renfrogner comme devant la carte.

« Ça, répondit-il, c'est à Lord Orun qu'il te faudra poser la question. De quelque balade hors des murs d'Ero que tu puisses avoir envie, la charge de l'organiser lui incombe et n'incombe qu'à lui.

— Oh ! » Là, Tobin ne fit aucun effort pour dissimuler son aversion. « Quand crois-tu que le roi reviendra ? Avant qu'il ne reparte encore une fois, je compte le prier de me donner un autre gardien. Ça m'est éperdument égal, qu'Orun soit tellement riche et puissant, sa seule vue m'est insupportable !

— Eh bien, nous y voilà, j'espérais justement te parler de ça. C'est même l'une des raisons qui m'ont déterminé à t'amener ici aujourd'hui. » Tharin referma la porte et, s'y adossant, massa à pleine main son menton barbu.

« Tu es encore tout jeune, Tobin, et tu n'as aucune expérience de la vie de cour. Je ne saurais sûrement pas dire que ça me chagrine de te voir devenu grâce à ça comme tu es, mais, à présent que tu te trouves ici, il risque de t'en cuire d'ignorer comment va le monde. Illior sait que nous n'avons pas eu beaucoup de temps pour parler de tous les changements que… Bref, ça nous a tous pris au dépourvu quand il a fait son apparition. Mais maintenant que nous voilà tous séparés de cette façon, il y a deux ou trois choses que tu dois apprendre. J'ai juré à ton père que je veillerais sur toi, et je ne vois personne d'autre qui puisse t'apprendre ce que je m'apprête à t'expliquer. Toi aussi, Ki, écoute bien, et ne souffle jamais mot de ce que tu vas entendre à qui que ce soit. »

Il fit asseoir les deux garçons sur le bord de son lit puis attira un fauteuil juste devant eux.

« Lord Orun, je n'en ai pas grand-chose à fiche, moi non plus, mais vous gardez bien ça pour vous. Seulement, comme il est l'ami du roi et l'un de ses principaux ministres, tu soigneras bien mal tes intérêts si tu débutes avec ton oncle par des doléances lorsque vous vous rencontrerez. Piges ? »

Tobin acquiesça d'un signe de tête.

« Le prince Korin m'a conseillé de me défier d'Orun, sous prétexte que c'est quelqu'un de puissant.

— Rien de plus exact. À la cour, tu dois toujours en dire moins que tu ne penses et ne dire de la vérité que ce qui te rapportera. Voilà une chose que nous aurions dû t'enseigner plus tôt, je crains, mais tu t'es toujours montré très doué pour garder le silence sur des tas de trucs. En ce qui te concerne, Ki... »

Celui-ci s'empourpra.

« Je sais. Faut que j'apprenne à fermer ma gueule.

— Il y va du salut de Tobin. Maintenant, ça m'étouffe pas mal de vous dire ça, mais j'exige que vous demeuriez tous les deux en bons termes avec Lord Orun aussi longtemps que la situation vous y obligera.

— À vous entendre, on jurerait qu'il vous effraie ! gaffa Ki.

— Ça pourrait effectivement se formuler de cette façon... Du temps où Rhius et moi faisions partie des Compagnons, Orun était déjà un puissant personnage à la cour. Il avait beau n'être que le troisième fils d'un duc, son père était riche, et il avait l'oreille de la reine folle. Ceci soit dit sans vouloir manquer de respect à ta famille, Tobin, ta grand-mère Agnalain était aussi folle à la fin qu'une chatte dans la tornade, et ça n'a pourtant pas empêché Orun de s'en sortir non seulement vivant mais muni de pouvoirs certains. Et ce qui a toujours passé l'entendement de ton père autant que le mien, c'est qu'Erius l'aime bien, lui aussi. En un mot, contrarie Orun, et tu n'arriveras à rien de mieux qu'à cochonner ta propre litière. Maintiens la paix entre vous, crois-moi. Et si... » Il s'interrompit, comme incertain de ce qu'il allait dire au juste. « Oui, voilà..., si l'un ou l'autre d'entre vous a le moindre problème avec lui, vous venez me trouver. Promettez-le-moi.

— Mais tu sais bien que nous le ferons », répliqua Tobin, bien qu'il eût l'impression que les regards de Tharin et son injonction visaient plutôt Ki.

Au même instant, on frappa à la porte, et Tharin dut aller s'entretenir avec une estafette qui venait d'arriver. Après être resté un bon moment sans bouger de sa place, à ruminer tout l'entretien, Tobin finit par se lever pour regagner la grande salle. Or, comme il sortait pour s'engager dans le corridor, Ki lui donna une tape sur l'épaule et chuchota : « J'ai comme dans l'idée que notre ami se trouve ici. Je n'ai pas cessé de sentir sa présence depuis que nous étions en haut. »

Tobin se retourna, suffoqué. C'était bel et bien de Frère que voulait parler Ki. « Tu es capable de la sentir ? » lui chuchota-t-il en retour. Il avait perdu la piste de l'esprit pendant qu'on visitait le premier étage et ne l'avait pas revu depuis.

« Des fois. Je me trompe, là ? »

Tobin jeta un regard circulaire et, comme par hasard, Frère se tenait derrière eux, qui lui faisait signe de le suivre, mais vers l'extrémité opposée du couloir.

« Non. Il est là. Je ne l'avais pas appelé, pourtant.

— Pourquoi faudrait-il qu'il se produise ici le moindre changement dans son comportement ? » maugréa Ki.

Emboîtant le pas à Frère, les garçons empruntèrent une série de couloirs plus étroits et finirent par déboucher dans une petite cour abandonnée que cernait un grand mur. Une cuisine d'été s'y voyait encore, mais l'auvent moussu qui protégeait le four en plein air s'était effondré depuis des années sans qu'on se soucie jamais de le réparer. À peu près au milieu de la cour se dressait un châtaignier mort, colossal. Ses branches crochues tendaient leurs mains brisées par-dessus la cour et lui faisaient comme une toiture d'entrelacs gris et rugueux au travers desquels s'entrevoyait l'azur du ciel. Ses racines noueuses bossuaient le sol de terre battue, l'éventraient en tous sens et s'y chevauchaient en se contorsionnant comme des couleuvres.

« Tu le vois toujours ? » chuchota Ki.

Tobin fit signe que oui. Frère s'était assis au pied de l'arbre entre deux grosses racines. Il avait les jambes reployées contre sa poitrine et le front posé sur les genoux. Ses cheveux noirs en broussaille pendaient, ne laissant rien voir de ses traits. Et tout cela lui donnait un air si malheureux que Tobin s'en approcha peu à peu, non sans perplexité : que pouvait-il bien y avoir ? Il ne se trouvait plus qu'à quelques pieds de l'esprit quand celui-ci leva vers lui un visage blême et sillonné de larmes puis murmura d'une voix lasse, atone, qu'il n'avait jamais eue jusqu'alors : « C'est ici, l'endroit », avant de s'évanouir une fois de plus.

Abasourdi, Tobin leva les yeux vers la membrure de l'arbre en se demandant ce que *l'endroit* pouvait bien avoir de remarquable. Pour ce qui était du lit, il avait compris ; Frère y était venu au monde mort-né, et il s'en souvenait, apparemment. Mais cette cour, ou bien cet arbre, quel motif pouvait-il bien avoir de s'en souvenir ? Il reporta ses regards sur l'emplacement que Frère avait choisi pour s'asseoir et, finissant par y repérer, sous l'une des deux racines, une vague ouverture, il s'accroupit pour l'examiner de plus près. Elle se révéla plus grande qu'elle ne paraissait de prime abord ; large de huit à dix pouces et haute de quatre ou cinq, extérieurement. Tout à fait le genre d'anfractuosité, se rappela-t-il tout à coup, qu'il avait autrefois si longuement cherché dans la forêt dans l'espoir d'y cacher la poupée.

Sauf qu'ici le sol était sablonneux et ferme, grâce à l'abri que lui procurait le châtaignier. Tobin faufila une main curieuse pour voir si l'intérieur du trou était aussi sec que le laissaient présumer ses dehors.

« Il pourrait y avoir des serpents », prévint Ki tout en se plaçant à croupetons près de lui.

Dedans, c'était plus vaste qu'il ne s'y était attendu. Bien assez vaste pour la poupée s'il était possible de lui faire franchir l'entrée. En tâtonnant, ses doigts ne rencontrèrent pas de serpents, rien d'autre en fait que des feuilles mortes et quelques bogues de châtaignes hérissées de piquants. Et il était sur le point de retirer sa main quand elle effleura quelque chose qui ressemblait à un bord arrondi. Il tripota l'objet plus attentivement puis réussit à s'assurer une prise suffisante dessus pour le dégager du sol. Une fois extirpé du trou, celui-ci se révéla être une bague en or sertie d'une pierre gravée ressemblant plus ou moins à celle dont Lord Orun lui avait fait présent. Il la frotta sur sa manche pour la nettoyer. Du même violet sombre que le cœur de certains iris d'eau, la grosse gemme plate présentait, gravés en intaille, les profils accotés d'un homme et d'une femme, la préséance jouant en faveur de la femme.

« Par la Flamme, Tobin, n'est-ce pas ton père, lui ? demanda Ki, qui lorgnait par-dessus son épaule.

— Et ma mère, elle. » Il fit tourner la bague entre ses doigts et découvrit effectivement, gravés à l'arrière de la bande d'or où était enchâssée la pierre, un À et un *R*.

« Que je sois damné, si Frère n'a pas voulu te la faire trouver ! Regarde s'il n'y aurait pas quelque chose d'autre... »

Tobin se remit à tâtonner, mais le trou ne recelait rien de plus, en définitive.

« Ah, vous voilà donc enfin ! s'écria Tharin en pénétrant à son tour dans la cour. Qu'est-ce que vous me fichez là, encore, à farfouiller dans la terre ?

— Regardez voir ce que Tobin s'est déniché sous cet arbre mort », dit Ki.

Tobin exhiba la bague, et Tharin ouvrit des yeux comme des soucoupes.

« Ça faisait des années que... Mais comment diable a-t-elle bien pu aboutir ici ?

— C'était celle de ma mère ? »

Le grand gaillard s'assit et, lui prenant la bague des mains, se mit à considérer les deux profils ciselés dans la pierre. « Oh, ça oui. De tous les cadeaux de fiançailles que ton père lui avait faits, c'était cette bague-ci qu'elle aimait le plus. De l'ouvrage aurënfaïe... Nous n'avons fait voile jusqu'à Virésse que pour qu'il puisse la lui faire exécuter par les meilleurs graveurs. Je me rappelle l'air qu'elle a eu devant... Après, ta mère est tombée malade, et nous n'avons jamais pu savoir ce que sa bague était devenue. Pas plus d'ailleurs que certaines de ses autres affaires. » Il baissa les yeux vers la cache. « Comment a-t-elle bien pu aboutir dans ce trou, d'après toi ? N'importe, au fond. Elle est retrouvée, et c'est à toi de la garder. Tu devrais la porter en souvenir d'eux. »

Comme elle était trop large pour ses doigts, Tobin l'enfila sur la chaîne d'or qui supportait déjà le sceau de Père puis en examina de nouveau la gravure. Tels qu'il les voyait là couplés, jeunes et beaux d'allure, ses parents ne ressemblaient absolument pas aux êtres tourmentés qu'il avait connus.

Tharin tendit la main et emprisonna l'une contre l'autre au creux de sa paume la bague et le sceau bien serrés. « Maintenant, ça y est, tu vas pouvoir porter contre ton cœur quelque chose de tous les deux. »

43

Les semaines d'après s'écoulèrent d'une manière aussi floue que brillante. L'existence que l'on menait au manoir n'avait préparé aucun des deux gosses à vivre en pareille société, même s'ils s'épargnèrent d'abord mutuellement leurs inquiétudes respectives à cet égard-là.

Tous les matins, les Compagnons couraient faire leurs offrandes au temple, puis ils restaient sur les terrains d'exercice à s'entraîner dur jusque vers le milieu de l'après-midi sous la férule exigeante de maître Porion.

Là, du moins, Tobin et Ki excellaient tous les deux. Porion avait beau se montrer d'une rigueur inexorable pour le travail, il était en revanche aussi prompt aux louanges qu'aux châtiments. Ses élèves se voyaient non seulement enseigner les finesses du maniement du bouclier, l'art de se battre et de tirer à cheval, mais aussi l'utilisation de la hache et du javelot, tout comme la pratique de la lutte au poignard et du corps à corps à mains nues.

« Il se peut fort bien que vous commenciez la journée fièrement en selle, mes beaux gentilshommes, se plaisait-il à leur dire, mais Sakor est seul à savoir combien de temps vous y demeurerez. » Et puis de leur faire improviser sur-le-champ quantité de figures aussi diverses que variées mais exclusivement conçues pour les initier à vider les arçons.

Leur entraînement terminé, ils disposaient de tout ce qui restait de jour pour s'amuser comme il leur plaisait jusqu'à l'heure du mess. Certaines fois, ils partaient à cheval flâner en ville et regarder un spectacle de bateleurs ou bien rendre visite à leurs tailleurs ou leurs artisans favoris. D'autres fois, ils allaient chasser à courre ou au faucon dans les collines, quand ils ne descendaient pas au bord de la mer prendre des bains et jouir des derniers beaux jours chauds d'été.

Ces parties de plaisir leur valaient habituellement la compagnie d'une multitude de jeunes gens nobles et de certains messieurs plus si verts que ça. Lord Orun en était souvent, conjointement avec d'autres du même acabit..., tous gens inondés de senteurs et qui, l'oreille alourdie de pendentifs, n'avaient eu garde d'aller tâter du champ de bataille. Il y avait également là des femmes faites et des jouvencelles.

Ki se rendit rapidement compte que les tendrons comme la jolie Aliya et ses amies étaient hors de sa portée, et que tendre minois ne signifiait pas forcément cœur tendre. Aliya était la cousine d'Alben, et elle finit par se révéler aussi ficelleuse que son parent. Le prince Korin n'en avait pas moins un faible pour elle, et les commérages des écuyers apprirent à Ki qu'elle faisait partie des nombreuses maîtresses qui visitaient régulièrement la couche du prince dans l'espoir de lui procurer un héritier et de lui permettre ainsi de partir guerroyer. Comment le roi prendrait la chose, le cas échéant, nul ne se mettait en peine de l'envisager.

Au demeurant, il y avait des tas d'autres filles qui trouvaient Ki suffisamment bon pour flirter avec lui. L'une d'elles en particulier, Mekhari, lui avait prodigué des regards on ne saurait moins dissuasifs tout en se donnant un mal fou pour lui apprendre à danser. Ils pouvaient bien être, Tobin et lui, de vrais petits as dans le domaine des arts guerriers, ils ne connaissaient ni l'un ni l'autre ne serait-ce que l'ombre d'un pas de danse, et ils ne jouaient d'aucun instrument ; quant à leurs voix, le pauvre Arkoniel avait eu beau faire de son mieux, leurs aptitudes au chant n'excédaient pas, mises en commun, celles d'un couple de corbeaux. Ce défaut de grâces était un inépuisable sujet de délectation pour la malveillance et l'envie. Lesquelles ne se faisaient jamais faute d'embringuer ces jeunes rivaux trop brillants dans toutes les situations susceptibles de mettre le mieux en valeur leurs points faibles.

C'est tout à fait par hasard que Tobin réussit à prendre sa revanche, un soir où, n'en pouvant plus d'ennui pendant le dîner, il se mit à sculpter machinalement un morceau de fromage. Dès lors, les filles se mirent à le harceler pour qu'il leur cisèle des babioles et des amulettes en échange de faveurs et de promesses de baisers. Et, s'il refusait avec la dernière des modesties de recevoir toute espèce de rémunération, parce qu'il ignorait manifestement quelle attitude adopter face à ce genre d'agaceries, il ne s'en employait pas moins furieusement, rouge comme une cerise et toussotant des *hum !* d'embarras, à satisfaire chaque commande.

Ce comportement ne manquait pas de déconcerter Ki. Il lui semblait qu'en plus de ses presque douze ans, Tobin l'avait suffisamment entendu raconter d'histoires de filles pour savoir à quoi s'en tenir sur elles. Qu'il ne fût pas encore assez grand pour avoir envie d'en sauter une, bon, mais leur marquer autant d'éloignement, ça, c'était tout de même bizarre. Deux d'entre elles semblaient particulièrement l'empoisonner. En ce qui la concernait, la pâle Lilyan, sœur d'Urmanis, qui s'était mise à le poursuivre outrageusement de ses assiduités, ne le faisait que par malice et Ki, en était convaincu, pour le mettre mal à l'aise.

Il en allait tout autrement de la seconde, une brunette mince appelée Una. Fort douée pour la chasse et l'équitation, elle avait un côté attentif et taciturne que Ki trouvait tout à la fois séduisant et troublant ; son regard vous donnait l'impression qu'elle pouvait lire dans vos pensées et les apprécier. Mais personne ne faisait bafouiller Tobin autant qu'elle. Il s'était presque tranché un doigt en sculptant un chat à son intention.

« Mais, au nom de Bilairy, dis-moi ce qu'il y a, Tob ! l'avait carrément grondé Ki, tout en lui baignant sa plaie dans une cuvette, le soir, avant le coucher. Je parie qu'Una te laisserait l'embrasser, si tu essayais, mais tu la traites comme une pestiférée !

— Je n'ai pas *envie* de l'embrasser ! » jappa Tobin en retirant sa main avant que Ki n'ait pu lui faire une poupée au doigt. Escaladant le lit, il se fourra sous les couvertures aussi loin de son ami que c'était possible et n'en bougea plus, refusant même de lui adresser la parole de toute la nuit.

Comme c'était la première fois qu'il lui manifestait une véritable rancune, Ki demeura des heures allongé sans dormir, malade de chagrin et se jurant bien de ne plus jamais se permettre de le taquiner à propos des filles.

Des sujets de tourment, il en avait bien assez comme ça.

Depuis leur arrivée, le prince Korin avait redonné un certain nombre de ces ripailles somptueuses dont il avait le secret et qu'il organisait au gré de sa fantaisie, son caprice ou lorsqu'il croyait être en mesure d'affronter la réprobation de Porion. Or, si ces festivités-là signifiaient pour les écuyers la suspension du service à table, Ki s'en serait pour sa part dispensé fort volontiers. Tout le monde en profitait en effet pour picoler davantage, notamment Korin, et Ki avait infiniment plus de sympathie pour lui quand il le voyait sobre.

Si son incurable bon cœur avait attaché Tobin à son cousin, Ki doutait de sa jugeote, en l'occurrence. Ce qui le frappait, lui, dans le prince royal, quand il était ivre, c'était l'inconsistance d'un caractère plus enclin à refléter les opinions de son entourage qu'à briller de son propre éclat ; il s'abandonnait dès lors sans plus de retenue à ses penchants railleurs et s'aveuglait d'autant mieux sur la goujaterie d'autrui.

Goujaterie qui surabondait, fût-elle fréquemment voilée sous des airs de fine plaisanterie. L'adresse dont les deux nouveaux faisaient preuve sur le terrain d'entraînement n'avait pas manqué d'allumer la jalousie des Compagnons plus âgés, et le comportement singulier de Tobin dans l'ancienne salle d'audience, la nuit des fantômes, avait mis en branle quelques bonnes langues. Encore que ces bonnes langues-là devaient avoir commencé à jaser dès avant qu'ils ne surviennent de leurs montagnes…

Il est vrai qu'à l'y voir lui-même, Ki s'était aussitôt rappelé son propre étonnement lors de leur première rencontre : Tobin lui avait semblé bizarre à toutes sortes d'égards ; par sa façon de se comporter avec des fantômes, des sorcières et des magiciens, comme s'il n'y avait rien de plus naturel au monde que de deviser avec eux ; par sa capacité à déchiffrer les visages avec autant de perspicacité que d'autres à suivre une piste ou à prévoir le temps, mais sans seulement se douter qu'il était en train de le faire. Sans doute avait-il quelque peu changé depuis que Ki le connaissait, mais il persistait à avoir des yeux d'homme et à fort peu modifier ses manières selon qu'il avait affaire à un noble ou à un roturier, à un grand seigneur ou à un domestique – à les traiter tous également bien, en un mot. À cela aussi Ki s'était habitué, tout au long des années lentes et faciles passées au manoir. Seulement, ici, dans cette société de godelureaux si bien nés, on n'avait pas tardé à lui faire voir jusqu'à quel point cette attitude était inhabituelle, et ce en recourant à des biais dont Tobin avait précisément l'air de ne pas percevoir la perfidie.

Mais Ki la percevait, lui, et les Compagnons la percevaient tout autant – même les plus gentils d'entre eux. Tobin n'avait rien remarqué de la honte éprouvée par Ki lorsqu'un soûlard de prince l'avait grossièrement claqué du plat de son épée puis – bel adoubement… ! – qualifié de « sieur » tout en l'affublant d'un titre creux de chevalier de pacotille…, assorti de l'aubaine, il est vrai, d'un cheval de bataille et d'une bourse annuelle toute dodue d'or. En dépit de toutes les leçons qu'Arkoniel lui avait inculquées avec un parler correct, tout le monde au palais savait de qui il était le fils et avait vu de quelle manière burlesque s'était acquise sa « chevalerie ».

Non, Tobin ne sentait rien de toutes ces misères, il était incapable de les concevoir, et Ki, conformément aux promesses qu'il avait faites à Tharin, se gardait bien de lui en toucher mot. L'orgueil l'empêchait même d'en faire confidence au capitaine, auquel ils allaient pourtant rendre visite l'un et l'autre le plus souvent que faire se pouvait.

La vie qu'il menait n'avait pas que des côtés noirs, d'ailleurs, se ressassait-il de son mieux. Il trouvait en Tobin comme une source d'eau douce et limpide au sein d'un marécage saumâtre, et un certain nombre de leurs acolytes n'étaient pas non plus sans savoir l'apprécier. Korin, par exemple, à condition d'être à jeun, ainsi que la fine fleur des Compagnons, tels Caliel, Orneüs, Nikidès et le petit Lutha. Du coup, leurs écuyers respectifs entretenaient avec lui des relations pour le moins courtoises, quand ils n'allaient pas jusqu'à l'admettre à leur amitié.

Sur l'autre bord campaient sieur Mago et sa faction ; il aurait fallu être aveugle pour ne pas s'apercevoir instantanément de leur hostilité. Ils montraient une assiduité sans faille à lui rappeler qu'il n'était qu'un chevalier tocard et le rejeton d'un pauvre hère. Pour peu que se présentât l'occasion de l'acculer sans que le prince se trouve à portée d'oreille – aux écuries, aux bains, voire même au cours des parties d'escrime dans l'arène –, ils lui sifflaient, venimeux comme autant de vipères dans la caillasse : « Chevalier, ça ? Chevalier de mes deux ! »

Outre cela, pour tout améliorer, le petit Moriel, dont Ki était censé avoir usurpé la place, était tout à la fois l'un des amis intimes de Mago et le cousin d'Arius, écuyer de Quirion. Allant au surplus sans dire que sa propre nomination au service de Tobin aurait présenté l'avantage de l'agréger automatiquement au cercle très fermé des fameux Compagnons.

Il y avait d'ailleurs là-dedans quelque chose qui clochait, d'après Ki. Korin ne paraissait pas chérir outre mesure tel ou tel de ses commensaux, alors que se vantait d'une seule voix l'indéfectible union d'une élite au sein de laquelle Skala puiserait les généraux et conseillers futurs de son futur roi. Et Ki allait même pour sa part jusqu'à trouver que Korin ferait bien de se débarrasser d'un bon nombre d'entre eux lorsqu'il aurait atteint l'âge de faire ses propres choix.

Rien de tout ça ne me concerne, avait-il néanmoins la sagesse de se rappeler. Il était l'écuyer de Tobin, et ça, il ne s'en plaignait pas, loin de là. Et les autres auraient beau lui dire n'importe quoi, sur ce chapitre, alors, il était bien tranquille… !

C'était du moins ce qu'il se figurait.

Vers la fin de Rhythin, il commençait à prendre ses marques, à table. Il était désormais capable de présenter n'importe quel genre de mets au cours d'un banquet de douze plats sans en renverser une seule goutte, les récipients de service n'avaient plus de secrets pour lui, et il était plutôt fier de ces résultats.

Au dîner du mess ne se trouvaient attablés ce soir-là que les Compagnons et le maître d'armes. Tobin était assis entre celui-ci et Zusthra. Ce dernier se montrait encore assez indéchiffrable, et il avait l'air maussade mais, comme Porion lui témoignait beaucoup d'estime, Ki voyait là un signe en sa faveur.

Tobin semblait assez content, quoique silencieux. Korin n'arrêtait pas de boire et de rabâcher le dernier bulletin reçu de Mycena. Le roi avait apparemment écrasé une attaque plenimarienne sur les bords d'une vague rivière, et c'était à qui picolerait le plus pour célébrer la victoire et à qui deviendrait le plus morose au fur et à mesure que s'aggravait son ébriété, parce que l'on en était convaincu, maintenant, les combats allaient s'achever sans qu'on ait encore eu l'autorisation de partir y participer.

Ki s'en fut chercher de nouveaux plateaux, et, lorsqu'il revint, Caliel et Korin en étaient à débattre la question de savoir pourquoi les limiers n'aimaient pas Tobin mais les faucons, si. Il leur en souhaita de belles, à part lui, là-dessus, car Arkoniel en personne avait renoncé à résoudre l'énigme posée par les premiers. Alors qu'il avait fallu renoncer à l'idée de lui offrir le moindre chien, Tobin s'était révélé un fin manieur de faucons. Caliel passait un temps fou en sa compagnie, désormais, lui apprenant à se servir des chaperons, des longes à vervelle et des sifflets. En retour, Tobin avait exprès pour lui modelé dans la cire et fait réaliser par un orfèvre une bague magnifique en forme de faucon aux ailes déployées. Caliel la portait fièrement, jalousé par l'ensemble des Compagnons. Grâce à quoi Tobin était passé de la sculpture sur bois à la conception de bijoux, si bien que leur chambre était à présent jonchée de chutes de cire et d'esquisses. Tobin connaissait déjà la moitié des orfèvres installés aux abords du Palatin, et comme il commençait à faire des virées chez les graveurs de gemmes, sa toute dernière fantaisie, son royal cousin en était venu à le qualifier de « prince des Arts ».

Ki se trouvait abîmé dans ces pensées heureuses quand il regagna les cuisines avec deux saucières à demi pleines en équilibre sur les bras. Il avait presque atteint le buffet quand Arius et Mago le coincèrent. Il jeta un rapide coup d'œil circulaire mais n'aperçut Barieüs nulle part. Quant aux cuistots et gâte-sauces, ils vaquaient à leurs propres tâches.

« Non, il n'y a rien que nous trois », fit Arius, devinant à quoi il songeait et le bousculant d'un côté pendant que Mago le bousculait de l'autre jusqu'à ce qu'il se retrouve acculé dans un angle. Ki réussit quand même l'exploit de déposer les deux saucières sur la première table venue, juste à temps pour éviter que ne s'en éparpille le contenu.

« Pas mal, chevalier de merde ! » ricana Arius.

Avec un soupir, Ki s'imposa patience. Ils finiraient bien par lui ficher la paix et filer, maintenant qu'ils s'étaient fait plaisir. Mais tel ne fut pas le cas.

« Pas mal pour un fils de voleur de chevaux », déclara à son tour Mago d'un ton méprisant, sans seulement prendre la peine de baisser la voix.

Ki sentit la chaleur lui monter au front.

« Mon père n'est pas un voleur.

— Ah bon ? » Mago mima la surprise en faisant l'œil rond. « Ben, dans ce cas, c'est que tu es bien le bâtard de cocu que j'ai toujours pensé depuis le début ! Le vieux Larenth, ça fait des années qu'il vole les chevaux de mon oncle et que tout le monde le sait. Quant à ton Alon de frangin, tiens, mon oncle l'aurait fait pendre s'il ne s'était pas ensauvé à la guerre juste à temps pour que le bailli ne lui ait pas mis la main au collet. »

Tout en maintenant ses poings crispés plaqués contre ses cuisses, Ki refusa de se laisser intimider.

« Il n'est pas un voleur ! Et mon père non plus.

— Alors, c'est qu'il n'est vraiment pas ton père, assura Arius, affectant de le raisonner. Allez, sieur Kirothius, dis-nous-le, maintenant, c'est de la main gauche que tu es, ou de la main droite ? Mais il se pourrait bien que tu ne saches même pas ça ? »

Ça ne compte pas. Il serrait si violemment les poings qu'il se sentait les paumes entamées par ses ongles. *Il n'y a que l'honneur qui compte. Ne va pas déshonorer Tobin en perdant ton sang-froid.*

« Qu'est-ce que ça peut bien foutre, un prince, avec un chevalier de merde comme toi pour lui tenir lieu d'écuyer ? voilà ce que je me demande, moi… », dit Mago.

Arius se pencha vers lui d'un air confidentiel. « Hé ! mais tu sais bien ce qu'on raconte sur *lui*… »

Ki faillit douter du témoignage de ses oreilles. Ils avaient le culot, maintenant, d'insulter Tobin ? Il n'eut pas le loisir de rassembler ses esprits pour répondre que les deux autres avaient tourné les talons et déjà déguerpi.

« Ne reste donc pas là à rêvasser, Ki ! jappa Chylnir qui venait d'entrer. La tarte aux prunes, tu l'apportes, ou quoi ? »

L'honneur. Ki fit mentalement appel à la voix de Tharin tout en soulevant le lourd plat de pâtisserie. *Tout ce que fait un écuyer rejaillit sur celui qu'il a pour seigneur et maître et se doit de servir. Conserve avant tout cette pensée-là dans ton cœur et, quoi qu'il advienne, tu te conduiras toujours comme il sied.*

Penser à Tharin le calma. Lorsqu'il parvint à la salle à manger, il était assez maître de lui déjà pour souhaiter mille morts aux deux petits salauds mais sans seulement s'abaisser à ne serait-ce que froncer un sourcil dans leur direction.

Du moins apporta-t-il à titre de compensation, le lendemain matin puis chaque jour après, toute sa rage et toute sa rancœur sur les terrains d'entraînement. Chaque fois qu'il le pouvait, il s'offrait ses ennemis pour partenaires d'escrime ou de pugilat, et il laissait son corps prendre la parole pour lui. Les autres étaient d'ailleurs de rudes adversaires, et il n'avait pas toujours le dessus, mais ils préférèrent bientôt l'éviter autant que possible.

On saluait en Tobin et lui les égaux de toute la bande, aînés mis à part, et encore Ki n'était-il pas sûr qu'ils n'auraient pas pu battre certains de ceux-ci, mais Porion ne voulait pas entendre parler de rencontres avec eux. Il y avait toujours un monde fou pour regarder se battre le petit prince. Quelques écuyers, mais d'autres également, dont Lutha, en vinrent à adopter des tenues d'exercice plus simples – mais jamais rien d'aussi râpé que le vieux justaucorps de Tobin. Sur cette dernière question, Ki s'était même mis du parti de Lord Orun et de Molay pour le conjurer de s'habiller d'une manière plus séante, eu égard à sa position, mais sans réussir à l'ébranler si peu que ce soit. Tobin protestait qu'il consentirait à porter tous les atours que l'on voudrait pour les festins ou les virées en ville mais que, pour ce qui était du reste, il ne céderait pas. Et il refusa d'en démordre, même après avoir surpris des railleurs en train de se plaindre que, « dans la mêlée, on le confondait tout le temps avec son écuyer ». En réalité, vous auriez juré que ça lui faisait plaisir.

Or, Ki ne le comprit que bien, bien plus tard, Tobin percevait aussi cruellement que lui les mesquineries et les vilenies dont ils étaient tous deux la cible, il les prenait aussi mal que lui, mais il préférait s'en défendre avec ses propres armes.

44

L'automne s'annonça par une série de tempêtes terribles qui déferlèrent brusquement du large. La foudre frappa des édifices et même parfois des gens. Dévalant des toits, des pluies torrentielles inondèrent les rues, les déblayant jusqu'à la mer des monceaux d'immondices accumulés tout au long de l'année.

Ce temps infect contraignit les Compagnons à rester enfermés des jours et des jours durant. Ils s'exercèrent à l'escrime dans la salle des banquets, se livrèrent à des courses-poursuites sauvages dans les corridors, au grand désespoir des gentilshommes assez infortunés pour les rencontrer sur leur route : il en échut plusieurs aux bassins à poissons.

Korin tenait sa cour dans la vaste salle, entouré de jongleurs et de ménestrels. Il y faisait venir des troupes de comédiens et, toutes les deux ou trois heures, harassait les hérauts en leur réclamant des nouvelles. Et buvait comme un trou.

Tobin et Ki étaient en train de se donner une suée supplémentaire à prendre encore des leçons de danse lorsqu'un page dont s'entrevoyait la livrée jaune de Lord Orun par-dessous son manteau ruisselant se présenta puis s'approcha du prince royal pour lui dire un mot.

« Cousin ! finit par crier celui-ci. Ton gardien requiert notre compagnie pour cet après-midi. Il nous faut y aller, je suppose. Toi aussi, Caliel. Je suis persuadé qu'Orun s'arrangera pour te faire une petite place.

— Le diable l'emporte ! grogna Ki.

— Tu t'amuseras mieux ici que moi là-bas, râla Tobin. Qu'est-ce qu'il me veut encore, maintenant ? Ça ne fait pas trois jours que j'ai passé la soirée chez lui ! »

D'autres émissaires vinrent au cours de ce morne après-midi réclamer d'autres garçons. Ainsi le lord Chancelier Hylus manda-t-il son propre petit-fils, Nikidès, qui se fit accompagner de Ruan. Lutha, malade, avait de la fièvre, et Barieüs le soignait. Plutôt que de se retrouver confronté à Mago presque sans alliés, Ki décida de s'éclipser jusqu'au retour de Tobin.

Il regagna leur chambre et chercha quelque chose à y faire, mais, grâce à Molay, il régnait là un ordre parfait. L'établi de sculpteur de Tobin lui-même étant rangé de manière impeccable, pour changer, Ki finit par se résoudre à tâter d'une balade à cheval, en dépit des intempéries, et, après avoir enfilé de vieilles chaussures et un gros manteau, il se mit en route pour les écuries.

« Désirez-vous que j'aille faire prendre votre monture, sieur Ki ? suggéra Baldus.

— Non », répondit-il, trop content de tenir un prétexte pour faire un brin de marche en plein air après s'être trouvé bouclé dedans si longtemps.

Il pleuvait désormais moins fort, mais un vent violent lui fustigea les jambes avec les pans de son manteau lorsqu'il quitta les jardins abrités du palais. Ses souliers furent bientôt trempés, mais ça lui était complètement égal. Le déchaînement des rafales et l'odeur froide et corsée de la mer lui faisaient galoper le sang et lui donnaient l'impression d'avoir le cœur moins lourd. Tournant son museau vers les nues, il se laissa souffleter par la bise. Comme il restait encore tout plein de jour, il envisagea d'aller prendre Tharin au passage afin de partir chevaucher le long de la grève en sa compagnie.

Il n'y avait personne d'autre aux écuries qu'une poignée de lads et de palefreniers. Ceux-ci le connaissaient et le saluèrent quand il s'enfonça dans les ténèbres acidulées des alignements de stalles. De part et d'autre s'échelonnaient devant lui une centaine de croupes luisantes ; Dragon et Gosi occupaient des boxes sur la gauche, à peu près au milieu de l'allée.

Il n'était pas encore allé bien loin quand il se rendit compte qu'il ne se trouvait pas du tout seul, en définitive.

Il se retourna et, quasiment sur ses talons, découvrit Arius et Mago. Le tumulte de la tempête avait dû couvrir le bruit de leurs pas depuis qu'ils s'étaient mis à le suivre, au palais. *Ça et ma propre inattention*, songea-t-il, consterné. Il n'y avait plus en vue nulle part un seul des témoins éventuels de tout à l'heure. Sans doute ces deux salopards avaient-ils eu le bon esprit de soudoyer les garçons d'écurie pour s'assurer qu'ils ne se mêleraient de rien.

« Ah ben ça alors, c'est marrant de te rencontrer ici, chevalier de merde ! s'écria joyeusement Mago. Et comment ça va t'y pour toi, par ce bel après-midi ?

— Plutôt bien, n'était la compagnie », rétorqua Ki. Ils comptaient l'empêcher de passer, ça, c'était évident. Il y avait bien une porte à l'autre extrémité du bâtiment, mais cette solution impliquant qu'il s'enfuie queue basse et ventre à terre, du diable s'il le ferait jamais ! Plutôt se laisser rosser. Ils ne seraient sûrement pas assez bêtes d'ailleurs pour aller jusque-là…

« Tiens ! Je ne me serais pas attendu à te voir faire autant la fine bouche sur ce que tu peux te taper comme compagnie…, ricana Arius en jouant avec une grosse bague qui ornait son doigt. Après avoir vécu coincé dans ce piège à rats de vieille baraque du duc avec un démon et ces rustauds de soudards à souillons que se traîne Tharin, hein ? Mais figure-toi que je suis curieux... » Il continuait de faire tourner sans arrêt la bague. « Peut-être tu pourras me renseigner, puisque tu as habité là-bas. C'est vrai, ce qu'on raconte de Tharin et de Lord Rhius ? Comme tu es l'écuyer de son fils et tout et tout, ça se pourrait bien que tu saches, toi, je me suis dit. »

Le sang se mit à marteler les tympans de Ki. Il n'avait pas la plus petite idée de ce dont Arius pouvait bien parler, mais sa façon de le faire était injurieuse.

« À moins que ça soit de famille, comme la folie... ? suggéra Mago avec un de ses sourires venimeux. Vous le faites aussi tous les deux, toi et Tobin ? »

Commençant à soupçonner ce qu'il insinuait par là, Ki fut envahi d'une fureur froide. Et ce qui le révoltait par-dessus tout, c'était non pas les prétendus agissements dont il était question, mais l'idée que ces deux petites saloperies boutonneuses traînaient d'un ton doucereux dans l'ordure des hommes aussi exceptionnels, et Tobin avec eux par la même occasion.

« Tu retires ça, gronda-t-il en marchant sur Mago.

— Et pourquoi je devrais ? Vous couchez bien dans le même pieu, non ? Nous l'avons tous vu, la nuit où nous sommes allés dans l'ancienne salle du trône.

— Tout le monde le fait, là d'où je viens, dit Ki.

— Oh, pour ça, nous le savons tous, d'où tu viens, chevalier de merde ! s'esclaffa Arius.

— Deux dans un pieu..., ironisa Mago. D'après ce que m'a conté Lord Orun, Tharin se la faisait foutre dans le cul. Toi aussi ? Ou bien c'est Tob... ? »

Ki n'eut pas même le temps de se résoudre à le faire que son poing prenait déjà Mago en pleine gueule. Lui n'avait eu qu'une envie, ne pas entendre ces propos-là, mais cela ne l'empêcha pas d'éprouver un plaisir intense lorsque ses jointures entrèrent en contact avec le nez de l'autre. Lequel partit à la renverse dans une stalle en jurant comme un charretier et s'aplatit en plein purin, son pif pissant le sang par les deux narines. Arius attrapa le bras de Ki pour le retenir et se mit à glapir à l'aide, mais Ki se dégagea d'une saccade et s'en fut à grandes enjambées.

Son allégresse eut tôt vécu. Après qu'il eut franchi la fameuse porte, au fond des écuries, il comprit qu'il venait de commettre une sacrée gaffe et prit ses jambes à son cou, trop conscient qu'il n'avait qu'un endroit où aller. Personne ne le suivit.

Et voilà, c'est fait, je lui ai manqué! ragea-t-il contre lui-même tout en découvrant l'énormité de la situation dans laquelle il s'était fourré et qui menaçait de l'écrabouiller. Il avait non seulement manqué à Tobin, mais à Tharin aussi. Et s'était tout autant manqué à lui-même. L'instant d'après, c'est à ses tourmenteurs qu'il réservait ses invectives. Korin avait raison, ils étaient tous en train de pourrir, ici. Dans un milieu de vrais guerriers, les petites ordures insidieuses comme Mago feraient long feu en moins d'un jour avec leur haleine empestée, leurs chatteries par-devant, leurs coups de griffe par-derrière. À part que tout ça ne changeait rien au fait qu'il venait, lui, de déshonorer Tobin. Mais le pire restait encore à venir…

Les nuages crevèrent, et, pendant que la pluie se remettait à cingler la ville, Ki courait, courait comme un dératé.

Tobin détestait ces visites chez Lord Orun. Il faisait trop chaud dans les pièces, la chère était par trop douceâtre, et les domestiques – une tripotée de jeunes mollusques torse nu – vous y obsédaient de trop d'attentions. Et alors qu'Orun avait à toute force insisté pour qu'il s'installe juste à ses côtés, pour qu'il puise à même sa propre écuelle, la vision des doigts boudinés, graisseux, déformés du maître de céans n'était pas spécialement faite pour donner beaucoup d'appétit à son invité.

Et c'était encore pire, aujourd'hui. Tobin souffrait de migraines ininterrompues depuis qu'il s'était réveillé, ce matin, et une douleur sourde qui lui tenaillait le flanc avait achevé de le mettre de mauvais poil en le fatiguant. Il avait caressé l'espoir de faire un brin de sieste, cet après-midi, et puis voilà, cette maudite invitation était venue tout flanquer par terre… !

Au surplus, Orun jugeait très malin d'inviter systématiquement Moriel. Pareille insistance ne laissait pas que d'horripiler Tobin, qui devait toutefois reconnaître que le petit blafard faisait de son mieux pour être agréable quand on le lui jetait à la tête ainsi. Encore qu'à la vérité n'importe quelle compagnie pouvait passer pour agréable à la table d'Orun.

Parmi les convives du jour, une bonne trentaine de nobles gens, se trouvait le magicien du roi, Nyrin, et la place d'honneur, à gauche de Tobin, lui était échue. Dans l'intervalle entre les divers plats, il divertissait la tablée par des tours imbéciles de passe-passe et d'illusionnisme tels que faire danser un chapon farci ou faire voguer des saucières parmi la vaisselle comme des vaisseaux dans un port encombré de navires. À quelques sièges au-delà de lui, Tobin surprit Korin et Caliel qui roulaient des yeux ahuris.

Il se radossa tout en soupirant. Décidément, la magie de Nyrin était encore plus vaine que celle d'Arkoniel.

Ki réussit à se maîtriser pendant qu'Uliès le faisait entrer puis l'emmenait dans la grande salle. Tharin s'y trouvait installé au coin de la cheminée, en manches de chemise. Koni et quelques-uns des autres étaient là aussi, qui s'amusant à lancer les dés, qui réparant des bouts de harnais près du feu. Tous saluèrent l'entrée du gamin par les formules habituelles, mais le capitaine fronça les sourcils, lui, dès qu'il l'aperçut.

« Qu'est-ce qui ne va pas ? demanda-t-il.

— Nous pouvons parler seul à seul ? »

Tharin acquiesça d'un signe de tête et l'entraîna dans sa chambre puis, sitôt la porte refermée sur eux, se retourna pour lancer : « Qu'est-ce qui s'est passé ? »

En route, Ki s'était apprêté à lui fournir une demi-douzaine de versions des choses, mais, là, tout se passait comme si sa langue venait brusquement de se coller contre son palais. Il n'y avait pas de feu dans la pièce, et il faisait froid. Tout en grelottant de misère, il entendait son manteau trempé dégoutter goutte à goutte sur le dallage et cherchait vainement ses mots.

Tharin s'assit dans le fauteuil jouxtant le lit puis lui fit signe de s'approcher. « Vas-y, maintenant. Raconte-moi ça. »

Ki laissa tomber son manteau à terre avant de venir s'agenouiller aux pieds du capitaine. « J'ai déshonoré Tobin et moi-même, finit-il par articuler tant bien que mal, tout en refoulant des larmes de honte. J'ai frappé un autre écuyer. Aux écuries. Juste avant de venir vous trouver. »

Les prunelles pâles de Tharin se fixèrent sur lui d'une manière on ne peut plus déroutante.

« Lequel ?

— Mago.

— Pourquoi ?

— Des trucs qu'il me disait…

— Des insultes ?

— Oui.

— Il y avait des témoins ?

— Rien qu'Arius. »

Tharin laissa échapper un reniflement de dégoût. « L'impudent petit con ! Bon…, accouche, toi. Qu'a-t-il donc dit que tu n'aies pu laisser passer ? »

Ki se rebiffa.

« J'en ai laissé passer tout plein ! Depuis le jour de notre arrivée ici, ils n'ont pas arrêté de me traiter de chevalier de merde et de bâtard et de fils de voleur de chevaux. Et j'ai laissé passer, chaque fois. Mais cette fois-ci, ils m'ont eu tout seul aux écuries, et ils… Ils… » La seule idée de répéter crûment à Tharin ce dont ils l'avaient accusé le fit renâcler. « Ils ont insulté Tobin. Et le duc Rhius. Et vous. Ils ont dit des calomnies ignobles, et alors, j'ai perdu mon calme et frappé Mago. Puis je suis venu tout de suite ici vous trouver bien vite. » Il baissa la tête, accablé. Oh, s'il pouvait mourir et que c'en soit fini… ! « Qu'est-ce que je vais faire, hein, Tharin ?

— Ce que tu vas faire ? Demain, te taper ton châtiment comme n'importe quel autre écuyer. Mais, pour l'instant, je veux savoir exactement ce qu'ils ont dit pour te mettre en colère au point de te faire commettre une chose pareille. Et aussi pourquoi te traiter de tous les autres noms n'y était pas arrivé. Commençons par là, tiens, tu veux bien ? »

Tharin le releva en le prenant par les épaules et l'assit sur le lit, puis il lui versa une petite coupe de vin. Ki la vida d'un trait, et la chaleur qui l'envahissait peu à peu le fit frissonner.

« J'ignore pourquoi. Peut-être parce que je savais que la plupart des choses qu'il disait de ma famille et de moi sont vraies. Je suis un chevalier de pacotille, mais comme Tobin s'en fiche, et vous aussi, de même que Porion, moi, ça finit par m'être presque égal. Et puis je ne suis pas un bâtard, je le sais. Quant à cette histoire à propos de mon père, je ne sais pas. Peut-être bien qu'il est un voleur de chevaux, mais ça aussi, Tobin s'en fiche, dans la mesure où moi je n'en suis pas un… Et je ne le suis pas ! Voilà comment je peux supporter n'importe laquelle de ces injures.

— Dans ce cas, en quoi consistaient celles que tu n'as pas pu supporter ? »

Ki étreignit la coupe à deux mains. « Mago a prétendu que Lord Orun lui avait dit que vous et le duc Rhius… Que vous deux… » Non, cela, il n'arrivait pas à le sortir.

« Que nous étions copains de lit quand nous étions jeunes ? Amants ? »

Le regard de Ki s'abîma piteusement dans les profondeurs empourprées de sa coupe. « Il a dit qu'il croyait qu'on le faisait aussi, Tobin et moi. Mais il ne l'a pas… pas formulé dans… de la même manière que vous. »

Tharin se contenta de soupirer, mais Ki vit bien qu'il était en rogne.

« Je suppose que non.

— On ne le fait pas, Tobin et moi !

— Je ne me suis rien figuré de tel. Mais c'est une pratique assez courante parmi les jeunes guerriers, comme dans bien d'autres milieux d'ailleurs. Ton Mago, je pourrais lui dire sur son propre père une ou deux choses qui te lui cloueraient définitivement le bec. Dans le cas de certains, c'est une chose qui passe. Mais il en est d'autres qui restent avec des hommes toute leur vie. Rhius, ça lui avait passé. »

Il tendit la main vers Ki d'un geste affectueux pour lui soulever le menton et l'obliger à le regarder dans les yeux. « Je te l'aurais dit moi-même si tu me l'avais demandé. Il n'y a rien de déshonorant à le faire entre amis, Ki, sans quoi la moitié d'Ero crèverait de honte, ainsi que tel ou tel des autres Compagnons, si je n'ai la vue basse… »

Cette révélation laissa Ki sans voix.

« Ainsi, c'est en pure perte qu'ils t'ont asticoté pendant tout ce temps, et il a fallu ça pour te faire exploser ? »

Ki hocha la tête.

« Ils t'ont piqué de tous les côtés jusqu'à ce qu'ils trouvent le point sensible qui te forcerait à réagir. Eh bien, ça y est. Ce qui m'intéresse le plus dans cette histoire, c'est que Mago t'ait dit avoir bénéficié des confidences de Lord Orun, le propre gardien de Tobin. Il se pourrait fort qu'il y ait là derrière bien plus qu'Orun ne se soit soucié d'entendre répéter.

— Mais pourquoi en dire quoi que ce soit, dans ce cas ?

— Fais un peu travailler ta cervelle, mon petit. Qui est-ce qui voulait faire de Moriel l'écuyer de Tobin ? Qui est-ce qui n'a rien trouvé à te faire faire depuis le jour où ses yeux se sont posés sur toi ? Qui est-ce qui a fait un nez comme ça quand Porion t'a confirmé membre des Compagnons au détriment de Moriel ?

— Orun.

— Et avec qui Tobin se trouve-t-il d'aventure en train de dîner juste en ce moment, si je ne m'abuse ? »

Ki laissa choir la coupe et bondit sur ses pieds.

« Oh, bons dieux ! Il peut me congédier ? J'ai fait ce qu'il fallait, c'est bien ça ? Vieilles Tripes molles va me renvoyer !

— Il n'a pas le pouvoir de te congédier, pas directement. Mais peut-être s'imagine-t-il que Tobin sera incapable de te punir comme il en a le devoir, et que cela vous fera salement tort à tous les deux. Et c'est peut-être là ce qu'il espère avancer dans le prochain rapport qu'il enverra au roi.

— Mais pourquoi ? Qu'est-ce que ça peut bien lui faire, à Orun, qui diable est l'écuyer de Tobin ?

— Qui vit plus que toi dans l'intimité de Tobin ? Qui serait plus précieux pour Orun que le propre écuyer du prince s'il se piquait de vouloir faire espionner Tobin ?

— Vous croyez qu'il lui veut du mal ?

— Non, je pense qu'il se propose d'en faire son instrument. Et, selon toi, de qui Orun est-il lui-même l'instrument ?

— Du roi ? souffla Ki.

— Eh oui. Tu es trop jeune pour tout ça, Ki, mais puisqu'ils s'en prennent à toi, mieux vaut que tu saches à quoi t'en tenir. C'est sur un immense échiquier que nous nous mouvons tous, et l'enjeu, là, sur la touche, est Atyion, ainsi que toutes les autres terres et richesses dont Tobin est le possesseur. Toi et moi ? Nous sommes préposés à sa garde comme des pions de pierre, et nous nous trouvons en travers de la route, de leur route à eux.

— Mais Tobin est un loyal sujet du roi ! Tout ce qu'il souhaite, c'est partir se battre pour lui… Pourquoi Erius ne peut-il pas tout bonnement le laisser tranquille ?

— C'est un point que je ne comprends pas bien moi-même. Mais il ne nous appartient pas de l'élucider, nous, notre unique tâche est de soutenir Tobin. Et, pour la remplir, il va te falloir le convaincre de te fouetter demain sans défaillance. Et tu vas devoir également lui rapporter les dires de Mago.

— Ça, non. » Ki serra les mâchoires. « Je sais que ce que vous m'avez dit est la vérité vraie, mais je ne veux pas que Tobin sache jamais qu'un vulgaire écuyer se permettait de parler de lui et des siens de cette façon-là.

— Il va te falloir le faire quand même, Ki. Il va te falloir aller devant Porion pour qu'il te juge, et lui va t'interroger.

— Mais ça signifie que j'aurai à le dire en présence de tout le monde ? Et que tout le monde, alors, saura les allégations de Mago, c'est bien ça ?

— Sans doute…

— Dans ce cas, Tharin, je n'en ferai rien. Je ne le ferai pas, c'est tout ! Certains des autres se fichent déjà de Tobin, sitôt qu'il a le dos tourné, à cause de moi et parce qu'il voit des fantômes. Je ne sais pas non plus comment il réagirait si on déballait tout ça. Il n'est pas comme nous tous. Vous le savez bien. » Il était de nouveau tout tremblant. « Et je n'ai aucune envie non plus qu'il le devienne. Je l'aime comme il est, c'est tout. Alors, permettez-moi maintenant de me débrouiller à ma manière à moi, et je vous promets que je ne fournirai plus jamais à Lord Orun aucune occasion de rien écrire au roi. Je dirai que ce que je n'ai pas supporté, ce sont les insultes à propos de mon père, je subirai le fouet, et c'en sera terminé, voilà tout. Mago n'osera pas m'accuser de mensonge, ça l'obligerait à avouer ce qu'il a véritablement dit, et je serais bien étonné qu'il se risque à le faire. En face de Porion, toujours. »

Pendant que Tharin réfléchissait à son point de vue, il resta tout crispé, mais son attitude le révélait prêt à discuter toute la nuit s'il le fallait.

Cependant le capitaine finit par hocher la tête. « Très bien, alors. Toutefois sois bien prudent, mon garçon. Il y a des gaffes sur lesquelles on peut revenir, et je pense qu'il te sera possible de te tirer de celle-ci. Mais il en est d'autres qui sont irréversibles… L'honneur, Ki, toujours l'honneur. Je ne veux pas vous voir courir le moindre risque. Aucun de vous deux. »

C'est avec infiniment de gratitude que Ki lui serra la main. « Je n'oublierai plus. Je le jure. »

Des acteurs se présentèrent, une fois terminé le festin, mais la pièce qu'ils jouèrent tournait autour d'une intrigue amoureuse, et Tobin n'y comprit strictement rien. Il somnolait, le menton sur la main, tout en s'efforçant d'omettre sa douleur au flanc, lorsqu'un messager entra, qui se mit à chuchoter des choses dans le tuyau de l'oreille d'Orun.

Finalement, Orun fit claquer sa langue et s'inclina vers Tobin. « Pauvre de nous, mon cher, il semblerait que se soit produit un événement déplaisant auquel est mêlé cette espèce d'écuyer que vous avez… ! »

Cette confidence attira l'attention des convives les plus voisins. Mais Korin l'avait entendue, tout comme Caliel.

Tobin se leva, s'inclina précipitamment.

« Avec votre permission, Lord Orun, je vais prendre congé.

— Si vous l'estimez nécessaire. Mais, si j'étais vous, je ne me tracasserais pas pour si peu.

— J'aimerais tout de même mieux. »

Il sentit tous les regards de l'assistance peser sur son dos tandis qu'il se ruait dehors. Son flanc lui faisait plus mal que jamais.

Baldus l'attendait devant la porte du palais, et il éclata en sanglots du plus loin qu'il l'aperçut.

« Dépêchez-vous, prince Tobin ! Maître Porion et les autres se trouvent déjà dans la salle des Compagnons. Ki a frappé Mago !

— Sacrebleu ! s'écria Tobin, avant de demander : Pourquoi ?, pendant qu'ils se hâtaient tous deux dans le corridor.

— Je ne sais pas, mais j'espère bien qu'il lui a fait cracher toutes ses dents ! s'emporta le gosse, les larmes aux yeux. Avec les pages, il se conduit toujours si mal… ! »

Un petit nombre de lampes éclairaient une extrémité de la salle. Assis sur un banc, Ki pointait le nez d'un air de défi. Porion se tenait gravement debout près de lui.

Alben tenait compagnie à Mago sur un autre banc. Celui-ci n'avait plus du tout sa mine réjouie ; il avait le nez boursouflé, la lèvre fendue. Quirion et Arius s'étaient joints à eux pour les soutenir. Le reste des Compagnons demeurait sur son quant-à-soi de l'autre côté de la pièce.

« Il a osé faire ça ! cria Alben à Tobin en pointant un index accusateur sur Ki.

— Suffit ! aboya Porion.

— Que s'est-il passé ? » demanda Tobin, incapable d'en croire le témoignage de ses propres yeux.

Ki haussa les épaules.

« Mago m'a insulté.

— Mais pourquoi ne l'avoir pas dit ? Pourquoi ne m'en avoir pas parlé, à moi, puis n'avoir pas porté cette affaire au cercle, ainsi que nous sommes censés le faire ?

— C'est qu'il m'a pris à l'improviste, messire, et que j'ai perdu mon sang-froid. Je suis navré de vous avoir déshonoré, et je suis prêt à subir mon châtiment de vos propres mains. »

Porion soupira.

« Voilà tout ce que vous arriverez à tirer de lui, prince Tobin. Il ne consentira même pas à vous répéter les propos de Mago.

— Ça n'a pas d'importance, marmonna Ki.

— Ça en a ! jappa Porion. Si c'est uniquement toi qu'il a insulté, passe encore. Mais s'il a eu le front de dire quoi que ce soit concernant ton seigneur et maître ou je ne sais qui d'autre... – il décocha un regard torve à l'écuyer d'Alben –, alors, c'est une tout autre paire de manches. Prince Tobin, veuillez lui donner, vous, l'ordre de parler.

— Ki, je t'en prie. »

Ki foudroya Mago d'un regard dédaigneux. « Il m'a traité de bâtard et d'écuyer de merde. Il a traité mon père, en plus, de voleur de chevaux. »

Porion fixa sur lui un regard plein d'incrédulité.

« Et c'est pour ça que tu l'as frappé ?

— Je n'ai pas aimé la manière dont il l'a dit. »

Tobin promena de nouveau un regard circulaire sur les quatre autres. Comment se faisait-il que Ki paraissait être le plus paisible d'entre eux tous ?

Le maître d'armes considéra Mago et Arius d'un œil sans aménité. « C'est bien comme ça que ça s'est passé ? »

Ce regard scrutateur les fit flancher tous deux. « Oui, maître d'armes. C'est comme il a dit. »

Ils mentent, songea Tobin. Mais pourquoi diable Ki s'amuserait-il à les protéger ?

Porion leva les deux mains. « Parfait. Prince Tobin, à vous de vous charger de Ki. Alben, je te remets Mago. Avant les offrandes, demain, le prince Tobin infligera son châtiment à Ki sur les marches de Sakor. La première infraction se paie de dix coups de fouet et d'un jour et d'une nuit de veille et de jeûne. Quant à toi, Mago, comme une veille de jeûne pourrait bien discipliner aussi ta langue de vipère, même tarif pour toi. Et maintenant, dehors, que je ne vous voie plus ! »

À peine eurent-ils regagné leur chambre que Tobin s'empressa de congédier les serviteurs et se mit à apostropher Ki durement.

« Qu'est-ce qui s'est passé ? Comment est-ce que tu as pu faire une chose pareille ?

— Il suffisait pour ça d'être un foutu couillon d'écuyer de merde, je présume… »

Fou de colère, Tobin l'empoigna par le devant de sa tunique détrempée et le secoua comme un prunier. « Ne te traite jamais de ce nom-là ! Tu n'es rien de tel ! »

Ki s'agrippa des deux mains aux mains de son ami et leur fit lâcher prise.

« J'ai fait comme ils ont dit, Tob. J'ai perdu mon sang-froid comme le dernier des idiots. Comme ils voulaient me le voir perdre. Tout ça délibérément, je crois, pour t'embarrasser. Ne leur donne pas cette satisfaction.

— Qu'est-ce que tu veux dire ? s'étonna Tobin. Et puis comment je pourrais jamais te fouetter, hein, moi ? Si je m'étais trouvé là, tiens, je l'aurais frappé moi-même, et alors c'est nous deux qu'ils pouvaient battre ensemble !

— Oui, je suis certain que tu l'aurais fait. Mais c'est parler pour ne rien dire. Ils m'ont forcé la main, ils m'ont fait faire une connerie contre ma propre volonté, et maintenant, ils s'imaginent qu'ils font rigoler tout le monde à mes dépens. »

Il s'approcha du lit, s'assit sur le bord. « Je n'ai pas tout dit à Porion. Ce n'était pas la première fois, et Mago n'est pas le seul à m'avoir balancé des vannes. Je n'ai même pas besoin de te donner les noms, si ? À leurs yeux, je ne suis rien d'autre qu'un écuyer poussé dans la merde pendant son sommeil. » Il releva les yeux et s'arracha un sourire plein de lassitude. « Ce n'est pas si faux, je suppose, mais le coup de pot, c'est que ça rend costaud. Plus costaud qu'eux. Ruan m'a dit qu'Arius chialait, l'autre jour, quand il a pris sa raclée. Moi, tu n'as pas suffisamment de force dans le bras pour que je risque de piailler. »

Tobin le considéra d'un air abasourdi. « Je ne veux pas te faire de mal ! »

Ki secoua la tête. « Il va bien falloir que tu essaies quand même. Nous allons devoir leur offrir le grand jeu, sans triche, ainsi que nous le faisons toujours. S'ils trouvent que tu es trop doux pour me tenir en main, le roi, lui, pourrait bien revenir sur sa décision de me laisser demeurer ton écuyer. Telle est en tout cas l'opinion de Tharin. Je la lui ai déjà demandée. Alors, demain, s'il te plaît, du nerf, et montre-leur que nous sommes aussi coriaces qu'un chêne de montagne. »

Tobin était à présent tout tremblant. Ki se releva et l'empoigna par les épaules.

« C'est pour nous qu'il le faut, Tob, pour qu'on puisse rester ensemble, tous les deux. Tu ne tiens pas à voir Moriel ici, à ma place, n'est-ce pas ?

— Non. » Il lui fallait se cramponner pour ne pas pleurer. Si Tharin disait qu'on pouvait encore renvoyer Ki, cela devait être vrai. « Mais, Ki, je n'ai aucune envie non plus de…

— Je le sais. Tout est ma faute. » Il se mit à genoux devant Tobin comme il l'avait déjà fait devant Tharin. « Tu arriveras à me pardonner ? »

Tobin n'y tint plus, il fondit en larmes et, s'accrochant à Ki, l'étreignit passionnément.

Ki lui retourna son étreinte, mais c'est d'une voix dure qu'il reprit : « Écoute-moi bien, Tobin, il ne saurait être question que tu te comportes comme ça demain, tu entends ? C'est justement ce qu'ils veulent, ces salopards. Ne va surtout pas leur donner cette satisfaction, hein ! »

Tobin se dégagea pour dévisager Ki. Les mêmes yeux bruns chaleureux, la même peau dorée, les mêmes dents de lapin saillantes sous les trois poils sombres en bataille de la lèvre, mais, brusquement, l'air presque d'un homme fait. « Et ça ne te fait pas peur ? »

Ki bomba le torse et sourit de nouveau, mais d'un grand sourire. « Je te l'ai dit, tu ne réussiras pas à me faire mal. Tu aurais dû voir les tournées que nous flanquait mon père… ! Par les couilles à Bilairy, tu n'en auras pas terminé que je serai déjà en train de dodeliner. Et puis, tout compte fait, ça valait sacrément le coût, de lui fermer sa gueule puante, à Mago ! »

Tobin fit de son mieux pour sourire tout aussi bien, mais cela fut en pure perte.

45

Il pleuvait encore, le lendemain matin. Ils trottèrent vers le temple sous un plafond de nuages gris et glacés. Tout en courant, les poings et les dents serrés, Tobin s'efforçait de ne penser à rien d'autre qu'à la fermeté du sol et aux flaques qui giclaient sous ses pieds ; à rien, et surtout pas à la pointe brûlante qui lui lancinait le flanc, moins encore à Ki, qui, telle une ombre silencieuse, courait à ses côtés.

Ils n'avaient bien dormi ni l'un ni l'autre et, une fois le matin venu, c'est avec consternation que Tobin avait découvert son ami recroquevillé dans une couverture sur l'espèce d'étagère que constituait l'alcôve du cagibi.

Il avait presque fini par oublier qu'elle se trouvait là. Ki ayant grommelé pour toute explication une vague histoire de sommeil agité, ils s'étaient habillés là-dessus sans plus échanger un mot.

Ils avaient été les premiers à se présenter ce matin-là, et Porion attira Tobin à l'écart pendant qu'on attendait sous le portique l'arrivée des autres Compagnons.

Le maître d'armes lui mit entre les mains une lanière de cuir grossier qui pouvait bien avoir trois pieds de long et l'épaisseur de son pouce, une rigidité terrible et une poignée assez semblable à celle d'une épée.

« Ceci n'est pas un jouet, prévint-il. Ki ne possède pas encore un seul muscle d'homme sur le corps. Frappe trop fort, ou bien trop souvent au même endroit, et tu l'ouvriras jusqu'à l'os, ce qui nous l'alitera pour des jours et des jours. Or, ça, personne n'en veut. Tiens-toi à sa gauche pour les cinq premiers coups, à sa droite pour les cinq suivants, et espace-les largement. Frappe aussi fort que ça… – il fit claquer la base du fouet contre la paume de Tobin –, et le bout de la mèche frappe dix fois plus dur… Quand tu en auras terminé, ton écuyer doit, toujours agenouillé, te baiser la main et implorer ton pardon. »

Rien qu'à penser à ça, Tobin en eut l'estomac retourné.

Le temple des Quatre finit par apparaître sous leurs yeux, au travers du rideau de pluie, carré, massif et inquiétant sur son socle de marches abrupt. Sa position centrale sur le Palatin en faisait le cœur presque obligé des affaires autant que du culte. De si bonne heure, néanmoins, il était essentiellement fréquenté par les fidèles venus déposer leurs offrandes pieuses devant tel ou tel des autels intérieurs.

De vastes escaliers permettaient d'accéder au temple par chacun des quatre côtés. L'autel de Sakor était orienté à l'ouest, et ce fut sur les marches de celui-ci que, sitôt terminées leurs offrandes, les Compagnons s'amassèrent pour assister au supplice de Ki. Le prêtre de Sakor se tenait tout en haut, dans l'embrasure de la porte ouverte. « Qui a rompu la paix des Compagnons et jeté la disgrâce sur le nom de son seigneur et maître ? » s'enquit-il, attirant par là une certaine quantité de curieux.

Tobin promena un regard circulaire. Il se trouvait là des soldats, surtout, mais également Aliya et ses amies, tout enveloppées de voiles et emmitouflées de manteaux pour se garantir de la pluie. Étaient aussi présents Lord Orun et Moriel. Quelques sentiments de sympathie mêlée que ce dernier ait bien pu lui inspirer jusqu'alors, Tobin n'eut qu'à surprendre une lueur triomphante au fond de ses yeux pour cesser instantanément d'éprouver la moindre once de bienveillance à son endroit. Tharin s'était bien gardé de venir, ainsi que quiconque d'autre de la maisonnée de Tobin.

« C'est moi qui ai rompu la paix, répondit Ki d'une voix forte et assurée. Moi, Kirothius, fils de Larenth, indigne écuyer du prince Tobin, je suis coupable d'avoir frappé l'un de mes camarades d'entre les Compagnons. Vous me voyez ici prêt à recevoir mon châtiment. »

Les autres Compagnons se reployèrent sur l'escalier de manière à faire écran tout autour d'eux, tandis que Ki retirait son justaucorps et sa chemise avant de s'agenouiller puis de se pencher vers l'avant et de s'arc-bouter des deux mains contre une marche supérieure. Tobin vint prendre position sur sa droite et assura ses poings sur le manche du fouet.

« J'implore votre pardon, mon prince », dit Ki d'une voix claire et forte et qui portait loin, dans l'air matinal.

Tobin posa la lanière en travers du dos de Ki puis se pétrifia, tout à fait incapable pendant un moment de se remplir si peu que ce soit les poumons. Il savait exactement sur quoi l'on comptait, il savait que Ki ne lui en tiendrait nullement rigueur, et il savait qu'il n'y avait pas d'échappatoire. Mais il lui suffisait de poser les yeux sur ce dos familier, sur ce long sillon doré qui courait vers le bas des reins, sur ces omoplates de chat sauvage, imperturbables sous la peau hâlée par le soleil, pour se dire que c'était impossible, qu'il n'arriverait pas à esquisser l'ombre d'un geste. Et puis voilà que Ki chuchota : « Allez, Tob, vas-y..., montrons-leur un peu ce qu'on vaut, nous deux ! »

Les nerfs tendus pour évaluer tant bien que mal les choses comme venait de le lui expliquer Porion, Tobin leva le fouet et l'abattit sur les épaules de son ami. Ki ne broncha pas, mais une vilaine marque imprimée comme au fer rouge zébrait la peau là où la lanière l'avait entamée.

« Un, fit Ki d'une voix parfaitement ferme.

— Nul ne s'attend à ce que tu comptes les coups », commenta Porion d'un ton paisible.

Tobin abattit à nouveau le fouet, quelques pouces plus bas. Trop violemment, si bien que Ki sursauta, cette fois, tandis que des gouttelettes de sang emperlaient la nouvelle zébrure.

« Deux », annonça Ki de la même voix ferme que précédemment.

Du sein de l'assistance, quelqu'un fit entendre un murmure de réprobation. Tobin eut l'impression de reconnaître le timbre de Lord Orun, et il n'en exécra que davantage son gardien.

Trois fois encore, il abattit le fouet de ce côté-là, le dernier coup portant juste au-dessus de la taille du supplicié. Ils étaient en sueur tous les deux, mais la voix de Ki persistait à compter d'une manière toujours aussi détachée.

Tobin changea de côté puis recommença par les épaules, si bien que les nouvelles plaies s'entrecroisaient désormais par-dessus les premières.

« Six », fit Ki, mais cela ne sortit, cette fois, que sous la forme d'un sifflement. Tobin l'avait de nouveau ensanglanté. La lanière avait cisaillé dans la chair déjà boursouflée où se rejoignaient les deux traces, et un filet sanglant dévala doucement vers l'aisselle de Ki.

Tu voir sang...

L'estomac vide de Tobin fit une nouvelle embardée. Sept fut trop léger, huit et neuf se succédèrent à une allure trop rapide, et Ki se vit contraint à en haleter le compte. À « dix », il était hors d'haleine, mais du moins était-ce fini.

Il s'accroupit sur ses talons et voulut saisir la main de Tobin. « Veuillez m'accorder votre pardon, mon prince, pour vous avoir causé disgrâce. »

Mais il n'eut pas le temps de la baiser que Tobin le hissa vivement sur ses pieds pour échanger avec lui la poignée de mains des guerriers. « Je te pardonne, Ki. »

Honteux de cette rupture du rituel, Ki s'inclina, non sans hésiter, pour parachever le cérémonial en appuyant ses lèvres sur le dos de la main de Tobin, tandis qu'ils se trouvaient debout, face à face, tous deux. Un nouveau murmure parcourut la foule. Tobin vit le prince Korin ainsi que Porion leur lancer des regards surpris mais approbateurs.

Le prêtre manifesta moins d'indulgence pour ce manquement, car c'est d'une voix âpre et dure qu'il lâcha : « Venez, et soyez purifié, écuyer Kirothius ! »

Les Compagnons s'écartèrent en silence, et c'est la tête haute que Ki gravit les dernières marches, malgré les dix zébrures inégales qui marquaient de feu son dos ensanglanté. Mago lui emboîta le pas d'une allure bien moins héroïque afin d'aller commencer sa veillée de châtiment.

Après qu'ils eurent disparu à l'intérieur du temple, Tobin baissa les yeux vers le fouet qu'il n'avait toujours pas lâché puis les reporta vers Alben, que flanquaient Urmanis et Quirion. Qu'est-ce qui motivait leur petit sourire satisfait ? La vue de sa personne, ou ce qu'il venait juste de faire ? Il rejeta le fouet. « Je te défie, Alben. Tu me trouveras au cercle d'exercice. À moins que tu n'aies trop peur de salir tes jolis atours. »

Là-dessus, il ramassa le justaucorps et la chemise abandonnés de Ki et, pivotant sur ses talons, prit paisiblement les devants.

Alben pouvait difficilement faire autre chose que relever le défi de Tobin, mais à l'évidence, cette perspective ne l'enchantait pas outre mesure.

La pluie s'était amenuisée jusqu'à n'être plus qu'une bruine opiniâtre lorsqu'ils se retrouvèrent face à face dans l'arène que délimitaient les pierres. Pas mal de monde les avait suivis depuis le temple afin d'assister à ce qui n'était que trop manifestement un match de représailles.

Si, depuis son arrivée à Ero, Tobin s'était maintes fois entraîné contre Alben, il n'avait pas eu souvent le dessus, dès lors que ses « tricheries » n'avaient plus guère trompé la défiance de celui-ci. Seulement, aujourd'hui, il se trouvait sous le coup d'une colère concentrée, et ses années de pratique brutale avec Ki jouèrent à plein en sa faveur. L'Alben, il te le malmena dans la gadoue glacée une fois et une autre. En maniant l'épée de bois, il avait presque l'impression d'avoir encore au poing le fouet pesant et, que n'était-ce lui… ! de l'abattre sur le dos d'Alben ne fût-ce qu'une fois. À défaut de mieux, il rompit la garde de son adversaire et lui assena un coup en travers du nasal du heaume assez violent pour lui foutre le pif en sang. Alben s'effondra sur ses deux genoux puis réclama merci.

Tobin se pencha pour l'aider à se relever. Quand il fut assez près, il chuchota juste assez fort pour que l'autre entende : « Je suis prince, Alben, et je me souviendrai de toi quand j'aurai grandi. Enseigne à ton écuyer à ne se farcir la cervelle que de propos civils. Et je t'autorise à dire la même chose à Lord Orun. »

Alben se dégagea d'un geste rageur, puis il s'inclina et quitta le cercle.

« Toi. » Tobin pointa son épée sur Quirion. « Tu veux te battre avec moi ?

— Je n'ai pas de querelle avec toi. Et aucune envie d'attraper la crève là, dehors, sous la pluie. » Il se mit en demeure de raccompagner Alben au palais, et leurs amis s'éloignèrent à leur suite.

« Eh bien, moi, je vais t'affronter, fit soudain Korin, tout en pénétrant dans l'arène.

— Korin, non…, voulut s'interposer Porion, mais le prince balaya l'objection d'un geste.

— Aucun problème, maître d'armes. Allez, Tobin, vas-y. Donne-moi ce que tu as de mieux. »

Tobin hésita. Il brûlait d'affronter quelqu'un contre qui il était en rogne, mais pas son cousin. Seulement, Korin se trouvait déjà dans le cercle et saluait. Il lui fit donc face et leva sa lame.

Se battre contre Korin faisait l'effet de se battre contre un mur. Tobin s'y lança à corps perdu, désireux qu'il était d'offrir en effet ce qu'il avait de mieux, mais chacune des attaques qu'il tentait se soldait par un échec cinglant ; le prince opposait à toutes un blocage semblable à une barre de fer, mais il ne les retournait pas, il laissait simplement son petit cousin s'épuiser, et s'épuiser tant et si bien qu'il finit en effet par caner, hors d'haleine, et par demander grâce.

« Et nous y voilà... ! Tu te sens un peu mieux, maintenant ?

— Peut-être un brin. »

Korin s'appuya sur son épée et lui adressa un grand sourire.

« Vous deux, toi et Ki, il vous faut toujours avoir des choses rien qu'à vous, n'est-ce pas ?

— Qu'entends-tu par là ?

— Eh bien..., le baiser, tiens, par exemple. Tu n'as pas voulu laisser Ki se mettre à genoux. »

Tobin haussa les épaules. Il n'y avait eu là aucune préméditation de sa part. Ça lui avait simplement semblé la bonne chose à faire sur le moment.

« Seuls les égaux font des trucs pareils.

— Ki est mon égal.

— Il ne l'est pas, et tu le sais bien. Tu es prince, toi.

— Lui est mon ami. »

Korin secoua la tête.

« Quel drôle de petit bonhomme tu fais ! M'est avis que je te prendrai comme lord Chancelier quand je serai roi. Viens çà, tiens. Allons déjeuner. Ki et Mago doivent mourir de faim pour expier leurs péchés, mais nous, nous n'avons pas cette obligation-là.

— J'aimerais mieux rester encore un moment dehors, si tu n'y vois pas d'inconvénient, cousin. »

Korin échangea un coup d'œil avec Porion puis se mit à rire. « Aussi têtu que son père. Ou que le mien. À ta guise, alors, cousinet, mais ne va pas attraper la crève. Je vais avoir besoin de toi, comme je viens de dire. » Et là-dessus de s'éloigner, suivi par les aînés des Compagnons et leurs écuyers respectifs.

Lutha et Nikidès s'attardèrent un instant. « Un rien de compagnie ne te ferait pas plaisir ? » s'enquit le premier.

Tobin fit non de la tête. Il n'avait envie pour l'heure que d'une chose, être laissé seul pour s'abandonner au regret de Ki. S'il l'avait pu, il n'aurait poussé qu'un galop jusqu'au bord de la mer, mais il était interdit aux Compagnons de quitter seuls le Palatin, et il ne se sentait pas encore le courage de se retrouver face à Tharin. Aussi préféra-t-il passer le reste de la journée à arpenter la citadelle sous la pluie. Ce qui était là un passe-temps maussade et parfaitement assorti à son humeur.

Il évita le temple, en se donnant pour prétexte qu'il ne voulait pas mettre Ki dans l'embarras en le harcelant jusque dans sa veille, mais à la vérité parce qu'il n'était pas prêt non plus à regarder son ami dans les yeux. Au seul souvenir des traînées rouges en train de cloquer sur le brun satiné de ce dos, la bile aussitôt lui remontait jusque dans la gorge.

Il se donna tant bien que mal le change en faisant le tour des berges du grand lac creusé par la reine Klia, en regardant les poissons d'argent bondir pour happer les gouttes de pluie, puis en se tapant tout le long trajet jusqu'au bois sacré de Dalna, planté sur l'escarpement nord. Celui-ci n'avait guère que quelques acres de superficie, mais ses arbres étaient aussi anciens que la ville elle-même et, pendant un bref moment, ils lui permirent de s'imaginer qu'il était de retour chez lui, au fort, et que d'un instant à l'autre allait à nouveau se dresser sous ses yeux le chêne de Lhel. L'étrange petite sorcière lui manquait épouvantablement. Nari aussi lui manquait, ainsi que chacun des autres serviteurs du manoir. Et même Arkoniel lui manquait.

Au milieu du bois sacré se dressait une chapelle munie d'un foyer. Tobin farfouilla dans son aumônière et y découvrit une figurine de bois sculpté qu'il jeta dans les flammes avant de faire la prière fervente, et baignée par quelques larmes de nostalgie, de retrouver bientôt sa place au coin de son propre foyer, là-bas.

On était en train d'allumer des lampes sur le pourtour de la citadelle quand Tobin passa d'aventure à trois pas de la nécropole royale. Il n'y était pas revenu depuis le soir de son arrivée. Transi de froid, les pieds fourbus, il eut l'idée d'entrer se réchauffer à la flamme de l'autel.

« Ce que tu me manques, Père… ! » chuchota-t-il, les yeux obstinément attachés sur la flamme. Ne s'était-il véritablement écoulé que quelques mois depuis la disparition de Rhius ? Cela paraissait impossible. Tobin avait tellement l'impression de se trouver là depuis des années déjà…

Il retira la chaîne de son cou puis déposa la bague maternelle et le sceau ducal dans le creux de sa paume. Des larmes lui brouillèrent la vue lorsqu'il abaissa les yeux sur le double profil de l'intaille. Tous les deux lui manquaient, en fait. Il en vint à comprendre, subitement, quel bonheur ce serait pour lui que de voir sa maman, même dans un de ses mauvais jours, si seulement lui pouvait être à la maison de nouveau maintenant, et chaque chose de nouveau comme elle avait été jadis.

Il n'avait aucun désir d'aller rendre visite aux morts, en bas. Il y suppléa par une longue prière en faveur de leurs esprits. Cela terminé, il se sentit légèrement mieux.

Il pleuvait à nouveau plus dru, maintenant. Tout en attendant que cela se tasse, il se retourna pour examiner d'un air curieux le demi-cercle que formaient les effigies des reines de Skala. Saurait-il reconnaître en l'une d'entre elles le fantôme qui lui était apparu dans l'ancienne salle du trône ?

Son œil d'artiste ne manqua pas de s'intéresser aux différences de style entre les statues. La plus ancienne de ces dernières affligeait Ghërilain la Fondatrice d'un visage aux traits plats, d'une silhouette raide et sans vie, d'un corps que moulait en s'y plaquant grossièrement chacun de ses vêtements, chacune de ses parures, comme si le sculpteur s'était révélé incapable de la dégager tout à fait de la pierre. Toute rudimentaire qu'elle était, cette exécution n'empêcha nullement Tobin de reconnaître l'épée qu'étreignaient les mains protégées par des gantelets : l'épée justement dite de Ghërilain, celle-là même que brandissaient toutes les autres statues..., et celle dont oncle Erius se trouvait être actuellement le détenteur.

Était-ce elle aussi que le fantôme lui avait tendue ? Peut-être bien... Il tourna lentement sur place, examinant attentivement les visages de pierre. De laquelle s'était-il agi ? Car il ne faisait aucun doute qu'il s'était agi d'une reine. Mais si c'était bien *cette* épée-*ci* qu'elle avait tendue, pourquoi la lui avoir offerte à *lui* ?

Il s'assura d'un coup d'œil rapide que le desservant de l'autel ne rôdait nulle part dans les parages puis murmura : « Sang mon sang. Chair ma chair. Os mes os. »

Frère apparut sur-le-champ. La clarté de la flamme lui donnait l'air d'être transparent. Combien de temps s'était-il écoulé depuis la dernière convocation ? se demanda Tobin, le cœur alourdi de remords. Trois jours ?

Une semaine ? Peut-être davantage. Il s'était enchaîné tellement de banquets, tellement de bals et tellement de séances d'entraînement jusqu'à tout ce maudit remue-ménage à propos de Ki ! Que dirait Lhel d'un tel abandon ? Il aimait mieux ne pas y penser…

« Je suis désolé de t'avoir négligé, chuchota-t-il. Regarde, voilà toutes nos grandes reines. Tu te rappelles, à la maison, celles qui se trouvaient dans le coffret ? C'est leur tombeau, ici. J'en ai vu une…, son fantôme. Tu sais, toi, laquelle c'était ? »

Frère se mit à faire le tour des statues, les yeux levés pour considérer chacune successivement d'un air pénétré. Finalement, il s'immobilisa devant l'une d'elles et parut satisfait de ne plus quitter cette place-là.

« C'est elle ? C'est celle que j'ai vue au Palais Vieux ?

— Je vous demande pardon, prince Tobin ? »

Tobin fit volte-face et se retrouva devant le magicien du roi, planté près de l'autel. « Lord Nyrin ! Quelle surprise vous venez de me causer là ! »

Nyrin s'inclina.

« Je pourrais en dire autant, mon prince. Je vous ai entendu parler, mais sans vous découvrir le moindre auditeur.

— Je… Un jour, j'ai eu l'impression d'apercevoir un fantôme au Palais Vieux, et j'étais en train de me demander s'il avait pu s'agir là de l'une des reines.

— Mais vous parliez tout haut. »

Si Nyrin était à même de voir Frère, du moins n'en montrait-il rien. Tobin ne s'en garda que plus soigneusement de regarder du côté du fantôme quand il répondit : « Il ne vous arrive donc jamais de vous parler tout seul, messire ? »

Nyrin se rapprocha.

« Peut-être que si. Et alors, votre fantôme, vous le reconnaissez, là ?

— Je ne suis pas sûr. Elles ne sont pas très ressemblantes, pour les visages, n'est-ce pas ? Il pourrait toutefois s'agir de celle-ci. » Il pointa l'index en direction de celle devant laquelle Frère se tenait toujours. « Vous savez qui c'est ?

— La reine Tamir, fille de Sa Majesté Ghërilain Première, si je ne me trompe.

— Dans ce cas, ce ne sont pas les motifs qui lui manqueraient pour hanter le palais, j'ai peur, dit Tobin en s'efforçant d'avoir l'air de traiter les choses à la légère. Elle fut assassinée par son propre frère, poursuivit-il, en déballant à toute vitesse la leçon qu'il savait par cœur. Pelis contesta l'Oracle et s'empara du trône, mais Illior l'Illuminateur châtia le pays et fit périr l'usurpateur.

— Voulez-vous bien vous taire, enfant ! s'exclama Nyrin en traçant va savoir quel signe cabalistique en l'air. Le roi Pelis n'assassina point sa sœur. Elle mourut de sa belle mort, et il était son unique héritier. Jamais aucune reine de Skala ne fut assassinée, mon prince. Cela porte épouvantablement malheur que de seulement suggérer une horreur pareille. Et c'est sous les coups non pas des dieux mais de meurtriers que tomba Pelis. Vos maîtres étaient on ne peut plus mal informés. Un nouveau tuteur s'impose absolument.

— Toutes mes excuses, magicien, s'empressa de répliquer Tobin, que cette explosion saugrenue venait de prendre entièrement au dépourvu. Je ne mettais certes à le dire en ce saint lieu nulle male intention. »

L'expression sévère du magicien se radoucit.

« Je suis convaincu que les ombres de vos ancêtres se montreraient enclines à la plus indulgente des compréhensions vis-à-vis du plus jeune de leurs descendants. Vous venez, somme toute, en ligne pour la succession au trône juste après le prince Korin.

— Moi ? » Ça, c'était encore plus stupéfiant.

« Mais naturellement. Les frères et sœurs du roi sont morts, et leur descendance avec eux. En dehors de vous, il n'existe personne d'autre qui lui tienne d'aussi près par le sang.

— Mais Korin aura des héritiers lui-même. » Loin de s'imaginer une seule seconde qu'il pourrait occuper le trône de Skala, Tobin ne s'était jamais cru appelé qu'à le servir.

« Sans doute. Mais il n'est encore qu'une étincelle juvénile, et pas une de ses maîtresses ne s'y est allumée. D'ici que cela se produise, vous êtes le second en ligne de succession. Vos parents ne vous ont jamais entretenu de ce genre de choses ? »

Nyrin souriait, mais sans que son sourire atteigne jamais ses yeux, et Tobin ressentit tout au fond de son être une impression bizarre, aussi insidieuse que si quelqu'un lui trifouillait parmi les tripes avec un doigt osseux.

« Non, messire. Père se contentait de me répéter que j'aurais à être un valeureux guerrier afin de servir mon cousin comme lui-même servait le roi.

— Une aspiration digne d'admiration. Veillez à vous défier toujours de quiconque essaierait de vous détourner des voies que Sakor a tracées tout exprès pour vous.

— Messire ?

— Nous vivons en des temps incertains, mon cher prince. Il y a des forces déloyales au travail pour saper la maison royale, des factions qui voudraient voir régner quelqu'un d'autre que le fils d'Agnalain. S'il advenait que n'importe quelle créature de cette engeance ose un jour vous approcher, j'espère que vous accompliriez votre devoir en venant me trouver sur-le-champ. Semblable félonie ne saurait être tolérée.

— C'est à cette tâche que vous-même et les Busards vous consacrez, messire ? demanda Tobin. À traquer les traîtres ?

— Oui, prince Tobin. »

Le timbre de la voix du magicien parut s'assombrir et emplir tout l'espace de la nécropole. « En ma qualité de serviteur de l'Illuminateur, j'ai juré de m'appliquer de toutes mes forces à la sauvegarde et au maintien des enfants de Thelátimos sur le trône de Skala. Tout Skalien véritable se doit de servir. La flamme de Sakor doit purger le royaume de toute espèce de fausseté. »

Nyrin plongea la main dans le feu de l'autel et en retira toute une poignée de flammes qu'il conserva dans le creux de sa paume aussi benoîtement que s'il s'agissait d'eau.

Comme d'instinct, Tobin recula d'un pas, tant lui inspirait d'aversion le reflet de ce feu contre nature dans les yeux couleur de jaspe de son vis-à-vis.

Celui-ci laissa les flammes s'écouler jusqu'à leur extinction totale entre ses doigts. « Que Votre Altesse daigne me pardonner. J'avais oublié que vous ne preniez aucunement plaisir aux démonstrations de magie. Mais j'espère que vous vous souviendrez de mes paroles. Ainsi que je l'ai déjà dit, nous vivons en des temps incertains, et le putride a trop souvent l'air de la pureté. Il est difficile à quelqu'un d'aussi jeune que vous de discerner la différence. Puissent les dieux exaucer mes prières afin que la marque que vous portez au bras se révèle un signe véridique et que vous me comptiez à jamais parmi vos bons amis et conseillers. Je vous souhaite une heureuse et paisible nuit, mon prince. »

La sensation insidieuse et désagréable parcourut à nouveau le ventre du gamin, cette fois cependant moins forte, et s'évanouit tandis que Nyrin sortait de la tombe.

Tobin attendit que l'autre eût définitivement disparu pour venir s'asseoir au pied de l'autel et s'enveloppa les genoux dans les bras pour lutter contre le frisson glacial qui venait brutalement de le submerger.

Des traîtres… Les allusions voilées du magicien l'effrayaient. C'était comme s'il se voyait accuser de commettre une faute, mais il savait pertinemment ne s'être en rien comporté de manière à encourir la désapprobation du magicien. Il était loyal, et de tout son cœur, envers le prince Korin et envers le roi.

Frère s'accroupit près de lui. *Il n'y a aucun Pelis, ici...*

Tobin parcourut les statues du regard. Après les avoir comptées tout en les dévisageant une à une minutieusement, force lui fut d'admettre la justesse de l'observation. On s'était gardé d'ériger une effigie du roi Pelis parmi les souverains défunts. Nyrin avait tort ; les leçons apprises de Père et d'Arkoniel étaient véridiques. Mais à quoi pouvait bien rimer l'insistance incroyable du magicien sur un détail pareil ?

Cela mis à part, il n'empêchait que Nyrin lui avait appris le nom de la reine désignée par Frère..., celle-là même, comme par hasard, que Pelis avait assassinée.

Tobin alla se camper devant la deuxième reine de Skala et, plaçant sa main droite sur l'épée de pierre qu'elle tenait, « Salut à vous, grand-mère Tamir », fit-il.

46

Le lendemain, le soleil daigna de nouveau se montrer, et Porion leur commanda de retourner faire l'exercice en plein air.

Pendant qu'on courait vers le temple, c'est à peine si Tobin s'aperçut que sa douleur au flanc le faisait souffrir davantage, tant le tourmentait en revanche l'état dans lequel se trouverait Ki. Son cœur se gonfla de soulagement quand il le vit sortir, affamé mais la tête haute. Mago paraissait le plus épuisé, le plus mal en point des deux, et Ki confessa par la suite l'avoir dévisagé durant des heures entières, en pleine nuit, sans piper mot, rien que pour lui foutre les jetons. Et ça avait sacrément bien marché, de toute évidence.

Comme les prêtres avaient tartiné de baume les plaies de son dos, Ki prit part à l'entraînement sans émettre l'ombre d'une plainte. Il plaisanta avec ceux des écuyers qui étaient ses amis, ignora ses ennemis et servit à table, le soir. Tant et si bien que Tobin avait fini par se persuader que tout était rentré dans l'ordre et allait pour le mieux quand, l'heure du coucher venue, Ki tira les rideaux qui fermaient l'alcôve.

« Tu vas dormir là de nouveau ? »

Ki se posa délicatement sur le bord de l'étroite couche et enlaça ses doigts dans son giron. Rien qu'à la manière dont il se tenait, Tobin comprit qu'il souffrait beaucoup plus qu'il n'acceptait de le laisser voir.

« Baldus ? »

Le page se dressa sur sa paillasse.

« Oui, prince Tobin ?

— Va vite aux cuisines et vois si le chef peut concocter un somnifère pour sieur Ki. »

L'enfant déguerpit. Tobin barra la porte sur ses talons et revint vers Ki. « C'est à propos de quoi, cette nouveauté ? »

La question n'obtint qu'un haussement d'épaules.

« Il m'est revenu aux oreilles que la plupart des autres écuyers font comme ça, et..., bon... Enfin, tu sais bien, déjà les gens nous estiment assez bizarres comme ça. Je me suis juste dit qu'on pourrait peut-être faire deux ou trois trucs à la façon d'Ero.

— Korin aime bien nous voir faire les trucs à notre façon à nous. Il me l'a même dit. Il t'a trouvé épatant, hier.

— Ah oui ? Eh bien, Korin n'est pas tout le monde. Et moi, je ne suis pas prince.

— Tu es en rogne contre moi.

— Contre toi ? Jamais de la vie. Seulement... »

Pour la première fois depuis le début de tous ces embêtements, le masque de bravoure que s'était forgé Ki se craquela subitement. Derrière, Tobin devina les traits las, abattus, du petit campagnard affaissé là, sous ses yeux, les épaules gauchement ployées pour tenter d'atténuer la souffrance.

Il s'assit à ses côtés pour examiner le dos de sa chemise et le découvrit tout maculé de traînées sanglantes.

« Tu saignes encore. Sera collé demain matin, si tu gardes ça sur la peau. Allez, ferais mieux de me laisser t'aider. »

Avec des gestes câlins, il débarrassa Ki de sa chemise et la rejeta de côté sur le lit. La douleur qui lui taraudait le flanc était encore plus aiguë, ce soir, mais il l'ignora. Celui qui avait besoin de soins pour l'instant, c'était Ki, pas lui.

Les contusions avaient viré du cramoisi au violet et au noir, et les plaies, dont les croûtes se soulevaient, se remettaient à saigner dès que Ki faisait le moindre mouvement. Tobin avala un grand coup, en repensant à toutes les fois où ses supplications avaient empêché Nari d'administrer le martinet à Ki. Et voilà ce qu'il avait fait, lui… !

« Je ne me plais pas ici », dit-il finalement.

Ki hocha la tête, et une larme lui dégoulina jusqu'au bout du nez puis alla s'aplatir sur le dos de la main de Tobin.

« Mon grand regret, c'est qu'on n'ait pas pu partir avec Père, tout bonnement. Ou bien que les Compagnons ne puissent pas lever le camp dès demain pour aller retrouver le roi. Puis ce que je voudrais par-dessus tout, c'est être majeur et en possession de mes terres, parce que comme ça je pourrais te faire grand seigneur. Je te promets que je le ferai, Ki. Et, après ça, jamais plus personne n'osera te traiter de chevalier de merde. »

Ki exhala un rire assez semblable à un hoquet puis, non sans mal, leva un bras pour entourer les épaules de son ami. « Je n'ai… »

Un tapage épouvantable en provenance du coin de la penderie les fit sursauter tous deux. Tobin bondit sur ses pieds pendant que Ki se rejetait vaille que vaille en arrière, au bout d'une seconde d'hésitation, pour essayer de récupérer sa chemise.

C'étaient Korin et une demi-douzaine des Compagnons les plus âgés qui franchissaient en titubant avec leurs écuyers l'ouverture du passage dérobé.

« Cousin, on vient te soumettre une invitation ! » glapit Korin, moyennant quoi Tobin devina qu'il avait dû picoler sec et sans relâche depuis leur séparation, le souper fini. Urmanis et Zusthra étaient eux-mêmes aussi cramoisis qu'hilares. Quant à Orneüs, non content d'enlacer Lynx à pleins bras, il lui fourrageait dans l'oreille avec le bout du nez. Caliel semblait un peu moins bourré, mais le seul à jeun de la bande était l'écuyer du prince, Tanil. Il salua Tobin en s'inclinant d'un air embarrassé.

« On descend faire une bordée en ville, et on vient te proposer de vous joindre à nous, poursuivit Korin, qui chancelait pas mal au milieu de la chambre. Toi et tout particulièrement l'inestimable Ki. Allez, p'tit gars, rhabille-toi vite, que je te paye une pute et que t'arrêtes un peu de penser à ton dos. »

Garol s'écarta du groupe en trébuchant pour aller dégueuler sous les quolibets indignés de leurs camarades.

« Ah, Urmanis, m'a tout l'air que c'est vous, ce coup-ci, qui êtes bons pour les marches du temple, se moqua Korin en secouant la tête. Voilà ton écuyer qui te couvre d'opprobre en dégueulassant le plancher de mon pauvre cousin. Mais je disais quoi, au fait… ? Ah oui. Les putes. T'es assez vieux, Ki, hein ? Je t'ai bien vu reluquer les filles, va ! Flamme divine, t'es le meilleur de toute cette bande de pourris. On va se soûler, puis on ira te tirer du pieu cette vérole de Mago à grands coups de pied dans le cul. Et cet enculé d'Alben par-dessus le marché !

— Non, cousin, Ki est vanné. » Tobin s'interposa, non sans quelque anxiété, entre le prince et son ami. Que faire, en effet, si Korin s'obstinait à prétendre les emmener ? Jamais il ne l'avait vu dans un état d'ébriété aussi avancé depuis le soir de leur arrivée.

Par bonheur, il se découvrit en l'occurrence un allié en la personne de Tanil.

« Ils sont encore trop jeunes tous les deux pour participer à vos fêtes, Altesse. En plus, Ki est dans un si piteux état qu'une pute, avec lui, ce serait du gâchis. Dépêchons-nous de sortir nous-mêmes avant que maître Porion ne vous mette la main dessus et ne vous renvoie vous coucher.

— Holà, diable, hé, pas de ça ! *Vos gueules*, vous tous, ou l'enfer vous emporte ! rugit Korin. Allons, cousinet, donne-nous une bise pour nous porter chance. Et toi pareil, inestimable Kirothius. Bonne nuit ! Bonne nuit ! »

Korin ne consentit à se déclarer content qu'après qu'un chacun eut embrassé Tobin et Ki sur les deux joues puis obtenu d'eux la réciproque en guise de talisman, mais ils finirent tous quand même par ressortir à la queue leu leu, cahin-caha, par le même passage qui avait servi à leur intrusion.

Dès que Tobin fut bien certain de leur départ, il traîna le plus lourd fauteuil disponible de la chambre jusqu'au cagibi pour y bloquer le panneau mobile, et ensuite il convoqua Frère et le pria de monter la garde.

À son retour dans la chambre à coucher, il trouva Ki en train de se débarbouiller le visage dans la cuvette. Il avait entre-temps laissé rentrer Baldus et Molay qui, non sans maugréer par-devers eux contre ces cochons, s'employaient à nettoyer les aigres vomissures de Garol.

« Les choses ne se passent jamais comme ça lorsque le roi est là, marmonna finalement Molay. Du temps où Korin n'était qu'un gamin, Porion réussissait à lui tenir la bride, mais maintenant... ! Je vais faire brûler de l'encens pour chasser l'odeur. Baldus, va donc chercher du vin aux épices pour le prince.

— Non, pas de vin », dit Tobin d'un ton las.

Leur service achevé, Tobin congédia pour la nuit le page et le valet de chambre et puis entraîna Ki vers le grand lit. « Tu vois à quoi ça aboutit, j'espère, de faire les choses à la façon d'Ero. Dors, maintenant. »

Avec un soupir, Ki cessa de lutter et s'allongea sur le ventre tout au fond du lit.

Tobin s'adossa, lui, sur les traversins et fit de son mieux pour omettre les remugles qui persistaient à empuantir l'air malgré les nuées marmiteuses d'encens. « Orneüs était en train de lui faire quoi, à ce pauvre Lynx ? »

Ki renifla dans son oreiller. « Qu'est-ce que tu as fait, toi, hier, pendant que moi et Mago on s'aplatissait les genoux ? »

Tobin revit en pensée l'interminable journée grise qu'il avait subie.

« Rien, en fait. Mais je suis tombé sur Nyrin à la nécropole royale, hier soir.

— Barbe de goupil ? Qu'est-ce qu'il te voulait ?

— Il a dit que je venais directement comme héritier du trône après Korin jusqu'à ce qu'il en ait un de ses propres œuvres. »

Ki se tourna pour le regarder d'un air pensif.

« Ça m'en a tout l'air, au fait. Et rien qu'à voir la façon dont Korin chancelait, ce soir, ça pourrait bien te donner des chances supplémentaires.

— Ne plaisante pas sur ce sujet ! l'avertit Tobin. Si les Busards t'entendaient ne serait-ce qu'en plaisanter, ils pourraient bien s'en prendre à toi, m'est avis. Ce Nyrin me fait peur. Chaque fois qu'il se trouve auprès de moi, j'ai comme l'impression qu'il est à la recherche de quelque chose, comme s'il croyait que je lui cache quelque chose.

— Il a cet air avec tout le monde, marmonna Ki, tout en glissant manifestement très vite vers le sommeil. Et tous ces magiciens blancs font pareil. Je n'irais pas m'aventurer à tourner autour de n'importe lequel d'entre eux. Mais quel sujet d'inquiétude, au fond, pourrions-nous avoir ? Nul n'est plus loyal que nous ne le sommes, et… » Sa phrase s'acheva sur un vague ronflement très doux.

Le souvenir de la sensation bizarre que lui faisait éprouver la présence du magicien tint Tobin longuement éveillé, lui, tout comme l'idée de ces ennemis occultes auxquels l'autre avait fait des allusions si transparentes. Mieux valait qu'aucun traître ne lui fasse d'avances… Si peu de goût qu'il éprouvât pour cet intrigant de barbu flamboyant, il ne manquerait pas de lui dénoncer quiconque oserait le solliciter de trahir le souverain légitime de Skala.

47

« Crois que le coup valait la chandelle ? » chuchota Ki à Tobin lorsqu'ils virent Korin et ses coéquipiers de bordée de la veille survenir en ordre dispersé et en traînant les pieds pour la course matinale, le lendemain. Porion les couvait de l'œil, lui aussi, l'air aussi sombre qu'un nuage de grêle prêt à crever.

La purge essuyée par Garol ne lui avait fait aucun bien ; il était aussi verdâtre qu'un poireau et tanguait pas mal. Les autres se montraient moins branlants mais extrêmement taciturnes. Seul Korin, naguère le plus soûl du lot, avait recouvré son allure habituelle. C'est néanmoins d'un bonjour passablement contrit qu'il salua son jeune cousin.

« Tu n'as pas dû te ruiner en pensées aimables pour nous après notre retraite, je présume ? fit-il en lui faufilant un coup d'œil penaud.

— Votre Altesse s'est bien amusée en ville ? demanda Ki.

— Nous venions tout juste d'arriver à la poterne quand nous nous sommes fait épingler par Porion. Et nous avons tous écopé d'une veille de pénitence qui, l'entraînement terminé, devrait, à l'en croire, nous purifier de tous nos miasmes délétères. Et il n'y aura plus de vin à table pendant un mois. » Il exhala un soupir. « Je ne sais pas pourquoi je me conduis de cette manière. Tu voudras bien me pardonner, n'est-ce pas, Tob ? »

L'intrusion de la veille, Tobin n'en avait conçu aucune rancœur, et le sourire implorant de Korin aurait suffi à provoquer la débâcle d'une rivière gelée le jour de Sakor. « J'aimerais mieux te voir passer par ma porte d'entrée, mais c'est tout. »

Korin lui assena une tape sur l'épaule. « Alors, c'est la paix entre nous ? Bon. Viens, tiens, faisons presser l'allure à ces traînards-là jusqu'au temple ! »

Tobin et Ki n'eurent aucun mal à tenir la tête du peloton, ce jour-là, mais, quitte à rire tout du long, Korin ne leur concéda pas une semelle. Tout en sachant que Ki nourrissait une certaine défiance à l'endroit du prince, Tobin ne pouvait s'empêcher de vouer à celui-ci presque autant d'affection à cause de ses défauts qu'en dépit d'eux. Même ivre mort, il n'était jamais ni grossier ni cruel comme certains des autres, et il ne semblait jamais après coup se ressentir de son intempérance. Il avait par exemple aujourd'hui l'air aussi frais que s'il avait passé la nuit tout entière à dormir à poings fermés.

Une fois achevées leurs dévotions au temple, Porion les emmena, toujours au pas de charge, droit aux lices de tir à l'arc. Le temps était beau, le matin limpide et sans vent, et Tobin se promettait déjà de battre Urmanis, à qui l'opposait une rivalité ouverte.

Or, comme il prenait sa place à la marque et portait la flèche encochée sur la corde à hauteur de l'oreille, la douleur d'entrailles qui n'avait cessé de le tourmenter depuis plusieurs jours lui tordit de nouveau le ventre, et cette fois d'une façon si brutale et subite et précise qu'il dut retenir son souffle et lâcha la corde sans avoir seulement visé. La flèche partit au hasard et survola un groupe de jeunes filles attirées là par le spectacle et qui s'éparpillèrent, affolées, comme une bande d'étourneaux.

« Hé là, Tobin, tu as les yeux ouverts, oui ? » gueula Porion, dont persistait la méchante humeur.

Tobin marmotta des excuses. La douleur disparut, mais non sans le laisser gauche et angoissé.

« Qu'est-ce qui t'arrive, prince Couguar ? gloussa Urmanis en s'avançant pour tirer à son tour. Distingué un serpent dans ton ombre ? » Sa propre flèche alla se ficher en plein dans le mille de la cible.

Tobin méprisa la saillie et encocha un nouveau trait. Il n'eut pas le loisir de tirer que la douleur fut là de nouveau, lui broyant les tripes comme dans des tenailles rougies. Il avala durement sa salive et se contraignit à poursuivre comme si de rien n'était, ne voulant à aucun prix montrer la moindre faiblesse en présence des autres Compagnons. Après avoir soigneusement visé, il n'eut pas plus tôt relâché la corde d'un mouvement souple qu'il découvrit Frère planté juste devant la cible à l'instant précis où sa flèche prenait son essor.

L'esprit ne s'était pas manifesté sans qu'il le convoque depuis le fameux jour de sa visite à la demeure de Mère. Le fameux jour où il avait découvert la bague.

Frère était en train d'articuler un message silencieux dont Tobin fut incapable de déchiffrer la signification. Une nouvelle crampe l'empoigna, pire que la précédente. Et c'est à grand-peine qu'il réussit à rester debout jusqu'à ce qu'elle s'estompe.

« Tobin ? » Urmanis ne blaguait plus du tout lorsqu'il se pencha vers lui pour scruter l'expression de sa physionomie. « Maître Porion, j'ai l'impression que le prince est malade ! »

Aussitôt, Ki et Porion se portèrent auprès de lui.

« Ce n'est rien d'autre qu'une crampe, s'étrangla-t-il. J'ai dû courir trop dur, et… »

Le maître d'armes lui tâta le front. « Pas trace de fièvre, mais tu es livide. Tu as été souffrant, la nuit dernière ? »

Frère s'était désormais rapproché au point de le toucher.

« Non. Cela vient juste de me prendre, depuis la course.

— Eh bien, dans ce cas, tu ferais mieux de retourner te coucher un moment. Ki, veille à ce que le prince se mette au lit, puis viens me faire ton rapport. »

Frère ne bougea pas d'auprès de Tobin jusqu'à ce qu'ils aient regagné leur chambre, et ce sans que ses impénétrables yeux noirs cessent une seconde de l'observer.

Molay tint absolument à l'aider à s'allonger, tandis que le petit Baldus virevoltait comme une guêpe derrière eux. Tobin les laissa lui retirer son justaucorps et ses chaussures puis se pelotonna en boule tandis que l'assaillait une nouvelle vague de douleur qui le submergea.

Après avoir repoussé les serviteurs, Ki grimpa sur le lit et s'installa à ses côtés. Plaquant le dos de sa main sur le front de son ami, il secoua la tête. « Non, tu n'as pas de fièvre, mais il n'empêche que tu transpires. Baldus, va donc nous chercher sieur Tharin. »

Désormais debout derrière Ki, Frère secoua lentement la tête à l'adresse de Tobin.

« Non, laisse-moi simplement me reposer, fit tant bien que mal le patient. C'est probablement le pouding d'hier soir qui ne passe pas. Je n'aurais pas dû manger de figues non plus. » Il fit à Ki un sourire piteux. « Place le pot de chambre à ma portée, veux-tu ? Et puis retourne là-bas leur dire que je vais bien. Je n'ai aucune envie de voir cette bande d'ivrognes se gargariser de mes petits bobos.

— C'est tout ? » Ki laissa échapper un léger rire de soulagement. « Pas étonnant que tu aies détalé si vite du terrain. Très bien, alors. Je vais transmettre ton message et puis je reviens tout de suite.

— Non, restes-y et entraîne-toi. Ça ira mieux dans un instant. Porion a déjà bien assez de monde pour le mettre en rogne, aujourd'hui. »

Ki lui pressa l'épaule et puis referma soigneusement les rideaux du lit.

Tobin l'écouta sortir et s'éloigner. Il demeura allongé sans bouger, attentif seulement aux sensations bizarres qui lui travaillaient le ventre. De quoi pouvait-il s'agir ? La douleur était à présent moins aiguë, elle lui faisait l'effet d'aller et venir par vagues et lui rappelait le flux et le reflux de la mer sur la grève. Tandis que la souffrance s'estompait, il prit conscience que se produisait une nouvelle sensation, plus déconcertante, dans son sillage. Il se leva, s'assura qu'il n'y avait personne dans la chambre ou dans le cagibi puis, s'enveloppant étroitement dans le rideau, il délaça ses culottes et les repoussant jusqu'à ses pieds, découvrit une petite tache humide à la jointure de ses jambes. Il la contempla, d'autant plus stupéfait qu'il savait pertinemment ne s'être pas souillé.

Frère était de nouveau avec lui, tout yeux.

« Va-t'en », chuchota Tobin d'une voix faiblarde et tremblante, mais Frère demeura là. « Sang mon sang… »

Il n'alla pas plus loin, la gorge serrée par la peur, tout en réfléchissant à l'emplacement de la maudite tache. D'une main fébrile, il tâtonna par-dessous ses parties, si menues encore et totalement dépourvues de poils, contrairement à celles des autres Compagnons. Au sein des rides de la peau des bourses, il sentit comme une petite flaque humide et gluante et, affolé, examina le bout de ses doigts ; si peu qu'il y eût de lumière, il était impossible de s'y méprendre, c'était du sang. La peur l'empêcha presque de respirer quand il renouvela l'expérience, cherchant désespérément cette fois quelque blessure, quelque plaie.

La peau était intacte. Le sang suintait au travers comme de la rosée.

« Oh, dieux ! » Cette fois, il savait de quoi il s'agissait. La peste. La rouge-et-noir.

Toutes les pitreries qu'il avait vu représenter au coin des rues lui revinrent d'un coup en mémoire, ainsi que les histoires que les garçons colportaient au coin de la cheminée. Vous commenciez par saigner à travers la peau, puis d'énormes plaies noires se mettaient à vous boursoufler les aisselles et l'aine. À la fin, vous creviez tellement de soif que vous vous traîniez en rampant jusqu'au caniveau pour en laper les immondices, et vous finissiez par mourir en vomissant le peu qu'il vous restait de sang.

Sur les talons de cette vision d'enfer lui revinrent les mots de Lhel. *Tu voir sang ? tu venir voir me. Ici.* Il s'était bel et bien agi d'une vision, en définitive...

« Qu'est-ce que je fais, maintenant ? » chuchota-t-il à l'intention de Frère. Mais il connaissait déjà la réponse.

Pas dire personne, surtout. Tu aimer ton ami, tu pas dire lui, l'avait bien prévenu la sorcière.

Il ne fallait pas avertir Ki. Ni Tharin. Ni n'importe quel autre des êtres qu'il aimait. Ils voudraient tous le secourir, et eux aussi, à leur tour, contracteraient la peste.

Il jeta un long regard sur le lit qu'il avait partagé avec Ki. Son ami ne se trouvait-il pas déjà contaminé par sa faute ?

Tu aimer ton ami, tu pas dire lui.

Il se tortilla pour remonter ses culottes et les renouer puis descendit du lit. Jamais Ki n'accepterait de le laisser s'en aller tout seul. Pas plus que ne le lui permettraient Lord Orun ni Porion ni Tharin ni quiconque d'autre. Il trouva sa tunique et l'enfila bien vite, avant que la douleur ne revienne lui fouailler les tripes avec ses griffes rougies à blanc, l'obligeant à grincer des dents et à se plier en deux. La bague et le sceau tintèrent contre sa poitrine dans l'échancrure de sa chemise. Il les en retira et les étreignit comme des talismans, tant il se sentait éperdument seul. Il lui fallait aller rejoindre Lhel coûte que coûte.

Une fois que la douleur se fut un peu apaisée, il se rendit dans le cagibi pour ceindre l'épée de Père. *Me voici presque assez grand pour la porter, maintenant que je suis sur le point de mourir*, songea-t-il avec amertume. *Puissé-je être au moins brûlé avec elle. Il ne reste plus personne à qui la transmettre.*

Il entendit des serviteurs discutailler dans le corridor ; il lui était impossible de s'échapper par là sans être vu. S'emmitouflant dans un vieux manteau, il se mit à genoux pour tâter le panneau qui le séparait du passage menant à la chambre de son cousin. Ainsi que l'en avait prévenu Korin, il fut incapable de le faire jouer par ce côté-là, mais Frère n'eut besoin que de s'y employer pour y parvenir en un tournemain.

La chambre de Korin ressemblait à la sienne, à ceci près que les tentures en étaient plus riches et rouge et or. Elle disposait également d'un escalier menant directement du balcon dans les jardins, et c'est par là que Tobin prit le large, ni vu ni connu.

Ainsi que l'avait appréhendé Ki, Porion le maintint à l'entraînement jusqu'au milieu de l'après-midi. L'approche du soir allongeait les ombres des grands pins jusque dans leur chambre quand il finit par y retourner.

« Tobin, comment te sens-tu ? »

N'obtenant pas de réponse, il alla vers le lit, tira l'un des lourds rideaux, s'attendant à trouver son ami encore endormi, mais la couche était vide.

Abasourdi, Ki promena un coup d'œil tout autour de la pièce. Ici traînait encore le justaucorps retiré tout à l'heure ; au râtelier sculpté demeuraient suspendus, à l'endroit même où il les avait laissés, l'arc et l'épée de

Tobin. Il y avait bien dix autres endroits où celui-ci pouvait s'être également rendu, et, dans des circonstances normales, Ki n'aurait pas vu d'inconvénient, loin de là, à attendre qu'il ressurgisse ou à le retrouver au repas du soir ; seulement, l'indisposition soudaine de Tobin l'avait, presque à son insu, trop profondément chamboulé.

Juste à cet instant, il surprit un bruit de pas feutrés sur le balcon et, se retournant, vit Tobin s'encadrer dans l'embrasure illuminée par le soleil couchant. « Ah, te voilà donc ! s'écria-t-il avec soulagement. Tu dois te sentir mieux, alors. »

Tobin se contenta de hocher la tête avant de s'engouffrer dans le cagibi contigu, non sans lui faire signe de le suivre.

« Comment te sens-tu ? Tu m'as l'air encore bien pâle. »

Toujours sans prononcer un mot, Tobin entreprit d'escalader les étagères du vieux placard qui se dressait contre un mur de la petite pièce.

« Qu'est-ce que tu fabriques ? » Ce n'était pas le comportement habituel de Tobin, se dit-il. Peut-être était-il sérieusement malade, après tout. Il trouvait quelque chose de bizarre jusque dans ses gestes, sans savoir au juste pourquoi.

« Tob, qu'est-ce qui ne va pas ? Tu en as après quoi, dis, là-haut ? »

Tobin fit demi-tour et laissa tomber un sac de toile crasseux dans les mains de Ki. Et ce simple mouvement les mit face à face pour la première fois depuis que Tobin avait fait sa réapparition dans la chambre.

Le regard de Ki se plongea dans ces yeux noirs et fixes, et il se mit à trembler de tous ses membres. Ce n'était pas Tobin qu'il avait devant lui.

« Frère ? »

En l'espace de moins d'un clin d'œil, l'autre se dressa à quelques pouces à peine en face de lui. Les traits de l'esprit lui rappelèrent un masque..., le masque que quelque artiste des plus maladroit aurait tenté de modeler d'après le visage de Tobin, mais en oubliant d'y mettre la moindre gentillesse ou la moindre chaleur. Ki songea brusquement au cadavre de sa propre mère gisant gelée dans le grenier tant d'années plus tôt ; il avait alors repoussé la couverture qui l'enveloppait pour contempler sa figure et avait vainement essayé d'y retrouver la présence aimante qu'il avait connue. Et c'était pareil, maintenant, il cherchait vainement Tobin sur la figure du démon.

En dépit de sa peur, il parvint à recouvrer la voix. « C'est toi, Frère, hein ? »

L'esprit acquiesça d'un signe, et quelque chose comme un sourire fit trembloter ses lèvres fines. L'effet n'était pas des plus agréable.

« Où est Tobin ? »

Frère indiqua le sac. Sa bouche ne remua pas, mais Ki perçut un murmure aussi ténu que le vague souffle du vent sur un lac gelé. *Il va chez Lhel. Va vite lui apporter ça !*

Et sur ce, Frère s'évapora, laissant Ki seul au sein des ombres qui s'allongeaient démesurément, seul avec un sac de toile crasseux qui contenait quelque chose.

Lhel ? Tobin était retourné au fort ? Mais pourquoi ? pourquoi ? Et pourquoi était-il parti sans lui ? Les doigts de Ki rencontrèrent le cheval sculpté qu'il portait au cou, tandis qu'il refoulait de son mieux les sentiments blessants que suscitaient des questions pareilles. Si Tobin était parti sans lui, alors c'est que quelque chose ne tournait pas rond, quelque chose d'effroyable, et, si tel était le cas, sa place à lui était à ses côtés.

Mais il est parti sans moi...

« Tharin. Il me faudrait aller avertir Tharin, peut-être même maître Porion... »

Non !

Ki sursauta lorsque Frère lui siffla cela du fond des ombres qui environnaient le seuil. C'était un signe, finalement, là, que de voir Frère. Tobin devait se trouver en très grand danger, vraiment, pour que le fantôme se soit décidé à lui apparaître. Il n'y avait rien de mieux à faire que ce qu'il disait…

À cet égard du moins, la chance fut de son côté. Pendant les heures qui séparaient leurs tâches des soirées au mess, les garçons étaient libres de faire ce qu'ils voulaient. Personne n'y regarderait à deux fois si un écuyer passait entre le palais et les écuries pour apporter à réparer les armes de son maître.

N'emportant que le mystérieux sac et leurs deux épées, il sortit pour se rendre aux écuries. Il y vit confirmées ses appréhensions. Gosi n'était plus là. Si Tobin avait emmené son cheval, il ne restait plus aucun espoir de le rattraper, maintenant. La seule chose qu'il fût possible de faire était de suivre ses traces.

« Tu aurais tout de même pu te montrer un tout petit peu plus tôt », marmonna-t-il tout en sellant Dragon, dans l'espoir que Frère rôdait assez près pour saisir ses paroles.

S'entendre conter par un écuyer la fable d'une commission en ville satisfit les gardes du Palatin, et ceux de la poterne du port ne se montrèrent pas plus regardants sur celle qu'il leur servit. La nuit tombait rapidement, et Frère ne se manifesta d'aucune façon pour lui servir de guide, mais il y avait assez de lune pour éclairer la route à suivre. Tournant la tête de Dragon vers l'ouest, Ki le lança au galop sur le grand chemin, non sans conjurer Astellus d'aider le rouan à placer fermement ses sabots dans le noir.

Il y avait peu de cavaliers sur les routes, la nuit, et moins encore d'assez minces pour être Tobin, mais Ki ne pouvait s'empêcher de regarder sous le nez chacun des inconnus qu'il lui advint de dépasser.

Vers la minuit, il s'arrêta pour laisser reposer son cheval au bord d'un ruisseau. Et c'est seulement alors que lui vint l'idée de jeter un coup d'œil dans le sac.

Il était à peu près la même heure quand Tharin trouva à sa porte un Molay complètement désemparé.

48

Le croissant de la lune guida Tobin pour rentrer chez lui. Éclairé par sa lumière, il laissa la mer dans son dos et remonta les rivières et les chemins qui menaient à l'ouest vers les montagnes. Peut-être Gosi se remémorait-il lui aussi le trajet emprunté naguère, car aucun carrefour ne les égara de toute la nuit.

Tobin craignait de ne pas le maintenir éveillé, tandis que la douleur s'amplifiait et se modifiait au fur et à mesure que la lune l'attirait vers l'avant. Lorsque d'aventure elle abstenait de se manifester, il le poussait à prendre le galop pendant plusieurs milles. Et puis elle refermait son étau sur sa chair, et alors Gosi suivait au pas le bas-côté herbeux, pendant que son maître avait l'impression de charrier un brasero de feu rouge sombre qui lui ballottait entre les hanches. Les yeux à demi clos pour la combattre de son mieux, il pensait à sa rencontre avec Nyrin dans la tombe royale et à la poignée de flammes que brandissait le magicien.

Tandis que la nuit se traînait interminablement, la douleur s'exacerbait souvent pour martyriser son être entier, le fouaillant sous le sternum, se glissant insidieusement de toutes parts sous sa peau, l'embrasant tour à tour ou le glaçant jusqu'à la moelle des os. Le sang s'était séché dans ses culottes, mais sa poitrine commença à le démanger furieusement aux alentours de la minuit, juste en dessous des seins. Lorsqu'il les y risqua pour se gratter, ses doigts reparurent tout noircis et mouillés.

La peste la peste la peste. L'horrible terme bourdonnait au rythme des battements affolés de son cœur.

Pestifère…

Lhel devait avoir là contre quelque remède de sa façon. Ce devait être à cet effet qu'il s'était vu gratifier d'une vision lui disant d'aller la retrouver. Il se pouvait que les sorcières des montagnes aient connaissance d'un traitement qu'ignoraient les drysiennes, tout comme les guérisseurs royaux de Skala.

Tout le monde avait entendu mille contes là-dessus. Dans les cités portuaires, les oiseaux de mort chasseurs de peste clouaient chez eux les pestifères ainsi que quiconque était assez malchanceux pour se trouver des leurs quand s'y découvraient les premières victimes. S'il se révélait y avoir un quelconque survivant, encore lui restait-il à prouver sa bonne santé en fracassant une issue pour se délivrer.

Un pestifère, voilà ce qu'il était.

Lhel l'avait prévu.

Allait-on clouer le Palais Vieux ?

À la faveur des ténèbres, le délire de son imagination lui représentait toute une armée d'oiseaux de mort s'abattant sur le palais comme des charognards, munis de marteaux et portant des besaces de clous sur l'épaule, à la manière des artisans qui avaient autrefois envahi le manoir.

Allait-on se lancer à ses trousses puis clouer également toutes les ouvertures du fort ?

On risquait de l'enfermer dans la tour. On l'affublerait d'un masque, et il ressemblerait dès lors aux oiseaux que Mère avait eus là-haut pour seule compagnie…

Tout au long de cette interminable nuit, ses pensées tournèrent dans sa tête en s'enchevêtrant dans une ronde sans trêve ni cesse. Il fut presque étonné lorsqu'il vit enfin se détacher, juste devant lui, si proches désormais, les chicots déchiquetés des montagnes contre le firmament tout serti d'étoiles.

Les premières lueurs de l'aube échauffaient le ciel dans son dos quand il traversa Bierfût encore endormie. Gosi trébuchait sous lui, les naseaux fumants. De l'épuisement, Tobin était passé à un état d'engourdissement tellement peuplé de rêves qu'il commençait à se demander s'il n'allait pas finir, en ouvrant brusquement les yeux, par se retrouver somme toute à Ero, cloué à l'intérieur de sa chambre par les oiseaux de mort. À moins qu'il ne fût en train de suivre véritablement la piste des visions qui devaient l'amener à la pièce souterraine gardée par les daims… ?

Dépassant les dernières maisons du bourg, il se mit à suivre la route familière que bordaient des arbres aux couleurs automnales. Elle avait eu tout à fait cet aspect-là, le jour où pour la première fois Père l'avait emmené à Bierfût, près d'une demi-vie plus tôt. Il était content de se retrouver là, même si cela ne devait plus jamais se produire. Mieux valait mourir ici que dans la grand-ville. Il espéra que l'on déposerait son corps quelque part au fond de la forêt. Il n'avait pas envie de figurer sur l'une de ces étagères au-dessus desquelles se dressaient les reines de pierre. C'est en ces lieux-ci qu'était sa place à lui.

Il venait juste d'entr'apercevoir le sommet de la tour par-dessus la cime des frondaisons quand Lhel émergea des bois devant lui. Des larmes de soulagement lui brûlèrent les yeux.

« *Keesa*, tu venir, dit-elle en s'avançant sur la route à sa rencontre.

— J'ai vu le sang, Lhel. » Sa voix était aussi ténue que celle de Frère. « Je suis malade. J'apporte la peste. »

Elle lui empoigna la cheville et loucha vers lui, puis lui tapota le pied d'un geste rassurant. « Non, *keesa*. Pas peste. »

Lui retirant le pied de l'étrier, elle grimpa en selle derrière lui et s'empara des rênes.

Il ne conserva guère de souvenirs de la chevauchée qui s'ensuivit, sinon que le corps de Lhel était tout chaud contre son dos. Un vrai bonheur.

Il ne reprit vraiment conscience qu'au moment où elle l'aida à mettre pied à terre, en sentant qu'elle avait les mains aussi fraîches qu'une eau de rivière. Tout était bien là, le chêne hospitalier, ses corbeilles et ses paniers, le petit bassin rond chatoyant de la source qui miroitait juste au-delà, moiré de vert et d'or.

Un feu réconfortant pétillait en face de la porte. Lhel entraîna Tobin vers une bûche posée tout près qui servait de siège, l'emmitoufla dans une robe de fourrure et lui mit entre les mains une coupe de bois pleine d'une décoction d'herbes. Il sirota le breuvage bouillant avec gratitude. De tons fauve clair et brun, la douce fourrure était celle d'un couguar… Le couguar de Ki, songea-t-il, avec la nostalgie que son ami ne soit pas là.

« Qu'est-ce qui m'arrive ? demanda-t-il d'une voix rauque.

— Montre sang. »

Il abaissa le col de sa tunique pour lui faire voir la partie de son torse qui suintait. « Vous prétendez que je n'ai pas la peste, mais regardez donc ! Qu'est-ce que ça serait d'autre ? »

Lhel toucha la chair tout humide puis soupira.

« Nous beaucoup demandé la Mère. Trop, je pense.

— À ma mère ?

— Elle aussi, oui, mais la déesse Mère est celle je parler. Tu avoir douleurs cet endroit-là ?

— Un peu, mais surtout dans mon ventre. »

Lhel hocha la tête. « Sang autre endroit ? »

Non sans embarras, Tobin releva son justaucorps et lui montra celui où le premier épanchement avait traversé et taché ses culottes.

Lhel lui plaça ses mains sur la tête et prononça tout bas des mots qu'il ne comprit pas.

« Ah..., trop tôt, *keesa*. Trop tôt, répéta-t-elle d'un ton désolé. Peut-être moi bien tort, en faisant *hekkamari* Frère garder toi si près. Je devoir amener Arkoniel. Toi manger pendant moi vais.

— Je ne peux pas vous accompagner ? J'ai tellement envie de voir Nari ! supplia-t-il.

— Plus tard, *keesa*. »

Elle lui apporta du pain, de la bouillie d'avoine et des baies, puis s'enfonça dans le sous-bois.

Après avoir resserré plus étroitement ses fourrures autour de lui, Tobin mordit dans le pain. Dérobé dans les cuisines de Cuistote, aucun doute, là. La saveur qu'il lui trouvait aggrava son mal du pays. Il mourait d'envie de s'élancer aux trousses de Lhel et d'aller s'asseoir auprès des marmites avec Cuistote et Nari. Vu l'extrême proximité des lieux, vu les vieilles nippes qu'il portait, c'était un jeu d'enfant que de se dire qu'il n'avait jamais quitté la maison...

Sauf que Ki n'était pas là. Tout en promenant ses doigts tout le long des bords de la peau de couguar, Tobin se demanda ce qu'il allait bien pouvoir lui dire, à Ki, lorsqu'il rentrerait à Ero. Qu'est-ce qu'il devait penser, Ki, en cet instant même, et puis Tharin, et puis les autres ?

Il repoussa ce sujet d'inquiétude à plus tard et se remit à tripoter le sang qui maculait son torse. Bon, il ne transportait pas la peste, en définitive, mais il avait quand même quelque chose qui n'allait pas. Peut-être quelque chose d'encore pire.

Il faisait presque jour lorsque Ki parvint à l'endroit où la route bifurquait en direction de Bierfût, mais il la manqua tout de même, n'ayant fait après tout ce trajet qu'une seule fois. Il avait même bel et bien dépassé l'embranchement quand Frère fit brusquement son apparition devant lui, au beau milieu de la chaussée, ce qui affola le cheval.

« Tiens, te voilà donc ! » grommela Ki tout en tirant vivement sur les rênes afin de tranquilliser Dragon prêt à s'emballer.

Le fantôme lui désigna du doigt la direction d'où il venait. Ki se retourna et aperçut effectivement le panneau indicateur qu'il avait raté, derrière, au carrefour. « Mille mercis, Frère. »

Il se trouvait à présent presque accoutumé au fantôme. À moins qu'il ne fût tout simplement trop exténué, trop affamé, trop inquiet de ce qu'il allait découvrir au terme de cette longue chevauchée nocturne pour avoir encore en réserve la moindre peur. Quoi qu'il en fût au demeurant, ce n'est pas sans un certain plaisir qu'il s'avisa que Frère restait avec lui pour le guider jusqu'à Bierfût.

Il faisait chaud, pour un petit matin de la mi-Erasin. Une brume s'élevait des arbres en train de s'égoutter, tels des spectres, dans la clarté confuse de l'aube trompeuse.

« Est-ce que Tobin va bien ? » demanda Ki, présumant que Frère savait forcément quelque chose de l'état dans lequel se trouvait son jumeau. Mais, sans se retourner ni répondre quoi que ce soit, Frère se contenta de persister à le précéder, de cette allure sans marcher tellement singulière qu'il avait. De sorte qu'au bout d'un bon moment passé à l'observer, Ki commença à se dire que, tout compte fait, non, ça l'avait au fond moins perturbé, de voyager seul jusque-là…

En levant le nez de la cuvette où il faisait ses ablutions, Arkoniel découvrit le visage de Lhel en train de flotter devant lui.

« Tu venir maintenant, fit-elle d'un ton sur l'urgence duquel il était impossible de se méprendre. Tobin être avec moi. La magie se rompre. »

Arkoniel s'épongea promptement la figure et courut à l'écurie. Il ne se donna même pas le mal de décrocher une selle, rafla juste un harnais de tête pour le hongre qu'il enfourcha à cru puis se mit à galoper vers la montagne à la rencontre de la sorcière.

Elle l'attendait à la lisière de la forêt, comme elle le faisait toujours. Laissant là sa monture, il la suivit à pied dans les bois en empruntant ce qui lui parut être un sentier plus court qu'à l'ordinaire. Alors que cela faisait plus de deux ans qu'il était son disciple et son amant, elle ne lui avait toujours pas confié le moyen permettant de se rendre chez elle.

Une fois à la clairière, il trouva Tobin tout emmitouflé dans une fourrure de couguar et assis près du feu. Le gosse avait les traits tirés et le teint cireux, de sombres cernes lui creusaient le dessous des yeux. Il avait dû se laisser aller à somnoler quelque peu, mais leur approche lui fit lever un regard aigu.

« Tobin, comment te sens-tu ? » lança Arkoniel en s'agenouillant devant lui. Était-ce un effet de son imagination, ou bien les plans si familiers de ce visage s'étaient-ils déjà modifiés, si légèrement que ce soit ?

« Un peu mieux, répondit Tobin d'un air apeuré. À ce que dit Lhel, je n'ai pas la peste.

— Mais non, bien sûr que non !

— Mais alors, dites-moi ce qui est en train de m'arriver ! » Tobin lui fit voir une traînée sanglante sur sa poitrine plate et lisse. « Ça n'arrête pas, tenez, de dégouliner, et voilà que ça recommence à me faire mal. C'est forcément la rouge-et-noir. Quoi d'autre pourrait provoquer une chose pareille ?

— La magie, dit Arkoniel. Une magie pratiquée sur toi voilà très longtemps et qui se délite prématurément. Je suis navré, tellement navré. Tu n'étais pas censé découvrir les choses de cette façon. »

Comme le magicien ne l'avait que trop redouté, l'explication ne fit qu'aggraver les airs terrifiés du petit.

« De la magie ? Sur moi ?

— Oui. La magie de Lhel. »

Tobin décocha à la sorcière un coup d'œil accusateur.

« Mais pourquoi cela ? Quand l'avez-vous fait ? Le jour où vous avez mis mon sang dans la poupée ?

— Non, *keesa*. Beaucoup plus vieux temps avant. Quand tu naître. Iya et Arkoniel venir trouver moi, demander me le. Dire moi votre dieu lune vouloir ça. Ton père vouloir ça. Ça faire partie de ton chemin guerrier. Viens, mieux montrer toi que dire. »

Le projet de Ki avait été de se rendre tout droit au manoir pour passer y prendre Arkoniel, mais Frère s'y opposa avec la dernière opiniâtreté.

Suis-moi ! exigeait l'esprit de sa voix qui n'était qu'un chuchotement rauque. Et Ki n'osait lui désobéir.

Sous la conduite de Frère, il finit par aboutir sur une sente à gibier qui contournait la prairie puis franchissait la rivière à gué plus loin vers l'amont.

Tout en chevauchant, Ki jeta un coup d'œil furtif à la vieille poupée râpée qui occupait le sac. Quelle importance un machin pareil, s'étonna-t-il, pouvait-il bien avoir pour un fantôme ? Et c'était pourtant le cas, manifestement, car Frère se porta subitement à la hauteur de son étrier, et Ki se sentit du coup frigorifié de pied en cap.

Pas pour toi ! siffla Frère en lui agrippant la jambe avec des doigts glacés.

« Mais je n'en veux pas ! » Ki referma prestement le sac et le coinça entre sa cuisse et la selle.

Le chemin se fit très vite abrupt de l'autre côté du gué et commença à prendre un air familier. Ki reconnut une vaste pierre qu'ils avaient utilisée comme table, un jour d'été où ils pique-niquaient en compagnie de Lhel et d'Arkoniel. On ne pouvait plus être très loin du but, maintenant.

Tout vanné qu'il était et mal à son aise à cause de Frère, Ki ne put s'empêcher de sourire en pensant à la surprise que sa vue ferait à tout le monde.

Tobin fut pris de frissons quand il s'inclina sur la surface lisse du bassin. Lhel lui avait fait retirer sa tunique et sa chemise. En plongeant ses regards dans l'eau, il distingua nettement son visage et la traînée sanglante qui lui barbouillait la poitrine. Il se demanda s'il ne devrait pas la nettoyer, mais il n'osa pas le faire. Lhel et Arkoniel continuaient à le considérer d'un air tellement étrange… !

« Scrute le bassin, lui répéta Lhel, qui, dans son dos, faisait bruire quelque chose. Arkoniel, tu dire. »

Le magicien se mit à genoux à côté de lui.

« C'est à ton père qu'il aurait appartenu de te dire cela, ou bien à Iya. Et tu aurais dû être plus âgé pour l'entendre et te trouver prêt à occuper ta place, la place qui te revient. Mais il semblerait que les dieux aient eu d'autres desseins…

» Tu as entendu les gens dire que ton jumeau mort était une fille. Eh bien, c'est exact, dans un sens. »

Tournant les yeux de son côté, Tobin s'avisa que la physionomie du magicien exprimait une insondable tristesse.

« Ta mère mit au monde deux enfants, cette nuit-là : un garçon et une fille. L'un mourut, comme tu le sais. Mais, vois-tu, l'enfant qui survécut était une fille. Toi, Tobin. Lhel recourut à une forme de magie spéciale…

— Peau liaison, dit Lhel.

— La liaison de peau, pour te conférer, à toi, toute l'apparence d'être un garçon, et au garçon mort – c'est-à-dire à Frère – toute l'apparence d'être une fille. »

Pendant un moment, Tobin eut l'impression qu'il avait perdu de nouveau la voix, comme cela lui était arrivé après la mort de Mère. Mais il parvint à exhaler un « Non ! » râpeux.

« Si, Tobin. C'est la vérité. Sous les dehors d'un garçon, tu es une fille. Et il viendra un temps où il te faudra dépouiller ces dehors fallacieux pour prendre en ce monde la place dont je parlais, celle d'une femme. »

Tobin grelottait désormais, et pas en raison du froid.

« Mais… Mais *pourquoi* ?

— Pour assurer ta protection jusqu'à ce que tu sois en mesure de devenir reine.

— Ma protection ? Contre qui ?

— Contre ton oncle et ses Busards. Ils te massacreraient s'ils étaient au courant. Le roi t'aurait fait périr la nuit même de ta naissance si nous n'avions pas fait ce que nous avons fait. Il en avait déjà fait assassiner d'autres, beaucoup d'autres, de peur qu'elles n'en viennent à contester sa légitimité, la sienne et celle de Korin.

— Nyrin a dit… Mais il parlait de traîtres !

— Non, elles étaient toutes innocentes. Et elles avaient infiniment moins de droits au trône que toi, l'enfant de sa propre sœur. Tu connais la prophétie d'Afra. Toi, tu es une fille authentique de Thelátimos, la dernière de la lignée pure. Cette liaison de peau…, nous avons pensé qu'elle était le seul moyen susceptible d'assurer ta sauvegarde. Et le fait est que ce moyen s'est révélé efficace jusqu'à maintenant. »

Tobin fixa de nouveau le visage que reflétait l'eau…, ses yeux à lui, ses cheveux à lui, la cicatrice de son propre menton pointu.

« Non ! Vous mentez ! Je veux être ce que je suis ! Je suis un guerrier !

— Tu n'as jamais été quoi que ce soit d'autre, objecta Arkoniel. Mais tu es destiné par Illior à être quelque chose de plus. Illior l'a révélé à Iya pendant que tu te trouvais encore dans le sein de ta mère. Innombrables sont les magiciens et les prêtres qui ont rêvé de toi. Tu seras un grand guerrier, tout autant qu'une grande reine, ainsi que le fut Ghërilain en personne. »

Tobin se boucha les oreilles à deux mains et secoua furieusement la tête. « Non ! Les femmes ne sont pas des guerriers ! Je suis un guerrier ! Je suis Tobin ! *Je sais qui je suis !* »

Le parfum de musc et d'herbes vertes l'enveloppa lorsque Lhel vint s'agenouiller de l'autre côté et l'enlaça dans ses bras vigoureux. « Tu es qui tu es. Laisse je montrer. »

Elle recouvrit de sa main la partie sanglante de sa poitrine, et la douleur revint un moment le fouler de ses mille pattes sournoises. Puis elle retira sa main, et alors il vit sur sa poitrine une ligne verticale de points identique à celle que Frère lui avait une fois dévoilée, des points minuscules et fins comme de la soie d'araignée. Mais sa blessure à lui avait guéri, et la cicatrice pâli en s'estompant. Seul en était ensanglanté le bas, comme pour la plaie de Frère.

« La magie s'amenuiser, et la liaison pas tenir. Devoir être pratiquée nouvelle magie, dit Lhel. Pas être encore ton temps montrer visage vrai, *keesa*. »

Tobin se blottit contre elle avec gratitude. Il n'avait aucune envie de changer.

« Mais comment… ? » commença Arkoniel.

Lhel l'empêcha de poursuivre en brandissant l'index.

« Pour après. Tobin, toi faudrait connaître ton visage vrai.

— Je ne veux pas !

— Si. Être bon, connaître. Tiens, *keesa*, regarde. »

Elle appuya un doigt sur la couture de sa poitrine, et puis, lorsqu'elle se remit à parler, c'est dans sa propre tête qu'il entendit retentir sa voix ; et, pour la première fois, les propos qu'elle tenait étaient limpides et d'une correction parfaite. « Déesse Mère, je dénoue ces points faits en ton nom, cousus la nuit de ta lune des moissons croissante, de manière à ce qu'ils puissent être sainement refaits en cette lune-ci pour protéger cet enfant-ci par la liaison d'une forme à une autre. Daigne permettre à la fille ici présente appelée Tobin de voir son vrai visage dans ton miroir. Détends-toi, là, fil tissé de lune rouge, là... » En prononçant ces mots, elle passa sa main sur les yeux de Tobin et le guida pour qu'il se penche à nouveau sur la surface absolument lisse du bassin.

À son corps défendant et non sans terreur, Tobin baissa les yeux pour voir quelle espèce d'étrangère allait les lever vers lui.

Elle n'était pas tellement différente.

C'était une fille – et cela, de manière incontestable –, mais elle avait ses yeux bleu sombre à lui, son nez droit et son menton pointu à lui, elle avait jusques et y compris la même cicatrice. Il avait redouté de voir là une idiote languide analogue aux jouvencelles de la cour, mais celle qu'il avait sous les yeux n'avait rien de languide. Peut-être avait-elle les pommettes un peu plus hautes que lui, les lèvres un peu plus charnues, mais elle croisait son regard avec le même genre d'air méfiant qu'il s'était si souvent vu dans sa glace à la maison... et la même expression résolue.

« Pas "elle", Tobin, chuchota Arkoniel. Toi. Tu *es* elle. C'est Frère que tu as regardé dans ta glace pendant toutes ces années. Mais pas Frère tout entier. Tes yeux sont bel et bien les tiens.

— Aucune liaison changer ça. Et ça. » Il sentit Lhel toucher sa marque de sagesse et entendit de nouveau sa voix lui retentir dans la cervelle. « Elle ne s'est nullement modifiée depuis ta naissance. Elle a toujours fait partie intégrante de ta personne. Et ceci... – son doigt caressa la cicatrice au menton –, ceci te fut donné, et tu le conserves.

Tout au long de ton existence, tu t'es figuré suivre Sakor, mais c'est Illior qui t'a marqué dès ta venue au monde. Ainsi en va-t-il de tes souvenirs, de ton entraînement, de ton art, de ton âme. Tout ce qui constitue ton être, tu le conserves. Mais tu vas être plus que tout cela. »

Au souvenir de la reine fantôme qui lui avait offert l'épée, Tobin frissonna. Était-ce en connaissance de cause qu'elle avait agi, la lui remettant en signe de bénédiction ?

« Il vous est possible de me voir, Arkoniel ?

— Oui. Oh, ça oui… ! » La voix du magicien était toute vibrante de jubilation. « Je suis tellement heureux de vous contempler enfin, au bout de tant d'années, ma Dame ! »

Ma Dame…

Tobin eut beau se couvrir les oreilles pour étouffer le mot, *elle* se vit dans l'incapacité de détacher son regard du reflet.

« Je sais ce que tu redoutes, Tobin, lui dit Arkoniel d'un ton plein de gentillesse. Mais tu connais les histoires. Avant l'époque de ton oncle, les reines de Skala furent la fine fleur des plus grands guerriers, et il y avait des femmes généraux, des femmes capitaines, des femmes écuyers, maîtres d'armes…

— Comme la sœur de Ki.

— Voilà, comme la sœur de Ki. Et Cuistote, aussi, dans son temps. Et des comme elles, il y en a qui font encore campagne dans les armées. Tu pourras les réintroduire à la cour, tu pourras leur restituer leurs honneurs. Mais à l'unique condition que tu songes d'abord à ta sauvegarde et que tu n'avances par conséquent que masquée tant que l'heure n'aura pas sonné. Pour ce faire, il va te falloir retourner à Ero et demeurer *le* Tobin *d'avant* aux yeux de tout le monde. En plus de Lhel et de moi, Nari et Iya sont les seules personnes à connaître la vérité. Personne d'autre ne peut y avoir accès. Pas même Tharin ou Ki.

— Mais pourquoi ? » demanda Tobin. Les secrets, *elle* en avait déjà eu son compte, et largement. Comment lui fallait-il porter celui-ci toute seule en plus ?

« J'ai donné ma parole à ton père et à Iya que personne au monde ne saurait rien de ta véritable identité avant que ne nous en soit donné le signe.

— Quel signe ?

— Je l'ignore encore. C'est à Illior de le révéler. Pour l'heure, nous devons faire seulement preuve de patience. »

Avec l'incident survenu à propos de la poupée s'était évaporée la moindre chance que Ki soit jamais d'humeur paisible avec l'esprit, le démon ou bien ce que diable pouvait être Frère.

Néanmoins, il s'attendait à tout sauf à le voir subitement lui voler dessus comme ils se trouvaient en train d'escalader un talus abrupt et des plus instable. L'autre ne le toucha pas, mais il effara Dragon qui se cabra en désarçonnant Ki. Lequel fit des tas de tonneaux cul par-dessus tête tout en dévalant. Par chance, la terre était molle et tapissée de mousse et de fougères, mais il n'en fut pas moins cueilli sur son passage par un certain nombre de bûches et de rochers, avant d'aller s'aplatir contre un arbre, à mi-pente.

« Enfer et damnation, pourquoi diable m'as-tu fait ça ? » hoqueta-t-il en essayant de récupérer son souffle. Il voyait nettement se découper la silhouette de Frère au sommet du versant. Maintenant, le fantôme tenait le sac à farine, et, tout en regardant Ki se débattre en bas, il souriait de ce sourire si déconcertant qu'il avait parfois. Le cheval, lui, était depuis longtemps parti.

« Mais qu'est-ce que tu veux ? » gueula Ki.

Frère ne pipa mot.

Ki commença à grimper pour le rejoindre à quatre pattes. Mais lorsqu'il releva les yeux, le fantôme avait disparu.

Or, après s'être tapé toute l'escalade jusqu'au sommet de la crête, il trouva Frère qui, planté à quelques pas de là devant l'entrée d'un vague sentier, le dévisageait. Il fit un pas de son côté, et Frère, ouvrant la voie, s'évanouit dans le fourré.

Ne sachant que faire d'autre, Ki lui emboîta le pas, s'en remettant à lui de le conduire comme il l'entendait. Après tout, c'était lui qui l'avait, la poupée, maintenant.

Cela faisait un bon moment que Lhel avait remmené Arkoniel vers l'arrière du chêne, afin de laisser Tobin seule devant le bassin de la source. Celle-ci demeura agenouillée à l'endroit même où ils l'avaient laissée, contemplant le visage que lui renvoyait le miroir des eaux. Le monde lui faisait l'effet de tourner tête en bas autour d'elle.

Mon visage, songea-t-elle.

Fille. Dame. Princesse.

Le monde se remit à tourbillonner.

Reine.

Moi.

Elle se palpa la joue pour se rendre compte si la sensation était aussi différente que l'aspect du reflet. Elle n'eut pas le temps d'en décider que l'image explosa dans un gros plouf qui l'éclaboussa de la tête aux genoux.

Un sac de toile flottait juste en face d'elle à la surface du bassin.

Un sac à farine.

« La poupée ! » cria-t-elle en la retirant de l'eau avant qu'elle ne risque d'y sombrer. Elle l'avait oubliée à Ero. Accroupi de l'autre côté du bassin, Frère la dévisageait, la tête inclinée vers l'une de ses épaules, un peu comme s'il n'en revenait pas de la voir telle qu'elle était.

« Regardez, Lhel, appela-t-elle. Frère a fait toute cette route pour me la rapporter de la ville. »

Arkoniel et Lhel accoururent et l'entraînèrent un peu à l'écart de la source. La sorcière la drapa dans la fourrure de couguar comme dans un manteau puis la lui rabattit sur le visage.

« Non, Frère n'a pas pu faire ça. Pas tout seul, dit Arkoniel en scrutant les abords de la clairière d'un air effaré.

— Alors, il doit avoir amené Ki, déclara Tobin en essayant de se dégager. J'étais tellement affolé quand j'ai vu le sang que je n'ai pensé qu'à m'enfuir et pas à prendre la poupée. Frère a dû la faire voir à Ki et lui dire de l'apporter.

— Oui, l'esprit connaître sa manière se comporter, dit Lhel, mais c'était Arkoniel qu'elle regardait, et non le fantôme. Et comme Ki connaître chemin du fort… »

Constatant que le magicien s'était évaporé dans les bois avant qu'elle n'ait pu terminer, elle expédia sa voix à sa poursuite et n'eut aucun mal à trouver l'accès à son esprit.

« Non, tu ne dois pas lui faire le moindre mal.

— Tu sais ce que j'ai juré, Lhel. »

Lhel faillit se lancer à ses trousses, mais elle comprit qu'il lui était impossible de laisser Tobin seule dans ces conditions.

« Qu'est-ce qui ne va pas ? questionna la fillette, tout en se cramponnant à son bras.

— Rien, *keesa*. Arkoniel allé rechercher ton ami. Nous commencer la guérison pendant lui parti.

— Non, je veux attendre l'arrivée de Ki. »

Lhel sourit puis lui posa sa main sur la tête, avant de prononcer le charme qu'elle avait déjà façonné en esprit. Du coup, Tobin s'affaissa mollement dans ses bras.

Lhel l'enlaça pour la retenir bien serrée contre elle, sans pour autant cesser de fixer le profond des bois. « Mère, protège-le. »

Frère n'avait pas arrêté de précéder Ki jusqu'à la clairière de Lhel, en se maintenant tout du long toujours assez loin pour interdire toute question, mais sans jamais se laisser perdre de vue. Puis il avait disparu, et de l'endroit où il s'était tenu l'instant d'avant, Ki avait pu apercevoir, par une trouée dans les arbres, ce qui semblait être Tobin.

Il ouvrait déjà la bouche pour l'appeler quand Arkoniel surgit brusquement devant lui. Un rayon de soleil fit étinceler quelque chose que brandissait le magicien, et puis ce fut le noir complet.

Tobin se réveilla sur une paillasse à l'intérieur du chêne. Il faisait horriblement chaud, et la sueur ruisselait sur sa peau nue. Sa tête lui faisait l'effet d'être emplie de boue tiède et beaucoup trop pesante pour qu'il la soulève.

Lhel était assise en tailleur à côté de lui, la poupée de chiffon sur ses genoux.

« Tu plus dormir, *keesa* ? »

Un élancement douloureux acheva de le réveiller tout à fait, et il se mit sur son séant en poussant un cri de désolation. « Ki ? Où est Ki ? »

Il y avait quelque chose d'incongru dans sa voix. Elle était trop perchée. Elle sonnait comme...

« Non !

— Oui, fille.

— Où est Ki ? redemanda-t-il.

— Il être dehors. Temps être là pour l'enseignement que je dire toi depuis si longtemps déjà, quand tu porter moi ce *hekkamari*. » Elle éleva la poupée bien haut. « Dieu lune de Skala préparé toi chemin. Toi bien fille, mais avoir à paraître encore garçon de nouveau certain temps. Nous faire autre liaison maintenant. »

Tobin baissa les yeux pour s'examiner et constata que sa nudité était bien toujours celle d'un garçon..., d'un garçonnet anguleux, maigrichon, qui possédait un petit bout de sexe niché entre ses cuisses comme un souriceau. Mais il y vit aussi quelques nouvelles traînées de sang frais.

« Pourquoi est-ce que je saigne de là ?

— Liaison devenue faible quand ton temps de lune tomber toi dessus. Ça combattre avec la magie.

— Mon temps de lune ? » Tobin comprit avec un malaise de plus en plus grand que Lhel devait entendre par là les fameux saignements dont les femmes étaient affligées chaque mois, s'il fallait en croire les leçons de Ki.

« Femmes appelées par lune à avoir marée dans leur ventre, toutes, comme la mer, lui expliqua Lhel. Donner toi mal et sang. Donner toi magie pour faire grandir bébé dans ton ventre. Donner certaines, comme moi, magies autres. Et donner autres toi aussi. Donner toi, des fois, rêves, et donner toi l'œil. Puissante magie. Briser certains de mes points. »

Lhel fit claquer sa langue contre ses dents tout en exhibant une fine lame d'argent grâce à laquelle elle se mit à découdre quelques-uns des points du flanc de la poupée.

« Jamais faire liaison trop durer longtemps. Peut-être pas possible tenir autant. Peau solide, mais os plus solide. Utiliser os, cette fois.

— Quel os ? »

Lhel retira du corps de la poupée une poignée de laine jaunie et d'herbes sèches qui tombaient en poussière puis farfouilla jusqu'à ce qu'elle ait trouvé ce qu'elle cherchait. Tendant la main, elle fit voir à Tobin trois débris de couleur ivoire : un minuscule bout de côte incurvé, un fragment de crâne convexe et mince comme une coquille d'œuf, et un petit os entier, aussi délicat que celui d'une aile d'hirondelle. « Os Frère », expliqua-t-elle.

Tobin ouvrit de grands yeux.

« Ses os se trouvent dans la poupée ?

— Plupart. Quelques tout petits morceaux être encore en terre, à côté la maison ta maman, là-bas. À la ville, sous très gros arbre, près l'endroit cuisiner l'été. »

Tobin leva la main vers la chaîne qu'il portait au col et montra la bague à Lhel. « Je l'ai découverte dans un trou, sous un arbre mort, près de l'ancienne cuisine d'été. Tharin dit qu'elle appartenait à ma mère. C'est là qu'il était enterré ? »

Lhel hocha la tête. « Je visiter pour retirer les os de la terre et la chair. Ta maman… » Elle fit semblant de creuser, les doigts ployés comme des griffes. « Elle faire les propres et puis coudre dans la poupée pour pouvoir prendre soin l'esprit. »

Tobin regarda la poupée avec répugnance.

« Mais pourquoi ?

— Frère fou colère être mort et toujours peau-lié à toi. Son esprit être démon pire que tu savoir si je pas apprendre ta maman faire *hekkamari*. Nous deux prendre ses petits os et mettre dans la poupée. Je lier elles ensemble comme je lier elle et toi. Souvenir ça ?

— Avec les cheveux et le sang. »

La sorcière opina du chef. « Elle être aussi son sang à lui. Sa maman. Quand elle mourir, lui passer à toi. Tu connaître les mots : "Sang mon sang. Chair ma chair. Os mes os." Que des choses vraies. »

Elle fit sauter un minuscule éclat de la côte brisée puis le brandit. « Je mettre ça dans tu, tu être lié de nouveau, avoir le visage de Frère jusque tu ça retirer de ta chair et être fille en dehors. Mais tu savoir être fille en dedans, maintenant, *keesa*. »

Tobin acquiesça d'un signe misérable. « Oui, je le sais. Faites-moi seulement de nouveau ressembler à mon ancien moi-même, s'il vous plaît. »

Lhel l'invita à se recoucher sur la paillasse et déposa la poupée près d'elle. Et puis elle se mit à chantonner doucement, tout bas. Tobin se sentit aussitôt tout ensommeillée, malgré ses yeux demeurés grands ouverts. Frère pénétra dans le chêne et vint s'allonger là où gisait la poupée. Tobin le sentait près d'elle aussi chaud et ferme que Ki l'avait jamais été. Elle lui jeta un coup d'œil et lui sourit, mais il scrutait la voûte, et ses traits avaient la rigidité d'un masque.

Lhel fit glisser de ses épaules la robe rêche qu'elle portait. La lumière du feu semblait animer de mille reptations les tatouages qui lui tapissaient les mains, les seins et le ventre, tandis qu'armée de sa lame d'argent et d'une aiguille elle tramait en l'air certains des motifs de la lune blanche. Un voile lumineux flottait en suspens au-dessus de Tobin et de Frère quand elle en eut terminé.

Tobin sentit le contact froid du métal entre ses cuisses, et la piqûre d'aiguille acérée sous ses bourses de petit garçon. Déjà Lhel s'était mise à barbouiller l'espace de rouge, et de telle manière que les motifs ressemblaient désormais à…

… du sang sur une rivière prise par les glaces.

Tobin voulut se détourner, mais elle fut incapable de bouger.

Tout en chantonnant doucement, Lhel mit en équilibre sur la pointe de son canif l'infime écharde puérile d'os puis la promena au travers des flammes du feu voisin jusqu'à ce qu'elle répande une lueur blanc bleuté. Frère se mit à flotter en l'air puis s'y retourna sens dessus dessous, de sorte qu'il se retrouva suspendu nez à nez au-dessus de Tobin. Lhel plongea la main au travers de son corps lumineux et enfonça l'écharde d'os brûlante dans la plaie suintante de la poitrine de Tobin.

La flamme de l'os embrasé s'inséra violemment sous la peau et mit le feu à tout son être. Tobin tenta de hurler, folle de peur et de douleur, persuadée que sa chair allait l'ébouillanter jusqu'au tréfonds des os, mais la voix de Lhel la tenait toujours fermement captive. Une lumière blanche l'aveugla un moment, puis la douleur lui fit quitter le sol, et elle et Frère s'élevèrent ensemble vers le trou de fumée pratiqué dans la voûte du chêne et plus haut, toujours plus haut, bien au-dessus de la forêt. Tel un faucon, elle pouvait voir toutes choses à des milles à la ronde. Elle vit Tharin et ses hommes qui survenaient au triple galop sur la route de Bierfût. Elle vit Cuistote et Nari s'affairer autour de leur lessive dans la cour des cuisines du fort. Et elle vit Arkoniel qui, agenouillé, se penchait au-dessus de Ki, couché, lui, sur le dos juste en deçà de la lisière de la clairière qu'occupait Lhel et contemplant le ciel avec des yeux d'aveugle. Quant au magicien, il avait l'une de ses mains posée sur le front de Ki, l'autre étant appliquée sur ses propres yeux comme s'il pleurait.

Tobin voulut se rapprocher pour se rendre compte de ce qui se passait, mais quelque chose la souleva toujours plus haut, et elle se retrouva volant vers l'ouest par-dessus les montagnes en direction d'un port profondément encaissé au bas d'une falaise. De longs bras rocheux enserraient l'entrée du havre que gardaient des îles. Elle entendait distinctement le ressac des vagues contre leurs flancs à pic, à présent, ainsi que les piaillements désolés des mouettes aux ailes grises…

Ici, lui souffla une voix. Emplissant ses yeux, la lumière blanche s'intensifia de nouveau. *Tu dois repartir…*, et ce fut la chute, elle tombait, tombait, tombait, finit par retomber dans le chêne et en elle-même.

Elle ouvrit les yeux. Frère planait toujours au-dessus d'elle, mais le chantonnement de Lhel s'était modifié. Elle avait troqué le canif pour l'aiguille et recousait les bords sanglants de la plaie de la poitrine de Tobin avec autant de dextérité que Nari lorsque celle-ci lui rapetassait les accrocs faits à ses tuniques.

Nari était au courant depuis le début…

Seulement, la tunique, en ce moment, c'était Tobin elle-même, et elle se voyait contrainte à regarder le va-et-vient de l'aiguille à la faveur du feu, de l'aiguille qui tirait un fil presque invisible et qui traçait dans l'espace, avant de lui percer la peau, un sillage argenté comme celui d'un escargot. Cela ne faisait pas mal, d'ailleurs. À chaque éclair et chaque tiraillement successif de l'aiguille, Tobin se sentait peu à peu ressoudée, rétablie dans son intégrité.

Rapetassée, songea-t-elle, prise de vertige.

Chacun des points faisait sursauter Frère au-dessus d'elle, chacun lui arrachait une grimace de vraie douleur qui lui tordait la face. Elle distinguait à nouveau la plaie jamais cicatrisée qu'il avait à la poitrine et d'où goutte à goutte chaque passage de l'aiguille de la sorcière dans la chair vive de Tobin faisait dégoutter le sang. Ses lèvres se retroussaient sur la blancheur des dents, et des larmes sanglantes tombaient de ses yeux. Tobin s'attendait à sentir celles-ci couler sur sa propre figure, mais elles s'évanouissaient quelque part dans l'intervalle qui la séparait de lui.

Arrêtez ! voulait-elle crier à Lhel. *Vous lui faites mal ! Ne voyez-vous pas que vous lui faites mal ?*

Les yeux agrandis de Frère ruisselaient à flots en la dévisageant. *Lâchez-moi !* Le hurlement retentissait dans sa tête à elle.

« Être en paix, *keesa*. Morts pas connaître douleur », murmura Lhel.

Vous vous trompez ! cria-t-elle en silence. *Frère, je suis désolée !*

Lhel tira le dernier point bien serré, et Frère s'abattit lentement sur Tobin, puis sombra en elle, et, durant un instant, elle sentit le froid de sa présence dans chaque pouce de son propre corps.

Tu dois repartir…

Et puis Frère cessa d'être là, et Tobin se retrouva libre, libre de se pelotonner à l'écart des mains souillées de la sorcière, libre de se pelotonner dans la fourrure moelleuse de couguar pleine de doux parfums, libre enfin de sangloter à pleine gorge avec un affreux timbre râpeux de garçon.

REMERCIEMENTS

Merci comme toujours à mon mari, Doug, et à nos garçons pour leur affection, leur soutien et leurs remarques. Celle de Matt a été : « Dérangeant, mais dans le sens plaisant. » Tout à fait bien vu, je trouve.

Merci à mes parents aussi, pour cause. À Pat York et Anne Bishop pour leurs réactions sur les premiers chapitres. À Anne Groell et Lucienne Diver pour leur aide et pour leur patience. À Nancy Jeffers, pour son enthousiasme sans bornes à l'endroit du projet. À tous les braves gens de l'*Internet Fantasy Writer's Association* pour la promptitude et la pertinence impeccables de leurs réponses à des questions soulevées au dernier moment. Au regretté Alan M., connu trop brièvement, pour la bienveillance dont il faisait preuve envers les écrivains.

À Mike K., où qu'il se trouve, pour le seul fait qu'il existe.